AGUJAS
de
PAPEL

Si tienes un club de lectura o quieres organizar uno, en nuestra web encontrarás guías de lectura de algunos de nuestros libros.
www.maeva.es/guias-lectura

 Este libro se ha elaborado con papel procedente de bosques gestionados de forma sostenible, reciclado y de fuentes controladas, avalado por el sello de PEFC, la asociación más importante del mundo para la sostenibilidad forestal.

MAEVA desea contribuir al esfuerzo colectivo y permanente de proteger y preservar el medio ambiente y nuestros bosques con el compromiso de producir nuestros libros con materiales responsables.

AGUJAS
de
PAPEL

MARTA GRACIA PONS

MAEVA

© MARTA GRACIA PONS, 2017
Mediante acuerdo con International Editors'Co.
www.internationaleditors.com
© De esta edición: MAEVA EDICIONES, 2017
Benito Castro, 6
28028 MADRID
emaeva@maeva.es
www.maeva.es

MAEVA defiende el *copyright*©.
El *copyright* alimenta la creatividad, estimula la diversidad, promueve el diálogo y ayuda a desarrollar la inspiración y el talento de los autores, ilustradores y traductores. Gracias por comprar una edición legal de este libro y por apoyar las leyes del *copyright* y no reproducir total ni parcialmente esta obra por cualquier medio o procedimiento, ya sea electrónico o mecánico, tratamiento informático, alquiler o cualquier otra forma de cesión de la obra sin la autorización previa y por escrito de los titulares del *copyright*.
Diríjase a CEDRO (Centro Español de Derechos Reprográficos) a través de la web www.conlicencia.com o por teléfono en el 91 702 19 70 / 93 272 04 47, si necesita fotocopiar o escanear algún fragmento de esta obra. De esta manera se apoya a los autores, ilustradores y traductores, y permite que **MAEVA** continúe publicando libros para todos los lectores.

ISBN: 978-84-16690-59-6
Depósito legal: M-11.188-2017

Diseño de cubierta: Jordi Lascorz
Preimpresión: MT Color & Diseño, S.L.
Impresión y encuadernación: CPI BLACK PRINT
Impreso en España / Printed in Spain

Para Pep

Primera parte

1

Todavía recuerdo como si fuera ayer el día de Navidad de 1892. Vivíamos uno de los inviernos más fríos de los últimos años y, si bien aún no había caído ni un solo copo de nieve, los resfriados no habían tardado mucho en llegar. Tía Elvira, que a principios de otoño mandaba vestir la casa de arriba abajo con las pesadas cortinas estampadas de invierno y las gruesas alfombras persas, había sido la primera en caer. Así que escuchábamos constantemente su voz a nuestras espaldas, recordándonos una y otra vez que debíamos cerrar las puertas a nuestro paso para evitar las peligrosas corrientes de aire que la habían dejado una semana entera postrada en la cama.

Dos criadas no paraban de subir y bajar escaleras: una llevaba para planchar la mantelería blanca, que luciría limpia y perfecta a la hora de comer, y la otra, que apenas tenía mi edad, procuraba que toda la casa estuviera en orden y que los cristales de las ventanas que daban a la calle brillaran más que nunca. ¡Cómo adoraba ese trajín matutino! Oír los pasos apresurados del ama de llaves por los largos y oscuros pasillos del palacete, el cuchicheo risueño de las muchachas restregando los cepillos mojados por el suelo... Aquellos sonidos rutinarios, pero tan deliciosos para mí, me hacían sentir viva y llena de felicidad.

—¡Amelia! —gritó tía Elvira—. ¡Amelia!

La voz provenía de su habitación, así que me apresuré a averiguar qué era lo que quería mi madrina con tanta insistencia. Al entrar en aquel santuario repleto de estampitas, vírgenes y cruces, enseguida recordé la noche anterior. A las once, como todos los años, tuvimos que abandonar la ratafía y los juegos de cartas para enfundarnos los abrigos, los sombreros y los guantes y escuchar el pesado sermón del padre Elíseo en la misa del gallo. Y es que tía Elvira era una devota y practicante empedernida, y muy pocas veces perdonaba la visita del padre Elíseo, confesor de la familia desde hacía más de veinte años y, por supuesto, invitado de honor en la comida de Navidad. Soltera, exigente y mandona, mi madrina adoraba hacer de celestina y encontrar marido a cualquiera a quien comenzara a pasársele el arroz. A mí me costaba entender que una mujer que jamás se había casado pudiera aconsejar sobre los defectos y virtudes de la vida matrimonial. Pero he de reconocer que no se le daba nada mal: la última que había cedido a sus propósitos había sido mi hermana Carolina, que en pocos meses iba a casarse con un arquitecto recién licenciado y de buena familia. Tía Elvira había hecho de carabina durante las largas tardes del verano pasado, convenciendo a uno y a otro de que juntos podrían tener la vida que siempre habían querido, sin renunciar a los lujos que sus respectivas familias les habían procurado hasta entonces.

–¿Qué quiere, tía? –La observé mientras ella intentaba ponerse el corsé, y no pude evitar reírme para mis adentros al ver aquellas exuberantes lorzas luchando por liberarse del rígido artilugio.

–Parece que el corsé se ha encogido.

Asentí con poco convencimiento. Mi tía era culpable de uno de los siete pecados capitales: la gula. Siempre he creído que si no hubiera sido por la desmesurada pasión que sentía hacia la comida, probablemente se habría encerrado en un convento de por vida. Pero la austeridad no era una de sus virtudes, y era incapaz de poner límites a sus deseos más mundanos.

–Ayúdame, anda, que Juana está con tu madre poniéndole paños en la frente –continuó–. ¡Si es que una camarera para cuatro mujeres!... ¿Dónde se ha visto eso? Somos una familia de categoría, de las mejores de Barcelona, pero tu padre es de puño cerrado, nena. Ya lo era de pequeño; nunca fue capaz de regalarme nada... ¡Pobre de mí, que me he dedicado a él en cuerpo y alma!

–¿Madre está enferma otra vez? –Agarré el corsé con fuerza e intenté apretarlo cuanto pude.

–Voy a necesitar más vestidos, nena, así que tendremos que ir a la modista. –Se miró al espejo e hizo una mueca de disgusto al verse la papada–. Y sí, tu madre está de nuevo alterada, supongo que será por las preocupaciones de la fiesta, ya sabes que nunca se le ha dado bien hacer de anfitriona y llevar las riendas de la casa. Menos mal que está tu tía para organizarlo todo.

Me dolía en lo más hondo el tono que utilizaba al hablar de mi madre, como si se tratara de una niña sin la capacidad de actuar y vivir como una persona adulta y madura.

—No lo entiendo, tía. Madre me preocupa... ¿Qué le pasa? Siempre la veo así, desanimada y sin ganas de vivir.

—No es nada, te lo aseguro. —Abrió el cajón de su tocador y sacó un postizo de pelo rizado—. Ayúdame a ponerme esto, anda, quiero que se me vea una frente bien rizada. ¡Que no se diga que la familia Rovira no tiene clase!

Tía Elvira solía cometer otro pecado más: el de la vanidad. Compraba los vestidos más caros, las joyas con más pedrería, los sombreros con las plumas más exóticas... No escatimaba en gastos, y en más de una ocasión había tenido que pedir a mi padre que le aumentara la asignación que le correspondía para pagar las deudas que se acumulaban en la modista. Aunque yo desaprobaba tal derroche, no podía hacer lo mismo con su afición por la moda, pues yo misma me consideraba admiradora de las casas más populares de París y de los modistos más en boga del momento. En mi mesita de noche acumulaba revistas de moda llegadas de la capital francesa e incluso bocetos que yo misma me atrevía a dibujar sobre los diseños que causaban furor en todo el mundo. Desde que había abandonado la niñez y me habían permitido vestirme como una mujer hecha y derecha, mi entusiasmo por el modelaje me había llevado a imaginarme a mí misma retratada en las portadas de las revistas que tan cuidadosamente guardaba, vestida con las prendas y los accesorios más lujosos y exclusivos.

—¡Desde luego, has salido a mí! —me dijo, estudiándome la cara—. ¡Fíjate, qué perfecta eres! Esa boquita y esa nariz tan pequeñas, los ojos grandes y verdes... ¡Y tu altura y tu tez tan pálida! Si es que nadie diría que eres hija de tu madre, que tiene esa piel tan cetrina y tan poco burguesa. Todavía no sé qué vio tu padre en ella; ni siquiera tenía una gran fortuna...

—Porque se querían, tía —expresé en tono de reproche, arrugando el ceño—. Y todavía se quieren.

—Tú eres más como los Rovira, nena, solo hay que verte.

¿Cómo podía ser tan cruel? ¿Cómo se atrevía a hablarme así de mi propia madre? Sin duda alguna, mi tía no era una mujer compasiva: no dejaba títere con cabeza y criticaba a cualquiera que pudiera hacerle sombra. Y mi madre, aunque jamás había tenido el carácter y la actitud que se esperaba de la señora de la casa, seguía siendo la mujer de Agustín Rovira y su círculo social la respetaba por ello.

—Los ojos verdes son de mi madre, y el pelo negro también —me atreví a decir con orgullo—. Si no necesita que le ayude en nada más, me gustaría poder ir a verla.

—Vete, vete. —Hizo un gesto con la mano para que me marchara y se puso unas gotas de perfume—. Le vendrá bien verte.

Sentí un gran alivio al abandonar su habitación. Aunque tenía la obligación de obedecerla y de respetarla, en más de una ocasión había tenido que morderme la lengua para no reprocharle su actitud despiadada. Sin embargo, en casa nadie se atrevía a contradecir sus normas y deseos, quizá porque desde siempre habíamos sido conscientes de la debilidad de mi madre y de la sumisión que había mostrado hacia mi tía. Sabíamos que mi padre respaldaba a tía Elvira y que le había confiado el título de señora de la casa por encima de su propia esposa.

Me dirigí pues hacia el dormitorio de mi madre. Por el pasillo me encontré con mi hermano pequeño, Andreu, que pasó corriendo a mi lado sin apenas inmutarse. Tenía catorce años y estudiaba en uno de los mejores colegios de Sarriá. Aunque estaba a punto de abandonar los cuidados de la *dida* Valentina, la mujer que nos había criado y cuidado durante la infancia, todavía se comportaba como un niño consentido y travieso que siempre terminaba por salirse con la suya.

Abrí por fin la puerta de la habitación de mi madre, que estaba medio entornada, y el olor a vinagre me golpeó con fuerza en la nariz. Dentro estaba Juana, nuestra camarera, pasándole por la frente los paños mojados que tan poco la aliviaban; solo la soledad y la oscuridad de la habitación lograban que se repusiera un poco.

—Madre, ¿cómo se encuentra?

Me acerqué a ella y le pedí a Juana que fuera a ayudar a tía Elvira. Le retiré de la cara su precioso pelo azabache y le di un beso en la mejilla fría. Ella sonrió levemente y me miró como pidiéndome que me fuera cuanto antes para que no la viera en ese estado tan triste y deprimente.

–Tiene que ponerse buena, madre, hoy es Navidad.

–No me encuentro bien, hija, no sé si bajaré a comer. –Me acarició las manos y pareció emocionada–. Ojalá pudiera tener tus dieciocho años, Amelia. Tienes que disfrutar de la vida, que solo hay una. No dejes que nadie te diga lo que tienes que hacer: cumple siempre tus sueños.

Mis ojos se humedecieron y cogí aire. Sus palabras estaban llenas de fuerza, pero su rostro transmitía lo contrario: mi madre había abandonado cualquier esperanza, se había dejado llevar por las carencias que dominaban su existencia.

–Quiero que usted haga lo mismo, madre. Haga un esfuerzo y baje con nosotros a comer. Vienen Víctor, el prometido de Carolina, y el padre Elíseo. Nos lo pasaremos bien, ya lo verá.

–Disfrútalo tú, cielo. –Dejó escapar un suspiro y cerró los ojos–. Vete, necesito dormir.

–Pero ¿qué le pasa? –Mi voz sonó más desesperada de lo que pretendía–. ¿Cómo puedo ayudarle?

–Es difícil de explicar, cariño.

De repente, escuché la gruesa voz de mi padre detrás de mí.

–Deja a tu madre tranquila –me ordenó, agarrándome del brazo y acompañándome a la puerta–. Si no quiere bajar, allá ella. Intentaremos pasar el día de Navidad lo mejor posible.

Mi madre abrió los ojos de golpe y pude percibir en ellos una mirada de tristeza devastadora, de esas que todavía guardo en mi memoria con todo mi pesar. Mi padre ni siquiera la miró; cerró la puerta tras de sí y me hizo bajar las escaleras hacia la planta principal. Esbocé una mueca intencionada de reproche, pero ni siquiera reparó en ella. Mi padre era un hombre autoritario, frío. Su americana con cuello de alas almidonadas y su bastón de bambú acentuaban todavía más ese carácter despótico y dominante que no solo demostraba en casa, sino también en su fábrica textil, donde los trabajadores se dirigían a él con el apelativo de cacique. Era un hombre distante y poco cariñoso, o al menos yo no había sido capaz de ver más allá. No recuerdo haber compartido con él ni un solo momento de mi vida hasta bien entrada la adolescencia, cuando por fin decidió que ya era lo suficientemente mayor como para sentarme en el salón con los adultos. Siempre he pensado que todo el amor que no había demostrado a sus tres hijos pequeños lo había dedicado en exclusiva a mi hermano mayor, Eduardo, heredero de su fortuna y de la fábrica de *filatures* de la familia Rovira. Por ahora, Eduardo le ayudaba a gobernar aquel imperio de más de doscientos trabajadores.

—¿Has aprendido algo nuevo para tocar al piano? —Se atusó los bigotes y se retocó las patillas ya canosas—. Quiero que esta tarde nos toques alguna pieza, ya sabes que al padre Elíseo le encanta.

—Por supuesto, padre, no dude que lo haré.

No me gustaba tocar el piano, pero nadie me lo había preguntado jamás. Mis deseos o preferencias poco o nada importaban si tenían que ver con mi educación. Yo, como todas las demás muchachas de mi clase, debía convertirme en el ideal femenino por excelencia: una mujer recatada, débil y espiritualmente sensible que dedicara su tiempo a complacer a los demás.

—Escuche, padre —me atreví a decir—. ¿Por qué está así madre?

—Tu madre es frágil, eso es todo. A muchas mujeres les pasa. No podemos hacer nada por ella.

—Pero quizá no tiene la atención adecuada. Puede que se sienta..., no sé..., sola.

—No vayas por ahí, hija. —Su tono se volvió agresivo—. Ella sabe bien que tanto tu tía como yo hacemos lo que está en nuestras manos para ayudarle.

No fui capaz de continuar la conversación por miedo a ofenderle, así que llegamos en silencio al salón, donde ya estaba tía Elvira; mi padre se sentó en el capitoné mientras yo ordenaba las partituras que había sobre el piano, donde también reposaba un bonito mantón de Manila que había traído un amigo de la familia desde Filipinas. Sobre él también había varias cajitas de cerámica que mi madre había comprado durante su viaje de luna de miel por Europa, cuando era una mujer feliz y llena de vitalidad, así como varios retratos de la familia entre los que destacaba, por encima de todos, el de tía Elvira, con su manto y su vestido negro que tantas veces había tenido que ensanchar a medida que engordaba. Luego me acomodé frente a la galería que miraba hacia el exuberante paseo de Gracia, desde donde se podía observar el día a día de los ciudadanos más notables de

Barcelona y el ir y venir de los carruajes que llevaban a los invitados a las casas de sus respectivos anfitriones para disfrutar de un magnífico día de Navidad.

–Mira, la marquesa de Mariano luciendo sus espectaculares caballos. Con ese carruaje verde y rojo tan sofisticado... ¡Deberíamos tener uno mejor que ella! –comentó mi tía, siempre tan sutil. Hasta mí llegó su perfume a lavanda, que se mezcló con el ligero olor a pavo asado proveniente de la cocina.

–No puedes ser más que una marquesa, Elvira –dijo mi padre, que ahora estaba leyendo *La Vanguardia*–. Tenemos dinero, pero no tanto.

–¡Claro que lo tenemos, Agustín! ¿O acaso no va bien la fábrica?

–Va bien porque te pongo freno; si no, quizá estaríamos ya arruinados.

Tía Elvira se puso roja como un tomate, pero permaneció en silencio, sin atreverse a contestarle. Sabía perfectamente que a mi padre no podía tratarlo con la superioridad y la prepotencia con las que trataba a mi madre, pues de él dependían sus caprichos y los lujos de los que tanto disfrutaba en aquella casa.

De repente, vi aparecer por la esquina al prometido de mi hermana, que venía con un abrigo Ulster calado hasta las orejas y un sombrero de fieltro de lana que tapaba los hermosos ojos azules que habían enamorado a Carolina. Era un joven bien posicionado que pretendía seguir los pasos de uno de los arquitectos modernistas más importantes de Barcelona: Antoni Gaudí.

–¡Carolina! –grité desde el salón–. ¡Ya viene Víctor!

Escuché los pasos atropellados de mi hermana bajando por las escaleras. Se acercó a la vidriera a toda prisa, y sonrió al ver a su novio a pie de calle, saludándola con el sombrero. Carolina se arregló el vestido; le hacía una figura bonita y delgada, aunque ella no tenía ni mi porte ni mi altura, heredados de la familia de mi madre. Tenía el pelo castaño, al igual que los ojos, y se lo había cardado para darle altura y volumen y recogido en un moño alto. Víctor apareció a los pocos minutos y se sentó junto a ella y mi padre mientras se sometía a la inspección habitual de tía Elvira.

–¿Y cómo va el trabajo? ¿Ya te han encargado algún palacete?

–Tengo una buena noticia, pero me gustaría que también estuviera la señora Eulalia para contarla.

—No se preocupe por mi mujer. —Mi padre se encendió un cigarrillo turco y le ofreció otro a Víctor—. No se encuentra bien y no bajará para reunirse con nosotros.

—Oh, vaya, una lástima... —Miró a Carolina y le dio la mano—. ¡El barón de Maldá me ha pedido que le decore su casa! ¿No te parece increíble?

A Carolina se le escapó un gritito de alegría que tía Elvira desaprobó con una mirada de censura. Aun así, advertí en ella la satisfacción de haber logrado un matrimonio tan ventajoso para su sobrina.

—Si sigues así, algún día podrás hacerle sombra a la marquesa de Mariano —dijo mi tía con los ojos brillantes—. Aprende de tu hermana, Amelia, y encuentra a un hombre como Víctor, un hombre del que toda la familia esté orgullosa.

Hice oídos sordos al consejo, que provenía precisamente de una mujer que había decidido renunciar a una vida conyugal por mantener su independencia, y regresé a la galería para seguir observando la calle bañada por un sol pálido y ligero. Al poco rato apareció el padre Elíseo, que llevaba una sotana negra y una cajita de *neulas* que había comprado expresamente en la panadería de Sant Jaume. Se sentó al lado de mi tía, con quien más afinidad tenía, y comenzaron a destripar las desgracias y desventuras de lo más selecto de la sociedad barcelonesa. No pude evitar sentir que yo no encajaba en ninguno de los grupos que se habían formado a mi alrededor, como si no tuviera sitio en mi propia familia, como si no hubiéramos sido criados y educados en los mismos valores y con los mismos defectos. Eché de menos a mi madre, la persona con la que más a gusto y segura me sentía, y tuve que reprimir las ganas de subir a verla de nuevo para no disgustar a mi padre. Me esperaban unas Navidades realmente tristes y aburridas.

—¡Por fin estás aquí, Eduardo! —Mi padre se puso de pie al ver entrar a mi hermano mayor, como si le debiera cierta veneración—. Te estábamos esperando para empezar a comer.

—Lo siento, padre, me he entretenido. La fábrica marcha en perfectas condiciones.

—Pero ¡si hoy es Navidad! —exclamó el padre Elíseo—. Hoy es un día para estar en familia.

—Tiene usted toda la razón; solo he ido para echar un vistazo y comprobar que todo fuera bien.

—Eduardo tiene que acostumbrarse a llevar las riendas de la fábrica —añadió mi padre—. En un futuro, él será el dueño.

—Espero que sea más bien tarde que pronto. —Eduardo sonrió y mostró unos dientes bien alineados y blancos—. Usted me ha enseñado bien, padre, y le aseguro que no le defraudaré.

Aquel vaivén de halagos y alabanzas hizo que me revolviera incómoda en el sillón. Aunque me despreciaba por ello, no podía evitar sentir cierta envidia por mi hermano, que disfrutaba de la cercanía de mi padre sin tener que esforzarse demasiado. Ser el primogénito era una cualidad contra la que me era imposible competir, por mucho que me esforzara en ganarme su favor día a día y en pasar lo más desapercibida posible a fin de despreocuparlo de la terrible tarea de educar a una hija en plena juventud.

—Pasado mañana tengo una carrera —continuó mi hermano, al tiempo que se encendía un cigarrillo—. Así que intentaré no comer demasiado.

Eduardo era deportista: le encantaba jugar al tenis y montar a caballo; de hecho, era uno de los mejores jinetes de Barcelona. Los domingos solíamos ir al hipódromo para verlo montar, y era uno de los pocos momentos en los que mi madre se atrevía a salir de casa sin que le importara su malestar: el hipódromo era el lugar perfecto para demostrar que seguía siendo la misma mujer, fuerte y decidida, que había conquistado el corazón del heredero de la familia Rovira hacía ya veintitrés años. Lo cierto es que mi hermano mayor era un tipo envidiable, tenía todo a su favor y el físico también lo acompañaba: era alto, atlético, y tenía un bonito hoyuelo en la barbilla que lo hacía aún más atractivo e interesante.

Por fin nos sentamos a la mesa y, tras bendecirla, comenzamos a comer el exquisito pavo asado que había preparado Carme, la cocinera. Yo no conseguí disfrutarlo, quizá porque me faltaba la presencia de mi madre, de la que nadie parecía acordarse. Eduardo ni siquiera había preguntado por ella.

—¿Sabes que madre está enferma? —le dije, intentando removerle la conciencia por no haberle dedicado ni uno solo de sus comentarios—. No has subido a verla.

—Madre siempre está enferma. Qué quieres, ¿que me atormente por ello?

—Pero hoy es el día de Navidad. Le habría gustado verte.

Mis palabras no estaban consiguiendo el efecto deseado; preveía que me iba a caer una buena reprimenda por haber sacado el tema delante de los invitados.

—Amelia, no seas aguafiestas —interrumpió mi hermana—. Intenta disfrutar de la comida.

—No soy capaz si no está madre. —Miré entonces a mi padre, que estaba limpiándose el bigote con la servilleta—. ¿Podré subir a tomar el café con ella?

—No. Te quedarás aquí con nosotros. —Me lanzó una mirada fría—. Y haz el favor de no volver a sacar el tema. Tu madre está enferma y punto. No podemos hacer nada.

Siguió un silencio incómodo que pronto rompió la llegada de los turrones y los licores Martinica. El padre Elíseo comenzó a beber, como de costumbre, y rápidamente le subieron los colores. Los hombres habían hecho un corrillo delimitado por el humo de sus puros habanos y hablaban de política y economía y del eterno debate a favor o en contra de los aranceles proteccionistas. Mi hermana y tía Elvira se enzarzaron en una acalorada discusión sobre si las flores que iban a guarnecer la mesa principal del banquete el día de la boda debían ser blancas, a juego con el vestido, o rosas. Me dejé caer en el respaldo de la silla y miré al techo como si desde allí pudiera ver a mi madre, como si el mero hecho de pensar en ella pudiera aliviar su sufrimiento.

2

Era un día especial para mi hermana Carolina: por fin tenía la última prueba de su vestido de boda. Estaba histérica y asustada por si había ganado unos kilos de más en las últimas comidas navideñas; de hecho, aquel día ni siquiera había desayunado y no hacía más que mirarse en el espejo de la alacena en busca de algún defecto con el que atormentarse. Sonreí con disimulo al verla tan preocupada por algo tan insignificante; ella esperaba algún halago o un piropo por mi parte, pero decidí darle un simple beso en la mejilla y sentarme al piano para tocar una melodía alegre y así tranquilizarla un poco. Tía Elvira, que hacía oídos sordos a sus quejas, se ocupaba de las labores frente a la vidriera mientras contaba los minutos que faltaban para las once, la hora de la cita con la modista. Justo en ese momento, mi padre entró en el salón con el periódico debajo del brazo.

–Espero que te controles hoy, Elvira –dijo, y la señaló con el dedo–. No quiero volver a pagar la factura de la otra vez.

Tía Elvira dejó las agujas sobre la mesita y se mordió el labio inferior con inquietud.

–Tu hija necesita toda la *toilette* para el día después de la boda y unos cuantos vestidos más para el viaje. ¿O esperas que parezca una cualquiera en Venecia?

Mi padre arrugó el bigote, visiblemente irritado, y se encendió un cigarro antes de continuar.

–¿Acaso no tiene ya suficientes vestidos?

–Agustín, ¡las mujeres nunca tenemos suficientes vestidos! ¿Cuándo vais a comprender eso los hombres?

–¡Me estáis costando un dineral, y no pienso seguir pagando vuestros caprichos!

Tía Elvira se levantó y se acercó a su hermano con una sonrisa torcida. Puso las manos sobre sus hombros e intentó mostrarse comprensiva.

—Entiendo que todo esto debería llevarlo tu mujer, y no yo. ¡Debes de estar tan preocupado por Eulalia! Ni siquiera puede acudir a la prueba del vestido de su hija...

—Eulalia no tiene nada que ver —dijo él con aspereza—. Los costes de la fábrica son cada vez más elevados. Quiero renovar los telares, pero no puedo afrontar los gastos si seguís derrochando de esta manera. ¡Esto se tiene que acabar!

—Pero, hermano, tienes que comprender que tus hijas están en la flor de la edad y que Carolina no puede empezar su nueva vida matrimonial con un ajuar escaso y de mala calidad. ¿Qué pensará la gente de los Rovira?

—¡Los Rovira somos una familia impecable!

Mi padre se estaba poniendo cada vez más nervioso y temí que la discusión se les fuera de las manos.

—Agustín, por favor, sé razonable. Hoy llega la nueva temporada de París... ¡No podemos pasearnos por el hipódromo con un vestido pasado de moda!

—No te lo vuelvo a repetir, Elvira. —Mi padre la miró intensamente a los ojos—. No pienso pagar ni un céntimo más hasta que compre los nuevos telares.

Después se levantó y se fue, abandonando el cigarrillo todavía encendido en el cenicero. Aunque por un instante creí que sus palabras habían amedrentado a mi tía, enseguida pude comprobar que no había sido así.

—Ni caso, niñas —dijo, mientras se dirigía hacia la puerta de la calle—. Ya se le pasará cuando os vea ser la envidia de toda Barcelona.

Nos pusimos los abrigos y nos preparamos para irnos. Salimos a la calle y saludamos al señor Gutiérrez, nuestro portero, que vestía un guardapolvo y limpiaba la entrada de la casa. Nos preguntó si queríamos ir en carruaje, pero decidimos ir dando un paseo: a pesar del frío, el cielo estaba despejado y el sol calentaba plácidamente las aceras. Camino de la calle Canuda, nos cruzamos con un sinfín de *didas* con sus peculiares vestidos tocados de terciopelo, sus cofias de puntas y sus llamativos pañuelos y pendientes. Ellas seguían su particular jerarquía clasista: la niñera de un marqués debía estar a la altura de la familia a la que representaba, así que el paseo de Gracia se había convertido en un escaparate de *didas* elegantes y sofisticadas que competían para ver quién llevaba encima más galones dorados y collares de plata. Tía Elvira las miraba por encima del hombro, del mismo modo que lo hacía con cualquiera que no gozara de nuestro nivel de vida. Yo no podía sentirme más avergonzada: mi madre siempre me había enseñado que la humildad era uno de los valores más preciados y admirables en un ser humano, por eso siempre trataba con respeto y empatía a las criadas que trabajaban para nosotros.

Llegamos a la casa de moda Montagne y entramos en el enorme vestíbulo iluminado por lámparas de gas, tapizado de arriba abajo con brocados italianos. Había sillas y sofás de estilo Luis XVI y un sinfín de vitrinas repletas de figurines y periódicos de moda.

–¡Bienvenida, señora Rovira! –exclamó Carolina Montagne, que se apresuró a acercarse a nosotras, enseñándonos sin querer las enaguas bajo la falda negra.

–¡Qué gusto volver a verlas! –siguió su hermana María–. ¡Miren los nuevos diseños que llegan de París!

Se trataba de las modistas Montagne. Sus padres habían abandonado Francia y se habían instalado en Barcelona atraídos por el crecimiento económico de la ciudad, lo que permitió a sus hijas fundar su propia casa de moda diez años atrás. Solían viajar a París para imitar a los mejores diseñadores de la ciudad, y eso les daba prestigio y fama en una ciudad donde la publicación de revistas de moda estaba en pleno auge.

–Fíjense en este vestido de paño –continuó María Montagne; sin duda, la más abierta y expresiva de las dos–. El forro es de algodón, la pechera de glasé blanco... ¡Le quedaría estupendo a su sobrina! Ahora que se va a casar, necesita un ajuar nuevo, ya sabe que...

–Tenemos tantos gastos con la boda de la niña... –la interrumpió tía Elvira.

–Le saldría por unas doscientas pesetas. Toque el género, verá qué suavidad y qué gran calidad tiene el tejido.

Miré de reojo a mi tía, advirtiéndole con un gesto que recordara la amenaza de mi padre. Aquello pareció hacerla recapacitar y dejó de tocar la tela con el morro fruncido, un gesto infantil que solía hacer cuando no conseguía lo que quería. En ese preciso instante apareció otra clienta, la señora de Llorach, una de las aristócratas más importantes de Barcelona, que iba acompañada por la pequeña de sus hijas: Isabel. Era una de las familias más *chics* de la ciudad: su marido, el doctor Pau Llorach, había hecho una gran fortuna comercializando el agua medicinal de Rubinat.

Isabel comenzó a observar los figurines y, sin decir nada, señaló uno por uno los que quería.

–Apúnteme esos cuatro –dijo la señora de Llorach con naturalidad–. Empieza la nueva temporada, y quiero que mi hija lleve los mejores vestidos de toda Barcelona.

Tía Elvira se puso roja de la rabia; durante unos segundos pensé que iba a salir de la tienda sin guardar las formas. Siempre quería tener más que los demás, o al menos aparentarlo.

–Me he enterado de que su sobrina se va a casar, señora Rovira –continuó la señora de Llorach, mirándola por encima del hombro–. Imagino que ha venido para comprarle un buen ajuar.

–Por supuesto que sí. –Miró a María Montagne y le señaló el vestido de antes–. Quiero este. ¿Qué son doscientas pesetas para la familia Rovira?

La miré seria, pero volvió la cara para no delatar su culpa. Aunque no me gustaba ver a mi padre enfadado, debía reconocer que me encantaba cuando le recriminaba su derroche. Los ruegos de ella entre lloros fingidos me parecían de lo más divertidos y, por qué no, también merecidos por su mal comportamiento.

–Y, además, el vestido de novia será uno de los mejores diseños que jamás se hayan visto –siguió, a la vez que cogía a Carolina de la mano–. ¿Vamos a hacer la última prueba?

–Pues vaya pensando en un nuevo vestido. –Isabel Llorach habló por primera vez y enseñó una boca de dientes perfectos–. Hago una fiesta el próximo sábado para celebrar mi cumpleaños. Será una fiesta de disfraces.

Tía Elvira palideció por completo: los vestidos de época o los disfraces exóticos costaban un dineral, y no podía ir con alguno que ya hubiera llevado en alguna fiesta anterior.

–Es usted muy amable, señorita, pero la semana que viene ya tenemos un compromiso –mintió. Prefería confesarse por el embuste que ponerse en evidencia delante de los Llorach–. Se lo agradezco de todos modos.

María Montagne nos llevó al saloncito de pruebas, un gabinete forrado de espejos y estampado de tejidos ingleses iluminado por varias lámparas de gas. Era amplio, y en el centro había un figurín donde reposaba el espectacular vestido de mi hermana, hecho de una sola pieza de seda, con tul y tiras de crepé, falda con cola, cuello ajustado y mangas anchas ceñidas a las muñecas. Mi tía se emocionó al vérselo puesto y Carolina dejó escapar unas lágrimas cuando se vio reflejada en el espejo. No pude evitar entristecerme, pese a la alegría de los demás. A partir de ahora su vida se alejaría completamente de la mía, y todo lo que habíamos compartido y nos había mantenido unidas ya no volvería a repetirse nunca más. Aunque Carolina y yo éramos como la noche y el día, el hecho de ser mujeres y el haber tenido que soportar las tediosas normas de mi tía nos había acercado mucho.

–¡Te queda tan bien, nena! –exclamó tía Elvira–. Esa modistilla vuestra... ¿Cómo se llamaba? ¿Carmencita? ¡Qué dedos tiene para el encaje!

–Mejor ni oír hablar de esa señorita... –contestó la señora Montagne–. Ya no trabaja para nosotras.

–¡No me diga! Pero ¿qué ha ocurrido?

–Resulta que por las noches se dedicaba a..., ya sabe, a calentar las camas de los hombres. –Se sonrojó y tuvo que abanicarse con la mano–. Se justificó diciendo que cobraba muy poco y que necesitaba complementar su sueldo para cuidar de su madre enferma. Pero ¡si cobraba cuatro pesetas semanales! ¡Las mujeres que cosen en casa cobran tan solo dos y se pasan más de diez horas trabajando!

Me mantuve en silencio para no parecer maleducada, pero me hubiera encantado explicarle a la señora Montagne que un obrero necesitaba más de cuatro pesetas a la semana para poder pagar el alquiler y poner un plato caliente en la mesa. Lo había leído en el periódico.

–¡Qué poca vergüenza! –clamó mi tía, lanzando pequeñas partículas de saliva al aire–. No te puedes fiar de estas modistillas, les ciegan el dinero y la ambición y quieren ser como nosotras a toda costa.

–No creo que sea por ambición, sino por supervivencia –añadí, indignada por el tono despectivo que estaba utilizando–. Deberíamos ponernos en su lugar y comprenderlas, no despreciarlas y marginarlas por sus actos.

–Amelia, pero ¿qué diablos te pasa? –me increpó mi hermana–. Una mujer debe guardar su virtud para su marido, independientemente de las necesidades que tenga.

–¿Aunque se muera de hambre? –respondí indignada–. Desgraciadamente, muchas mujeres tienen que recurrir a eso por necesidad, no por placer.

–Pero ¡trabajaba para mí! –gritó María, un poco ofendida por mis palabras–. ¿Qué pensará entonces la gente de mi casa de modas?

–Dices tonterías, nena –me recriminó tía Elvira sin mirarme siquiera a la cara–. Mejor estate calladita.

No sabía dónde meterme. Aunque nunca me hubiera faltado de nada, podía llegar a imaginarme lo que conllevaban las desgracias de la pobreza. Mi madre me había inculcado los valores suficientes para comprender los actos desesperados de los más desfavorecidos, y me sentía orgullosa de ello. Sin embargo, me daba pena que ninguno de mis hermanos hubiera captado como yo la esencia de sus palabras y de su generosidad. Me quedé callada por no fastidiarle el momento a mi hermana, pero tuve que retorcerme los dedos para evitar saltar de nuevo.

La puerta del saloncito se abrió de repente y apareció Dolores con un bonito sombrero que seguramente habría sacado de una de las vitrinas de la tienda.

–¡Amelia! –Corrió hacia mí y me abrazó–. ¡Tengo algo que enseñarte! ¡Ven conmigo!

La hija de María Montagne, Dolores, era mi mejor amiga. Era solo un año menor que yo, aunque aparentaba muchos menos por su carácter excesivamente infantil y poco formal. No era especialmente guapa, pero llevaba con gracia los vestidos que vendía su madre y tenía buen gusto a la hora de combinar colores y accesorios. Juntas habíamos soportado horas y horas de terrible espera en la casa de modas mientras tía Elvira decidía el estampado que mejor podría disimularle las curvas. Sin embargo, aquellos momentos de intimidad nos habían permitido soñar con un futuro rodeado de vestidos y sombreros de las altas casas de costura parisinas, de diseños únicos creados solo para nosotras. Nuestra imaginación no tenía límites, y en aquel taller oscuro donde las modistas no levantaban la cabeza de la labor habíamos dejado volar nuestros sueños, aunque supiéramos que eran prácticamente imposibles, y posábamos como lo hacían las chicas que aparecían en las revistas que las hermanas Montagne traían de París cada nueva temporada. Quizá influida por el carácter alocado y atrevido de Dolores, yo misma me había dejado llevar por la pasión y decidí que la moda no solo sería un entretenimiento, sino que le dedicaría mi vida. Y estaba dispuesta a ello, aunque les costara un disgusto a los míos, aunque perdiera el respeto que me otorgaban mi clase y mi apellido.

–¡Tengo una sorpresa para ti!

Dolores me agarró de la mano y me llevó al taller del sótano, donde había una mesa larga y estrecha llena de ovillos de hilo, dedales y agujas, y otra mucho más grande repleta de patrones, rollos de papel de dibujo y retales de colores de todo tipo de tejidos. En esta segunda mesa, se sentaban las cuatro oficiales y las dos aprendizas de la Casa Montagne, que cosían y hablaban, vestidas con blusa blanca y falda negra y peinadas a la última moda. Pese a su buena apariencia, sus rostros transmitían cierta melancolía por las horas perdidas en aquel sótano sin apenas luz y aire fresco; la mayor no llegaba a los veinte años y se le veía la tez pálida y demacrada por efecto del cansancio y el aburrimiento.

–Laura, por favor, tráeme el vestido –le ordenó Dolores a una de las aprendizas.

La niña no tenía más de doce años y estaba condenada a trabajar de siete a ocho horas diarias por un sueldo solo un poco mejor que el de una lavandera.

–Aquí tiene, señorita Montagne –dijo la niña, contenta por haber sido de utilidad.

Eché un vistazo a su cuerpo, raquítico y decaído; estaba visiblemente anémica, y sentí una gran pena por ella. Me disgustaba que tuviera que vivir las injusticias del mundo a una edad tan temprana.

–¡Mira qué vestido tan bonito! –exclamó Dolores–. ¡Es de la Casa Worth de París!

Era de un color azul despampanante, y enseguida me enamoré del efecto que causaba sobre mi piel pálida.

–¡Pruébatelo, vamos! –continuó, y me llevó tras un biombo–. Mi tía lo compró ya hecho y a mí no me va, me queda demasiado justo.

Dolores me ayudó a ponérmelo. Realmente me quedaba como un guante: era como si la modista que lo había cosido hubiera extraído las medidas de mi propio patrón.

–¡Estás preciosa! –exclamó, y me paseó por todo el taller para que todas me admiraran–. ¡Tienes un cuerpo tan perfecto! Estás destinada a ser maniquí, Amelia. Estoy segura de que hasta el propio Worth te contrataría sin pensárselo dos veces.

–¿Tú crees? –Me emocioné al imaginarme desfilando para el modisto más famoso del mundo, y sonreí como una boba–. Sería tan feliz si pudiera dedicarme a eso... Pero sabes que mi padre jamás me lo permitiría.

–Creo que tendrás que elegir entre tu familia o tu sueño. Ambos son incompatibles.

–Lo que tengo claro es que no pienso quedarme toda mi vida aguantando los sermones de tía Elvira.

–No tendrás que hacerlo. Cuando te cases formarás una familia y tendrás tu propio hogar.

Suspiré al pensarlo, y terminé negando con la cabeza.

–No creo que me case nunca, Dolores. Ningún hombre en su sano juicio dejaría que su mujer se dedicara a la moda. O al menos ninguno que fuera del gusto de mi tía. Estoy condenada a estar sola.

–Eso no lo sabes. Quizá te enamores perdidamente de alguien y no te parezca tan mal eso de hacer de señora de la casa.

Puse una mueca de incredulidad y decidí quitarme el vestido.

–¡No, no te lo quites! –Dolores me agarró de la mano y comenzó a tirar de mí–. Tiene que verte tu tía.

En el gabinete, María Montagne seguía poniendo alfileres al vestido de mi hermana mientras tía Elvira, sentada en el sillón, hojeaba una revista de moda. Cuando me vio entrar con el vestido de noche, se levantó como un relámpago y tragó saliva al pensar que tendría que pagar también por él.

–¿De dónde has sacado eso? No me digas que lo pediste sin que yo me enterara.

–No, señora Rovira –se adelantó Dolores–. Es un regalo. ¡Mire qué bien le sienta!

Al oír esas palabras, los ojos se le iluminaron y ella dejó escapar un suspiro de alivio. Luego, consciente de lo bien que me quedaba, me obligó a pasearme por el saloncito para recibir los halagos de las demás.

–¡Señora de Llorach! –gritó mi tía con impaciencia– ¡Señora de Llorach! ¡Venga a ver esto!

La señora de Llorach entró corriendo, acompañada de su hija, y ambas asintieron con poco entusiasmo, irritadas por haber sido molestadas tan solo para que mi tía pudiera presumir de sobrina.

–¿A que no han visto semejante hermosura en su vida? –insistió tía Elvira.

–Desde luego, es muy guapa –comentó–. Qué extraño que no tenga ningún pretendiente todavía. Mi Isabel, en cambio, ya tiene más de una oferta de matrimonio.

–Yo no quiero casarme –respondí con toda naturalidad–. Quiero ser maniquí.

–Pero ¡qué tonterías dices, nena! –me reprendió mi tía–. Mi sobrina jamás se dedicará a un oficio tan poco digno de gente como nosotros. ¿Es que quieres matar a tu padre de un disgusto?

–Es lo que quiero ser, y creo que tengo derecho a elegir mi futuro –le espeté, de mal humor.

–Déjate de bobadas, ya se te pasará el caprichito. Cuando encuentres a un buen hombre que te dé todo lo que quieras, ya verás tú como cambias de opinión.

–¡Tiene que ser tan emocionante! –exclamé, fingiendo no haber oído el último comentario de mi tía–. Salir en las revistas de moda, con esos vestidos exclusivos...

–¿Te imaginas vivir en París? –me preguntó Dolores sin contener su emoción–. Ganar tu propio dinero, hacer lo que quieras sin pedir permiso a nadie...

–¡Dejad ya el tema, nenas! –exclamó mi tía, perdiendo la paciencia–. ¡Haz el favor de cambiarte! ¡Ninguna Rovira será jamás una figurín de esas!

Yo era una Rovira, y deseaba más que nunca llevarle la contraria a mi tía.

3

Aquella noche de febrero supuso, en realidad, el principio de todo.

Me fui a pasar la noche a casa de Dolores para hacerle compañía; sus padres tenían que acudir a una fiesta que se iba a alargar hasta bien entrada la madrugada y no querían que su hija se quedara sola, en compañía únicamente de las criadas. Así que preparé mi maleta de mano con el camisón y el neceser y me despedí de mi tía y de mi madre con un beso en la mejilla, como si no nos fuéramos a ver durante mucho tiempo. Cuando llegué a casa de Dolores, la señora Montagne y su marido estaban ya con los abrigos puestos, preparados para marcharse. En cuanto se fueron, Dolores me cogió de la mano y me llevó a la sala de visitas, donde había un sofá tapizado con una tela oriental y cuadros y figuritas de estilo árabe. Además, había figurines de otras temporadas y catálogos de las galerías Lafayette de París.

–¡Qué lástima que no pudieras venir a la fiesta de disfraces de la señorita Llorach! –expresó Dolores con esa vitalidad tan característica suya–. ¡Fue muy divertido! Teníamos que ir vestidos de la corte de Luis XVI; la señorita Llorach iba de María Antonieta. ¡Estaba guapísima! Y había un chico... ¡Qué joven tan guapo, Amelia! Disfrazado de Delfín, alto, de ojos azules...

–¿Hablaste con él?

–La verdad es que ni siquiera me miró, solo estaba pendiente de la anfitriona y parecía que le gustara de verdad. ¿Y a quién no? Además, yo solo soy la hija de una modista.

–¡De la casa de modas más importante de Barcelona!

–Pero no tengo tu apellido, ni el dinero de tu familia. Tendré que conformarme con el primero que muestre un poco de interés por mí.

—No digas tonterías, que aún eres demasiado joven. Seguro que encontrarás a un hombre que te quiera de verdad. O, si no, siempre puedes venirte a París conmigo.

—Mi futuro no es como el tuyo, Amelia. Sé que no tengo ni tu belleza ni tu saber estar. Jamás podría dedicarme a la moda. Conozco mis límites, y sé a lo que puedo aspirar.

Me quedé sin saber qué decirle; desgraciadamente, una mujer no tenía muchas alternativas a la hora de ganarse la vida, y el recurso de muchas era el de casarse bien y tener la suerte de conseguir un hombre bueno y generoso.

Dolores cerró la puerta del salón y se acercó a mí con voz susurrante:

—Escucha, todavía somos jóvenes para pensar en el matrimonio... ¿Por qué no disfrutamos más de la vida?

Asentí, sin saber muy bien por qué estaba utilizando ese tono tan cauteloso.

—Esta noche no nos iremos a dormir a las once —dijo con una mirada traviesa—. Tengo un plan. ¿Qué te parece si nos vamos al Paralelo?

—¿Estás loca? ¿Cómo vamos a ir tú y yo solas? Mi tía dice que allí solo hay vicio.

—No vamos a ir solas. —Dolores se abrazó a un figurín de la estantería y comenzó a bailar con él por el salón—. He quedado con mi primo Isidro, ha venido de París hace poco más de una semana. Es pintor y bohemio, ya sabes, de esos que beben absenta y fuman opio en Montmartre.

—¿Y no le da miedo que se enteren tus padres?

—No, dice que nos traerá sanas y salvas antes de la una. Además, el servicio tampoco se enterará, en cuanto nos acostemos ellas también se irán a la cama, y llegan tan cansadas que no tardan ni dos segundos en dormirse. —Dejó de moverse y me miró a los ojos—. ¿Qué pasa? ¿Prefieres quedarte en casita?

Aunque era una proposición disparatada e imprudente, no pude negarme. Siempre había querido explorar el mundo que discurría al otro lado de mi barrio, acomodado y excesivamente fino; descubrir lo que me habían negado toda mi vida por ir en contra de los valores burgueses y elitistas.

–¡Ni lo sueñes! –Le arrebaté el figurín y comencé a bailar también–. ¡Yo también quiero divertirme!

El reloj del salón dio las once y la camarera de los Montagne esperó nuestra retirada a los dormitorios. Tenía que dormir en la habitación de invitados, así que, una vez dentro, cerré la puerta y esperé el cuarto de hora que habíamos acordado para que la criada tuviera tiempo de dormirse. Después bajamos sigilosamente al salón y salimos a la calle sin apenas hacer ruido. En la misma puerta nos estaba esperando ya Isidro, el primo de Dolores, que lucía un sombrero de ala ancha y un abrigo largo negro. Bajo el sombrero se asomaba una larga cabellera rubia que contrastaba con el traje de terciopelo negro que había escogido para la ocasión. Por su indumentaria modernista se podía distinguir en él a un verdadero artista.

–¡Sí que habéis tardado! –exclamó con preocupación–. Ya podemos darnos prisa, el sereno está a punto de hacer la ronda otra vez.

Tan solo con echarle un vistazo me di cuenta de que era la clase de hombre con el que se podría charlar abiertamente de cualquier cosa. Ser pintor era una profesión interesante, y más si vivía en París.

–Amelia, te presento a mi primo Isidro –dijo Dolores, sin dejar de andar hacia el carro que había alquilado su primo–. Estudia en la Academia de Bellas Artes de París, y ha expuesto ya en varios sitios. En la familia estamos muy orgullosos de él.

Pensé en mi padre: él jamás hubiera permitido que ninguno de sus hijos se dedicara a una profesión tan bohemia y libertina. A diferencia de los Montagne, para los Rovira sería una auténtica vergüenza.

–Además, estoy conociendo a los pintores más importantes de Francia –se jactó él–. ¡Me encantan los cafés de Montmartre! ¡Y los vodeviles! Madre mía, tendríais que verlos.

Por un momento sentí envidia de la libertad que le proporcionaba ser un varón, el hecho de que pudiera escoger su futuro sin tener que pedir permiso a nadie... En cambio, si yo decidiera marcharme a París sin la autorización de mi padre, tendría que romper con mi familia para siempre. Era una mujer, jugaba con esa terrible desventaja.

Bajamos del carro y nos adentramos en una calle oscura llena de cafés, teatros y lupanares frecuentados por pordioseros y borrachos. Isidro parecía sentirse cómodo en aquel barrio marginal y lleno de delincuentes, como si le atrajera la vida de los más pobres y condenara la plácida vida burguesa que le había tocado vivir. En la calle había varios hombres vendiendo tabaco agrio, que obtenían deshaciendo las colillas abandonadas en el suelo, y mendigos tirados en las esquinas bajo la mortecina luz de las farolas. Aunque alguna vez había pasado con el cochero por esa misma calle a plena luz del día, jamás había visto tanta miseria y depravación; me sentí como una especie de intrusa que espiaba la auténtica vida popular de la ciudad en la que había nacido.

Entramos en un bar repleto de gente que bailaba al son de la música de arrabal. La clientela era una marea colorida con gente de todo tipo, desde marineros tatuados hasta burgueses curiosos que se dedicaban a beber y a insinuarse a las prostitutas. Nos sentamos en una mesa en la que se había derramado alcohol y esperamos a que Isidro fuera a por unas copas. Yo no podía dejar de mirar a mi alrededor con asombro; los proxenetas aguardaban en la barra mientras sus mujeres volvían una y otra vez, con los labios pintarrajeados de rojo, en busca de otro cliente. Por un momento temí encontrarme a alguien conocido, pero luego pensé que era imposible que alguien de mi familia estuviera en ese antro. Me sentí culpable por estar haciendo algo incorrecto e inmoral; desde luego, no era un lugar para jovencitas como Dolores y yo, que por primera vez observábamos el vicio en su forma más descarada y extrema. Pero a medida que pasaban los minutos, me fui acostumbrando a ese aire irrespirable, pegajoso y lleno de sudor, y comencé a disfrutar de la libertad que me ofrecía; mi presencia allí parecía no importarle a nadie, por muy burguesa que fuera. Estaba claro que los de mi clase también participaban de la diversión de los bajos fondos en total anonimato, y disfrutaban de la vida nocturna barcelonesa. Solo había que ver a Isidro, que llegó con varios vasos de absenta en la mano, moviéndose como pez en el agua en aquel universo sórdido de obreros, pobres, prostitutas y cupletistas.

–¿Queréis probarla? –preguntó, y nos ofreció un vaso a cada una–. Solo un traguito, que es muy fuerte para vosotras.

Solo con oler el líquido tuve que echar la cabeza hacia atrás. Dudé unos segundos, pero finalmente probé un trago corto. Sentí un desagradable sabor amargo, un profundo ardor en la garganta y muchas ganas de vomitar; no tardé mucho en arrepentirme de haberlo probado.

Dolores estaba en la misma situación que yo y tenía las mejillas sonrosadas debido al rápido efecto embriagador. No quise pensar lo que podría ocurrir si Isidro se bebía el vaso entero.

–No te preocupes, Amelia –comentó–. Estoy acostumbrado a beber absenta. No voy a perder el control precisamente esta noche que os tengo a mi cargo.

Suspiré aliviada e intenté disfrutar del espectáculo que estaba dando sobre el escenario una cupletista francesa entrada en carnes. Llevaba un vestido escotado y de vez en cuando enseñaba la pantorrilla subiéndose la falda con sensualidad. Cantaba una historia de amor que interpretó con cierto dramatismo mientras los hombres le lanzaban todo tipo de piropos soeces y subidos de tono. Estaba tan entusiasmada con lo que estaba viendo, que apenas me fijé en que Isidro había sacado su pipa y la había rellenado con algo parecido al tabaco, pero de un olor mucho más fuerte.

–¿Qué es eso? –le pregunté.

–Opio –respondió, y empezó a beber un segundo vaso de absenta.

Dolores parecía relajada, ni siquiera prestaba atención a su primo, así que yo intenté despreocuparme también y seguí observando esa masa variopinta que parecía feliz de haber encontrado su lugar en el mundo. De repente, se acercó a mí una mujer morena y desaliñada, de ojos negros y nariz aguileña.

–Niñas, ¿os gustaría que os leyera la mano? –preguntó con acento extraño–. Solo es la voluntad.

Era una gitana. Llevaba un pañuelo de colores brillantes anudado al cuello y unos grandes pendientes dorados a juego con unos brazaletes. Sin esperar respuesta, se sentó junto a nosotras; yo miré a Isidro en busca de ayuda para que la echara. Sin embargo, el primo de Dolores parecía estar ausente, en otro mundo; ni siquiera era capaz de sostenerme la mirada.

–¡Yo sí que quiero que me leas la mano! –exclamó Dolores con entusiasmo–. Y tú también, ¿verdad, Amelia?

Me acerqué a mi amiga y le mostré mi preocupación por Isidro: temía que acabara tan borracho que ni siquiera recordara el camino a casa.

–Mi primo está bien, ya se le pasará, todavía es pronto –dijo, y se dirigió a la gitana de ojos negros y profundos–. Léame la mano. ¡Quiero saber si me casaré pronto!

La gitana le cogió la mano y comenzó a examinarla detenidamente.

–Claro que te casarás, aunque no estoy segura de que sea con el hombre que deseas. De hecho, veo varios engaños durante tu matrimonio.

–¿Mi marido me será infiel?

–Creó que no será precisamente él. –Sonrió y le guiñó un ojo–. Pero serás feliz a tu manera.

Dolores comenzó a reír, achispada por el trago de absenta, y enseguida me cedió el turno. Cuando la gitana empezó a tocar mi mano, noté un ligero escalofrío por todo el cuerpo; los ojos de la mujer clavados en mi cara me hicieron sentir un tanto incómoda.

–Veo una huida. –Desvió la mirada y se quedó callada un instante–. Un acontecimiento te cambiará la vida.

La mujer se deshizo rápidamente de mi mano y, aunque yo nunca había creído en esas adivinaciones, tuve la necesidad de saber más.

–¿Una huida? –Dolores estaba eufórica, le encantaban ese tipo de intrigas–. ¿Ve algo más que no nos quiera decir?

La gitana se puso de pie y volvió a mirarme con tristeza, como si se compadeciera de mí.

–Basta ya, Dolores, no me hace ninguna gracia este juego –dije acongojada, mientras sacaba dinero de mi monedero para pagar a la mujer–. Deberíamos volver a casa.

–¿De verdad no quieres saber lo que te depara el futuro? ¡Vamos, si esto no va en serio!

La gitana cogió el dinero y, antes de irse, volvió a acercarse a mí.

–Veo también una desgracia –me susurró al oído–. Pero no intentes saber más, no sirve de nada conocer el porvenir para intentar cambiarlo. La gente corre de cabeza a su destino y se deja arrastrar por él.

La gitana se marchó y a mí me entraron unas ganas inmensas de llorar. No entendía por qué me habían afectado tanto sus palabras; quizá había sido la manera mística y misteriosa con la que me había hablado. Sentí que la noche había llegado a su fin, y apremié a Dolores para volver a casa.

–¿Ya? Jolín, ¡todavía es pronto! ¡La fiesta acaba de empezar! ¿No es así, Isidro?

Isidro estaba apoyado sobre la mesa con una sonrisa boba. Se había terminado los tres vasos de absenta y seguía fumando opio. Tenía la mirada perdida, ni siquiera contestó.

–¡Tu primo está borracho! ¿Quién narices va a llevar el carro ahora hasta casa?

Comencé a culparme por no haber sido más responsable y prudente; yo era la mayor de las dos y me había comportado de manera muy poco sensata al pensar que Isidro cumpliría su promesa. Ahora estábamos solas en aquel bar con un hombre que apenas se aguantaba en pie y sin saber llegar a casa.

–No te preocupes, iremos a pie si hace falta –dijo Dolores, que no quería darse cuenta de la situación–. ¡No se acaba el mundo!

–¿Cómo vamos a llevar a tu primo tú y yo solas caminando? ¿Y qué hacemos con él? ¡Si lo subimos a casa, tus padres se enterarán de todo!

Isidro comenzó a reír a carcajadas.

–Podemos ir volando –dijo entre risas–. Me pongo las alas y nos vamos volando.

Dolores y yo nos miramos sorprendidas y llegamos a la conclusión de que el opio estaba haciendo su efecto. Había oído decir a mi padre que podía provocar alucinaciones y epilepsia, así que recé para que no fuera a más y para que no sufriéramos un nuevo contratiempo. Cogimos a Isidro una por cada lado y abandonamos el bar como pudimos. Ya en la calle, hicimos breves paradas por el camino. La calle estaba oscura y helada, apenas se veía un alma y solo se oía cantar a los mendigos que también habían bebido alguna copa de más. Isidro no dejaba de reír y de decir bobadas sin sentido, y yo estaba cada vez más preocupada por si no llegábamos a tiempo a casa y nos descubrían los padres de Dolores.

–Ya no pienso fiarme de ti nunca más –le dije a mi amiga–. Ve pensando qué hacemos con tu primo.

En ese momento apareció de la nada un hombre con una espesa barba negra y bigote que iba vestido como un pordiosero. Cuando se encontraba a una zancada de nosotros, nos cortó el paso y nos sacó una navaja.

–¡Oh, Dios mío! –exclamé, alterada–. ¿Qué quiere de nosotros?

–Nos va a matar, Amelia –gimoteó Dolores–. ¡Tengo mucho miedo!

Dolores y yo soltamos un grito y nos quedamos quietas, sujetando a Isidro, incapaces de movernos. Éramos dos jovencitas bien vestidas en un barrio peligroso con un hombre borracho. Cualquiera podría pensar que habíamos perdido la cabeza.

–¡Dadme todo el dinero que llevéis encima! –dijo el hombre con voz de cazalla.

Me temblaban las manos, y ni siquiera fui capaz de sacar el monedero del bolso.

–Le daré el dinero, pero le ruego que no nos haga daño –supliqué.

Estaba muy asustada, era la primera vez que me enfrentaba a algo parecido. Me arrepentí de haberme comportado con tan poca sensatez y prudencia, dejándome llevar por la adrenalina y la emoción de lo prohibido. Había querido ver con mis propios ojos la auténtica vida nocturna de Barcelona, sin tapujos ni límites, y no había salido bien parada. Debía reconocer que mi tía tenía razón cuando en más de una ocasión le había oído decir que en el Paralelo solo había degradación y delincuencia, sobre todo para unas muchachas adineradas como nosotras.

Cuando por fin pude sacar el dinero y entregárselo al hombre, este me agarró de la mano y comenzó a arrastrarme hacia él. No sé qué pretendía, pero comencé a chillar:

–¡Suélteme! ¡Déjeme tranquila! –grité aterrorizada.

Justo cuando estaba a punto de estrecharme entre sus brazos, un joven apareció de repente en la calle y le propinó un puñetazo al atracador, quitándole la navaja y el dinero que yo le había entregado. El ladrón se marchó corriendo y el joven se acercó a mí para devolverme el dinero.

–¿Está bien? –me preguntó.

Era alto y llevaba una media melena negra escondida bajo una gorra de hule. Apenas le pude ver la cara, pero tenía una voz amable y cercana. Dolores se había puesto a llorar, y yo estaba tan impresionada por lo que acababa de ver que apenas podía articular palabra.

–No deberían andar solas por aquí a estas horas –continuó el muchacho–. Se nota que no son del barrio... ¿Qué le pasa a su amigo?

–Ha bebido absenta y ha fumado opio. –Por fin pude decir algo–. Y tenemos que regresar a casa, pero yo no sé conducir un carro.

–¡Y mis padres no se pueden enterar! –Dolores, ahora sí, parecía desbordada por los acontecimientos–. ¡Y no sé dónde dejar a mi primo!

–Yo les puedo llevar a casa y quedarme a cargo de su primo hasta que se recupere –dijo el joven–. Imagino que han hecho una travesura, ¿no es así?

Lo miré con desconfianza; era un desconocido y no podíamos dejar a Isidro en manos de alguien a quien acabábamos de conocer. Por otro lado, nos había salvado la vida y no teníamos muchas más opciones.

–No les voy a hacer nada. –Parecía que me hubiera leído el pensamiento–. De verdad, es mejor que las acompañe yo a que sigan solas.

Miré a Dolores, que asintió con la cabeza. Luego inspeccioné al chico de arriba abajo: iba vestido humildemente y parecía tener buenas intenciones.

–De acuerdo –dije sin pensármelo demasiado para no cambiar de opinión–. Confiaremos en usted.

El joven, que apenas tendría unos veinte años, sonrió con amabilidad y nos ayudó a cargar con Isidro mientras nos dirigíamos al carruaje. Cuando paró frente al portal de casa y vimos a Isidro tumbado en el interior del coche durmiendo la mona, volví a dudar.

–¿Por qué hace esto por nosotros? –le pregunté–. ¿Quiere dinero a cambio?

El chico se encogió de hombros y encendió un cigarrillo.

–Nunca dejaría que le pasara nada a una mujer. ¿Le parece suficiente argumento? –Sonrió–. Además, si un burgués adinerado me atracara a mí en el paseo de Gracia, también me gustaría que una chica como usted me salvara la vida.

A pesar de todos los contratiempos vividos aquella noche, me hizo reír. Cuando me despedí de él y por fin nos adentramos en casa, me arrepentí de no haberle preguntado su nombre.

4

La camarera entró en mi habitación y me despertó anunciándome que hacía uno de los días más calurosos de marzo. Sonreí al pensar en mi hermana, que tan preocupada había estado por el tiempo, y pensé que luciría estupenda vestida de novia bajo ese sol tan brillante que podía vislumbrar a través de los visillos de mi cuarto. Escuché de fondo el ruido matutino de los vendedores y los relinchos de los caballos que rebufaban agotados al pasar a toda velocidad por la calle, y sonreí ilusionada por el bonito día que nos esperaba a la familia Rovira.

Me levanté con energía deseosa de darme un buen baño. En el pasillo me encontré a mi tía, vestida con un quimono que usaba para estar por casa, y me pareció gracioso el efecto que le hacían esas enormes mangas sobre sus brazos rollizos. Aunque quisiera vestir a la última moda, la mayoría de prendas que se ponía no solían favorecerle demasiado.

—¿Otra vez te vas a bañar? —me recriminó al verme con la toalla en la mano—. ¡Sabes que el doctor Martí no aconseja bañarse tan a menudo! ¡Tienen que pasar al menos quince días!

—No pasa nada, tía, solo es agua y jabón.

—Como cojas un enfriamiento, verás tú la que te va a caer por desobedecer al doctor... ¡Y date prisa, o aún tendrá que esperarte esa amiguita tuya!

Dolores iba a venir para ayudarme con la *toilette*. Juana estaba muy ocupada con las demás, sobre todo con mi hermana, y yo, al ser la pequeña, siempre era la última en ser atendida. Además, nos iban a fotografiar a todos y quería estar lo más hermosa posible en un día tan especial como aquel. Siempre me había hecho mucha ilusión verme retratada en un recuerdo que era de por vida, ver pasar el tiempo en nuestros rostros, recordar con nostalgia los buenos momentos de la infancia junto a mi madre, cuando aún no se había abandonado al abatimiento y la desesperanza.

Entré en el cuarto embaldosado, donde había una vasija de agua templada que me había dejado la criada. Me metí en la bañera y comencé a frotar la esponja sobre mi cuerpo, disfrutando de la tranquilidad que me proporcionaba aquella intimidad, mientras hacía memoria de los tiernos momentos que había vivido junto a mi hermana, ahora que iba a dejar de tenerla a mi lado. Perdí la noción del tiempo y, al escuchar de fondo la voz de Dolores, me apresuré a secarme y me dirigí a mi habitación, donde me estaba esperando.

—Mi primo te envía recuerdos —me dijo a media voz—. Ayer mismo se marchó de nuevo a París.

No quería ni oír hablar de Isidro. Estaba tan enfadada por lo que había hecho aquella noche que era incapaz de perdonarle. Había sido un irresponsable: ni siquiera fue capaz de controlarse a sí mismo para cuidar de nosotras.

—Vamos, Amelia —continuó Dolores—. Olvídate ya de lo ocurrido, al final todo salió bien.

—Salió bien porque ese desconocido nos ayudó. ¿Y si se hubiera aprovechado de nosotras? ¿Y si hubiera hecho vete tú a saber qué a Isidro?

—Pero no fue así. Isidro me contó que se quedó a su lado toda la noche hasta que él se despertó recuperado, luego le dejó el carro y se marchó como si nada. Mi primo insistió en darle dinero, pero él lo rechazó.

Me ayudó a quitarme la bata de paño azul y me puso el corsé que solía usar para ir al baile y al teatro. Como era mucho más estrecho que los que utilizaba a diario, Dolores tuvo que sacar toda su fuerza para ajustar lo máximo que pudo los cordones de seda. Noté una fatigosa molestia una vez anudado, y pensé en lo mal que lo tendría que pasar tía Elvira cada día de su vida para lograr embutir su cuerpo dentro de esas afiladas varillas. Luego me puse el precioso vestido blanco de muselina y un sombrero de grandes plumas blancas de garza, además de un toque de perfume en el cuello.

—Estás guapísima, Amelia. —Dolores me dio un beso en la mejilla—. Siento mucho lo del otro día, de verdad, fue una locura.

—De acuerdo, no volvamos a mencionarlo. Tuvimos la suerte de toparnos con un buen hombre y no hemos tenido que lamentar una desgracia.

—¡Y nos lo pasamos genial! —expresó Dolores en tono jovial—. Tengo ganas de repetirlo.

—¿Es que no escarmientas? —Miré al cielo con incredulidad—. Ya sabemos lo que es, yo no pienso volver a jugármela.

—¡Oh, vamos! ¡Pero si el atracador solo se iba a quedar con unas cuantas pesetas!

Me fascinaba su capacidad para restar importancia a las situaciones que para mí habían rozado lo traumático, la irracionalidad en muchas ocasiones de sus actos y sus palabras. Eso le permitía disfrutar de una libertad que yo no gozaba del todo, por culpa de los prejuicios y miedos que me habían inculcado durante toda mi vida.

Bajamos al comedor en el preciso instante en que aparecía mi tía Rosa, la hermana de mi madre, que hacía ya un año que había enviudado y a la que todavía le quedaban dos años más para seguir vistiendo rigurosamente de negro. Llevaba un velo negro que le cubría el rostro y los puños y el cuello bien estrechos, sin ningún tipo de adorno.

—¡Amelia! —Mi tía me dio dos grandes besos—. ¡Cómo has crecido! ¡Estás preciosa! Ya eres toda una mujer.

Tía Rosa era una mujer afable y de buen carácter, todo lo contrario a tía Elvira, pero habíamos tenido muy poco trato por culpa de la distancia. Se había casado con un vasco adinerado, y muy de tanto en tanto venía a hacernos una visita a Barcelona, sobre todo en ocasiones tan especiales como la de aquel día. Aunque precisamente no era una mujer muy asidua a las casas de modas, ni aficionada a seguir las últimas tendencias parisinas, nunca había descuidado su vestir ni su elegancia. Era una señora de los pies a la cabeza, y tía Elvira la odiaba por ello. Nunca se habían llevado especialmente bien, y los años habían acentuado aún más su desapego.

—Gracias, tía. Hacía mucho que no la veía.

—Amelia lleva un vestido de París. —Se apresuró a decir tía Elvira con orgullo—. En esta familia siempre hemos ido a la última moda.

—No sé qué manía os ha dado a todas por el estilo parisino —dijo tía Rosa—. Me parece ridículo este afrancesamiento de las costumbres:

comemos a la francesa, las niñas estudian en colegios franceses... ¡La gente se arruina por llevar la moda francesa!

—Señora Monturiol, está usted chapada a la antigua —comentó tía Elvira—. Además, mírelo por el lado positivo: si no hubiera mujeres como nosotras, que llenamos nuestros armarios de vestidos, ¿quién trabajaría en las fábricas? ¡Mi pobre Agustín se arruinaría!

—Pero, gracias a Dios, la fábrica va estupendamente bien, ¿verdad? —Se dirigió a mi padre, que no se había pronunciado todavía—. ¿Cuántos trabajadores hay?

—Más de doscientos —contestó mi padre mientras se rascaba la barba—. La mayoría mujeres. Y sí, nos va tan bien que hemos tenido que alargar la jornada laboral para aumentar la producción.

—Y niños, padre —le recordé con mala baba—. Niños que empiezan a trabajar con siete u ocho años por un tercio del salario de sus padres.

—No vuelvas otra vez con ese tema, Amelia —me reprochó enfadado—. Que puedas vivir en este palacete y tener los vestidos que tienes depende de esos niños que trabajan para nosotros. No seas hipócrita.

—Entonces, permíteme ganar mi propio dinero trabajando. Ser una mujer independiente.

—Tanto leer esas revistas que te traen de París te está haciendo perder la razón. —Cabeceó un par de veces—. No quiero oír más sandeces, jovencita, compórtate como una Rovira y no me enfades, que hoy es la boda de tu hermana.

Se hizo un silencio aterrador. Nadie en mi casa entendía que, siendo un miembro de los Rovira, pudiera expresarme en contra de los intereses de la familia. Era consciente de que el patrimonio y el dinero del que disfrutábamos se habían obtenido a expensas de las condiciones de todas esas mujeres y niños que consumían su vida en aquella fábrica insalubre. Leía el periódico, oía las reivindicaciones laborales de los obreros que se manifestaban por un salario digno, las noticias acerca de las muertes prematuras de quienes respiraban día a día las partículas del algodón que luego yo llevaba puesto con orgullo... Todo eso me había hecho recapacitar y guardar en mi conciencia la culpa de quien se aprovecha de las injusticias ajenas.

—No solo leo revistas de moda, padre, también el periódico —me atreví a decir por fin—. Y sé lo que pasa en las fábricas.

–Tú no necesitas leer el periódico –me reprendió tía Elvira–. ¡Qué te importará a ti lo que pase en el mundo si tienes todo lo que necesitas!

Iba a responder, pero mi padre me hizo callar con una mirada amenazante.

–¿Y qué me dice de los sombreros? –Tía Rosa cambió radicalmente de tema, incómoda–. Deberían prohibirlos en el Liceo, ¿no cree, señor Rovira? ¡Ni en el mismísimo Parque de la Ciudadela encontramos tanta naturaleza! Tan llenos de fruta, flores, plumas de pájaros, piedras de colores, alfileres... ¡Qué terrible moda!

–Desde luego, es un problema –respondió mi padre un poco más relajado–. No le dejan a uno ver el escenario... ¡A veces me pierdo la obra entera!

–¡Donde haya una bonita mantilla, que se quite cualquier sombrero! –clamó con cierta gracia tía Rosa–. Si ya os digo yo que las modas no traen nada bueno.

De repente, mi hermana bajó vestida de novia acompañada por mi madre y mi hermano Eduardo. Mi madre había recuperado el color de la cara y esa sonrisa tan bonita que se hacía tan difícil de ver y que solo regalaba en ocasiones tan especiales como aquella. Me alegré de que estuviera feliz y de que se le hubieran aliviado los dolores de forma tan repentina y milagrosa para ese día. Tía Elvira soltó de nuevo una reguera de lágrimas al ver a Carolina, pero no tardó mucho en recomponerse y recuperar su autoridad mandándonos a todos hacia los carruajes. Como no cabíamos en los vehículos, Dolores y yo decidimos ir andando hasta la iglesia de la Concepción. Cuando llegamos, tras un tranquilo paseo, todos estaban ya esperando frente a la puerta mientras mi hermana se retocaba el vestido y el peinado. Dentro ya estaban el novio y su familia, de modo que entramos en el templo y nos sentamos en los primeros bancos. Víctor me saludó con un ligero gesto de cabeza: parecía realmente nervioso y a la vez ilusionado; pensé que, en el fondo, Carolina había elegido a un buen chico. Mi hermana entró al poco tiempo cogida del brazo de mi padre, y todas las mujeres comenzaron a llorar de forma contenida. Dolores se agarró a mi mano mientras con la otra se secaba las lágrimas, y yo no pude evitar sentirme culpable por no emocionarme igual que el resto. Mi madre también había sido una mujer feliz con mi padre, pero hacía tiempo que no había vuelto a ver entre ellos el afecto de antaño y eso, irremediablemente, me hacía pensar que el amor, tarde o temprano, acababa por desaparecer.

Cuando terminó la ceremonia y salimos de la iglesia, el fotógrafo Antoni Esplugas, uno de los más importantes de Barcelona, nos esperaba con su cámara de madera rojiza frente al portalón. Era un hombre de mediana edad, con una barba poblada y unos bigotes espesos y largos. Todavía recuerdo la primera vez que noté el olor a magnesio cuando disparó la cámara; tenía cinco años y mi familia decidió retratarse después del nacimiento de mi hermano pequeño. Mi padre me sujetaba en el regazo mientras mi madre sostenía a Andreu entre sus brazos, y mis hermanos mayores permanecían en un segundo plano tras la figura autoritaria de mi tía. Esa fotografía, colgada en uno de los lugares más importantes del salón, me hacía sentir inevitablemente que los buenos momentos del pasado no iban a repetirse jamás, o al menos no con la misma inocencia y felicidad de la infancia. Aunque desde entonces me había hecho decenas de retratos, no podía evitar ponerme nerviosa cada vez que el fotógrafo se preparaba para disparar.

Esplugas sacó varias fotografías de mi hermana junto a Víctor, y luego toda la familia posó frente a la iglesia. De pronto apareció un joven a su lado, el que parecía ser su ayudante y se encargaba de montar y recoger la cámara. Cuando terminó la sesión, todos volvieron al carruaje para dirigirse a casa y celebrarlo con un buen banquete que había preparado un gran chef francés. Dolores y yo teníamos que regresar de nuevo a pie y, cuando apenas llevábamos unos metros andando, se acercó a nosotras el ayudante del fotógrafo, que iba vestido con pantalones de pana y chaleco.

Me quedé petrificada.

—¡Madre mía! —le dije a Dolores, al reconocerlo—. Es el joven de la otra noche.

—Señoritas, creo que esto es suyo. —Me entregó un pañuelo que creía haber perdido hacía tiempo—. Lo dejaron olvidado la otra noche en el carruaje.

Ahora que lo inspeccionaba con más atención bajo la luz del sol, pude ver a un hombre de facciones duras y angulosas, con unos sugerentes ojos grises que escondían una personalidad aparentemente valerosa y decidida. Me desconcerté por unos segundos; jamás pensé que volvería a coincidir con él, y menos en un barrio tan diferente al del Paralelo.

–Muchas gracias –dije al fin–. Por lo de ahora y por lo del otro día. ¿Es usted el nuevo ayudante de Esplugas?

–Así es, llevo solo dos semanas trabajando para él. ¡Quién me iba a decir a mí que las iba a encontrar de nuevo, señoritas! Por cierto, espero que su primo se encuentre bien.

Aunque no era un hombre especialmente elegante, guardaba cierto atractivo.

–¡Gracias por preocuparse por él! –exclamó Dolores–. No sabíamos que la absenta y el opio pudieran hacerle perder la cabeza de ese modo.

–Si quieren volver de nuevo al Paralelo, puedo hacerles de guía. Les aseguro que no les ocurriría nada y se lo pasarían estupendamente bien. No deben de guardar muy buen recuerdo, pero tampoco piensen que todo el mundo es como el sinvergüenza que les salió al paso para robarles.

–Siento tener que rechazar su oferta, pero no tenemos pensado regresar –respondí–. Hemos aprendido la lección, y ya hemos visto lo que se cuece por los bajos fondos. No es un lugar adecuado para nosotras.

–Quizá acabe cambiando de opinión, señorita.

El chico me dedicó una sonrisa, y no pude evitar ponerme un poco nerviosa.

–¿Qué les parece si les hago una foto a las dos? –propuso, alegre–. El estudio está aquí al lado, tendrían un bonito recuerdo.

–Creo que será mejor otro día, en casa nos están esperando.

–¿Se escapa una noche sin decir nada y ahora le da miedo llegar cinco minutos tarde?

Sonrió con sarcasmo y se encendió un cigarrillo de hebra.

–Creo que a usted no le interesa lo que yo haga o deje de hacer. –Arrugué la nariz, enfadada–. Es un maleducado.

–Un maleducado que le salvó de ese canalla. –Soltó una carcajada divertida–. Vamos, solo es una fotografía.

–Ya le he agradecido lo de la noche aquella, no insista más. No tengo por qué darle explicaciones: no le conozco de nada.

—Discúlpeme, señorita. —Hizo una simpática reverencia—. No quería ofenderla, de verdad. Pensé que le gustaría la propuesta.

—¡Venga, Amelia! —Dolores estaba entusiasmada con la idea—. ¡No tenemos ninguna fotografía juntas! ¿No te parecería bonito?

—Además, yo se la regalo —añadió él—. Esplugas me deja practicar con la cámara, así que no me haga ese desprecio.

Mi orgullo me decía que debía mantenerme en mis trece, pero los dos insistían tanto que me pareció imposible negarme. En el fondo, tampoco entendía por qué había optado por esa actitud engreída y distante con el muchacho cuando tampoco me había dado motivos para ello.

—Por cierto, me llamo Héctor —dijo, y me ofreció la mano—. Un placer, señorita Amelia.

El estudio se encontraba sobre el café Alhambra: tenía un amplio vestíbulo y un salón de espera que llevaba a un cuarto de revelado y a la habitación donde se hacían los retratos. Mientras esperábamos en ese salón de fotografías coloreadas, Dolores me confesó que aquel muchacho le parecía un joven muy interesante y que era de la clase de hombres de los que se podría enamorar en un abrir y cerrar de ojos. No pude evitar recordar al chico de la fiesta de los Llorach del que me habló, y que también le había parecido intensamente arrebatador. Pensé para mí misma que Dolores era una muchacha demasiado impresionable y enamoradiza. No como yo, que nunca había sentido el cosquilleo en el estómago del que tanto hablaban las chicas de mi edad.

—Ya pueden pasar, señoritas. ¿Puedo tutearlas?

Asentimos, sorprendidas por su naturalidad, y entramos en la habitación, donde había una pared blanca y un papel pintado que simulaba un lago y un bosque en plena primavera. Nos sentamos en el banco y nos preparamos para que nos hiciera la fotografía. El chico dispuso todo lo necesario y, pasados unos minutos, se colocó tras la cámara y se tapó con una sábana.

—Amelia, estás muy tensa —me dijo—. Tienes que relajarte.

Tenía razón: estaba realmente nerviosa. Cogí aire varias veces e intenté serenarme pensando qué narices era lo que me estaba alterando de aquella manera. Luego caí en la cuenta de que, aunque Esplugas me había hecho decenas de fotos, era la primera vez que me retrataba un desconocido. Por fin disparó, y de nuevo percibí el intenso olor a magnesio.

–Perfecto. –Me miró durante unos segundos–. Amelia, ¿puedo hacerte una a ti sola? Tienes una mirada cautivadora, y quiero ver si soy capaz de captarla con la cámara. Aún no se me dan muy bien los primeros planos...

Me revolví, incómoda, y no pude evitar sonrojarme por el piropo.

–Prefiero estar acompañada –le espeté con cautela–. Me da un poco de vergüenza.

–Pero ¡si te has hecho muchísimos retratos! –comentó Dolores, poniéndome en evidencia–. ¡Has posado miles de veces! ¿Qué es lo que te pasa hoy?

–Ponte de lado y tuerce ligeramente la cabeza –continuó Héctor rápidamente, sin darme tiempo a decidirme–. Sonríe, por favor, pero sin enseñar los dientes.

Me observó con detenimiento, como si estuviera inspeccionando cada milímetro de mi rostro, y luego se acercó a mí para cruzarme las manos sobre el regazo. Noté que mi corazón se aceleraba cuando su piel rozó la mía, y me sentí estúpida al temblar por algo tan insignificante.

–Tienes un perfil muy bonito –añadió, sonriente–. Eres, sin duda...

–Preciosa, ¿verdad? –Dolores suspiró resignada–. Qué suerte la suya.

Héctor volvió a disparar, y yo me levanté enseguida para que no volviera a insistir con otra. Tenía unas ganas inmensas de marcharme.

–Bueno, creo que ahora sí deberíamos irnos –comenté, dirigiéndome hacia el salón–. Mi tía debe de estar preocupada.

–Ha sido muy divertido, Héctor –dijo Dolores–. Gracias por las fotografías.

–Las tendréis mañana mismo. –Volvió a mirarme–. Ha sido todo un placer, señoritas.

Cuando estábamos a punto de marcharnos, entró en el local una mujer joven con los labios exageradamente pintados de carmín. Llevaba también las pestañas tintadas de negro y un falso lunar a la altura de la mejilla. Un escote excesivamente marcado le realzaba los pechos.

–Hola, *madame* Morandé –la saludó Héctor–. Ahora mismo estoy con usted.

La chica se acercó a él y, ante el asombro de las dos, le dio un beso en la mejilla.

–*Bonjour, mon amour.*

La joven parecía estar como en su propia casa; se deslizaba por el salón como si fuera suyo y ni siquiera se inmutó ante nuestra presencia. Mostraba cierto descaro en sus andares y gestos, como si estuviera acostumbrada a que la miraran y admiraran, como si no le importara que pudieran juzgarla o hablar a sus espaldas. Héctor nos despidió con cierta prisa: parecía que aquella bella francesa de acento sensual le hubiera distraído por completo de nosotras. Y aunque me sentí liberada por ello, también me invadió, sin que alcanzara a comprenderlo, una rabia tremenda.

5

Mi madre volvía a estar enferma. Pasaba las horas recluida en su habitación, ignorada una vez más por mi padre, que apenas subía a verla. Él siempre decía que se había casado con una mujer fuerte y de extraordinaria vitalidad cuando recordaba sus primeros años de matrimonio, y era incapaz de aceptar que ella hubiera tirado la toalla y se hubiera dejado llevar por el desánimo y la tristeza. Mi madre era una mujer desolada por el paso del tiempo, una mujer que se agarraba al pasado como si fuera lo único que pudiera mantenerla con vida. Aunque yo no acababa de entender el verdadero motivo que la había llevado a ese estado, podía llegar a comprenderla: tía Elvira había minado poco a poco su carácter hasta el punto de convertirla en una mujer insegura, y mi padre..., bueno, él simplemente le había destrozado el corazón.

La criada vino a avisarnos de que ya había llegado el médico, un hombre viejo, de pelo blanco y bigote gris, que no solía oler precisamente a rosas y que camuflaba el olor a sudor rancio bajo el almizcle de su perfume Amber. Era, además, un médico conservador que estaba en contra del exceso de agua; de hecho, insistía en que el baño frecuente podría ser causa de enfriamientos y enfermedades absurdas. Si bien mi tía tomaba sus preceptos al pie de la letra, yo hacía oídos sordos a sus indicaciones, pues había leído numerosas veces en el periódico que llevar una buena higiene diaria no solo era aconsejable, sino que además ayudaba a tener una vida saludable.

El doctor Martí entró en la sala y rápidamente lo llevamos a la habitación de mi madre para que le hiciera el reconocimiento habitual. Por la cara de disgusto y desprecio que ponía mi madre ante su presencia, yo sabía que ella tampoco terminaba de confiar en él. Había sido tía Elvira quien había decidido contratar sus servicios, pues decía que era uno de los médicos más reputados de Barcelona. Y era cierto, pero lo había sido hacía ya más de treinta años; desde entonces la medicina había evolucionado a pasos agigantados y los tratamientos del doctor Martí se habían quedado obsoletos.

—Buenos días, señora Rovira —dijo el médico a la vez que encendía la lámpara de gas de la mesilla de noche—. ¿Cómo se encuentra hoy?

Mi madre se acababa de despertar; apenas eran las nueve de la mañana y nadie había descorrido las cortinas de su habitación.

—Me encuentro mal, ya sabe, dolor de cabeza. —No pudo disimular su cara de desagrado—. Lo de siempre.

Llevaba años aguantando las visitas del doctor Martí tan solo para escuchar de su boca el mismo diagnóstico: histeria femenina. Cuando lo oí por primera vez pensé que se trataba de algo grave, pero luego descubrí en un libro de medicina que era un diagnóstico de hacía más de medio siglo que para entonces ya muchos habían dejado de respaldar.

—Falta de apetito, insomnio, respiración entrecortada, ganas de causar problemas... Histeria femenina, sin duda.

—¿Y no existe la histeria masculina, doctor? —pregunté yo sin poder contener mi enfado.

—¡Por Dios, Amelia! —exclamó mi tía—. ¿Cómo se te ocurre semejante tontería?

—La mujer siempre es una niña, nunca se hace adulta como el hombre —comentó el médico—. Por eso es claramente inferior desde un punto de vista tanto físico como psicológico. El sexo masculino no sufre esas debilidades.

Tía Elvira me advirtió con la mirada que no siguiera contradiciendo al doctor, pero yo no podía mantenerme callada.

—Concepción Arenal defiende que la inteligencia de la mujer no es inferior a la del hombre, que somos iguales y tenemos las mismas capacidades.

—¡No me diga que lee usted a esa mujerzuela! —me recriminó—. ¿Qué clase de educación le están dando a esta joven?

Mi tía se puso roja como un tomate, avergonzada; la había puesto en evidencia delante del médico.

—¡Cállate, niña! —exclamó poniéndose la mano en la frente—. Deja trabajar al doctor tranquilo.

—Quiero saber por qué cree que mi madre tiene histeria femenina —insistí.

El doctor, que parecía estar perdiendo la paciencia, negó con la cabeza como si le hubiera hecho una pregunta estúpida.

—Cuando una mujer no tiene ocupaciones que hagan trabajar su inteligencia, cuando se alimenta de excentricidades, de caprichos ridículos, de ideas vanas y de sueños peligrosos...

—Mi madre no tiene caprichos; ni siquiera le gusta la moda —lo interrumpí, nerviosa—. ¿Y cómo puede trabajar su inteligencia si no le dejan hacer nada?

—¡Basta ya, nena! —gritó mi tía perdiendo la compostura—. Vámonos de aquí y dejemos trabajar al doctor.

Mi madre me miró entre preocupada y orgullosa por haberla defendido, y a continuación asintió con la cabeza para que hiciera caso a mi tía. Cerramos la puerta y nos fuimos al salón a esperar a que terminara.

—¿Cómo puedes avergonzarme de esta manera? —Mi tía estaba indignada—. ¿Es que no te puedes quedar calladita?

—¿Qué le va a hacer? —pregunté ansiosa, haciéndole caso omiso—. ¿Por qué no podemos estar presentes?

Recordaba al doctor Martí siempre encerrado en esa habitación durante un buen rato; luego salía sin dar explicaciones y se despedía sin más hasta el mes siguiente. Mi madre se quedaba paralizada en la cama sin apenas moverse, con la mirada perdida y las lágrimas cayéndole por las mejillas. Nunca me explicaba qué era lo que le hacía ese maldito médico, pero tía Elvira estaba encantada con él.

—Eso no te lo puedo decir, pero es un remedio que va como mano de santo. Hace muchos años también sufrí de histeria femenina y el doctor Martí me lo solucionó con gran eficacia. Es un gran médico, sin duda.

—Pero madre no mejora, lleva años así. ¿No deberíamos cambiar de médico?

—¡Amelia, por favor! ¿Acaso mandas tú en esta casa? Al final tendré que decirle a tu padre que te envíe a una de esas academias de jovencitas para que te eduquen como Dios manda. ¡La culpa es de tu madre!

Me levanté del sillón tan afligida que me entraron unas enormes ganas de llorar. Me sentía frustrada por no poder hacer nada por mi madre, por no poder evitar su sufrimiento. Así que salí al patio para tranquilizarme, aspiré el aroma de las flores que comenzaban a brotar gracias al buen tiempo y me senté en la silla de mimbre en la que, en verano, mi padre solía leer el periódico. Cerré los ojos con la cara vuelta hacia el sol. De pronto, escuché varios quejidos que provenían de la habitación de mi madre; me dirigí hacia la ventana y, aunque las cortinas seguían corridas, quedaba un pequeño resquicio por el que se podía ver el interior. No sabía si mirar o no: sabía que si lo hacía vulneraría su intimidad, pero quería averiguar qué era lo que hacía ese doctor con tanto secretismo. Miré con disimulo, y mi primera reacción fue llevarme la mano a la boca para silenciar un grito de asombro. Lo que ese desgraciado le estaba haciendo a mi madre era una aberración que ya prácticamente ningún médico solía poner en práctica para tratar la histeria femenina. Mi madre estaba tumbada con las piernas abiertas, tapada con una manta, mientras el doctor le introducía un falo eléctrico por la vagina. Comencé a llorar sin poder contenerme: no podía entender cómo tía Elvira podía permitir semejante disparate. ¿Y mi padre? ¿Sabía algo de eso mi padre?

Me fui corriendo al salón para echarle en cara a mi tía lo que hacía el doctor Martí.

–¡Lo he visto! –exclamé furiosa–. ¡He visto lo que le hace!

–¡Eres una chismosa, Amelia! ¡Son cosas de mayores!

No podía dejar de llorar al imaginarme a mi madre en esa situación tan humillante. Me parecía tan denigrante que me entraron ganas de vomitar.

–¿Para qué sirve eso? ¡Nunca le ha funcionado!

–¡Claro que le funciona! ¿No ves que cuando sale el doctor Martí está mucho más tranquila y aliviada?

–No está aliviada, está triste y avergonzada. ¿Ha dado alguna vez ella su consentimiento para esto? ¡Se lo voy a decir a padre!

–Tu padre ya lo sabe, nena. Fue él quien tuvo la idea de llamar al doctor.

–¡No me lo puedo creer! –Me sequé las lágrimas con la mano–. ¿Cómo podéis ser tan crueles con ella?

–Lo hacemos por su bien, cariño. ¡No seas tan dramática! Cualquiera diría que la están matando. A mí me sentaba de maravilla.

Hice una mueca de repugnancia y negué varias veces con la cabeza sin acabar de creer lo que oía.

—¡Que a usted le gustara no significa que le guste a mi madre!

—Eso es lo que dicen todas. —Rio con descaro—. En mi época, la mayoría de las mujeres hacían cola para someterse a las manos del doctor Martí.

En aquel momento se abrió la puerta de la habitación y el doctor Martí se apresuró hasta el salón mientras esperaba a que la criada le trajera su abrigo y su sombrero. Yo ni siquiera me levanté a recibirlo: tenía tanta rabia en mi interior que temí decirle alguna impertinencia. Contuve las lágrimas tanto como pude y apreté los puños hasta hacerme daño.

—Disculpe el comportamiento de mi sobrina, doctor —se justificó mi tía con la cabeza gacha—. El estado de su madre le afecta demasiado. Menos mal que ahora empieza la temporada de bailes, así se distraerá un poco.

—Tenga cuidado con los bailes, ya sabe que su práctica debe ser moderada.

—¡Por supuesto que lo tendré en cuenta! —exclamó mi tía—. No se preocupe, que no se quedará hasta las tantas como una cualquiera.

—Menos mal que la tiene a usted para guiarla por el camino de la vida, señora Rovira. —Hizo un gesto con la cabeza para despedirse—. Hasta la próxima visita.

En cuanto salió por la puerta, corrí desesperada a la habitación de mi madre. Estaba tumbada hacia un lado de la cama, con la trenza deshecha y los ojos cerrados. Mi corazón se rompió al verla de ese modo, tan frágil. Me apresuré a abrir bien las ventanas y me senté en el borde de la cama mientras le acariciaba la espalda con ternura.

—Madre, tendrá que poner de su parte si quiere que el doctor Martí ya no venga más.

No hubo más que silencio, y suspiré conteniéndome para no romper a llorar de nuevo.

—Yo le puedo ayudar —continué, haciendo de tripas corazón—. Podemos salir a pasear juntas. ¿Por qué no se toma un baño y se viste y nos vamos de compras? Así podrá lucir nuevos vestidos en el hipódromo. ¿Por qué no intenta retomar sus antiguas aficiones?

—Porque no tengo ganas, Amelia —dijo en apenas un susurro—. No quiero salir de casa.

—Entonces, ¡va a tener que seguir aguantando al doctor Martí para el resto de su vida! —Me levanté indignada ante su pasividad y resignación—. ¿Es eso lo que quiere? ¿Que el único recuerdo que tengan sus hijos de usted sea este?

—Eres muy joven para entenderlo, hija.

—Probablemente tenga razón, pero no me conformo con verla morir un poco cada día. Recuerdo, cuando era pequeña, que era una mujer extraordinaria, dispuesta a todo, siempre con una sonrisa sincera, ilusionante.

—Entonces todo era diferente. Tu padre y yo nos amábamos con locura y creíamos que nadie podría interponerse entre nosotros. Luego vino tu tía y...

—Se dejó arrastrar por ella. —Agaché la cabeza—. Y padre dejó que la pisoteara, y eso es algo que no perdonaré nunca.

—También ha sido culpa mía por aceptarlo. No luché en ningún momento por mantener mi lugar en esta casa, preferí dejarme llevar a sacar los dientes.

—Aún puede cambiar las cosas. —Sonreí con esperanza—. Póngase guapa y tome las riendas de la casa. Es la señora Rovira, y la sociedad la respeta por ello. Tía Elvira tiene las de perder.

Mi madre se quedó taciturna, pensando en mis palabras.

—Eres cabezota, hija. —Se deshizo de las sábanas y se recostó—. Lo haré por ti, por haberle plantado cara al doctor y a tu tía.

Lancé un gritito de felicidad y me abracé a ella con todas mis fuerzas. La colmé de besos una y otra vez hasta que llegó Juana para ayudar a vestirla.

—¡Hace siglos que no visito a las hermanas Montagne! —exclamó, contenta—. Creo que mis vestidos tienen por lo menos más de cuatro años.

—Seguro que a padre le encantará verla de nuevo radiante.

—Y tu tía se morirá de envidia. —Me guiñó el ojo—. Verás la cara que va a poner cuando me vea.

Y mi madre tenía razón. Cuando informamos a mi tía de que íbamos a salir, no se lo podía creer. Su cara era un mohín incrédulo, contenido.

—¿De verdad, Eulalia? ¿Ya te has recuperado? No deberías precipitarte, mujer, que aún debes de estar muy débil.

—Es que tenía usted razón, tía —le dije yo en tono de burla—. El doctor Martí es mano de santo.

—Bueno, pero tan rápido... —contestó, y tragó saliva—. ¿Y si esperas a que venga Agustín?

—Puedo decidir yo sola, Elvira. —Mi madre sacó pecho, valiente—. Quiero pasar un rato con mi hija y disfrutar del buen día que hace hoy. Así que nos vamos.

Aplaudí por dentro su arrojo al atreverse a hablar así a mi tía, que se había quedado sentada en el sillón, incapaz de contestarle. Me encantaba ver a mi madre tan segura de sí misma y con esa vitalidad arrolladora. Parecía que había revivido, que iba a intentar ser ella otra vez, recuperar el lugar que le habían arrebatado.

—Eso es lo que tiene que hacer, madre —le dije muy emocionada mientras caminábamos en dirección a la Casa Montagne—. Demostrarle quién manda en casa. Quiero que sea feliz de nuevo.

Mi madre me sonrió nostálgica y me cogió del brazo ilusionada.

—Creo que tienes razón. Gracias, cariño.

Cuando entramos en la casa de modas, María Montagne esbozó una mueca de sorpresa al vernos. Vino corriendo hacia nosotras y apenas nos dejó entrar en la sala.

—No las esperaba hoy —dijo, nerviosa y, visiblemente incómoda—. Hacía mucho tiempo que no la veía, señora Rovira.

Sus ojos miraban fugaces hacia la puerta y no dejaba de retorcerse la falda con los dedos. ¿Qué demonios le pasaba?

—Hemos improvisado —respondí yo como si nada—. Queremos echar un vistazo a las telas.

—Tendrían que venir mejor otro día. —María no dejaba de observar a mi madre—. Estamos muy ocupadas.

—Pero no parece que haya mucha gente —comenté con extrañeza—. ¿No pueden atendernos un rato? Mi madre tenía mucha ilusión por venir.

—Insisto en que se marchen, por favor. —Comenzó a sudar inexplicablemente—. Vengan mañana si quieren.

Asentí, decepcionada y extrañada a la vez por la actitud de María Montagne, que siempre estaba dispuesta a atender a todo el mundo con la amabilidad que la caracterizaba. Así que caminamos en dirección a la puerta y, justo cuando estábamos a punto de salir, salió un hombre de uno de los gabinetes, acompañado por una joven que no tendría más de treinta años. Era rubia, despampanante, e iba repleta de joyas y vestida con un precioso vestido azul de las mejores telas francesas.

–¡Padre! –grité sorprendida–. Pero ¿qué hace usted aquí?

Mi padre palideció por completo, incapaz de articular palabra, y me miró avergonzado. Tardé unos segundos en atar cabos y comprender lo que estaba sucediendo, hasta que por fin intuí que aquella mujer era su amante.

–Pero ¿qué hacéis vosotras aquí? –tartamudeó–. No entiendo nada. Eulalia, hoy tenías visita del médico.

Observé a mi madre, y pude comprobar que estaba más decepcionada que dolida. Miró a mi padre con tristeza y salió corriendo de la tienda sin decir nada. Me quedé mirando a uno y a otro sin saber qué hacer, pero sentía tanta frustración y rabia en mi interior que arremetí contra mi padre sin contenerme.

–¿Desde cuándo la engaña? –La voz apenas me salía de la garganta–. ¿Cómo se atreve a hacerle eso en el estado en el que se encuentra?

–Hija, no te metas en esto. –Por primera vez le temblaba la voz al hablar conmigo–. No montes un numerito aquí y vuelve a casa.

–Ahora entiendo muchas cosas. –Asentí con tristeza–. ¡Mi madre está así por su culpa! ¡Usted no la merece!

–No soy el único hombre que hace este tipo de cosas. Tienes que comprenderlo.

–Ya le va bien que madre permanezca en cama a diario, para que usted pueda quedar con su fulana sin dar explicaciones. ¡Me ha decepcionado!

Comencé a llorar desconsolada mientras mi padre y su amante, sin mirarme siquiera a la cara, se marcharon con la cabeza bien alta, como si no hubieran perdido la dignidad por un acto tan deshonroso. Las hermanas Montagne acudieron a mí para abrazarme.

–No te preocupes, cariño, todo se solucionará –dijo María, angustiada.

Las miré directamente a los ojos y me separé de ellas.

–¡No sean hipócritas! ¿Desde cuándo lo saben y lo esconden?
–Tu padre es un buen cliente –intentó justificarse María–. No podemos permitirnos el lujo de rechazarlo.
–¿Así que le deben fidelidad a él porque es el que paga? –Negué con la cabeza varias veces–. ¿Dolores también lo sabía?
Las dos mujeres se quedaron calladas sin saber qué decir, y yo intuí que mi mejor amiga también me lo había ocultado. Sentí una rabia inmensa dentro de mí, y me dije que jamás volvería a pisar esa casa de modas ni volvería a hablar con Dolores. En toda mi vida.

6

—¿Estás preparada ya, Amelia?

Asentí sin mucho ánimo mientras terminaba de ponerme el sombrero y salíamos las dos a la calle para ir de visita a casa de una de las mejores amigas de mi tía: la señora Minguella. No tenía ninguna gana de ir, pero mi tía me había obligado a acompañarla para que aprendiera a comportarme correctamente en una merienda burguesa.

Mi padre y yo no nos habíamos vuelto a hablar desde aquella tarde en la casa de modas, intentaba evitarme a todas horas y cada vez pasaba menos tiempo en casa. Se había vuelto todavía más orgulloso, y ni siquiera se molestó en dar ningún tipo de explicación o excusa. Creía que, como hombre de la casa que era, sus actos estaban justificados y que mantener una querida, después de tantos años de matrimonio, era algo normal e incluso recomendable.

Llegamos a casa de la señora Minguella, que estaba justo enfrente del estudio fotográfico de Esplugas, así que no pude evitar recordar a Héctor el día de la boda de mi hermana. De hecho, ni siquiera había vuelto a recoger las fotografías que nos había hecho a Dolores y a mí; no había tenido tiempo para pensar en ello desde que sucedió lo de mis padres y, además, ahora que ya no consideraba a Dolores amiga mía, no me apetecía demasiado recordar la bonita amistad que habíamos mantenido durante tantos años. Me sentía sola y traicionada por la única amiga a la que había confiado mi vida, y mi día a día se había convertido en una sucesión de aflicciones.

—Hola, señorita Rovira —me saludó la señora Minguella—. Me alegro de que nos visite usted también, ahora que ya es toda una señorita.

Sonreí forzadamente mientras aquella mujer de rostro arrugado nos llevaba hacia el salón de visitas. Allí había otra mujer sentada frente a una especie de mesa camilla decorada con tapetes de ganchillo sobre la que se disponían varios platos repletos de todo tipo de dulces y una tetera de porcelana que desprendía un olor a canela y anís. Desde la vidriera del salón se podía observar casi todo el interior del estudio, y ese fue mi objetivo durante toda la tarde: intentar sortear los rayos de sol del atardecer, que se reflejaban en las ventanas, y poder ver a Héctor trabajar. A duras penas pude vislumbrar una vaga figura, pero sí vi entrar en el estudio a la misma mujer con la que había coincidido la última vez.

—Otra vez esa *madame* Morandé entrando en el estudio de Esplugas —dijo la señora Minguella—. Así están todo el día, yo ya no pienso volver más allí.

—¿Quién es? —pregunté con curiosidad—. ¿Y a qué va allí?

—No lo sabemos, pero intuyo que a nada bueno. ¿No ve que va pintada como una fulana? —Untó mantequilla y mermelada de ciruela en una tostada—. Dicen que Esplugas retrata a mujeres ligeritas de ropa.

—¡No me diga! —exclamó mi tía avergonzada—. Pero ¿cómo se atreve? ¿Qué necesidad tiene de hacer eso con la cantidad de buenos clientes que tiene?

—Yo creo que es un depravado —añadió la otra mujer—. Le gusta hacer postales con mujeres casi desnudas, y luego las vende.

No podía creer lo que estaba escuchando. Si aquello era cierto, entonces... ¿Héctor también hacía ese tipo de fotografías? Negué con la cabeza al pensarlo: él apenas era un ayudante y ni siquiera manejaba del todo bien la cámara. De todas formas, ¿qué narices me importaba a mí lo que hiciera ese muchacho con su vida? Retratara o no a mujeres desnudas, no era de mi incumbencia. Además, si las mujeres consentían en hacerlo, ¿acaso había algo malo en ello?

—No es un depravado —comenté tras beber un poco de té caliente—. Retratar el cuerpo de una mujer no tiene nada de sucio o degenerado. Si se ganan un dinero haciendo eso, ¡mejor para ellas!

Todas se quedaron mirándome sin atreverse a decir nada hasta que mi tía explotó como una furia, dejando en el plato el último trocito de pudin.

—¡Amelia! —Se santiguó un par de veces—. ¿Te parece correcto lo que acabas de decir?

—No empecemos, tía, solo digo que si las mujeres consienten en hacerse esas fotografías, ¿quiénes somos nosotras para criticarlo?

—¡Pues yo no pienso volver a ese estudio! —gritó enfurruñada—. De hecho, tu padre quería contratar sus servicios para hacer las fotografías de los nuevos telares que ha comprado para la fábrica, pero iremos a otro sitio.

Sentí algo de tristeza y decepción al pensar que Héctor no volvería a retratarme.

—¡Menuda tontería! —exclamé indignada—. Esplugas es un buen fotógrafo, no hay nadie como él. ¡Qué importará lo de los desnudos!

—Claro que importa, jovencita —dijo la señora Minguella—. Si la gente nos viera entrar ahí, podría llegar a pensar que somos como esa Morandé.

—Dudo mucho que la confundan, señora Minguella. —Me la quedé mirando con incredulidad y tuve que reprimir una carcajada—. Usted es una señora de los pies a la cabeza.

—¡Que no pienso volver allí! —vociferó mi tía—. Y no hay más que hablar.

Fue prácticamente imposible convencerla; según ella, la familia Rovira no podía tener relación alguna con un escándalo semejante. Reí para mis adentros al pensar que el escándalo lo había protagonizado mi propio padre en la Casa Montagne, y tuve que contenerme para no recordarle a ella, que tan aficionada era a dar lecciones de moral, aquel proverbio español que decía: «Vemos la paja en el ojo ajeno y no vemos la viga en el nuestro». Pero no hizo falta, pues sus queridas amigas se anticiparon.

—Por cierto, Elvira —dijo tímidamente la señora Minguella—. ¿Cómo se encuentra su cuñada?

—Oh, ya saben, con sus habituales migrañas. Aunque parece ser que esta vez le han afectado demasiado. Parecía que se había recuperado, pero no ha sido así. Ya sabía yo que se precipitaba.

—Claro —añadió la otra, que era también clienta habitual de la Casa Montagne—. No me extraña, después de lo que pasó. Espero que hayan hecho las paces. Los hombres son así, hay que aceptarlo.

Mi tía frunció el ceño, confundida, y me miró a mí como si buscara una explicación. Yo tragué saliva y me mantuve callada como si aquello no fuera conmigo.

–¿Qué paces? –Le dio un sorbo a su taza de té–. No sé de qué me están hablando.

Las dos mujeres se miraron entre ellas y se sonrojaron.

–Lo de su hermano con aquella mujer –se atrevió a decir la señora Minguella–. Ya sabe, su cuñada se enteró de todo. Y la pobre Amelia allí delante...

Mi tía comenzó a palidecer, y rápidamente se puso de pie.

–Y es una lástima que ahora no se hable con las Montagne –dijo la otra–. ¡No encontrará unas modistas mejores!

–¿Agustín con otra mujer? –Mi tía se santiguó–. ¡No me lo puedo creer! ¿Están seguras?

–Su sobrina se lo puede decir, ¿verdad, Amelia? –contestó la señora Minguella–. Creíamos que ya lo sabía. Pero no se lo tome tan a pecho, ya le digo que los hombres necesitan hacer ese tipo de cosas de vez en cuando.

Tía Elvira me agarró de la mano con tanta fuerza que me hizo daño. Se excusó de la visita diciendo que teníamos cosas que hacer y la criada nos trajo los abrigos enseguida. Abandonamos el salón como si fuéramos dos rayos en plena tormenta, con los ojos de tía Elvira clavados en mí, inyectados en sangre. Sabía que me iba a caer una buena bronca por no haberle contado nada de lo sucedido, por haber permitido ser el blanco de las burlas.

–¿Cómo has podido dejarme en evidencia delante de mis propias amigas? –gritó de camino a casa–. ¡Cualquiera diría que no pinto nada en esta familia! ¿Y tu padre con su querida paseándose por la Casa Montagne? Pero ¿a quién se le ocurre?

–Hubiera estado igual de mal si no lo hubiera hecho allí. Ha traicionado a mi madre.

–¡Ahora todo el mundo sabe que tu madre no le da lo que necesita!

–¿Y qué no le dará mi padre a ella para que sea tan infeliz? –solté sin morderme la lengua–. El matrimonio es cosa de dos, y mi padre nunca le ha dado a su mujer el cariño y el lugar que le corresponde.

–¿Y tú qué sabrás? ¡Si todavía eres una niña! –Se plantó frente al portal de nuestra casa y pidió que le trajeran el carruaje–. Una mujer no puede esperar que sea el hombre quien salve su matrimonio, sino que debe ser ella la que luche por recuperarlo cada día de su vida.

Me quedé asombrada al oír esas palabras en boca de mi tía, como si supiera de lo que hablaba.

—Ya no soy una niña, tía. Y sé muy bien lo que digo. Por suerte, no todas las mujeres piensan como usted.

—Ese es el problema, nena, que no todas piensan como yo. De ser así, el mundo iría mucho mejor.

Negué con la cabeza y esperé en silencio la llegada del cochero, irritada y decepcionada por sus palabras.

—¿Adónde vamos ahora? —pregunté mientras subíamos al carro.

—Vamos a ver al fotógrafo Audouard, a ver si él puede hacer las fotografías de la fábrica este sábado. ¡Menos mal que estoy yo para encargarme de todo!

—¿Por qué no lo hacemos con Esplugas? —me quejé de nuevo, sin saber ya qué decir para hacerle cambiar de opinión—. ¡Por favor! ¡Es nuestro fotógrafo de toda la vida!

—Ya te lo he dicho, Amelia. No quiero que un hombre que retrata a fulanas fotografíe a mi familia.

Pero la suerte estuvo de mi parte. El fotógrafo Audouard tenía un gran evento el mismo sábado que mi padre había decidido retratar a los trabajadores y los nuevos telares, así que, a falta de pocos días, mi tía tuvo que claudicar y pedir cita con Esplugas. Nos dirigimos entonces al estudio y, al entrar, comencé a sentir de nuevo los mismos nervios que había experimentado la primera vez que me había retratado Héctor. Mientras mi tía y Esplugas llegaban a un acuerdo, decidí pasear por el estudio y observar las fotografías enmarcadas que había colgadas en las paredes. De repente, noté una mano sobre el hombro y un aliento cálido, que olía ligeramente a tabaco, en la nuca.

—Hola, Amelia —dijo Héctor—. Pensé que vendrías a por las fotografías.

—He estado ocupada —dije, seca—. Lo siento.

—¡Uf, seguro que tenías mucho trabajo! —Sonrió en tono de burla—. Podrías haber mandado a un criado a recogerlas.

–¿Qué estás insinuando? –Fruncí el ceño y me hice la ofendida–. ¡Qué sabrás tú de mi vida!

–Venga, no te enfades. –Me guiñó un ojo, divertido–. Es solo una broma. ¿Quieres las fotografías o no?

–Sí. –Asentí con un nudo en la garganta tras pensármelo unos segundos–. Gracias.

Héctor se marchó sin decir nada y regresó al poco rato con un sobre. No quise abrirlo allí: sabía que si lo hacía no podría reprimir las lágrimas.

–Creo que has salido muy favorecida. –Se apoyó en la pared y me miró con la cabeza ladeada–. ¿Cómo está tu amiga?

Carraspeé varias veces sin saber qué decir. Sentí que se me enrojecían los ojos.

–Hace tiempo que no la veo –dije al fin–. ¿Y tú? ¿Has mejorado con la cámara?

–Yo diría que sí. –Cambió de tema al mirarme a los ojos–. ¿Qué te pasa? Pareces triste.

Miré en dirección a mi tía y recé para que ya hubiera acabado. No sabía qué decir, me sentía incómoda.

–Oh, perdona –se apresuró a excusarse–. No es de mi incumbencia. A veces me paso de entrometido.

Sonreí tímidamente mientras veía a tía Elvira acercarse.

–He de irme. –Miré hacia el suelo–. Gracias por el regalo.

–Espero verte pronto. –Se despidió con una reverencia–. Saludos a Dolores.

Salí del estudio con el corazón acelerado. Aunque todavía no lo conocía demasiado, a esas alturas ya sabía que no era de la clase de chicos que se quedaban callados. Era extrovertido, atrevido... Pensé que sería la pareja perfecta para Dolores, eran muy parecidos. Sin embargo, había oído decir que los polos opuestos se atraen; quizá pudiera ser así en nuestro caso.

Al regresar a casa, me encontré a mi padre en plena discusión con mi madre. Aunque la puerta del dormitorio estaba cerrada, los gritos se oían desde el pasillo.

–¡No pienso ir a la fábrica! –exclamó mi madre–. Solo me quieres para guardar las apariencias. ¿Por qué no llamas a tu querida para que ocupe mi lugar?

–¡Eres mi esposa! –continuó mi padre–. ¡Y como tal debes cumplir con tus deberes! ¡Tienes que salir en la fotografía junto a nuestros hijos!

–Y si no lo hago, ¿qué? –Mi madre guardó silencio durante unos segundos–. ¿Qué más puedo perder?

–¡Por Dios, Eulalia, estás insoportable! ¡No entiendo por qué te comportas así!

Mi madre comenzó a reír como si hubiera perdido la cabeza.

–¿Me entero de que llevas años manteniendo a una querida y pretendes que siga actuando como si nada?

–¡Si me hubieras hecho un hombre feliz no tendría que haberme buscado a otra!

–¡Nuestro matrimonio comenzó a ir mal cuando metiste a tu hermana en casa! –le respondió mi madre entre lágrimas–. ¡Me dejaste de lado! ¡Permitiste que ella mandara por encima de mí!

–¡No vuelvas otra vez con el tema de Elvira! –Se oyó que abría la puerta de la habitación–. ¡Agradecida deberías estarle por haber sacado a esta familia adelante mientras lloriqueabas por las esquinas! Siempre has descuidado tu tarea como madre y como señora de la casa.

–No era así cuando no estaba ella. –Sus palabras perdían fuerza por momentos–. Entonces las cosas eran diferentes.

–No quiero hablar más de esto –concluyó mi padre, tajante–. ¡Eres mi mujer y tienes que obedecerme! ¡El sábado vendrás con nosotros y te comportarás como Dios manda!

Escuché los gemidos desesperados de mi madre y se me partió el corazón. Salí de mi habitación y corrí hacia la suya mientras mi padre daba un portazo.

–¿Adónde te crees que vas? –Me cogió del brazo y apretó–. Ni se te ocurra entrar, Amelia.

–¡Madre está llorando! –exclamé con los ojos húmedos–. ¡Quiero consolarla!

–¡Nadie entrará en su habitación hasta que recapacite y se comporte decentemente! –gritó para que ella pudiera oírle–. El sábado tendrá que venir quiera o no.

Apreté los dientes enfurecida al comprobar su cinismo y lo egoísta que era. Había sido él quien había dejado de lado a mi madre y se había ido con otra. ¿Cómo podía echarle en cara su estado?

–Padre, está siendo usted demasiado duro –le recriminé–. ¡Debería comprender todo lo que ella está sufriendo!

Mi padre me levantó el dedo y me gritó en tono amenazante:

–¡No te lo vuelvo a repetir! –Su cara estaba desencajada–. No te quiero ver entrar en esa habitación hasta que tu madre decida acompañarnos el sábado. ¿Me has oído?

Jamás había visto a mi padre tan enfadado; de hecho, pensé que incluso podría llegar a pegarme a pesar de que nunca lo hubiera hecho. Temí enfurecerlo más, de modo que asentí, obediente, y me retiré, mientras cavilaba sobre la terrible disyuntiva en la que se encontraba mi pobre madre.

El sábado llegó y mi madre decidió venir con nosotros. Finalmente había ganado él: ella hubiera preferido morir a verse separada de sus hijos, así que se arregló como si nada hubiera pasado y nos dirigimos todos a la fábrica Filatures Rovira, en Hostalfranc, en las afueras de Barcelona. Cuando llegamos, me quedé sorprendida por el ruido ensordecedor que salía del edificio. Allí nos encontramos con mi hermana y su marido, y todos juntos nos adentramos en el interior de la fábrica para ver los nuevos telares. La nave era una enorme planta rectangular repleta de rodillos para telas, tablas para ovillos y telares ocupados por un sinfín de trabajadores, en su mayoría mujeres y niños. No solía visitar a menudo la fábrica, de hecho, no me gustaba en absoluto ser testigo de las injusticias que se cometían en ella y que toda mi familia aceptaba mirando hacia otro lado. Tuve que taparme los oídos al entrar: decenas de máquinas se movían sin parar, provocando un ruido que apenas pude aguantar durante los pocos minutos en que estuvieron en funcionamiento. Enseguida mi padre ordenó que hicieran sonar la sirena para que los obreros pararan los telares, y no pude dejar de preguntarme cómo aquellas personas podían soportar durante horas aquella tortura. Mientras mi padre nos enseñaba los nuevos telares, yo decidí rezagarme y dar una vuelta por la fábrica. Los trabajadores esperaban de pie, sin atreverse a moverse de sus puestos. A pesar de que tan solo eran las once de la mañana, llevaban ya horas trabajando y sus caras reflejaban el cansancio de toda la semana.

Me acerqué a dos chicas que apenas tendrían más de trece años; estaban observando a mi hermano Eduardo y se reían entre dientes, ruborizadas por su atractivo. Llevaban vestidos blancos desgastados y tenían el pelo recogido en un moño para evitar accidentes. No era infrecuente que alguna chica se enganchara el pelo con la máquina o que alguien perdiera un dedo en un momento de despiste.

–Hola –dije con una sonrisa–. ¿Cómo os llamáis?

Ellas dejaron de reír y se pusieron tensas, como si fueran a recibir una reprimenda. Mi padre era excesivamente estricto, y seguro que más de una habría recibido un golpetazo en la espalda con su bastón de marfil.

–No tengáis miedo –continué–. Solo quiero saber cómo estáis.

Las dos me inspeccionaron con atención mientras no paraban de toser. En el aire flotaban pequeñas partículas de algodón que, inevitablemente, se colaban por la nariz al respirar. El ambiente estaba muy cargado y, a pesar de que yo solo llevaba unos minutos allí dentro, sentía la apremiante necesidad de salir y respirar aire fresco.

–¿Es usted la hija pequeña del amo? –preguntó por fin una de ellas.

–Sí, me llamo Amelia. ¿Os gusta trabajar aquí?

Nada más pronunciar la frase me di cuenta de que había sido la pregunta más estúpida que había hecho en mi vida. Las circunstancias de pobreza en las que se encontraban no les permitían elegir algo mejor. ¿Acaso a alguien le podía gustar trabajar de seis de la mañana a siete de la tarde siendo todavía una niña?

–Mi hermana y yo estamos muy agradecidas, señorita Rovira. Mi madre trabajó aquí antes que nosotras, pero ahora está enferma del pulmón y apenas puede moverse de la cama.

–¿Cuántos años tiene vuestra madre?

–Treinta.

Pensé que si aquella mujer estaba enferma de los pulmones probablemente sería por culpa de la fábrica, y que si había tenido que mandar a sus hijas a trabajar a una edad tan temprana sería porque no le quedarían muchos años más de vida. Me sentí culpable por formar parte de la empresa que estaba arruinando sus vidas y explotando de manera tan cruel aquellos cuerpos tan jóvenes. Pensé que ellas mismas estaban muriendo un poquito cada día tan solo por sobrevivir unos años más. ¿Y yo? Yo lo tenía todo a mi alcance, sin tener que esforzarme en absoluto. Recuerdo que fue precisamente ese día cuando decidí que, si no podía hacer nada por mejorar sus condiciones, al menos dejaría de participar de ello. Tenía que vivir de mi propio trabajo.

–¿Os gustan mis guantes? –Me los quité y se los di–. Como recompensa a vuestro trabajo.

Las niñas tardaron en reaccionar, sin atreverse a cogerlos, pero una vez que lo hicieron no dejaron de probárselos una y otra vez con entusiasmo. No pude evitar emocionarme y me alejé de ellas por la vergüenza de que, pese a todo su sufrimiento, pudieran llegar a sentir compasión por mí. Y de repente lo vi allí, detrás de Esplugas, cargando la cámara. Héctor comenzó a montar el trípode, y a los pocos segundos se encontró con mi mirada. Me saludó de lejos y, en cuanto Esplugas se enzarzó a hablar con mi padre, aprovechó para acercarse a mí, que seguía apartada de los míos para demostrarles mi inconformidad y mi rechazo.

–No te veo muy feliz, Amelia –me dijo, a la vez que se colocaba bien la gorra–. Es un día especial para tu padre.

–Tú lo has dicho: para mi padre. –Me vino el olor a su loción de afeitado, que ya me resultaba familiar–. A mí esto no me gusta, odio ver a esta gente en estas condiciones.

Héctor me miró con asombro.

–¡No me puedo creer que Amelia Rovira diga algo así!

–¿Y por qué no? –Lo miré desafiante–. ¿Solo por ser rica tengo que pensar como los ricos?

–Vives de lo que gana tu padre, perdona que te haya juzgado erróneamente. No sabía que tenías conciencia de las desigualdades que se sufren en este país.

–Mi intención en un futuro no es vivir de mi padre, sino ganar mi propio dinero y ser independiente.

Héctor levantó una ceja y rio.

–¿Y de qué pretendes trabajar? ¿Tu familia sabe algo de tus propósitos?

–Quiero marcharme a París, quiero ser maniquí. Y no me importa lo que piense mi familia.

Paradójicamente, y aunque pareciera un sinsentido, sí me importaba lo que pudiera pensar él. Héctor ejercía tal atracción sobre mí que, aunque apenas nos conocíamos, esperaba ansiosa su aprobación e incluso su consentimiento.

–¿En serio? –Me miró de arriba abajo con poco disimulo–. Realmente podrías ganarte bien la vida.

Aunque lo dijo con descaro, me lo tomé como un piropo y me sonrojé.

–De verdad, creo que tienes talento –continuó–. Si pierdes la vergüenza y el miedo, puedes llegar a ser una buena profesional.

–Te lo agradezco. –Agaché la mirada, ruborizada–. ¡Ni siquiera sé por dónde empezar!

En ese momento, Esplugas lo llamó para empezar a realizar las fotografías.

–Ven al estudio mañana después de comer –me dijo al oído–. Vamos a empezar por el principio.

7

Aquella noche apenas pude dormir, dándole vueltas una y otra vez a la propuesta de Héctor. Todavía no sabía si acudir o no al estudio. Él me había ofrecido su ayuda, pero yo sabía que de ningún modo podría contarle a nadie mis propósitos, y menos a mi tía, que ya había condenado el estudio de Esplugas por lo de los desnudos. De modo que, si me decidía a dar el paso y comenzar mi camino como modelo con el apoyo de Héctor, tendría que hacerlo a escondidas para que nadie de mi familia pudiera sospechar a lo que pretendía dedicarme en el futuro. Tras mucho pensar y valorar las consecuencias, decidí que debía ser valiente y luchar por lo que realmente quería ser en la vida.

Ese mediodía tendría que despistar a mi tía como fuera para escaparme al estudio sin que se diera cuenta. Ella solía hacer la siesta, y cuando íbamos a la Casa Montagne y pasábamos la mañana mirando telas y probándonos vestidos, acababa tan agotada que no podía evitar echarse una cabezadita en su butaca poco después de comer. Así que mi objetivo estaba claro: tenía que cansarla. Como ya no nos hablábamos con las hermanas Montagne, le propuse ir a los almacenes El Siglo, un edificio de siete pisos donde no solo se podía encontrar todo tipo de vestidos y ropa interior, sino también objetos de decoración, muebles y juguetes. Tía Elvira nunca había querido ir, decía que allí solo acudían trabajadores y gente de la pequeña burguesía que no tenía los recursos suficientes para poder pagarse una modista de lujo. Sin embargo, El Siglo estaba de moda y cada vez más recibía a clientela de las clases sociales más altas gracias a la publicidad de su revista y sus descuentos. Finalmente, acabé por convencerla y nos fuimos en coche hasta la Rambla dels Estudis. Allí, decenas de carros paraban en las puertas de El Siglo, donde la gente era recibida por porteros uniformados de aspecto marcial, pero muy educados. Los escaparates mostraban los últimos vestidos llegados de París junto a multitud de cajas de colores en forma de sombreros y jarrones antiguos. El interior era un gran espacio lleno de luz y color gracias a los focos eléctricos que iluminaban las distintas plantas rotuladas con grandes carteles.

Tras echar una ojeada en la sección de porcelana y cristal, subimos las escaleras y nos dirigimos a la sección de moda femenina, donde vimos aparecer a un batallón de dependientas vestidas de negro que andaban de un lado a otro cargando con telas y vestidos.

–¿Y aquí cuándo te atienden? –preguntó mi tía al ver que todas las chicas pasaban de largo–. ¡Qué caótico es esto!

Se dirigió a una muchacha que corría hacia uno de los gabinetes donde las mujeres se probaban los vestidos.

–Perdone, joven, necesitaría una camisola y unas enaguas.

–Lo siento, señora. –La chica siguió caminando sin apenas mirarla a la cara–. Ahora mismo estoy con otra clienta; espere frente al mostrador y le atenderemos en cuanto podamos.

Mi tía arrugó la frente y se quedó con la boca abierta haciéndose la ofendida.

–¡Qué poca educación! –exclamó alzando un dedo–. ¡Jamás me habían tratado de esta manera!

–Tía, por favor, tiene que pensar que aquí las cosas no funcionan como en la Casa Montagne. Hay muchísima gente y tiene que esperar su turno.

–¿Esperar? –Alzó una ceja como si yo hubiera dicho una tontería–. ¿Vengo aquí a gastar mi dinero y ni siquiera me ofrecen una silla para sentarme?

La cogí del brazo y la llevé a la galería desde donde se veía la sección de moda masculina.

–¿También vienen aquí los hombres a comprar? –Se santiguó, sonrojada–. ¿Así que estamos todos mezclados? ¿Y si se le ocurre a un sinvergüenza entrar en la sección de mujeres y fisgonear en los probadores?

–¡No diga tonterías, tía! –No pude evitar reír entre dientes–. ¿Qué clase de hombre se cree usted que viene aquí?

–Aquí viene gente de todo tipo, y eso no me gusta nada... –Se quedó pensativa–. No es natural, hija, no es natural. ¡Si tu padre no se hubiera...!

Se calló de golpe y se mordió el labio.

—¿Si mi padre no se hubiera paseado por la Casa Montagne con su querida?

—Efectivamente, nena. —Negó varias veces con la cabeza—. ¡Qué poca cabeza tiene tu padre! ¡Podríamos seguir yendo a nuestra modista de siempre! Aunque, bien mirado, ¿qué hay de malo en que sigamos acudiendo allí?

La miré enfurecida.

—¡Las Montagne nos engañaron! —exclamé indignada—. ¡No pienso volver a un sitio donde no se respeta a mi madre!

—Ay, nena, ¡qué exagerada eres! ¿Qué tendrán que ver las churras con las merinas?

—Y entonces, ¿qué tiene que ver que Esplugas retrate a mujeres desnudas con ser un buen fotógrafo?

Mi tía me miró fijamente.

—Mira, hablando de Esplugas, ¿no es ese su ayudante?

Efectivamente, allí estaba Héctor. Se dirigía hacia la sección de complementos para mujer. Andaba decidido, con las manos metidas en los bolsillos y la gorra ladeada. No se había afeitado, y la sombra de su barba le hacía parecer más viril y maduro. Sentí un intenso hormigueo en el estómago e intenté esconderme detrás de mi tía para que él no me viera. Temía que ella le hiciera algún feo, así que preferí pasar desapercibida y no saludarlo. Se paró frente al mostrador donde vendían abanicos y se decidió por uno rojo bastante llamativo y vulgar.

—¡Válgame Dios! —exclamó mi tía—. Seguro que es para que lo lleve alguna de esas que aparecen en sus fotografías.

—O para su novia.

Lo dije con la boca pequeña, y sentí cierta rabia al pensarlo.

—No, no es para su novia —respondió con seguridad—. Un hombre no regalaría algo así a su futura esposa: es un abanico ideal para fulanas.

Lo observé bajar de nuevo por las escaleras y sentí alivio por que no me hubiera descubierto.

—Vámonos ya —decidió mi tía por fin—. Este sitio no me gusta nada y tengo ganas de sentarme, que estoy muy cansada.

El plan no había ido mal del todo. Después de comer, tía Elvira se quedó dormida en el sillón y yo me dirigí a la cocina para comunicarle al servicio que me dolía la cabeza y que me iba a descansar a mi habitación. Rogué que nadie me molestara y aproveché para escabullirme y dirigirme hacia el estudio de Esplugas.

Estábamos en plena primavera y empezaba a hacer calor al mediodía; no había nadie paseando por la calle y por un instante sentí remordimientos por lo que estaba haciendo. Me asaltaron una serie de dudas respecto a Héctor, y no dejaba de pensar en por qué aquel chico tenía tanto interés en ayudarme sin apenas conocerme. Aunque luego recordé que también nos había ayudado la noche en la que salimos con Isidro y que quizá no debía empeñarme en buscar una respuesta; parecía que sus actos eran totalmente desinteresados.

Al entrar en el estudio, Héctor salió a recibirme enseguida. No había nadie salvo nosotros dos, y reinaban un silencio y una tranquilidad un tanto incómodos. No solo estaba nerviosa por lo que iba a proponerme, sino también por el hecho de estar a solas con él. Aquel muchacho había conseguido destruir la indiferencia que yo siempre había sentido hacia el sexo masculino y, aunque me empeñaba en no reconocer mis sentimientos, sabía que lo que estaba empezando a sentir por él era algo más que simple cariño.

—Creía que no vendrías —dijo Héctor—. Pensaba que te echarías atrás en el último momento.

—En mi casa creen que estoy en mi habitación durmiendo. Todavía no sé cómo voy a hacer para entrar sin que me vean.

—¡Vaya, qué valiente! ¡Nunca me hubiera imaginado que una chica de tu clase fuera capaz de algo así! —Se encendió un cigarrillo y se apoyó en el mostrador.

—¿Por qué siempre me recuerdas de dónde provengo? ¿Acaso lo hago yo contigo?

Héctor rio y se dirigió hacia la sala de retratos.

—¿Acaso sabes de dónde provengo yo?

—Pues no, la verdad es que no sé nada de ti. Eres todo un misterio. En cambio, tú sabes de mí más de lo que deberías.

Me miró sonriente y acabó asintiendo.

—Está bien, está bien... —dijo tras unos segundos—. Me apellido Vidal, tengo veintidós años y vivo en el Paralelo con mi madre y mis dos hermanas pequeñas. ¿Suficiente?

—Suficiente. —Me sentí eufórica por dentro al saber un poco más de él, aunque rápidamente intenté ponerme seria–. ¿Para qué estoy aquí, Héctor?

Colocó una silla frente a un telón de fondo azul y me indicó que me sentara.

—Si quieres ser maniquí, primero tienes que gustarles a los grandes modistos, y para ello necesitas hacerte fotografías y mandarlas a las casas y revistas de moda de París.

—¿Y cómo sabes tú todo esto? —le pregunté sorprendida–. ¿Acaso vienen aquí otras mujeres que también quieran serlo?

Héctor se puso nervioso e intentó cambiar de tema para no responder.

—Sé que Esplugas retrata a mujeres desnudas. —Me sonrojé inevitablemente al decirlo–. Pero a mí me da igual, no veo nada de malo en ello.

—Son mujeres que quieren triunfar en el mundo artístico: algunas son cabareteras, otras cupletistas... Y todas quieren trabajar en París, saben que allí pueden tener la oportunidad de llegar a ser famosas.

—¿Como *madame* Morandé?

Héctor tosió varias veces al oír ese nombre.

—Exacto. —Comenzó a preparar la cámara–. Esplugas vende luego las postales a revistas de moda francesa. Un momento, ahora vengo.

Se marchó a toda prisa de la habitación y regresó al cabo de unos segundos con una caja en la mano en la que aparecía grabado el logotipo de los almacenes El Siglo.

—Toma, es para ti. —Se quedó mirándome mientras lo desenvolvía–. Te puede ir bien para el posado.

Abrí la caja y me encontré con el abanico rojo que había comprado aquella mañana. No supe cómo reaccionar, y pensé en las palabras de mi tía. Aunque intenté no darle importancia, no pude evitar sentirme molesta y ofendida.

—¿Qué te pasa? —Se percató de mi cambio de humor–. ¿No te gusta?

—Quiero dejarte claro que yo no soy como las otras chicas que vienen aquí. —Fui incapaz de mirarlo a los ojos–. Yo no pienso hacer esas cosas, ni quiero parecer...

—¿De qué estás hablando? ¡Yo no pretendía eso!

—Mira, creo que ha sido una mala idea. —Solo pensaba en abandonar la habitación y marcharme–. Será mejor que olvidemos esto.

—Pero ¿qué narices te pasa? —Me cogió del brazo e intentó retenerme–. ¿Ahora quieres echarte atrás? ¡No he querido insinuar nada con ese estúpido abanico!

—¡Yo no soy una prostituta como esa tal *madame* Morandé!

Héctor se quedó boquiabierto, mirando tras de mí. Me giré lentamente, y allí estaba precisamente la mujer que acababa de insultar con tanta vulgaridad. La chica se me quedó mirando, y luego miró a Héctor como si esperara que este dijera algo a su favor.

—¿No vas a decir nada? —dijo pasados unos instantes en los que nadie se había pronunciado–. No sabía que te gustaran las burguesitas.

Madame Morandé apretó sus sensuales labios en un mohín enfurecido; llevaba el pelo rizado suelto sobre la cara y su llamativo busto se agitaba bajo el corsé como si quisiera salir de él. Hizo ademán de irse.

—Arlette, espera, solo es una clienta —se justificó Héctor con nerviosismo–. Perdónala, seguro que no ha querido ofenderte.

—No sé qué es lo que has oído tú, pero a mí me ha quedado bastante claro. —Me miró por encima del hombro–. Pensaba que las chicas como tú tenían más educación.

Me quedé callada mientras observaba a Héctor, que intentaba retener a la chica agarrándola del brazo. Vi tanta complicidad entre ellos dos que me lancé corriendo hacia la puerta sin despedirme de nadie. Mientras bajaba las escaleras sentí rabia hacia mí misma por haber perdido los papeles delante de él y por haberme tomado tan a pecho algo que no tenía ninguna importancia. Yo no pensaba como mi tía, pero esta vez sus prejuicios me habían influido demasiado. Sin embargo, lo que más me había enfurecido había sido su actitud con *madame* Morandé. Estaba claro, o al menos eso me decía mi intuición, que aquella mujer era algo más que una simple clienta.

Caminé sin rumbo, destrozada por todos los acontecimientos que había vivido aquellos días, y me paré en seco al recordar a Dolores. Sentí la necesidad imperiosa de hablar con ella y de explicarle todo lo que había ocurrido. Necesitaba desahogarme con una amiga, saber que todavía quedaba alguien en el mundo que pudiera consolarme y dedicarme un poco de su tiempo. No soportaba estar en casa, mi tía me agobiaba, mi padre me ignoraba y mi madre pasaba las horas deprimida en su cama. Necesitaba una vía de escape, así que me dirigí hacia la Casa Montagne. Cuando entré, las hermanas Montagne estaban atendiendo a una clienta y me miraron de reojo, sin saber muy bien qué decirme. Se acercaron a mí con paso lento, como si esperaran que yo iniciara la conversación. María me cogió de la mano con suavidad.

—Me alegro de que hayas venido. —Me dedicó una sonrisa—. Dolores te echaba mucho de menos.

Asentí sin responder, y por un instante sentí compasión hacia ellas. Pensándolo con detenimiento, simplemente habían actuado por el bien del negocio; estaba claro que mi padre era quien pagaba y el que tomaba las decisiones en la familia.

—Siento mucho lo ocurrido —dijo la otra—. Deseamos con todo corazón que regreséis a visitarnos...

En ese momento apareció Dolores. Se dirigió hacia mí sin atreverse a mirarme a los ojos. Las hermanas Montagne nos dejaron solas y regresaron con sus clientas.

—¡Por fin, Amelia! —Me abrazó y suspiró—. ¡Pensaba que no querrías volver a verme nunca más! Perdóname, por favor, yo no quería hacerte daño, pensé que sería mejor no contarte nada.

La abracé yo también y traté de controlar mi emoción.

—No hablemos más de ello; ya es agua pasada.

Recordé a mi madre y comencé a llorar sin poder evitarlo.

—¿Qué te pasa? —Me agarró con fuerza de la mano—. Te veo muy triste.

—Mi madre está muy mal, y mi padre es incapaz de ponerse en su lugar y dejar a esa sinvergüenza.

—¡Tiene que ser horrible! —exclamó—. ¡No me lo quiero ni imaginar!

Quise contarle también lo de Héctor, pero tenía miedo de quedar en ridículo después del pésimo comportamiento que había tenido en el estudio.

—Tienes que distraerte —añadió, y me mostró una revista de moda—. ¿Has visto el último número del catálogo de las galerías Lafayette? ¡Salen maniquíes fotografiadas!

—No me apetece mucho —dije con desgana—. Quizá tendría que pensármelo mejor.

—Pero ¿qué dices? —me preguntó con incredulidad—. ¡Es tu sueño, Amelia!

—Vengo ahora mismo del estudio de Esplugas. —Me quedé en silencio durante unos segundos, pensando en cómo explicarlo sin que pareciera absurdo—. Héctor quiere ayudarme. Hoy habíamos quedado para hacerme unas fotografías, pero... No sé, tengo la sensación de que se piensa que soy una cualquiera.

—¡No me lo puedo creer! —Rio a carcajadas—. ¿Qué te hace pensar eso?

—No sé, me ha regalado un abanico, y el hecho de posar ante él, a escondidas, los dos solos... ¡Siento que estoy haciendo algo malo!

—¿Acaso quieres convertirte en tu tía? —Negó con la cabeza varias veces—. No creo que Héctor piense mal de ti, simplemente quiere ayudarte. Recuerda que ya lo hizo una vez.

—Pero es que ha aparecido esa mujer, la francesa aquella que vimos la otra vez. —Me avergoncé y se me sonrojaron las mejillas—. Y la he fastidiado, he dicho algo muy feo de ella y me ha oído. Creo que es su novia.

—Pero ¿a ti qué más te da esa chica? —Me miró fijamente y sonrió—. No me digas que te gusta...

Me hice la loca y negué con la cabeza.

—No digas tonterías, Dolores. —No pude evitar ruborizarme—. Lo único que digo es que no quiero que me trate como a una de esas cabareteras que van tan ligeras de ropa.

—Si quieres ser maniquí, tienes que olvidarte de los recatos y los convencionalismos, hay muchas chicas dispuestas a todo.

—¿Qué me quieres decir con eso? ¿Que debo desnudarme y venderme como una mujer de la calle?

—No me refiero a eso. Quiero decir que debes ser tú misma, no hacer caso a lo que dice tu tía y ser la mujer moderna que siempre has querido ser. Creo que Héctor también debe de pensar como yo.

Me quedé cavilando el consejo de Dolores y me fui a casa, dándole vueltas una y otra vez a lo que había sucedido aquella tarde en el estudio de Esplugas. Lo había hecho todo absurdamente mal, y ahora me daba tal vergüenza que era incapaz de volver a ver a Héctor y pedirle disculpas. Al menos me había reconciliado con Dolores, y eso me había aliviado el corazón en gran medida.

Subí al palacete sin recordar que me había ido hacía una hora sin decirle nada a nadie, por lo que ni siquiera había preparado una explicación. Recé para que mi tía siguiera durmiendo, pero la suerte no estaba de mi lado: tía Elvira estaba sentada en una silla, esperándome con los brazos cruzados y visiblemente enfadada.

–¿Dónde has estado? –Me miró interrogante, con la frente fruncida–. He subido a tu habitación y no estabas. ¿No te da vergüenza marcharte sola por ahí sin dar cuenta a nadie? ¡Eso no es propio de ti!

Me quedé en blanco, sin saber qué decir ni qué inventarme, pero luego pensé que había una excusa que podría hacer olvidar a mi tía su enfado sin tener que dar grandes explicaciones.

–Vengo de la Casa Montagne –dije hablando despacio, saboreando su cara de expectación–. Dolores y yo hemos hecho las paces. Podemos regresar cuando queramos.

Mi tía estalló en júbilo, y poco le faltó para abalanzarse sobre mí y llenarme de besos. No hizo más preguntas. Yo subí a mi habitación sin dejar de pensar en una persona: Héctor.

8

Teníamos de invitado a un buen amigo de mi padre; era diputado en Fomento del Trabajo Nacional y poseía también una fábrica textil en Sabadell. El señor Llobet era de complexión ancha y lucía unas frondosas patillas unidas a su largo bigote. Se sentó junto a mi hermano Eduardo, pues mi padre presidía la mesa, y yo me quedé junto a mi tía en silencio mientras los hombres charlaban sobre política.

–El diputado Ávila quiere cambiar la ley laboral –dijo el señor Llobet–. Pretende regular el trabajo de las niñas y las mujeres.

Sonreí abiertamente al oír aquella buena noticia, pero por fortuna nadie se percató de ello, pues justo en ese momento apareció Juana con la sopa y dos botellas de vino de Jerez.

–¿Y qué quiere hacer este Ávila? –Mi padre parecía nervioso y se sirvió una buena copa de vino–. ¡Qué manía con complicarnos la vida a los empresarios!

–Quiere que las menores de diez años solo realicen tareas relacionadas con la limpieza o la vigilancia del establecimiento.

–¿Eso significa que las niñas que trabajan en la fábrica tendrán que dejar de hacerlo? –preguntó mi hermano–. No creo que se atrevan.

–Y espera, que aquí no acaba todo. –El señor Llobet sorbió su sopa haciendo bastante ruido–. Las mayores de dieciséis años tendrán derecho a dos horas de descanso y no podrán trabajar las tres semanas posteriores al parto.

–¡Válgame Dios! –exclamó mi padre–. Entonces, ¿cuándo van a trabajar?

A fin de permanecer callada, me mordí la lengua tan fuerte que incluso me hice daño. ¡Me parecía atroz que una mujer tuviera que trabajar al día siguiente de dar a luz!

—Pues también quieren poner una jornada laboral máxima de diez horas.

Hubo un silencio mientras los platos de sopa se retiraban para dar paso a la carne. Mi padre comenzó a trincharla y a servirla mientras Juana llenaba las copas con un buen vino de Borgoña. Como estaba realmente eufórica por todo lo que estaba escuchando, me lancé a por el vino.

—Si se reduce la jornada laboral, sufriremos un fuerte déficit para la industria. ¿Es que no entienden que necesitamos el trabajo de las mujeres para sacar adelante la producción?

—Claro, porque les pagan la mitad de lo que cobra un hombre —dije yo por fin, recibiendo un codazo por parte de mi tía—. Y a un niño todavía menos.

—No es solo eso, hermanita —me corrigió mi hermano—. El trabajo de la mujer es mucho más delicado, y las manos de un niño son especialmente útiles para manejarse con los hilos.

—Pues si quieren que trabajen más, deben pagarles más.

Mi padre me fulminó con la mirada; yo agaché la cabeza y seguí comiendo.

—Veo que su hija es una mujer noble —dijo el señor Llobet, quitándole hierro al asunto—. Es normal que se preocupe por las de su sexo, aunque, si me acepta un consejo, señorita, nunca muerda la mano de quien le da de comer.

Me hubiera encantado replicar a sus palabras, pero si lo hacía podía llegar a enfurecer a mi padre y también a mi tía, así que me callé.

—En fin, la cuestión es que todavía se tiene que aprobar la ley —continuó mi padre—. Y espero que los diputados empresarios, como tú, querido amigo, se decidan por el no.

—¡Por supuesto que saldrá el no! De hecho, ya he hablado con los demás y nadie quiere aceptar la propuesta de Ávila. Y no solo eso: al proponérselo a las mujeres de nuestras fábricas, todas han dicho que no a la nueva regulación de la ley.

—Porque tienen miedo —dije yo en voz baja—. ¿Cómo van a contradecir al dueño de la fábrica?

—Pero no nos tienen miedo a nosotros, señorita Rovira, tienen miedo a aquellos que, desde su despacho y en favor de los derechos del trabajador, se olvidan de que los obreros necesitan trabajar duramente para sacar a su familia adelante.

–No se posicionarían en contra si les subieran el salario, señor Llobet. Tienen miedo a perder su trabajo.

–Amelia, deja ya el tema –intervino mi tía–. Pareces un anarquista de esos. ¡Cualquiera diría que eres la hija de un empresario de renombre como tu padre!

–Hablando de anarquistas –siguió Eduardo–. Cuando se enteren del rechazo a la propuesta de Ávila, son capaces de planear un nuevo atentado.

–¡No sé qué haremos con esa gentuza! –exclamó mi padre.

–¿No sería mejor escucharles un poco? –volví a intervenir–. Estoy segura de que si mejoráramos las condiciones de los trabajadores no harían lo que hacen.

–Hace cuatro años pusieron una bomba en la casa de los industriales Batlló. ¿Te parece que eso se puede justificar de algún modo?

–No lo justifico para nada, padre, pero pienso que es gente muy necesitada y que paga toda su rabia y miseria contra quienes los explotan.

–Bah, ¡qué sabrás tú! –contestó mi padre con desprecio–. ¿Acaso las mujeres entienden de política?

Iba a responder, pero en ese mismo momento el señor Llobet cambió de tema.

–Por cierto, Agustín, me he enterado de que tu mujer está enferma. Ya sabes que mi cuñado es el dueño del balneario de Vichy, así que podéis venir cuando queráis. Creo que le puede sentar muy bien.

–¡Qué buena idea, señor Llobet! –exclamó mi tía–. Estoy segura de que a Eulalia le encantará.

Mi padre se puso tan nervioso que casi derramó el vino sobre el mantel.

–No sé si Eulalia estará en condiciones de salir.

–¡Padre, por favor! –Sabía que mi padre no quería ir con mi madre a ningún sitio, pero yo tenía la esperanza de que si pasaban unos días juntos y a solas quizá recuperaran el cariño de antaño–. Madre estará encantada, así se relaja usted también.

–¿Qué te parece si hago una reserva para este fin de semana? –continuó Llobet–. Hay una degustación de un famoso cocinero francés.

–¡Fantástico! ¡A madre le encanta la cocina francesa!

Todos pusimos un poco de nuestra parte, y finalmente mi padre accedió a pasar el fin de semana con mi madre en Vichy. Yo, sin embargo, tuve que padecer a mi tía y pasar toda la mañana del sábado aguantando sus insoportables sermones mientras hacíamos labores frente a la vidriera. Estaba cansada de coser fundas de almohada, sábanas y colchas para un ajuar que, de momento, e intuía que por muchos años, no iba a utilizar. No tenía pensamiento de casarme pero, por mucho que yo ya lo hubiera comentado abiertamente, mi tía se empeñaba en hacer oídos sordos y darme lecciones de cómo debía comportarse una esposa y señora de su casa buena y decente. Precisamente estaba soltando uno de sus discursos cuando algo, o mejor dicho alguien, llamó mi atención desde la calle. Miré disimuladamente desde la vidriera sin moverme de la silla, mientras ella continuaba hablando, y pude ver a Héctor. Con un gesto de la mano me indicaba que saliera. Me sorprendió tanto verlo allí que no supe cómo reaccionar y le dije que no con el dedo índice. ¿Qué excusa podía poner para bajar al portal de casa sin que se enterara mi tía? Si descubría que se trataba de Héctor, probablemente me ganaría una buena bronca y se lo contaría a mi padre.

–¿Qué estás haciendo con la mano? –me preguntó tía Elvira–. ¿Qué pasa ahí fuera?

Tragué saliva mientras ella se asomaba por la ventana y agaché la cabeza esperando su grito reprobatorio.

–Pero si no hay nada –dijo, y volvió a sentarse–. Estás más rara, nena...

Suspiré aliviada al comprobar que Héctor había desaparecido como por arte de magia, pero también me quedé con la incertidumbre de saber qué era lo que quería de mí. Habían pasado varias semanas desde que me marché corriendo del estudio y, aunque la conciencia me había reconcomido por dentro una y mil veces, todavía no me había atrevido a acercarme de nuevo a él. Y reflexionando ahora que ha pasado el tiempo, si él no hubiera aparecido esa mañana frente a la vidriera de mi salón, quizá yo jamás habría ido a hablar con él y no habría intervenido en mi destino.

–Nada, tía, simplemente me he abanicado con la mano. Hace mucho calor.

—Ya estamos en mayo. Tan solo queda un mes para que empiece el verano y nos vayamos a la casa de Sitges.

Pensé en lo bien que me iría pasar unos meses alejada de Barcelona, reencontrarme conmigo misma y decidir de una vez por todas qué era lo que más le convenía a mi futuro. Me encantaba caminar por la playa con los pies descalzos e incluso adentrarme en el mar hasta las rodillas, desoyendo los consejos del doctor Martí, que reprobaba los baños de mar.

En ese momento apareció mi hermano pequeño en el salón: venía de casa del conde de Satierra, donde había estado jugando con su hijo. Andreu subió directamente las escaleras en dirección a su habitación y, mientras lo hacía, me indicó con la cabeza que lo acompañara. Una vez en el interior de su cuarto comenzó a hablar en voz baja.

—Me he encontrado a un chico abajo. —Su voz todavía era infantil, como su rostro, a pesar de que ya tenía catorce años—. Me ha dicho que te dijera que lo siente y que si podéis veros hoy en el estudio a las cinco de la tarde.

—Pero ¡cómo se atreve a decírtelo a ti! —Me llevé la mano a la frente en un gesto de preocupación—. Andreu, por favor, no puedes contarle nada a nadie.

—Ya lo sé. —Se encogió de hombros como si se tratara de una obviedad—. Me ha dicho que es un secreto y que yo, que ya soy todo un hombre, os puedo ayudar a mantenerlo.

Sonreí a mi hermano y le revolví el pelo en agradecimiento.

—Verás ignoro si sabes que una de mis ilusiones es convertirme en maniquí, y para ello necesito hacerme fotografías y mandarlas a París.

—Y el ayudante de Esplugas te ayudará, ¿no es así? —Sonrió con picardía—. Me ha caído bien.

Me sentí aliviada por la actitud que mostraba mi hermano; quizá estaba comenzando a madurar y a darse cuenta de las cosas. Héctor había sido realmente inteligente tratándolo como a un adulto, haciéndole creer que tenía una misión importante que llevar a cabo. Andreu, como el resto de los hermanos hasta que no cumplimos los quince años, jamás había compartido ni mesa ni tertulia con los adultos de la casa: de hecho, había pasado toda su vida bajo las órdenes de su *dida*, relegado a un segundo plano en la sala infantil de la planta de arriba del palacete. Quedaban pocas semanas para que esta situación cambiara por completo, pues cumplía los quince a finales de mayo y entonces diría adiós, por fin, a la indiferencia e ignorancia que recibía sobre todo por parte de mi padre y de tía Elvira.

–Entonces, ¿nos ayudarás? –le pregunté, ilusionada–. Necesito un pretexto para poder salir esta tarde.

–Podemos ir a pasear por la Ciudadela y tomarnos un café en el Alhambra.

–¿Crees que tía Elvira nos va a dejar salir?

–Ya soy mayor –dijo con orgullo–. Puedo cuidar de ti, no creo que ponga pegas.

Y así fue. Mi tía nos dejó salir para que nos diera un poco el aire, pero estableció el toque de queda a las siete: tenía dos horas para estar con Héctor. Andreu se portó muy bien conmigo y se quedó en la Ciudadela con otros chicos mientras yo me dirigía hacia el estudio de Esplugas. Cuando tuve a Héctor frente a mí, no pude evitar sonrojarme; estaba avergonzada por lo que había pasado la última vez.

–Tu hermano es un hombre de palabra –comentó con media sonrisa–. Y de ti no esperaba menos. Esta vez sabía que vendrías.

Paseé lentamente por el estudio sin saber qué decir.

–Te debía una disculpa, a ti y a tu novia –lo dije expresamente, para ver si lo desmentía–. No debería haber dicho lo que dije, fui una descarada y una maleducada.

–Arlette no es mi novia, Amelia. –Se puso serio–. Y sí, tienes razón, no te comportaste del todo bien.

–Y si no es tu novia, ¿por qué reaccionó de esa manera? –Puse los brazos en jarras. Lo interrogaba como si tuviera derecho a saber la verdad–. Una clienta no suele dar besos en la mejilla al ayudante de un fotógrafo.

Héctor rio a carcajadas, y me miró con tal brillo en los ojos que hubiera caído a sus pies en aquel mismo momento. Cada vez lo encontraba más interesante, incluso mucho más guapo que el día que lo conocí. Además, mantenía, ya fuera de forma consciente o inconsciente, ese halo misterioso y reservado que hacía que yo quisiera conocer más y más de él. Era como si, en cierto modo, Héctor tuviera un imán que ejerciera una fuerte atracción sobre mí. Estaba perdida, pensé, al darme cuenta de lo que comenzaba a sentir en mi interior. Me estaba enamorando por primera vez en mi vida.

–Solo somos amigos. –Por primera vez advertí cierta timidez en su rostro–. ¿Y por qué tienes tanto interés?

Me puse roja como un tomate e intenté disimular y parecer indiferente.

–A mí me da igual, es simple curiosidad.

–Empezamos de nuevo, ¿de acuerdo? –Avanzó hacia la habitación de retratado y yo lo seguí–. Vamos a hacerte esas fotografías.

Me puse de nuevo frente al fondo unicolor azul, sentada sobre una *chaise longue* tapizada en terciopelo rojo. Héctor preparó la cámara y vino a soltarme unos mechones de mi recogido para que cayeran sobre las mejillas. Sus dedos estaban rugosos y amarillos a causa del tabaco, pero al sentir su tacto en mi pelo no pude evitar estremecerme; me puse tan tensa que todo mi cuerpo se puso rígido, en alerta.

–Podrías tumbarte en el sofá –me sugirió–. Quedaría muy bien.

Aunque me costó decidirme, finalmente le hice caso.

–Relájate, Amelia –continuó, mirando a través de la cámara–. Se nota que no estás cómoda.

–Claro que no lo estoy –suspiré agobiada–. Nunca he posado de esta manera tan... desinhibida.

–Tienes que cambiar tu forma de ver las cosas. –Se acercó de nuevo a mí y me agarró de la mano–. Debes acostumbrarte, pensar en otra cosa... No pueden ver que dudas, que eres insegura.

Me quedé pasmada mirando esos ojos grises tan expresivos, enmarcados en aquellas pestañas negras y largas. Su voz era fuerte y tranquila; parecía un hombre con experiencia en la vida, más maduro de lo que solían ser los jóvenes de su edad. Su melena desaliñada era lo único que le hacía parecer realmente el joven de veintidós años que era.

–Lo intentaré.

Héctor volvió tras la cámara y comenzó a retratarme. Disparó varias veces, y poco a poco comencé a sentirme a gusto y relajada. Me hizo cambiar varias veces de postura y en ocasiones posé de pie, sin ningún mueble que pudiera distraer la atención. Perdí la cuenta de las fotografías que me hizo, y pensé que aquel trabajo era verdaderamente agotador.

–Creo que es suficiente por hoy. –Héctor comenzó a recoger la cámara–. Ha estado muy bien, otro día tendrás que venir con un vestido diferente.

Asentí mientras me daba una vuelta por la habitación y curioseaba por la mesa donde había varias fotografías dispersas. La mayoría eran de mujeres vestidas con mil y un complementos, con los pómulos sonrosados y los labios pintados de rojo. Mirando por encima, pude ver una de *madame* Morandé: sin duda, era una mujer que no pasaba desapercibida; tenía una sensualidad y un atractivo que podría desarmar a cualquier hombre. Entre las fotografías encontré un folleto amarillo impreso en papel de mala calidad. Sin que me viera Héctor, que estaba de espaldas a mí, lo cogí para observarlo con detenimiento. Se trataba de un panfleto anarquista: en él se llamaba a la revolución y a la lucha armada contra el Estado y los opresores de las fábricas.

–¿Qué es esto? –Se lo mostré a Héctor, que pareció ponerse nervioso–. No creo que sea de Esplugas.

Héctor tosió varias veces, cogió el panfleto y lo tiró a la basura.

–No es nada, se lo habrá dejado Arlette. –Lógicamente, no le creí.

–Imagino que no quieres que Esplugas se entere de que eres anarquista. Yo no voy a decir nada.

–Me gusta este trabajo, y no quiero que piensen mal de mí. –Parecía preocupado–. Ya sabes que no gozamos de buena fama.

–Yo no creo que todos seáis iguales. Además, lucháis por vuestros derechos.

Héctor sonrió ligeramente, pero pude percibir un ápice de tristeza en su sonrisa.

–No todo el mundo piensa como tú, Amelia.

–Lo sé. De hecho, mi padre y mi hermano son los primeros en criticaros.

Salimos de la habitación y nos dirigimos al recibidor. Él parecía tener prisa, y comenzó a apagar las luces. A mí no me apetecía nada regresar a casa, aún era pronto y no quería permanecer encerrada una tarde tan bonita como aquella. No quería aguantar de nuevo a mi tía, y Andreu no me esperaba hasta las siete.

–¿Tienes cosas que hacer? –le pregunté directamente–. Veo que tienes prisa.

–Los sábados por la tarde nos juntamos todos los compañeros en un café de la calle Diputación. Allí charlamos de política y jugamos al dominó, y de vez en cuando hay algún que otro espectáculo.

–Suena divertido. –Bajamos las escaleras lentamente hasta la calle–. Yo he de estar en casa a las siete; mi hermano me espera en un parque para regresar juntos a casa.

–Todavía falta una hora. –Me miró intrigado–. ¿Te gustaría venir conmigo?

Se me aceleró el corazón. ¿Ir con él a un café anarquista? ¿Yo? ¿Una Rovira? Mi corazón me pedía a gritos que fuera; mi cabeza, sin embargo, me decía que actuara con sentido común y responsabilidad.

–Debes de estar loco. ¿Piensas que tus amigos van a aceptar que una Rovira esté presente en una reunión?

–Escucha, yo hablaré con ellos. –Me hizo un guiño cómplice–. Venga, no es la primera vez que te mueves por los bajos fondos.

Reí a carcajadas y en ese mismo momento me decidí a ir, pese a las consecuencias.

–¿Cuidarás de mí? –Le devolví el guiño–. Sabes que suelo meterme en líos.

–Claro que sí. Ya me conoces, no dejaría que te ocurriera nada.

Sentí que se me agrandaban los ojos ante aquella afirmación tan formal y educada. Aunque él no había querido decir nada con ello, yo quise pensar que, quizá, Héctor comenzaba a sentir por mí algo más que lo que sentía por una conocida cualquiera.

–¿Prometes dejarme a las siete en la Ciudadela, sana y salva?

–Por supuesto que sí.

9

Entramos en el bar de Mauro, como lo llamaba Héctor, y enseguida me vino un intenso olor a café recién molido, coñac y tabaco. Era un pequeño recinto sin apenas ventilación, con un largo mostrador repleto de altas torres de tazas y copas recién lavadas, botes llenos de terrones de azúcar y botellas de diferentes tipos de alcohol alineadas. Había muchísima gente, la mayoría hombres reunidos en torno a mesas pequeñas y redondas que bebían sus cafés humeantes mientras algunos jugaban al dominó. Héctor se dirigió a una de las mesas, donde había cinco hombres jóvenes que, al verme, se pusieron en alerta y dejaron de hablar de golpe. Me miraron con desconfianza, pero Héctor se acercó a ellos y les comentó algo sin que yo pudiera oírlo. Los murmullos de los parroquianos del bar, mezclados con el tintineo de las copas y las cucharillas de café, hacían de ese sitio un lugar festivo y alegre. Aunque en un principio me sentí un poco incómoda por cómo me habían recibido los amigos de Héctor, enseguida me tranquilicé al ver que me saludaban con amabilidad.

–Así que es usted amiga de Héctor –dijo uno que se presentó como Anselmo, esbozando una media sonrisa–. Nos ha dicho que es usted de confianza, pese a su apariencia burguesa.

–Que me guste vestir bien no significa que sea una estirada y que no respete vuestra forma de ver la vida.

Algunos rieron, y me sentí un poco ridícula al verme juzgada por unos desconocidos que poco o nada sabían de mí o de mi vida.

–Amelia es una buena chica –añadió Héctor–. No es como los de su clase.

No me gustó que hiciera hincapié de nuevo en la diferencia de clase, pero intuí que aquella forma de hablar era habitual para ellos, así que intenté no darle importancia.

—Y dígame, señorita —tomó la palabra un tal Paulino, cuyo enorme y espeso bigote negro le tapaba prácticamente la boca—. Usted qué prefiere... ¿El hipódromo o el Liceo? Yo es que creo que soy más de teatro, fíjese.

Todos comenzaron a reír, salvo Héctor; se estaban mofando de mí y no iba a consentirlo. Me levanté enfadada y me dirigí hacia la puerta.

—Espera, Amelia. —Héctor se acercó a mí para evitar que me fuera—. No te lo tomes a mal, no lo hacen con mala fe. Son así.

—Pues me parece una falta de respeto que usen ese tono tan ofensivo conmigo. No he venido aquí a que se diviertan a mi costa.

—Anda, ven. —Me cogió de la mano y me tranquilizó—. No pasa nada, hazme caso.

Regresamos a la mesa y todos se quedaron callados; parecían incluso avergonzados.

—Amelia está de nuestra parte —dijo Héctor, todavía agarrado a mi mano—. Aunque venga de familia burguesa, ella quiere hacer su propia vida y ganarse el dinero con su trabajo.

—Entonces su padre no debe de estar muy contento con usted. —Anselmo se puso serio—. La verdad es que es todo un desafío por su parte haber venido aquí.

—Anselmo tiene razón —añadió otro—. Discúlpenos, señorita.

Asentí satisfecha y volví a sentarme. Héctor se quedó a mi lado, como si quisiera protegerme, y me sentí orgullosa de que me hubiera defendido.

—A mi padre le daría un infarto si se enterara de que he venido a este bar; de hecho, el otro día ya me gané una buena reprimenda al opinar sobre la nueva propuesta laboral del diputado Ávila.

Todos se miraron extrañados entre ellos, sin saber a qué me estaba refiriendo.

—¿Qué propuesta? —preguntó Paulino, a la vez que pedía con un gesto al camarero otro café—. No viene nada en el periódico.

—No sé, vino un amigo de mi padre, que es diputado en Fomento del Trabajo, y nos comentó que Ávila quiere mejorar las condiciones de las mujeres y de los niños en las fábricas.

Todos comenzaron a aplaudir entusiasmados y encantados por la noticia, y rápidamente se pidieron una copita de aguardiente para brindar.

–Pero yo de ustedes no celebraría nada. –Se quedaron en silencio y me miraron expectantes–. El señor Llobet dijo que la medida no se aprobaría, que ya había hablado con los demás diputados y que la mayoría votaría en contra.

–¡Malditos hijos de puta! –exclamó Paulino–. ¿Y por qué deberían votar los mismos explotadores que son los dueños de las fábricas? ¿Acaso tiene sentido?

–Esta gente se merece un escarmiento. –Héctor también estaba enfadado y no podía parar de fumar–. ¿Cómo no pueden pensar en el bienestar de los niños?

–Porque ellos no viven en barracones, ni pasan frío, ni hambre. –Anselmo estaba verdaderamente furioso–. Y si no que nos lo confirme Amelia, que seguro que sabe dónde vive ese tal Llobet. ¡Seguro que posee un gran palacete!

–Oh, desde luego; vive en un palacete enorme de la calle Aragón. Recuerdo haber ido allí de pequeña; siempre nos ofrecía una espectacular bandeja llena de bombones que compraba en la confitería que hay al lado de su casa, una de las mejores de Barcelona.

–Usted tampoco creo que viva en un barracón –dijo otro chico–. Seguro que también vive en un palacete.

–Ella se posicionó en contra de su padre para apoyarnos a nosotros –apuntó Anselmo–. No se puede juzgar a todo el mundo del mismo modo, ella no eligió dónde nacer.

–Mi padre tiene una fábrica y yo siempre he defendido a la gente que trabaja allí –dije, alterada al sentirme atacada de nuevo–. Por eso no quiero seguir viviendo del negocio de mi familia.

–Quiere ser maniquí de moda –comentó Héctor con cierto orgullo–. Y creo que es buena, que puede encontrar trabajo en París.

–Es una verdadera belleza, señorita Amelia –me piropeó Paulino–. Estoy seguro de que lo conseguirá.

Estaba relajada y feliz de estar allí. A pesar de las suspicacias iniciales de los amigos de Héctor, me sentía independiente y segura de mí misma, sin tener que aguantar a tía Elvira a mi lado diciéndome en todo momento cómo comportarme. En ese lugar no había normas y todo el mundo parecía decir y hacer lo que le viniera en gana. Sin embargo, mi alegría se esfumó de golpe y porrazo.

–Buenas tardes.

Era *madame* Morandé. Se acercó a Héctor y le dio un beso casi rozándole la comisura de los labios. Vi que él intentaba zafarse de ella, pero la joven insistió en seguir demostrando delante de todos que compartía con él algo más que una amistad. Le puso las manos sobre los hombros y le masajeó sensualmente la espalda. Yo me puse tensa e incómoda al encontrarme precisamente al lado de Héctor; me habría levantado de la silla en ese mismo momento si no hubiera sido porque entonces hubiera delatado mis sentimientos y dejado claro a todos que estaba enamorada de él.

—Nos volvemos a encontrar —me dijo *madame* Morandé con sorna—. ¿Qué hace una chica del Eixample en este bar tan humilde?

Intenté controlarme para no volver a perder los nervios como la última vez, y me limité a sonreírle.

—Amelia es mi amiga —comentó Héctor, que también parecía realmente incómodo con ella—. ¿No trabajas hoy?

—¿Es que tienes ganas de perderme de vista? —Mientras le sonreía, se agachó para que sus pechos quedaran a la altura de sus ojos—. No sueles decir lo mismo cuando me vienes a recoger por las noches.

Héctor se puso blanco, y rápidamente buscó mi mirada como si quisiera pedirme una disculpa. Disimulé la rabia inmensa que sentía en mi interior y que hubiera desahogado soltándole cualquier improperio a esa mujer que tenía el don de desquiciarme.

—Arlette, no tienes vergüenza —afirmó, airado—. ¿Por qué no me dejas en paz?

—Pero ¿qué narices te pasa? —le preguntó asombrado Anselmo—. ¿Desde cuándo te molesta que te hable así?

—Desde que tiene a esa amiguita. —*Madame* Morandé me miró amenazante—. Se mueve tanto entre burgueses que al final acabará pareciéndose a ellos.

No esperó la respuesta de Héctor, se marchó directamente al baño sin decir nada y permaneció allí durante un tiempo.

—¿Adónde va? —pregunté yo con curiosidad—. ¿Trabaja aquí?

—Hace un espectáculo —me contestó Paulino, pues Héctor seguía sin hablar, mirando casi como hipnotizado el cigarrillo que se estaba fumando—. Es artista de varietés, pero primero sale La Gorda a cantar cuplés.

La Gorda era una mujer exuberante repleta de bisutería barata y pliegues rollizos que apareció de repente sobre un pequeño escenario improvisado. La señora, que probablemente pesaría más de noventa kilos, comenzó a cantar y a bailar acompañada por un pianista. La gente se puso como loca; todos los amigos de Héctor se acercaron al escenario y se quedaron de pie mientras la jaleaban. Héctor parecía triste y yo no me atreví a sacar el tema de Arlette: entre los gritos y la música, aquel no era el lugar propicio para hablar de algo tan íntimo. Además, yo no era quién para pedir explicaciones, así que me mantuve al margen y me quedé pasmada observando la siguiente actuación, la de *madame* Morandé. Iba vestida de rojo y negro y llevaba una boa de terciopelo en torno al cuello. Comenzó a bailar sensualmente, y los hombres silbaron y alabaron las curvas y la provocación de la francesa. Sentí cierta envidia al saber que los dos se habían tocado y besado, que habían mantenido una especie de romance. Después de tanta charla y tanto espectáculo, le pregunté la hora al camarero que vino a llenarnos la taza de café: eran las siete y cuarto.

—¡Héctor! —grité yo desesperada—. ¡Mi tía me mata! ¡Y mi hermano pequeño todavía debe de estar esperándome en la Ciudadela!

Había pasado el tiempo volando, y ahora tendría que enfrentarme a la reprimenda de tía Elvira.

—Venga, vámonos. Nos llevará un rato llegar hasta allí.

Salimos del bar sin despedirnos de nadie. Arlette, que justo en ese momento comenzaba a levantarse la falda del vestido al estilo cancán, seguía siendo el centro de atención del local. Comenzamos a andar deprisa sin apenas hablarnos. Había refrescado y sentía un poco de frío. Héctor vio que temblaba e, instintivamente, se acercó más a mí para darme calor.

—¿Amelia?

Escuché mi nombre y me giré. Palidecí de repente al ver de quién se trataba: mi hermano Eduardo iba del brazo de una mujer a la que poco le faltaba para mostrar a todos los transeúntes sus pechos desnudos. Llevaba el pelo suelto, rizado, e iba excesivamente pintada. Enseguida intuí que se trataba de una de las prostitutas que trabajaban en uno de los lupanares por los que habíamos pasado. Eduardo también se puso blanco y retiró el brazo de la mujer, como si no tuviera nada que ver con ella. Nos quedamos callados sin saber qué decir.

—Eduardo —dije por fin, a la vez que me separaba de Héctor—. ¿Qué haces aquí?

—¿Y me lo preguntas tú a mí? —Miró a Héctor y lo inspeccionó detenidamente—. Sé quién eres, el ayudante de Esplugas. ¿Qué cojones haces con mi hermana por aquí?

Héctor titubeó nervioso, y yo me adelanté a la explicación.

—Me lo he encontrado. —Carraspeé un par de veces—. Ya me iba para casa, solo quería echar un vistazo a una tienda de sombreros que me encanta.

Simulé una sonrisa, pero Eduardo no parecía creerse la mentira.

—¿A estas horas? Seguro que tía Elvira no sabe nada de esto. Voy a tener que hablar con ella y contarle todo. No me gusta nada que vayas por ahí con hombres que no conoces.

—Señor —dijo Héctor—, le aseguro que es cierto, nos hemos encontrado hace un rato y yo me he ofrecido a acompañarla a casa.

La prostituta que parecía impacientarse, comenzó a jugar con el pequeño bolso que colgaba de su falda.

—No me lo creo —insistió mi hermano—. Ya hablaremos esta noche, no te vas a librar de un buen rapapolvo.

Eduardo hizo ademán de irse, y a mí me entraron unas ganas tremendas de llorar. Todo comenzaba a desmoronarse: si tía Elvira se enteraba de que la había engañado y de que encima me había visto con Héctor, ya nunca más volvería a confiar en mí y entonces se haría muy difícil continuar yendo al estudio.

—Yo también puedo contar algo —me atreví a decir—. No creo que a padre le guste saber que su hijo se gasta el dinero en prostitutas, con el riesgo además de contraer cualquier enfermedad de esas.

La mujer alzó las cejas al notar que hablaban de ella y, lejos de molestarse, pareció orgullosa de aparecer en la conversación.

—¡No te atreverás! —exclamó mi hermano, al tiempo que sacaba un cigarrillo de su pitillera—. ¿Me estás haciendo chantaje?

—Estoy haciendo lo mismo que tú.

Le di la espalda y comencé a caminar. Estaba temblando, el corazón me iba a cien por hora; jamás hubiera pensado que podría desafiar a mi hermano de esa manera, y todo por no perder la oportunidad de estar con Héctor. Él me miró con cierto orgullo y comenzó a reír despreocupado.

—Has estado magnífica. Eres una mujer valiente.

—No sé... —Comencé a llorar sin poder evitarlo—. La he fastidiado. Tengo miedo.

—¿Miedo de qué? —Se paró en seco y me miró a los ojos—. Tú eres dueña de tu vida y puedes hacer con ella lo que quieras. Tu hermano no tiene derecho a pasar por encima de ti.

—Pero todo el mundo lo hace, me siento atrapada en mi propia casa.

Me cayó una lágrima que Héctor recogió con sus dedos. Cerré los ojos al sentir su mano recorriendo mi mejilla, me hubiera encantado dejarme caer en sus brazos.

—Si consigues lo que te propones, podrás convertirte en una mujer independiente.

—¡Pero nadie confía en mí! —exclamé con voz desgarradora—. ¿Por qué tengo que esconderme siempre?

Héctor me cogió de la mano y me la estrechó con fuerza.

—Yo sí que confío en ti. —Acercó su cara a la mía y pude sentir su aliento caliente—. Estaré contigo siempre que lo necesites.

Le cogí la cara y le acaricié la nuca lentamente. Él me llevó de la mano a un pequeño callejón donde nadie podía vernos. Allí se apretó contra mi cuerpo y me besó intensamente. Todavía recuerdo el efecto que aquel beso obró en mí: las piernas me temblaban y apenas podía tenerme en pie. Sentía como si miles de mariposas recorrieran mi interior, como si estuviera flotando... Jamás había experimentado tanta felicidad ni tanta emoción. Era mi primer beso, y estaba encantada de que hubiera sido con Héctor. En aquel momento, ningún hombre me podría parecer tan bueno ni tan atractivo como él.

—¿Y qué pasa con Arlette? —pregunté después de mirarlo a los ojos durante unos segundos en silencio—. ¿Significa mucho para ti?

—En absoluto —dijo con frialdad—. Es una amiga, solo que a veces...

Se quedó callado y se sonrojó. Sabía de lo que estaba hablando y, aunque en el fondo me dolía, intenté quitarle hierro al asunto.

—Sé perfectamente a lo que te refieres. —Agaché la mirada—. Supongo que es..., no sé, normal.

—Puede que ella quiera algo más, pero yo no. —Me cogió de la mano de nuevo y me atrajo hacia él para abrazarme–. Ahora solo estás tú.

Sonreí como una boba y apoyé mi cabeza sobre su pecho.

—¿Te gusto de verdad? —le pregunté con apenas un susurro.

—Claro que sí. —Sonrió tiernamente y me entraron unas ganas locas de volver a besarlo–. ¿Es que no lo has notado?

Me dio un beso en la mano y comenzó a andar.

—Se está haciendo tarde, y tu hermano debe de estar preocupado.

Caminábamos muy juntos, pero sin cogernos de la mano, por miedo a que alguien pudiera reconocernos. Me sentía eufórica y llena de vida; sentirme correspondida me había dado fuerzas para seguir luchando por lo que quería ser y tener en la vida. Cuando llegamos a la Ciudadela, Héctor se despidió de mí con otro beso.

—Queda poco para que mi familia y yo nos trasladamos a Sitges para las vacaciones de verano —dije con tristeza–. No sé si podremos vernos antes.

—No hablemos de eso ahora. —Me besó en la frente–. Nos veremos estos días.

Se separó de mí y, antes de darme la espalda, me guiñó un ojo y me dijo adiós. Suspiré hondamente al verlo marchar, y no dejé de mirarlo hasta que lo perdí de vista. En ese mismo instante apareció mi hermano, corriendo y abrazándose a mí.

—¿Dónde has estado? ¡Creía que te había pasado algo!

—Lo siento, Andreu, no he medido bien el tiempo. —Le rodeé los hombros con los brazos y nos dirigimos a casa–. No sé qué excusa podremos darle a tía Elvira.

Mi hermano resopló angustiado, y yo me sentí culpable por haberlo metido en aquella encrucijada. Luego recordé los besos de Héctor y volví a olvidarme del problema en el que estaba metida. Subimos a casa y, cuando entramos, mi tía estaba justo detrás de la puerta, de pie y con los brazos cruzados, visiblemente enfadada y preocupada. Tragamos saliva los dos y permanecimos callados hasta que ella empezó a hablar con ese tono que hacía temblar a cualquiera.

—¿Por qué habéis llegado tan tarde? ¡Me habéis desobedecido! Veréis cuando se entere vuestro padre...

–Verá, tía... –Miré a Andreu, intentando ganar tiempo para pensar–. Es que...

Mi tía esperaba una respuesta, pero yo era incapaz de mentir delante de ella. En ese preciso instante apareció por la puerta Eduardo. Me puse la mano en la frente, angustiada por lo que me esperaba entonces. Una vez que mi hermano lo contara todo, jamás podría volver a salir de casa sin mi tía.

–¿Te lo puedes creer, *nen*? –le dijo tía Elvira a mi hermano–. ¡Tus hermanos por ahí en la calle, a estas horas!

Eduardo me miró fijamente: parecía tenso y preocupado. Yo cogí aire, preparada para aguantar el sermón de mi tía, reprochándome mi irresponsabilidad.

–Ha sido culpa mía –dijo al fin ante el asombro de todos–. Los he entretenido yo para que me acompañaran a elegir un regalo para ti.

Mi tía abrió los ojos ilusionada y juntó las palmas en señal de agradecimiento cuando mi hermano le entregó una caja con un enorme lazo rojo.

–¿Me habéis traído un regalo? –Abrió la caja emocionada y se encontró con un bonito sombrero verde con plumas moradas–. ¡Es precioso!

Suspiré y miré con complicidad a mi hermano, pero él giró el rostro con desprecio, me advertía de que había sido la primera y última vez que daba la cara por mí.

10

Mis padres regresaron del fin de semana en el balneario. Mi madre estaba espléndida: en su cara relucía una enorme sonrisa y sus ojos, brillantes y vivos de nuevo, demostraban que se había recuperado por fin de la depresión y había superado el disgusto. Me emocioné al verla tan alegre y descansada, y más cuando me informó de que acudiría al día siguiente a la fiesta de cumpleaños de mi amiga Dolores junto a toda la familia. Las hermanas Montagne habían organizado una gran fiesta en el café Alhambra y, como no podría ser de otro modo, habían contratado los servicios de Esplugas para realizar las fotografías, así que vería a Héctor por última vez antes de comenzar las vacaciones de verano.

El último día de mayo, justo el día en que mi hermano pequeño cumpliría los quince años, mi familia y yo haríamos las maletas y abandonaríamos Barcelona para no volver hasta mediados de septiembre. Siempre había adorado Sitges, y desde pequeña había contado los días que faltaban para disfrutar de la tranquilidad que me aportaban aquellas semanas familiares frente al Mediterráneo. No encontraba nada más delicioso que los atardeceres con olor a mar y las charlas de fondo de los marineros en el puerto. Sin embargo, por primera vez en mi vida deseaba que los días se hicieran más lentos y que el momento de la partida no llegara nunca: nuestro viaje a la costa significaría no ver a Héctor durante todo el verano, y aquello me parecía una tortura.

Mi padre se sentó relajado en el sillón mientras leía el periódico y mi madre se quedó a su lado, como si quisiera conservar su atención después de haberla tenido en exclusividad durante todo el fin de semana. La casa estaba en silencio y tranquila, en gran parte gracias a la ausencia de mi tía, que había salido a tomar el té a casa de la señora Minguella. De repente, Juana entró corriendo al salón y le entregó a mi padre una carta.

–Señor Rovira, ha venido un mensajero del señor Llobet y parecía verdaderamente nervioso –dijo Juana con sobrealiento–. Lo ha mandado la señora Llobet.

Mi padre asintió sin perder los nervios y abrió la carta despacio: tenía el don de la compostura y sabía guardar las formas pese a cualquier contratiempo.

–No me lo puedo creer. –Se tocó la barbilla, apesadumbrado–. ¡Menuda desgracia!

–¿Qué pasa, padre? –le pregunté con impaciencia–. ¿Ocurre algo grave?

–El señor Llobet. –Se tocó la frente repetidas veces–. Está en el hospital... herido de gravedad. Parece que han atentado contra él en el portal de su casa.

–¿Quién haría algo así? –Negué con la cabeza sin acabar de creérmelo–. ¿Tienen a los culpables?

Mi padre negó con la cabeza y se encendió un puro.

–No saben quién ha sido, pero todos los indicios apuntan a los anarquistas. –Chasqueó la lengua–. Seguro que se han enterado de lo de Ávila... Pero ¿cómo sabían que Llobet trabajaba para Fomento y que iba a votar en contra de la propuesta? Ni siquiera se habían hecho eco los medios de comunicación...

Tragué saliva al comprender lo que había sucedido: todo apuntaba al entorno de Héctor. Yo había hablado más de la cuenta en el bar de Mauro, incluso ahora recordaba que les había dado la dirección de su casa con pelos y señales. ¿Cómo podía haber sido tan estúpida? Todo había sido culpa mía: había confiado demasiado en unos tipos que eran unos absolutos desconocidos para mí.

–Pero se pondrá bien, ¿no? –pregunté acongojada–. ¡Dios mío, qué he hecho!

Mi madre se me quedó mirando confusa por lo que acababa de decir.

–¿Qué has hecho? –Alzó las cejas–. No es culpa de nadie, hija. Todo el mundo sabe cómo son esos anarquistas.

Me puse a llorar tapándome la cara con las manos sin poder reprimirme. Me sentía tan mal que lo único que quería era encerrarme en mi habitación y no volver a salir jamás. Al día siguiente iba a ver a Héctor, y no tenía ni idea de cómo informarle de la terrible noticia sin que pareciera una acusación en toda regla.

Estaba a punto de abandonar el salón cuando apareció mi tía, que justo regresaba de casa de la señora Minguella.

–Amelia, he de hablar contigo seriamente –dijo en tono reprobatorio–. Y mira, me viene muy bien que esté tu padre delante.

Mi madre frunció el ceño al ver que ni siquiera la había mencionado a ella como si no importara su presencia o su opinión en las cuestiones que tenían que ver con su propia hija.

–¿Qué pasa? –Mi padre se recostó en el sofá y me miró fijamente.

–La niña, que resulta que se ve a escondidas con el ayudante de Esplugas. Sin decirnos nada.

Sus palabras me cayeron como un jarro de agua fría. No esperaba que mi tía pudiera enterarse, y menos que se lo contara a mis padres con ese tono acusador, como si hubiera cometido un pecado mortal.

–Me lo ha contado la señora Minguella –continuó, encantada de ser el centro de atención–. Ya sabes que desde su casa se ve el estudio de Esplugas, y dice que ya son varias las veces que te han visto entrar allí sola y salir con el muchacho.

–¡Ya solo nos faltaba eso! –exclamó mi padre–. ¿Ahora resulta que mi hija coquetea con un chico de barriada?

–Seguro que tiene una explicación –comentó mi madre, intentando calmarlo–. No sabemos lo que ha ocurrido.

Todos me miraron esperando una respuesta. ¿Cómo podía haber cometido tantos errores en tan poco tiempo? ¡Ni siquiera había pensado en la señora Minguella! ¿Por qué la gente se metía en los asuntos ajenos?

–Puedo explicarlo. –Tenía que contar la verdad si no quería que pensaran lo peor. Aunque estaba enamorada de Héctor, jamás había hecho nada de lo que se pudieran avergonzar–. Es verdad, he estado yendo al estudio de Esplugas, pero no por lo que están pensando... Héctor me está haciendo fotografías para enviarlas a las revistas de moda de París.

–¿Fotografías de qué tipo? –Mi padre se puso de pie y comenzó a dar vueltas por el salón–. ¿Y qué es eso de las revistas de moda?

–Quiero ser maniquí, padre. Y las fotografías son totalmente decentes, no salgo desnuda ni nada por el estilo.

–¿Veis? –añadió mi madre–. Todo tiene su explicación, no hay nada de lo que preocuparse.

–Pero ¿cómo que no, Eulalia? –siguió mi tía–. Tu hija quiere ser maniquí. ¿No te parece una profesión de lo más indecente para una señorita de su clase? ¡Si eso lo hacen las jóvenes sin recursos que se ven obligadas a vender su cuerpo por ahí! ¿Qué necesidad tienes tú, nena?

–Quiero ser autosuficiente y quiero vivir de la moda, en París. –Todo lo que decía parecía ridículo a sus oídos, como si estuviera diciendo un sinfín de absurdos–. Quiero ganar mi propio dinero y elegir mi futuro.

Mi padre rio con sarcasmo y se paró frente a mí. Pese a su sonrisa, podía distinguir en sus ojos cierto desprecio y desconfianza.

–¿Autosuficiente? ¿De dónde te has sacado eso? –Me dio una bofetada sin que lo esperara–. ¿Quieres ser el hazmerreír de la familia?

Me saltaron las lágrimas al instante, no tanto por el dolor como por el hecho de que me hubiera pegado a mis dieciocho años. Aquel gesto y la actitud de mi padre me hicieron pensar que, por muy mayor que pudiera ser, siempre acabaría dependiendo de las decisiones de un hombre. De mi padre o, lo que era peor, de mi futuro marido. Pero yo tenía claro que no quería una vida así, que no tenía pensado cambiar de parecer por muchas críticas y bofetadas que recibiera.

–¡Amelia! –Mi madre se levantó alarmada y se acercó a mí para consolarme–. Lo siento, cariño.

–¡No la protejas! –gritó mi padre–. ¿No ves que tu hija ha perdido la cabeza?

–¡Tiene derecho a escoger su vida! ¿Quiénes somos nosotros para ponerle barreras?

–¿Quieres que estemos en boca de todos? –intervino mi tía, contradiciendo a mi madre–. El honor es lo más importante para los Rovira, y Amelia tendrá que casarse con un buen hombre y dejarse ya de tantas tonterías.

Yo seguía llorando pese al consuelo de mi madre, que continuaba a mi lado, acariciándome el brazo.

–Mañana vas a ir a la fiesta de tu amiga, porque nos han invitado y no queremos quedar mal –me explicó mi padre con el tono que usaba cuando yo era una niña–. Pero si está el muchacho ese haciendo su trabajo, más te vale que no te vea hablando con él.

—Menos mal que viene ya el verano. –Tía Elvira se abanicó con la mano y se sentó en el sillón–. A ver si esta nena sienta ya la cabeza y se olvida de las malditas modas, de París...

Me sequé las lágrimas con las manos y, antes de subir a mi habitación, lancé una mirada desafiante a mi padre, un aviso de que no cejaría en mi intento de hacer lo que quisiera.

Al día siguiente, no tenía ganas de arreglarme ni de ir a la fiesta de Dolores. Sin embargo, sabía que aquella tarde sería la última en la que vería a Héctor antes de marcharme a Sitges, de modo que intenté ponerme uno de los mejores vestidos que tenía y hacerme, con la ayuda de Juana, un bonito recogido con varios tirabuzones sueltos. Tendría que buscar la manera de acercarme a él sin que mi padre o mi tía se enteraran; estaba claro que tendría que contar con la complicidad de Dolores.

El Alhambra era uno de los cafés más grandes y concurridos de Barcelona en plena plaza de Cataluña: la puerta principal daba entrada a un enorme salón en cuyas paredes blancas destacaban varias pizarras en las que figuraban el menú diario, las cotizaciones de las Bolsas de Madrid y Barcelona y el horario de las líneas de ferrocarril que partían desde la ciudad. Había también una mesa en el centro del salón con la prensa del día, donde los hombres se informaban sobre política y economía mientras fumaban en pipa y oían de fondo al músico que tocaba el espectacular piano de cola de la casa Érard.

Nos dirigimos hacia la sala de juegos, donde se celebraba la fiesta. Había un precioso tiovivo en el que niños y adultos disfrutaban del vaivén de los caballos al son de una música divertida que provenía de un gramófono. Mi tía se fue directamente a la mesa de dulces y se metió en la boca un enorme *brioche* acompañado de un traguito de anís. Mis padres se dirigieron a la anfitriona para felicitarla y saludaron a las Montagne sin que ninguno de ellos guardara rencor por lo que había sucedido en la casa de modas. Yo aproveché para inspeccionar la sala en busca de Héctor. Por suerte, aún no había llegado, así que pude respirar tranquila durante un tiempo y disfrutar de la fiesta sin sentirme constantemente vigilada.

—Dolores, he de hablar contigo —le dije cuando por fin se quedó sola—. Necesito que me ayudes. Mi familia sabe lo de Héctor y no quieren que vuelva a hablar con él.

—¿Y qué quieres que haga? —Miró el reloj de la pared—. Tiene que estar al llegar.

—Intenta distraer a Esplugas para que yo pueda hablar con Héctor. Dile que tenemos que vernos a escondidas.

—Mis padres han contratado un servicio de linterna mágica: cuando apaguemos las luces y pongan las imágenes, todo el mundo estará pendiente de la función. Podéis aprovechar ese momento para marcharos al comedor.

—Gracias. —Le agarré las manos, emocionada—. En unos días me voy a Sitges. Te echaré de menos, aunque te escribiré.

—¿Vas a estar tres meses sin ver a Héctor? —Me miró como si esperara una confesión—. Te conozco, Amelia, sé que sientes algo por él, no serías capaz de desobedecer a tu tía o a tu padre si no tuvieras mucho que ganar a cambio.

Sentí que se me enrojecían las mejillas y acabé asintiendo. Dolores me abrazó. Sabía que podía contar con su complicidad y apoyo, y me alegré de haber dado el paso de hacer las paces con ella.

La fiesta siguió su curso. Héctor por fin apareció con Esplugas. Rápidamente me localizó con la mirada y, aunque hizo ademán de acercarse a mí, enseguida interpretó mis gestos y permaneció sin moverse, consciente de que algo pasaba. Yo sentía los ojos de mi padre clavados en mi espalda, así que me puse rígida y evité mirar a Héctor para no comprometerme. Dolores por fin se acercó a él y vi que le hablaba acercándose a su oído. Ya solo faltaba esperar a que empezara la función de linterna mágica para que pudiera hablar con él y despedirme hasta septiembre. Cuando por fin apagaron las luces y la cámara comenzó a proyectar las imágenes sobre la pared, todo el mundo se acercó para verlas de cerca y escuchar la historia que un hombre y una mujer interpretaban en voz alta siguiendo el orden de las diapositivas. Mi sorpresa fue que mi tía, que nunca había sido muy aficionada a ese tipo de entretenimientos y prefería la clásica partida de cartas, se encontraba eufórica en la primera fila, sin perder el hilo. Entonces abandoné la sala de juegos sin que nadie se percatara, mientras Héctor hacía lo mismo. Los dos nos encontramos en el comedor del Alhambra, escondidos tras una columna y pasando desapercibidos entre la gran cantidad de gente que estaba haciendo tertulia mientras tomaba un café.

–¿Qué ha pasado? –me preguntó Héctor, y me agarró con fuerza las manos–. ¿Tu familia sospecha algo?

–No sospechan: lo saben. –Bajé la mirada–. Tenemos que ser precavidos, porque mis padres me tienen vigilada.

–Vaya, ¿y qué hay de malo en que hablemos? ¿Es que no soy lo suficientemente bueno para ti? –Me acarició la barbilla y yo cerré los ojos al sentir sus dedos en mi piel.

–Sabes que mi familia no te aceptaría jamás. –Negué con la cabeza.

–¿Y tú cómo eres, Amelia? –Me miró intensamente a los ojos, después acercó su cara a pocos centímetros de la mía–. ¿Piensas lo mismo que ellos?

La pregunta me ofendió, pues consideraba que no le había dado motivos para que desconfiara.

–Sabes que no, que me gustas de verdad. –Me quedé en silencio durante unos segundos–. Pero hay algo de lo que quiero hablarte...

–¿Qué ocurre? –Frunció el ceño–. Se te ha cambiado la cara. ¿Es grave?

–Alguien ha atentado contra Llobet. –Me cayó una lágrima sin que pudiera evitarlo–. La gente comenta que podría haber sido un anarquista. Está en el hospital.

–¿No estarás pensando que yo...?

Asombrado, Héctor levantó las cejas. Pude percibir en él cierta decepción al sentirse atacado, pero su reacción me hizo darme cuenta de que él no había tenido nada que ver con el incidente.

–Claro que no, ya sé que tú no has sido, pero... ¿y tus amigos? Nadie sabía nada de lo de Ávila, y fui yo quien les conté lo que ocurría. Incluso delaté a Llobet.

Héctor se llevó el dedo índice a los labios para que bajara la voz.

–Escucha, yo no sé nada de lo que ha ocurrido, pero pondría la mano en el fuego por mis compañeros.

–Pero ¿no te parece mucha casualidad? –Intenté recordar la conversación, y de golpe me acordé de algo que dijo Héctor y que había olvidado–. Dijiste que Llobet se merecía un escarmiento... ¿Qué querías decir con eso?

–¡Amelia, por favor, era una forma de hablar! –Giró la cara hacia otro lado, molesto–. Jamás haría algo así. ¿De verdad crees que soy capaz de...?

–No. –Le cogí la cara para que me mirara y me sentí tremendamente culpable–. Perdona, no quería insinuar nada, pero es que... No sé, no he podido evitar pensar que quizá tus compañeros te lo habían escondido.

Héctor estaba enfadado y apenas me miraba. Luego pareció reflexionar, y su rostro se volvió más dulce y relajado.

–No quiero discutir contigo. –Me sonrió y jugueteó con mi cabello–. Estás preciosa, como siempre. ¿Cuándo te vas?

–En apenas unos días. No nos vamos a ver durante tres meses... Te voy a echar de menos.

–Podemos cartearnos a través de Dolores, seguro que ella nos puede ayudar.

Estreché sus manos entre las mías, le acaricié los nudillos y, sin saber por qué, sentí cierta inseguridad.

–Héctor, ¿realmente sientes algo por mí? –Ahora que iba a estar lejos de él, temí que toda la complicidad que habíamos ganado se desvaneciera–. ¿O volverás con *madame* Morandé?

Comenzó a reír, relajado, y ese gesto me hizo recobrar el ánimo. Quizá me estaba dejando llevar por la inseguridad y el pesimismo. Intenté alejar ese pensamiento de mi mente y aprovechar aquellos últimos momentos con él antes de separarme y regresar a la fiesta.

–Me encantas, Amelia. –Me cogió de la cintura y me atrajo hacia él–. Arlette es agua pasada, te lo aseguro. Además, tengo una buena noticia: envié unas fotografías tuyas a una revista de París y tienen pensado publicarlas. Ha llegado una carta al estudio; dicen que les gustas y que quieren ilustrar con ellas un artículo.

–¿De verdad? –Estaba tan eufórica que estuve a punto de ponerme a saltar de alegría–. ¿Y qué revista es? ¿Cuándo la publican?

–*La Mode Pratique*. No me han dicho exactamente cuándo, pero no creo que tarden mucho.

Me colgué de su cuello ilusionada y feliz, sin importarme quién pudiera verme. Héctor era la única persona que creía en mí y que se había preocupado por mi futuro. ¿Cómo podía dudar de su amor?

–Muchas gracias. –Sentí un nudo en la garganta que apenas me dejaba hablar–. Dios mío, ¿qué voy a hacer tres meses sin verte?

Héctor miró de un lado a otro de la sala antes de besarme. Sentí que se me aceleraba el corazón y que mi cuerpo temblaba acalorado al notar su lengua aventurarse en el interior de mi boca. Fueron apenas unos segundos, pues enseguida regresamos a la fiesta sin decirnos nada más. Aquel beso significaba, sin duda, el principio de nuestra relación.

11

El portero nos ayudó a subir las maletas al coche. Mi tía, mis padres, mi hermano pequeño y yo iniciamos el viaje hacia Sitges. Todos parecían contentos, incluso mi madre, que estaba feliz de dejar atrás la ciudad y todos los recuerdos amargos que tenía de mi padre y su amante. Ahora podría disfrutar de mi padre, ya que mi hermano Eduardo iba a sustituirlo durante esos meses de ausencia al frente de la fábrica.

–¿Te pasa algo, Amelia? –me preguntó mi madre, que fue la única que se percató de mis ojos vidriosos–. Siempre te ha encantado ir a Sitges.

Negué con la cabeza y me apoyé en la ventana del carruaje como si esperara ver a Héctor aparecer: aún no había dejado Barcelona y ya lo estaba echando de menos. Como el viaje era largo, tenía tiempo para pensar hacia dónde se dirigía nuestra relación. Sabía que iba a ser difícil mantener nuestro amor en secreto sin que eso perjudicara de algún modo nuestros sentimientos, y Héctor no estaba acostumbrado a reprimirse, por lo que ahora tendría que sacrificar su libertad por mí. ¿Hasta cuándo aguantaría?

–Mañana celebraremos el cumpleaños de Andreu. –Mi padre le revolvió el pelo a mi hermano; era la primera vez que lo veía descuidar las formas y hacerle un gesto cariñoso. Quizá él también se encontraba feliz de que mi madre por fin hubiera aceptado su situación–. Vendrán Carolina y Víctor. Eduardo también, mañana subirá con un amigo.

–Ay, este Eduardo –suspiró mi tía–. A ver cuándo se compromete con alguna chica, que ya tiene edad.

–Tiene muchas ganas de vernos a todos casados, tía –dije yo sin poder reprimirme–. Usted eligió no hacerlo. ¿Por qué los demás estamos obligados a ello?

–¡Qué contestona estás, nena! Si no me casé fue para poder dedicarme a tu padre y cuidarlo. Me he sacrificado por él.

Mi madre no pudo evitar soltar una risita y mi padre se llevó la mano a la frente, agobiado por las palabras de mi tía.

–Elvira, por favor, que yo nunca te pedí que te quedaras conmigo...

–¿Ves, nena? –Se volvió a dirigir a mí–. Por eso tienes que casarte, porque luego nadie te agradece nada.

Mi tía no volvió a abrir la boca durante el resto del viaje. Había sacado a relucir expresamente un tema que sabía que siempre acababa por enfadarla; así pude disfrutar tranquila y en silencio del trayecto sin que nadie interrumpiera mis pensamientos.

Cuando llegamos a Sitges hacía un sol espectacular y la brisa del mar se colaba por las rendijas del carruaje, incitándome a bajar allí mismo y lanzarme corriendo hacia la playa. Pero todavía nos quedaba mucho trabajo por hacer una vez que llegáramos a casa. Llevaba muchos meses cerrada, y tendríamos que ayudar al servicio, que ya había partido el día anterior, a dejarlo todo en orden y limpio. Me encantaba la casa de Sitges: un palacete a escasos metros del mar cuya fachada blanca estaba decorada con motivos vegetales, al estilo modernista. Tenía tres plantas, y mantenía un olor muy característico que desde pequeña había echado de menos cuando volvía a Barcelona; ese aroma a humedad y jazmín que permanecía en el ambiente me hacía sentir segura y tranquila.

Bajamos todos del carruaje y, justo cuando estábamos a punto de entrar en casa, apareció una pareja muy singular que salía de la casa de al lado para dar un paseo.

–Veníamos a saludarlos –dijo él, que era un hombre maduro, de unos cuarenta años, vestido con un traje blanco y tocado con un sombrero de paja veraniego–. Somos sus nuevos vecinos. Mi nombre es Pere, y mi mujer se llama Ángela.

Me llamó la atención la chica; no tendría más de veinticinco años y no pegaba absolutamente nada con su marido. La diferencia de edad era evidente y, por su acento, deduje que no era de aquí.

–¿Han comprado la casa de al lado? –preguntó mi padre–. Dicen que es espectacular... ¿Habían estado en Sitges con anterioridad?

–Prácticamente acabamos de llegar de Cuba, mi mujer es de allí y hace apenas un mes que nos casamos. Ahora estamos de luna de miel, pero después del verano regresaremos. Dirijo una plantación y tengo varios negocios allí.

–Así que es usted un *americano,* ¿eh? –Mi padre le invitó a un cigarrillo, pero Pere lo rechazó con educación y le ofreció un puro habano–. Cuando vuelven de Cuba nos dan cierta envidia, parece que allí cualquiera puede hacerse rico. ¿Tan bien se vive?

–Pero ¿no ve lo que tengo al lado? –Rio a la vez que atraía a su mujer hacia sí–. Las cubanas son las mujeres más guapas que he visto en mi vida..., y las mejores amantes, sin duda.

Aunque era un piropo, Ángela pareció incomodarse. Su marido había dejado caer con poco disimulo que ella no habría sido la única cubana con la que había estado después de haber enviudado de su primera esposa, según contó.

–Yo también pienso lo mismo de los españoles –dijo Ángela con sarcasmo, devolviéndole la jugada a su marido–. Los cubanos son demasiado posesivos.

Todos comenzamos a reír, y me di cuenta de que Ángela era una mujer de armas tomar y moderna que no pegaba para nada con ese hombre tan poco atractivo, de pelo canoso y entradas. Ella, sin embargo, era guapa y alta, tenía unos bonitos ojos negros y unos mofletes prominentes y sonrosados que le daban un aire simpático a la par que sensual.

–Cuba nos da problemas –comentó mi padre–. Parece que en cualquier momento puede haber una guerra con España.

–Mire, yo me siento muy español, señor Rovira –le contestó Pere, bajando la voz–. Pero llevo mucho tiempo viviendo allí y los cubanos quieren ser libres e independientes. España no les tiene mucho en cuenta, ¿sabe? Y a mí me da mucha pena.

–No voy a entrar en discusiones con usted, pero ¿qué hubiera sido de Cuba sin España? Creo que tienen mucho que agradecernos.

–Quizá son ustedes quienes nos tienen mucho que agradecer –se atrevió a decir Ángela–. España obliga a Cuba a comprarle sus productos cuando son mucho más caros que los americanos.

–Pues claro que sí, ¿no le parecería una traición no comprarle a la madre patria?

–Bien que ustedes compran el algodón fuera de España porque les sale más barato, ¿no es así?

—Bueno... —Mi padre titubeó; no sabía cómo responder—. Igual deberíamos seguir esta conversación tomando un café un día de estos, ahora tenemos que deshacer las maletas.

Mi padre se despidió a las bravas al verse acorralado por una mujer. Aunque él creía que las mujeres apenas entendían de política o economía, Ángela lo había puesto en su sitio y yo me alegré.

Entramos en casa para deshacer las maletas. Me encerré en mi habitación. Mientras mi tía daba órdenes a las criadas de muy malas maneras, me tumbé en la cama con los ojos cerrados intentando no pensar demasiado en Héctor. Me quedé dormida oyendo de fondo el oleaje romper en la orilla y las gaviotas pasar con velocidad a ras de mi ventana. No me levanté hasta el día siguiente al mediodía: todas las noches que había dormido poco y mal en Barcelona las había recuperado de golpe en Sitges. En el fondo, estar lejos de Héctor me hacía sentir más tranquila y relajada, al no tener que conspirar contra los míos para mantener el secreto de nuestra relación.

—Amelia, llevas más de doce horas durmiendo. —Mi madre entró en mi habitación y me despertó—. No sabes lo que me ha costado mantener a tu tía alejada de aquí. Hay mucho trabajo que hacer, entre otras cosas decorar la mesa: los invitados están a punto de llegar.

—Gracias, madre, necesitaba descansar.

—Lo sé. —Me acarició la mejilla—. Sé muy bien lo que te pasa. Te gusta ese chico, ¿verdad?

Me quedé callada sin saber qué responder, pero no me lo tomé como un ataque. Mi madre estaba utilizando un tono neutro, sin echarme nada en cara.

—No tienes de qué preocuparte conmigo, cariño, no tienes por qué fingir, pero creo que es mejor para ti que lo olvides cuanto antes. Tu tía y tu padre no te permitirán estar con él.

—¿Cómo puede decirme eso? —No podía creer que mi madre, precisamente ella, me invitara a rendirme—. Siempre ha defendido el que pueda hacer con mi vida lo que quiera.

—Y sigo pensando lo mismo, pero entonces tendrías que renunciar a nosotros, y te aseguro que la vida es mucho más difícil lejos de la protección del apellido Rovira.

—¡Prefiero seguir sola a tener una familia que no quiere verme feliz! —grité enfadada mientras me vestía con rapidez—. ¿Prefiere que me case con quien diga tía Elvira y sea una amargada como usted toda mi vida?

Mi madre se quedó blanca. Noté que las lágrimas estaban a punto de asomarse a sus ojos. Me sentí culpable por lo que acababa de decir, pero estaba tan enfadada que no me importó en absoluto que se marchara disgustada de mi habitación. No fui tras ella, sino que bajé al comedor para saludar a mi hermana y mi cuñado Víctor, que acababan de llegar. Mi hermana parecía feliz y sentí cierta envidia por ella al verla tan contenta con su matrimonio, sin aspirar a nada más. Luego apareció mi hermano Eduardo con su amigo Arnau, un jinete como él con el que había competido más de una vez en el hipódromo de Barcelona. Era un chico guapo, sin duda, pero apenas tardé dos minutos en darme cuenta de que era el típico burgués pedante consciente de ser un buen partido. Intuí, además, que mi hermano no solo lo había traído para pasar un par de días en buena compañía en la playa, sino para pasearlo delante de mis narices con el objetivo de enamorarme. De hecho, Arnau se sentó a mi lado a la hora de comer y no dejó de piropearme durante toda la comida.

—Amelia, tu hermano dice que eres una mujer inteligente, que sabes hablar francés perfectamente y tocar el piano.

Asentí sonriente, fingiendo que me complacía, aunque por dentro estaba deseando levantarme de la silla y perderlo de vista.

—Yo estudié en Francia durante un tiempo cuando era pequeño. Allí aprendí a montar a caballo.

—Y mira ahora –añadió mi hermano–: es uno de los mejores jinetes de Barcelona, incluso mejor que yo. Además, el negocio familiar va estupendamente, ¿verdad?

—Viento en popa. Somos exportadores de algodón en Europa. Es un negocio próspero.

—Amelia, ¿por qué no le enseñas a Arnau el puerto de Sitges después de comer?

La pregunta de mi hermano me cogió por sorpresa, y no supe cómo torear la proposición: si me negaba, quedaría como una maleducada, pero no me apetecía en absoluto pasar un rato a solas con él.

—Claro, podemos ir todos a tomar el vermú al puerto por la tarde –dije, mostrando una falsa sonrisa–. ¿Qué me decís?

Vi que Arnau hacía una mueca de decepción y miraba a mi hermano en busca de una explicación.

–Oh, yo estoy muy cansada, Amelia –comentó mi hermana, seguramente confabulada en el plan–. Me gustaría echarme un rato después de comer.

Miré a mi alrededor esperando a que alguien se ofreciera, pero nadie tenía intención de hacerlo: parecía como si toda mi familia estuviera al tanto de los planes de Eduardo y aceptara participar de la estrategia. ¿Tantas ganas tenían de verme casada? O simplemente lo hacían para que acabara olvidándome de París, de la moda y de Héctor?

–Os vais a tomar un helado y charláis un rato –dijo mi tía al tiempo que miraba a Juana, que traía el esperado primer plato: una *vichyssoise* de verduras.

Me vi obligada a asentir tras verme acorralada, así que intenté disfrutar de la comida sin pensar en el después. No me esforzaría en absoluto en parecer una señorita educada y bien enseñada por mi tía, pues poco me importaba lo que pudiera pensar de mí el amigo de mi hermano. Sin embargo, la conversación comenzó a dirigirse hacia temas peligrosos.

–¿Cómo está el señor Llobet, padre? –preguntó Eduardo–. ¿Sabemos si han dado ya con el culpable?

–Recibí una carta de su mujer poco antes de partir de Barcelona. Está mejorando. Tuvo suerte: la bala no le llegó al corazón. Y no, no se sabe nada de quién le disparó, pero incluso el mismo Llobet cree que ha podido ser un anarquista. Su mujer me contó que días antes vio a un chico joven pasearse frente al edificio de su casa una y otra vez.

–¿Y cómo era el chico? –pregunté yo ante el asombro de los míos–. Quizá la Policía lo pueda reconocer.

–Dice que llevaba gafas y el pelo largo, pero eso no quiere decir nada: las gafas pueden ser una tapadera, y el pelo largo está de moda entre los bohemios y los pobres que no tienen ni para pagarse un barbero.

Mi padre sonrió con ironía y me miró por el rabillo del ojo: yo sabía que se estaba refiriendo a Héctor y que quería comprobar hasta qué punto era yo capaz de defenderlo. Le devolví la sonrisa como si nada y simulé no darme por aludida; si quería seguir viéndolo, tendría que hacer creer a todos que ya no me importaba en absoluto.

—Estos anarquistas acaban consiguiendo todo lo que se proponen —comentó mi cuñado—. ¿Quién iba a pensar que en España se acabaría aprobando el sufragio universal, como ocurrió hace apenas tres años?

—Desde luego, no entiendo que la gente analfabeta pueda tener derecho a dirigir este país —dijo Eduardo—. ¿Acaso saben ellos lo que nos conviene o no?

—Lo que les conviene a ustedes lo saben perfectamente —me atreví a decir con sarcasmo—. Por eso van en su contra.

—¡Qué manía tiene la nena de hablar como si no fuera con ella la cosa! —exclamó mi tía, que ya había devorado el *vol-au-vent* de marisco—. Lo que le conviene a tu familia te conviene a ti, a ver si te enteras de una vez.

—¡A mí mi país ni siquiera me tiene en cuenta! —alcé la voz, sobresaltada—. ¿Por qué lo llaman sufragio universal si la mitad de la población española no tiene derecho a votar? ¿Y las mujeres?

—Las mujeres tienen que estar a favor de lo que digan sus maridos, sus padres y sus hermanos —me respondió Eduardo—. ¿O es que acaso tenéis intereses opuestos a los nuestros?

—¡Eso cuéntaselo a las mujeres que tienen que ponerse a trabajar a las pocas horas de parir y que cobran la mitad que su marido, cuando encima tienen que limpiar su casa y ocuparse de sus hijos después de doce horas de trabajo!

—Es natural, ¡una mujer no rinde lo mismo que un hombre! —Mi hermano se encendió un cigarro, visiblemente alterado—. Parece mentira que no lo sepas. Además, ¿de qué os podéis quejar precisamente vosotras? No tenéis que madrugar, ni que trabajar... ¡Solo disfrutar de las banalidades femeninas!

—¿Y qué pretendes que hagamos si no nos dejáis ser autosuficientes? ¡Dependemos de vosotros para todo!

—De verdad, hija, cualquiera diría que has tenido la educación que has tenido. —Mi tía se metió una gamba entera en la boca e intentó seguir hablando—. Yo no sé de dónde has sacado esas ideas que tienes.

—Al final tendrá razón tu tía y tendremos que enviarte a una academia de señoritas para que te eduquen como Dios manda —añadió mi padre enfadado–. Eres la primera Rovira que lleva la contraria a su familia. ¡Esto se tiene que acabar!

Me sentí tan despreciada por mi propia familia que no pude reprimirme y me levanté sin guardar las formas, lancé la servilleta sobre la mesa y abandoné el comedor. Todos se quedaron en silencio, y antes de salir oí a mi madre decirle a mi padre que me dejaran tranquila y que no me atosigaran, que ya se me pasaría. Agradecí su gesto, aunque habría preferido que me hubiera defendido en la mesa.

Salí de casa y crucé el pequeño sendero que conducía hacia la playa. Tenía ganas de estar sola, así que me senté en la arena frente a la orilla, disfrutando del silencio y de la inmensidad del mar, que ese día estaba tan o más revuelto que mi situación en aquella casa. Me entraron ganas de descalzarme, pero sabía que si lo hacía y alguien me veía pensaría que era una mujer indecente y poco educada, de modo que permanecí quieta, con los ojos cerrados y la cabeza girada hacia el sol para calentarme.

–Se va a poner morena... ¿No se supone que las de su clase deben ser lo más blancas y pálidas posible?

Me giré lentamente y me encontré con Ángela, la nueva vecina cubana. Iba descalza, con los zapatos en una mano y la falda levantada en la otra dejando ver parte de sus tobillos.

–En Cuba no se puede seguir ese precepto –continuó sin parar de reír–. Muchas vienen de buena familia y son más negras que el carbón.

No pude evitar reírme y, aunque hubiera preferido seguir a solas con mis pensamientos, acabé aceptando de buena gana que se sentara a mi lado a hacerme compañía. Parecía una mujer alegre y con sentido del humor, y enseguida me transmitió cierta camaradería y confianza.

–Me da la sensación de que allí en Cuba disfrutan más de la vida que aquí –dije, observándola por el rabillo del ojo.

–No se crea, en algo hemos de parecernos a los españoles, mi padre siempre ha sido muy estricto. De hecho, es ahora, una vez casada, cuando más estoy disfrutando de la vida. De pequeña siempre he estado en casa, estudiando. Prácticamente jamás me relacioné con otros niños que no fueran mis hermanos o mis primos, y ahora viajo y me siento respetada y útil; mi marido deja que le ayude con la contabilidad del negocio.

–¿Y cómo conoció a su marido?

–Pere lleva media vida en Cuba. De hecho, su padre ya trabajó con mi abuelo en la plantación de azúcar. Él tiene el cincuenta por ciento de la plantación, y la otra mitad es de mi padre. Supongo que yo he tenido que pagar el precio de que nuestras familias permanezcan unidas.

–¿Quiere decir que la obligaron a...?

–Oh, no hizo falta –dijo, y sonrió ligeramente–. Obedecí sin más a mi padre y acepté sin quejarme. Le aseguro que prefería mil veces casarme con Pere, que al fin y al cabo es un buen hombre, a seguir en mi casa. Mi padre es un hombre difícil.

–Creo que el mío también lo es.

Comencé a sudar y me arrepentí de no haber cogido el sombrero. El sol caía de pleno sobre la arena y el agua invitaba a bañarse.

–¿Cuánto tiempo va a estar aquí en Sitges? –Se levantó y se dirigió hacia la orilla–. Mi marido tiene muchos compromisos y necesito tener amigas para divertirme.

–Estaré aquí todo el verano; si quiere podemos vernos más a menudo.

Me dedicó una amplia sonrisa y dejó ver sus enormes dientes blancos que tanto resaltaban en contraste con su tono de piel. Era muy guapa; no pude evitar pensar que una mujer tan hermosa como ella podría haberse casado con un hombre más joven y apuesto que el señor Pere.

–¿Qué le parece si nos metemos en el agua?

Observé, sin atreverme a moverme, cómo se metía en el mar con la falda arremangada sin que pareciera importarle quién pudiera verla. Yo miré de un lado a otro y me cercioré de que no había absolutamente nadie a esas horas, cuando la gente aprovechaba para echarse la siesta. Hasta las seis de la tarde no empezarían a salir para dar un paseo o tomar un helado.

–¿No viene? –me preguntó Ángela, que se estaba mojando la cara y el cuello–. ¡Está fresquita!

Finalmente me decidí. Me quité los zapatos y me adentré lentamente en el agua.

–¡Qué fría! Me acabo de mojar la falda –dije, aunque me sentí feliz y libre de hacer lo que realmente me apetecía en ese momento.

–¡No importa! ¡Es verano! –exclamó Ángela.

Contar con la complicidad de Ángela me hacía sentir mejor y más fuerte. Sin embargo, a los pocos minutos mi tía apareció desde la puerta de atrás de casa gritando como una loca.

–Amelia, ¿cómo se te ocurre meterte en el agua? –Comenzó a hacer gestos indicándome que regresara–. ¡Ven aquí ahora mismo, que el amigo de tu hermano te está esperando!

Suspiré, miré a Ángela y me despedí de ella, que se quedó en el agua disfrutando de las olas. Cuando me acerqué a casa, mi tía estaba furiosa.

–Anda, sécate los pies y vete con el muchacho. No me gusta que te juntes con esa, nena; viene de otro continente y no sabe cómo funcionan las cosas aquí.

–¡No le gusta que me junte con nadie! –exclamé yo, indignada y agotada de escucharla–. ¿Por qué no me encierra en casa y tira la llave?

–Ay, qué suspicaz estás, bien que te dejo que te juntes con ese chico, con Arnau, que parece un buen partido. Venga, no le hagas esperar.

Cogí el sombrero de mala gana y salí a la puerta, donde me esperaba Arnau con una sonrisa en la cara. Comenzamos a caminar bajo un calor sofocante hasta el puerto, donde había varios bares y cafeterías en cuyas terrazas tan solo había cuatro o cinco hombres que tomaban café y aguardiente mientras jugaban al dominó. Nos sentamos en una mesa y pedí un helado de frutas. Arnau se encendió un cigarrillo, que acompañó con un café y un poco de coñac.

–Mira, te voy a ser sincero. –Arnau me cogió de la mano, pero yo la retiré sin parecer maleducada–. Tu hermano lleva tiempo hablando de ti, y nos hemos visto en varias ocasiones en el hipódromo.

–No sé adónde quieres llegar, pero...

–Escucha, sé que no nos conocemos mucho, pero ¿acaso eso importa demasiado? Me gustas mucho, sé que eres una mujer instruida y responsable; yo podría darte todo lo que necesitas.

–¿Qué me quieres decir con eso? –Dejé de comer el helado y lo apoyé en la mesa.

–Somos jóvenes y tengo un buen porvenir. Tu familia me ha dado vía libre para cortejarte, creen que podría ser un buen marido para ti.

Comencé a enfurecerme, y me entraron ganas de levantarme y salir corriendo. ¿Mi familia lo había planeado todo sin tener en cuenta mis sentimientos o mi opinión al respecto? ¿Mi madre sabía algo de eso?

–¡Esto es una encerrona! –grité, enfadada–. Lo siento mucho, Arnau, pero ni quiero que me cortejes ni quiero casarme contigo.

–Amelia, te estás precipitando. –Me cogió del brazo con suavidad–. No hace falta que lo decidas hoy, puedes pensártelo. Tu hermano ya me ha dicho que eres un poco terca, pero eso es cosa de la edad. Verás como poco a poco te darás cuenta de lo que realmente te conviene en la vida.

Me levanté y me solté de sus manos. Aunque él no lo había dicho con mala intención, me sentía humillada. ¿Quién se creía mi hermano para hablar así de mí a los demás, como si fuera una caprichosa que no sabía nada de la vida?

–¡Yo ya sé lo que me conviene! –le grité, llamando la atención de todos los demás hombres sentados a nuestro alrededor–. Y ten por seguro que no me casaré nunca contigo.

Me marché corriendo y me dirigí de nuevo a la playa con los ojos anegados en lágrimas. No quería entrar en casa y ver la cara de todos aquellos que me habían traicionado y que tan poca consideración me tenían. Lo único que quería era marcharme de Sitges y volver a ver a Héctor; lo echaba tantísimo de menos y sentía tal necesidad de estar con él que hubiera hecho las maletas en ese mismo momento y me hubiera vuelto a Barcelona sin importarme las consecuencias. Pero en la playa estaba Ángela. Se había tumbado en la arena y, al verme correr desesperada hacia el mar, vino hacia mí.

–¿Qué te pasa, Amelia? –me preguntó.

Me agarró del brazo y comenzamos a pasear por la orilla.

–Nada, estoy cansada de luchar contra mi familia. No quieren entenderlo.

Ángela y yo nos quedamos allí hablando durante horas, y ella se convirtió en mi gran amiga y confidente durante aquel verano de 1893.

12

Llevaba un mes y medio en Sitges y Héctor todavía no se había puesto en contacto conmigo. Había recibido varias cartas de Dolores, pero en ninguna de ellas me informaba sobre él. Estaba perdiendo la fe en nuestra relación, y todas las sospechas con las que había iniciado el verano parecían cumplirse: Héctor se había cansado de mí y seguro que había vuelto con *madame* Morandé. Además, la situación en casa comenzaba a ser insoportable; desde el día en que intentaron comprometerme con Arnau, prácticamente no me hablaba con nadie, salvo con mi hermano pequeño. Arnau se marchó a los pocos días junto con mi hermano, realmente molesto y ofendido por mi actitud, que en más de una ocasión había echado en cara a mi tía y a mi padre. Mi madre seguía sin defenderme y permanecía sometida a la opinión de mi padre, a quien no contradecía nunca. Aunque entendía que pudiera tener cierto temor a perder de nuevo su complicidad, no podía dejar de sentirme traicionada por la persona por la que había dado la cara en todo momento y por la que había luchado: me había enfrentado a mi tía por ella, para devolverle el lugar que le correspondía en la familia. A pesar de todo, había logrado sobrepasar la pena y la soledad que sentía gracias a la compañía de Ángela. Paseábamos todos los días por la playa e incluso habíamos vuelto a adentrarnos en el agua para remojarnos las piernas, lo que hacía enfurecer a mi tía, que solía observarnos desde la ventana. Había sido un gran apoyo para mí: me había hecho reír en los momentos más amargos, y había sido también mi paño de lágrimas cuando me había levantado incapaz de superar los frentes que tenía abiertos. Aunque ella se volviera a Cuba y no volviéramos a vernos hasta el verano siguiente, estaba segura de que seguiríamos manteniendo nuestra amistad pese a la distancia y el paso del tiempo.

—Señorita, tiene una carta —dijo Juana, entregándome un sobre.

Yo estaba en el patio, sentada en una tumbona mientras leía una revista de moda que me había hecho llegar Dolores en una de sus cartas. Mi madre y mi tía estaban también en sendas tumbonas haciendo labores bajo la sombra de un árbol. El remitente de la carta era Dolores, lo que no me sorprendió demasiado, pero sí lo hizo el hecho de que hubiera dos papeles diferentes dentro del mismo sobre. Uno de ellos era de Héctor. Tuve que reprimirme para no lanzar un gritito de alegría, pues no quería llamar la atención, así que comencé a leer paladeando lentamente cada letra y cada palabra.

> Querida Amelia:
> No sabes lo mucho que te echo de menos. Siento no haberte escrito antes, pero me ha sido prácticamente imposible ponerme en contacto con Dolores. He tenido mucho trabajo y Esplugas no me ha dejado tranquilo. Cuento los días para vernos de nuevo, aunque si has leído la carta de Dolores puede que sea más pronto de lo esperado. Me he dado cuenta de lo vacía que es mi vida desde que te marchaste. Parece mentira cómo una persona puede hacerse imprescindible en tan poco tiempo, pese a haber vivido durante años sin ella. Espero que tú también sientas lo mismo por mí y que no hayas conocido a nadie en estas últimas semanas que te haya hecho cambiar de opinión.
> Yo solo tengo ojos para ti. Disfruta del verano y recibe un gran abrazo de quien sueña contigo cada noche.
>
> Tuyo,
> Héctor

Me deshice en ese mismo instante. Héctor me había declarado su amor de forma tan elegante y pasional que me había provocado, incluso, derramar alguna que otra lágrima. ¿Cómo había podido pensar tan mal de él? Releí la carta un par de veces más, hasta que por fin comencé a leer la de Dolores. Entendí lo que me quería decir Héctor en cuanto leí el ofrecimiento de mi amiga: quería que pasara un par de días en su casa para vernos, y así tendría la oportunidad de estar un rato con Héctor.

—¿Te pasa algo, Amelia? —me preguntó mi madre, que se había percatado de mis lágrimas—. ¿Dolores trae malas noticias?

—No, madre, pero la echo muchísimo de menos y me ha invitado a ir a su casa para pasar un par de días.

—¡Cómo te vas a ir a Barcelona, nena! —exclamó mi tía—. De eso nada, no te vas a ir tú sola hasta allí.

—Pero ¿qué problema hay? —Fruncí el ceño al ver que mi tía comenzaba a poner pegas—. Me llevará el cochero, no tiene por qué pasar nada.

—Es que no me fío de ti, y eso es por culpa tuya, por habernos ocultado tantas cosas.

—Elvira, por favor, aquello fue una chiquillada —la reprendió mi madre—. Démosle una oportunidad. Además, va a estar en casa de Dolores, no hay nada que temer.

—Veremos lo que dice tu padre, Amelia. —Mi tía no las tenía todas consigo—. Si te da permiso, ya hablaré yo con la señora Montagne para que te tenga bien vigilada.

Tras mucho batallar y gracias a la ayuda de mi madre, que parecía por fin estar de mi parte, mi padre me dio permiso para ir a casa de Dolores a cambio de que yo aceptara pasar el domingo en el hipódromo junto con mi hermano Eduardo y su amigo Arnau. Querían que le diera una segunda oportunidad y que lo conociera mejor, así que, tras pensármelo durante unos segundos, finalmente decidí sacrificarme para poder pasar unas horas con Héctor. Partí un viernes por la mañana con una maleta, y subí al coche con la ilusión y la esperanza de vivir unos días felices y tranquilos en Barcelona. El viaje se me hizo un poco largo, pues no podía dejar de imaginarme cómo reaccionaría Héctor al verme y cómo podríamos estar juntos sin que nadie pudiera chivarse a mi tía. Estaba llena de incertidumbre, pero también de alegría, y me lancé a los brazos de Dolores cuando salió a recibirme. Aquella noche compartimos un sinfín de confidencias, y también planeamos cómo podría ver a Héctor. Así que al día siguiente por la tarde, Dolores y yo nos preparamos para salir y nos dirigimos al café Alhambra, que estaba en el mismo edificio que el estudio de Esplugas. Me dio miedo que la señora Minguella, la amiga de mi tía, pudiera vernos entrar desde su casa, pero las ventanas y las galerías de su palacete estaban totalmente tapadas por cortinas y sábanas, lo que indicaba que seguramente también ella se había marchado de Barcelona para disfrutar del verano en algún pueblo costero.

Dolores se quedó en el café tomando un granizado y yo subí al estudio con la incertidumbre de si me encontraría con Héctor a solas o también estaría Esplugas. Abrí la puerta despacio, entré y al cabo de unos segundos apareció Héctor con una ligera camisa de algodón blanca con el cuello suelto y sin abrochar. Hacía un calor terrible y notaba mi espalda mojada, no solo por las altas temperaturas de julio, sino también por los nervios de encontrarme con él. Héctor también sudaba, y el flequillo de su melena estaba húmedo y retirado hacia atrás. Se había dejado un poco de barba y parecía que se hubiera echado unos años más encima. No obstante, lo encontré irresistiblemente guapo y atractivo, y me habría lanzado a sus brazos si no hubiera sido porque en ese preciso momento Esplugas salió de la sala de revelado.

–¿Qué hace usted por aquí, señorita Rovira? ¿No estaba en Sitges?

Me puse todavía más nerviosa y comencé a tartamudear.

–Sí, pero he venido a pasar unos días con una amiga y a hacerme un retrato para mis padres. Es una sorpresa.

–Oh, es un regalo muy emotivo. –Me dedicó una sonrisa y se puso el sombrero de paja–. ¿Le importa si se la hace mi ayudante? Los sábados por la tarde se encarga él.

–No se preocupe, seguro que su ayudante lo hará perfectamente bien. Disfrute de su fin de semana.

Esplugas se despidió con un gesto de cabeza y, en cuanto salió del edificio, Héctor se acercó a mí y me besó con impaciencia.

–¡Qué ganas tenía de verte! –Me llevó a la sala de retratos y cerró la puerta–. Cuéntame, ¿qué has hecho todo este tiempo?

–Han sido unas semanas horribles. –Recosté la cabeza sobre su pecho, y él me rodeó entre sus brazos–. ¡Hasta me pidieron matrimonio!

–¡Cómo! –exclamó sorprendido–. Pero ¿quién?

–Se llama Arnau y es amigo de mi hermano. De hecho, mañana he de ir al hipódromo con él y Eduardo. Fue un pacto que hice con mi padre: me dejaba venir aquí si yo hacía el esfuerzo de conocer un poco más a ese chico.

Héctor se apartó de mí y tragó saliva. Parecía realmente preocupado por lo que acababa de contarle.

–¿Y tú quieres conocerlo más? –Me dio la espalda y se puso a ordenar las fotografías que había sobre la mesa–. Si lo ha elegido tu familia, seguro que es un buen partido para ti.

–Monta a caballo y tiene dinero. –Me acerqué por detrás y le acaricié la espalda, apoyando mi cara sobre su hombro–. Pero es que yo estoy enamorada de un ayudante de fotógrafo mucho más guapo.

Héctor sonrió disimuladamente; sus celos y su inseguridad eran para mí el mejor indicio de que sus sentimientos eran reales.

–¿Un ayudante de fotógrafo pobre y que vive en el Paralelo?

–Así es, aunque puede que acabe viviendo en París. –Me quedé unos segundos callada–. ¿Te gusta la capital francesa?

Héctor se giró hacia mí y me agarró de las caderas.

–Siempre me ha encantado París. –Me acarició la cara suavemente–. Y más si me voy contigo.

–¿Lo dejarías todo y te vendrías conmigo? –le pregunté ilusionada.

–Eres tú quien tiene más que perder. –Me recogió un mechón de pelo suelto y me lo puso tras la oreja–. Yo no tengo un palacete, ni una vida plácida y cómoda. ¿Serías capaz de dejar atrás todos esos privilegios?

Asentí lentamente mientras Héctor pasaba su dedo índice por mis labios con gran sensualidad. Luego se acercó impulsivamente a mí y me besó con pasión. Comencé a sentir un agradable cosquilleo en el estómago mientras me subía por el pecho un calor intenso que despertó en mí la urgente necesidad de deshacerme del corsé. Aunque intenté reprimirme, Héctor pareció leerme el pensamiento y comenzó a desabotonarme la camisa para aflojármelo. Los dos respirábamos muy rápido, como si nos faltara el aire por dárselo al otro. No podíamos dejar de juntar nuestros cuerpos, que nos pedían a gritos que se rozaran todavía más, así que Héctor metió la mano por debajo de mi falda y me acarició una pierna. Comencé a jadear, asustada por lo que estaba experimentando mi cuerpo: jamás había sentido tal explosión entre mis muslos; de hecho, era la primera vez que perdía el control de mí misma, incapaz de pensar en lo que estaba haciendo. Héctor me había deshecho el recogido y el pelo me cayó en cascada sobre los hombros mientras él me besaba el cuello haciéndome estremecer de placer.

–Amelia, ¿qué estamos haciendo? –Paró de repente y se alejó unos centímetros de mí–. No podemos hacerlo aquí.

Me quedé sorprendida por su reacción, que en el fondo parecía ser la más sensata. Él estaba en su puesto de trabajo y cualquiera podía entrar y encontrarnos en esa situación tan delicada.

—Este no es el momento. —Se puso serio de golpe—. Además, ¿estás segura de que quieres llegar tan lejos? Sabes que luego...

—Luego ya no hay vuelta atrás, sí. —Resoplé y comencé a peinarme con los dedos—. Pero ¿qué me quieres decir con eso?

—¿Y si luego te arrepientes y te acabas casando con alguien de los tuyos? —Agachó la mirada—. Un hombre se da cuenta de esas cosas.

—A veces creo que eres tú el que tiene dudas, no yo. —Me arreglé bien la camisa y me puse el sombrero—. ¿Crees que me entregaría a cualquiera?

—No es eso. —Negó varias veces con la cabeza—. Pero las cosas pueden cambiar.

—Yo solo sé que he venido hasta aquí por ti. —Lo señalé enfadada con el dedo—. Soy yo la que me arriesgo cada día por nosotros. ¿Y encima desconfías de mí?

—¡Qué egocéntrica eres! —me contestó de malos modos—. ¿Te piensas que eres la única que se arriesga? ¿Qué pasaría si Esplugas se enterara de que me veo contigo a solas, o de que te estoy haciendo fotografías para enviarlas a París sin su permiso? ¡Solo piensas en ti!

—He venido desde Sitges tan solo para verte, así que no me trates de egoísta —le espeté—. Quizá haya sido una mala idea.

Salí de la sala de retratos y continué sin detenerme hasta el café Alhambra, en busca de Dolores. Aunque esperaba que Héctor saliera detrás de mí para pedirme perdón, no lo hizo, y eso me dio que pensar. ¿Tenía razón cuando decía que solo pensaba en mí misma? Sin duda, él también se estaba jugando su trabajo y en ningún momento me lo había echado en cara. Aun así, seguía sin entender por qué siempre cuestionaba mi lealtad hacia él cuando yo nunca le había dado motivos para ello.

Dolores se sorprendió al verme regresar tan pronto y con la cara desencajada, así que tras tomarme una gaseosa bien fría decidimos ir a la Casa Montagne para probarnos vestidos y leer revistas de moda. Aunque mi amiga hizo todo lo posible para que se me pasara el enfado y disfrutara del fin de semana en Barcelona, aquella noche apenas pude dormir pensando en que había desperdiciado con mis reproches el poco tiempo que había tenido para disfrutar de Héctor. En el fondo, era una mujer terca y orgullosa. Tanto que a veces llegaba a parecerme a mi tía Elvira.

Al día siguiente me desperté con pocos ánimos, no solo porque tenía que despedirme ya de Dolores, sino porque tendría que pasar la mañana en el hipódromo con mi hermano y su amigo. Pasaron a recogerme con el carruaje más pronto de lo que hubiera deseado, y llegamos al hipódromo de Can Tunis cuando aún no había llegado lo más *chic* de la sociedad barcelonesa. Sin embargo, la sala de apuestas estaba llena de hombres fumando, con la billetera rebosante de dinero para apostar por el mejor caballo y el mejor jinete. Nos sentamos en la tribuna a charlar mientras observábamos la llegada de los ricos y ostentosos carruajes de la aristocracia catalana y a las mujeres vestidas con sus mejores ropas para competir entre ellas en elegancia. Mi hermano se marchó intencionadamente a comprar unos dulces en un puesto ambulante que había a la entrada del hipódromo, así que Arnau y yo nos quedamos de nuevo solos, absortos en un silencio incómodo apenas interrumpido por los buenos días de las personas que comenzaban a sentarse.

–¿Has estado pensando en mi proposición? –me preguntó Arnau.

Suspiré para mis adentros, cansada por tener que luchar de nuevo. No supe qué contestar; temía que Arnau se disgustara otra vez conmigo y que toda mi familia terminara por ponerse en mi contra y me limitaran todavía más mi libertad. Sin embargo, si le daba ciertas esperanzas, lograría que todos estuvieran conformes y satisfechos durante un tiempo. Solo así podría seguir viendo a Héctor sin levantar sospechas.

–Sí, y quiero ser clara contigo. –Pude apreciar una pizca de esperanza en su mirada y, por un instante, dudé si mentirle o no–. Mira, considero que todavía soy muy joven para casarme, pero podemos seguir conociéndonos y puedes venir a visitarme a casa cuando quieras. Ahora bien, quiero dejarte claro que no estoy aceptando ningún tipo de compromiso, simplemente me pareces un buen chico y me gustaría que fuéramos buenos amigos.

Arnau se quedó callado durante unos segundos, como si quisiera encontrar en mis palabras algún tipo de confesión amorosa. Aunque había sido un poco fría, él pareció aceptar mi contraoferta y valorar positivamente mi decisión.

–De acuerdo. –Apretó los labios satisfecho–. Entiendo que todavía somos muy jóvenes para comprometernos y que necesitas conocerme más, pero es un comienzo.

Asentí mirando hacia otro lado y me quedé pensando en lo que acababa de hacer. ¿Cómo podía jugar de esta manera con los sentimientos de ese chico tan solo por mi propio interés? ¿Qué me estaba sucediendo? Desde que había conocido a Héctor no había dejado de mentir a todos, incluso a aquellos a quienes quería. ¿Estaba actuando bien?

–Sí, es un comienzo –afirmé sin atreverme a mirarlo a los ojos.

Eduardo apareció con unos caramelos y unos regalices, y al ver a su amigo con aquella cara de felicidad y esperanza intuyó que la conversación había ido de maravilla.

–Amelia –dijo, a la vez que se sacaba una carta de la chaqueta–. Se me había olvidado dártela. Llegó hace unos días a casa.

–¿Para mí? –Me pareció extraño que alguien me hubiera escrito al palacete de Barcelona cuando todos mis conocidos sabían que pasaba el verano en Sitges–. ¿De quién es?

–Ni idea. –Se encogió de hombros–. No hay remitente. Qué extraño, ¿no?

Cogí la carta con incertidumbre y la abrí lentamente sin que nadie pudiera leer su contenido. Escrita a lápiz, la caligrafía irregular y descuidada me hizo pensar que no podía ser de ninguna de las personas con las que habitualmente me relacionaba.

> Hola, Amelia:
>
> Quizá te sorprenda esta carta, pero te ruego por favor que no le cuentes a Héctor que te he escrito. Sé que sabes que él y yo tuvimos una aventura, y es cierto. Estuve enamorada de Héctor como seguramente lo estarás tú ahora. Si no hubieras aparecido en nuestras vidas, posiblemente hubiéramos seguido con nuestra relación, o eso estuve pensando durante mucho tiempo hasta que me di cuenta de que fue él quien te buscó a ti. Olvídate de él y sigue con tu vida. Solo quiere aprovecharse de ti, ¿es que no lo ves? Te ruego que lo pienses con detenimiento.
>
> Arlette Morandé

Mis manos comenzaron a temblar descontroladas, y me quedé tan blanca que incluso mi hermano Eduardo percibió mi preocupación.

–¿Qué dice la carta? –me preguntó–. Parece que hayas visto un fantasma.

Tragué saliva antes de contestar. Sentía que era incapaz de articular palabra. Lo único que me apetecía en ese momento era un buen vaso de agua para humedecer mi garganta seca.

—No es nada, de verdad. —Intenté simular una sonrisa—. Es solo una invitación de la Casa Montagne para ver la nueva temporada de París.

—Pues sí que te gusta la moda, hermana, para ponerte así...

La carrera de caballos comenzó enseguida y yo, lejos de prestar atención a la pista, no hacía más que cavilar y reflexionar sobre lo que acababa de leer. ¿Debía creer a Arlette y no volver a acercarme a Héctor o, por el contrario, la carta de *madame* Morandé tan solo era fruto de la envidia y los celos? No sabía hacia qué lado posicionarme, pero sí sabía que aquella disyuntiva no podría solucionarla hasta que no volviera a ver a Héctor. Y eso no iba a ocurrir hasta septiembre.

13

Los criados sacaron las maletas a la puerta de casa mientras el cochero las cargaba en la parte de arriba del carro. Ángela estaba esperando en la calle para despedirse de mí con un pañuelo en la mano. Desde que había vuelto de Barcelona, había necesitado más apoyo que nunca y ella me lo había dado incondicionalmente. Según ella, y pese a no conocer a Héctor, *madame* Morandé tan solo estaba intentando boicotear nuestra relación, porque seguía enamorada de él. El argumento tenía todo el sentido del mundo; de hecho, Héctor jamás se había aprovechado ni de mi dinero ni de mi condición social.

–¿Nos veremos el año que viene? –me preguntó Ángela, al darme un abrazo–. El tiempo pasa muy rápido.

Mi tía miraba atentamente a la cubana; pese a que había intentado alejarme de ella por considerarla una mala influencia, yo había hecho oídos sordos a sus consejos y había consolidado nuestra amistad.

–Nunca se sabe, pero supongo que sí. –Si todo iba como esperaba, el año siguiente estaría viviendo en París con Héctor. Sin embargo, cada día que pasaba veía mi destino más lejos y mi relación con él cada vez más difícil–. Nunca olvidaré todo lo que has hecho por mí.

–Gracias a ti por hacerme compañía. Pere y yo nos marcharemos la semana que viene. Me encantaría que alguna vez pudieras venir a Cuba... ¡Es todo tan diferente!

–¡Ni Cuba ni cubo! –exclamó mi tía, imponiéndose entre las dos–. Venga, que se nos hace tarde.

Ángela y yo disimulamos una risa ahogada, y tras un beso al aire nos despedimos sin saber si aquella sería la última vez que nos veríamos.

Emprendí el camino a Barcelona con sentimientos encontrados: por un lado, tenía ganas de llegar para ver de nuevo a Héctor, de quien no había vuelto a recibir carta desde la última vez que nos habíamos visto; por otro, sin embargo, también sentía nostalgia y añoranza por los buenos ratos que había pasado con Ángela y por la tranquilidad que me aportaban el mar y los largos días de verano en Sitges.

—Cómo me alegro de que hayas sentado la cabeza —me comentó mi tía durante el viaje—. Ya nos dijo Eduardo que habías aceptado a Arnau. Ay, ¡no te arrepentirás, nena!

—No he aceptado nada, tía, que quede claro. Solo quiero conocerlo más. Eso es todo.

—Bueno, bueno —intervino mi padre con buen humor—. Tampoco hace falta presionarla tanto, Elvira. Lo importante es que se ha dado cuenta de que es buen chico y de que le conviene acercarse a los que están de nuestra parte y a nuestra altura.

Tiempo atrás hubiera saltado y respondido a mi padre al oírlo hablar de aquel modo tan pedante y prepotente de nuestra condición social. Sin embargo, seguía con mi plan de parecer en todo momento de acuerdo y conforme con ellos para no levantar sospechas, así que me limité a asentir y sonreír con complicidad.

—Por cierto, padre, ¿podré ir a ver a Dolores en cuanto llegue?

Miré a mi padre con inocencia y lo agarré de la mano con ternura. Aunque también echaba de menos a Dolores, mi primer objetivo era dirigirme al estudio de Esplugas para ver a Héctor.

—Claro que sí, cariño —respondió al fin—. Has demostrado que podemos confiar en ti.

Sentí una pequeña punzada de culpabilidad por haberle mentido, pero, por otro lado, creí haber logrado un gran triunfo que me acercaba más a mi destino. Mi padre parecía contento y desdobló el periódico que le había entregado el cochero.

—¡No me lo puedo creer! —gritó al leer la portada—. ¡Han atentado contra Martínez Campos en Barcelona!

—¿Qué ha pasado? —Mi tía se santiguó—. ¡No me digas que lo han matado!

—No, gracias a Dios. —Siguió leyendo la noticia a la par que nos lo explicaba—. Resulta que el capitán general Martínez Campos estaba presidiendo un desfile en la Gran Vía y alguien lanzó dos bombas. Hay varios heridos y un guardia civil muerto.

–Pero ¿se sabe quién ha sido?

–Un tal Paulino Pallás. Parece ser que es anarquista.

Me quedé sin aliento durante unos segundos al recordar que uno de los compañeros de Héctor que conocí en el café de Mauro se llamaba Paulino. ¿Era simple casualidad o había sido él el anarquista que había atentado contra Martínez Campos?

–Dicen que lo hizo en represalia por los incidentes ocurridos hace un año en Jerez de la Frontera –continuó–. Cuando mataron y torturaron a unos obreros de las organizaciones anarquistas andaluzas. Parece que están deteniendo a varios anarquistas más de su entorno.

–¡Válgame Dios! –clamó mi tía–. Ojalá los fusilen a todos y se acabe ya tanto atentado.

No pude dejar de pensar en el asunto durante el resto del trayecto, y lo primero que hice al llegar a Barcelona fue dirigirme hacia el estudio. Subí las escaleras con cierto temor y nerviosismo mientras rezaba una y otra vez para que Héctor estuviera allí trabajando como un día cualquiera. Sin embargo, fue Esplugas quien salió a recibirme, lo que me llevó a ponerme en lo peor.

–Señorita Rovira, ¡cuánto tiempo sin verla! –exclamó–. ¿Ya han vuelto de Sitges?

Asentí nerviosa mientras un escalofrío me recorría la espalda: tenía un mal presentimiento. ¿Y si Héctor había sido uno de los que habían encarcelado?

–Ya de vuelta, sí –titubeé un poco–. ¿Está por aquí su ayudante?

–No –dijo secamente y, con una mueca de preocupación–. Pero yo mismo le puedo servir. ¿Qué necesita?

–Oh, venía a recoger unas fotografías que me hizo su ayudante en julio, ¿se acuerda?

–Cierto. –Me dio la espalda y comenzó a buscar en un armario lleno de cajones–. Pues no las encuentro, señorita Rovira. ¿Dónde las habrá metido este Héctor?

–¿No está él aquí? –pregunté, ansiosa.

–No, señorita, lleva dos días sin aparecer y sin dar señales de vida. Si mañana no viene, tendré que buscarme a otro.

No supe qué decir en ese momento, así que me limité a despedirme mientras mi cabeza no dejaba de darle vueltas a lo ocurrido. ¿Qué podía hacer para saber dónde estaba Héctor? Quizá me estaba precipitando y simplemente no había podido acudir al trabajo por alguna razón familiar o de salud. Pero no podía quedarme de brazos cruzados sin hacer nada: necesitaba verlo y saber que se encontraba bien. Tras mucho pensar decidí que la mejor opción era dirigirme hacia el bar de Mauro: seguro que allí encontraría a alguien que me pudiera dar una pista sobre su paradero. Entré en el café; como por la mañana no solía haber mucha gente, no encontré a ningún conocido suyo. Ni siquiera estaba *madame* Morandé. A pesar de nuestra enemistad, hubiera deseado verla para saber si ella tenía alguna información referente a lo ocurrido. Me acerqué a la barra y le pregunté al camarero que me había servido aquella primera vez.

–Perdone, ¿usted sabe algo de Héctor, Anselmo o Paulino?

El camarero estaba haciendo un café y se quedó parado.

–Pero ¿no se ha enterado de lo de Paulino? –Se apoyó sobre la barra con pesadumbre–. Ha atentado contra Martínez Campos.

Así que todas mis sospechas parecían ser ciertas. Paulino, que tan simpático y amable había sido conmigo, había intentado matar al capitán general de Cataluña. ¿Y en qué posición dejaba eso a Héctor, que también se consideraba anarquista y era amigo de Paulino? ¿Acaso había sido también él quien atentó contra Llobet?

–¿Y dónde están los demás?

–Ha llegado a mis oídos que la Policía estuvo investigando en sus casas el mismo día del atentado y que tras encontrar panfletos anarquistas se los llevaron a todos a Montjuic.

–Madre mía, y ¿qué van a hacer con ellos? ¿Los van a juzgar?

–No lo sé, pero estoy seguro de que no pararán hasta que confiesen algo.

Agradecí la información del camarero y le di una peseta por su tiempo. ¿Qué podía hacer? Solo me quedaba regresar a casa y esperar novedades. Caminaba con el ánimo absolutamente por los suelos hasta que paré en seco y decidí ir a por todas, sin importarme las consecuencias: tenía que ir a Montjuic y averiguar el estado de Héctor. Pagué a un cochero para que me llevara hasta allí. El viaje se me hizo eterno. A medida que pasaban los minutos, comencé a darme cuenta del peligro en el que me estaba metiendo: ¿y si mi padre se enteraba? ¿Y si al dar la cara por Héctor me comprometía a mí misma para siempre? Intenté apartar todos esos pensamientos de mi mente mientras le daba instrucciones al cochero para que me esperara en la puerta hasta que saliera. Caminé hacia el castillo intentando aparentar seguridad. En la entrada, tras un ventanuco enrejado, un hombre vestido de uniforme me recibió con cara de pocos amigos.

–Disculpe, me gustaría saber si se encuentra aquí Héctor Vidal. –Tuve que hacer un esfuerzo descomunal para que me salieran las palabras–. Me han dicho que puede estar aquí.

El hombre me miró de arriba abajo y, sin contestarme, se levantó de la silla y apareció por una puerta trasera.

–Usted no tiene pinta de ser familiar de ese anarquista. –Me volvió a mirar con lascivia–. ¿Qué es lo que quiere?

–Quiero saber si está bien y si puedo hacer algo para sacarlo de aquí.

–Señorita, encontraron en su casa panfletos y propaganda anarquista y era amigo de Pallás. No creo que salga hasta pasados unos días; estamos seguros de que colaboró de algún modo en el atentado de Martínez Campos.

–Le aseguro que no, señor –dije yo con autoridad–. Le doy mi palabra de que Héctor jamás haría algo así. Es anarquista, sí, pero nunca ha sobrepasado el límite.

El hombre comenzó a reír y me hizo entrar en la pequeña habitación. Olía a tabaco y a coñac, y sobre la mesa había una baraja de cartas española sobre la mesa. Me señaló un taburete y me ofreció un vaso de agua sucio que rechacé pese a la sed que tenía.

–No basta solo con su palabra. –Se encendió un cigarrillo mientras se recostaba en la silla–. Lo que no entiendo es qué relación puede tener usted con ese chico.

Me puse roja y no supe qué responder. Sin embargo, el hombre pareció entenderlo rápidamente.

–Oh, así que estamos hablando de una cuestión amorosa. –Soltó una carcajada–. El clásico romance entre una burguesa y un obrero problemático. Me juego lo que quiera a que su padre no sabe nada de esto.

–Dígame qué es lo que puedo hacer, señor. –Me sentía tan incómoda que quería terminar con aquello cuanto antes–. Estoy segura de que usted puede ayudarme de algún modo, parece que lleva el control de todo esto.

—Así es. —Se hinchó orgulloso y dejó escapar un suspiro—. Pero ¿por qué debería dejar ir a su enamorado?

—¡Porque es inocente! —Tuve que controlar mis ganas de llorar—. ¿Qué van a conseguir reteniéndolo aquí?

—Conseguiremos que confiese, de eso estoy seguro. —Volvió a reír—. Esto no es un hotel, señorita, y quien entra aquí sale más delgado y con algún dedo de menos.

Ahogué un grito al pensar en lo mal que lo estaría pasando Héctor. ¿Acaso iban a torturarlo para conseguir lo que querían? Tenía que sacarlo de allí fuera como fuera.

—Oiga, soy una Rovira y tengo dinero, ¿es eso lo que necesita? Puedo traerle lo que quiera a cambio de que lo libere.

El hombre sonrió con avaricia, y sus ojos brillantes delataron que estaba dispuesto a todo por dinero.

—No sé..., no solo se trata de dinero. Para liberarlo necesito una buena coartada y tendría que poner su nombre en el expediente.

—¿Mi nombre? —Dudé por unos instantes; si aparecía mi nombre en la ficha de Héctor, cualquier cosa que él hiciera me comprometería a mí. ¿Estaba dispuesta a arriesgar mi reputación por su bien?—. ¿Se enteraría mi familia de esto?

—No, siempre y cuando no se meta en problemas. A esta ficha solo puede acceder la Policía, y si el chico se queda tranquilito y sin hacer nada, no tiene de qué preocuparse.

—Entonces, ¿puede justificar de algún modo su salida del calabozo?

El hombre se rascó la barbilla mientras pensaba.

—Sí, aunque tendría que sobornar también al intendente general. Me vendrían bien unas mil pesetas.

Abrí la boca sorprendida por la enorme cantidad que me estaba pidiendo. Aunque mi padre tenía mucho dinero, me sería difícil reunirlo de golpe sin levantar sospechas. Sin embargo, sabía perfectamente dónde guardaba parte de los ahorros en casa: cuando era pequeña y lo observaba trabajar en su despacho, lo había visto en más de una ocasión esconderlo en el interior de unos falsos libros que, en realidad, eran una especie de caja fuerte.

—¿Cuándo necesita el dinero? —pregunté con desasosiego.

—Hoy mismo. No pienso liberarlo hasta que no lo tenga conmigo. Si tarda mucho, le aseguro que acabará confesando lo inconfesable.

Asentí, acongojada, y le prometí regresar en una hora. Subí de nuevo al coche y le pedí al conductor que me dejara en casa y que me esperara en una calle contigua a la mía para no levantar sospechas. Cuando subí al palacete, mi madre y mi tía estaban haciendo labores en silencio.

–¿Ya estás de vuelta? –me preguntó mi madre con una sonrisa–. ¿Cómo está Dolores?

–Solo he venido a por un libro –me apresuré a contestar; luego me dirigí al despacho de mi padre–. Es de Dolores y se me ha olvidado dárselo.

–Pero ¿dónde está tu amiga? –Tía Elvira me miró de reojo, con suspicacia–. ¿Te vuelves a ir?

–Sí, tía, me está esperando en la Casa Montagne. Necesitaba el libro y me parecía mal dárselo otro día. No tardaré mucho en regresar.

Mi tía pareció conforme con la explicación, y yo me metí en el despacho y dejé la puerta entornada para no levantar sospechas. Observé la amplia biblioteca y rápidamente encontré los falsos libros donde escondía mi padre el dinero. Lo abrí con el corazón en un puño, pues sabía que estaba traicionando la confianza de los míos y que me sería muy difícil devolverlo cuando ni siquiera ganaba mi propio dinero. Cogí las mil pesetas y un poco más para pagarle al cochero y me fui de casa con sentimiento de culpa, pero con la esperanza de reencontrarme de nuevo con Héctor.

Regresé a Montjuic. Una vez allí, el hombre de uniforme esbozó una sonrisa pícara al verme llegar tan pronto y tan desesperada. Cogió el dinero con ansia y apuntó en una hoja mi nombre completo. Me juró y me perjuró que mi padre no se enteraría de lo ocurrido y que Héctor no volvería a pisar el calabozo, siempre y cuando no se metiera en nuevos problemas. Así que esperé en la puerta mientras lo liberaban, mordiéndome las uñas. Pasó al menos media hora hasta que por fin lo vi aparecer con la camisa hecha jirones y los pantalones llenos de mugre. Me abalancé sobre él con entusiasmo; no me importó en absoluto que tuviera la cara sucia y oliera a orina y a moho.

–¿Estás bien? ¡Estaba tan preocupada por ti!

Él comenzó a toser y me di cuenta de que cojeaba bastante de una pierna.

–¿Qué has hecho, Amelia? –No tenía fuerza ni siquiera para abrazarme, y tuvo que agarrarse a mí para poder andar–. ¿Qué has tenido que hacer para sacarme de aquí?

– Eso no importa ahora. –Le ayudé a subirse al carro–. Lo importante es que ya estás fuera. Te llevaré a casa.

Héctor le dio la dirección de su casa al cochero mientras se acomodaba con dificultad en el carruaje. Si bien no parecía tener ninguna herida de gravedad, a juzgar por los gestos de dolor de su rostro era muy posible que sufriera alguna contusión interna.

–¿Te han hecho daño? –le pregunté–. Se oyen cosas feas de lo que ocurre allí abajo.

–Es mejor que no lo sepas –dijo sin más–. ¿Les has pagado?

–Sí, pero no te preocupes por eso, todo ha salido bien. –Héctor parecía enfadado–. Hablarás con Esplugas y le dirás que te caíste por las escaleras y que no pudiste acudir al trabajo. Seguro que te perdonará y todo volverá a la normalidad.

–Dime cuánto has pagado, por favor. –Apenas me miraba a la cara–. Necesito saberlo.

–Mil pesetas. –Vi cómo se tapaba la cara con las manos–. Para mi padre no es nada. Ya me las arreglaré para devolvérselas cuando trabaje de modelo.

–¡Joder, Amelia! –gritó con desesperación–. ¡Ni en dos vidas podría obtener ese dinero! ¿Cómo voy a devolvértelo?

–No tienes que devolver nada. –Fruncí el ceño–. He sido yo quien he querido hacerlo, y seré yo quien lo resuelva.

–No tendrías que haberlo hecho. –Negó con la cabeza repetidas veces–. ¿Por qué te metes donde no te llaman?

Me quedé mirándolo dolida, y no pude evitar ponerme a llorar. ¿Cómo podía ser tan desagradecido después de lo que había hecho por él? ¿Acaso no veía que de no haber sido por mí no hubiera salido de allí en muchos años?

–Perdona. –Héctor recapacitó y me agarró las manos–. Sé que lo has hecho porque me quieres, y te lo agradezco. Pero no quiero que te ocurra nada malo a ti, ni que por mi culpa acabes siendo el blanco de la Policía.

–Eso no pasará. –Me sequé las lágrimas con la mano–. En cuanto podamos nos marcharemos a París y allí haremos nuestra vida, ¿verdad?

Se me quedó mirando entre nostálgico y triste, y luego me acarició la barbilla con ternura mientras asentía lentamente.

–¿Sabías lo de Paulino? –le pregunté sin dejar de mirarlo a los ojos, en busca de la verdad–. Júrame que no tienes nada que ver con esto ni con lo de Llobet.

–Paulino ha confesado que trabajaba solo, que no pertenecía a ningún grupo. –Me dio un suave beso en la mejilla–. Te juro que yo no sabía nada, como tampoco Anselmo y los otros. Tienes que creerme, Amelia.

Llegamos por fin al Paralelo. Le ayudé a bajar del coche mientras llamaba a la puerta de una pequeña casa de techo bajo donde, a los pocos segundos, apareció una mujer de pelo cano recogido en un moño deshecho que debía de ser su madre. Tras ella salió una joven de mi edad, con un delantal oscuro, que se parecía muchísimo a él.

–¡Hijo mío! –exclamó su madre–. ¿Estás bien?

–No nos dejaron verte –añadió la hermana–. Temíamos que no salieras jamás de allí. ¿Cómo lo has conseguido?

Apenas se fijaron en mí, pues rápidamente las dos mujeres cogieron a Héctor de los brazos y le ayudaron a entrar en la casa. No quise inmiscuirme en su ámbito familiar, así que decidí subir de nuevo al coche y evitar tener que dar explicaciones de mi presencia. Héctor estaba sano y salvo, y eso era lo único que me importaba.

Esa misma tarde, mi padre fue a echar mano de la caja de ahorros. Al percatarse de que le faltaba dinero, apareció corriendo en el comedor visiblemente alarmado. Estábamos mi tía, mi madre y yo hojeando una revista de moda.

–¡Creo que nos roban! –exclamó en voz baja–. ¡Alguien del servicio ha descubierto la caja del dinero y nos ha quitado unas mil pesetas!

–¡No me digas eso, Agustín! –gritó mi tía–. ¿Ladrones en nuestra propia casa?

–Es extraño, Elvira, jamás me han visto sacar el dinero de allí. Siempre he sido muy prudente y nunca he dejado pistas. No habrá sido nuestra Juana, ¿no?

–¡No, por Dios! –solté, con la voz ahogada–. ¡Ella no ha podido ser!

Si le echaban la culpa a Juana no me lo perdonaría jamás. Era una mujer honrada que siempre se había portado muy bien con nosotros. No iba a permitir que cargara ella con la culpa.

–Tú has estado esta mañana en el despacho de tu padre –recordó mi tía–. ¿No has visto nada raro?

Mi madre me miró de reojo mientras yo negaba con la cabeza, y pude percibir en ella una ligera sospecha.

–Pues tendré que hablar con Juana –concluyó mi padre–. Y si realmente ha sido ella quien nos ha robado habrá que despedirla.

–Padre –dije con intención de confesar la verdad–, Juana no ha sido. Verá..., yo...

–No me cubras, Amelia –me interrumpió de repente mi madre–. He sido yo, Agustín.

Me quedé con la boca abierta. ¿Mi madre era capaz de mentir para taparme? Me sentí fatal por haber desconfiado de ella y por haberle reprochado su falta de apoyo durante todo ese tiempo. En ese momento me estaba demostrando que estaba de mi parte, pese a todo, y que incluso se atrevía a enfrentarse a mi padre.

–Pero ¿qué estás diciendo? –Mi tía se llevó las manos a la cabeza–. ¿Tú robándonos a nosotros?

–No me lo esperaba de ti, Eulalia. –Mi padre mantenía un tono de voz frío y serio–. Me has decepcionado. ¿Es que no te doy todo lo que necesitas? ¿Para qué narices lo querías?

Mi madre no supo qué decir. Decidí compartir con ella la bronca.

–Quería un vestido –dije con la cabeza gacha–. Y como sabía que usted no me lo pagaría, insistí a madre.

–¿Un vestido de mil pesetas? –preguntó mi padre sorprendido–. Pero ¿qué os pasa por la cabeza para hacer algo así?

–Lo siento, era de un modisto de París muy popular. Ha sido culpa mía.

–¡Que sepas, Amelia, que no pienso comprarte ningún vestido más en lo que queda de año! –Miró a mi madre con desprecio y se dirigió hacia su despacho–. ¡Es una familia de locos!

14

Llevaba más de un mes y medio sin saber nada de Héctor. Desde que salió del calabozo, no había encontrado la ocasión de verlo. Mi padre estaba tan enfadado conmigo por lo del dinero que apenas me dejaba salir de casa si no era en compañía de tía Elvira. No tenía excusa y, aunque pudiera escaparme y acudir al estudio de Esplugas, estaba segura de que la señora Minguella estaría al acecho, espiando desde su galería, para poder contárselo a mi tía. Así que me encontraba atada de pies y manos, sin poder hacer nada por cambiar mi situación. Sin embargo, la solución vino sin esperarlo, precisamente de la mano de quien me impedía hacer mi vida con libertad. Tanto tía Elvira como mi padre habían cogido un buen resfriado y se encontraban en la cama con fiebre. El médico les había recomendado reposo absoluto durante una semana entera.

–Madre, ahora que solo estamos usted y yo, ¿podría salir a ver a Dolores?

Mi madre estaba haciendo un tapete a ganchillo mientras se tomaba un café bien caliente. Hacía un día frío y nublado: estábamos a principios de noviembre y el invierno parecía haberse adelantado.

–¿Seguro que quieres ir a ver a Dolores? –Se acercó a mí y me agarró las manos–. Mira, sabes que nunca te he preguntado por qué necesitabas las mil pesetas y tampoco quiero saber quién es el chico del que estás enamorada, aunque pueda imaginármelo. Solo quiero que tengas cuidado, hija.

–Gracias, madre. –Le di un beso y un abrazo–. Confíe en mí.

–Tápate bien, no vaya a ser que nos contagiemos tú y yo y acabemos en la cama también.

Miré por la ventana y vi que comenzaba a caer una lluvia ligera, así que cogí la capota y me la puse sobre la espalda. Me dirigí andando hacia el estudio con la esperanza de encontrar a Héctor todavía allí: esperaba que Esplugas, que era un hombre comprensivo, no lo hubiera despedido tras su ausencia durante su breve estancia en Montjuic. A medida que me acercaba al edificio, decidí ponerme la capota por encima de la cabeza para taparme el rostro y evitar así que la señora Minguella pudiera reconocerme. Subí al estudio despacio, como si tuviera miedo de lo que me esperaba, y por fortuna me encontré a Héctor en el mostrador ordenando la mesa. Su mirada se cruzó con la mía y rápidamente nos fundimos en un largo abrazo.

–¿No está Esplugas? –pregunté con miedo.

–Está haciendo unas fotografías, parece que tiene para rato. –Me besó y me agarró de la barbilla para observar mi rostro–. Tenía muchas ganas de verte. Siento lo de la última vez. Realmente fui un desagradecido, si no hubiera sido por ti seguro que todavía seguiría allí. Es más, quizá estaría muerto. Fusilaron a Paulino.

–Lo sé, fue portada en el periódico.

–Te has arriesgado demasiado –continuó hablando en voz baja–. ¿Y si se enteran tus padres?

–No lo harán si tú no te vuelves a meter en líos. No lo harás, ¿verdad?

Héctor negó con la cabeza, y entonces me vino a la mente la carta de *madame* Morandé.

–Héctor, he de contarte algo a lo que no dejo de darle vueltas. –Él frunció la frente y torció el gesto en señal de preocupación–. Recibí una carta de Arlette en la que me advertía de que no me fiara de ti. Decía que solo quieres aprovecharte de mis circunstancias.

–Ay, Arlette... –Suspiró y se puso las manos en la cabeza–. ¡No creía que fuera capaz! En fin, tuvimos una fuerte discusión.

–¿Discutisteis?

–Sí, hace un par de meses, cuando tú todavía estabas en Sitges. –Me tocó la barbilla con ternura–. Le conté lo nuestro y ella no quiso aceptarlo: se enfadó y me amenazó diciendo que haría todo lo posible por destruir nuestra relación. Amelia, sabes que nunca te he pedido nada y que mi objetivo es marcharme a París contigo y empezar nuestra vida allí.

–Lo sé. –Apoyé la cabeza en su pecho mientras él me acariciaba la espalda–. Pero ¿cuándo podremos irnos? Ni siquiera sé si encontraré trabajo...

–Tengo buenas noticias. Hemos estado tanto tiempo sin vernos que no he podido contarte nada. Tus fotografías saldrán en *La Mode Pratique* en un par de semanas.

–¿De verdad? –Comencé a dar saltos de alegría–. ¡Le diré a la señora Montagne que me la traiga cuando venga de París!

–Y no solo eso: ¡nos han pedido más fotografías! –Me agarró por la cintura y me atrajo hacia él–. Les hablé un poco de ti: saben que vienes de buena familia y quieren que poses en el Teatro del Liceo durante una ópera o una obra de teatro. Quieren hacer un reportaje.

–¡No me lo puedo creer! –grité eufórica–. Entonces, ¿les he gustado?

–Claro que sí, cariño, ¿acaso lo dudabas? –Me dio otro beso–. Pero hay un problema. ¿Cómo puedo hacerte las fotografías sin que tus padres se enteren? No me dejan entrar en el Liceo si no es con la autorización de uno de sus socios. Además, si Esplugas se enterara, podría contárselo todo a tu familia.

Me quedé un rato pensando mientras Héctor me observaba expectante.

–Este sábado empieza la nueva temporada de teatro, y mi padre y mi tía no pueden ir porque están enfermos. ¿Y si aprovechamos para hacer el posado?

–Pero no te van a dejar ir sola, necesitas que alguien apruebe lo de las fotos y que además no me conozca.

Seguí haciendo cábalas hasta que por fin encontré la solución.

–¡Tengo una idea! –exclamé con ansiedad–. Puedo decirle a Arnau que me acompañe: él es socio del Liceo, y si le digo que quiero hacerme una fotografía con él seguro que acepta que nos acompañes.

–¿Arnau? –Héctor chasqueó la lengua, molesto–. ¿No puede ser otra persona?

–Sé que con él mis padres me dejarán ir. –Le acaricié la cara y le di un beso en la mejilla–. No te pongas celoso, que no pasará nada.

–¿Y tu hermano Eduardo? ¿No insistirá en acompañaros?

–Mi hermano odia ir al Liceo; no le gusta la ópera, le aburre soberanamente. Le diré a Dolores que venga.

–Perfecto. –Se quedó pensando durante un rato–. Tendré que ir disfrazado de algún modo para que nadie pueda reconocerme.

–Gracias por hacer esto por mí, Héctor. –Le sonreí cariñosa–. Estás arriesgando tu trabajo sin ganar nada con ello.

—Te gano a ti, ¿no? —Me dio un abrazo romántico—. Te quiero.

Era la primera vez que me lo decía, y aún ahora, después de tantos años, recuerdo ese momento como si fuera ayer. Me hizo regresar a casa repleta de felicidad e ilusión por el futuro que me esperaba junto a él y que no tardaría en empezar si lo del Liceo salía como habíamos planeado. Aquella misma noche, cuando Eduardo regresó de la fábrica, subí a la habitación de mi padre junto a mi hermano para comentarle el plan.

—Padre, ¿me dejaría ir con Arnau al Liceo este sábado que viene? Dolores puede acompañarnos.

Mi padre y mi hermano se miraron con complicidad e hicieron una mueca de triunfo, como si hubieran logrado lo que tanto deseaban: que yo me enamorara de un hombre rico y de confianza.

—Claro que sí, hija —dijo con vehemencia, a pesar de que la tos le impedía hablar con normalidad—. Eduardo, ¿hablarás tú con el muchacho?

Mi hermano asintió riendo y me puso un brazo sobre el hombro, en un gesto cariñoso.

—Estoy seguro de que en cuanto se lo diga no dejará de pensar en el sábado... Creo que lo tienes enamorado, Amelia.

Sonreí con falsedad y me sentí culpable de nuevo por estar jugando con los sentimientos de Arnau. Sin embargo, mi amor por Héctor era tan grande que no me importaba en absoluto lo que pudieran pensar o sentir los demás.

—Entonces, el sábado será noche de parejas. —Mi hermano se encendió un cigarro y le dio una calada a mi padre a pesar de que el médico se lo había desaconsejado—. Estoy conociendo a alguien.

—¿Noche de parejas? —pregunté, asustada—. ¿De qué hablas?

—Pues que precisamente este sábado he quedado con Mireia, la hija de los Miraflores, para ir a ver la ópera *Guillermo Tell* de Rossini.

—¡No me digas, hijo! —Mi padre parecía feliz de ver a sus dos hijos bien encaminados hacia el matrimonio—. ¡Qué gran noticia!

—Pero no estoy comprometido ni nada, todavía he de investigar un poco más: tengo que averiguar si su familia tiene el dinero que aparenta tener. Si veo que no me puede aportar una buena dote, me buscaré a otra.

—¿Ves, hija? —Mi padre se tomó un tiempo para sonarse la nariz—. Deberías aprender de tu hermano.

—Pero ¡si tú odias ir al teatro, Eduardo! —exclamé—. ¿Tiene que ser este sábado?

—¿Qué narices te pasa? Claro que lo odio, pero ¿de qué otra manera puedo conquistar a una mujer sin comprometerme?

Me fui a la cama pensando en mi mala suerte y en la casualidad de que precisamente ese día Eduardo también acudiera al teatro. ¿Qué podía hacer? Tendría que cancelar la cita y decirle a Héctor que no podríamos hacer el posado. ¿Y si eso conllevaba que *La Mode Pratique* me acabara rechazando? ¿Podríamos entonces marcharnos a París? Era un mar de dudas, y sentía una rabia tremenda al pensar lo cerca que habíamos estado de conseguirlo. Sin embargo, la suerte estuvo de mi parte: mi hermano Eduardo, contra todo pronóstico, acabó cogiendo la gripe también. Aunque no era grave, tendría que permanecer varios días en cama, así que el plan parecía seguir su curso con normalidad.

Por fin llegó el sábado. Decidí ponerme un bonito vestido de noche morado con una túnica ajustada y una larga cola de tejidos vaporosos y transparentes. El corsé me hacía una cintura exageradamente estrecha y un busto abombado que me hacía una silueta preciosa. Mi madre me ayudó a ponerme el abrigo de mangas de jamón, y por fin bajé al comedor donde me esperaba Arnau con un largo abrigo negro hasta los pies y un sombrero de copa. Me sonrió amablemente y me ofreció su brazo. Me despedí de mis padres y de mi tía, que estaba especialmente contenta y feliz de que hubiera sido yo quien hubiera dado el paso de ver a Arnau, y nos subimos al carruaje en busca de Dolores, que ya estaba al tanto de nuestro plan.

—Estás bellísima hoy, Amelia —comentó Arnau, al que se notaba nervioso—. Desde que nos vimos la última vez en el hipódromo, no he dejado de pensar en ti.

No supe qué contestar y me limité a mostrar una sonrisa forzada.

—Por cierto —dije, aprovechando el silencio—. Dolores ha contratado a un fotógrafo para que nos haga unos cuantos retratos a las dos y..., ¿por qué no?, a nosotros también. ¿Te apetece?

—¡Oh, me parece una gran idea! —Se colocó bien la pajarita—. Será genial tener un bonito recuerdo de los dos.

Me guiñó el ojo, como si quisiera seducirme, y yo agradecí aliviada la presencia de Dolores cuando se unió a nosotros.

Al llegar al Liceo, la puerta estaba a rebosar de gente y de carros lujosos de los que bajaban los hombres y las mujeres más elegantes y ricos de Barcelona. Aunque no era la primera vez que acudía a aquel teatro, me temblaban las piernas, y apenas podía caminar: tenía un miedo atroz a que todo nuestro plan se desmoronara o a que algún cliente de Esplugas pudiera reconocer a Héctor. Sin embargo, ni siquiera yo fui capaz de distinguirlo. Estaba esperando a unos metros de la puerta e iba mejor vestido que de costumbre, con un sombrero y un traje de terciopelo negro, además de unas gafas para disimular. Detrás de él apareció otro joven que nunca había visto: llevaba el pelo corto y un enorme bigote con las puntas retorcidas. Iba vestido con un guardapolvo y portaba con él una pesada cámara. Deduje que era un amigo de Héctor y que lo había traído para pasar más desapercibido.

Como hacía mucho frío, Arnau me agarró del brazo. Mientras Héctor se dirigía a nosotros, advertí en su rostro cierta tensión y rabia por verme con otro hombre.

—Ya nos puede sacar bien en la fotografía —le dijo Arnau a Héctor—. Tenemos que recordar nuestra primera cita para siempre.

Héctor se mordió la lengua y sonrió con disimulo. Yo le guiñé un ojo con complicidad, y él me lo devolvió como si fuéramos niños y jugáramos al ratón y al gato. Sin embargo, el juego era esta vez mucho más peligroso y arriesgado de lo que aparentaba, y no pude evitar sentir un nudo de nervios en el estómago.

Entramos por fin en el precioso vestíbulo dorado y subimos por una gran escalera de mármol de estilo neoclásico hasta la tribuna que pertenecía a la familia de Arnau, desde donde se podía observar la inmensidad de la platea y el escenario. Aunque faltaba media hora para que empezara la ópera, la mayoría de las butacas estaban ya ocupadas; ese mismo día se inauguraba la temporada de ópera y nadie quería perderse la obra de Rossini.

Dolores y yo aprovechamos esos momentos para que Héctor me hiciera las fotos; Arnau, mientras tanto, salió en busca de unas copas de cava y unos cigarrillos.

—¿Quién es? —le pregunté a Héctor cuando el chico que lo acompañaba comenzó a colocar la cámara.

–Es un amigo. Me va a ayudar con la cámara. –Titubeó un poco, él también parecía nervioso–. Las fotos las haré yo, no te preocupes.

–Las gafas no te quedan mal. –Solté una pequeña carcajada a la par que reprimía el impulso de lanzarme a sus brazos–. ¿Y yo? ¿Estoy guapa?

Héctor se mordió el labio con sensualidad y tragó saliva.

–Eres la mujer más guapa que he visto en mi vida. –Fingió una sonrisa despreocupada y me acarició fugazmente la mano.

En ese instante, deseé poder estar a resguardo de las miradas para besarlo. Sin embargo, Arnau no tardó en regresar y observó sorprendido mis posados frente a la bonita platea llena de preciosas luces y el enorme telón rojo de terciopelo. A fin de que no sospechara nada, Dolores se puso rápidamente a mi lado y nos hicimos varios retratos juntas, como si quisiéramos mantener un recuerdo de nuestra amistad.

–Ahora me toca a mí –dijo Arnau, que se colocó a mi lado y me agarró del brazo de nuevo–. Espero que podamos repetir esto más a menudo, Amelia.

Héctor se puso más tenso todavía al ver a Arnau tan cerca de mí y arrugó el ceño enfadado.

–¡Vaya! –exclamó–. Creo que no funciona la cámara.

–¡No me diga! –Arnau se dirigió hacia Héctor e intentó averiguar lo que pasaba–. ¿Tiene arreglo?

–Sí lo tiene, pero me llevará unos minutos solucionarlo. –Me lanzó una mirada de picardía, y rápidamente intuí que la cámara estaba en perfectas condiciones y que todo había sido una excusa para no tener que retratarnos a los dos–. Ahora va a empezar la ópera, señor.

Héctor y su amigo abandonaron la tribuna y Dolores, Arnau y yo nos sentamos para disfrutar de la obra. Pese a todo, pensé entonces, el plan estaba saliendo bastante bien. Todavía desconocía lo que iba a suceder después, algo que cambiaría mi vida para siempre.

Terminó la primera parte de la ópera y Héctor regresó a la tribuna con la cámara a cuestas, esta vez sin su amigo.

–¿Y tu compañero? –le pregunté sorprendida.

–Ha ido al baño, ahora mismo vuelve. –Se dirigió a Arnau–. ¿Qué le parece, ahora que ya está arreglada la cámara, si hacemos unas fotografías de los dos en la biblioteca?

–¡Me parece muy buena idea!

Nos dirigimos los cuatro a la biblioteca, que formaba parte del exclusivo Círculo del Liceo. Rodeadas de esculturas y pinturas de los grandes artistas modernistas del momento, varias personas tomaban cava y charlaban. Héctor estaba preparando la cámara para hacernos una foto a Arnau y a mí cuando de repente se acercó un hombre acompañado por una mujer. Aunque al principio me costó reconocerlo, enseguida me di cuenta de que se trataba del señor Llobet.

—Amelia, ¿no han venido tus padres contigo? —me preguntó, apoyándose sobre un bastón.

—Están enfermos, señor Llobet, han cogido un buen resfriado. ¿Y usted cómo se encuentra?

—Mejor, niña, mejor. —Hizo una mueca de dolor al tocarse la pierna—. Aunque desde el atentado cojeo un poco. Ya ves, no puedo salir a la calle sin bastón.

Me sentí culpable al ver a Llobet tan aquejado; no podía quitarme de la cabeza que por mi culpa, por haber hablado más de la cuenta, seguramente el mismo Paulino u otro compañero de Héctor podrían haber acabado con su vida.

—¿Han contratado a un fotógrafo? —continuó, observando la cámara—. Eh, muchacho, venga aquí un momento. Tenga una peseta y háganos una fotografía a mi mujer y a mí.

Héctor se quedó tras la cámara, sin atreverse a salir, mientras el señor Llobet mantenía la mano extendida con la moneda sobre la palma. Comencé a sudar. ¿Y si reconocía a Héctor como el ayudante de Esplugas?

—¡Eh, chico! —gritó Llobet—. ¿No me oyes o qué?

Héctor se asomó con cautela desde detrás de la cámara y, con la cabeza gacha, se dirigió a Llobet. Este se lo quedó mirando ensimismado y frunció el ceño como si estuviera resolviendo un jeroglífico.

—¡Eres tú! —gritó de repente—. Esas gafas y ese pelo... ¡Tú me disparaste!

Héctor comenzó a correr y salió precipitadamente de la biblioteca sin dar ninguna explicación, dejando la cámara allí mismo. Llobet intentó ir tras él, pero ni siquiera fue capaz de dar un par de zancadas. Yo me quedé impresionada ante aquella revelación: ¿Héctor había sido el anarquista que le había herido? ¿Me había estado engañando todo ese tiempo haciéndome creer que era inocente?

–¡Héctor! –Corrí tras él en busca de una explicación–. ¡Héctor!

Salí de la biblioteca y, en ese preciso instante, escuché un enorme estallido. Caí sobre mis rodillas y me tapé la cabeza con las manos. Noté un intenso pitido en los oídos al que siguió otro ruido estridente, como si se tratara de una bomba. La gente empezó a gritar y el ambiente se llenó de humo y de olor a pólvora. Me quedé unos minutos inmóvil hasta que Arnau corrió hacia mí y me ayudó a levantarme.

–¿Estás bien, Amelia?

Todavía sentía el zumbido en los oídos y estaba completamente perdida y aturdida.

–Estoy bien, solo un poco mareada. –Me levanté despacio y me entraron ganas de vomitar–. ¿Qué ha pasado?

–Alguien ha puesto dos bombas.

Me deshice de Arnau como pude. Mi primer impulso fue bajar al patio de butacas y buscar a Héctor entre los heridos. Luego caí en la cuenta, cuando recobré plenamente el sentido y fui consciente de lo que había sucedido, de que él y su amigo probablemente habrían sido los causantes del tremendo atentado. El señor Llobet lo había señalado como presunto autor del intento de asesinarlo y él, lejos de desmentirlo y dar la cara, había salido corriendo segundos antes de que estallaran las dos bombas. Aunque no quería reconocer su implicación en todo aquello, los acontecimientos señalaban lo contrario: la persona que me había prometido un futuro y que incluso me había declarado su amor me había traicionado de la forma más cruel y desalmada. ¿Todo lo que había vivido con él había sido una mentira? ¿Solo se había acercado a mí para poder perpetrar un atentado como aquel? Comencé a llorar desesperadamente y me odié a mí misma por haberme comportado de una manera tan estúpida e inocente al creerme sus sentimientos. *Madame* Morandé tenía razón: él tan solo se había aprovechado de mí.

–¡Amelia, espera! ¡Puede ser peligroso!

Oí a mis espaldas a Arnau gritar mi nombre, pero hice oídos sordos. Lo único que quería era salir de allí y llorar mi pena a solas. Crucé los pasillos mientras los heridos pedían ayuda. Muchos de ellos sangraban a borbotones y tuve que sentarme en una de las butacas para no desmayarme de la impresión: hombres y mujeres mutilados, con la cara deformada o con los órganos asomando por el vientre... Aunque el detonador de las bombas había sido el compañero de Héctor, ¿cómo había podido él ser cómplice de algo así?

Aspiré hondo, y el olor a sangre me revolvió el estómago todavía más.

—¿Adónde vas? ¡Por favor, ten cuidado!

Arnau volvía a pisarme los talones y comencé a correr hacia el vestíbulo del teatro. La gente se precipitaba de un lado a otro recogiendo heridos o simplemente intentando escapar de aquel infierno. Justo cuando estaba a punto de alcanzar la salida, noté que alguien me agarraba del tobillo. Miré hacia abajo y vi a una mujer que intentaba decirme algo; tenía la cara ensangrentada y de su boca emanaban varios hilos de sangre.

—No estamos seguros aquí, Amelia. Deberíamos regresar a la biblioteca —continuó Arnau, preocupado.

Me agaché para ver mejor a la mujer y me quedé blanca al comprobar que se trataba de la amante de mi padre. Comenzó a hablar con una voz apenas audible, y lo único que pude descifrar entre quejidos fue el nombre de mi padre: Agustín. La mujer me agarró de la muñeca con las pocas fuerzas que le quedaban y, haciendo un esfuerzo descomunal, intentó vocalizar mejor las palabras.

—Cuida de Agustín... —Tragó saliva y escupió un poco más de sangre—. No lo dejes solo...

Sentí que aflojaba la presión sobre mí y que poco a poco su mirada perdía la expresión. Rápidamente intuí que había muerto, y empecé a llorar a pesar de que había odiado a esa mujer más que a nadie en el mundo. Sin embargo, verla en aquel estado me hizo sentir cierta compasión por ella y por mi padre, que seguramente sufriría por la pérdida. Le cerré los ojos y, finalmente, sorteando los cadáveres que yacían en el suelo, alcancé el vestíbulo, donde me topé con varios policías y coches que transportaban a los heridos al hospital.

—¡Eh, señorita! —me gritó uno de ellos—. ¿Adónde va usted? ¡Nadie puede salir del teatro hasta que no hayamos investigado lo sucedido!

Me lo quedé mirando fijamente: si me quedaba y descubrían quién había perpetrado aquella tragedia, no tardarían en relacionarme con ellos como cómplice. Tenía que marcharme a casa y pensar en lo ocurrido, así que comencé a correr hacia la calle mientras el policía me pedía a gritos que me detuviera. Cuando llevaba ya unos metros de distancia, miré hacia atrás y me cercioré de que nadie me seguía. Dejé de correr y sentí un frío terrible por todo el cuerpo. Era ya tarde, apenas había luz en las aceras. No me importaba en absoluto que alguien pudiera atracarme; después del terrible desengaño que había vivido con Héctor y de lo que acababa de ver en el Liceo, ya nada me parecía temible. Mi mundo se acababa de desmoronar en ese teatro; los últimos diez meses de mi vida habían sido una mentira y ahora me enfrentaba a la peor etapa de mi existencia. ¿Cómo podría demostrar mi inocencia si aparecía en la ficha policial de Héctor? Superada por los acontecimientos, comencé a llorar de nuevo.

No tardé en llegar al palacete. Me abrió la puerta el portero y subí directa a mi habitación sin decirle nada a nadie. Todos estaban durmiendo, pero Juana se levantó expresamente para preguntarme si quería tomar algo o si tenía hambre. Le dije que se fuera a descansar y me tumbé en la cama reprimiendo el llanto para que nadie pudiera oírme. No pude dejar de oír los gritos desgarradores de los heridos ni dejar de ver los cuerpos sin vida destrozados por el impacto de las bombas. No podía sacarme de la cabeza aquella dolorosa imagen de un Liceo destrozado, manchado de sangre y violencia. Costaría mucho superar un acto tan cruel y devastador.

¿Qué podía hacer ahora? Si me descubrían y acababan investigándome, pondría en evidencia a mi familia y mi padre no dudaría en echarme de casa y cortar cualquier relación conmigo. Tenía que adelantarme a los acontecimientos y marcharme de Barcelona antes de que comenzaran a detener a los presuntos homicidas y apareciera mi nombre empañando el buen apellido de los míos. Pero ¿adónde ir, si no tenía nada? ¿Héctor también me había mentido con lo de *La Mode Pratique?* No tenía más remedio que salir de dudas por mí misma, y aquello me llevaba en una única dirección. Todo lo que había aventurado la gitana durante aquella noche en el Paralelo se había cumplido: una tragedia, y mi huida a París.

Segunda parte

15

Llegué a la estación de Saint-Lazare sin apenas haber dormido durante el largo viaje. Me había marchado de casa de madrugada sin decir nada a nadie y había hecho la maleta con la pena y la seguridad de quien sabe que no regresará en mucho tiempo. Mientras organizaba mi huida, pensé en dar marcha atrás en mi decisión y confesarlo todo a mi familia. Sin embargo, aquellos instantes de debilidad producidos por el miedo y la incertidumbre terminaban por desaparecer cuando imaginaba la reacción de mi padre y de tía Elvira. De modo que, después de meter un par de vestidos y un sombrero en la maleta para que no me pesara demasiado, cogí del despacho de mi padre unas cuantas pesetas para costear el viaje. Aunque podría haberme llevado todo el dinero que había en la caja, decidí no añadir un acto tan deshonroso como ese a los que ya había acumulado. Me fui prácticamente con las manos vacías, sin saber cómo iba a sobrevivir en una ciudad como París.

    La estación de Saint-Lazare era un enorme conglomerado de vías y ferrocarriles de hierro que emitían agudos silbidos y chorros de vapor que apenas dejaban ver el andén. Cuando bajé del tren, una abundante y espesa neblina blanca inundaba la estación. Los viajeros, cargados con maletas y enfundados en gruesos abrigos de piel para defenderse de las bajas temperaturas parisinas, caminaban hacia la salida a buen paso. Sin embargo, yo —era la primera vez que viajaba al extranjero— me quedé estupefacta contemplando el enorme café donde decenas de personas desayunaban, fumaban y leían la prensa del día. Justo al lado, había un pequeño quiosco acogedor en el que aparecían colgadas las portadas de los periódicos franceses. Me acerqué con cierto temor por descubrir las últimas noticias, por si la prensa francesa se había hecho eco de la tragedia de la noche anterior en el Liceo. Cogí uno de ellos con inseguridad y comencé a hojear las páginas interiores, donde rápidamente descubrí, en la sección de noticias internacionales, la terrible descripción del ataque anarquista en el teatro. Empecé a temblar, incapaz de controlar mi estado de ánimo, y a medida que iba leyendo mi corazón se aceleraba como un caballo desbocado. A punto estuve de caerme al suelo cuando leí el nombre de Héctor como presunto culpable al lado de las siguientes líneas: «El presunto autor del atentado se encuentra en paradero desconocido, probablemente acompañado por una de sus cómplices. Según se ha podido conocer tras la declaración de varios testigos, se trata de una joven de buena familia que también acudió esa noche al Liceo. El otro presunto anarquista, que según se cree fue el detonador de las dos bombas Orsini, también escapó tras la explosión y se encuentra en busca y captura».

Cogí aire mientras sentía un intenso dolor de cabeza que me nublaba la vista y un repentino mareo que provocó que todas las fuerzas de mi cuerpo se desvanecieran por completo. Las amargas emociones y los acontecimientos que había vivido en las últimas veinticuatro horas me pasaban ahora factura en una ciudad donde no conocía a nadie y en la que ni siquiera sabía hacia dónde dirigirme. El último recuerdo que guardo de la estación es que se me cayó el periódico de las manos y me desvanecí.

Me desperté de repente en una cama bastante cómoda, en el interior de una habitación muy peculiar: las paredes estaban pintadas de verde y había una butaca de piel roja en una esquina. Junto a la cama había una pequeña mesita de noche en la que reposaban una jarra llena de agua y un pequeño bote de pastillas. Me dolía muchísimo la cabeza, aunque también me sentía descansada, como si hubiera dormido muchas horas seguidas. Me levanté poco a poco e inspeccioné la habitación. Después me dirigí hacia la ventana, desde la que se veía una calle aparentemente tranquila y un conjunto de casas, cafés y pequeños comercios familiares. Aún había luz y hacía un día hermoso y soleado, por lo que mi mente enseguida recordó el país que había dejado atrás y las vistas desde la vitrina de mi palacete. Pensé en mi familia y sentí un angustioso nudo en la garganta que intenté mitigar tomándome un buen vaso de agua. Pensé que a esas alturas, y tras mi desaparición, mis padres ya me habrían tomado por culpable y estarían haciendo todo lo posible para que mi apellido no saliera a la luz. Sabía que mi madre estaría destrozada, y temí que por mi culpa volviera a hundirse en la tristeza y en la depresión que había arrastrado durante tanto tiempo. Intenté no pensar más en ello y me concentré en recordar lo que había sucedido en la estación de Saint-Lazare. ¿Quién me había traído hasta aquí y por qué? ¿Cuánto tiempo llevaba inconsciente?

Quise abrir la puerta de la habitación y descubrir dónde estaba, pero enseguida me di cuenta de que tan solo llevaba puesto un camisón transparente que dejaba ver con descaro todas las partes de mi cuerpo. Comencé a sudar pensando quién me habría puesto aquella prenda, y si se habría sobrepasado conmigo. Me puse de nuevo el vestido con el que había viajado, que estaba sobre la butaca. Cuando estuve lista para salir de la habitación, entró una mujer de unos cuarenta años con un vestido rosa de cuello alto y un moño bien estirado sobre la parte alta de su cabeza que le daba un aspecto un tanto estricto y serio. La mujer pareció sorprendida al verme levantada. Se dirigió hacia la ventana para abrirla y hacer que se ventilara la estancia.

–¿Te encuentras mejor? –preguntó, arrugando la nariz–. Madre mía, qué mal huele aquí.

–Sí. Pero no sé qué es lo que hago aquí, señora.

La mujer tenía la piel blanca y fina, sin arrugas; aunque ya no era tan joven, mantenía un aspecto fresco y jovial que bien podría conquistar a cualquier hombre.

–Te desmayaste en la estación y tuviste la suerte de que uno de nuestros compañeros se encontraba en la cafetería, recién llegado de Caen. Estabas ardiendo, así que, una vez acomodada, llamamos al médico para que te viera. Tenías fiebre y una buena gripe, y tuvimos que dejarte aquí hasta que te recuperaras.

–¿Cuántos días llevo aquí?

–Solo dos. –Fue hacia la mesita y sirvió un vaso de agua junto a una pastilla–. Tómatela, son órdenes del médico.

Asentí mientras hacía lo que me decía y comencé a notar que las tripas me rugían. No recordaba cuándo había sido la última vez que me había llevado algo a la boca y sentía un hambre voraz.

—Ahora subirá Mirelle con el desayuno —continuó, como si me hubiera leído la mente—. Agradécele que te haya dejado su habitación.

—Son muy amables. —Vi que la señora se marchaba sin darme más explicaciones y quise retenerla—. ¡Espere! ¿Quién es usted y dónde estoy?

—Estás en la rue des Moulins. —Lo dijo como si tan solo con eso supiera dónde me encontraba—. Ya me irás conociendo.

La mujer se marchó, cerrando la puerta tras de sí, y yo me quedé analizando sus últimas palabras. ¿A qué se refería con eso de que ya iría conociéndola? ¿Acaso iba a quedarme allí durante más tiempo?

Mientras esperaba el desayuno, decidí lavarme la cara en una jofaina que había sobre una cómoda y no pude evitar cotillear el interior de los cajones. Los abrí con cautela y vi varios camisones como el que me habían puesto, además de plumas, medias llamativas y ligas de todos los colores.

—¿Te gusta mi ropa?

Entró una chica pelirroja que llevaba una bandeja con un vaso de zumo y unos cruasanes de mantequilla que me hicieron salivar al instante.

—Lo siento —respondí—. ¿Es tuyo el camisón que llevaba?

La chica dejó la bandeja en la mesita y se sentó en la butaca con las piernas sobre uno de los brazos. Asintió y sonrió enseñando unos dientes perfectamente blancos aunque un tanto irregulares. A pesar de lo desproporcionado que era su cuerpo, pues tenía un trasero voluminoso y un pecho escaso, tenía una cara bonita y en su conjunto se podría decir que se trataba de una mujer atractiva y guapa.

—Pensé que estarías más cómoda que con ese vestido, que, por cierto, es precioso y parece de buena calidad. Miré en el interior de tu maleta, pero no llevabas ropa para dormir. Qué extraño, ¿no?

—Se me olvidó. —Comencé a comer sin dejar de ser observada por aquella joven—. ¿Quién es la mujer que ha venido antes?

—Oh, es *madame* Fontaine, la dueña del salón. Es una mujer muy seria, pero en el fondo se preocupa por nosotras.

Se rascó la cabeza y me llamó la atención el color de su cabello, tan naranja como el mismo fuego.

—¿Y tú qué haces aquí? Eres española, sabes francés y llevas vestidos caros... ¿Has hecho algo malo?

—He venido a París para ser maniquí. —Mirelle comenzó a reír—. ¿Qué pasa?

—Oh, perdona, no me estoy riendo de ti. Realmente eres preciosa, pero... si vienes de buena familia, ¿por qué quieres dedicarte a eso? Las mujeres que trabajan como maniquíes no suelen encontrar marido y su sueldo es escaso. No son muy diferentes a nosotras.

—¿Y qué sois vosotras? —pregunté desconcertada mientras terminaba el desayuno.

Mirelle volvió a reír a carcajadas, como si no me tomara en serio.

—Madre mía, pero ¿de dónde has salido tú? ¡Esto es un burdel de Montmartre!

Comencé a asimilar que me encontraba en un prostíbulo, y por si fuera poco en uno de los barrios más pervertidos de París. Me precipité a hacer mi maleta para salir de allí lo antes posible.

—Oye, os agradezco mucho lo que habéis hecho por mí, pero ahora he de irme.

—No creo que puedas irte. —Mirelle se levantó y me hizo sentarme en el borde de la cama—. ¿Sabes lo que cuestan los medicamentos? *Madame* Fontaine no te dejará marchar hasta que no le pagues lo que le debes.

—Pero ¿qué quiere que haga? ¡No tengo dinero!

—Entonces, tendrás que trabajar aquí. —Sonrió al ver mi cara de sorpresa—. Oh, no, pero no en lo que estás pensando. Sabemos que eres virgen: el médico te inspeccionó.

—¿Cómo? —No podía creer lo que me estaba diciendo—. ¿Un hombre me ha mirado allí abajo?

—¡No seas remilgada! —exclamó divertida—. Es un médico, a nosotras nos inspeccionan constantemente. No es agradable, pero al final te acostumbras. Además, estabas dormida, ni siquiera te enteraste.

Me levanté enfurecida y continué haciendo la maleta.

—Pero ¿cómo os atrevéis? —grité, incapaz de controlarme—. ¿Acaso me pedisteis permiso? ¿Para qué quería saber algo así?

—*Madame* Fontaine suele recoger a chicas que vienen a París a trabajar. Las muchachas creen que aquí van a tener una vida mejor, pero tan solo las que tienen suerte acaban en el servicio; la mayoría suele vivir de la prostitución, y te aseguro que este es uno de los mejores burdeles de la ciudad. Así que en un principio pensaron que tú serías una de esas muchachas y el médico te inspeccionó para comprobar si estabas sana.

–¿Acaso tengo cara de ser una prostituta?

–Eres extranjera, muy joven y estás sola. –Se encogió de hombros como si se tratara de una obviedad–. Pero cuando rebuscamos en tu maleta enseguida nos dimos cuenta de que provenías de una familia acomodada. La calidad de tu ropa es inmejorable. Por cierto, todavía no me has dicho cómo te llamas.

Me quedé callada sin saber qué decir: todavía no me había dado tiempo a inventarme un pasado y un nuevo apellido.

–Me llamo Amelia, Amelia Ramos. –Carraspeé, nerviosa–. Mis padres no aceptaban que quisiera ser maniquí, así que decidí irme yo sola y ganarme la vida con mi trabajo.

–Muy bien, señorita Amelia Ramos. –Me cogió del brazo y me hizo seguirla–. ¿Sabes limpiar? –Me miró con picardía y comenzó a reír–. Claro que no, tus manos son un fiel reflejo de la buena vida que has tenido.

–Pero puedo aprender –dije con la boca chica mientras cruzábamos un pasillo lleno de puertas y bajábamos unas escaleras que conducían a un enorme salón–. ¿Cuánto tiempo tendré que quedarme?

–Por lo menos, unas dos semanas.

¿Dos semanas en un prostíbulo?, pensé acongojada. ¿Cómo iba a ser capaz de vivir en esas condiciones, rodeada de proxenetas y mujeres que se paseaban semidesnudas por los pasillos y que hablaban de sexo como si se tratara de un tema de lo más corriente? Los valores que me habían inculcado durante toda mi vida rechazaban esa forma de vida tan alejada de la decencia y la virtud que le correspondía a una mujer. Pero no me quedaba otra que aceptarlo si quería sobrevivir en ese mundo para el que no estaba preparada y salir indemne.

El salón era una gran estancia de paredes y sillones rojos, magníficamente decorada con antigüedades, candelabros, tapicerías y espejos. Detrás de una barra de bar había unas largas estanterías repletas de botellas de todo tipo de alcohol. Había un olor desagradable, a tabaco rancio, aunque también a café recién molido. La sala estaba vacía, pero a lo lejos se oían las risas y las conversaciones de varias voces femeninas. Mirelle me llevó hasta la cocina y allí me encontré a cinco chicas desayunando en una mesa, todavía con el camisón puesto y el pelo suelto despeinado. Me miraron con recelo mientras se reían de mi actitud burguesa y excesivamente refinada.

–¿Esta es la nueva? –preguntó una entre carcajadas–. Es guapa, pero no creo que logre conquistar a nadie tapándose tanto.

–Solo estará aquí durante un tiempo y ayudará a limpiar la casa –explicó Mirelle, pellizcando un cruasán y hablando con la boca llena–. Se llama Amelia.

Parecieron aliviarse al saber que yo no iba a representar competencia alguna en su trabajo y siguieron hablando de sus cosas sin prestarme atención. Me alegré de que fuera así, pues no me apetecía en absoluto socializar con aquellas descaradas que parecían tener muy poca educación.

Mirelle enseguida me entregó varios paños y un cubo de agua con cerveza para que comenzara a limpiar el suelo de las habitaciones, de manera que, sin tiempo siquiera para asimilar todo lo que me había ocurrido en los últimos días, me puse un delantal y subí cargada hacia el piso de arriba. Entré en una de las habitaciones, donde me encontré una cama deshecha y llena de cuerdas que en aquel momento no supe para qué podrían haber sido utilizadas. Comencé a fregar el pasillo y me di cuenta de la dureza de un trabajo como aquel: me dolían las rodillas, la espalda y las manos de tanto restregar el suelo. Cuando por fin terminé con el pasillo, las chicas subieron de la cocina y, sin ningún miramiento hacia mí, pisaron el suelo todavía mojado mientras reían a hurtadillas a mis espaldas.

–Solo es una broma –me dijo Mirelle quitándole importancia–. Eres la novata. Ya no te dirán nada más.

Lancé el paño en el cubo con violencia y resoplé enfadada mientras Mirelle me guiñaba un ojo y se marchaba. No me quedó más remedio que volver a fregar el suelo. En ese momento volvió a aparecer *madame* Fontaine. Me miró por encima del hombro; parecía encantada de verme agachada sabiendo que estaba por encima de mí.

–¿Podría hacerle una pregunta? –le dije mientras seguía agachada–. ¿Usted conoce la revista *La Mode Pratique*?

Madame Fontaine me miró sorprendida y asintió.

–Verá, es que me gustaría probar suerte como maniquí –le expliqué sin contarle toda la verdad–. Así podría pagarle lo que le debo mucho más rápido. ¿Usted sabe con quién podría contactar o dónde se encuentra la redacción de esa revista?

La mujer desapareció durante unos minutos de mi vista y regresó con una revista en la mano. Me la entregó y me señaló la dirección: «79, Boulevard St. Germain, Paris». Miré la portada de *La Mode Pratique,* en la que aparecía una joven preciosa que lucía un espectacular vestido de noche, y sentí una gran envidia. Dejé escapar un suspiro de nostalgia al recordar las sesiones fotográficas con Héctor y apreté los puños al pensar en todo el daño que me había hecho. Recé para que al menos no me hubiera mentido en mis expectativas profesionales y decidí mantener, ya por una cuestión de supervivencia, la esperanza de que realmente mis retratos hubieran llegado a esa revista y ellos se hubieran interesado por mí.

–¿Puedo ir esta misma tarde? –continué–. Le aseguro que regresaré.

–Por supuesto que regresarás. –Me miró desafiante y esbozó una sonrisa irónica–. Puedes ir cuando quieras. Te acompañará Alain.

–¿Alain? ¿Quién es Alain?

–El chico que te trajo aquí. Es quien defiende a nuestras chicas y quien nos protege a todas. –Comenzó a andar sin darme más explicaciones–. Vendrá a recogerte después de comer.

–¿Ahora soy su prisionera? –pregunté con sorna.

–Ni siquiera sabrías cómo salir de este maldito barrio, así que no te quejes.

Madame Fontaine se marchó y yo seguí limpiando, contando las horas que faltaban para que llegara el mediodía. Durante la comida, las chicas cambiaron radicalmente de actitud. Tal y como me había dicho Mirelle, ya no se volvieron a reír de mí, sino que intentaron hacerme partícipe de sus conversaciones de forma amable. Había pasado la prueba de fuego y les había caído en gracia, pese a no haberme esforzado en absoluto. Sin embargo, agradecía el cese de la hostilidad. Prefería sentirme acogida entre quienes iban a ser mi única compañía durante aquellos días. Cuando terminé mi plato, subí a la habitación para adecentarme y ponerme un vestido limpio. Me miré en el espejo y observé que mi pelo estaba algo más desaliñado de lo normal; era la primera vez que me peinaba sin la ayuda de Juana y sentía que, a partir de ahora, tendría que acostumbrarme a vivir como la mayoría de las mujeres, que carecían del servicio de una camarera. De repente, alguien llamó a mi puerta. Salí sin pensármelo demasiado y me topé con el tal Alain. Se trataba de un hombre alto de ojos negros y cejas espesas que vestía un traje elegante algo pasado de moda y una gorra típica de obrero que le daba un aire desconcertante. Me miró de arriba abajo con poco disimulo y comenzó a andar hacia la salida de la casa sin abrir la boca. Tomó una especie de carruaje abierto tirado por un solo caballo gordo y viejo y emprendimos el trayecto.

El barrio de Montmartre estaba situado en una alta colina de calles estrechas y empinadas donde, aparte de molinos de viento y viñas, había varios burdeles y cabarés todavía cerrados. Mientras bajábamos hacia la ciudad, pude disfrutar de la espectacular vista de la basílica del Sagrado Corazón. Jamás había visto un templo tan bonito y espectacular como aquel, y hubiera deseado poder recorrerlo a pie, a mi aire, sin la compañía de ese hombre tan extraño que apenas me dirigía la palabra. A pesar de todo, sentía una intensa euforia en mi interior al transitar por una de las ciudades más hermosas del mundo. Cuando llevábamos ya un rato viajando, vi a lo lejos la estructura de hierro de la majestuosa Torre Eiffel. Aunque había sido muy criticada durante la Exposición Universal de París de 1889, la Torre Eiffel me parecía preciosa.

Continuamos callejeando por el pintoresco barrio de Saint-Germain, lleno de tiendecitas de moda y librerías, hasta que Alain paró frente a un edificio alto.

—No tardes —me dijo con sequedad.

Asentí y, recogiéndome la falda del vestido para no ensuciarme, subí las escaleras y llamé a la puerta de la redacción de *La Mode Pratique*. Me abrió una mujer que se presentó a sí misma como la creadora y dueña de la revista y me dejó entrar sin pensárselo dos veces: de hecho, parecía encantada con mi presencia. Hablaba con gran educación, y pensé que se trataba de una mujer adelantada a su tiempo, pues raramente una mujer dirigía un proyecto tan importante como aquel, que había revolucionado las revistas femeninas de la época.

—¿Qué es lo que quieres, muchacha? —preguntó Caroline de Broutelles, a la vez que se sentaba en una silla junto a varias mesas donde cinco o seis mujeres estaban atareadas escribiendo–. ¿Eres una de nuestras lectoras?

–Verá, he venido porque creo que tienen unas fotografías mías que les habíamos enviado desde Barcelona.

Madame Broutelles se me quedó mirando sorprendida y se dirigió a sus compañeras para preguntarles si sabían algo de dicho reportaje. Comencé a desengañarme tan solo al ver la cara de confusión que pusieron, y maldije a Héctor por haber jugado de manera tan cruel con mis ilusiones. Me sentí ridícula y me levanté corriendo, como si quisiera escapar de aquel vergonzoso momento.

–Espera, no te vayas. –Caroline de Broutelles me agarró del brazo y me hizo sentar de nuevo–. No sé de qué reportaje hablas, pero eres una chica muy guapa. Si lo que quieres es salir en nuestra revista, quizá puedas cumplir tu deseo. Parece que tienes estilo y eres elegante.

–¡Oh, me haría muchísima ilusión! –exclamé con ganas de tirarme a sus brazos.

–Pero antes quiero hacerte una prueba. Imagínate que tienes que posar para uno de los artículos de nuestra revista. –Me hizo un gesto para que me pusiera de pie–. Ponte en la situación de que llevas un precioso vestido de gala.

Me había cogido desprevenida. Así, de repente, sin tener una cámara delante...

–Pero ¿cómo quiere que me ponga? –titubeé, nerviosa.

–Dices que nos enviaste fotografías tuyas posando, así que debes de saber cómo hacerlo. Eres toda una profesional, ¿no es así?

Tragué saliva y me levanté. Las piernas me temblaban. Aquella sala no era el estudio de Esplugas ni la señora Broutelles era Héctor, con quien ya tenía confianza y que lograba sacar lo mejor de mí. Sentía que me estaba jugando mi futuro en aquellos instantes, y la presión me impedía actuar con naturalidad y mostrarme tal como era. Cogí aire y cerré los ojos durante unos segundos para calmarme e intentar imaginarme allí a Héctor, frente a mí, dándome sabios consejos para enamorar a la cámara. Puse la espalda bien recta para no encorvarme, con los brazos hacia atrás y la cintura inclinada hacia delante para resaltar su tamaño diminuto y acentuar así el pecho. Los brazos, bien pegados al torso para no añadir volumen a mi abdomen, y uno de mis pies mucho más alejado que el otro para dar profundidad a la imagen. Me detuve y la miré mientras una gota de sudor me recorría la frente.

—No está nada mal —dijo al fin, asintiendo—. Pero debes mejorar en pequeños detalles: si cargas tu peso sobre el pie colocado más atrás ayudarás a darte un ángulo favorecedor, y si apoyas una mano sobre la cadera harás que tu cintura resalte todavía más. Y estás un poco rígida, así que intenta relajarte.

Parecía que le había gustado. Tenía razón en todo lo que me había dicho: no debía pensar en lo que estaba haciendo para no mostrarme tan cohibida; solo así lograría evitar que mi nerviosismo pudiera malinterpretarse como una falta de honestidad. Había posado muchas veces y sabía que se me daba bien.

—Ahora imagínate que necesitamos un primer plano de tu rostro —añadió la señora Broutelles—. Queremos mostrar un sombrero precioso. Olvídate del cuerpo.

Saber que la señora Broutelles tenía la llave de mi futuro me intimidaba, y mi cara mostraba toda la inseguridad que sentía en aquel momento. Respiré profundamente varias veces para disminuir mi ritmo cardíaco y así tranquilizarme un poco. Intenté relajar las cejas para endulzar el rostro y giré ligeramente la cabeza hacia delante para que la cara se viera más fina, siendo consciente del peso del sombrero; a la vez, bajé la barbilla a fin de parecer mucho más femenina y seductora.

—No debes abrir tanto los ojos, pareces asustada —comentó con autoridad—. Relaja los músculos que rodean los ojos y eleva sutilmente los párpados inferiores para entrecerrarlos un poco. Eso te hará más interesante y cautivará a la cámara. Inténtalo.

Hice lo que me pidió, pero intuía que tendría que practicar varias veces más para que me saliera bien.

—Si tensas demasiado los párpados y entrecierras los ojos exageradamente, parecerá que te molesta la luz. Tienes que suavizarlo y ensayar decenas de veces ante un espejo.

Asentí, agotada por el esfuerzo.

—Eres bonita y tienes carisma —añadió—. Podrías servirnos. Pero, antes de nada, tendrías que enseñarme tu cédula de identidad. ¿Cuántos años tienes?

–Dieciocho –respondí ilusionada–. Aunque en apenas un mes cumpliré los diecinueve. –Pude percibir cierta decepción en *madame* Broutelles–. ¿Qué sucede?

–Eres menor de edad. Hasta los veintiún años no puedes trabajar para nosotros si no es con una autorización de tu tutor legal: tu padre, tu marido...

Me tapé la cara con las manos y me entraron muchas ganas de llorar, pero hice de tripas corazón y reprimí el llanto.

–Creía que algunas eran menores de edad.

–Claro que las hay: algunas falsifican su cédula de identidad, y otras simplemente..., en fin, hacen cosas que no deberían hacer para conseguir lo que se proponen. Me da la sensación de que tú no eres como ellas, parece que te has criado en un lugar decente y acomodado.

–¿Entonces no tengo posibilidades de...?

–No –respondió con severidad–. Y te aseguro que las revistas y las modistas de categoría de esta ciudad no harán la vista gorda. Lo siento.

Me levanté de nuevo y salí de allí arrastrando los pies. Una vez que me encontré en la calle, comprendí que mi viaje a París había sido en vano. Allí estaba Alain, de pie, apoyado sobre el caballo mientras fumaba un cigarrillo. Esbozó una media sonrisa al verme salir tan decepcionada y enseguida me hizo subir al carro.

–No ha habido suerte, ¿eh? –me dijo, reprimiéndose la risa–. Una lástima que todavía te queden unos cuantos años para ser mayor de edad.

–Entonces, ¿lo sabíais? –Lo miré furiosa mientras él arreaba al caballo–. ¿Y por qué no me lo advertisteis?

–Porque no nos hubieras creído. Vienen muchas chicas que quieren ser maniquíes, ¿sabes? Y todas se llevan la misma decepción. Al final se acaban dando cuenta de que la única salida que tienen en esta ciudad es la prostitución o el servicio. Tú has tenido suerte: *madame* Fontaine te quiere como criada, por ahora.

–¿Cómo que por ahora? ¡Jamás me convertiré en una puta!

–Si fuera por mí, ya te hubiera vendido al mejor postor. Tienes un techo donde dormir y comida caliente; te aseguro que en las calles de París no podrías sobrevivir sola ni siquiera unas horas.

–¿Y por qué *madame* Fontaine hace esto por mí?

Me miró fijamente y se mordió el labio con sensualidad.

–Porque eres una joya. Puedes hacernos ganar mucho dinero.

16

Aquella noche el humo me molestó más de la cuenta. Llevaba ya una semana en el burdel y seguía sin acostumbrarme a aquellas noches interminables de locura y depravación. Además, había podido leer, en un descuido de Alain, el periódico que él solía comprar cada mañana con el fin de informarme acerca de las últimas investigaciones que se estaban llevando a cabo sobre el atentado del Liceo. Al ser un periódico francés apenas hacían referencia al suceso, salvo el hecho de que habían detenido a un sospechoso por haber hecho gala, ya en anteriores ocasiones, de sus ideas anarquistas y exaltadas. Muchos iban a acabar en Montjuic sin ser los responsables, pensé. La incertidumbre de no saber cuántos habían muerto, ni si había algún conocido entre ellos, ocupaba mis pensamientos mientras realizaba mis tareas. Solía fregar los vasos que los clientes alcoholizados dejaban en la barra y recoger los cristales de las copas que se caían al suelo. Odiaba la noche: sabía que cuando empezaba a oscurecer, decenas de hombres se adentraban en el local deseosos de ver y tocar a las chicas mientras bebían absenta rebajada con agua. Aunque sabían que yo no era como las otras, en más de una ocasión había tenido que correr despavorida al piso de arriba tras el arranque de pasión de alguno de ellos. Sin embargo, Alain siempre se encontraba junto a la barra para vigilar y poner en su lugar a cualquiera que tuviera intenciones de sobrepasarse con alguna. *Madame* Fontaine, no obstante, se dedicaba a satisfacer a los clientes conversando y haciendo desfilar a sus chicas semidesnudas por el centro del salón. Estas, que estaban acostumbradas a que las trataran como meros objetos, parecían desinhibirse con los clientes tras beber también unos tragos de absenta y fumar de las pipas rellenas de opio que muchos de ellos llevaban consigo. Yo, mientras observaba aquella grotesca escena tras la barra, sentía pena por esas jóvenes que habían dilapidado su futuro y su cuerpo con el único fin de sobrevivir. ¿Qué futuro me esperaba a mí? ¿Acaso era diferente al de ellas? De momento no existía otra opción que permanecer en aquel lugar bajo la vigilancia de Alain y de *madame* Fontaine. Tenía claro que, en cuanto zanjara mi deuda, me marcharía de allí para buscarme la vida y no pararía hasta encontrar a una modista que me aceptara como maniquí.

Eran ya las doce de la noche y decidí subir a la habitación que compartía con Mirelle para descansar. Me había levantado a las siete de la mañana para limpiar los cristales de la casa y me encontraba exhausta. Así que, aunque los clientes seguían en el salón sin dejar de beber, me adentré en el dormitorio con ganas de tumbarme en la cama. Agradecía tenerla para mí sola hasta que Mirelle terminara. Sin embargo, cuando llevaba ya unos minutos durmiendo, me despertaron los gritos de Mirelle en el pasillo. Me acerqué a la puerta y oí atentamente lo que ocurría.

–¡No pienso dejarme hacer eso! –gritó–. ¡Soy puta, pero no una pervertida!

–¡Tú tienes que hacer lo que se te diga! –le contestó Alain–. ¿Acaso crees que tienes derecho a elegir?

–Pero ¡ese hombre está enfermo! He aceptado ya muchísimas cosas. ¡No pienso tolerar que siga haciendo conmigo lo que quiera!

Se oyeron unos pasos precipitados y el sonido fugaz de una bofetada.

–Ese hombre paga muy bien, así que tendrás que aceptarlo –concluyó Alain–. Y que sea la última vez que me desobedeces.

No pude evitar abrir la puerta para socorrer a Mirelle; la encontré llorando, cubriéndose la mejilla colorada con una mano. Alain se me quedó mirando furioso.

–¿Y tú qué miras? –Se acercó a mí, pero yo intenté plantarle cara sin apartar la vista–. La cosa no va contigo, así que más te vale que vuelvas a la cama.

–¿Y tú eres quien protege a las chicas? –Apreté los labios con rabia–. No deberías ponerle la mano encima.

–Amelia, por favor –dijo Mirelle, intentando hacerme recapacitar–. No pasa nada, será mejor que entremos.

–¿Que no pasa nada? ¡No se está comportando como un verdadero hombre!

–¿Quieres probar a un verdadero hombre? –Alain se me acercó, con los ojos inyectados en sangre.

Mirelle me cogió de la mano, me llevó corriendo hacia el interior de la habitación y cerró la puerta con pestillo.

–¿Estás loca? –dijo–. No deberías plantarle cara. Él puede hacer contigo lo que quiera.

Comenzó a desnudarse y me dio la espalda para lavarse sus partes íntimas con un paño mojado en una jofaina. No pude evitar sonrojarme: jamás había contemplado el cuerpo desnudo de una mujer que no fuera el de mi hermana, y ver el de una absoluta desconocida me hacía sentir incómoda. A Mirelle parecía que no le importaba; el hecho de que la viera una mujer desnuda era el menor de sus problemas. Cuando terminó, se puso el camisón y pegó la oreja a la puerta para comprobar que Alain no seguía por allí.

–Has tenido suerte –continuó, aliviada–. No suele tolerar que nadie lo desafíe como tú has hecho. Parece que eres la protegida de *madame* Fontaine.

–Pero ¿por qué? –Me metí en la cama de nuevo, las sábanas volvían a estar frías–. ¿Qué quiere hacer conmigo? ¡Jamás permitiré que se aprovechen de mí!

–Yo también decía lo mismo. –Se acostó a mi lado y sus pies congelados se arrimaron a los míos–. Al final te das cuenta de que este lugar no está tan mal. Podría ser mucho peor.

–¿Qué te ha pedido hacer ese hombre? –pregunté con curiosidad–. He visto cosas muy raras en las habitaciones.

–Tenemos la habitación gótica, que está llena de látigos; la moruna, donde hay varias cachimbas y tabacos de todo tipo, además de disfraces exóticos y velos de colores; y la china, donde los hombres suelen ponerse hasta las cejas de opio.

–¿Te ha pegado? –Me acurruqué junto a ella para calentarme el cuerpo. Aunque se había lavado un poco por encima, podía percibir un ligero aroma a sudor agrio y perfume de rosas.

–Oh, lo de los látigos no es para que nos peguen a nosotras, sino al revés. –Se rio al ver mi cara de sorpresa–. No te puedes llegar a imaginar la de hombres que hay que nos suplican que les azotemos.

A veces pensaba que Mirelle me tomaba el pelo. Lo que me contaba me parecía estar tan alejado de lo que pudiera alcanzar mi imaginación que no lograba comprenderlo. ¿Cómo podía alguien disfrutar con el maltrato?

—Entonces, ¿qué quería hacer contigo ese hombre?

—Quería metérmela por detrás. —Expresó, y se dio un azote en el trasero—. ¡Y a mí no me da la gana!

Aunque llevaba ya varios días en aquel burdel, todavía no me había acostumbrado a la forma de hablar tan abierta y descarada de las chicas. Hablaban de sexo de una manera tan natural y espontánea que habían conseguido que yo terminara por aceptarlo como una parte más de la condición humana. ¿Por qué los de mi clase se empeñaban en considerarlo un tema tabú? No obstante, jamás había oído decir que un hombre pudiera hacer el amor con una mujer por otro lado que no fuera el común y estipulado.

—Eso es sodomía —continuó Mirelle, y se santiguó—. Es un pecado muy grave. Pero paga muy bien. Es uno de los mejores clientes del local.

Me llamó la atención que hablara de pecados cuando ella misma estaba ejerciendo una profesión condenada por la Iglesia. Cada día se acostaba con hombres casados que mantenían una doble vida, y para mí aquello sí era un pecado en toda su magnitud, quizá por el sufrimiento que había visto en mi madre por culpa de la infidelidad de mi padre.

—¿Y qué tiene de especial ese hombre?

—Oh, no quiero ni hablar de él. —Apagó la luz del candil y me dio la espalda—. Será mejor que descansemos.

Cerré los ojos e intenté dormir, pero enseguida me vino a la cabeza la imagen de todos mis seres queridos. ¿Estarían todavía sufriendo por mi pérdida o ya se habrían acostumbrado a mi ausencia y a no mencionar mi nombre? Aunque jamás lo hubiera podido imaginar, también echaba de menos a mi tía. Pese a sus impertinencias, en el fondo sabía que sentía un gran cariño por mí, y eso era lo que necesitaba en esos instantes de soledad y en ese país desconocido. Comencé a llorar al recordarlos a todos y descubrí, tras esos momentos de melancolía y aflicción, que sentía un inmenso rencor hacia Héctor, no solo por el hecho de haberme alejado de los míos, sino por haber dejado en mi corazón una huella tan difícil de borrar. Aunque había logrado destruirme en todos los sentidos, seguía pensando en él como el hombre que me había enamorado y que tanto me había hecho sentir. El mero hecho de no odiarlo me hacía sentir despreciable.

Al día siguiente, *madame* Fontaine nos despertó más pronto de lo habitual y nos obligó a todas a lavarnos en un gran cubo de madera en la cocina, frente a un brasero para no enfriarnos. Tuve que hacer un esfuerzo descomunal, a fin de vencer el pudor que creía haber superado después de varios días allí, y desnudarme delante de todas aquellas mujeres que comparaban entre ellas los excesos de unas y las carencias de otras. Pese a que la mayoría de las chicas no habían cumplido siquiera veinticinco años, sus cuerpos castigados y usados una y otra vez por hombres poco cuidadosos las hacían parecer mayores. Sin embargo, nadie pareció reparar en mí, quizá porque sabían que yo no formaba parte de ese mercado de carne que las hacía competir constantemente por ser las más guapas. Me tapé parte del cuerpo con las manos y me adentré lo más rápido que pude en el agua mientras las demás se vestían junto al fuego. Mirelle me prestó su jabón con esencia de rosas, que olía de maravilla, y por un instante creí encontrarme de nuevo en mi casa, disfrutando de la hora del baño como solía hacer.

—¿Por qué tenemos que bañarnos todas hoy? —pregunté cuando terminé.

—Porque toca visita —comentó una tal Madeleine—. Cada semana viene el médico para inspeccionarnos.

—¿Para inspeccionaros el qué? ¿Os duele algo?

Todas comenzaron a reír y volví a sentirme ridícula. ¿Qué culpa tenía yo de no saber apenas nada sobre el día a día de un burdel? En el seno de cualquier familia burguesa, las mujeres desconocían por completo los entresijos de la vida mundana, y yo, hasta que no llegué a París, ni siquiera me había planteado que pudiera existir tanto vicio en una ciudad reconocida por su belleza y que era el destino de muchas parejas de recién casados.

—¿Sabes lo que es el mal francés? —continuó Madeleine, con una sonrisa divertida en el rostro—. El médico viene a mirarnos ahí abajo para comprobar que estemos sanas y que no contagiemos ninguna enfermedad.

—¿Y a mí también me tienen que inspeccionar?

—Por supuesto que sí —dijo Mirelle con rotundidad—. Las enfermedades no solo se pueden contagiar a través del sexo, sino también a través de la ropa, por ejemplo.

Madame Fontaine apareció de repente en la cocina y nos anunció que el médico estaba en el salón esperando. Las mujeres se pusieron en fila y se dirigieron hacia allí con las faldas arremangadas hasta las caderas. Las risas y el buen humor que habían expresado durante el baño desaparecían ahora para dar paso a un desagradable reconocimiento médico que afrontaban con vergüenza y resignación. Yo me puse al final de la cola, como si por ser la última pudiera encararlo con mayor disposición tras ver lo que le hacía a las demás. La primera se puso frente al doctor y abrió las piernas para que este, que llevaba gafas, la mirara detenidamente y le tocara con los dedos a través de unos guantes. Luego le mandó colocarse de espaldas y agacharse y, finalmente, le examinó cuidadosamente la boca y la lengua. Siguió con el mismo procedimiento con todas las demás chicas hasta que le tocó a una joven rubia que parecía realmente nerviosa y temerosa ante el médico. Este echó una ojeada a su pubis y enseguida puso una mueca de alarma que hizo que la chica comenzara a llorar.

—¿Desde cuándo tienes estas llagas? —le preguntó con seriedad.

La chica comenzó a mirar de un lado a otro como si buscara una salida.

—No lo sé. —Le temblaba la voz—. ¡Le juro que yo no sabía nada!

—¿Así que ha estado trabajando pese a saber lo que tenía?

—¡Le juro que no lo sabía! —volvió a gritar con desesperación—. Por favor, no me envíe a la prisión.

Me quedé extrañada ante el ruego de la muchacha, pues no podía entender qué relación tenía el hecho de estar enferma con ir a la cárcel.

—Conoces bien las leyes. No puedes ejercer si sabes que estás enferma, así que primero irás a las hermanas de Saint-Lazare para que te traten con mercurio y después cumplirás tus tres meses de prisión. Estás en la primera fase de la enfermedad; espero que no hayas contagiado a nadie.

—¡Dios mío! —exclamó la muchacha—. ¿Voy a perder la nariz?

–Eso no lo sabemos todavía, suele ocurrir en la tercera fase.

Mirelle estaba delante de mí en la fila y se giró para hablarme.

–Tiene la sífilis –comentó en voz baja–. Está condenada para siempre. Pobrecita, seguro que se la ha contagiado un cliente.

–¿Y cómo se puede saber si tienes eso? –le pregunté asustada.

–Nunca la he sufrido, pero el médico nos dijo que teníamos que vigilarnos allí abajo, pues suelen aparecer llagas cartilaginosas. Además, el mal francés también produce erupciones en el ano o dolor de cabeza. Es más, conocí a una chica que se quedó calva.

–¡Qué desagradable! ¿Y duele mucho?

–Oh, es repugnante, Amelia. Y una vergüenza para la familia: los hombres que suelen venir aquí no lo quieren decir por miedo a que se sepa. Que la gente se entere de que eres sifilítico es como confesar que te acuestas con putas. A más de una mujer le ha contagiado su propio marido. Muchos acaban muriendo en la tercera fase.

La chica enferma subió corriendo a su habitación sin dejar de llorar, seguida de *madame* Fontaine. El médico continuó con su labor sin inmutarse y, tras mirar a Mirelle, terminó el reconocimiento conmigo. Todavía no me había arremangado la falda; sentía que la intimidad de mi cuerpo me pertenecía absolutamente a mí y que nadie, ni siquiera aquel médico distante ya acostumbrado a su oficio, tenía el derecho de toquetear mis zonas más íntimas.

–Vamos, muchacha, haz el favor de subirte la falda –comentó con impaciencia–. Ya te inspeccioné la semana pasada. Te aseguro que no tengo ninguna intención de ir más allá de los límites de mi profesión.

Asentí con las mejillas sonrosadas y, cuando estaba a punto de hacerlo, apareció en el salón Alain con una mirada divertida.

–Vamos, haz lo que te dice el doctor –dijo, desafiándome, sin apartar la vista de mí.

No había nadie más allí, ni siquiera *madame* Fontaine. Me sentí tremendamente insegura al amparo de aquel hombre ruin y violento que se había plantado junto al doctor para observarme.

–No pienso hacerlo hasta que no te vayas.

–Todas lo hacen cuando yo quiero, porque saben que dependen de mí y que, al fin y al cabo, me pertenecen.

–Yo no te pertenezco, y no pienso permanecer en un lugar en el que se me ultraja de esta manera.

Comencé a andar hacia la planta de arriba para hacer mi maleta y marcharme de allí lo más rápido posible. Sin embargo, Alain echó a correr detrás de mí y, cuando estaba a punto de alcanzar mi habitación e intentar echar el pestillo, consiguió entrar dando una fuerte patada a la puerta. Me pegué a la pared como si pudiera protegerme de aquel monstruo que me miraba con rabia, y comencé a temblar esperando mi destino sin poder hacer nada por evitarlo. Alain me agarró del cuello y me lanzó sobre la cama.

–¡Ahora sabrás lo que es un hombre!

Se abalanzó sobre mí e intentó arremangarme la falda.

–¡Suéltame! –grité, a la vez que le arañaba la cara para frenarlo–. ¡Me das asco!

Me tiró del pelo para mantenerme quieta. Comenzó a tocarme por debajo del vestido y sentí una arcada que me revolvió el estómago.

–En el fondo sé que te gusta. Os gusta a todas.

Alain me echaba su aliento a coñac en la cara mientras su lengua rugosa y su barba mugrienta repasaban mi cuello y mi cara de forma repugnante.

–¡Alain! –gritó *madame* Fontaine–. Pero ¿qué estás haciendo?

Suspiré aliviada al oír la voz grave de *madame* Fontaine, que provocó un efecto inmediato en Alain: se irguió rápidamente, apartándose de mí, y abrió las palmas en señal de inocencia.

–¿Qué narices pretendías hacer? –continuó ella–. ¿No sabes que es virgen? ¡Oh, por Dios, qué estúpido eres!

–Se merecía un escarmiento –dijo en su defensa con la voz temblorosa–. Me ha estado faltando al respeto y sabes bien que no tolero ese tipo de cosas.

–Te dije que te mantuvieras lejos de ella –le reprendió, a la vez que lo señalaba con el dedo–. Puedes propasarte con las demás si quieres, ellas están acostumbradas. Pero no con Amelia. ¿O acaso quieres estropearlo todo?

Alain asintió sumiso y se marchó con la cabeza baja, totalmente desarmado. Fue en aquel preciso momento cuando me di cuenta de que Alain no pintaba nada en aquel burdel; quien tenía la sartén por el mango era *madame* Fontaine. Esta se acercó a mí, se sentó en el borde de la cama y me acarició la cara con falsa compasión.

—Siento mucho lo que acabas de vivir, pero no sufras: no te volverá a ocurrir.

—¡Claro que no me volverá a ocurrir! —Me deshice de sus manos y me puse de pie—. ¡Me voy ahora mismo!

Madame Fontaine me agarró del brazo y me retuvo a su lado con una fuerza descomunal. Sentí que me clavaba las uñas en la piel y me quedé observando con miedo su mirada dominante y, en cierto modo, agresiva.

—Tú no te vas a ir a ningún lado. —Me tiró hacia la cama y se dirigió a la puerta—. No hasta que no obtenga lo que quiero de ti.

—Pero ¿qué es lo que quiere? —grité con desesperación—. ¡Déjeme marcharme!

Madame Fontaine cerró la puerta de mi habitación, y yo permanecí llorando en la cama hasta que no me quedaron más lágrimas.

17

Después de la áspera conversación que tuve con *madame* Fontaine, aquella noche ni siquiera bajé a cenar. Aunque Mirelle intentó animarme y convencerme de que aquella vida bohemia y liberal no estaba del todo mal, yo ni siquiera era capaz de levantarme de la cama: me tenían encerrada en aquel edificio como si fuera una prisionera, y Alain vigilaba constantemente mis pasos. Maldije el momento en el que decidí marcharme a París, y pensé que hubiera sido mejor afrontar la justicia en Barcelona que vivir presa en una ciudad desconocida. Sin embargo, y tras mucho reflexionar, no llegué a ninguna conclusión: ¿acaso podía hacer algo para salir de allí? No me quedaba otra que ceder a los propósitos de *madame* Fontaine si quería rehacer mi vida lo antes posible. A pesar de mi resignación, tenía claro que jamás permitiría que un hombre me pusiera la mano encima sin mi consentimiento, si era aquello lo que pretendían hacer conmigo.

A la mañana siguiente me desperté con el grito agudo de Mirelle. Se miraba en el espejo y pude percibir desde la cama una serie de ronchas rojas por todo su rostro que apuntaban a una intoxicación alimenticia. Cuando bajamos a desayunar, nos dimos cuenta de que no solo Mirelle estaba enferma, sino que todas las prostitutas, incluida *madame* Fontaine, tenían el mismo síntoma: según el médico, el pescado que habían comido la noche anterior estaba en mal estado. Yo, afortunadamente, como no había bajado a cenar, me encontraba en perfectas condiciones.

–¿Qué vamos a hacer esta noche? –exclamó *madame* Fontaine, echándose las manos a la cabeza–. ¿Quién va a entretener a los hombres? No podéis salir así: se irán corriendo pensando que tenéis el mal francés y no regresarán nunca más.

Yo estaba desayunando un vaso de leche sin prestar mucha atención. A Mirelle en el fondo se la veía contenta de librar esa noche, y yo me alegraba por ella. No obstante, *madame* Fontaine parecía preocupada; durante el desayuno se mantuvo reflexiva y distante, pensando en cómo solucionar la papeleta.

–Amelia, hoy tendrás que salir tú –dijo con naturalidad–. Te necesitamos.

–No pienso acostarme con nadie –respondí enfadada–. Así que sáqueselo de la cabeza.

–No tienes que acostarte con nadie. –Me miró duramente, reprobando mi actitud negativa–. ¿Sabes tocar el piano? Eres una burguesita, seguro que te han enseñado.

Asentí a regañadientes. Aunque no me apetecía en absoluto tocar para aquellos depravados, no me quedaba otra que obedecerla si quería largarme de allí.

–Esta noche ponte guapa –continuó–. Y sé dulce y amable. Espero, por tu bien, que nadie eche de menos la presencia de las demás.

–Lo haré. Pero se lo advierto –añadí, y la señalé con el dedo–: no voy a dejar que nadie se propase conmigo. Solo tocaré el piano.

Aunque mis palabras habían sonado desafiantes, en mi interior se desató un torbellino de inseguridades y miedos. ¿Quién me aseguraba a mí que nadie me tocaría un pelo? El alcohol y el opio volvían a los hombres irracionalmente peligrosos, y ahora ya no contaba con la complacencia de Alain. Aquel hombre me la tenía jurada y, aunque estaba advertido de que no podía ponerme las manos encima, podía dejar intencionadamente que otros abusaran de mí tan solo para escarmentarme.

Aquella noche, Mirelle me prestó un bonito vestido de fiesta que me pareció extrañamente elegante teniendo en cuenta el tipo de ropa que ella solía usar. Se lo había regalado uno de sus clientes favoritos; un hombre irresistiblemente atractivo, algo fuera de lo común, según me había dicho, que solía hacerla disfrutar en la cama. Aquella íntima revelación me hizo darme cuenta de que Mirelle era una mujer positiva y alegre que intentaba aprovechar los pocos placeres que le proporcionaba su profesión. Me pareció admirable que tuviera esa visión optimista de la vida pese a sus adversidades.

–Estás preciosa –me dijo mientras me hacía un sofisticado recogido–. Seguro que se quedarán fascinados al verte.

–No sé si es eso lo que quiero. –Hice una mueca de inseguridad–. Tengo un poco de miedo.

–Oh, no te preocupes, *madame* Fontaine ha ordenado que adulteren la absenta para que provoque el efecto *louché*.

–¿Qué es eso? –Me puse los guantes de encaje y me pinté ligeramente los labios.

–Las alucinaciones. A veces añadimos virutas de cobre, zinc o índigo para que se forme ese color verde tan característico, de ahí que popularmente se la llame «hada verde». Pero no es eso lo que produce el efecto *louché*. –Se acercó a mi oreja y bajó la voz–: Un chorrito de cloruro de antimonio.

Recordé la noche que conocí a Héctor: el primo de Dolores, Isidro, había bebido mucha absenta, probablemente adulterada, y yo jamás había visto a una persona con los instintos tan mermados por los efectos embriagadores del alcohol. Si a eso le sumábamos el opio, los sentidos y la razón quedarían anulados por completo.

–Tengo muy malos recuerdos de la absenta. ¿No puede ser peligroso?

–No, suelen quedarse dormidos en los sofás después de decir tonterías sin sentido. –Rio por lo bajo–. Las chicas y yo, cuando no queremos trabajar mucho, solemos emborracharlos hasta que pierden la conciencia. Vamos, ya es la hora.

Salí de la habitación intentando parecer segura de mí misma y Alain me acompañó hasta el salón. Aunque tras la discusión que había tenido con *madame* Fontaine ya ni siquiera me dirigía la palabra, me resultaba tremendamente desagradable tener que estar a su lado después de lo que me hizo. De no haber sido por la dueña del burdel, Alain me hubiera violado.

Crucé el salón en dirección al piano mientras los hombres, sentados en los sofás fumando en pipa, me observaban extrañados pero a la vez encantados de ver una cara nueva entre aquellas que conocían tan bien. El vestido de satín de seda y encaje azul marino bien apretado a mi cuerpo pareció causar buena impresión. Aunque no estaban acostumbrados a ver en aquel burdel a una mujer tan elegante y recatada, rápidamente me acogieron entre comentarios un tanto subidos de tono y miradas cargadas de sensualidad. Me senté en el piano lleno de polvo: parecía que nadie lo había tocado en mucho tiempo. La luz del salón caía directamente sobre mí, mientras que las caras de los clientes permanecían difuminadas en la oscuridad bajo el espeso humo de las pipas. Agradecí la sensación de intimidad que me producía ese juego de luces, y me relajé al tocar las primeras notas de una composición de Richard Wagner. Rápidamente, Alain comenzó a servir la absenta de una manera que recordaba a un ritual: en la mesa de cada cliente dejaba un exótico vaso de cristal con un poco de absenta verde, ya adulterada, y una cuchara plana y perforada sobre la que descansaba un terrón de azúcar para disimular su sabor amargo. Además, también había una jarra de agua fría que los hombres abocaban poco a poco y a su gusto sobre el azúcar para deshacerlo y rebajar la graduación de alcohol. Finalmente, y una vez que se mezclaba el contenido con la cuchara, se bebía de un solo trago.

A medida que bebían y fumaban, los clientes comenzaron a relajarse cada vez más y a tumbarse sobre los sofás sin dejar de mirarme con una sonrisa boba en la cara. Parecía que comenzaban a sufrir los efectos de la droga y la bebida, y yo suspiré aliviada tras darme cuenta de que lo peor ya había pasado y de que ahora solo tenía que seguir tocando hasta que se quedaran dormidos. Jamás me había gustado tocar el piano, pero tenía que reconocer que en aquel momento la música me estaba curando en cierto modo las heridas que había sufrido durante los últimos meses; la melodía tranquila y profunda de las notas clásicas parecía una buena solución para mi melancolía y mi tristeza. Así que me dejé llevar por la musicalidad de la *Balada n.º 1* de Chopin, que era una de mis favoritas, e intenté abstraerme de la hostilidad de Alain, de *madame* Fontaine y de aquel prostíbulo, para llegar a disfrutar del ambiente relajado y bohemio de aquel salón y de aquellos hombres somnolientos. Estuve casi un par de horas tocando hasta que por fin la mayoría se quedaron completamente dormidos, o bien extasiados por las alucinaciones; muchos de ellos no paraban de reír mientras decían cosas absurdas.

Alain decidió que mi trabajo había acabado y me acompañó a la habitación para que descansara. Mirelle ya estaba dormida; me hubiera gustado despertarla para poder contarle que todo había salido a pedir de boca. Sin embargo, respeté su descanso. No tardé en dormirme y, por primera vez desde que llegué a París, lo hice con una sonrisa en la boca: sentía que me había quitado un peso de encima al haber superado el primer reto de *madame* Fontaine, y esperaba que con aquello acabara de zanjar mi deuda para siempre.

Al día siguiente, durante el desayuno, *madame* Fontaine apareció con una gran sonrisa en la cara. Las ronchas seguían en su rostro, aunque más descoloridas, y se acercó a mí para darme una noticia que hizo que mi integridad emocional se tambaleara de nuevo.

—Amelia, ayer fue una gran noche: dejaste a todos embelesados con tu música y tu belleza. De hecho, te ha salido un admirador que quiere verte esta noche.

—¿Un admirador? —pregunté sorprendida—. ¡No pienso acostarme con él!

—Si haces lo que se te pide, mañana mismo podrás marcharte de aquí.

—¡Prefiero morir a meterme en la cama con un desconocido! —grité a un palmo de su cara.

Madame Fontaine me agarró con fuerza del brazo y me dejó las huellas de sus dedos en la piel.

—Ha pagado un dineral por tu virginidad, y tú se la vas a dar si no quieres que Alain te la arrebate en lugar de él. Te aseguro que el hombre que ha pagado por ti es mucho más delicado que Alain: tú misma pudiste comprobar cómo se las gasta. Así que ya sabes, o pones de tu parte, o tendremos que hacerlo por las malas.

Las chicas me lanzaron una mirada de compasión, aunque rápidamente abandonaron la cocina para evitar que el mal humor de *madame* Fontaine terminara por afectarlas a ellas de algún modo.

—Mirelle, encárgate de prepararla para esta noche. Y tíñela de rojo.

Madame Fontaine se marchó de la cocina y Mirelle, que había abierto los ojos como platos tras escuchar la petición, se arrimó a mí para darme un abrazo.

—No te preocupes, Amelia. Será rápido, te lo aseguro. Y si lo haces podrás marcharte mañana.

—¿Y si me obligan a seguir aquí? ¿Quién me asegura mi libertad?

—Solo les interesa tu virginidad. —Me agarró las manos y las estrechó entre las suyas para reconfortarme—. Una vez la pierdas, no tendrás nada de especial para ellos. Y no creo que quieran luchar más para retenerte a la fuerza.

Solo de pensar en lo que pretendía hacer ese hombre conmigo me entraron ganas de vomitar. Que alguien estuviera dispuesto a pagar por algo así me parecía repugnante. ¿Qué clase de hombre era aquel que compraba solo para su disfrute lo más preciado que tenía una mujer? Recapacité durante algunos segundos y llegué a la conclusión de que no iba a ceder, que me las apañaría de algún modo para fingir haberme acostado con él, pero jamás permitiría esa humillación. ¿Y cuando saliera? Ojalá pudiera denunciar a *madame* Fontaine por todo lo que me había hecho, por haberme retenido contra mi voluntad, pero entonces me arriesgaba a delatar mi identidad y a que me relacionaran con lo del Liceo. Así que tendría que mantenerme callada y aceptar que las injusticias, muchas veces, terminan por no recibir castigo.

—De todas formas —continuó Mirelle con optimismo—, a veces va tan borracho que se duerme antes de tiempo.

—¿Lo conoces? —pregunté sorprendida—. ¿Y por qué he de teñirme el pelo de rojo?

—Claro que lo conozco, es el hombre del que te hablé. Pero no te asustes, no te pedirá nada fuera de lo normal el primer día. Henri es, en el fondo, todo un caballero. —Comenzó a reír a carcajadas—. Le encantan las pelirrojas, por eso hemos de teñirte. Así pagará más.

Genial, pensé. Me había tocado el hombre más degenerado de todo el burdel. ¿Podía tener peor suerte?

—¿Y por qué un hombre de tanto dinero viene a un lugar como este?

Mirelle pareció ofendida con mi comentario, pero no me dio tiempo a rectificar.

—No sabes la cantidad de hombres famosos y poderosos que vienen aquí. Precisamente ellos, que están acostumbrados a tenerlo todo, necesitan rodearse de lo cotidiano, de las mujeres reales como nosotras, que no los juzgamos por ser quienes son, sino que los escuchamos y les ofrecemos nuestro cuerpo para sus excentricidades sin preguntar el porqué. Muchos se esconden al venir aquí, pero

Henri no. Todo el mundo sabe que le encantan las putas; de hecho, las pinta en sus cuadros.

—Así que se trata de un pintor... ¿Necesita ahogarse en el alcohol y el sexo fácil para superar su fracaso en el mundo artístico de París?

—¿Fracaso? —Mirelle sonrió con cierta ironía—. Nena, estamos hablando de Henri Toulouse-Lautrec.

Me quedé asombrada al oír aquel nombre que tantas veces había mencionado mi institutriz francesa durante las clases de arte. Lautrec solía pintar tomando como modelo la vida nocturna parisina y se había convertido en uno de los ilustradores más populares de la ciudad: los dueños de los cabarés más famosos de Montmartre le pedían que dibujara carteles para promocionar sus espectáculos.

—Lo conocí en la plaza Pigalle —continuó con nostalgia—. Yo era lavandera, pero me dijeron que los estudiantes del taller de pintura pagaban muy bien a las modelos que se dejaban retratar. Henri enseguida se quedó prendado de mí, quizá porque soy pelirroja natural, y cuando empecé a trabajar aquí no dejó de visitarme. Por lo visto, ahora le gustas tú.

Me pareció que Mirelle utilizaba cierto tono de reproche y rencor por haber ocupado su lugar en las preferencias del pintor, pero rápidamente me sacó de dudas.

—Oh, no pienses que estoy enfadada. —Alcanzó un barreño y lo llenó de agua—. Henri no es el mismo de antes. El alcohol y la frustración que ha sentido durante toda su vida por su físico y su enfermedad lo han convertido en un hombre difícil de llevar.

—¿Está enfermo?

—Tú misma te darás cuenta en cuanto lo veas: parece un enano, pero no lo es. Tiene las piernas cortas, aunque el pecho y la cabeza son del mismo tamaño que los de un hombre normal. Es un tanto desagradable, pero te acostumbras. En el fondo, acabas sintiendo cierta compasión por él.

Aquella información me revolvió el estómago. ¿Acaso estaba hablando de una especie de monstruo? No iba a acostarme por primera vez con un desconocido que encima parecía salido de un circo. Lo emborracharía hasta que no recordara nada de lo que había hecho conmigo.

—Sus padres son condes, ¿sabes? —continuó Mirelle—. Pero la nobleza nunca lo ha aceptado. Según cuentan, su físico molesta en las fiestas, por eso siempre ha preferido aislarse en Montmartre y vivir entre prostitutas. Aquí pasa desapercibido y hace lo que le da la gana.

¡Qué pena que un pintor de su talla tuviera que recurrir al prostíbulo para sentirse bien! La vida me había enseñado que no por tener más o ser famoso eras más feliz que aquellas personas que tenían poco. Podía aplicármelo a mí misma, que había tenido que huir de todas las comodidades que me rodeaban para encontrar mi lugar en el mundo.

Mirelle me puso con la cabeza boca abajo y me echó en el pelo una botella de agua oxigenada. Después me dejó sentada en una silla junto a la ventana para que se me fuera aclarando. Mientras tanto, sacó de una cajita una gran cantidad de hojas secas de una planta llamada henna que provenía de la India. Comenzó a machacar las hojas en una especie de mortero hasta que quedaron reducidas a un polvo de color amarillo verdoso. Cuando mi pelo ya había perdido toda la intensidad del moreno, me aplicó desde la raíz hasta las puntas esa mezcla agria que debía teñir mi pelo de un tono rojizo caoba. Al terminar todo el proceso, Mirelle me prestó un espejo de mano para que observara mi nueva imagen. Efectivamente, aquella planta me había dejado el cabello rojo y, aunque sentí pena por haber abandonado la inconfundible tonalidad que caracterizaba a mi familia materna, no me desagradó del todo. Mis ojos verdes destacaban por encima de la piel pálida y me hacía, en conjunto, una mujer atractiva y madura.

–Estás muy guapa –me confirmó Mirelle. Después me ayudó a meterme dentro del barreño y añadió un buen chorrito de esencia de rosas–. Le encanta el olor a rosas. De hecho, él me regaló este perfume.

Ahora comenzaba a entender por qué Mirelle olía siempre a rosas: era un capricho del señor Toulouse-Lautrec. Aquel hombre parecía estar lleno de excentricidades y manías; el simple hecho de pedir mi virginidad como si se tratara de un simple juguete decía mucho de su carácter superficial y corrompido por el vicio y la lujuria.

En ese momento, Alain entró en la cocina. Se sirvió un vaso de vino con canela y se sentó a leer el periódico. Mirelle me tapó con una toalla para que no viera mi cuerpo desnudo salir del agua una vez que ya me había lavado, y me vestí lo más rápido que pude para marcharme de allí y no verle siquiera la cara a ese malnacido. Sin embargo, cuando estaba a punto de irme, Alain comenzó a hacerme una serie de preguntas que hicieron que volviera a recordar la terrible tragedia que había vivido hacía ya dos semanas.

–Parece que están empezando a detener a varios anarquistas en España que dicen tener relación con el atentado ese del teatro: un italiano, un zapatero... ¡Bah! –Hizo un gesto de indiferencia con la mano–. No creo que los encuentren nunca. Por cierto, Amelia, cuando te recogí en la estación llevabas en el bolsillo un billete de tren procedente de Barcelona. ¿Eres de allí? Creo que fue poco después del atentado. Tienes pinta de tener dinero... ¿Has estado alguna vez en el..., cómo se llama..., Liceo?

–Sí –dije sin apenas voz–. Pero afortunadamente ese día nos quedamos en casa.

–Aquí pone que la bomba cayó sobre las faldas de una pobre señora de cincuenta años madre de cinco hijos, y que le destrozó el cuerpo por completo.

–¡Qué horror! –exclamó Mirelle–. Madre mía, ¿es que estos anarquistas no pararán nunca de hacer daño? ¿Qué consiguen con eso?

–Nada –contestó Alain, a la vez que se encendía un cigarrillo–. Por mucho que maten, las condiciones de los más pobres seguirán siendo las mismas. Los ricos siempre serán ricos, y los demás seguiremos muriéndonos de hambre. Me apuesto lo que quieras, Amelia, a que tus padres son unos privilegiados que viven a costa de los demás. ¿He acertado?

Sentí que la rabia me subía por el cuerpo y, antes de decir cualquier tontería que hiciera enfurecer a Alain, decidí ignorar sus provocaciones y subir a mi habitación para calmarme. Mirelle respetó mi intimidad y me dejó sola durante un rato. Me sentía tan alejada de los míos que decidí escribir una carta a Dolores contándole mis sentimientos, teniendo mucho cuidado de no revelar mi paradero.

    Querida Dolores:
    Siento todo lo que mi irracionalidad y mis impulsos han provocado en vosotros y en todos aquellos que perdieron la vida en la terrible noche del 7 de noviembre. Sé que a estas alturas todo el mundo conocerá mi implicación en el atentado del Liceo, o eso dirán. Tú me conoces, amiga, y sabes que no sería capaz de hacer algo así por muy enamorada que estuviera de Héctor. Él

me engañó y se aprovechó de mi inocencia. ¿No es ese suficiente castigo para mí? Vi los cadáveres arrojados por el suelo del teatro y no me sacaré esa imagen de la cabeza en lo que me quede de vida. Si hubieran estado mis padres allí no me lo hubiera perdonado jamás, y te aseguro que ya es una enorme condena para mi conciencia haber liberado a Héctor de la cárcel cuando no se lo merecía. Me marché de Barcelona precisamente para ahorraros la vergüenza y la decepción por mi comportamiento.

Te ruego, Dolores, que transmitas mis palabras y mis disculpas a los míos.

Quiero que sepan que los echo muchísimo de menos y que siempre los guardaré en mi memoria y en mi corazón.

Un fuerte beso para ti,
Amelia

18

Alain me llevó a una habitación de estilo árabe, de paredes rojas y verdes y decorada con elementos exóticos como las dos columnas estilizadas que enmarcaban una cama grande y llena de cojines llamativos. Además, había numerosos cuadros de tema árabe y una bonita lámpara de techo que prestaba a la estancia una luz sobria e íntima. El intenso olor a incienso me mareó, y tuve que sentarme en la cama para no caerme redonda. Estaba nerviosa por conocer a Toulouse-Lautrec, y también por cómo podría deshacerme de él sin que se quejara a *madame* Fontaine. Pasara lo que pasara, jamás me acostaría con ese tipo.

Henri tardó unos minutos en aparecer, y cuando lo hizo me costó disimular una mueca de disgusto a la par que de sorpresa: aunque Mirelle me había puesto en antecedentes, jamás me había encontrado a una persona tan extraña y peculiar. Sin duda alguna, aquel hombre habría tenido que sufrir las burlas y el desprecio de la gente por ese físico tan deforme y ridículo.

Entró en la habitación apoyándose en un bastón negro. Tenía andares de pato y caminaba lentamente, seguro que por miedo a caer y romperse los huesos, que parecían ser frágiles.

–Hola, Amelia –me saludó con una ligera sonrisa.

No pude evitar inspeccionarlo de arriba abajo: su cabeza era normal, y tenía unos labios exageradamente gruesos y unos bigotes abundantes que enmarcaban una barba rebelde y descuidada. El tronco y los pectorales también estaban bien desarrollados, pero los brazos eran cortos y musculosos y tenía las manos deformadas. Seguí mirando hacia abajo: las piernas, además de ser anormalmente cortas, estaban torcidas, y en general sus facciones eran toscas y rudas. Sin embargo, vestía de manera elegante y cuidada:

llevaba un guardapolvo con un pantalón a cuadros y un sombrero estilo hongo. Tras sus anteojos se escondían unos ojos vivos y observadores.

Me quedé callada sin saber qué decir, pero Henri enseguida se acercó a mí y me besó la mano con una exquisita educación.

—Estuve observándola el día que tocó en el salón. —Su lengua era gruesa; balbuceaba y salivaba de forma excesiva—. Me pareció una mujer preciosa, culta e inteligente, y sentí una terrible curiosidad por saber qué hacía una mujer como usted en un lugar como este. Necesitaba satisfacer mis dudas.

—¿Satisfacer sus dudas o su lascivia? —pregunté yo, enfadada—. Ha pagado por mi virginidad.

—Sí, pero veo que usted no está muy de acuerdo. ¿Está aquí conmigo por coacción, señorita Amelia? Porque le aseguro que no me gusta obligar a nadie a hacer lo que no quiere. Si es así, me iré por donde he venido.

Dudé si responder o no a la pregunta. Si Henri se marchaba sin pagar, yo seguiría anclada a ese burdel. Sin embargo, sus ojos sinceros y cercanos me pedían que dijera la verdad a gritos.

—Tengo que zanjar una deuda con *madame* Fontaine, pero le aseguro que yo no vine a París para dedicarme a esto. Si me acuesto esta noche con usted, mañana mismo podré marcharme de aquí.

El pintor se dirigió a una pequeña mesa redonda de madera donde había una botella de absenta y todos los instrumentos necesarios para servirla. Luego se sentó en una silla tapizada con motivos geométricos. Sin decir nada, realizó el ritual característico para beberla y a continuación se encendió una pipa, probablemente rellena de opio.

—¿Quiere? —Me ofreció el vaso y luego la pipa—. Parece triste, esto puede ayudarle a pasarlo mejor. No crea que solo las putas consumen drogas: hay muchas mujeres de clase alta que se han hecho morfinómanas. He visto a muchas que llevan consigo agujas de oro y que se inyectan la droga a diario cada vez que se sienten tristes o amargadas. Yo suelo recomendarles un buen amante; es mucho más eficaz y sano que la morfina.

Henri comenzó a reír y pude percibir que la absenta y el opio comenzaban a hacer sus efectos. Tenía los ojos rojos y brillantes y una sonrisa divertida en la cara.

—Nunca he probado las drogas, ni quiero hacerlo —respondí—. Y la absenta, aunque he de confesar que la he probado, no me gusta en absoluto.

—El alcohol te hace olvidar el pasado. Yo solo vivo el presente, el mañana ni siquiera me importa. La absenta es para mí la tentación del diablo; de hecho, el color verde es mi favorito, en mis cuadros siempre lo utilizo para reflejar el placer y el juego.

—Pero beber alcohol para ahogar las penas es engañarse a uno mismo. Los problemas solo se enmascaran, no desaparecen.

—¿Y no nos engañamos constantemente? —Soltó una carcajada—. Yo pago a mujeres para que finjan sentir placer conmigo. No hay nada más triste para un hombre que sentirse rechazado por el sexo al que admira.

—Seguro que alguna vez alguna mujer lo ha querido de verdad.

—Quizá. —Su voz se tornó melancólica—. O eso creí de Marie Clementine. Fue una modelo muy codiciada entre los pintores de Montmartre. Fue mi amante y modelo durante dos años muy intensos. Estaba realmente enamorado de ella, pero insistió en casarse y me amenazó con suicidarse si yo me negaba. No la volví a ver jamás.

—Si tan enamorado estaba de ella, ¿por qué no se casó?

—¿Qué mujer querría tenerme como marido? —Negó varias veces con la cabeza—. Lo hice por ella, para que no tuviera que cargar conmigo el resto de su vida. La amaba de verdad; de hecho, ha sido la única mujer de pelo castaño que he venerado.

—¿Por qué le gustan tanto las pelirrojas?

—Es mi marca de identidad, una seña fija de mis cuadros. Las encuentro particularmente excitantes a causa del olor tan especial que desprende su piel. Sé que usted no es pelirroja natural, pero pocas veces he visto bellezas tan espectaculares como la suya.

Me sonrojé inconscientemente y me di cuenta de que ya no estaba nerviosa. La plácida conversación que estaba teniendo con Henri me hacía sentir cómoda y relajada. Aquel hombre era una caja de sorpresas y parecía una persona interesante con la que se podía hablar abiertamente de cualquier tema.

—Pero cuénteme —siguió mientras se bebía otro trago de absenta—, ¿de dónde viene?

—De Barcelona.

–No, no me refiero a eso, señorita. –No se había quitado el sombrero, pero en él no me pareció un gesto de mala educación sino de extravagancia–. Quiero decir que de qué mundo viene, qué es lo que le ha hecho convertirse en lo que es.

Además de pintor, filósofo, pensé, aunque rápidamente intuí que aquellas palabras nacían de los efectos embriagadores de la absenta.

–Vengo de una familia burguesa. Mi padre es propietario de una fábrica textil, y yo he recibido la misma educación que cualquier mujer de mi clase: sé hablar francés, toco el piano y puedo hablar sobre cualquier tema de cultura general. Vine a París porque quería ser figurín de moda, ganar mi propio dinero y convertirme en una mujer independiente y libre.

–Así que usted está en la misma circunstancia que yo. Yo también vivo entre dos mundos paralelos: el de los Toulouse-Lautrec y el de Montmartre. –Henri me miró con complicidad–. No quiere renunciar a ninguno de los dos, pero veo que algo o alguien le ha hecho decidirse. ¿Un amor prohibido, quizá?

–Sí. –Me asombré de mi confesión impetuosa. Henri se había convertido en apenas unos minutos en el primer confidente que tenía en París–. Me enamoré de la persona equivocada. En el fondo mis padres tenían razón, por eso me siento incapaz de regresar y dar la cara.

Me dedicó una profunda mirada que me intimidó. Sus ojos destacaban por su color negro; se podría decir que era el único rasgo de belleza de su rostro.

–¿Puedes quitarte la parte de arriba? –me sugirió, tuteándome de repente–. No voy a tocarte, solo quiero olerte.

Me quedé blanca ante tan extraña petición. Aunque me había lavado aquella misma mañana, temía haber sudado por culpa de los nervios y la expectación. Sin embargo, parecía que a Lautrec eso no le importaba en absoluto.

–El olor natural de una mujer es lo más excitante y preciado del mundo –añadió–. No sientas vergüenza, lo hago con todas.

Terminé por obedecerle, sorprendida por mi decisión, y me saqué la parte de arriba lo más rápido posible; prefería terminar con aquello cuanto antes. En el poco rato que llevaba junto a él, me había dado cuenta de que era un hombre indefenso y vulnerable. No le tenía miedo, y eso me hizo sentir segura y capaz de seguir adelante.

Henri se relamía con sensualidad los labios carnosos mientras observaba mis gestos delicados. Me dejé el corsé puesto, pues me daba vergüenza mostrar mi torso desnudo a un desconocido; ni siquiera Héctor había visto mis partes más íntimas. Entonces, se acercó a mí, me tumbó en la cama y se acurrucó a mi lado. Levantó mis brazos y acarició el vello corto de mis axilas mientras las olía con absoluta devoción.

–Eres perfecta, Amelia –me dijo, mientras me tocaba y olía mi cuello–. Abrázame, por favor.

Al tenerlo tan cerca, pude comprobar que su cara estaba grasienta y que su aliento apestaba a alcohol y a tabaco. Aquel hombre parecía sufrir una grave falta de afecto que suplía con aquella falsa intimidad con las mujeres de los prostíbulos. Sentí compasión por él y lo abracé con todas mis fuerzas, como si fuera un niño chico. Cualquiera que nos viera podría pensar que se trataba de una tierna escena entre una madre y su hijo. De repente, Henri comenzó a llorar inesperadamente y apoyó la cabeza sobre mi pecho, que inundó de lágrimas.

–Me recuerdas a mi madre –continuó con voz nasal–. Siempre con la mirada baja, resignada a la vida que le ha tocado vivir. Mi madre siempre ha asumido los avatares del destino: la infidelidad de mi padre, mi enfermedad...

–¿Cuándo comenzaste a tener problemas con tu físico? –pregunté en total confianza, como si se tratara de un amigo de toda la vida.

–Ya a los diez años apenas podía caminar sin la ayuda de unas muletas. Me sacaron de la escuela para que recibiera clases particulares mientras me sometían a tratamientos en una clínica privada cuyo médico resultó ser solo un charlatán. Era curioso porque, mientras mi tronco se desarrollaba como el de un adolescente fuerte y robusto, mis piernas seguían siendo las de un niño débil y enfermizo.

–¿Sufrías dolores? –Estaba abrazada a un desconocido y, lejos de sentirme incómoda, disfrutaba del calor y la comprensión de aquel ser humano delicado y frágil.

–Sí, muchos, aunque jamás permití que nadie mostrara compasión por mí. Los calambres, los pinchazos en las articulaciones, el dolor de muelas por culpa de las deformaciones... Mi madre me administraba quinina para calmarme, pero no me hacía nada. De hecho, por quien más sufrí fue por ella: era una mujer piadosa que incluso me llevó a Lourdes esperando que se produjera el milagro de mi curación. Se sentía culpable, pienso yo, por haber engendrado a un hijo tan débil. Mi padre siempre se reprochó a sí mismo el haberse casado con su prima hermana, pues pensaba que se podría tratar de una enfermedad congénita.

—Fuiste un niño valiente, sin duda. —Le sonreí con ternura.

—A los doce años comencé a tomar conciencia de mi invalidez y de que nunca podría realizar las actividades que hacían los hombres de mi familia, como cazar o montar a caballo. Estaba condenado a guardar cama. Fue entonces cuando comencé a pintar en acuarela. Recuerdo bien las horas muertas en los balnearios pintando a los extranjeros y llenando mis libretas de bocetos mientras me recuperaba de las lesiones. El dibujo y la pintura eran mi consuelo.

Henri dejó de hablar repentinamente. A los pocos minutos me di cuenta de que se había quedado dormido, así que lo tapé con una manta para que no cogiera frío. Me volví a vestir y me tumbé a su lado, relajada, consciente de que lo peor ya había pasado. Me quedé dormida poco después y no desperté hasta que Lautrec comenzó a gritar en medio de una pesadilla.

—¡No es bonito! ¡No es bonito!

No paraba de moverse de un lado a otro y sudaba de terror. Decidí despertarlo para que no continuara sufriendo. Cuando se calmó le pregunté por el significado de aquellas palabras.

—Lo decía mi abuela Gabrielle una y otra vez. Realmente tenía razón, yo era un adolescente repulsivo: pequeño, moreno, peludo y feo. —Vio mi cara de pena y frunció los labios—. No me gusta que nadie sienta pena por mí. Soy un hombre fuerte. —Se puso de nuevo el sombrero, que se le había caído al dormirse, y se levantó de la cama—. Creo que ya es hora de irme.

Miré el reloj: eran casi las cinco de la mañana. Aún no había amanecido y corría un aire gélido y frío. Me adentré de nuevo en el interior de la cama sin saber qué decisión tomaría Lautrec: no se había acostado conmigo, por lo que podría marcharse de allí sin pagar lo que le había prometido a *madame* Fontaine.

—Quiero verte aquí cada noche —dijo con autoridad—. Pagaré lo que le prometí a *madame* Fontaine a cambio de que me dejes retratarte. También te pagaré a ti por ello.

Me quedé con la boca abierta, sin saber si aquella proposición era buena o mala.

—¿No me obligarás a acostarme contigo?

Sonrió y se mordió el labio con intensidad.

—Oh, Amelia, pintar a una mujer también es una forma de poseerla.

Henri abandonó la habitación haciendo una leve inclinación de cabeza, y yo me quedé dormida de nuevo sintiendo que había superado un gran reto. Después de recapacitar sobre lo que acababa de ocurrir, no me parecía tan mala idea. Pintarme era lo último que yo había imaginado que haría ese hombre conmigo. Si *madame* Fontaine aceptaba la oferta, podía darme con un canto en los dientes.

Me despertó Mirelle abriendo las ventanas para ventilar la estancia y me ayudó a recoger las sábanas para lavarlas.

—Así que al final... —insinuó con una sonrisa—. Supongo que te habrá sorprendido su gran..., su gran aparato.

—No me he acostado con él. Solo hemos dormido juntos. Y no me interesa en absoluto el tamaño de su miembro.

—Ay, Amelia, pues yo jamás había visto algo así. —Rio a carcajadas—. Él es pequeño, pero es buen amante. En fin, al final te has librado, ¿no?

—Bueno, quiere pintarme. —Me encogí de hombros sin darle mucha importancia—. Y me pagará por ello. ¿De qué forma te retrataba a ti?

—Le encantaba pintarme mientras me ponía el corsé, o dentro de la cama, o en la bañera. Pero, entre tú y yo, lo que más le gustaba era retratar alguna escena con otra mujer. Otra chica y yo nos poníamos en camisón y nos tumbábamos juntas en la cama.

—Este hombre está enfermo —dije, sin poder contenerme—. Yo no pienso acceder a esas guarrerías.

—Pero nos pintaba con mucho respeto. Nunca lo mostraba como una idea grosera, sino con ternura y sensibilidad. Le encanta pintar lo prohibido, lo que está fuera de lo común.

—Pero entonces, ¿a ti te gustan las mujeres? —pregunté con cierta timidez.

—A mí me gusta todo. —Lo dijo con una naturalidad que no logré entender—. Yo me enamoro de las personas. Llevo tantos años dedicándome a complacer a los hombres que he llegado a aborrecer a muchos. Entre nosotras nos tratamos mejor, hay cariño y ternura, y ninguna pretende dominar a la otra. No pienses que soy una pervertida.

En el fondo, y siendo sincera conmigo misma, no acababa de comprender que alguien pudiera sentir atracción por ambos sexos: era un tema tabú, condenado por la sociedad, pues se consideraba un acto pervertido y antinatural. Así me lo habían inculcado a mí. Sin embargo, pese a su profesión, Mirelle era una persona como cualquier otra, no una mujer degenerada. Sin duda alguna, aquel burdel me estaba haciendo cambiar la visión que tenía sobre las cosas y sobre el sexo: existían tantas formas de amar como personas había en el mundo. Me estaba convirtiendo en la mujer tolerante y moderna que siempre había querido ser.

—No pienso que seas una pervertida, sino una mujer valiente y segura de sí misma a quien no le importa lo que la gente opine de ella. Me encantaría ser como tú, Mirelle.

Mirelle me abrazó, agradecida por mis palabras, y me sentí rápidamente reconfortada.

Bajábamos las dos a la cocina para desayunar cuando, de repente, *madame* Fontaine entró corriendo con el periódico en una mano.

—¡Dios mío! —gritó llevándose la otra mano a la cabeza—. ¡Ha habido un atentado anarquista en la Cámara de Diputados! ¡Dicen que hay más de cincuenta heridos!

Las chicas se acercaron para ver el titular y se taparon la boca con la mano con incredulidad.

—Ayer por la noche detuvieron a más de veinte personas, y uno ha confesado ser el culpable. Se llama Auguste Vaillant. Dice que quería hacer justicia con la muerte de Ravachol y denunciar la represión del Gobierno de Jean Casimir contra los trabajadores y los anarquistas.

—¡Pero si ese Ravachol puso cuatro bombas en lugares públicos! —exclamó Mirelle—. ¿Qué esperaba? ¿Acaso no merecía que lo guillotinaran?

—Seguro que han cogido la idea de los españoles —dijo *madame* Fontaine, y me miró de reojo—. ¿No hicieron lo mismo en aquel teatro en el que murió tanta gente?

Miré hacia otro lado, ignorando el comentario.

–¿Cuándo pararán de hacer daño? –preguntó Mirelle angustiada–. ¡Ojalá los mataran a todos!

No pude evitar sentir una presión en el pecho al recordar a Héctor y cómo, a pesar de todo el daño que había hecho, sentía el deber de defenderlo si alguien lo atacaba. Aunque no quería saber nunca más de él, en el fondo deseaba que las cosas le salieran bien.

–¿Y cuántos hombres del Parlamento habrán matado indirectamente a niños y hombres sin recursos por efecto de sus leyes injustas? –dije.

Todas las chicas se me quedaron mirando como si no entendieran mi justificación.

–¿Cómo puedes decir algo así? –me preguntó una con cara de sorpresa.

–No estoy diciendo que esté bien lo que hacen, pero sí que deberían ver más allá de los atentados: la desesperación de los hombres por mejorar sus condiciones les hace traspasar los límites de lo aceptable. Si todos nos uniéramos a su lucha, no se verían obligados a actuar de este modo tan violento.

Siguieron sin comprender mis palabras y terminaron de desayunar en silencio. Me sentí un tanto culpable por mantener un discurso que humanizaba los terribles actos de unos asesinos, pero ¿podía llamar asesino a Héctor? Recordé su sonrisa delicada y atractiva, sus ojos profundos y llenos de deseo cuando me veía entrar en el estudio de Esplugas, sus labios dulces y cálidos sobre los míos... Quería creer que en todos aquellos gestos había, aunque fuera, un poco de amor hacia mí.

19

A medida que pasaba más noches con Lautrec, descubría nuevas facetas del pintor. Parecía que quisiera escandalizar al mundo a través de su sarcasmo, que era su mejor arma contra quienes sentían compasión hacia su físico y su enfermedad. Quizá aquello, que alguien pudiera sentir pena por él, era lo que peor llevaba en su vida; por eso se había abocado a un alcoholismo irreversible. Se pasaba las horas bebiendo, como si fuera un ser insaciable, incapaz de mantenerse sobrio mientras pintaba. Además, aunque ya me había acostumbrado a su fetichismo, aún me sorprendían algunos gestos: tenía una sensibilidad olfativa que le hacía obsesionarse por los olores femeninos. De hecho, solía olerme las medias con los ojos cerrados; decía que con ello podía llegar a captar mi esencia más profunda.

–Tú no te comportas conmigo como los de nuestra clase, Amelia –me había dicho–. Eres la perfecta simbiosis entre el refinamiento y la naturalidad. Los nuestros hacen gala de una amabilidad hueca, falsa, a causa de mi fealdad. Pero tú no.

Aunque en algunas ocasiones me parecía estar viendo a una especie de demente alcohólico, en otras veía en él a un ser humano extraordinariamente cuerdo y racional. Se había convertido en mi confesor y confidente, y disfrutaba charlando con él mientras me retrataba. Durante las sesiones yo llevaba un vestido de día, muy humilde, y el pelo recogido sobre la nuca con algunos mechones estudiadamente sueltos sobre la frente. Pintaba despacio, aunque con decisión: utilizaba colores brillantes y los contornos de las figuras parecían simples, esquemáticos. Sin embargo, absorbía lo esencial de la escena: mi mirada, mi pelo rojo, que llamaba la atención por encima de lo demás, el vaso de absenta intacto entre mis manos blancas, a punto de llevármelo a la boca... Captaba a la perfección la psicología y los sentimientos de los personajes; en mí se podía vislumbrar la soledad y la culpa que aún sentía tras lo que me había hecho Héctor.

Me llamó la atención que pintara sobre una piedra; así realizaba sus trabajos litográficos. Dibujaba con tinta grasa sobre la piedra caliza pulida y lo hacía muy rápido, sin estudios previos. Se había convertido en uno de los grandes cartelistas de París por sus imágenes estilizadas y por su impacto en el público, que recordaba y valoraba su trabajo.

Yo disfrutaba viéndolo pintar: aunque no estaba ejerciendo de figurín de moda, al menos alguien estaba plasmando la esencia de mi belleza a través de la pintura. Sin embargo, Henri demostraba la crudeza de su carácter con actos que me disgustaban y me hacían sentir incómoda. Tenía tendencia al masoquismo: solía exponer sus desgracias físicas y hacer gala de ellas, sobre todo de sus grandes genitales. Se desnudaba al final de la noche, cuando ya apenas podía continuar pintando, y mostraba su miembro con orgullo. Yo era incapaz de ofenderme por ello, pues sabía que era un hombre enfermo y que la mayoría del tiempo no estaba en sus cabales. Pero el escándalo que observaba en mi cara y mis gestos lo llenaban de alegría y de placer.

Ese día cumplía diecinueve años. Mirelle me trajo el desayuno a la cama y un pequeño ramo de flores silvestres que había cogido ella misma por los campos de Montmartre. Le agradecí el detalle y sentí cierta pena por tener que dejar a la única amiga que había hecho en la ciudad y que me había ayudado a combatir la frialdad y lo desconocido de aquel burdel. Porque aquella misma tarde haría la maleta y me iría de allí. Henri me había comunicado que había terminado mi retrato y que me traería el cuadro firmado con su puño y letra como regalo para mi cumpleaños. Efectivamente, tras terminar el desayuno, bajé al salón para recibirlo. Henri mostraba unas ojeras bien visibles y moradas, claro indicio de que apenas había dormido aquella noche, y su aliento apestaba a alcohol y a tabaco. De hecho, estaba borracho; sus ojos brillantes expresaban una euforia desmesurada que no podía controlar. Llevaba en la mano un paquete rectangular envuelto en papel que yo abrí con gran emoción. Me pareció el retrato más bonito que me habían hecho nunca: ni siquiera las fotografías de Esplugas podían compararse con semejante obra de arte. Toulouse-Lautrec tenía realmente un don.

–Feliz cumpleaños, Amelia –dijo, acariciándome el cuello como de costumbre.

No pude evitar emocionarme y me abracé a él con todas mis fuerzas.

–Pasado mañana te convertirás en la mujer más famosa de París –continuó, con una sonrisa–. El Moulin Rouge me encargó un cartel para anunciar las Navidades, y este es el resultado. Está ya en la imprenta, así que mañana París se llenará de carteles como este. Todo el mundo se preguntará quién es la preciosa mujer que aparece en él y yo me encargaré de gritar a los cuatro vientos tu nombre.

Yo apenas podía hablar; estaba tan sorprendida y excitada por la noticia que no tenía palabras para agradecérselo. Jamás me había imaginado que Henri tuviera intenciones de publicar mi retrato; y menos que fuera un encargo de un cabaré tan importante y popular. Sentí mucha vergüenza al pensar que mi rostro figuraría en revistas y fachadas de edificios por toda la ciudad, aunque rápidamente pensé que aquello podría ayudarme a convertirme en una maniquí reconocida. ¿Qué modista no querría tener a una de las modelos de Toulouse-Lautrec?

–Hice famosas a La Goulue y a Jane Avril, dos de las bailarinas más importantes de cancán del Moulin Rouge. También puedo hacerte famosa a ti. Puedes convertirte en mi musa, en mi modelo.

–Te lo agradezco de verdad, Henri –dije, azorada–. Pero yo deseo seguir luchando por lo que quiero ser en la vida. Esta misma tarde me marcharé de aquí.

El pintor bajó la mirada y apretó los puños visiblemente enfadado. Se tocó con insistencia la garganta y se abrió un poco el cuello de la camisa como si le faltara el aire.

–¡No puedes hacerme esto! –gritó con desesperación.

Se agarró a mis pies como si me suplicara, mientras profería pequeños jadeos dramáticos que hicieron que muchas de las chicas del prostíbulo se acercaran a observar la escena.

–Henri, por favor, creo que has bebido demasiado. –Intenté zafarme de él, pero me era imposible.

–¡No me hagas esto! –volvió a exclamar con la mirada perdida–. ¡Va a ser mi fin como pintor! ¿Dónde voy a encontrar a una mujer como tú? ¿Quién va a ser ahora mi inspiración?

–Seguro que encontrarás a alguien, hay muchas chicas que estarán encantadas de posar para ti.

Henri comenzó a besarme las manos y el cuello con devoción y sentí pena por él; en el fondo era puro corazón. Como me era imposible zafarme de él, Mirelle se acercó a nosotros y le cogió de las manos para llevárselo con ella.

–Henri, cielo, ¿por qué no te vienes conmigo a la habitación y pasamos un buen rato los dos?

Lautrec la miró y pareció calmarse. Me lanzó una última mirada de súplica que yo correspondí con un beso en la mejilla y una despedida, y por fin se marchó con Mirelle totalmente resignado y cabizbajo. Mirelle volvió a tenderme su mano antes de salir y me entraron ganas de llorar por aquella bonita amistad que probablemente fuera a perder para siempre.

Me dirigí a la cocina para beber un vaso de agua y me encontré a todas las chicas alrededor de *madame* Fontaine, que sujetaba entre las manos una pequeña nota que a continuación leyó en voz alta:

–«Esta tarde acudirá a su establecimiento el Excelentísimo Príncipe de Gales junto a unos amigos. Se ruega que el lugar quede absolutamente cerrado al público para acoger como se merece y con total discreción al hijo de Su Majestad la Reina Victoria de Inglaterra.»

–¿No va a ir a Le Chabanais? –preguntó una chica–. Es el prostíbulo donde acuden los diplomáticos, el más lujoso de París.

–Parece ser que quiere probar a las preciosas mujeres que posan para Henri. ¿No os parece genial? ¡Hoy podemos hacer mucho dinero!

Las chicas comenzaron a aplaudir entre saltos y risitas mientras acudían en tropel a sus habitaciones para arreglarse con esmero y poder llamar la atención del futuro rey de Inglaterra.

–Esta tarde me marcho –le comuniqué a *madame* Fontaine–. Ya ha ganado suficiente dinero conmigo.

–Y tú también, por lo que veo. –Su mirada se desvió hacia el cuadro que sostenía en las manos–. Aún tendrás que agradecerme que te trajera aquí. De todos modos, lo dejarás para mañana: te necesito esta tarde. Te pagaré.

—No pienso quedarme —respondí con autoridad—. Ya no hay nada que me retenga.

—A Bertie le encanta la música: te necesitamos para que toques. Hay que tener contento al heredero al trono de uno de los países más importantes del mundo. Deberías sentirte orgullosa de conocerlo, te aseguro que a cualquier prostíbulo le encantaría gozar del renombre que tiene el nuestro. Las personalidades más reconocidas de Europa vienen aquí para divertirse.

—Me da igual el príncipe de Gales. No le debo nada, y no pienso hacerle ningún favor por mucho que me lo pida. Y no intente retenerme: mi amigo Toulouse-Lautrec no lo permitiría.

Madame Fontaine asintió lentamente sin apartar la mirada de mí.

—Creo que te puede interesar más que a nadie —dijo, intentando despertar mi interés—. ¿Sabes que es muy amigo de Charles Frederick Worth? La reina Victoria es una de sus clientas más famosas.

Sabía perfectamente quién era Charles Frederick Worth. Se trataba de uno de los modistos más famosos de Francia. Aunque era inglés, se había trasladado a París para fundar su propia casa de moda en la rue de la Paix. Fue el primero en presentar una colección de diseños nuevos cada temporada y, lo que era más importante, sus maniquíes desfilaban en largas y concurridas pasarelas donde acudían las mujeres más importantes del mundo. De hecho, aparte de la reina Victoria, las emperatrices Isabel de Austria y Eugenia de Montijo le habían dado parte de su fama: ambas fueron retratadas con los bonitos vestidos de seda y tul bordados en oro de Worth.

—¿Y qué pretende? ¿Que me acueste con él para conseguir lo que quiero?

—Eso depende de ti. —Sonrió con ironía—. Has conseguido que Henri Toulouse-Lautrec termine a tus pies, suplicándote, sin que te hayas acostado con él siquiera. Eres la única de las que estamos aquí que has vivido entre criadas y lujos inalcanzables para nosotras. ¿Serás capaz de llamar su atención?

Subí a mi habitación para reflexionar detenidamente las palabras de *madame* Fontaine: si convencía de mi talento al príncipe de Gales, quizá este pudiera dar referencias sobre mí al mismísimo Worth. Era la única oportunidad que tenía de acercarme a un hombre tan poderoso como Bertie, tal y como le llamaban en la intimidad, y poder salir de aquel burdel con las espaldas cubiertas. Así que decidí que aquella noche tendría que estar lo más hermosa posible: me puse el mismo vestido que me había prestado Mirelle la noche que toqué el piano por primera vez, me ricé y tinté las pestañas y me pinté los labios de un rojo carmín. Cuando llegó Mirelle después de haber estado con Henri, se quedó con la boca abierta al verme tan guapa y deslumbrante. Me ayudó a peinarme como de costumbre y me explicó que Lautrec finalmente se había ido mucho más relajado de lo que había llegado y que los efectos del alcohol poco a poco se habían esfumado para dejar paso al hombre seguro y carismático que era.

–No te preocupes, Amelia –comentó Mirelle–. Henri se olvida de todo con un par de tetas.

–Todos los hombres parecen olvidarse de todo con una mujer desnuda a su lado. ¿Cómo es posible que el príncipe de Gales, un hombre con tanto poder y bien educado, sea infiel a la princesa Alejandra?

–Ella es danesa. Seguro que es fría como un témpano en la cama. –Rio a carcajadas–. Oh, vamos, ¿es que no te das cuenta de que precisamente los hombres más poderosos son quienes más acuden a nosotras? Y hoy, cariño, estoy segura de que Bertie se fijará en ti por tu dulzura y tu arte para tocar el piano. Déjamelo a mí, intentaré ayudarte.

–¿De verdad? –Me abracé a ella con ternura–. Nunca olvidaré todo lo que has hecho por mí durante este tiempo.

Cuando dieron las siete, las dos bajamos al salón. Habían retirado las mesas y habían colocado una enorme bañera en el centro que habían alquilado por horas. Para mi sorpresa, las chicas comenzaron a llenarla con varias botellas de champán: según me contaron, a Bertie le gustaba bañarse con las chicas en ese líquido dorado burbujeante mientras comía caviar. Además, como era un hombre bastante aficionado a la comida, la barra se había convertido en una exposición de deliciosos platos repletos de ostras, huevos, pollo, pavo y pan con mantequilla.

El príncipe de Gales hizo su aparición acompañado por dos amigos. Iba vestido con un traje gris oscuro bastante corriente y un sombrero estilo hongo que tiró sobre el sofá al entrar en el salón. Bertie era un hombre ya maduro y de grandes dimensiones: la cantidad de comida que solía ingerir al día, junto a su obsesión por el champán, le habían hecho desarrollar una enorme barriga que le daba un aspecto descuidado y poco atractivo. Tenía, además, una larga y poblada barba canosa bien recortada que contrastaba con la calva de la parte frontal de su cabeza. Echó una mirada al salón. Tenía unos ojos saltones, parecidos a los de una rana, y rápidamente se sentó en uno de los sofás mientras sus amigos hacían lo mismo. Yo me había quedado observando la escena escondida tras una puerta, pues *madame* Fontaine quería presentar a las chicas una por una para que el príncipe pudiera elegir a sus anchas a la que más le gustara. Así pues, todas comenzaron a desfilar para él: los amigos de Bertie enseguida escogieron a la suya y el príncipe eligió a Mirelle y a otra muchacha rubia también muy guapa. A continuación, se quitó la ropa y se quedó únicamente con los calzones, que le llegaban hasta las rodillas. Después se metió en la bañera con un cigarro encendido. Mirelle y la otra chica comenzaron a llevarle pollo y caviar, que le ponían sensualmente en la boca mientras el príncipe no paraba de reír y beber directamente desde la bañera. Como sabía hablar francés, entendí cómo le pedía a mi amiga que se metiera con él en la bañera. Mirelle obedeció y sumergió su cabeza bajo el líquido, haciendo que Bertie jadeara de placer sin dejar de meterse comida en la boca. Tuve que mirar al suelo de la vergüenza que sentí. Jamás había visto hacer eso a nadie y me sorprendió que lo hicieran a la vista de tantas personas, sin considerar la intimidad que un acto como aquel exige. Fue en ese momento cuando *madame* Fontaine me hizo entrar al salón para que empezara a tocar el piano. Aparecí en medio de aquella escena tórrida y pasional con bastante timidez y nerviosismo, pero respiré hondo y me dirigí con pasos firmes hacia el príncipe, a quien le hice una breve reverencia, intentando ignorar lo que hacían Mirelle y la otra. Se me quedó mirando de arriba abajo, aunque rápidamente desvió la mirada y siguió a lo suyo, sin prestarme mayor atención. Me senté entonces al piano y comencé a tocar un tanto enfadada. Sentía que había fracasado en mi plan de llamar su atención. Sin embargo, cuando llevaba ya un buen rato tocando, Bertie ordenó a sus amigos que subieran a las habitaciones, y a Mirelle y a la otra chica también. Inesperadamente, me encontré de repente a solas con el príncipe de Gales, que, apoyado sobre el piano, no dejaba de mirarme. Comencé a ponerme nerviosa, sin saber cómo comportarme, y seguí tocando aparentemente imperturbable.

–Tu otra compañera me ha dicho que no estás en venta –me dijo con un acento marcadamente inglés–. Que quieres ser figurín de moda.

Asentí un tanto cohibida y dejé de tocar, desconcentrada por tener a un hombre tan poderoso a escasos centímetros de mí.

–Oh, por favor, sigue tocando –me ordenó con una sonrisa–. No hay nada más hermoso que una mujer sentada ante un piano. Sobre todo si es tan bella y sensual como tú. ¿Nadie te ha dicho que tienes el don de captar la atención de los hombres?

Negué con la cabeza sin saber qué decir y fijé la vista en el piano para no equivocarme con las notas.

–Tu amiga también me ha contado que eres el último descubrimiento de Toulouse-Lautrec. –Me agarró la barbilla para que lo mirara a los ojos–. Si él se ha fijado en ti, por algo será. Suele tener muy buen gusto. Sin embargo, parece ser que ni siquiera él ha logrado conquistarte.

–Tiene a muchas mujeres dispuestas a darle lo que quiera –dije con la voz temblorosa–. Yo estoy aquí por caprichos del destino, no porque quiera ganarme la vida complaciendo a los hombres.

–Pero quizá, señorita, si nunca complace a un hombre, nunca podrá conseguir lo que quiere en esta vida.

–¿Así funcionan las cosas? –Me entraron ganas de levantarme e irme, pero nadie podía dejar plantado al príncipe de Gales sin esperar consecuencias–. ¿Una mujer no puede conseguir nada por sí misma?

–Puede que sí, pero no tan rápido. –Fue hacia la barra y cogió un muslo de pollo–. Le propongo un trato: acuéstese conmigo y yo le daré lo que me pida. ¿Quiere trabajar para Worth?

–Me encantaría trabajar para Worth, pero no a cambio de sexo. Soy una señorita, príncipe Eduardo, y me han educado como tal.

Bertie comenzó a reír, pese a mi negativa, a la vez que mordisqueaba el trozo de carne.

–Creo que es la primera vez que alguien me rechaza de forma tan directa –dijo con la boca llena–. Veo que es una mujer de armas tomar, y eso me gusta todavía más. Déjeme plantearle otro trato: no la voy a tocar, señorita, simplemente voy a mirar mientras sigue tocando el piano. ¿Me lo permite?

—Claro, no me importa que me mire mientras disfruta de la música. Para eso estoy aquí.

El príncipe Eduardo me dedicó una sonrisa pícara. Devoró el pollo con rapidez y se puso de nuevo frente al piano sin quitarme ojo. Mientras yo seguía con lo mío, él comenzó a tocarse por dentro de sus calzones mientras jadeaba y se retorcía entre espasmos. No me podía creer lo que estaba viendo. Dejé de tocar por la impresión que me produjo lo que estaba haciendo ese hombre.

—¡Sigue tocando! —me gritó con autoridad—. ¡No pares!

Volví a pulsar las teclas, sin mucho ritmo, incapaz de concentrarme en la música. ¿El mismísimo príncipe de Gales se estaba masturbando delante de mí? Sentí una vergüenza terrible y evité mirarlo. Al cabo de pocos minutos, Bertie soltó un pequeño suspiro y se sentó agotado en el sofá. Luego sacó de su americana una especie de chequera en la que figuraban el sello real y la firma de la reina Victoria. Escribió varias líneas en un papel y me lo tendió mientras me acariciaba la barbilla.

—Esto servirá para que Worth le haga una prueba mañana mismo. Que la contrate o no dependerá de usted, señorita. Aunque no dudo de que le gustará.

Me quedé pasmada, sin saber qué decir, mientras Bertie abandonaba el salón y subía las escaleras sin despedirse. Miré el papel con la letra ilegible del príncipe y lo besé repetidamente con la emoción de tener mi sueño tan cerca, después de haberlo pasado tan mal durante aquel tiempo en el burdel. Me pareció el mejor regalo de cumpleaños que me habían hecho jamás y, pese a sentirme tan lejos de los míos y echar tanto de menos a mi familia, era la primera vez desde que estaba allí que me sentía absolutamente feliz.

Sin embargo, ¿dónde iba a vivir ahora? Tenía el dinero que Lautrec me había dado por posar para él, pero no tenía ni idea de cómo funcionaban las cosas en París, pues había estado todo ese tiempo prácticamente encerrada en un burdel. A partir de ahora, tendría que buscarme la vida yo sola y enfrentarme a la ansiada independencia que siempre había anhelado.

20

Antes de despedirme de Mirelle y de marcharme para siempre del burdel, decidí bajar a la ciudad y dirigirme a la rue de la Paix, a la casa de modas de Worth. Pagué un coche para que me llevara hasta allí. Me había puesto un vestido de día muy sencillo y llevaba un pequeño bolso en el que guardaba con todas las precauciones la nota que me había entregado Bertie. Estaba muy nerviosa: iba a visitar una de las casas de modas más importantes de Europa, y en mis manos estaba convertirme en una de sus maniquíes. Parecía que el destino se había puesto por fin de mi parte. Lo había pasado muy mal en el burdel de la rue des Moulins, pero, por otro lado, si Alain no me hubiera recogido en la estación, jamás habría tenido la oportunidad de tener a mi alcance un trabajo como el de la casa de modas Worth.

Entramos por fin en la emblemática calle que sus famosas joyerías y tiendas de modas habían hecho tan popular. El carruaje paró frente al establecimiento número siete, y mi corazón comenzó a latir desbocado al observar el majestuoso aparador con aquellos preciosos y opulentos vestidos junto a jarrones de porcelana china con ramos de flores. Sentí un punzante escalofrío por todo el cuerpo al verme, frente a la puerta de entrada, reflejada en los cristales. Me sentí verdaderamente guapa y segura de mí misma, y más cuando el portero, vestido con grandes galas, procedió a abrirme la puerta como si fuera una mujer distinguida e importante de la ciudad.

–Bienvenida a la Casa Worth, señorita –dijo el hombre, haciéndome una pequeña reverencia.

Entré en el salón y rápidamente me llegó un ligero olor a perfume. Varias dependientas vestidas de negro con elaborados recogidos esperaban tras el mostrador la llegada de alguna clienta. Vino hacia mí la que consideré que tenía más rango y me dio la mano con una amplia sonrisa.

–¿Tenía usted cita, señorita? –me preguntó–. No esperábamos a nadie ahora mismo.

–No, no. No soy clienta. –Saqué el papel del príncipe de Gales y se lo entregué–. Esperaba ver al señor Worth para que me hiciera una prueba.

La chica leyó detenidamente el papel y enseguida me hizo pasar a otra habitación, donde había varios sofás y espejos. Toda la tienda estaba tapizada desde el suelo hasta el techo con lujosos papeles bordados en hilo de oro y plata. No pude evitar recordar la casa de modas de mi amiga Dolores y reprimí, tras tomar aire disimuladamente, un pequeño nudo de emoción en la garganta.

Me senté en el sofá y eché una ojeada a las paredes, que estaban repletas de cuadros del retratista Franz Xaver Winterhalter. De hecho, por aquel entonces, ninguna mujer de la alta sociedad parisina podía considerarse como tal si no encargaba un modelo de Worth y no la retrataba vestida con él Winterhalter. Me llamó la atención la fotografía del modisto que colgaba de la pared principal: aparecía acomodado en un diván, vestido con ropas lujosas, y mostraba un gesto caprichoso y ostentoso, casi dictatorial. Sin duda, Worth era un hombre que había revolucionado el mundo de la moda, pues por primera vez era el diseñador quien imponía sus modelos, sus tejidos y sus adornos, y las mujeres los elegían y los ajustaban a sus medidas. Era capaz de hacer un vestido de fiesta en tan solo un día, y su reputación iba creciendo a medida que pasaban los años.

–El señor Worth no se encuentra aquí, señorita –me explicó la mujer–. Tenía que acudir a un importante desfile para la familia del presidente de la República Francesa: los Carnot. Es un hombre muy ocupado, así que usted comprenderá que le hagamos una pequeña prueba antes de que él la reciba y la valore. Si dejara pasar a cualquiera e hiciera perder el tiempo a un modisto de prestigio como el señor Worth, muy probablemente perdería mi trabajo. De modo que adelante, señorita Ramos, hágame una exhibición y demuéstreme que realmente vale para esto.

Otra prueba más, pensé para mis adentros. Sin embargo, los pocos consejos que había recibido en mi evolución como maniquí, ya fuera de las revistas de moda que había leído como de la fantástica Caroline de Broutelles, me habían servido para fortalecerme y mejorar mi técnica. Así que, armándome de valor y confianza en mí misma, comencé a desfilar ante la intimidatoria mirada de la muchacha. No era Worth, pero de ella dependía todo lo demás.

–No se le da nada mal, señorita –expresó encantada–. Tiene belleza y se mueve con soltura, pero Worth busca a las mejores y en usted veo algún que otro error, probablemente por la falta de experiencia.

Se me paralizó el corazón durante unos segundos. ¿Significaba eso que no valía para trabajar con él? Mis labios comenzaron a temblar por la frustración.

–No se alarme, señorita: nadie nace aprendido. –Se acercó a mí y me irguió la cabeza–. Imagine que tiene un cordel invisible atado a su cabeza que la mantiene constantemente firme. Así proyectará mejor su energía. Hágalo.

Pensé en aquel cordel, que a partir de ese momento se convertiría en mi aliado para siempre. Tenía razón: a veces, sin darme apenas cuenta, dejaba caer la cabeza y eso me hacía perder presencia.

–Y camine dando pasos largos –añadió–. Piense que avanza sobre una cuerda: primero un pie y después el otro. No se olvide de balancear ligeramente las caderas, sin que resulte exagerado. Y relaje los brazos, deje que cuelguen naturalmente y se balanceen al mismo ritmo que su cuerpo.

Volví a intentarlo una vez más, y en esta ocasión la mujer asintió mucho más entusiasmada y convencida.

–Practique muchísimo antes de que mañana la vea el maestro. –Sonrió–. Estoy convencida de que le saldrá a la perfección.

–Muchas gracias. –Le sonreí ilusionada–. ¿Cree que tengo posibilidades?

–Viene recomendada por el príncipe de Gales y tiene el físico de una maniquí. El señor Worth no solo se interesa por las maniquíes más bellas del mundo, sino también por aquellas que puedan desenvolverse correctamente en los ambientes más selectos. Veo que usted tiene clase y educación. ¿Cuántos años tiene?

–Veintiuno –mentí–. Siento no poder enseñarle mi cédula de identidad; he tenido un problema con el equipaje y la he perdido a mi llegada a París.

–¡Oh, no se preocupe! Ya le he dicho que el príncipe Eduardo es su mayor aval. Confiamos en su palabra.

Estaba tan contenta que hubiera saltado de alegría allí mismo. Todo estaba saliendo estupendamente bien: mi sueño estaba a punto de cumplirse.

–Además, se parece usted muchísimo a Lillie Langtry –continuó–. Una actriz británica muy famosa que es cliente de Worth y que suele acudir habitualmente a sus desfiles. De hecho, también tuvo un romance con el príncipe Eduardo. Podría ser su doble. No hay nada que guste más a nuestras clientas que el hecho de que nuestras maniquíes se parezcan a ellas para hacerse una idea de cómo les sentará el vestido. –Me estrechó las manos entre las suyas con delicadeza–. Venga mañana, por favor, ya pondré yo en antecedentes al señor Worth. ¿Tiene donde hospedarse? Porque aquí al lado hay un hostal en el que suelen acomodarse nuestras maniquíes.

–Sí tengo, pero mañana mismo puedo trasladarme.

La chica me ofreció una tarjeta con la dirección del hostal y me acompañó hasta la puerta con mucha amabilidad. Subí al carruaje eufórica, feliz por la nueva vida que me esperaba y por estar a pocas horas de convertirme en lo que siempre había deseado.

Aquella misma noche decidí pasarme por el Moulin Rouge. Según me había dicho Henri, el cartel de la nueva temporada de cabarés colgaría ya de la fachada del local y quería verlo; de paso, visitaría el Moulin Rouge por dentro. Al aproximarme al teatro, pude contemplar el enorme cartel. Estaba lleno de color y expresión: parecía que yo misma fuera a saltar de la pintura para convertirme en una mujer real. Los hombres y mujeres que pasaban por allí no podían evitar quedarse embobados observándome bajo el pequeño pero acogedor molino iluminado cuyas aspas no dejaban de girar. No me podía creer que haciendo tan poco hubiera llegado a aparecer en algo tan importante para el mundo del espectáculo. Sin duda, se lo debía todo al apoyo de un pintor tan reconocido como Henri.

Las luces de la entrada y el ligero sonido de fondo de la música invitaban a entrar, así que decidí aventurarme en el interior del teatro. Había muchísima gente y el aire era pegajoso, irrespirable. El suelo estaba mojado por el alcohol que se había derramado, de manera que anduve con cuidado para no resbalar. Apenas había espacio para moverse: tuve que sortear a la multitud ayudándome de los brazos para abrirme paso y llegar a las primeras filas, donde varias parejas bailaban al son de la música intentando imitar el movimiento de las bailarinas. El escenario de baile estaba cubierto por un enorme espejo que multiplicaba el espacio y reflejaba el color. Aquel efecto ofrecía una gran variedad de experiencias visuales. Me quedé absorta contemplando el sensual y divertido cancán de una de las estrellas más famosas del local, que Henri me había mencionado una vez: La Goulue. Su nombre artístico se debía a su descontrolado apetito. Pese a su gracia y erotismo, era una mujer realmente entrada en carnes. Sin embargo, sabía explotar su escaso atractivo a través de unos movimientos vulgares y desenfrenados que arrancaban el aplauso frenético del público. La bailarina no paraba de mover las piernas de arriba abajo, subiéndose la falda roja con provocación y dejando al descubierto sus muslos rechonchos. Sin duda, era una danza absolutamente exhibicionista cuyo fin era caldear al público masculino. La Goulue terminó por bajar del escenario y acercarse a los clientes, subiendo las piernas por encima de sus cabezas y mostrando el pantalón de encajes que escondía bajo la falda. Los espectadores parecían encantados con las extravagancias de aquella señora y de la cuadrilla de mujeres que actuaban de comparsa.

    Comencé a sentir un calor terrible. Los hombres no paraban de fumar y olía excesivamente a alcohol y a fritura, así que decidí salir del teatro y pasear por la parte de atrás del edificio para despejarme. Allí se encontraban los preciosos jardines del Moulin Rouge, donde también se ofrecían números musicales, pero al aire libre. Me impresionó la gigantesca escultura de un elefante en cuya barriga se realizaban espectáculos de danza del vientre exclusivamente dirigidos al público masculino, o eso deduje por el cartel gigante que había a la entrada. Se accedía a través de una escalera de caracol ubicada en una de las patas del elefante; la sala estaba decorada con motivos orientales, muy acordes a los gustos e intereses de la gente de entonces por las culturas exóticas. Me acerqué a un banco que había en el jardín y, pese al frío que hacía, me senté para contemplar las estrellas. Faltaban pocos días para que finalizara el año y empezara 1894. Recordé esos mismos días de un año atrás, cuando mi vida todavía no había dado este giro inesperado, cuando ni siquiera había conocido a Héctor y mi tía y mi padre seguían gobernando mi vida a su antojo. Si Héctor no hubiera aparecido en mi vida, quizá no habría cambiado mi forma de ver las cosas, pero había tenido que pagar un alto precio por ello: lo que había hecho en el Liceo había precipitado mi marcha y me había causado un terrible sufrimiento. A pesar de todo, iba a lograr cumplir mi sueño. Así que tendría que hacer un esfuerzo por valorar los aspectos positivos de mi pasado reciente e intentar olvidar lo que me hacía infeliz.

Se estaba haciendo tarde. Salí del Moulin Rouge contenta y relajada, comenzaba a alejar de mi vida los fantasmas del pasado que me habían acechado día y noche todo ese tiempo, a recuperar mi verdadero yo y la alegría que me caracterizaba. Empecé a andar con rapidez por los oscuros callejones de Montmartre. Hacía muchísimo frío y la humedad se colaba por todos los recovecos de mi cuerpo. Estaba deseando llegar al burdel y tomarme un buen vaso de leche caliente frente a la estufa de la cocina. Sin embargo, justo en el preciso instante en que iba a abrir la puerta, alguien me cogió del brazo y me inmovilizó por detrás.

–Sé que eres tú. Te he visto en el cartel de Toulouse-Lautrec.

Tardé unos segundos en reconocerlo, pues apenas había luz, pero llevaba la misma ropa que aquella noche en que lo conocí en el Paralelo. Era el primo de Dolores.

–¡Isidro! ¿Qué quieres de mí? –Intenté zafarme de él, pero era incapaz de deshacerme de sus manos–. ¡Déjame!

–Así que te escondes aquí, ¿eh? –Su aliento olía a alcohol: probablemente habría bebido absenta–. Llevo todo el día buscándote. Te vi en aquel cartel, estaba convencido de que eras tú. Siempre quisiste venir a París, ese era tu sueño, ¿no?

–¿Cómo me has encontrado? –pregunté asustada.

–Lautrec solo pinta a putas –me espetó con desprecio–. Y todos sabemos qué burdeles frecuenta. He preguntado aquí mismo por una tal Amelia y la *madame* ya se estaba frotando las manos. ¿Eres buena en la cama? ¿Tienes muchos clientes?

–No soy prostituta –me defendí–. Además, mi vida no te importa.

Él seguía agarrándome con fuerza.

–Me importa más de lo que crees. –Apretó los labios–. Y a tus padres también. ¿O es que ya no te acuerdas de ellos?

Comencé a llorar al oír hablar de mis padres.

–¿Cómo están? –pregunté–. ¿Los has visto?

Isidro asintió con una sonrisa sarcástica en la boca.

–¿Ahora te importa tu familia? –Su tono era rencoroso y provocador–. Tu madre está destrozada, ni siquiera se levanta de la cama. ¿Y tu padre? Él no sabe dónde meterse. La gente lo señala por la calle porque tú has destrozado su apellido y su reputación.

–¡Dios mío! –Me dejé caer al suelo mientras seguía llorando–. Pero ¡yo no hice nada!

–Todo el mundo sabe que tenías algo con ese tal Héctor: Esplugas descubrió fotografías tuyas hechas por él sin clasificar, y tu nombre apareció en su ficha policial como avaladora de su inocencia. ¿Dónde está ese hijo de puta?

Isidro me hizo levantarme del suelo y me apretó más el brazo.

–¡No lo sé! –grité–. ¡Se aprovechó de mí, yo no conocía sus intenciones!

–Y entonces, ¿por qué te marchaste? –Me miró con rabia–. ¿Por qué no te quedaste para defender tu inocencia?

–Estaba avergonzada, Isidro. –Intenté tranquilizarme y me sequé las lágrimas con las manos–. ¿Cómo podía mirar a mi padre a los ojos después de haber caído tan estúpidamente en las manipulaciones de Héctor?

Isidro negó varias veces con la cabeza, sin acabar de creérselo.

–Tú eres una chica lista, Amelia. ¿Cómo no pudiste ver lo que pretendía hacer ese anarquista? ¡Lo encarcelaron por participar en el atentado de Martínez Campos!

–Pero él me prometió que era inocente. ¡Y yo le creí porque estaba enamorada!

–Sé que lo querías –dijo con suavidad–. Me lo contó Dolores. Ella sabía que estabas loca por él, pero no hasta el punto de permitir una tragedia como esa. ¡Murieron veinte personas!

Isidro comenzó a llorar como un niño mientras se tapaba los ojos con las manos. Sin entender su reacción desmesurada, aproveché ese momento de despiste para echar a correr y escapar de él. No obstante, él salió detrás de mí y acabó atrapándome. Tropecé y terminé en el suelo con una brecha en la frente.

–¿Por qué me sigues? –le pregunté asustada, notando cómo la sangre me resbalaba por la cara–. ¿Qué más quieres que te diga?

Isidro, que tenía los ojos rojos y húmedos, me obligó a levantarme con violencia.

–¡Quiero que pagues por lo que has hecho! –exclamó con odio–. ¡Ahora mismo nos vamos a la comisaría!

Ahogué un pequeño grito y comencé a revolverme contra él sin conseguirlo.

–¡Yo no hice nada! –continué defendiéndome–. ¿Cuántas veces he de decírtelo?

–No importa cuántas veces me lo digas: eso no le devolverá la vida a mi madre.

Palidecí ante semejante revelación. ¿Su madre había sido una de las víctimas del atentado?

–Murió como un perro, ¿sabes? –continuó mientras las lágrimas le caían por la cara–. Su cuerpo estaba destrozado, ni siquiera tuve el coraje de verlo cuando acudí a su funeral.

–Lo siento mucho. Pero, de verdad, yo no tuve nada que ver.

Isidro no me contestó. Me agarró de la mano con violencia y me arrastró por las calles de Montmartre en dirección a la ciudad. Estuvimos un buen rato andando sin conseguir que me dijera hacia dónde nos dirigíamos. ¿A qué comisaría pretendía llevarme, y qué era lo que iba a decirles? ¿Sabían en París que en España me estaban buscando por ser cómplice de un terrorista? Comencé a sudar, pese al intenso frío que hacía a esas horas de la noche. Aunque no era muy tarde, la gente se encontraba en el interior de sus hogares o en los teatros, por lo que en el camino apenas nos cruzamos con cuatro borrachos y vagabundos. Nadie podía ayudarme. Cuando llevábamos ya un rato andando y yo había perdido la sensibilidad en las manos y en los pies, nos encontramos con un carruaje de policía que transitaba por una calle totalmente vacía. Aparcó a un lado al ver que Isidro le hacía aspavientos con los brazos para que se detuviera. Del coche bajaron dos guardias vestidos de uniforme azul oscuro, con sombreros en forma de caparazón. Los dos lucían unos finos y largos bigotes y llevaban enganchadas en las caderas unas pistolas plateadas.

–¿Qué es lo que pasa? –preguntó uno. De su boca salió una vaharada fría y espesa, y se apretó el abrigo a su cuerpo para calentarse.

—Agente, quiero denunciar a esta mujer –dijo Isidro, y acercó mi cara a los faros del carruaje para que me vieran–. Se llama Amelia Rovira.

—¿Le ha robado? ¿O es que no le ha dado el placer que usted quería? –bromeó el guardia–. Aunque no tiene pinta de prostituta.

—No es una puta, es algo peor: esta mujer está en busca y captura en España por ayudar al anarquista que atentó en el Teatro del Liceo.

—¡No es cierto! –grité, desesperada–. ¡Yo no he sido cómplice de nadie!

El segundo guardia se acercó a mí y me agarró del brazo mientras me miraba directamente a la cara.

—Es muy guapa. –Sonrió y enseñó unos dientes negros–. ¿De verdad eres tan mala?

—¡Soy inocente! –insistí, aguantándome las lágrimas–. ¡Déjenme marchar!

—Bueno, eso ya lo veremos –dijo el que había hablado primero mientras me agarraba del otro brazo y me conducía hacia el vehículo–. Enviaremos un telegrama a España para que nos confirmen si es verdad lo que dice este hombre y veremos lo que hacemos contigo. Acompáñenos, caballero.

Isidro también subió al carruaje, ahora mucho más tranquilo. Tardamos unos minutos en llegar al imponente edificio de la *Conciergerie*, en el extremo occidental de la Île de la Cité. Se trataba del Palacio de Justicia en cuya planta baja se encontraba la prisión, que guardaba entre sus paredes una historia sangrienta y cruel que se remontaba la Revolución Francesa y el Trienio Revolucionario.

En el interior de la comisaría había una estufa de hierro forjado, y los guardias acercaron sus manos para calentarlas. Yo ni siquiera noté el calor, estaba tan nerviosa por lo que me pudiera suceder que no podía parar de temblar. Me dejaron bajo la custodia de un guardia mientras los otros dos y el propio Isidro se adentraban en un despacho. Me pareció indignante que la sola palabra de un hombre que estaba ebrio pudiera bastar para enviarme al calabozo sin darme oportunidad de defenderme. Me entraron ganas de llorar de impotencia al pensar que al día siguiente no podría acudir a la Casa Worth y que, por tanto, perdería mi oportunidad de trabajar para el gran modisto. Sin embargo, ahora mi vida daba otro giro más, uno que podría poner fin a mi libertad. ¿Estaba preparada para vivir encarcelada en unas condiciones en las que jamás me había visto?

Estuve horas sentada en aquella silla sin que nadie me ofreciera un vaso de agua o algo de comer. El hombre que me vigilaba permanecía serio y callado; ni siquiera me miró. Pensé en Mirelle. Seguro que estaría preocupada por mí al ver que no había regresado al burdel. ¿Volvería a verla alguna vez en mi vida?

—¡Despierta! —Uno de los guardias que me habían detenido me zarandeó violentamente—. ¡Despierta!

Abrí despacio los ojos y me encontré de nuevo en la comisaría. Me había quedado dormida, y ya se había hecho de día. Noté una ligera molestia en el cuello y me levanté dolorida, con un frío intenso en los huesos.

—Han respondido al telegrama —me informó—. Ese hombre tenía razón: desde España nos confirman que usted colaboró en la planificación del atentado del Liceo y la huida de Héctor Vidal.

Miré de un lado a otro en busca de Isidro, pero ya se había marchado. Pensé que aquel tipo era un cobarde y maldije el día que lo había conocido. Pensándolo bien, Héctor había sido quien se ocupó de él cuando apenas podía mantenerse en pie aquella noche en el Paralelo.

—No sirve de nada que intente defenderme, ¿verdad? —pregunté con resignación—. Ni siquiera me han tomado declaración.

—Eso no lo vamos a hacer nosotros, señorita. En unos días vendrá el cargo policial que investiga el atentado para interrogarla y comprobar que es usted Amelia Rovira.

—Entonces, ¿me puedo ir hasta que él llegue a París?

El policía comenzó a reír sin acabar de creérselo.

—¿Lo está preguntando en serio? —Se encendió un cigarro y se tomó su tiempo—. Ahora mismo la llevaremos a la prisión de mujeres de Saint-Lazare.

21

—Ya hemos llegado –anunció el guardia.

La prisión y hospital de mujeres de Saint-Lazare se encontraba en la rue Saint-Denis. Las hermanas de la Orden de San José se encargaban de su vigilancia y se dedicaban a curar y a cuidar de las enfermas y las presas.

Un hombre salió del edificio para ayudarme a cargar la maleta y me quedé durante unos segundos observando con miedo la fachada de mi nueva residencia: un conglomerado de piedras grises que auguraba unos días llenos de incertidumbre y soledad. Me adentré en los pasillos oscuros y fríos, resignada, y esperé tras una puerta mientras el hombre entraba en un despacho. Aproveché esos instantes para mirarme en uno de los espejos que había en una pared y comprobé el estado deplorable de mi físico: tenía la cara pálida, ojerosa, y la herida que me había hecho la noche anterior estaba cubierta por una costra de sangre seca. Tenía miedo, y no podía dejar de retorcerme los dedos.

El hombre salió del despacho y me hizo firmar una hoja que me convertía en una de las «hijas» de Saint-Lazare. Volvimos a ponernos en marcha con rapidez y me llevaron hasta mi sección, la *section judiciaire,* donde permanecían las acusadas en espera de juicio o las condenadas a menos de un año. Podía considerarme afortunada, me comentó el hombre, pues era mucho peor la otra, donde convivían asesinas y criminales en un ambiente violento y mucho más restrictivo.

Caminamos por un sinfín de pasillos húmedos y escaleras que todavía recuerdo a la perfección: se podía palpar una atmósfera religiosa en la decoración de la institución, repleta de crucifijos y estatuas de la Virgen y de san José. Durante nuestra andadura, nos topamos con varias hermanas de gesto serio y austero que me provocaron cierto temor. Aquellas figuras grises que se paseaban por los pasillos y los salones como si fueran fantasmas llevaban ropas oscuras bajo un delantal y una cofia blancos y la cabeza cubierta por un velo negro.

El hombre por fin me dejó en mi celda. Era una enorme sala en la que había decenas de camas dispuestas en cuatro hileras. Había mantas grises y almohadas blancas perfectamente colocadas sobre los colchones en una simetría prácticamente militar; el suelo de azulejos rojos estaba reluciente.

Por suerte, no había nadie. Todas las presas estaban trabajando en el taller, así que me dejaron dormir hasta la hora de la comida para que pudiera descansar. Me tumbé en la cama y me quedé dormida a los pocos minutos. Cuando me desperté, sentí una inmensa fatiga y un dolor de cabeza terrible. Miré a mi alrededor; todos los objetos de la estancia eran desconocidos para mí y me costó unos segundos tomar conciencia de que estaba en Saint-Lazare. De repente, oí varias voces femeninas que provenían del otro lado de la ventana; me acerqué y observé a unas cuantas mujeres que disfrutaban de su tiempo libre y de la mañana soleada en el patio. Las vi realmente felices, y pensé que quizá la corta estancia en aquella prisión podría ser más llevadera y fácil de lo que pensaba.

Al poco tiempo apareció una monja que me obligó a ponerme un uniforme de color marrón. Aunque era un vestido bastante feo, estaba limpio y era cómodo. Había visto por los pasillos a varias mujeres vestidas de diferentes colores. Más tarde me enteré de que cada sección llevaba su propio color: marrón para las que estábamos bajo arresto, azul para las condenadas y gris para las niñas que habían sido enviadas al correccional.

–Te advierto que somos muy estrictas con el horario –dijo sor Marie–. Tocamos la campana cada mañana a las seis y media y nos acostamos a las ocho. Trabajarás en el taller de lavandería.

Asentí sin mucho ánimo y noté que me rugían las tripas; no había cenado nada la noche anterior y tampoco había desayunado.

–Puedes bajar al refectorio para comer –me ordenó.

Seguí a la monja hasta el comedor. Era un amplio salón con doce largas mesas de madera rodeadas de bancos. Dos estufas caldeaban la fría sala y una pequeña plataforma frente a las mesas de las reclusas donde comían las propias monjas mientras oraban en voz alta. El

Cristo crucificado que colgaba en una de las paredes observaba con severidad a centenares de mujeres que arrastraban sus pies por el suelo como si fueran poco más que pellejos. La monja me indicó mi sitio, y la comida comenzó sin que se oyera ni el más mínimo ruido.

Ese día había patatas hervidas. Aunque estaban sosas y algunas podridas, me di cuenta unos días después de que aquel era uno de los mejores platos de la semana. Sin duda, era mucho peor la sopa de verduras de las mañanas, que estaba cocinada con grasa de cerdo y tenía un sabor realmente repugnante. Sin embargo, el domingo, por ser el día del Señor, nos recompensaban con una buena ración de ternera con judías blancas que nos ayudaban a ganar peso y a obtener energías para sobrellevar las escasas raciones del resto de la semana.

Cuando terminamos de comer, las mujeres abandonaron el refectorio para disfrutar un poco más del recreo en el curso del cual ninguna se acercó a mí. En el fondo lo agradecí; no me apetecía en absoluto hablar con nadie. Aunque me había sentado bien dormir un poco, seguía teniendo sueño, así que me senté en un banco para contemplar el jardín, un espectáculo visual impresionante para las reclusas después de las horas encerradas en las salas de trabajo. A pesar del frío y del invierno, había multitud de plantas que en primavera florecerían en diferentes tonalidades. El aire era puro y se respiraba una cierta calma e incluso alegría.

De repente, alguien llamó mi atención: una joven vestida con uniforme azul que no tendría más de quince años. Tenía el pelo oscuro y la piel muy pálida, con unas mejillas redondas y coloreadas por la fatiga. Le ofrecí que se sentara a mi lado y ella, sin apenas mirarme, aceptó sorprendida.

—¿Por qué llevas el uniforme azul en vez del marrón como nosotras? —le pregunté con curiosidad.

La chica me miró con vergüenza y observó a las demás presas, que atendían a nuestra conversación con cierto rechazo. No entendí muy bien el porqué de su actitud, pero la joven enseguida se levantó del banco y se marchó cabizbaja. Aquello me hizo pensar. ¿Qué problema tenían las demás con esa muchacha? No me atreví a ir tras ella, para no comprometerla, y me quedé en aquel banco pensativa hasta que todas regresaron al trabajo. No fue hasta la hora de dormir cuando comencé a descubrir cómo funcionaban las cosas en aquel lugar. Sobre las siete de la tarde todas nos pusimos los camisones en absoluta oscuridad para no vernos las unas a las otras, pues, según las monjas, observar nuestros cuerpos desnudos podría hacernos caer en la lascivia y el vicio. Nos metimos en la cama y la mujer de al lado comenzó a hablarme.

—Me llamo Valentine. Es la primera vez que estás aquí, ¿verdad?
—Sí. Yo soy Amelia.

Valentine me explicó su historia sin tapujos, pese a que yo era para ella una absoluta desconocida.

Mi compañera había llegado a Saint-Lazare cuando apenas tenía catorce años. Había vivido en un barrio obrero en circunstancias que rozaban la miseria. Su padre era un ladrón y un borracho que apenas se hacía cargo de la familia, por lo que su madre había tenido que recurrir a la prostitución esporádica para poder alimentar a sus hijos. Hablábamos las dos en una voz prácticamente imperceptible, y de fondo se oían los pasos de los caballos tirando de los carros en el ajetreado París.

—Nunca había oído hablar de la palabra de Dios —continuó—. En mi casa jamás se había leído la Biblia, ni siquiera habíamos ido a misa. Aquí he sido educada en el cristianismo y he aprendido la importancia de la dignidad de la mujer.

—¿Eres feliz aquí?

—Yo creo que sí. Me cuidan y me tratan con respeto. Cuando llegué creía estar pagando por algo que no merecía, pues eran mis padres quienes se habían abocado a una vida libertina. Sin embargo, con el tiempo me he dado cuenta de que ha sido Dios quien me ha puesto en su buen camino. —Sonrió agradecida—. Oye, ¿y tú por qué estás aquí?

No sabía qué responder a esa pregunta. Yo no solo no había tenido una infancia dura, sino que, además, había sido instruida en la fe y en el cristianismo. Mi madre había sido una mujer buena y mi padre jamás había sido un borracho, así que no tenía la excusa de haber crecido en una familia problemática y libertina. Mi ingreso en prisión me lo había ganado yo solita.

—No he cometido ningún delito, tan solo me enamoré de la persona equivocada.

—Querer a la persona equivocada también es un delito en Saint-Lazare. La mayoría de las mujeres que están aquí han cometido locuras por amor. Por eso prefiero quedarme. En el mundo exterior tendría la obligación de casarme para sobrevivir, y no me apetece pasar por eso. Todos los hombres con los que me he relacionado en mi vida han sido crueles conmigo.

Me quedé callada, reflexionando sobre las palabras de Valentine, y me di cuenta de lo afortunada que había sido al nacer en una familia como la mía. A pesar de las particularidades de mi tía o de mi padre, había sido una niña feliz.

—Por cierto, te voy a dar un consejo: será mejor que no vuelvas a acercarte a Louise. Te he visto hoy hablando en el recreo con ella.

—¿Por qué? —pregunté con curiosidad—. Parece una buena chica y la he visto muy sola.

—Está sola porque se lo ha buscado. Han tenido que sacarla de su sección por meterse en problemas. Y ese grupo es peligroso. Lleva un mes aquí, y cuando llegó tenía la cara llena de moratones.

—¡Oh, Dios mío! Es muy pequeña, ¡deberíamos ayudarla! ¿Cómo han sido capaces esas mujeres de pegar a una niña?

Valentine rio entre dientes.

—Amelia, aún tienes que aprender muchas cosas de este lugar y de las personas que están aquí. Las apariencias engañan, cariño. Louise tiene quince años, sí, pero está condenada por infanticidio.

Me quedé blanca, sin llegar a creerme que aquella cara inocente y melancólica que había visto horas antes en el patio hubiera sido capaz de asesinar a su propio hijo.

—Buenas noches —se despidió Valentine, y se dio la vuelta para dormir.

Las campanas del reloj del patio y las luces de la calle que se reflejaban en las ventanas apenas me dejaban conciliar el sueño. Sin embargo, mis compañeras dormían a pierna suelta después de trabajar durante tantas horas. Los minutos pasaban despacio y yo no podía dejar de pensar en lo que me había contado Valentine y, sobre todo, en la incertidumbre de cómo terminaría mi historia una vez que viniera el inspector español para interrogarme. Sentía una angustia constante en mi estómago que hacía que el corazón me latiera a una velocidad desbocada, incapaz de rendirme al sueño. Dieron las cuatro de la mañana en el reloj del patio, y los pájaros comenzaron a cantar para saludar al nuevo día. A las cinco volvieron a tocar para que las monjas acudieran al ángelus, y a las seis y media nos despertaron. Nos pusimos todas rápidamente de rodillas y rezamos de cara a la escultura de la Virgen María que colgaba de la pared, en una repisa adornada con flores y tapetes. Después hicimos la cama y nos vestimos para dirigirnos al lugar de trabajo, que en mi caso era lavandería, una gran habitación con el suelo de piedra, pilones de ladrillo y un canal de desagüe. Por fin pude verle la cara a Valentine: era una mujer de unos treinta años, de ojos azules y facciones que reflejaban una gran personalidad. Precisamente ella fue quien me ayudó a adaptarme a aquel duro oficio en el que apenas podíamos hablar sin que nos cayera una buena bronca de las monjas. Primero teníamos que clasificar la ropa en montones de blanco, color y lana; luego quitábamos los lazos, encajes y botones delicados que complicaban el lavado y frotábamos previamente las manchas de grasa con lejía; después la ropa se dejaba en reposo en agua tibia con sosa y se encendían las calderas para lavar la ropa blanca con agua muy caliente y abundante jabón; y, finalmente, la ropa de color y la de lana se lavaba en agua fría para evitar que se destiñera o que encogiera. Una vez limpia, se pasaba por unos rodillos accionados por una manivela que eliminaban el exceso de agua y ayudaban a estirar las sábanas. Realizada esa tarea agotadora, las prendas se tendían en una habitación caldeada por un horno, debido a las frías temperaturas del exterior. Cuando la ropa estaba casi seca, se planchaba con planchas de hierro calentadas al fuego sobre una superficie cubierta con una manta. Cuando terminábamos por fin la jornada, salíamos al patio para que nos diera un poco el aire.

P asaron los días. Una de aquellas mañanas, Valentine se sentó conmigo en un banco y, para mi sorpresa, sacó un cigarrillo de uno de los bolsillos y se lo encendió con una cerilla. Nunca había visto fumar a una mujer y me pareció algo fuera de lo normal; se consideraba un acto antinatural y poco femenino.

—Sé que parece extraño –comentó–, pero es un vicio que cogí de pequeña y que no logro quitarme. Si no fuera porque está mal visto, todas las mujeres acabaríais enviciadas. Los hombres quieren reservarse el placer del tabaco.

Asentí sonriente mientras observaba a los dos guardias apostados frente a la puerta que daba acceso al exterior.

—Oh, no me digas que estás pensando en fugarte –dijo Valentine tirándome el humo en la cara–. Todas lo hemos pensado alguna vez, pero es imposible.

—¿Lo has intentado?

—Lo intenté cuando llegué aquí. Lo único que quería era regresar a mi casa lo antes posible. Ya ves, como si allí me estuviera esperando alguien. –Rio entre dientes–. Era una niña y creía que mis padres me echarían de menos. Luego me enteré de que habían sido ellos quienes habían pedido a las monjas que se quedaran conmigo.

—¿Y qué fue lo que hiciste para marcharte?

—Intenté robar el hábito de una monja. Si quieres salir de aquí, solo puedes conseguirlo vistiéndote como ellas. Pero has de tener una buena excusa, pues las monjas no suelen abandonar Saint-Lazare si no es por algún buen motivo. Los guardias podrían sospechar. Además, desde la enfermería hasta la salida podrías toparte con alguna y te reconocerían. Entre ellas se conocen todas. La cuestión es que los hábitos se encuentran en un almacén bajo llave; las mujeres de maternidad son quienes se encargan de lavarlos. Las monjas saben muy bien que esas no se van a escapar, porque aquí las cuidan y las atienden durante el parto.

—¿Dónde está ese almacén?

—En el mismo pasillo que las enfermas. La única manera de acceder allí es a través de la enfermería. Las monjas dejan los hábitos ya lavados con una carretilla los martes por la mañana. Yo no necesité la llave, me bastó con tirar un vaso de agua al suelo para despistarlas. Suele estar una monja de avanzada edad que no se entera de nada.

—Gracias por la información, Valentine.

El inspector que iba a llevar mi caso no tardaría mucho en llegar a París, así que si quería evitar acabar en una cárcel mucho peor que esa durante toda mi vida tendría que hacer algo. Aquella noche pensaría bien cómo hacerlo.

De pronto vi a Louise. Se había sentado en el suelo, sola, mirando al cielo con cara de pena. No podía evitar sentir ternura por ella pese al crimen que había cometido.

–¿Dónde trabaja? –le pregunté a Valentine–. Está llena de polvo blanco.

–En el horno, ayuda a hacer el pan.

Louise me miró, pero desvió rápidamente la vista. Yo estaba segura de que detrás de aquel trágico asesinato existía una historia personal terrible. Desde que había vivido lo de Héctor, después de ser juzgada por los demás por algo que no había cometido, veía el mundo desde una perspectiva diferente: había aprendido a no juzgar a las personas sin conocer previamente su historia.

–Es un trabajo bonito –continuó–. Se levantan pronto, pero debe de ser gratificante saber que tu pan atraviesa los muros de esta cárcel y alimenta a los más pobres.

–¿Hacen pan para más gente?

–Sí. Cada mañana viene un carro para llevarse varios sacos y lo distribuyen por la rue Saint-Denis.

Mientras seguíamos con nuestra conversación, dos mujeres con cara de pocos amigos se acercaron a Louise y comenzaron a cebarse con ella.

–¿Nos has traído pan? –le preguntó una.

–Hoy no he podido, la monja no dejaba de mirarme. Creo que sospecha de algo, porque las cuentas no salen.

–¡No nos pongas excusas! –exclamó la otra–. Si quieres que te dejemos en paz y que tu estancia en esta sección sea lo más agradable posible, tienes que hacer lo que te digamos.

Louise se quedó callada, mirando al suelo, y empezó a temblar. Una de las mujeres le agarró un brazo y comenzó a retorcérselo sin compasión. Yo no pude quedarme quieta observando aquella terrible escena, así que me levanté, pese al consejo de Valentine de que me mantuviera al margen, y me coloqué entre Louise y la otra chica, para sorpresa de esta.

–¡Y tú qué haces aquí! –me gritó con cara de desprecio–. Más te vale que no te metas, o te aseguro que te arrepentirás.

Louise me miró con una mezcla de compasión y agradecimiento, mientras la mujer apretaba sus labios en un mohín enfurecido y amenazante.

—No me das miedo —mentí, pues aquella chica me doblaba en tamaño—. No puedo permitir que la tratéis de esta manera tan cruel.

—¿Acaso no sabes lo que hizo? —Su aliento me llegaba a la cara—. ¡Ahogó a su propio hijo! ¿Qué tipo de madre hace eso?

—Eso forma parte de su pasado —dije, tragando saliva—. Ya está pagando por ello.

Louise comenzó a llorar al ver que por primera vez alguien la defendía. La hubiera abrazado allí mismo si no hubiera sido porque las dos mujeres me empujaron al suelo y me patearon las piernas.

—No te cruces en nuestro camino, o tu vida será un infierno.

Se marcharon, dejándome en el suelo tan indefensa como una niña. No había ni una sola monja allí, vigilando, así que aquellas dos actuaban con total impunidad y nadie se atrevía a intervenir. La pobre Louise ya estaba acostumbrada. Me estaba jugando la vida en Saint-Lazare por defender a una muchacha que apenas conocía. Sin embargo, siempre había sido una persona comprometida con las causas injustas y aquella me parecía, pese a ir a contracorriente, un escándalo en toda regla.

Me puse de pie lentamente y observé a Louise: seguía en cuclillas, tapándose la cara con las manos. Le puse una mano en el brazo, pero ella se apartó con brusquedad, me miró con tristeza y se marchó sin abrir la boca. Estaba tan asustada que ni siquiera se fiaba de mi buena fe. Me acerqué entonces a Valentine, que había observado la escena a distancia, sin participar. Parecía disgustada.

—¿Quiénes son esas dos? —pregunté alterada—. ¿Se creen las dueñas de la sección o qué?

—Se podría decir que sí: Marie y Juliette son ya veteranas y tienen cierta reputación. —Se levantó del banco desviando la mirada—. Te dije que te mantuvieras al margen y no me has hecho caso. Ahora irán también a por ti.

—¿Te apartas de mí? ¿Tanto miedo les tienes?

Valentine me dio la espalda y me dejó sola. Solo llevaba muy poco tiempo allí y ya me había ganado la enemistad de las veteranas. Las cosas comenzaban a ponerse difíciles.

22

A medida que pasaban los días en Saint-Lazare, aprendía más cosas sobre aquella prisión y su organización. Había una serie de celdas especiales dedicadas solo a aquellas mujeres de clase alta que estaban esperando juicio y que se podían permitir el coste de siete francos y medio mensuales. Las ocupantes de esas habitaciones, individuales y mucho más espaciosas, disfrutaban de todo tipo de comodidades y lujos: estaban exentas de acatar la rutina de la cárcel, eran atendidas por cuatro criadas y podían comer lo que quisieran. Un día conocí a una de ellas durante el recreo: se llamaba Clemence y se encontraba allí por haberle sido infiel a un esposo que detestaba. La habían obligado a casarse con él pese a su rechazo y se había enamorado de otro hombre de menor condición social con quien se había acostado en más de una ocasión. Cuando se enteró, su marido no dudó en denunciarla, y desde entonces ella permanecía en Saint-Lazare a la espera de juicio. Sus padres, pese a no perdonarla, no podían permitir que ningún miembro de su familia sufriera la humillación de vivir miserablemente en un lugar como Saint-Lazare, así que estaban costeando todos los lujos necesarios para que su hija tuviera lo mejor.

Pero no todas corrían la misma suerte. La mayoría de las mujeres provenían de barrios marginales, y apenas tenían unas monedas para comprarse algo en la cantina. Además, solían ser personas de escasa cultura, desobedientes y agresivas, que las monjas castigaban enviándolas a celdas solitarias y húmedas en las que casi no comían. El peor castigo era el de *le cachot,* que consistía en permanecer día y noche en absoluta soledad alimentándose únicamente de agua y pan.

En cuanto a mi estancia en la prisión, todo se complicó desde el día en que defendí a Louise: me había ganado el rechazo de todas mis compañeras, incluido el de Valentine, que ya no me dirigía la palabra, ni siquiera para darme las buenas noches. Louise, sin embargo, aunque no se había abierto del todo a mí, parecía estar a gusto conmigo y durante el recreo solíamos sentarnos juntas y charlar sobre cosas banales, sin profundizar en nuestros sentimientos o nuestras historias. Ella parecía sentirse bien así, y yo no pretendía incomodarla con preguntas que seguramente no querría responder. Marie y Juliette, las mujeres que se habían metido con ella, parecían ahora indiferentes a nuestra relación, pero no podían evitar mofarse de nosotras cada vez que pasaban por nuestro lado. Un sentimiento de orgullo y triunfo me llenaba de satisfacción al creer que había ganado la partida a aquellas dos provocadoras y que ya nadie volvería a molestar a la muchacha, pues ya no estaba sola.

–¿Por qué estás conmigo? –me preguntó inesperadamente una mañana en el patio–. ¿No me odias como las demás por lo que hice?

–Hiciste algo malo, pero todas estamos aquí por alguna razón. Si no nos apoyamos entre nosotras, ¿quién lo va a hacer?

Louise asintió con una media sonrisa y, tras tomar aire, comenzó a relatar su historia.

–Nací en un pequeño pueblo de Normandía. Mi padre era un terrateniente acaudalado y yo fui su única hija. Viví en casa hasta los siete años, luego me mandaron a una buena escuela para señoritas. Regresé a los catorce años convertida ya en una chica educada y culta, pero mi infelicidad llegó cuando mi familia me comunicó que había sido comprometida con el hijo de un amigo de mi padre. No me podía negar, pues precisamente había sido educada para obedecer y consentir los deseos de mi padre. ¿Te ha pasado eso alguna vez?

–Sí –respondí con la voz temblorosa–. Mis padres también deseaban que me casara con un hombre a quien yo no quería. Es terrible que tu propia familia te incite a hacer algo que va contra tu propia felicidad.

–Pues yo desobedecí. –Volvió a tomar aire y continuó con determinación–. Me gustaba salir por las noches a pasear por una colina que había frente a mi casa y desde la que se veía el puerto. Encontraba en esos momentos de soledad una manera de desahogarme y de disfrutar de un mundo mejor que solo existía en mi imaginación. Pero una noche, en la colina, observé la presencia de un extraño sentado mirando el mar. Era un hombre alto vestido con ropas de buena calidad; tenía una frondosa cabellera negra y un fino bigote sobre el labio. Su piel era blanca y delicada, así que percibí que se trataba de un hombre rico. Él descubrió mi presencia y me saludó con cortesía. ¿Nunca has tenido la sensación de amar a una persona tan solo con verla una vez?

Asentí con un nudo de emoción en la garganta. Su relato me hizo recordar el día que vi por primera vez a Héctor. Aquella noche no pude dejar de pensar en él sin sentir un ligero y placentero hormigueo que auguraba algo hasta entonces desconocido para mí.

–Como si te faltara el aire.

–Eso es. Yo quería sentir algo así, ya que tenía que pensar en mi prometido, por lo que decidí no regresar más a la colina; tenía miedo de reencontrarme con él. Sin embargo, jamás pude olvidarlo. Volví una vez más a la colina y me encontré de nuevo con él. ¡Era tan guapo, Amelia! Su voz era profunda y fuerte, su cuerpo atlético y atractivo... Me confesó que no había podido dejar de pensar en mí y que había regresado allí todas las noches para verme. Así que al poco tiempo lo hicimos. Me entregué a él en cuerpo y alma. ¡Lo sé, pensarás que soy poco más que una ramera!

–No pienso que seas eso, te lo aseguro. –Le di la mano y la acaricié–. El amor nos ciega a todas. Tenías derecho a sentir y dejarte llevar por la pasión.

–Pero ¡no tendría que haberlo hecho! –Comenzó a llorar y se abalanzó a mis brazos–. Él se marchó a París. Maximin era vizconde y tenía que encargarse de la dirección de sus tierras. Me prometió que regresaría pronto para estar conmigo, y yo me quedé día y noche en la colina esperando que volviera y me llevara con él. A los pocos meses me di cuenta de que estaba embarazada y decidí abandonar mi casa para ir en busca del padre de mi hijo. Así que llegué a París y empecé mi búsqueda, sin éxito. No sabía dónde vivía, y la ciudad era enorme. Pasaron los meses y yo no lograba encontrarlo, pero un día, paseando por los Campos Elíseos, pasó un precioso carruaje abierto con dos caballos que llamó mi atención. Vi que se dirigía a una casa ostentosa. Era Maximin. Me armé de valor, aunque las lágrimas me dificultaban seguir el camino, y llamé a la puerta. Cuando entré, él estaba leyendo la prensa sentado en un sillón; enseguida me reconoció. Se alegró de verme, pero me dijo que debía olvidarlo y regresar a mi pueblo. Le dije que estaba embarazada de su hijo y que pretendía casarme con él. Maximin se quedó blanco y, superado por los nervios, me lanzó un monedero lleno de dinero diciéndome que pagaría por los cuidados del niño, pero que jamás se casaría conmigo. Comencé a llorar, sin poder creer la crudeza de sus palabras y la poca delicadeza de su trato hacia mí. Había creído que me quería de verdad, y tan solo se había aprovechado.

–Te entiendo perfectamente. Te sientes estúpida, ¿verdad?

–Juré que mi hijo jamás sabría que era hijo de un villano como él. –Se le rompió la voz y se limpió las lágrimas–. Aquella misma noche me puse de parto. Mi hijo nació prematuramente. Estaba débil, pero vivo. Aunque lo amaba, porque era mi hijo, sabía que la vida que le esperaba siendo un bastardo lo marcaría para siempre, así que decidí acabar con su agonía y rodeé su cuello con mis manos hasta que dejó de respirar. Cuando vi a mi propio hijo muerto, sentí un arrepentimiento doloroso que todavía arrastro y arrastraré hasta el fin de mis días. Sin embargo, lo hice por él. Aunque nadie me entienda.

Louise se echó a llorar de nuevo y yo me acerqué a ella para consolarla.

–No –me dijo apartándose de mí–. No merezco tu compasión. Hice una cosa horrible.

–Estabas sola y actuaste movida por la desesperación y la inseguridad. A veces los hombres se aprovechan de las debilidades de las mujeres sin tener en cuenta las dolorosas consecuencias que acarrean.

–Amelia, ¿crees que Dios me perdonará alguna vez por lo que he hecho?

–Claro que sí. –Sus ojos se agrandaron con una pizca de esperanza–. Estoy segura de que te reencontrarás con tu pequeño en el cielo. Pero antes de eso tienes todavía muchas cosas que hacer, tienes toda la vida por delante.

–Yo ya no tengo vida. Ni quiero vivirla. Estoy resignada a cumplir con mi condena. Me quedan muchos años aquí.

–¿No te gustaría poder salir y rehacer tu vida? –Agaché la mirada y se me formó un nudo en la garganta–. Todos merecemos una segunda oportunidad. Y yo quiero irme de aquí, Louise.

–¿Quieres fugarte? –Abrió los ojos como platos–. Pero ¡eso es imposible!

–No lo es –comenté en voz baja–. He estado pensando en el plan, aunque necesitaría tu ayuda.

–Cuenta conmigo para lo que necesites. Eres la única persona que no me ha juzgado.

Al cabo de unos días, por fin, pude darme un baño. Llevaba más de una semana sin lavarme el cuerpo entero y me sentía realmente sucia. Necesitaba relajarme, sumergirme en el agua caliente y limpia antes de poner en marcha mi plan. Nos llevaron a la sala de baños, una gran habitación blanca con barreños de madera separados por biombos y toallas blancas. Vertimos el agua caliente en los barreños, y la estancia se llenó de un vapor espeso en el que apenas nos veíamos las caras. Las monjas permanecían de pie, vigilando que ninguna se saltara las normas: nos habían permitido quitarnos el corsé, pero no las enaguas ni el camisón. Pese a que era un mecanismo un tanto incómodo, me alegré de poder disfrutar unos minutos del agua. Hacía tanto calor allí dentro que, una vez que todas estuvimos metidas en el barreño, las monjas decidieron abandonar la habitación. Así que nos quedamos solas. Me puse de pie y miré a través del biombo: todas las mujeres permanecían con los ojos cerrados y en silencio, tal y como las monjas nos habían enseñado, para evitar miradas indiscretas a nuestros cuerpos mojados. Louise salió del barreño con todas las precauciones, sacó una hogaza de pan que había escondido en su uniforme y se acercó hasta Juliette. Yo contemplaba de lejos la hazaña mientras observaba la puerta para avisar a Louise si regresaban las monjas. Ella envolvió el pan con el vestido de Juliette y, guiñándome un ojo, regresó al agua con cara de triunfo. Estuvimos media hora dentro del barreño, hasta que se nos arrugó la piel de los dedos. Por fin aparecieron las monjas y nos obligaron a salir del agua y a cambiarnos. Juliette extendió su uniforme para ponérselo y de él salió rodando por toda la habitación una hogaza de pan blanco.

–¡Juliette! –gritó una monja–. ¿Qué es eso de ahí? ¿De dónde has sacado el pan?

Juliette salió del biombo envuelta en la toalla y con la cara absolutamente blanca, sin saber qué decir.

–¡Eso no es mío! –exclamó nerviosa–. ¡Alguien me lo ha metido en mi uniforme!

–¡No tienes excusas! –siguió la monja–. Has cometido un pecado muy grave, señorita.

–¡Le repito que no he sido yo! –Su voz temblaba de desesperación–. ¿Qué más le puedo decir?

–Ya sabes cuál es el castigo por robo: permanecerás dos días sola en la sala de castigo a pan y agua.

La monja dejó que Juliette terminara de vestirse y a continuación se la llevó del baño para que cumpliera con su sanción. Marie, la amiga de Juliette, nos increpó cuando llegamos al dormitorio, echándonos en cara que habíamos sido nosotras las que habíamos escondido el pan en el vestido de su amiga, y nos amenazó diciendo que en cuanto cumpliera el castigo pagaríamos por ello. El plan estaba saliendo a la perfección: la única forma que tenía para poder acceder a la enfermería era poniéndome enferma y, por el momento, la vía más rápida y efectiva era provocar a las dos mujeres más violentas del grupo. Tan solo hacía falta esperar dos días para que Juliette saliera de nuevo y pagara toda su rabia contra mi cuerpo. Hasta entonces intentaría pasar como pudiera uno de los peores días para mí desde que había abandonado Barcelona: el día de Navidad. Se me hacía tremendamente duro pasar una festividad tan bonita y familiar como aquella en un ambiente tan extraño y distante. Echaba de menos a los míos, y no podía evitar recordar los acogedores momentos del pasado con la incertidumbre de si los volvería a repetir en un futuro. Sentía mi alma y mi conciencia perturbadas por lo que me había contado Isidro. Mi familia estaba sufriendo por mi ausencia y por los delitos que se me atribuían. ¡Cómo me hubiera gustado poder enviarles una felicitación navideña! Esperaba que al menos Dolores hubiera recibido mi carta y hubiera transmitido mi amor y cariño a mis padres.

Aquellos dos días pasaron lentos y pesados. Las monjas nos obligaban a rezar varias veces al día, aunque el día de Navidad ya había pasado. Sin embargo, por ser fechas de fiesta, la comida había mejorado y las chicas estaban contentas y animadas. Juliette cumplió su castigo y, pese al poco tiempo que había estado encerrada, su rostro parecía cansado, ojeroso y con ganas de venganza. Realmente sentí una pizca de miedo al cruzarme con ella aquella noche en la habitación, imaginándome lo peor. Pero ni siquiera me miró al pasar a mi lado. Aquello me hizo perder un tanto la esperanza. ¿Acaso no iba a devolvernos la jugada? Si no conseguía acabar en la enfermería, estaba perdida. Aquella noche apenas pude dormir pensando en el terrible destino que me esperaba como condenada y, al día siguiente, ante la pasividad de Juliette y Marie durante el recreo, el desánimo terminó por apoderarse de mí y lloré amargamente sobre el hombro de Louise. Sin embargo, cuando la desesperación estaba a punto de vencerme, me encontré a Marie y a Juliette aguardándome en las letrinas, con ganas de pelea. Miré a un lado y a otro: no había nadie más que nosotras.

—Sé que has sido tú quien me tendió la trampa con la ayuda de Louise —me espetó Juliette, acercándose a mí.

Marie se puso detrás de mí para evitar que me escapara, pero desconocía que mi intención era precisamente dejar que me hicieran lo que quisieran. A pesar de todo, sentía cierto nerviosismo ante la incertidumbre de lo que pudiera ocurrir.

—No te lo voy a negar —dije con una media sonrisa—. Os lo merecíais después de lo que le hicisteis pasar a Louise.

Juliette me puso la mano en el pecho y me empujó.

—¿Es que nadie te ha enseñado que los últimos que llegan tienen que respetar a los veteranos? —Volvió a empujarme hasta tirarme al suelo—. ¿De dónde has salido tú, que no sabes nada de la vida?

No hizo falta decir nada más. Juliette se abalanzó sobre mí mientras Marie vigilaba en la puerta para que no entrara nadie. Yo cerré los ojos sin oponer resistencia y dejé que me golpeara tanto como quisiera. Ella descargó toda su fuerza y rabia contra mi cuerpo, incluida la cara, y yo, pese al intenso dolor que sentía, agradecí que se ensañara con mi nariz. Cuantos más moratones y heridas tuviera, más tiempo permanecería en la enfermería y más posibilidades tendría de acceder a los hábitos. Noté la sangre que me caía por el rostro desde la nariz rota. Marie dio un grito de alarma y Juliette remató su paliza con una patada en las costillas. Lancé un grito agudo y comencé a jadear retorciéndome sobre mí misma. Nunca jamás había sentido un dolor físico tan fuerte, pero también un alivio tan placentero al ver que había conseguido mis propósitos. Me quedé sola durante unos minutos, tirada en el suelo como un perro callejero. Se me saltaron las lágrimas, no solo por el daño que me había hecho, sino por el estado de vulnerabilidad y soledad que experimenté en aquel momento: me di cuenta, después de ese mes y medio en París, de que mi vida dependía absolutamente de mí y que nadie velaría por mi bienestar ni por mi felicidad. Solo tenía diecinueve años, y la independencia que había anhelado y exigido en Barcelona me parecía ahora demasiado difícil de llevar. En poco tiempo había abandonado mi casa y el confort del paseo de Gracia por un prostíbulo y una prisión. Por si fuera poco, había soportado las excentricidades de un pintor famoso y había conocido al príncipe de Gales.

Finalmente, una monja entró en las letrinas y lanzó un pequeño grito al verme tan magullada en el suelo. Me ayudó a levantarme y me llevó directamente a la enfermería con la ayuda de otra monja. Disimulé mi cara de triunfo al ver que todo salía a pedir de boca, aunque me asusté al observar mi rostro en uno de los espejos del pasillo: tenía varios rasguños en la cara y la nariz ofrecía un aspecto horroroso.

–¿Quién te ha hecho esto? –me preguntó la monja mientras caminábamos–. ¡Madre mía, te han dejado la cara destrozadita!

–Nadie, me he resbalado –respondí yo, tímidamente. No quería delatarlas. Si conseguía salir de allí, Louise tendría que quedarse y aguantar las represalias sola.

–Ya, claro.

La enfermería tenía dos plantas entre las que se distribuían más de quince habitaciones bien ventiladas y limpias. En la primera planta se encontraban las afectadas por la sífilis y las mujeres mayores que se habían dedicado a la prostitución y que ahora no tenían recursos. En la segunda planta estaban las jóvenes que habían sido llevadas a Saint-Lazare por cuestiones de pobreza, abandono o mal comportamiento. A mí me dejaron en una sala cerca de las sifilíticas donde había varias mujeres con otro tipo de problemas y enfermedades, que eran constantemente vigiladas y cuidadas por una monja ya entrada en años. Me quitaron el uniforme y me pusieron un camisón mucho más cómodo, además de anudarme una pulsera de tela marrón para que se supiera de qué sección venía. Me tumbaron en una cama limpia y confortable, y la monja, que se llamaba Diane, comenzó a curarme las heridas de la cara con un paño mojado en agua y ácido carbólico para desinfectarlas. Me inspeccionó el cuerpo palpando por encima de la ropa y no pude evitar lanzar varios alaridos de dolor cuando me presionó las costillas. El diagnóstico estaba claro: Juliette me había roto una costilla, y ahora tendría que permanecer varios días en la cama sin moverme. Aunque me dolía cada vez más y sentía una punzada terrible en el costado cada vez que respiraba, sabía que al día siguiente tendría que hacer un esfuerzo para hacerme con uno de los hábitos. Tenía por delante varias horas de descanso para recuperarme y coger fuerzas. De hecho, la comida que me sirvieron aquel día fue muchísimo mejor que toda la que había comido en Saint-Lazare hasta entonces. Me recordó, incluso, a la que me preparaba Juana cuando estaba enferma: pollo hervido, pan y vino. Sin embargo, los gritos angustiosos de las demás enfermas no me dejaron descansar en lo que quedó de tarde. En pocas horas, pude comprobar que las prácticas curativas de aquellas monjas eran de lo más ancestrales. Me llamó la atención una chica que sufría de dolor de oídos. Sor Diane cogió un bote de cristal repleto de sanguijuelas y le enganchó una de ellas en la oreja a la muchacha para sangrarla. Me entraron ganas de arrancársela para evitar un sufrimiento tan inútil, pero tuve que hacer de tripas corazón y permanecer callada mientras observaba sorprendida el siguiente procedimiento: como el sangrado no había surtido el efecto deseado, ahora sor Diane le aplicaba un buen chorro de agua prácticamente hirviendo directamente en el oído. Cerré los ojos y traté de pensar en otra cosa. Había llegado hasta allí para cumplir un objetivo: salir de Saint-Lazare y empezar de cero.

23

Desperté al día siguiente con el desagradable olor del tabaco en mi nariz. La nube de humo provenía de otra de mis compañeras, que estaba aspirando con fuerza un cigarrillo, pese a que la había oído toser repetidamente aquella noche. Tenía problemas respiratorios, pero las monjas creían que el tabaco mejoraría considerablemente su enfermedad y que tranquilizaría sus nervios. Lamentablemente, la mayoría de las que entraban en la enfermería terminarían padeciendo las consecuencias de una infección mal curada por culpa de un tratamiento que empeoraba aún más su salud. Por suerte, en mi caso no había sido así. Me encontraba mucho mejor; sor Diane volvió a revisar mis heridas y afirmó, tras limpiarlas con delicadeza y paciencia, que estaban mucho mejor que el día anterior.

El tiempo pasaba muy lento en aquella sala y apenas podía hablar con nadie, pues aquella monja era una mujer reservada y poco amigable, pese a su gran dedicación. Era de las que pensaban que el silencio era un gran bálsamo curativo que aliviaba el dolor y las conciencias. Yo la había estudiado con detenimiento y me había dado cuenta de que era una mujer muy despistada, por su avanzada edad, y de que solía hacer varios viajes al día hacia la cocina o la lavandería porque olvidaba cambiar las toallas o las palanganas. Así que intentaría sacarle provecho para cuando llegara mi gran oportunidad, y escondí bajo las sábanas de mi cama el jarabe de láudano y opio que había dejado sobre mi mesita en un descuido y que usaba para aliviar el dolor de las enfermas. Aquella misma tarde por fin vi aparecer por el pasillo a la monja que llevaba el carro con todos los hábitos recién lavados y planchados y que se dirigía al almacén que se encontraba en el mismo pasillo, tal y como me había contado Valentine. Esa era mi única oportunidad para conseguir salir de aquella prisión, así que me decidí a hacerlo: tomé un poco de aire y comencé a gritar desesperada, fingiendo un dolor inexistente, y cuando sor Diana acudió a ver qué pasaba le pedí que me diera una cucharadita de jarabe.

–¿Dónde lo he metido? –se preguntó la monja, frunciendo el ceño–. Pero ¡qué cabeza tengo! ¡A saber dónde lo habré dejado!

Sor Diane abandonó la habitación y se dirigió a la sala de las sifilíticas, donde se encontraba la vitrina de las medicinas que guardaban bajo llave. Salí de la cama como un relámpago pese al dolor y corrí como pude hacia el pasillo tras la monja que llevaba el carro y que se había parado frente a una puerta. Estaba buscando la llave del almacén, y yo me dirigí hacia ella jadeante y con cara de preocupación.

–¡Ayúdeme, por favor! –grité haciendo aspavientos–. ¡Hay una enferma que se está ahogando! ¡Corra!

–Pero ¿dónde está sor Diane? –preguntó, preocupada, mientras volvía sobre sus pasos hacia mi habitación–. ¡Ya no tiene cabeza esta mujer!

Salió corriendo, renegando de sor Diane, hacia la habitación, y dejó el carro abandonado en el pasillo. Aproveché que no había nadie y, con todas las precauciones, cogí un hábito bien plegado y me lo escondí entre las piernas, bajo la falda. Seguí rápidamente a la monja para no levantar sospechas, con el miedo de que se me cayera el hábito, y entramos en la habitación. La chica con problemas respiratorios tosía como de costumbre, pero sin ningún tipo de alarma. La monja puso los brazos en jarras y me miró con reproche.

–Pero bueno, ¿quién se está ahogando aquí? ¿Me ha mentido, señorita?

–Disculpe, hermana, pero me he asustado al ver toser a mi compañera y creí que le pasaba algo grave. –Fingí un llanto–. Y como no estaba sor Diane...

La monja relajó sus facciones y me miró con compasión.

–No pasa nada, muchacha. –Me cogió de la mano y me llevó hasta la cama–. Venga, descansa.

Cuando me subí a la cama, noté cómo el hábito comenzaba a resbalar hacia el suelo. Sentí que mi plan terminaba en ese mismo instante pues la monja tan solo tenía que mirar hacia abajo para percatarse de lo que había estado escondiendo. Sin embargo, justo en ese momento apareció sor Diane por la puerta y la monja desvió su atención hacia ella.

–¿Qué ha pasado aquí? –preguntó sor Diane alarmada–. ¿Me voy a buscar jarabe un momento y se revoluciona toda la enfermería?

Mientras hablaban, yo aproveché para recoger disimuladamente el hábito y esconderlo bajo las sábanas. Sentía cómo mi corazón palpitaba acelerado; en cualquier momento podría desmayarme a causa de la ansiedad y los nervios.

–Esta chica. –Me miró; yo notaba que estaba pálida y no podía dejar de sudar–. Ha venido corriendo a buscarme porque se pensaba que su compañera se ahogaba. ¡Mire qué cara de susto lleva la pobre!

–¡Oh, pobre muchacha! –exclamó con compasión, acariciándome la cara y con el jarabe en la mano–. A duras penas puedes moverte de la cama y has socorrido a una compañera, como ha de hacer una buena cristiana. Ahora descansa, bonita.

Me sentí un tanto culpable al ver a sor Diane tan preocupada por mí. En el fondo era una mujer entrañable y cariñosa, pero mi futuro prevalecía por encima de cualquier sentimiento.

Cuando todo volvió a la normalidad, por fin pude descansar. El viaje hasta el pasillo me había dejado agotada y dolorida, y eso me había preocupado bastante. ¿Sería capaz de andar yo sola y acometer mi plan sin llamar la atención? Tendría que aguantar el dolor como fuera y alcanzar mi objetivo aquella noche, antes del ángelus. Esperaba, además, que Louise lo hubiera dejado todo preparado tal y como habíamos acordado.

Las campanas dieron las dos de la madrugada. Comprobé que todas estuvieran durmiendo, incluida la monja que se quedaba de guardia por las noches. Sor Diane descansaba en su habitación y la sustituía una mujer mucho más joven y espabilada. Sin embargo, ninguna era capaz de aguantar toda la noche despierta; era un trabajo tremendamente pesado e innecesario, pues la mayoría de las enfermas ni siquiera tenían el ánimo de abandonar la cama. No obstante, pese a mi lamentable estado físico, yo sí que tenía las ganas y la valentía de hacerlo, de manera que me puse el hábito como pude y bajé de la cama. Iba descalza; llevaba los zapatos en la mano para no hacer ruido y el suelo estaba helado. De hecho, me salía por la boca un vaho frío y tenía la piel de gallina. Intenté controlar mi inquietud y actuar de forma serena y cuidadosa, así que caminé de puntillas hasta la puerta de la habitación. Al salir, pasé justo delante de la monja, que roncaba sentada en una silla, y cogí de la mesa de al lado una vela encendida. Una vez en el pasillo, me sentí algo más tranquila y aproveché para calzarme. Seguí el camino que Louise me había marcado en una hoja que había guardado en el corsé. Comencé a andar con dificultad por aquella red de pasillos y corredores fríos y solitarios. Pasé por la sala de las sifilíticas y, de repente, observé la figura de una monja que salía de la habitación con cara de sueño. Ahogué un grito de sorpresa y apagué la vela con los dedos para que no me descubriera. No podía esconderme en ningún sitio, de modo que me tapé la cara con el velo negro para que se confundiera con la misma oscuridad. La mujer, que se dirigía a las letrinas, ni siquiera se percató de mi presencia. Suspiré aliviada al ver que pasaba de largo y seguí mi camino, más animada por haber vencido un obstáculo. Sin embargo, me había quedado sin luz y no veía absolutamente nada, así que tuve que ir palpando la pared para guiarme.

Por fin alcancé mi destino: el horno. Me planté frente a la puerta del obrador con la esperanza de que Louise hubiera cumplido con su parte. Entré en la sala y noté un calor agradable pese a que el horno estaba apagado, miré en el interior de este y me encontré con un saco lleno de hogazas de pan. Louise lo había conseguido: había logrado esconder el pan en el horno para que yo pudiera al amanecer salir con él y engañar a los guardias diciéndoles que iba a hacer un acto de caridad. Además, si la monja que vigilaba se percataba de mi desaparición y daba la voz de alarma, jamás se les ocurriría buscarme en el interior de un horno. Así que me metí en él, envuelta en el hábito, y me hice un ovillo intentando sortear los restos de leña que habían quedado del día anterior. El olor a harina fermentada me produjo arcadas. Los ojos me pesaban y tenía mucho sueño. Mi cuerpo me pedía a gritos que descansara, pero no podía arriesgarme a quedarme dormida, pues antes de las cinco de la mañana, cuando las reclusas empezaran su jornada, tendría que abandonar el horno y salir del edificio. Debía ser realmente convincente frente a los guardias. Había decenas de monjas en Saint-Lazare y yo esperaba que no las conocieran a todas. No obstante, al tener la cara llena de magulladuras sentía cierto temor a ser descubierta. Tuve que aguantar estoicamente el sueño; me sentía exhausta por la aventura nocturna que acababa de vivir, pero por fin llegó la hora esperada y a las cinco menos cuarto me dirigí a la puerta que daba al exterior.

El cielo estaba plomizo y apenas se veía la luz del sol. Comenzaban a caer pequeñas gotas que auguraban una tormenta inminente que no favorecería mi huida. Pese a las inclemencias del tiempo, intenté simular seguridad y me erguí con valentía caminando a buen paso hacia los guardias, que estaban frente a la verja fumándose un cigarrillo y tomando tragos de coñac para mantener el calor.

Justo cuando estaba a punto de cruzar la puerta, las campanas de la iglesia de Saint-Lazare comenzaron a sonar de forma continua, sin señalar ninguna hora concreta. Enseguida comprendí que por alguna razón estaban dando la voz de alarma. Probablemente, las monjas se habían percatado de mi ausencia y habían descubierto mi camisón bajo las sábanas. Estaba claro que aquellos guardias, que comenzaron a mirar de un lado a otro preguntándose qué podría estar ocurriendo, no me iban a dejar salir. No supe qué hacer. Sentía el repiqueteo intenso de la campana en mis oídos, delatándome ante el mundo. El sudor me resbalaba por la espalda, como un escalofrío, y mis pies eran incapaces de dar un paso más. Sin embargo, aquella era la única oportunidad que tenía para escapar, y las consecuencias de que me pillaran no serían peores que las que me esperaban si aguardaba paciente la llegada del inspector. Tenía que intentarlo.

Seguí hacia delante, sin mirar a los guardias, que continuaban en alerta. Y entonces, sin pensarlo, comencé a correr como si no hubiera mañana, sin tomar conciencia de la estupidez de mi acto, pues estaba claro que me iban a alcanzar rápidamente. Me había delatado yo sola. Quizá, si hubiera intentado cruzar la puerta aparentando normalidad... Pero aquello no tenía nada de normal, estaba escapando de una prisión y solo era una muchacha asustada que había sobrepasado mis límites. Los guardias bloquearon la puerta y yo quise defenderme con débiles patadas y puñetazos mientras lloraba desesperada por el fracaso de mi misión. Me dejé caer al suelo y enseguida me levantaron agarrándome de ambos brazos, sin apenas hacer fuerza, para llevarme de vuelta a Saint-Lazare.

Después de que los guardias explicaran todo lo ocurrido, las monjas decidieron encerrarme en un calabozo. Estaba situado en la primera planta del ala derecha del edificio. Era pequeño, con una ventana muy alta y un camastro sin colchón con dos sábanas. Me senté en la cama e hice una mueca de disgusto al comprobar que era realmente dura. Inspeccioné a mi alrededor y me di cuenta de que las paredes estaban llenas de inscripciones que parecían haber sido hechas con las uñas. Imaginé que allí mismo habrían estado castigadas otras mujeres del correccional. De hecho, justo en la celda de al lado había una chica de unos quince años que llevaba una camisa de fuerza: se negaba a convivir de forma pacífica con las demás compañeras y habían tenido que reducirla entre cuatro guardias para poder retenerla, pues su desesperación la había llevado a insultar a las monjas y perder el control por completo.

Cuando ya comenzaba a oscurecer, una monja acompañada de un guardia me trajo un trozo de pan y una taza de agua. Ni siquiera me moví de la cama: estaba encogida como en una especie de ovillo, desprotegida y en un estado permanente de alerta que me impedía conciliar el sueño pese a llevar tantas horas sin dormir. Me sentía tan vulnerable que la simple sonrisa de la religiosa me sirvió de antídoto pasajero contra el desánimo. Sin mediar palabra, me tapó con una manta fina y me acarició la cabeza antes de irse. Agradecí la ternura con la que nos trataban aquellas devotas monjas, sin guardarnos rencor por nuestras faltas, y pensé que las mujeres que habían terminado en aquella prisión y no en otra eran afortunadas. Ni siquiera pude dormir una hora seguida, por lo que me encontraba realmente exhausta e irritada, incapaz de pensar con frialdad en lo que iba a ocurrir a partir de entonces. A la mañana siguiente, un hombre de mediana edad, con bigote y patillas canosas, apareció en mi calabozo como una ensoñación; por fin le ponía cara al temido inspector. Comenzaron a temblarme las manos, y si intentaba levantarme sentía vértigo. No sabía qué me estaba pasando, pero intuí que la falta de sueño y los nervios habían logrado desestabilizarme por completo.

—Soy el inspector Josep Vives –dijo con voz recia–. Ha cambiado usted bastante, señorita Amelia Rovira.

Sacó algo de una cartera de piel y me lo entregó. Aunque mi cabeza daba vueltas y no podía concentrarme en lo que tenía delante, reconocí que se trataba de una fotografía que me había hecho Héctor en el estudio de Esplugas. Sentí un nudo en la garganta al recordar aquellos dulces momentos de intimidad con él y la arrojé al suelo; luego me retorcí en la cama y le di la espalda al inspector.

—Ha hecho cosas muy graves por ese hombre, ¿sabe? Tiene que contármelo todo.

Me pareció que usaba un tono hostil y acusador cuando ni siquiera me había dado la oportunidad de defenderme ni de explicar mi versión de los hechos.

—Yo no he hecho nada –logré decir con voz débil.

—Quizá ya es hora de que asuma su culpabilidad. –Hizo una pausa cargada de intención–. Pero veo que no se encuentra en condiciones de hablar. Tiene que descansar un poco y reponerse.

—No he hecho nada –repetí, sin fuerzas–. No tengo nada que decirle.

—Ya lo creo que sí –replicó él–. Mañana tendrá que contarme la verdad.

El inspector se marchó. Al oír que la puerta se cerraba de nuevo, me invadió el llanto desesperado de quien se siente atrapada y no puede hacer nada por salir. Iba a tener que enfrentarme a ese hombre aunque no quisiera, pero necesitaba dormir si no quería volverme loca. Por fin, agotada por los acontecimientos de los últimos días, caí rendida al sueño.

Al día siguiente, el inspector Vives no apareció. Me resultó extraño, pues en teoría se encontraba en ese mismo edificio. No obstante, no me importaba demasiado: me sentía débil y absolutamente resignada. Pese a las ganas de salir de prisión, había tirado la toalla. Tenía la sensación de que, por mucho que me esforzara, nadie creería en mi inocencia. Estaba marcada de por vida por un acto que no había cometido.

Los días pasaron. El inspector seguía sin aparecer, y me encontraba totalmente desvalida y abandonada en aquel calabozo húmedo y frío. Empezó 1894, tan triste y solitario como había acabado 1893. La única compañía que tenía era la de la monja que, a través de las rejas, me traía la comida y me cambiaba el orinal. Mi único deseo en aquellos momentos, aunque pudiera parecer contradictorio, era ver aparecer de una vez al inspector Vives. Nadie me había explicado por qué no estaba allí cumpliendo con sus funciones, y mi agonía e impaciencia no paraban de aumentar a medida que se sucedían los días. Sin embargo, cuando llevaba una semana encerrada en el calabozo, apareció el inspector.

–Siento haberle hecho esperar –dijo con tono alegre–. Veo que ya tiene la cara completamente curada. Vuelve a ser la chica guapa de las fotografías.

–Dígame cuánto tiempo tendré que pasar presa y acabemos con esto cuanto antes –dije, cabizbaja–. No pienso gastar más saliva.

–¿No quiere saber por qué he tardado tanto? –Hizo un silencio para luego continuar–: tuve que regresar a Barcelona el mismo día porque encontramos al terrorista del Liceo.

Mi corazón palpitó con angustia, esperando oír el nombre de Héctor. Quería saber qué había pasado finalmente con él, si lo habían cogido o si seguía disfrutando de la libertad que yo no tenía.

–Santiago Salvador ha sido detenido en Zaragoza. –Esbozó una sonrisa llena de orgullo–. Intentó suicidarse antes de ser capturado, pero finalmente lo llevaron al castillo de Montjuic y confesó la autoría del crimen. Dijo que había lanzado las bombas como represalia por la muerte de Paulino Pallás.

Paulino había atentado contra Martínez Campos. ¿Habría participado Héctor en el atentado del Liceo también como venganza por lo que le habían hecho a su amigo?

–Por supuesto, este hombre será condenado a garrote vil –continuó–. Así como todos aquellos que participaron en el atentado del Liceo. José Codina y Mariano Cerezuela también serán ejecutados por su contribución al atentado de Martínez Campos.

–¿Qué quiere decir con eso? ¿Que yo también seré ejecutada?

–Y Héctor Vidal, claro está, así como todos sus cómplices. Usted es una de ellas.

Sentí que las piernas me temblaban, y un hormigueo por todo el cuerpo me hizo perder las fuerzas.

–¡Yo no hice nada! –comencé a gritar, perdiendo la voz con cada palabra–. ¡Me enamoré perdidamente de él! ¡Me marché a París para no comprometer a mi familia!

De repente, mis ojos se nublaron y me desmayé.

24

—¡Amelia, despierte!

Sentí que alguien me golpeaba en la cara suavemente para que me despertara. Al abrir los ojos, distinguí la oscuridad de la celda y la cara del inspector Vives iluminada por la ligera luz de un quinqué.

—¿Se encuentra bien? —me preguntó con cierto tono de preocupación—. Se ha desmayado.

Asentí; tenía la boca pastosa y un profundo dolor de cabeza. Me dejó unos minutos a solas para que me repusiera y regresó de nuevo con un brebaje de hierbas que me habían preparado las monjas.

—Tome. —Me lo entregó—. Le irá bien.

Me lo bebí sin apenas respirar para no notar su sabor desagradable y, al poco rato, comencé a sentirme mucho más calmada y tranquila.

—¿Sabe quién es François Ravachol? —El inspector Vives ni siquiera me dejó contestar—. Fue un anarquista o un asesino, como lo quieras llamar, que, en marzo de 1892, puso varias bombas en las casas del juez y del fiscal del juicio de tres anarquistas implicados en un tiroteo, que habían sido torturados y condenados a prisión. Como no hubo víctimas en aquellos atentados, tuvieron que juzgarlo por otra causa. Tiempo atrás había asesinado a un viejo para robarle unos sacos de monedas, así que finalmente fue condenado a la guillotina por ese delito.

En esos momentos no entendí por qué me hablaba de ese hombre. Todo aquello había pasado hacía dos años. ¿Qué tenía que ver conmigo?

—He de reconocer que aquella ejecución provocó aún más a los anarquistas, deseosos de sangre —continuó—. Convirtieron a Ravachol en un mártir de su causa. Tiempo después, un grupo de anarquistas lo vengó haciendo estallar una bomba en el restaurante Véry; mataron al propietario y a un cliente. Resulta que el camarero de aquel restaurante había sido uno de los que habían identificado a Ravachol y facilitado su detención. La cuestión es que varios periódicos anarquistas defendieron a Ravachol. Uno de los más famosos es el fundado por Jean Grave, *La Révolte*. Este diario es el punto de encuentro de los anarquistas y, a través de sátiras y escritos, se mofan del orden establecido e incluso incitan al terrorismo.

—Pero ¿por qué me cuenta a mí todo esto?

—El Gobierno francés se ha propuesto aniquilar el anarquismo con el uso de las *lois scélérates,* unas leyes que restringen la libertad de prensa y condenan a cualquier hombre que participe en la propaganda de un crimen. Estas leyes se establecieron en diciembre de 1893 tras los atentados de Auguste Vaillant, que, emulando a tus compañeros, lanzó una bomba en la Cámara de Diputados que hirió a cincuenta personas. Este hombre ahora se encuentra preso y probablemente será ejecutado en febrero, así que tememos que se produzcan más atentados en París como venganza al encarcelamiento de Vaillant. Y aquí es donde entra usted.

—¿Yo? —Abrí los ojos como platos—. ¿Qué tengo yo que ver con todo esto?

—Se han hecho registros domiciliarios a más de ochenta y cinco anarquistas en los que se ha detenido a veintinueve, pero las pruebas halladas contra sus organizaciones carecen de validez por referirse a hechos anteriores a la aprobación de las nuevas leyes. Necesitamos pruebas de delitos recientes. Los militantes anarquistas y filósofos que trabajan en *La Révolte* suelen reunirse en el café *Le Papillon* de la rue Mouffetard, que desde hace unos meses está siendo vigilado por agentes policiales. Ellos no lo saben, claro está. El bar lo regenta una espía francesa que lleva años colaborando con los gobiernos francés y español y nos informa de sus reuniones. Sin embargo, desde que se han endurecido las leyes, los anarquistas no sueltan prenda a nadie; sospechan de todo el mundo y se muestran completamente herméticos. Necesitamos su colaboración, señorita.

—¿Y pretenden que yo haga de espía? —Negué con la cabeza varias veces—. No creo que nadie me tome en serio. ¿Por qué tengo que hacer ese tipo de trabajo? ¡No me conocen de nada! ¿Acaso confiarían en mí?

El inspector Vives sonrió con ironía y se levantó de la cama, dando unos pasos lentos por la celda.

–Solo lo puede hacer usted. Héctor Vidal se encuentra en París y se mueve por *Le Papillon*. Lo han aceptado como a uno más y lo consideran un héroe por haber participado en el atentado del Liceo. Ahora se hace llamar Vincent Leduc.

Al oír su nombre, mi corazón comenzó a palpitar desbocado. Sentí que me faltaba el aire y tuve que beber un vaso de agua para tranquilizarme.

–Por su reacción, entiendo que no sabía nada del asunto. Quizá tenga razón y tan solo haya sido una víctima inocente de su plan, pero ahora ya es demasiado tarde para no implicarla en esto.

–Y si ya saben dónde está, ¿por qué no lo atrapan?

–Porque no queremos. –Se encendió un cigarrillo y volvió a sentarse en la cama–. Lo queremos libre para que usted pueda unirse con él de nuevo y nos informe de lo que pretende hacer el grupo. Si se gana su confianza, le contará sus planes.

–Pero... ¡No va a salir bien!

–Casi consigue escapar de la prisión de Saint-Lazare, así que demuestra usted tener habilidad de sobra para adaptarse a cualquier situación.

–Ha sido la desesperación. No tengo ninguna habilidad para espiar a nadie.

–Tiene carisma, eso no me lo puede negar, y si ha logrado manipular a un tipo como Lautrec estoy seguro de que podrá hacerlo con otros. No solo tendrá que cautivar a Héctor Vidal, sino también a sus compañeros.

–Yo no manipulo a nadie, señor.

–Tendrá que practicar algunas respuestas ingeniosas y sacar todo su encanto –continuó, obviando mi comentario–. Y, por supuesto, la mentira. Se inventará excusas para salir airosa y hacer que suene creíble.

–Deposita usted demasiadas expectativas en mí: no voy a ser capaz de hacer todo lo que me pide.

–Ha llegado hasta aquí mintiendo, señorita Rovira, así que no quiera hacerme creer que es usted una monjita como las de Saint-Lazare. Tan o más importante que mentir es ser capaz de detectar la mentira de manera eficaz. ¿Sabe cómo se hace?

Negué con la cabeza mientras el inspector se acercaba a mí y me susurraba al oído:

—¿Ha oído hablar del lenguaje corporal? Si una persona muestra angustia y se toca la nariz o la boca persistentemente, significa que miente. ¿Sigue usted enamorada del señor Vidal?

¿A qué venía aquella pregunta? Mis sentimientos no tenían nada que ver con todo aquello y no debían importarle en absoluto. Sin embargo, negué rápidamente con la cabeza.

—¿Lo ve? —Rio—. Acaba de mentir. Se ha puesto nerviosa y sus labios han temblado.

Me sonrojé.

—Tiene que escucharlo todo —continuó—. Mantenga sus oídos abiertos a cualquier cosa. Por muy insignificante que parezca, puede sernos de gran utilidad.

—¿Y si se dan cuenta de que miento? —pregunté, temerosa.

—Tiene que estudiarse bien esto. —Me lanzó una carpeta con varios documentos—. Aquí explica qué papel debe adoptar, toda la historia que le he explicado de Ravachol y los hombres a los que debe acercarse, principalmente a Héctor Vidal.

—No sé si voy a poder actuar con normalidad ante Héctor. —Me tembló la voz tan solo de pensar que tenía que volver a verlo—. Me ha hecho mucho daño, y no quiero saber nada de él.

—Tiene que hacerlo —me interrumpió con un tono de voz más serio—. Si no lo hace, terminará en una prisión de por vida. O ejecutada. No tiene alternativa.

Las lágrimas apenas me dejaban abrir los ojos. Tenía tal nudo en la garganta que ni siquiera me salían las palabras.

—¿Y quién me asegura que después de hacer lo que me pide no terminaré de todas formas en una prisión?

—Le aseguro que limpiaremos su nombre y podrá regresar a Barcelona junto a su familia sin que nadie pueda señalarla.

Me quedé unos segundos callada pensando en las palabras del inspector. Nada me haría más feliz que poder regresar a mi casa junto a mi familia sin que les supusiera una vergüenza. Quería recuperar de nuevo mi apellido, así como el honor y el respeto de todas las personas a las que quería. ¿Sería capaz de traicionar a Héctor a cambio de eso?

—De acuerdo —dije al fin—. Lo haré.

Héctor me había hecho mucho daño, pero no iba a perder la oportunidad que me brindaban para volver a la normalidad. ¿Cómo reaccionaría al verlo?

—Celebro oír eso. Y ahora preste atención. Se llamará Amelia Ramos y se hospedará en el hostal Censir, cerca de la rue Mouffetard. Allí trabaja un crío que suele hacer de recadero y se encarga de poner agua y comida a los caballos de los clientes que se apean en el hostal. Cada jueves por la mañana, usted le entregará una carta con toda la información que obtenga de los anarquistas, por irrelevante que le parezca. Puede enviar más durante el resto de la semana si necesita contactar con nosotros de manera urgente o tiene que revelarnos noticias importantes. Las cartas las escribirá en castellano para evitar que las entienda cualquiera que las pueda interceptar. Nosotros no nos pondremos en contacto con usted, a no ser que sea de absoluta necesidad. Trabajará como camarera en *Le Papillon*. Tiene que evitar que la gente sospeche de usted y, sobre todo, sacarle a Héctor Vidal toda la información que pueda.

—¿Y qué pasa si me descubren? —pregunté con angustia—. ¿Qué pasará conmigo?

—Si cree que alguien puede sospechar de usted, entonces será mejor que nos lo diga y abortaremos la misión. —El inspector me agarró con fuerza del brazo—. Pero espero que no falle; si lo hace, no podremos salvarla. Ah, y no intente jugárnosla, porque si se escapa o nos traiciona le aseguro que lo pagará su familia. Podemos inventarnos cualquier irregularidad en la fábrica de su padre para arruinarlo.

Sentí una presión en el pecho que apenas me dejaba respirar. No podía permitir que mi familia pagara por mis errores, así que tendría que cumplir la misión lo mejor que pudiera.

—Pero no puedo aparecer de repente en ese café sin que sospechen de mí.

—Es usted la musa de Lautrec, y la gente lo adora. Todo el mundo en París ha visto el cartel del Moulin Rouge.

No supe cómo debía tomarme aquella información. Por un lado me alegraba, pero por otro me dejaba indiferente. ¿Acaso aquello iba a producir algún efecto positivo en mi vida?

—¡Por el amor de Dios, esto es una locura! —exclamé, hecha un manojo de nervios—. ¡El plan no va a salir bien!

El inspector me agarró de la barbilla con fuerza y me obligó a que lo mirara.

–Tiene que elegir entre él o su familia. Mire a lo que le ha llevado ese asesino: le ha arruinado la vida, y ahora tiene la oportunidad de redimirse.

Asentí, convencida de que tenía razón. Después de terminar de perfilar y repasar mi nueva vida como espía, el inspector Vives se puso de pie.

–Mañana saldrá de aquí y empezará su nueva vida. –Se giró antes de marcharse–. Ah, y quédese con este nombre: Émile Henry.

–¿Quién es?

–Un anarquista peligroso. En 1892 realizó un atentado en la rue des Bons-Enfants contra las oficinas de la Compañía de Minas de Carmaux. Murieron seis personas. No hubo pruebas firmes contra él y tuvieron que dejarlo en libertad. Luego desapareció, y no hemos vuelto a saber de él. Si oye hablar de ese hombre, háganoslo saber.

No pude dormir en toda la noche imaginándome cómo sería el reencuentro con Héctor y cómo me recibiría. ¿Aún mantendría, si es que lo había tenido alguna vez, algún cariño o amor hacia mí? ¿O, por el contrario, se mostraría distante y frío conmigo? El problema lo iba a tener yo más que él: ¿cómo podría acercarme a él sin reprocharle todo lo que me había hecho y sin que se me notaran en la mirada la rabia, la decepción y el odio que me hacían sentir sus actos?

Al día siguiente, el inspector Vives vino a buscarme a mi celda y los dos nos encaminamos hacia el exterior del edificio. ¡Qué alegría poder respirar aire fresco después de tantos días encerrada en esa habitación sin luz ni contacto con el mundo! No pude despedirme de Louise, pues todas estaban en sus talleres de trabajo, así que me subí en el coche con pena e incertidumbre por ella, a quien le esperaban muchos años más de agonía y soledad en aquella prisión. Sin embargo, no pude evitar sentir cierta euforia al ver que las verjas de Saint-Lazare, después de un mes encerrada, se abrían frente a nosotros para no regresar jamás, o eso esperaba. A pesar de aquella sensación de falsa libertad, en el fondo sabía que mi nueva vida estaba atada a aquel inspector y a la Policía francesa, que contaba conmigo para evitar un nuevo ataque terrorista en París. Tenía tan solo diecinueve años y trabajaba para dos de las naciones más importantes de Europa. ¿Podría soportar esa presión sin derrumbarme ante los ojos de Héctor?

Al cabo de un rato, el coche paró en el hostal Censir y el inspector Vives volvió a darme las instrucciones pertinentes. También me entregó un sobre con dinero para pagar el hostal y mis gastos.

—Mañana acudirá a *Le Papillon*. El camarero que trabajará con usted no sabe nada, es tan solo un empleado que recibe órdenes de quien considera su jefa y que es nuestra espía francesa. Así que la tratará como a una más.

—¿Conoceré a la espía y dueña del café?

—No, eso es imposible. Ella solo se comunica con sus trabajadores a través de telegramas o cartas. No puede dejarse ver por razones de seguridad.

Asentí con un leve gesto y bajé del coche sintiendo una enorme presión en los pulmones. ¿Cómo había conseguido meterme en ese tremendo lío? Me planté frente al edificio de piedra del hostal, donde se veían varios balcones de hierro forjado. Nada más entrar me recibió una mujer simpática, entrada en carnes y de pelo cenizo que se presentó como la dueña. Johanna me acompañó hasta mi habitación y me apuntó en un papel el horario de las comidas. Me comentó, además, lo que yo ya sabía: que su joven sobrino Pierre, de tan solo diez años, hacía de mensajero y podía realizar cualquier recado siempre y cuando se le diera una propina.

—Cuando quiera lavarse solo tiene que decírselo a Herbert, nuestro criado. Él le subirá el barreño y el agua caliente. El baño se encuentra a mano derecha, al final del pasillo. Espero que su estancia aquí sea de su agrado.

—Gracias.

No sabía si aquella mujer estaba al corriente de quién era yo o simplemente miraba hacia otro lado, pero estaba claro que el niño sabía a quién debía entregar mis mensajes sin la necesidad de que yo se lo dijera. Así que, ¿estaría también ese hostal colaborando con el Gobierno?

Johanna cerró la puerta tras de sí y me dejó a solas en la habitación. Estaba cansada de dar tumbos por sitios que me habían sido impuestos y que yo jamás hubiera elegido; anhelaba tener mi propio hogar y hallar una estabilidad. Pero de momento esa situación tendría que esperar, así que sería mejor que me adaptara lo antes posible a mi nueva situación.

La habitación era sencilla. Aparte de la cama, había también una cómoda y un tocador con espejo. La colcha y las sábanas estaban limpias y olían a lavanda; de hecho, la cama era realmente cómoda y ancha, lo que me hizo recordar inevitablemente el estrecho e incómodo camastro de Saint-Lazare. Por fin tenía una habitación para mí sola y podría disfrutar de la intimidad que tanto necesitaba y que no había podido tener desde que había llegado a París.

Bajé al comedor. Todos los huéspedes almorzaban juntos en una mesa común. Éramos, en total, seis personas y todos me acogieron con gentileza y cariño. Conocí también a Herbert, un hombre muy educado, de unos cuarenta años, que se encargaba de la chimenea del comedor y de las tareas más pesadas de la casa. Al ser un hostal humilde y relativamente pequeño, imaginé que la dueña no podía permitirse el salario de otro criado, así que debía de ser ella quien limpiara y cocinara. Después de haber sido tratada prácticamente como una criada en el burdel, sabía que era una tarea agotadora. ¿Cómo había sido capaz de quejarme de mi vida anterior cuando lo tenía absolutamente todo para ser feliz? Había escapado de los míos en busca de mi independencia y de mi libertad, pero... ¿acaso las mujeres que había conocido desde mi llegada a París eran realmente libres?

Aquella tarde me atreví a salir a la calle y paseé por la rue Mouffetard para curiosear por mi nuevo barrio. Comencé a andar por aquel pequeño y estrecho callejón y me encontré con un sinfín de olores, algunos familiares y otros no tanto, que provenían de los puestos al aire libre que vendían alimentos: quesos de todo tipo, carnes de caza, bollos y panes, frutas y vinos... Todo me pareció encantador y divertido, pues la gente parecía disfrutar en familia de la compra y de la complicidad de los tenderos.

Al final de la calle vi la fachada del café *Le Papillon,* en la que colgaban carteles con anuncios de Nestlé, Le Vin d'Or Apéritif y leche esterilizada de Quillot Frères. Había unas cuantas mesitas en la acera estrecha, donde los clientes podían disfrutar de una de las vistas más pintorescas de la ciudad. Aunque no era un barrio de clase alta, me topé con varias mujeres que vestían a la última moda sin llevar prendas excesivamente caras; paseaban en grupo, risueñas y despreocupadas, y paraban de vez en cuando en los puestecitos de víveres. Desde los balcones de los edificios, guarnecidos de flores coloridas, las amas de casa observaban el trajín de la mañana y saludaban a sus vecinas con un alegre *bonjour madame*. Me sentí animada, feliz de poder disfrutar también de aquella paz y libertad que se respiraba en París. Sin embargo, al sentir que, de algún modo, estaba cerca de Héctor, noté una vez más que me faltaba el aire. Miré a través de uno de los cristales para ver el interior. Era una enorme sala, decorada según los cánones modernistas, en la que destacaba un bonito mostrador con sus grifos y sus tubos para las sodas americanas, toda una innovación. Sin embargo, la bebida por excelencia seguía siendo la absenta: la sala estaba repleta de hombres que cumplían el ya popularizado rito de beberla mientras fumaban. Tomé aire; tenía miedo de encontrarme con Héctor, pero no había ni rastro de él, lo que me dejó más tranquila. Aún no me sentía preparada para verlo.

 El sol comenzó a esconderse, y en apenas unos minutos el cielo se oscureció. Los cafés comenzaron a encender sus luces y los comercios sus lámparas de gas. Aunque ya era tarde y hacía frío, aún había gente por la calle. Los obreros trabajaban muy duro durante largas jornadas, y los comercios cerraban tarde para que las trabajadoras de las fábricas pudieran hacer la compra. Si me había gustado el ambiente de día, me pareció maravilloso el bonito efecto de la iluminación por la noche. Caminé de nuevo hacia el hostal para refugiarme en mis reflexiones y esperar, con sentimientos encontrados, el anhelado día de mañana.

25

Me desperté sin recordar dónde estaba. De hecho, por un instante creí encontrarme en la celda de Saint-Lazare, esperando mi destino con resignación. Sin embargo, el ajetreo propio del hostal me hizo recuperar enseguida la memoria y darme cuenta de que tenía que empezar mi nueva faceta como espía y encontrar a Héctor. Me vestí lo más elegante que pude, con el mismo vestido con el que había llegado a Saint-Lazare y que todavía guardaba el olor del burdel de la rue des Moulins: aquella mezcla de esencia de rosas que solía utilizar Mirelle y el fuerte aroma a tabaco de los clientes me hizo recordar todo lo vivido en Montmartre. El inspector Vives me había dado dinero para que me comprara ropa nueva, pero aún no había tenido tiempo de acercarme a una modista; ni siquiera había podido decirle a Johanna que me lavara el vestido que llevaba, así que mi aspecto no era precisamente el más adecuado para empezar mi nuevo trabajo como camarera.

Bajé las escaleras y me dirigí al pequeño comedor para desayunar. En las mesas, mal colocadas y apretujadas unas con otras, varios clientes leían el periódico y fumaban mientras comían tostadas con mermelada. Me senté en la única mesa que quedaba libre y aparté el bonito jarrón de flores artificiales que la decoraba. Johanna me trajo una buena taza de café con leche y unos cruasanes de mantequilla recién hechos y todavía calientes. Pese a mi nerviosismo, no pude contenerme ante esas delicias que no había vuelto a probar desde que entré en Saint-Lazare, así que me lancé ansiosamente a la comida como si no hubiera ingerido nada en varios días. El olor a mantequilla inundaba la estancia, mezclándose con el del café y la leche hervida. La calidez y familiaridad que se respiraba en el hostal hizo que me sintiera protegida, pese a encontrarme tan sola y a la presión que me provocaban los nuevos acontecimientos. Cuanto terminé, respiré hondo y me dirigí a *Le Papillon*.

A diferencia del día anterior, el café estaba repleto, y se me revolvió el estómago al pensar que irremediablemente me encontraría con Héctor. Aun así, entré intentando parecer resolutiva y segura. En contraste con la familiaridad del hostal, me encontré con un gran número de mesas picadas por el juego de los dados y quemadas por los cigarrillos mal apagados, sin jarrones ni manteles de encaje que las cubrieran. Hombres y mujeres obreras compartían espacio con periodistas y escritores que, con una pluma en una mano y una copa de vino en la otra, compartían sus pensamientos y opiniones políticas en voz alta.

Intenté abrirme paso entre la concurrencia para llegar hasta la barra y preguntar por el encargado del café, el señor Dominique Bouffard. Por intuición, me acerqué a un hombre que parecía dar órdenes a las tres muchachas que servían los desayunos y que permitían que los clientes más efusivos les toquetearan el trasero.

—Disculpe, señor, ¿es usted Dominique Bouffard?

El hombre asintió con cara de pocos amigos. No llegaría a los cuarenta años, aunque sus manos, castigadas por el agua, parecían las de una persona de más edad. El pelo largo rizado y el bigote descuidado le hacían parecer un hombre tosco y distante.

—Soy Amelia Ramos, la nueva camarera.

—Ah, la musa de Lautrec. —Su voz era tosca, aunque escondía cierto atractivo—. *Madame* Saignes me comentó que vendrías, pero que no sabía cuándo.

—Así es. —Eché un vistazo a la barra en busca de Héctor, pero no lo vi—. ¿Siempre hay tanto movimiento?

—Y por la tarde todavía más —me espetó ásperamente mientras secaba un vaso—. Aunque en la hora del desayuno es cuando se juntan los de *La Révolte* para escribir sus artículos revolucionarios. Ya te irás acostumbrando.

De repente apareció una de las camareras.

—¡Estoy harta! —exclamó indignada—. ¡Trabajo en un café, no en un burdel!

La joven se deshizo del delantal y lo lanzó a la barra con desprecio.

—Exijo mi paga —continuó, y extendió la mano—. Y me iré para no volver jamás.

Dominique dejó cuidadosamente el vaso que estaba secando sobre la mesa y se plantó de brazos cruzados frente a la muchacha. Aunque había sido muy osada en las formas, le temblaban las manos y sus ojos huidizos apenas podían aguantarle la mirada.

—No pienso darte ni un franco —dijo él con dureza—. Si quieres irte, vete, pero no te irás con el dinero que no te has ganado.

La chica apretó los labios en una mueca de rabia y me miró.

—Esta es la chica del Moulin Rouge, ¿no? —preguntó, mirándome de arriba abajo—. Te ganarás muchas propinas si dejas que los hombres te manoseen por debajo de la falda. Además, tú ya debes de tener práctica en eso, después de haberte acostado con el pintor más desvergonzado de París.

Sus palabras me hirieron. ¿Por qué arremetía contra mí aquella muchacha que no me conocía de nada?

—No pague conmigo su enfado, señorita, y no ensucie mi honor con mentiras. Lautrec solo me retrató, eso es todo.

—Eso no se lo cree nadie —respondió con una sonrisa sarcástica—. Pero la felicito, porque ha conseguido ascender. De un burdel de Montmartre ha pasado a un café, aunque también esté lleno de indeseables.

Miré a Dominique buscando una explicación.

—No le hagas caso. —Por fin habló con un tono más conciliador—. Te aseguro que te sentirás muy a gusto entre nosotros.

La chica soltó una carcajada.

—Dominique se cree el amo del lugar. *Madame* Saignes, la mujer sin rostro, porque nadie ha conseguido verla nunca, le ha dado las riendas a este hombre, que se lleva un sobresueldo a cambio de que muchas de nosotras nos subamos las faldas. Y tú le harás rico.

Aquella era una acusación grave. Pero ¿dónde me había metido el inspector Vives? ¿Acaso *madame* Saignes conocía las prácticas indecorosas que tenían lugar en aquel local?

Dominique salió de la barra con el rostro impávido y, sin decir nada, agarró a la chica de un brazo y la sacó prácticamente a empujones a la calle. Regresó con la mirada más tranquila, recogió el delantal que había tirado la chica y me lo entregó a mí.

—Ya puedes empezar. Y no hagas caso a esa fulana. —Escupió sus palabras con agresividad y me dio la espalda—. Trabajarás todos los días salvo los domingos y no te irás hasta el cierre. Es un trabajo duro, pero se te pagará bien. Supongo que *madame* Saignes ya te habrá explicado los detalles por carta. Y ahora, menos cháchara y a trabajar.

Me coloqué el delantal con inseguridad y me puse manos a la obra. Aunque era un poco torpe con la bandeja, tuve la suerte de no romper nada en mi primer viaje. Llevé unos vasos de licor a una mesa repleta de papeles y manchas de tinta. La ceniza de los cigarrillos caía en la mesa y se mezclaba con el alcohol que rebasaba de los vasos. Los cuatro hombres, que discutían con vehemencia sobre política, se callaron en el preciso instante en el que aparecí.

–¡Tenemos nueva camarera en *Le Papillon*! –exclamó con entusiasmo un hombre de aspecto elegante–. ¿Eres la famosa Amelia?

Asentí, avergonzada, mientras notaba que se volvían hacia mí los ojos curiosos de aquellos clientes. Eché un vistazo fugaz a los papeles desordenados de la mesa, y leí que se trataba de *La Révolte*. Aquellos señores trabajaban para el periódico: eran pensadores, filósofos e historiadores de gran capacidad intelectual, aunque también de manos muy largas, pues el que me había hablado no tardó en ponerme una de ellas en la cintura.

–Sí, soy yo. –Me deshice de su mano con disimulo–. ¿Le han hablado de mí?

–Me llamo Jean Grave, bonita. –Se bebió el vaso de licor de un solo trago–. Y sí, todos te estábamos esperando. Dominique no ha dejado de recordarnos tu llegada ni un solo día.

Arrugué la frente con suspicacia. ¿Tanto interés tenía aquel hombre en una simple camarera, o es que pretendía hacer otros negocios a mi costa?

–Quiero dejarles claro, señores, que yo solo soy una camarera y que no cederé a otras intenciones. Además, creo que quien manda aquí es *madame* Saignes, no Dominique.

Jean rio y buscó la complicidad de sus compañeros mientras se secaba los dedos tintados en un trapo.

–No sé si eso le gustará a Dominique. –Hizo un gesto de indiferencia–. Creíamos que la muchacha que había conquistado a Lautrec y que había mostrado a toda la ciudad lo que esconden esos ojos tristes y melancólicos sería más receptiva a la seducción.

—No soy una prostituta —contesté de mala gana—. He venido aquí a ganarme el pan con mi trabajo, y me parece vergonzoso que hombres que luchan por unas ideas tan nobles no lo hagan con el mismo fervor por la libertad de las mujeres.

Mi improvisado discurso los sorprendió. Jean sonrió satisfecho y abrió las manos en un gesto de derrota.

—Tiene toda la razón —asintió con firmeza—. Le pido disculpas, señorita. Creí que era otro tipo de mujer.

—Disculpas aceptadas. Y ahora voy a seguir con mi trabajo, caballeros.

Me di la vuelta para regresar al mostrador, pero algo hizo que me parara en seco. Había un hombre de pie, apoyado sobre la barra; sujetaba un vaso que se llevó a sus labios lentamente. Estaba de espaldas, pero en ese momento miró hacia un lado y pude ver su perfil. Sentí que se me aflojaban las piernas... Era Héctor. Por fin me iba a reencontrar con él después de dos meses sufriendo lo indecible.

Me acerqué a él con incertidumbre y el cuerpo tembloroso, con la intención de hacerme la encontradiza. Me puse a su lado y lo miré a la cara. No era Héctor. Aquel joven era su doble; tenía sus mismos rasgos y el mismo color de ojos y de pelo. Si no supiera que Héctor no tenía hermanos, hubiera jurado que aquel chico había compartido con él la misma placenta en el vientre de su madre. ¿Cómo podía haber dos personas tan iguales sin tener ningún lazo familiar?

—¿Te pongo otra, Teo? —le preguntó Dominique al doble de Héctor.

El tal Teo asintió y comenzó a liarse un cigarrillo mientras yo lo observaba con descaro, incapaz de disimular. Estaba absolutamente hipnotizada por el gran parecido que guardaban; incluso los gestos, masculinos a la vez que delicados, a la hora de liarse un cigarrillo me recordaban a él.

—¿Le pasa algo, señorita? —me dijo el muchacho, y me miró con escepticismo—. ¿Es usted nueva?

—Perdone, caballero, es que me recuerda a alguien. —Negué varias veces con la cabeza—. No me haga caso.

Dominique intervino en la conversación y me presentó con orgullo, como si fuera su nuevo tesoro.

—Se llama Amelia, es la que sale en la nueva publicidad del Moulin Rouge. ¿No te parece bonita?

—Sin duda. –Se puso el cigarro en la boca y se lo encendió–. Mi amigo Vincent se empeña en ir una y otra vez allí para verla. Está obsesionado.

Vincent. ¿Estaría hablando de Vincent Leduc, el nuevo nombre de Héctor? Mi corazón se aceleró. Pero, pese a mis ganas de saber más, tenía que ser cautelosa.

—No me extraña. –Dominique me miró con lascivia–. Estoy seguro de que nuestra nueva camarera hará aumentar la clientela de *Le Papillon*. Aunque te digo una cosa, niña, más te vale que el próximo día traigas un vestido como Dios manda.

—No he tenido tiempo para ir a la modista –dije un tanto avergonzada–, pero le aseguro que lo haré. ¿Conocen alguna sastrería cerca de aquí?

Para mi sorpresa, Teo se mostró interesado en ayudarme.

—Traiga un papel y le apunto la dirección. En Le Marché trabaja un conocido mío como dependiente. Tienen telas muy baratas y una costurera a muy buen precio.

—Muchísimas gracias, caballero. –Le di un trozo de papel y me apuntó la dirección–. Su amigo, ese tal Vincent..., ¿viene mucho por aquí?

—¿Por qué lo pregunta? –Me miró extrañado–. ¿Quiere conocer a su gran admirador? –Rio mientras me subían los colores a la cara.

—A veces soy un poco vanidosa –respondí, haciéndome la coqueta–. ¿A qué mujer no le gusta que le regalen los oídos?

—Pues suele pasarse por las tardes, porque trabaja haciendo fotografías a los turistas en la Torre Eiffel. Pero últimamente anda bastante ocupado y no viene mucho. Líos de faldas.

Me quedé blanca al oír aquello. ¿Héctor se había vuelto a enamorar? Sentí tanta rabia que arrojé el trapo con el que había estado limpiando las mesas sobre la barra. Enseguida me di cuenta de mi error; tenía que andarme con ojo y medir mis reacciones si no quería levantar sospechas. Pero yo no era una verdadera espía, sino una mujer de solo diecinueve años que había sufrido la pérdida de un amor muy especial. ¿Cómo iba a ser capaz de controlarme?

—¡Tiene mucho carácter, señorita! –exclamó Teo–. No sé si a Dominique le gusta que sus trabajadoras sean tan impetuosas.

—Pues tendrá que aceptarlo si me quiere tener aquí –dije de mal humor–. ¿Sabe su amigo que estoy trabajando aquí?

Teo negó con la cabeza y volvió a dar un trago.

–Ya le he dicho que lleva días sin aparecer.

–Mejor, así será una sorpresa. –Intenté sonreír.

Fue un día agotador. Hice tantos viajes de la barra a las mesas que mi cabeza no dejaba de recorrer una y otra vez el camino. Me dolían los pies y tenía las piernas hinchadas de estar tantas horas de pie. Sin embargo, los hombres de *La Révolte* no volvieron a sobrepasarse conmigo después de lo que dije, así que parecía que había logrado hacerme respetar. Esperaba que Dominique, que todavía se comportaba con prudencia y, en cierta manera, con amabilidad, no cambiara de actitud con el tiempo y quisiera utilizarme como fuente de ingresos extra. Como, por lo visto, *madame* Saignes jamás aparecía por allí, no era de extrañar que Dominique se creyera el dueño del negocio.

Cuando salí del café ya era de noche, pero los comercios seguían abiertos. Saqué el papel en el que Teo me había apuntado la dirección de esa sastrería económica y me dirigí hasta allí caminando, con ganas de hacerme nuevos vestidos. Aunque hubiera preferido ir a una casa de modas de mayor categoría, sabía que una camarera no podía permitirse el coste de ropas tan lujosas, así que tendría que conformarme con telas y modistas al alcance de la población obrera. No estaba muy lejos de la rue Mouffetard, por lo que no tardé demasiado en llegar a Le Marché, que se encontraba en una calle oscura y poco transitada, mal iluminada por una sola farola de gas. En el escaparate se exhibían sombreros, guantes y bolsos sencillos, de colores planos y sin adornos. ¡Qué diferente era aquel lugar de la casa de modas Montagne!

Abrí la puerta y sonó una campana. Afortunadamente, no había nadie, así que no tendría que esperar. El dependiente, que estaba colocando unas cajas de cartón en las estanterías más altas, bajó de las escaleras al oír que entraba.

–Buenas noches, señorita –dijo el muchacho–. ¿En qué le puedo ayudar?

Le eché unos veinte años; tenía el pelo ondulado y encrespado y unas cejas oscuras que le endurecían la mirada. No era muy agraciado, pero parecía amable.

–Necesito un uniforme negro para trabajar y un vestido para los domingos.

El chico asintió y me enseñó varias telas de diferentes calidades. Después de que yo eligiera las que más me gustaban, alcanzó el metro y comenzó a tomarme las medidas para sacar el patrón.

–La modista intentará tenerlo en una semana. Espero que no le corra prisa.

A medida que hablaba, pude percibir en él un acento conocido. Aunque hablaba francés perfectamente, tenía dejes castellanos.

–¿Ha estado usted en España? –le pregunté por curiosidad.

–Pasé mi infancia en Barcelona, hasta los diez años. –Sonrió, nostálgico–. Tuve una niñera catalana a la que quiero mucho.

–¿Niñera? –me extrañé–. Perdone que me sorprenda, pero no...

–Lo sé –me interrumpió–. Se preguntará cómo un dependiente pudo tener niñera... Pues sí, mi padre era un hombre de dinero, pero participó en la Comuna de París y tuvo que exiliarse a España por cuestiones políticas, y allí nacimos mi hermano y yo. Así que soy más español que francés, señorita.

–Es agradable encontrar a un compatriota de vez en cuando, y más de la misma ciudad. Es curioso pensar que quizá usted y yo nos topáramos por Barcelona cuando éramos apenas unos críos.

El joven rio y apuntó unos números en un papel.

–Le haré un descuento del cinco por ciento, señorita. –Se puso el lápiz tras la oreja–. Me ha caído usted simpática.

–No pretendía ahorrarme unos céntimos. –Solté una carcajada–. Un cliente de *Le Papillon* me recomendó esta sastrería, pero no sabía de su origen.

–¿*Le Papillon*? –Alzó las cejas–. ¿Trabaja allí? Pues le diré una cosa: mis amigos de *La Révolte* me han invitado muchas veces a ir, pero ya ve que mis horarios son incompatibles. Los domingos me encuentro tan cansado que lo único que me apetece es quedarme a descansar en mi habitación.

–Los dependientes y los camareros tenemos horarios muy difíciles. Hoy ha sido mi primer día, y lo único que me apetece es echarme en la cama. –Miré el reloj que había colgado en una pared–. Tendré que irme si no quiero quedarme sin cenar.

–Ha sido un placer conocerla, señorita. –Me dio la mano–. Me llamo Émile. Émile Henry.

26

Por fin era domingo, el día libre. Me apoyé sobre la cama para escribir una nota al inspector Vives explicándole que había encontrado a Émile Henry, el peligroso anarquista, trabajando como dependiente en Le Marché. Aquel chico me había caído bien y me dio pena tener que informar sobre su paradero cuando, aparentemente, parecía inofensivo, un muchacho de lo más normal y tranquilo. Sin embargo, la experiencia me había demostrado que no se podía confiar en las apariencias y que quizá tras aquel rostro inocente y simpático se escondía un verdadero asesino. Y si era cierto lo que el inspector Vives me había contado, ese tal Henry había cometido ya un atentado en 1892.

Cuando terminé de escribir la carta, bajé al apeadero de los caballos en busca del niño que se encargaría de entregar mi mensaje. Enseguida me vino el fuerte olor a estiércol y a sudor de los animales, y encontré al chico quitándole las bridas y desensillando a uno que acababa de llegar. El niño se frotó las manos al verme, supongo que al imaginarse la tarea que le esperaba y la propina que vendría a continuación. Así que, sin tener que dar explicaciones, Pierre, como me dijo que se llamaba, se marchó a toda prisa por la rue Mouffetard. Lo perdí de vista prácticamente al instante.

Me apreté el chal sobre los hombros al sentir el aire helado de la calle: era relativamente pronto y, aunque no tardarían en servir el desayuno, decidí comprar algo por el camino para no perder un segundo. Había estado esperando mi día libre casi con ansia, pues no podía dejar de pensar en lo que había dicho Teo de Héctor. Día y noche me lo imaginaba con otra mujer.

Antes de tomar el ómnibus que me llevaría hasta la Torre Eiffel, entré en una *boulangerie* de cierta categoría. El calor de los hornos y el olor a mantequilla que procedía del aparador me hizo salivar: merengues, crocantes, hojaldres rellenos de crema, de almendra y caramelo... Me comí un pastel de avellanas y chocolate de camino a mi destino, endulzando la pena que llevaba meses arrastrando. París tenía muchísimos lugares por descubrir, desde enormes edificios y avenidas hasta pequeños callejones donde visitar algún café o encontrar algún rincón inesperado. Había calles empedradas con arcos y pasajes que llevaban directamente a los jardines. En ellos, jóvenes artistas, estudiantes y muchachas en edad casadera aprovechaban para tomarse un respiro y descansar en los bancos de hierro forjado mientras contemplaban la belleza de las campanillas de invierno. A lo largo del río Sena, además, varios pintores retrataban en sus lienzos el día a día de los parisinos: las barcas que rompían la tranquilidad del agua, la marabunta de gente que cruzaba de un lado a otro de la ciudad a través de sus puentes... No podía dejar de mirar de un lado a otro, impresionada.

Llegué por fin al emblemático y controvertido monumento creado por Gustave Eiffel para la Exposición Universal de 1889. A medida que me acercaba, cada vez me impresionaba más la enorme y espectacular estructura de hierro que se imponía en el Campo de Marte. A pesar de las críticas recibidas por parte de intelectuales y personalidades del mundo de las letras y de las artes, que la condenaron mucho antes de que fuera terminada, el tiempo había demostrado que la Dama de Hierro se había impuesto como uno de los lugares más frecuentados por los visitantes. ¿Quién no quería tomarse una foto desde el punto más alto de la Torre Eiffel? Allí estaría Héctor, sin duda.

En la entrada de la torre se agolpaban decenas de hombres y mujeres que se dirigían a los restaurantes de lujo que ocupaban la plataforma de la primera planta. El más popular de todos, el Brébant, era un espacio encantador donde unos educados camareros elegantemente vestidos servían cocina francesa. En las mesas decoradas con encaje y porcelana, las parejas compartían deliciosos desayunos entre caricias y besos románticos. París era la ciudad del amor, y muchos recién casados viajaban a la capital francesa para disfrutar de su luna de miel. ¡Qué envidia me daban aquellos jóvenes matrimonios! Quizá Héctor y yo podríamos haber vivido la misma situación si él no se hubiera empeñado en seguir sus instintos políticos más radicales. Hice de tripas corazón y tomé el ascensor hasta la planta más alta. En su interior, un hombre uniformado cerró las puertas de hierro y accionó una palanca para ponerlo en marcha. Jamás había subido a un ascensor, y sentí cierto temor por si aquella máquina se desplomaba hacia abajo. El ruido que hizo al elevarse no ayudó a calmarme, sino todo lo contrario: apoyé la espalda en la pared y cerré los ojos con fuerza, como si así pudiera evitar cualquier contratiempo. Subir los más de trescientos metros de altura que tenía la torre me resultó terriblemente lento y angustioso. Sabía que aquellos metros eran lo único que me separaba de Héctor, y mi ansiedad iba en aumento. Cuando salí, un mar de gente se agolpaba frente a los balcones y apenas se podía caminar por la estructura sin chocar con la gente. Miré de puntillas por encima de las cabezas en busca de Héctor, pero me fue imposible ver nada. Evité como pude los codazos de los maleducados y los pisotones de quienes se apresuraban por hacerse con el mejor hueco, y caminé desesperada por toda la plataforma. Me sentí frustrada y pensé que quizá habría salido a desayunar o que libraba también el domingo, aunque fuera el día con más visitantes.

Me quedé apoyada en una pared, con el corazón encogido y las lágrimas a punto de brotar. Me sentía la mujer más sola en el mundo, pese a encontrarme en ese momento rodeada de un centenar de personas. ¡Qué infeliz me sentía, y qué ganas tenía de verlo!

Permanecí durante horas en ese mismo lugar. Y, cuando estaba a punto de desistir, por fin Héctor apareció a lo lejos. Salía del ascensor con su cámara, bien vestido y con el pelo mucho más corto. Estaba irresistiblemente guapo, sonreía y se le veía feliz. Parecía que todo este tiempo sin mí, a diferencia de lo que había vivido yo, le había sentado bien. No sabía si aquella impresión mía era un invento de mi imaginación para castigarme de nuevo o si realmente Héctor se había olvidado tan rápido de mí.

La gente comenzó a hacer cola frente a su cámara. Sin duda, aquel era un magnífico negocio y, por la calidad de sus ropas, parecía irle bastante bien. No quería interrumpirlo en su tarea, así que esperé a que terminara para acercarme a él. Pero las cosas no sucedieron como esperaba y, cuando el tránsito de turistas fue disminuyendo, alguien apareció en escena para ocupar mi lugar. Una joven rubia de ojos claros y piel pálida corrió efusiva hacia él y se colgó de su cuello mientras él la abrazaba. ¿Quién diablos era aquella mujer? Sin que dejaran de hablar y reír, Héctor recogió la cámara y tomaron el ascensor para abandonar la torre con la apariencia de dos enamorados.

Comencé a morderme las uñas por primera vez en mi vida. No quería precipitarme, pero se comportaban como una pareja normal y corriente que tuviera toda la tarde del domingo por delante para disfrutar de su amor. Subí al ascensor del otro lado para no coincidir con ellos y me dispuse a seguirlos como si fuera una espía de verdad. A unos metros de distancia y oculta por el chal, que me puse por encima de la cabeza, recorrí con cuidado las mismas calles que ellos con la desazón de querer descubrir la realidad.

Finalmente, Héctor y la muchacha se adentraron en un hostal pequeño y humilde. Mientras observaba cómo subían la escalera que los llevaba a las habitaciones, me quedé tras una esquina sin saber si dar un paso más en mi investigación o no. La vida íntima de Héctor no tenía ninguna relevancia política para el inspector Vives, así que yo no tenía por qué inmiscuirme y arriesgarme a ser descubierta. Sin embargo, no podía seguir mi vida con normalidad sabiendo que Héctor había rehecho la suya con tanta rapidez; me atormentaba pensar que ya hubiera superado el amor que nos tuvimos. Mi corazón seguía suspirando por lo que habíamos dejado a medias hacía unos meses y, si bien él me había hecho muchísimo daño, a mí y aún más a todos los que murieron en el atentado, en el fondo anhelaba recuperar el tiempo perdido a su lado. Empezar de nuevo: eso era lo que quería.

Me llené de coraje y me adentré en el hostal. El señor que estaba en el mostrador hacía números con una libreta y un ábaco. Me miró por encima de las gafas y dejó su tarea para atenderme.

—No me quedan más habitaciones, señorita —me dijo apenado—. Lo siento.

—Oh, no busco una habitación, señor. —Le sonreí dulcemente—. Solo quería hacerle una pregunta. Verá, he visto que entraban un joven y una chica apenas hace unos segundos y quería comprobar su nombre. Creo que es un amigo mío de la infancia, pero no me he atrevido a acercarme a él por miedo a meter la pata. ¿Se trata de Vincent Leduc?

—Está usted en lo cierto, señorita. Son los señores Leduc.

—¿Los señores Leduc? —pregunté sorprendida—. ¿Esa muchacha es su esposa?

—Así se registraron, señorita. ¿Quiere que le avise?

Negué rotundamente mientras abandonaba el lugar sin ni siquiera darle las gracias por la información. Comencé a correr mientras las lágrimas me inundaban los ojos, como si el mundo se hubiera terminado para mí en ese instante. Perdí el chal por el camino, y a punto estuvieron unos caballos de arrollarme cuando crucé una calle sin mirar. Corría sin importarme tropezar con alguien o caer en el Sena en un descuido. Cuando ya no podía más, me quedé sentada en un banco cualquiera a esperar a que anocheciera para regresar al hostal. No quería que vieran la tristeza y la frustración en mi rostro y ser motivo de conversación; mi único deseo era pasar desapercibida y escribir al inspector Vives para decirle que no quería continuar con ese trabajo. No estaba dispuesta a seguir viendo a Héctor casado y enamorado de otra mujer. Mi corazón todavía sufría por él, y no podría seguir adelante con mi vida si no me deshacía de una vez por todas de su recuerdo. Pero ¿acaso me permitirían irme así como así sin sufrir ninguna consecuencia? Pues claro que no: me harían la vida imposible. Pero ya no me importaba que lo hicieran, siempre y cuando me alejaran de él.

Al entrar en el hostal, Johanna me anunció que la cena estaba lista. Ya en el recibidor me llegaba el olor a sopa de cebolla, pero la rechacé con un simple no y subí deprisa a mi habitación. Allí cogí la pluma y escribí una nota breve y concisa.

> A la atención del inspector Vives:
> Le comunico que no pienso seguir con la operación. No tengo fuerzas para continuar. Aquí le espero, para que hagan conmigo lo que quieran.
>
> Amelia

Entregué la carta a Pierre y regresé a mi habitación. Me puse el camisón y me metí en la cama: las sábanas estaban frías y rígidas por el almidón y me costó entrar en calor. Metí la cabeza por dentro de la colcha y lloré amargamente hasta que no me quedaron más lágrimas. Me dormí con el quinqué encendido. Más tarde me despertaron unos golpes en la puerta. Me desperté sobresaltada, sin saber quién podría ser a esas horas de la madrugada, y al abrir me encontré con el pequeño Pierre temblando de frío y con escarcha en el pelo. Tenía cara de sueño y sus manos, que cubrían unos guantes con agujeros, temblaban sujetando un sobre.

–Pierre, ¿qué haces despierto a estas horas de la noche? –le pregunté sorprendida.

–El señor quería que le entregara esto con urgencia. –Se sacó una moneda del bolsillo y sonrió–. Ha valido la pena esperar.

Le toqué la cabeza y le guiñé un ojo como muestra de agradecimiento.

–Buenas noches, Pierre.

Me senté en el borde de la cama y abrí el sobre asustada. No sabía a qué me iba a enfrentar ni cómo reaccionaría el inspector Vives ante mi decisión, así que todavía más extrañada me quedé al encontrarme con la fotografía de un niño de apenas cuatro años sentado en una silla y posando ante la cámara. ¿Quién era esa criatura y qué tenía que ver conmigo? Saqué luego la carta y comencé a leer:

> Me sorprende su decisión, señorita Rovira. No le creía tan ingenua como para pensar que puede decidir sobre su destino. Ya le dije que no tiene capacidad para elegir, sino para cumplir las órdenes estipuladas por el Estado y particularmente por mí. Ha tenido mucha suerte, pues normalmente los sospechosos como usted no gozan de una segunda oportunidad. Sin embargo, pretende terminar con su libertad por culpa de un solo hombre. Sé que ha visto a Héctor Vidal y eso le ha trastocado las emociones. Sí, no se asombre... La hemos seguido. Como comprenderá, necesitábamos confiar en usted y saber si realmente cumplía con nuestros propósitos. Una pena que sea tan débil, señorita Rovira, y dilapide su futuro y el de su familia por su falta de valentía y compromiso. Le advertí que si no llevaba a cabo nuestras órdenes, podría tener problemas. Y no solo usted: también su padre.
>
> Supongo que se preguntará quién es el niño que aparece en la fotografía adjuntada en el sobre. ¿No le resulta familiar, ni siquiera alguno de sus rasgos? Esa criatura es hijo de su padre. Se llama Agustín, como su progenitor. Su madre era la amante de su padre, y desafortunadamente murió en el atentado del Liceo.
>
> Imagino que desconocía esta información, al igual que su familia. A excepción de su padre, evidentemente. Todo indica que la querida de su padre se retiró de la vida pública cuando se quedó embarazada y tuvo al niño fuera de Barcelona. Cuando falleció en el atentado, su padre lo dejó al cuidado de un matrimonio sin hijos que anhelaba tener un pequeño, pero nos consta que

acudía regularmente para verlo y costear lo que esa familia no podía permitirse gastar en la educación y el cuidado del chiquillo.

Quiero que sepa, señorita Rovira, que en ningún momento tenía la intención de recurrir a esto para obligarla a que siga con la operación, pero no me ha dejado alternativa. Sé que lo único que puede hacerle cambiar de opinión es asegurar el bienestar de los suyos. Pues bien, si no termina con lo que ha empezado, le doy mi palabra de que toda Barcelona se enterará de la existencia del bastardo de los Rovira. Imagínese las consecuencias devastadoras que podría conllevar para la familia, para la fábrica Filatures Rovira y, sobre todo, para su madre, que es la más vulnerable.

Espero que recapacite y lo piense bien.

Inspector Vives

Me tiré destrozada en la cama. ¡Mi padre había tenido un hijo con esa mujerzuela! No me podía creer que mi propio padre pudiera haber llegado tan lejos y se hubiera comportado con tan poca moralidad, arrastrando el apellido del que tanto se enorgullecía. Había puesto en tela de juicio mi actitud hacia Héctor cuando él había incluso engendrado un hijo fuera del matrimonio. Mi madre había estado a punto de sucumbir a la tristeza por culpa de aquella mujer, así que no me quería ni imaginar qué le podría pasar si se enteraba de la existencia del pequeño.

Volví a mirar la fotografía y, efectivamente, comprobé el parecido entre ambos. No fue hasta ese momento cuando comprendí que aquella criatura también era mi hermano, y que su dulce rostro inocente no tenía ninguna culpa de los pecados de sus padres.

Recordé lo que me dijo su madre antes de morir en el Liceo: «Cuida de Agustín, no lo dejes solo». Ahora entendía el significado de aquellas palabras cargadas de miedo y angustia. En ningún momento se había referido a mi padre, sino a su hijo, que le había sido arrebatado y entregado a una familia desconocida para que los Rovira pudieran dormir con la conciencia tranquila. ¡Qué sacrificio había tenido que hacer aquella pobre madre!

Me levanté de la cama, tenía que hablar con el inspector Vives. Quería oír de su boca que, si seguía con la operación, aquello permanecería oculto para siempre. Aunque ese niño no se lo mereciera, ni probablemente tampoco su madre, nadie tenía que saber la verdad. Si los clientes de mi padre se enteraban de la existencia de Agustín, seguramente le darían la espalda. En la Barcelona burguesa y católica de finales del siglo XIX, tener un hijo fuera del matrimonio era considerado un pecado grave. Me puse el abrigo sobre el camisón y el sombrero y bajé a la cocina, donde el pobre Pierre dormía junto al fuego de la chimenea. Me dio pena tener que despertarlo después de que hubiera estado en vela hasta tarde por mi culpa, pero estaba tan acongojada que mis nervios vencieron a la compasión.

—Pierre, despierta. —Lo zarandeé—. Te necesito.

El chico abrió los ojos de golpe, asustado.

—¿Qué pasa, señorita Ramos?

Le pedí que no alzara la voz. Estaba todo el hostal en silencio, tan solo se oía el crepitar de la lumbre. La quietud de aquella estancia, normalmente tan bulliciosa, me ponía los pelos de punta.

—Necesito que me digas dónde se encuentra el hombre al que llevas los mensajes.

—No puedo decirlo. —Negó con la cabeza—. Lo siento mucho, señorita. Si necesita enviar algún mensaje, lo llevaré ahora mismo.

Fruncí el ceño, enfadada.

—Vamos, es importante —insistí—. ¿Y si te doy una buena propina?

El niño negó de nuevo. El inspector Vives debía de pagar muy bien a ese crío, vista la fidelidad que le debía. No me quedó más remedio que claudicar.

—De acuerdo. Simplemente dile que sí, que continuaré.

Pierre se puso el abrigo y se frotó los ojos. Le hice creer que subía de nuevo a mi habitación y, en cuanto salió del edificio, bajé corriendo para seguirlo. Noté el frío helador al pisar la calle y me apreté el abrigo contra el cuello. Las pocas farolas encendidas iluminaban parcialmente las aceras y tuve que acelerar el paso para no perder de vista a Pierre, que me sacaba ya unos metros de ventaja.

Se oyeron varios aullidos de perros y me puse nerviosa. ¡Cómo cambiaba la rue Mouffetard de noche! Toda la vitalidad y el dinamismo que mantenía durante el día desaparecían al anochecer, cuando se convertía en un lugar hostil e inseguro. A esas horas de la madrugada, vagabundos y adictos al opio frecuentaban los rincones más insospechados del barrio. Me crucé con un hombre barbudo que parecía no estar en sus cabales, pues comenzó a hablarme en un idioma que no fui capaz de identificar. Corrí asustada y perdí de vista a Pierre. Maldije mi mala suerte y miré de un lado a otro para ubicarme de nuevo. Sin embargo, había perdido la orientación y desconocía dónde me encontraba. Estaba sola en la calle, a oscuras y sin saber regresar al hostal. ¿Qué iba a hacer ahora?

Comencé a caminar sin rumbo, a la espera de encontrarme con algo que me orientara, pero todo me parecía cada vez más extraño.

¿Y si tropezaba con algún criminal y me asesinaba fríamente con un cuchillo? Se me pasaron por la cabeza las peores escenas posibles: los periódicos de París estaban llenos de trágicos sucesos, asesinatos y violaciones, y solo a una persona como a mí se le hubiera ocurrido salir a tales horas sin compañía.

Me apoyé en una pared y me tapé la cara con las manos para calentarla. Me sentía absolutamente desamparada, y tenía unas ganas inmensas de llorar.

—¿Amelia?

Una voz masculina resonó en el callejón. Intenté buscar de dónde procedía, y pronto vi un rostro. Se trataba de Teo, el hombre que conocí en *Le Papillon* y que se parecía tantísimo a Héctor.

—¿Qué haces aquí sola? —preguntó extrañado.

Suspiré aliviada al encontrar a alguien conocido. ¿Qué podía decir para justificar mi presencia en la calle a esas horas?

—Pues... verás..., es que no podía dormir y necesitaba pasear para despejarme un poco. —No parecí convincente en absoluto, pero ninguna excusa podría pasar por buena en esas circunstancias—. Me he perdido. Aún no estoy muy familiarizada con el barrio.

—Me parece una insensatez por tu parte salir sola a estas horas —me reprendió—. ¿No sabes lo que te puede pasar?

Asentí, confundida. Me pareció que su tono estaba fuera de lugar: me estaba tratando como si fuera una niña cuando apenas nos conocíamos, aunque en el fondo tuviera razón. Había sido una imprudencia.

—Sí, he sido algo inconsciente —respondí con la boca pequeña—. Lo tendré en cuenta la próxima vez que quiera vencer el insomnio.

Teo rebajó el tono e incluso mostró una sonrisa.

—Vamos, te acompaño a tu hostal. —Me ofreció su brazo—. No quiero que le pase nada a la nueva camarera de *Le Papillon*. Dominique me mataría.

Mientras caminábamos, me vino el recuerdo de la primera vez que vi a Héctor en el Paralelo, en una noche fría como esa y en la misma circunstancia de desamparo que me había llevado hasta allí. Además, curiosamente, el hombre que ahora me protegía tenía el mismo físico que él, lo que me hizo revivir la anécdota con la misma intensidad que aquella primera vez. Incluso sentí un fuerte pinchazo en el estómago, placentero podría decir, al imaginarme a Héctor llevándome a casa.

Por fin llegamos al hostal. El silencio nos había acompañado durante todo el camino, algo que con Héctor no hubiera ocurrido jamás. A pesar de ser dos hombres prácticamente iguales físicamente, estaba claro que eran muy diferentes en cuanto a actitud y manera de ser. Héctor era un hombre con el que se podría hablar durante horas; era apasionado, cautivador... Cualquier mujer podría enamorarse tan solo de sus palabras.

—Cuídate, señorita —me dijo Teo antes de marcharse—. Nos vemos en *Le Papillon*.

—Por supuesto —dije yo, resignada a continuar mi misión tras todo lo que había descubierto aquella noche—. Allí estaré.

27

Y efectivamente, mi vida continuó en *Le Papillon*. Los días pasaban lentos y tediosos, sin el consuelo de una mano amiga en aquellos momentos de desaliento absoluto tras la amenaza del inspector Vives. Me sentía tan sola que lo único que deseaba era abandonarme en la habitación del hostal Censir e intentar evadirme de los problemas que me rodeaban. Héctor no se había pasado por el café. En el fondo lo agradecía, prefería no tener que enfrentarme a la realidad de su nueva vida con su esposa. De todos modos, mi misión debía continuar.

A la semana siguiente regresé a la sastrería de Émile Henry para recoger los vestidos que había encargado. No me apetecía tener que seguirle la pista a ese hombre. Estaba desganada, y tenía que hacer un esfuerzo terrible cada vez que me veía en la obligación de escuchar las conversaciones de los periodistas de *La Révolte* o incluso del propio Teo. Hasta entonces no había descubierto nada relevante, tan solo discursos propios de una clase obrera cada vez más rebelde. ¿Cómo iba a descubrir algo sobre ese tal Henry?

Entré en la sastrería, y esta vez no estaba vacía. Émile atendía a una mujer joven y delgada, a la que mostraba varias telas de diferentes colores. Como estaba de espaldas no pude ver su rostro, pero me quedé esperando mi turno mientras oía la conversación de ambos.

—Tendrás que volver a rehacer el patrón —dijo ella—. Aunque no dejará de crecer.

Émile sonrió como un bobo. Tenía los ojos brillantes y parecía emocionado.

—No me importa si eso conlleva traer al mundo una nueva vida. ¿Cómo te encuentras?

—Bien, con los achaques típicos de los primeros meses.

–¿Y él? –Se puso serio por un instante–. ¿Te trata bien?

Ella asintió, y hubo un silencio. Incluso un ciego habría visto la complicidad que había entre los dos.

–Todo va bien. –Bajó el tono y noté cierta pena en su voz–. Aunque, bueno, ya sabes...

Émile levantó la vista y tosió al verme. La mujer se giró de repente y mi rostro palideció. Era la misma que había visto con Héctor. Era su esposa y, lo peor de todo: estaba embarazada.

Sentí que me faltaba la respiración y me senté en una silla que había en la tienda para no caerme redonda. Había asimilado el hecho de que Héctor tuviera una esposa, pero no que viniera un hijo en camino. Que formara una familia en París con otra mujer me parecía insoportable, pues siempre me había imaginado a mí misma ocupando ese lugar. No me quedaba otra que aceptar que había fracasado y que sus ideas tenían para él más importancia que nuestro amor. No entendía cómo le había dado tiempo a enamorarse de alguien, casarse y engendrar un hijo en tan solo dos meses. Quizá cabía alguna esperanza, y el niño que crecía en el vientre de esa mujer no hubiera sido fruto del amor, sino de un instinto mal calculado. Mi orgullo herido se aferró a esa idea, como si aquel niño tuviera menos valor que si se hubiera concebido con la pasión y el amor que correspondía.

–¿Se encuentra bien? –La mujer vino a atenderme–. Está usted blanca.

La miré a la cara. Tenía los ojos azules, una nariz pequeña y grácil y unos pómulos redondeados. Era bonita.

–Estoy bien, gracias. Solo ha sido un mareo.

Tuve que apartar la mirada de ella para no mostrar mi rabia. Su rostro era cándido e inocente, y me sentí mal por odiarla sin conocerla siquiera.

–Sé lo que es –dijo ella, sonriente–. Ahora que estoy en estado me ocurre a menudo.

Émile se acercó a mí con un vaso de agua en la mano. Agradecí su gesto con un movimiento de cabeza y bebí un sorbo.

–Enhorabuena –le dije a la muchacha con intención de sonsacarle información–. Por su embarazo. Debe de ser un momento muy feliz para una mujer.

–Y para un hombre –añadió Émile de repente–. Ser padre también es un momento importante para nosotros. ¿No cree, señora Leduc?

–Por supuesto que sí –dijo la chica, evidentemente emocionada–. El padre está deseando que nazca. Él espera que sea un varón, claro.

No pude reprimir las lágrimas. Comencé a llorar como si fuera una niña pequeña ante el asombro de los dos. Aunque quise disimular, no fui capaz. Oír hablar así de Héctor me rompía el alma.

–Pero ¿qué le pasa? –Me ofreció su pañuelo.

–No me encuentro bien. –Me puse de pie e intenté serenarme–. Mejor me voy a descansar.

Salí de la tienda mientras escuchaba cada vez más lejos a Émile, que venía tras de mí.

–¡Espere! –gritó–. ¡Se deja la ropa que vino a buscar!

No hice caso. Continué sin mirar atrás con una sola intención: buscar a Héctor y pedirle explicaciones. La tristeza que había sufrido segundos antes desaparecía ahora para dejar paso a una ira contenida que me hacía contraer todos los músculos de mi cuerpo. Sentía la rabia crecer a cada paso que daba, las ganas de descargar contra él todo lo que había sufrido, mirarlo a la cara y decirle que me había arruinado la vida, a mí y a mi familia.

Llegué por fin al hostal donde se hospedaban Héctor y su mujer, me llené de valor y entré hasta la recepción con pasos seguros. Allí estaba el recepcionista que me había atendido la última vez. Como ya había anochecido, leía bajo la luz de una lámpara de gas, y justo al lado tenía una estufa que desprendía un desagradable olor a queroseno.

–¿Otra vez usted aquí? –me preguntó sorprendido.

–Esta vez sí que quiero ver a Vincent Leduc.

–Como guste. –Se encogió de hombros con indiferencia–. ¿Cuál es su nombre?

–Amelia Ro... Ramos. –Estuve a punto de meter la pata–. Dígale que vengo de Barcelona.

El hombre asintió y subió escaleras arriba para avisarle. Su espalda curvada delataba su vejez, y agradecí su lentitud para retrasar el momento de verme con Héctor. Al cabo de pocos minutos, el hombre regresó para indicarme que subiera.

–La está esperando. –Puso mala cara–. No haga nada de lo que pueda arrepentirse.

Ignoré sus palabras. Mi mente estaba absolutamente bloqueada por el miedo. Sí, el miedo a conocer la verdad y reencontrarme con el amor que me había llevado hasta allí. Subí las escaleras con rapidez y empujé la puerta entreabierta de la habitación. Héctor era el mismo de siempre, aunque estaba visiblemente afectado por mi presencia. Me hizo un gesto para que entrara y cerró la puerta tras de mí. Nos quedamos unos segundos mirándonos a los ojos, sin ser capaces de decir una palabra. Él se acercó a mí con la intención de abrazarme, pero mi primera reacción fue apartarme con brusquedad.

–¿Qué haces aquí? –preguntó sin apenas voz.

–Huir. –Mi tono sonó más débil de lo que hubiera deseado–. Huir de lo que hiciste en Barcelona.

Héctor tragó saliva y se puso la mano en la frente.

–¿Te sientes culpable? –le pregunté–. Porque deberías, después de haber asesinado a tantas personas.

–¡Yo no asesiné a nadie! –gritó desviando la mirada–. Participé, sí, pero no fui yo quien tiró las bombas. Yo no hubiera sido capaz de...

–Oh, ¡basta ya de falsa compasión! No pienso creer ninguna de tus palabras. ¡Me traicionaste!

–Escúchame, por favor. –Se encendió un cigarrillo–. Estás en tu derecho de pensar que te utilicé, pero no fue así. Yo te quise de verdad.

–¡Deja de mentirme! –exclamé mientras empezaba a llorar–. ¡Eso no es cierto!

Héctor se lanzó hacia mí para tranquilizarme y me agarró las manos con fuerza.

–¡Déjame! –Intenté zafarme de él–. ¡No me toques!

–Aún te quiero, Amelia. –Siguió forcejeando–. No he podido dejar de pensar en ti en todo este tiempo.

Me debilité ante aquellas palabras y perdí las fuerzas. Me dejé caer al suelo. Héctor se puso de rodillas frente a mí. Me acarició la cara y tiró el cigarrillo al suelo para darme un beso en la mejilla. Noté cómo se me ponía la piel de gallina al sentir de nuevo el tacto de sus manos y de sus labios sobre mí.

—Me abandonaste –dije, secándome las lágrimas con la mano–. Permitiste que la gente me señalara con el dedo. ¡La Policía me sigue!

—Lo siento muchísimo, no pensé en las consecuencias que podía acarrearte.

—Te liberé de Montjuic y me puse en evidencia sin importarme lo que me pudiera pasar después. Me prometiste que no volverías a hacer nada que te comprometiera con la Policía.

Héctor puso su cabeza sobre mis rodillas.

—No lo puedo evitar: luchar contra la injusticia es superior a mí.

—Pero ¡me pusiste en peligro! Podría haber muerto en el Liceo...

—Estaba todo calculado. Te llevé a la biblioteca precisamente para ponerte a salvo.

—Intentaste matar a Llobet. –Lo miré desafiante–. ¿Cómo pudiste mirarme a la cara y decirme tantas mentiras? Eso no es amor, Héctor.

—Llobet se merecía un escarmiento. –Me señaló con el dedo–. Que sea un abuelo entrañable e indefenso para ti no significa que sea un buen hombre. Este tipo de personas son las que hacen que mueran niños en las fábricas, no te olvides.

—Entonces, serías capaz de matar a mi padre también. –Le golpeé en el pecho enfadada–. ¡Eres un asesino!

—Jamás te haría daño. –Chasqueó la lengua–. O al menos no era esa mi intención.

—¿Y qué intención tenías entonces después de abandonarme en el Liceo a merced de la sospecha y el escarnio público? –Reí poco convencida–. ¡A punto estuve de trabajar como prostituta en Montmartre!

Héctor volvió a acariciarme la cara.

—Te busqué al día siguiente, pero ya te habías ido. Aquella noche permanecí escondido y mandé a una persona de mi confianza a tu casa para llevarte conmigo y marcharnos juntos a París. Pero no estabas.

Durante todo ese tiempo había creído que Héctor se había marchado sin tenerme en cuenta. Sin embargo, se había arriesgado a que la Policía descubriera su paradero solo por mí.

—¿De verdad? –Apoyé la cabeza en su hombro y lloré–. Me marché aquella misma noche. Estaba tan enfadada y dolida contigo que jamás imaginé que vinieras a por mí.

—Lo de irme a París contigo iba en serio. No te mentí en eso, ni en lo mucho que te quería y que te quiero.

Mi mirada se desvió fugazmente hacia la silla que había frente a una mesa de escritorio en la que colgaba un vestido de mujer; imaginé que sería de su esposa.

—¿Cómo puedes decirme que me quieres si tienes una nueva esposa? —le reproché con rabia—. Lo sé todo.

Héctor se irguió y se puso de pie. Comenzó a caminar por la habitación y se detuvo de pronto.

—No es mi verdadera esposa. Sí en términos legales, pero no la quiero.

Aunque sonó convincente, tenía mis dudas. Todavía tenía clavada en mi mente la imagen de ambos en la Torre Eiffel. Si realmente decía la verdad, ¿qué razón había para que se hubiera casado con ella?

—¿Te has casado con ella porque lleva un hijo tuyo? —dije con la voz ahogada.

—Es difícil de explicar...

—¿Vas a mentirme de nuevo? —Me puse de pie y me dirigí hacia la puerta—. Porque si es así, me iré. Desapareceré de tu vida para siempre.

Héctor me agarró del brazo para retenerme y me pidió que me sentara en la silla. Aparté cuidadosamente el vestido y esperé inquieta su explicación.

—Anne es, en realidad, la novia de un buen amigo mío, Émile Henry.

Eso explicaba las muestras de complicidad entre los dos que había visto en la sastrería. Cuando Anne hablaba del padre de la criatura, se estaba refiriendo realmente a Émile. ¿Cómo no me había dado cuenta?

—Se quedó embarazada, pero Émile no quiere casarse con ella —continuó—. No porque no la quiera, sino porque no deben.

—¿A qué te refieres? —pregunté, confundida—. ¿Son de religiones diferentes?

—No, no se trata de eso. —Sonrió relajado—. Émile tiene planes, quiere hacer cosas en París: la lucha, la revolución... Y sabe que si lo atrapan, Anne tendrá problemas. No quiere darle un apellido que pueda arruinar su futuro. Ni a ella ni a su hijo.

—Pero ¿por qué tuviste que hacerlo tú?

—Anne viene de buena familia. Sus padres tienen dinero y reputación, y no iban a permitir que su hija les ensuciara su buen nombre. Querían arrebatarle a su hijo, darlo en adopción o a las monjas, pero ella no estaba dispuesta. Así que cuando llegué a París y me reencontré con Émile, me pidió que me casara con ella para que pudieran tener a su hijo en paz. No pude negárselo. Émile y yo crecimos juntos en el Paralelo cuando estuvo viviendo en Barcelona. Fuimos muy buenos amigos y le tengo mucho aprecio. Sé que él también hubiera hecho lo mismo por mí.

—Prefiere perder a su familia que abandonar la lucha contra sus enemigos.

—No es cuestión de preferencias, es cuestión de necesidades. Aunque te pueda parecer lo contrario, Émile no es un tipo egoísta. Sacrifica su vida por un bien común.

—Entonces, ¿está planeando hacer algo? –pregunté. No debía olvidarme de obtener información sobre Émile para el inspector Vives–. ¿Qué pretende hacer?

Héctor me miró muy serio.

—No es momento para hablar de ello: Anne no tardará en llegar.

—No entiendo por qué tiene que dormir contigo... –Me los imaginé juntos en la cama y me sentí incómoda–. ¿Eres consciente de que ese niño llevará tus apellidos?

—No los reales. Héctor Vidal ya no existe, ahora soy Vincent Leduc. Me falsificaron la cédula de identidad. Émile pretende huir con Anne a otro país tras lo que tiene previsto hacer, pero sabe que si al final lo cogen a Anne no le pasará nada, porque a efectos legales es mi esposa. Y en cuanto a la cama... –Me señaló la ventana–. Émile viene cada día a dormir aquí sin que nadie lo vea. Yo duermo sobre unas mantas, en el suelo. Entre los tres podemos pagar la habitación, si no sería imposible. Así que, como ves, lo de Anne y yo es pura apariencia.

Una sonrisa asomó en mis labios sin que yo pudiera evitarlo. Me sentía aliviada y feliz de saber la verdad y de tener a Héctor de nuevo tan cerca de mí.

—¿Cómo te convertiste en la musa de Lautrec? –Se acercó a mí y me observó detenidamente la cara–. ¿Te forzó o...?

—De eso nada —expresé con seguridad—. Se obsesionó conmigo, pero me respetó. Aunque la dueña del burdel pretendía hacerse de oro conmigo vendiendo mi virginidad.

Héctor se sonrojó, y yo también. Habíamos estado a punto de hacerlo en el estudio de Esplugas, pero finalmente la razón se había impuesto a la pasión.

—Si alguien te ha hecho daño, dímelo —me espetó con rabia—. Porque iría ahora mismo a por él.

Negué con la cabeza y me sentí orgullosa de su reacción.

—Pagué a la dueña del burdel y finalmente salí de allí. Quise empezar mi vida de nuevo y terminé encontrando trabajo en *Le Papillon*. Allí conocí a un amigo tuyo, Teo, que me habló de un admirador mío que trabajaba como fotógrafo en la Torre Eiffel. Pensé que podrías ser tú. Fui hasta allí el domingo, y fue entonces cuando te vi con esa mujer...

Le había mentido y me sentí tremendamente culpable por ello. Pero no tenía alternativa, no podía contarle que trabajaba para el Estado español y que tenía que sacrificarlo por mi familia, por mucho que eso me doliera profundamente en el alma.

—Cada noche, cuando Émile se reúne con Anne en esta misma habitación, me voy hasta el Moulin Rouge para contemplar tu cartel —dijo con los ojos húmedos—. Ver tu precioso rostro me hace serenarme y soñar una vida contigo. Pensé en buscar a Lautrec y preguntarle por ti, pero estaba convencido de que no querrías saber nada de mí... Tenía miedo de que me rechazaras. No lo hubiera soportado.

—Y tenías razón, Héctor. —Estreché sus manos entre las mías, y sentí que recobraba la fuerza—. Te odiaba por lo que me habías hecho.

—Lo entiendo perfectamente. —Su voz temblaba como la de un niño—. No merezco tu cariño, eres demasiado buena para mí.

Me quedé unos segundos en silencio sin saber qué decir, aunque mi corazón me pedía a gritos que lo abriera para él.

—No, no te lo mereces —dije al fin—. Pero no puedo engañarme a mí misma. No he podido olvidarte en estos últimos meses, porque has sido y eres el amor de mi vida. Te quiero tanto que a veces me cuesta respirar.

Héctor me abrazó y me besó tiernamente. Mis lágrimas se unieron a las suyas en un precioso instante de amor verdadero.

–Tienes que irte antes de que llegue Anne. Ni siquiera sabe que existes y estás aquí, en su habitación. No quiero dar explicaciones. –Me dio un beso en la frente–. Dime dónde te hospedas y hablaremos con más calma.

–Hostal Censir, en la rue Mouffetard.

Me acompañó a la puerta. Su rostro estaba sereno y feliz.

–Antes de irme quiero hacerte una pregunta –dije, llena de ímpetu–. ¿Nos conocimos por casualidad o lo tenías todo planeado?

–Primero fue casualidad, y luego te escogí. –Me dio un último beso–. Te quiero, Amelia.

28

Sin que me diera cuenta, los días en *Le Papillon* pasaron veloces. Pese a no haber visto a Héctor desde aquel día, sabía que en cualquier momento acudiría a verme, ya fuera al café o al hostal, y aquella posibilidad me llenaba de ilusión y alegría. No obstante, una parte de mí se sentía muy culpable, porque antes o después tendría que traicionarlo. Una tarde, cuando menos lo esperaba, se presentó en *Le Papillon*. Llegó acompañado de Teo y se sentaron en la barra. No supe cómo reaccionar, pues desconocía si le había explicado a su amigo nuestra relación anterior en Barcelona o prefería mantenerlo en secreto. De todos modos, la complicidad con la que nos mirábamos era de todo menos sutil, así que intuí que no tenía ninguna intención de escondérselo a su compañero de barra.

–Por fin conoces a la mujer del cartel. –Teo sonrió con picardía a Héctor–. Ella también tenía muchas ganas de conocerte. Ha sido insistente.

–Es una vieja amiga de Barcelona. –Se bebió su vaso de vino de un trago–. ¿No te parece casualidad que nos hayamos reencontrado aquí?

–Demasiada casualidad, diría yo –respondió Teo–. Aunque el destino es así: hay personas que están predestinadas a estar juntas. ¿Sabe ella lo de...?

Héctor asintió y se echó el pelo hacia atrás pese a tenerlo ahora más corto.

–Sí, pero Émile y Anne todavía no. No quiero hacerles sentir culpables.

–Lo que hiciste dice mucho de ti, Vincent, pero puede que ese noble gesto te haga perder a la muchacha.

Teo hablaba como si yo no estuviera ahí. Aunque iba de la barra a las mesas, mis oídos estaban pendientes de su conversación.

—Pero Émile se irá en un par de semanas. Tengo fe en que todo salga bien y pueda escapar con Anne.

Teo se encendió un cigarrillo y se quedó mirando fijamente, como absorto, el humo que soltaba por su boca.

—Tienes muchas esperanzas de que Émile pueda salir indemne —susurró con precaución—. Yo no estoy tan convencido, hay espías y policías de paisano siguiendo nuestros pasos, así que pueden descubrir nuestros planes.

—Solo tú, Émile, Anne y yo sabemos el cuándo y el cómo. ¿Acaso alguno de nosotros puede ser un delator? —A Héctor le molestaba la desconfianza de su amigo.

Teo negó y miró a su alrededor.

—Claro que no. ¿Cómo iba a desconfiar de ti después de lo que hiciste en el Liceo?

Héctor se puso el dedo en los labios y le pidió silencio.

—No seas imprudente con tus palabras, amigo —le recriminó—. Soy Vincent Leduc y no tengo nada que ver con eso, ¿de acuerdo? Que no se te escape nunca.

Teo rio con sarcasmo.

—¿Y ella? —Me señaló con la cabeza—. ¿Acaso ella no sabe quién eres?

—Claro que lo sabe, pero es de absoluta confianza. —Parecía molesto por la insinuación—. Olvídate de ella.

Pude sentir la tensión entre ambos y me acerqué a la mesa de los intelectuales de *La Révolte* para atender a Jean Grave, que me había llamado. Estaba especialmente concentrado escribiendo un artículo que, por lo que pude leer alzando la vista por encima de su cabeza, tenía como título *«Lois scélérates»*. Jean me pidió otra copa y, cuando se la llevé, me puso al tanto de los últimos acontecimientos políticos.

—Están haciendo redadas —me contó, preocupado—, registros, allanamientos y detenciones contra el movimiento anarquista.

Recordé lo que me había contado el inspector Vives sobre las *lois scélérates*.

—Están censurando a la prensa —continuó Jean—. No creo que le quede mucho a *La Révolte*, así que pienso denunciar esta situación antes de que cierren el periódico.

–¿No tiene miedo de lo que le pueda pasar, señor Grave?

Jean negó con la cabeza y, para mi sorpresa, me agarró de la mano y la besó. Pese a ser hombres inteligentes y apasionados por la escritura y la política, me asombraba la irracionalidad que mostraban a menudo.

–No temo por mí, señorita, sino por todos los jóvenes como usted. Les espera una vida anclada a los intereses de los poderosos. Son ustedes quienes tendrán que seguir con la revolución que empezaron nuestros abuelos, gritar bien alto el lema que llenó de democracia nuestro país: ¡Libertad, igualdad y fraternidad!

–La Revolución Francesa dejó miles de muertos, e incluso los que alzaron la bandera en favor de la igualdad terminaron asesinando indiscriminadamente a cualquiera que pensara diferente. ¿No le parece eso una atrocidad?

–En cualquier guerra mueren inocentes, señorita. Lo importante es que conseguimos terminar con la monarquía absolutista. ¿No le compensa eso?

Aunque sus objetivos eran totalmente respetables e incluso yo, en más de una ocasión, había dejado claro mi apoyo a la libertad y la democracia, no podía compartir los métodos violentos que propugnaban los anarquistas para conseguir sus propósitos. Sin embargo, tampoco podía posicionarme en contra de su ideología, por miedo a que sospecharan de mí.

–Tiene razón, señor Grave.

–Tengo fe en muchachos como aquellos dos de la barra –dijo, refiriéndose a Héctor y Teo–. Los gemelos de *Le Papillon* son nuestro futuro: gracias a chicos como estos, el Estado opresor acabará desapareciendo.

Me hizo gracia que se refiriera a ellos como «los gemelos de *Le Papillon*». Su parecido era tan acusado que muchos no dudaban de su parentesco. Me hubiera gustado seguir con la conversación, pero de pronto varios hombres entraron en el café y rodearon la mesa de *La Révolte*. No tenían pinta de policías, pues no estaban uniformados, pero enseguida sacaron unos papeles que informaban a los clientes de que se iba a producir una redada. Un hombre me agarró del brazo y me apartó de la mesa. Me acerqué a Héctor y Teo y me quedé observando la escena.

–Señor Jean Grave –anunció el que parecía llevar la voz cantante–, está usted detenido por escribir a favor de las ideas anarcocomunistas y promover saqueos, asesinato, robo e incendio.

Jean puso cara de sorprendido por la última acusación, pero en ningún momento perdió las formas ni los nervios, sino que aceptó con heroica dignidad las palabras de la autoridad. De hecho, se mantuvo imperturbable cuando el hombre que le había puesto las esposas cogió los papeles que había sobre la mesa, los rompió en mil pedazos y los tiró al suelo con desprecio.

Detenido Jean Grave, comenzaron a cachear a los demás clientes, que permanecían sentados en las mesas sin apenas moverse. Miré a Héctor y a Teo: se les veía excesivamente nerviosos ante la amenaza de ser registrados, como si llevaran encima algo que ocultar. Héctor me hizo un disimulado gesto con la cabeza para que me acercara.

–Te necesito –me dijo en un susurro–. Guárdame esto, por favor. Si lo encuentran, estoy perdido.

Sentí que su mano buscaba la mía por detrás de mi espalda, mientras Teo intentaba ocultarnos. Los policías habían terminado de cachear a la gente de las mesas y ahora se dirigían hacia la barra para continuar con el resto de los clientes. Héctor me dio un paquete rugoso que me guardé rápidamente en el bolsillo del delantal. ¿Qué estaría escondiendo?, me pregunté temerosa. ¿Y si alguien decidía inspeccionarme a mí también? Mi amor por él me había vuelto a jugar una mala pasada. Me ponía de nuevo en el punto de mira de la Policía, así que recé para que nadie reparara en mí.

Uno de los policías se acercó a Héctor, lo miró desafiante y le abrió de piernas y de brazos para que otro le examinara la ropa, los zapatos y la gorra. Evidentemente, no encontraron nada, de la misma forma que tampoco le encontraron nada a Teo. Pude ver en el rostro de ambos una ligera sensación de alivio, mientras trataba de evitar que el mío reflejara la angustia y la inquietud de estar encubriendo un delito que no me correspondía.

El registro continuó con Dominique e, imaginándome lo que vendría después, decidí despojarme del delantal y dejarlo sobre la barra. Tal y como había supuesto, las camareras fuimos las siguientes. Miré a Héctor reprochándole lo que había hecho, pues había preferido comprometerme a mí a asumir las consecuencias él mismo.

—No creo que sea adecuado que un hombre toque a las señoritas —comentó Héctor en un intento por salvarme.

—No creo que a estas señoritas les dé apuro alguno —contestó el policía que venía directamente a por mí—. No se meta en lo que no le concierne si no quiere terminar en un calabozo.

Héctor tragó saliva y se mordió el labio, enfurecido. En cierto modo parecía sufrir por mí, y eso me reconfortó. No obstante, el hombre siguió con su registro y comenzó a palparme el cuerpo con muy poca profesionalidad, demorándose en mis partes más íntimas.

—Eso no es propio de un caballero —saltó Héctor, sin poder contenerse—. Está abusando de su autoridad.

El hombre esbozó una sonrisa irónica mientras le dirigía una mirada amenazante.

—¿Es tu novia o qué? —Deslizó su mano por debajo de mis caderas y me tocó con fuerza entre los muslos—. Lo hago por seguridad.

Rio con energía mientras yo sentía un intenso dolor por la presión de su mano. Tenía unas ganas inmensas de llorar. Aquel policía me estaba humillando delante de todos y disfrutaba abusando de su autoridad.

Héctor no pudo aguantarlo más y se abalanzó hacia el policía, pero antes de que pudiera ponerle la mano encima varios hombres más se arrojaron sobre él con violencia y comenzaron a propinarle puñetazos y patadas.

—¡Dejadlo, por favor! —grité yo, asustada al ver a Héctor tan indefenso y tirado en el suelo—. ¡Basta ya!

Los hombres siguieron pegándole hasta que Héctor dejó de moverse. Cuando por fin pararon, vi cómo Héctor se llevaba las manos a la cabeza y a la nariz, que sangraba profusamente. Saqué un pañuelo del bolsillo y corrí hacia él para socorrerlo y taponarle la herida. Me cogió de la mano como si me pidiera disculpas y me puse a llorar como una niña al comprobar su estado. ¡Aquellos hombres eran unos animales!

Después de registrar a las otras camareras, uno de los policías reparó en el delantal que yo había dejado sobre la barra. Lo cogió e inspeccionó los bolsillos hasta encontrar el pequeño paquete. Héctor estaba descompuesto, y apenas podía hablar a causa de la paliza. Yo retorcía las manos tras la espalda, angustiada por lo que iban a descubrir.

–¿De quién es este delantal? –preguntó.

Todas las camareras llevaban su delantal salvo yo, así que la respuesta era más que obvia. El policía me agarró del brazo con fuerza y me miró intensamente a los ojos.

–¿Para qué diablos quiere la tierra de diatomeas?

Así que era eso. Sabía que aquella sustancia se utilizaba como remedio para eliminar las plagas de chinches u otros insectos, incluso para limpiar la plata. ¿Por qué era eso peligroso?

–Oh, solo es para las chinches –dije, sin apenas voz–. ¿Para qué otra cosa iba a servir?

El policía rio.

–No se haga la tonta –me espetó y luego miró a Héctor–. Seguro que su amiguito sí que sabe para qué sirve, ¿verdad? ¿Se la has dado tú para que la guardara?

Héctor seguía revolviéndose en el suelo, pero tenía intención de contestar. Si confesaba, entonces se metería en un buen lío y su identidad podría verse comprometida.

–No conozco de nada a este hombre –insistí–. Ya le he dicho que esto es para las chinches de mi habitación.

–Mentira –soltó con desprecio–. Mezclada con trinitrina, puede convertirse en un explosivo letal. ¿Dónde tienen planeado atentar?

Abrí la boca sorprendida. Así que Héctor y sus compañeros tenían pensado realmente atentar contra alguien. Aquello me asustó de verdad. ¿Es que no había aprendido la lección?

Me quedé callada, sin saber qué responder, evitando mirar a Héctor para no comprometerle. Sin embargo, el policía decidió llevarnos a los dos con ellos, junto a Jean Grave y un par de hombres más, de cuyos bolsillos habían sustraído panfletos anarquistas y armas blancas. Nos condujeron a la *Conciergerie,* en la que ya había estado cuando me denunció Isidro, y una vez allí nos llevaron a la planta del sótano, donde se encontraban las celdas. Temí que alguien pudiera reconocerme, pero por fortuna no coincidí con quienes me interrogaron la primera vez.

Me metieron en un calabozo frío y húmedo, cuyos muros desvencijados de piedra tendrían por lo menos un metro y medio de grosor. Había varios grilletes, pero por suerte no habían considerado necesario esposarme a ellos. No hacía falta: la puerta estaba fuertemente reforzada con hierro y era imposible escapar de allí. No sabía dónde habrían metido a Héctor, pero imaginaba que no estaría muy lejos. Los únicos sonidos que podía percibir allí dentro eran los rugidos de una muchedumbre lejana y el gimoteo patético del compañero de la celda de al lado. Me senté en una esquina, lo más lejos que pude de la puerta para sentirme un poco más protegida, y comencé a llorar desesperadamente mientras me tapaba los oídos con las manos. Pensé que iba a morir. Mi corazón latía acelerado y tenía un dolor agudo en el pecho que apenas me dejaba respirar. Todo mi cuerpo estaba entumecido, tembloroso, incapaz de responder a mis intentos de controlarme. Había perdido el juicio, y no iba a poder hacer frente a las preguntas del policía sin delatar a Héctor o a mí misma. Estaba terriblemente cansada de luchar y de fingir ser lo que no era, porque comprendía que no iba a lograr cambiar el rumbo de mi vida, sino a empeorarlo. Me sentía agotada, incluso me despreciaba a mí misma por haber sido tan torpe a la hora de tomar decisiones. Pero ya no se podía dar marcha atrás, así que solo me quedaba resignarme y aceptar con dignidad lo que pudiera ocurrirme a partir de entonces.

No fui consciente de las horas que pasé allí dentro, muerta de frío, sufriendo aquel cosquilleo en el pecho que creía que me iba a matar. Las manos rudas del alguacil cogiéndome de las muñecas con fuerza para levantarme y empujarme fuera de la celda me devolvieron a la vida. Mientras recorría aquel pasillo lleno de almas perdidas, encerradas tras aquellos muros, me imaginé que me llevarían a la horca. Sabía que la traición a Francia se pagaba con la vida y que la prisión de Saint-Lazare era una bendición comparada con lo que me esperaba.

El alguacil me arrastró hasta una habitación de la planta de arriba mucho mejor acondicionada. Había dos sillas, una mesa de madera e incluso una jarra de agua. Había también un hombre: era alto, joven, bien plantado. Parecía amable, o al menos sonrió al verme entrar por la puerta y me ayudó a sentarme. No era ninguno de los policías que me habían registrado, parecía tener mayor rango y experiencia. Me relajé al comprobar que no iba a haber violencia, torturas o tratos vejatorios, sino tan solo preguntas y respuestas.

Cuando uno de los policías iba a cerrar la puerta de la habitación, vi de refilón a otro hombre que llevaba a Héctor a la sala contigua. Se me paralizó el corazón y no pude evitar gritar el nombre de Vincent con desesperación. No le pude ver bien, pues enseguida el señor

Allamand, como se presentó, cerró la puerta y se sentó frente a mí inquisitoriamente, pero con tacto.

–No se alarme, señorita Ramos, solo vamos a charlar un poco. –Me señaló la jarra de agua–. ¿Tiene sed?

En aquellos momentos ni siquiera sabía si tenía sed o no, pues mi cabeza solo podía pensar en Héctor, del que me separaba una pared. ¿Qué iban a hacer con él? ¿También lo iban a interrogar? ¿Lo torturarían?

–No quiero beber nada –dije, contrariada–. Y ya le he hecho mi confesión: la tierra de diatomeas es mía y de nadie más.

–Dígame, señorita, ¿qué hace aquí en Francia?

–Trabajar. –Me encogí de hombros–. Ya ha visto que soy camarera.

–Una camarera que coquetea con el anarquismo y que guarda en su bolsillo una sustancia explosiva.

–También es un insecticida –intenté parecer convincente–. ¿No lo ha utilizado nunca?

–No, por suerte. –Se dejó caer en el respaldo, sin perder la paciencia–. ¿Qué tiene usted con Vincent Leduc?

–¿Por qué debería tener algo con ese hombre al que no conozco de nada?

–La ha defendido, se ha jugado el pescuezo por usted, y mire dónde está ahora.

–Un hombre siempre debe defender a una mujer en apuros, ¿no le parece?

–Ese hombre siente algo por usted, no lo dude. –Me miró fijamente–. Y usted también siente algo por él. No deja de pensar que se encuentra justo a su lado, y le preocupa lo que le pueda pasar.

–¡No conozco de nada a ese hombre! –grité–. Simplemente, no quiero que le pase nada malo por mi culpa. No tiene nada que ver conmigo.

–Bien. –Se levantó de la silla, relajado–. Vamos a ver qué dice ese desconocido.

Fruncí el ceño. ¿Ya había terminado? Recé para que Héctor lo negara todo y no se inculpara. Si no, probablemente terminarían descubriendo nuestras identidades y ambos acabaríamos en la cárcel o condenados a muerte.

El hombre salió y cerró la puerta. Aquellos minutos de incertidumbre fueron los peores de mi vida. No podía dejar de pensar una y otra vez en lo que estaría diciendo Héctor, si coincidiría conmigo en que no nos conocíamos de nada. El señor Allamand regresó con lentitud, como si no tuviera prisa por hablar conmigo. Su tranquilidad era para mí agónica, insufrible.

–No sé por qué se empeña en mentir. –Me señaló una mano, que tenía unos arañazos recientes–. Su querido novio me ha amenazado con matarme si le hago daño.

Tragué saliva. La actitud heroica de Héctor nos iba a llevar a la ruina.

–Para ser un completo desconocido, bebe los vientos por usted –dijo con sorna–. Puede ser que sean pareja y que él no esté metido en sus líos, ¿no?

–Solo es un cliente que viene a menudo al café, eso es todo.

–Pero ¿no decía que no lo conocía de nada? –Sonrió con malicia–. No importa, es lícito que quiera encubrirlo.

Me mordí el labio hasta hacerme sangre. Aquel hombre era más listo de lo que me pensaba, y Héctor mucho más vulnerable, por lo que acababa de ver. Si seguía interrogándolo, podría acabar confesando.

–Su enamorado sabe que es culpable y que no la va a volver a ver. –Chasqueó la lengua–. Me ha pedido que le diga que lo perdone, que no merecía ser traicionada.

Abrí la boca, sorprendida y emocionada por su confesión. Comencé a llorar, tapándome la cara con las manos, histérica y asustada. Héctor era capaz de lo mejor y de lo peor y, por desgracia, yo había sido testigo de ambas cosas.

–Tranquilícese, señorita. –Apoyó una mano en mi hombro–. Vincent Leduc está perdido, pero usted aún puede salvarse y continuar con su vida. Muchas mujeres se ven influidas ideológicamente por las aventuras políticas de sus parejas, no podemos culparlas por ello. Solo tiene que confesar y será libre.

Las lágrimas me caían por las mejillas en una mueca patética, fruto de la desesperación. Aunque Héctor lo hiciera, a mí me era imposible delatarlo. Tenía que ser fuerte.

–No tengo nada que confesar, señor. –Me sequé las lágrimas–. Le vuelvo a repetir que la tierra de diatomeas es mía y de nadie más.

El señor Allamand se tocó el pelo, nervioso, y se recolocó el cuello de la camisa.

—Bien, entonces empezaré a preparar su deportación a España —dijo sin más—. ¿Qué le parece?

Aquello me derrumbó. Si volvía a España, habría fracasado en la misión y eso significaría el hundimiento de mi familia. Me entraron ganas de gritarle a aquel hombre que yo era una espía que trabajaba para el Gobierno español y también para el francés, pero el inspector Vives me había dejado claro que no podía contarle a nadie mis propósitos, ni siquiera a la Policía.

—Creo que no quiere volver a su país. ¿Hay algo que se lo impida? —continuó—. Puedo investigar sobre usted: su procedencia, cómo llegó a París... ¿Quiere que lo haga, o prefiere seguir siendo una camarera?

No sabía qué decir. Aquel hombre tenía claro que le estaba mintiendo y que ocultaba algo. Por muchas consignas y consejos que me hubiera dado el inspector Vives, no habían sido suficientes. El señor Allamand volvió a salir de la sala. Esta vez se tomó mucho más tiempo con Héctor, y eso hizo que me pusiera todavía más nerviosa. ¿De qué estarían hablando?

Cuando regresó, su cara parecía aliviada, como si Héctor le hubiera revelado la verdad. Mis piernas no dejaban de moverse.

—Ha confesado —dijo sin más.

Se me cayó el mundo encima. Héctor iba a morir.

—Así que tenía un plan con los anarquistas... —siguió—. Está usted metida en el grupo de Émile Henry, y estaba intentando convencer a Leduc para que se uniera.

No me podía creer que Héctor hubiera dicho semejante mentira.

—¡No ha dicho eso! —exclamé sin parecer muy convincente—. Se lo ha inventado usted para hacerme confesar.

—Entonces, confiese. —Me sostuvo la mirada durante unos segundos—. ¿Se creía que no iba a traicionarla? No sabe la de gente que lo hace cuando su vida está en juego.

Negué con la cabeza repetidas veces.

—Lo ha estado siguiendo, ¿verdad? —Rio—. Porque eso me ha dicho. Creía que le estaba engañando. ¿También me he inventado eso?

¿Cómo iba a saber algo así si Héctor no se lo había contado? Sentía que me faltaba el aire y que el cuello del vestido me asfixiaba. Las paredes de aquella habitación parecían abalanzarse sobre mí, como si me fueran a absorber. Estaba sufriendo un ataque de pánico, y ver al señor Allamand frente a mí, esperando la confesión que inculpara a Héctor, solo hacía que empeorara. Mi garganta era incapaz de pronunciar ningún sonido. Sentía el puñal de la traición clavado en la espalda. Sin embargo, yo no iba a hacer lo mismo: seguiría manteniendo la mentira por el bien de todos.

Me hicieron regresar al calabozo. Allí estuve unos cuantos días más. El señor Allamand solía visitarme a menudo, haciéndome una y otra vez las mismas preguntas que el primer día, esperando la anhelada confesión que acabaría con aquel sufrimiento estúpido. Pero en la celda de Saint-Lazare había aprendido a soportar la soledad y me había hecho más fuerte, así que permanecí impertérrita ante el chantaje de la deportación.

Sorprendentemente, al cuarto día, el inspector Allamand abrió la puerta de mi celda para que me marchara.

—Puede irse, señorita Ramos. —Su voz sonó culpable y frustrada a la vez–. Hemos recibido la orden de dejarla marchar.

—¿Cómo? —No entendía absolutamente nada–. ¿Y qué pasa con Vincent Leduc?

—Ya es libre. —Suspiró, abriendo las palmas de las manos–. Puede seguir con su trabajo.

—¿Y su confesión? Me acusó de pertenecer a un grupo anarquista.

—No era cierto. —Agachó la mirada–. Mi trabajo consistía en hacer que confesara usted. Leduc no abrió la boca.

Tuve que reprimir un grito de alivio. Había creído realmente que Héctor me había traicionado una vez más, pero Allamand había estado mintiendo todo ese tiempo, jugando con nuestras emociones y manipulándonos psicológicamente para que contáramos la verdad. Era un tipo inteligente. Sin embargo, lo que había dicho sobre la traición de Héctor hacia mí... ¿Se lo había inventado, o la Policía francesa nos había estado siguiendo?

—Entonces, ¿ha hablado con el inspector Vives? ¿Sabe que...?

—Yo no sé nada, señorita Ramos, tan solo que he de dejarla libre, a usted y a su..., a quien sea para usted el señor Leduc.

Asentí, y Allamand me acompañó hasta la salida.

Una vez en la calle, el sol me golpeó en los ojos después de cuatro días sin ver la luz, pero me dio energía para seguir hacia delante. Sonreí orgullosa por haber superado aquella prueba, consciente de que había cambiado y me había convertido en una mujer mucho más fuerte.

29

Lo primero que hice antes de regresar al hostal fue pasarme por *Le Papillon* para hablar con Dominique. Le conté que finalmente había sido liberada, sin cargos, por un error policial. Aunque pudiera creérselo o no, se mostró condescendiente; incluso estaba enfadado por cómo me habían tratado las autoridades, sin respeto alguno. Además, me dio un par de días para que descansara y me repusiera del disgusto. Me alegró que estuviera de nuestra parte y pensé que, pese a que a veces le faltaban modales, era un buen hombre.

Al día siguiente, Pierre me trajo otra nota del inspector Vives. Estaba preocupado por mi ausencia, aunque la dueña del hostal no se había atrevido a hacer preguntas. Probablemente estuviera acostumbrada al ir y venir de sus huéspedes. Además, yo había dejado pagada mi estancia para unos cuantos meses.

–¿Dónde ha estado? –me preguntó el chico–. No la he visto por aquí desde hace días.

–He estado ocupada –respondí sin más–. No solo tú tienes secretos.

Sonrió con picardía, me entregó la carta y se marchó. En cuanto cerró la puerta, comencé a leer con ansiedad.

> Espero que se encuentre bien, señorita Rovira, después de lo que ha tenido que pasar en la *Conciergerie*. Siento mucho la desagradable experiencia de haberse visto sometida a un interrogatorio del inspector Allamand, pero él desconocía su identidad y el hecho de que se encontraba trabajando para nosotros. Si todos los cargos policiales conocieran nuestros objetivos, probablemente fracasaríamos. No se puede fiar uno de nadie. Pero he de felicitarla por su gran labor. Pese al chantaje y la presión, no confesó absolutamente nada. Sin embargo, seguimos necesitando más información, pues ya tenemos la certeza de que tienen la intención de atentar. Siga detrás de Vidal y Henry. Ya sabe lo que hay en juego.
>
> I. Vives

Rompí el papel en mil pedazos y me los guardé en el bolsillo para tirarlos más tarde al fuego de la chimenea del comedor. Resoplé agotada y bajé a cenar. El olor a sopa de pescado inundaba el hostal, y las mejillas se me sonrojaron gracias al calor de la cocina. Me senté a una mesa y, al cabo de unos minutos, apareció Herbert con una noticia inesperada.

–Hay un chico esperándola en recepción. Pregunta si podría cenar con usted. Se trata del señor Leduc.

Sonreí inocentemente, con la alegría de una muchacha. Estaba ansiosa por verlo después de lo que habíamos pasado en la *Conciergerie*.

–Hágalo pasar, por favor.

Héctor apareció por la puerta vistiendo un traje sorprendentemente elegante para él, teniendo en cuenta que era raro verlo sin su guardapolvo o alguna de sus camisas de algodón. De hecho, se había cambiado la gorra típicamente obrera por un sombrero de fieltro negro. Incluso se había peinado el pelo hacia atrás con brillantina. Estaba muy cambiado, pero mentiría si no dijera que me gustaba. Aunque Héctor me parecía atractivo de todas las maneras, verlo vestido como si fuera un burgués del mismo paseo de Gracia me resultaba divertido. Afortunadamente, su rostro se había recuperado y ya no tenía rastro alguno de la paliza, salvo un pequeño moratón en una mejilla.

–¿Cómo te encuentras? –me preguntó en tono preocupado–. Me dijeron que a ti también te iban a liberar.

–Estoy bien. Lo he pasado mal, pero ya me he recuperado.

–No lo entiendo. Por cosas más nimias nos han dejado semanas ahí dentro, incluso meses.

–Porque ninguno de los dos confesó –dije, y carraspeé–. No caímos en la manipulación de aquel hombre.

–Me dijo cosas horribles, Amelia –suspiró, cabizbajo–. Por un momento creí que realmente las habías dicho tú.

Alargó su mano para coger la mía. Un escalofrío me recorrió la espalda.

–A mí me hizo creer que me habías traicionado, que me habías delatado.

–Podría haberme autoinculpado –titubeó, nervioso–. Pero si lo hubiera hecho también habría comprometido a todos los demás, y tú también habrías caído.

–Pero decidiste darme a mí el paquete –le recriminé.

–Lo siento. –Me apretó con fuerza la mano–. ¿Cómo iba a pensar que iban a registrar a las camareras? Si lo hubiera sabido, no te lo habría dado, te lo juro.

Debía creerle, pues me había defendido e incluso había recibido una paliza por mí.

–Hiciste bien –dije al fin, aunque no del todo convencida–. Lo importante es que estamos libres, ¿no?

Asintió, mostrando una bonita sonrisa.

Herbert trajo dos platos de sopa y una jarra de vino. Además, quizá porque había intuido algo, trajo también una vela, que encendió al dejarla sobre la mesa para darle un aspecto más romántico. Parecíamos una pareja de verdad: lo que siempre había deseado en Barcelona se cumplía ahora, casi un año después.

–¿Recuerdas cuando nos conocimos? –recordó, nostálgico–. Has cambiado mucho, quizá ahora le hubieras plantado cara a aquel delincuente del Paralelo que quería robaros.

Los dos reímos. Héctor no dejaba de mirarme fijamente, así que desvié los ojos, intimidada.

–Cuando te vi en aquella iglesia, en la boda de tu hermana... –añadió–, pensé que jamás había visto a una mujer tan bonita como tú.

Quise besarlo, pero me contuve. Nuestras miradas estaban cargadas de deseo. Héctor se terminó la sopa con rapidez, como si tuviera prisa. Yo hice lo mismo y puse una mueca de impaciencia al comprobar que el segundo plato se demoraba más de la cuenta.

–No sabes el alivio que sentí al saber que no habías hecho nada con ese pintor –me confesó–. Cuando iba al Moulin Rouge para ver tu cartel, me llevaban los demonios solo de pensar que las manos de ese impresentable pudieran tocarte.

–No sabía que eras tan celoso –dije con regocijo–. Nunca me demostraste celos en Barcelona.

–No te valoré como te merecías, y hasta que no nos separamos no me di cuenta de lo mucho que te necesitaba.

–Yo también he deseado tenerte cerca de mí todo este tiempo.

–¿Sabes una cosa? –Apoyó la cabeza sobre una mano–. He soñado muchas veces con abrazarte por las noches. Dormir contigo, sentir el roce de tu piel en la mía...

Héctor se puso nervioso; se removió en la silla, luego encendió un cigarrillo y me miró ansioso. Podía intuir lo que le estaba pasando por la cabeza. Su confesión me provocó un inmediato escalofrío de placer, y sentí cómo se agudizaban todos mis sentidos.

–Puedes quedarte conmigo esta noche –me atreví a decir con la voz temblorosa.

Héctor no se esperaba aquel ofrecimiento, que lo dejó sin palabras.

–Nada me gustaría más –dijo al fin–. Pero ¿cómo lo vamos a hacer?

–Vámonos ahora. Están sirviendo la cena y no están pendientes de la escalera. Ya nos las apañaremos mañana por la mañana.

Héctor me guiñó el ojo y me sonrió. Después se levantó como un relámpago y se llevó con él la jarra de vino. Yo cogí los vasos, miré a un lado y otro y, en cuanto tuve la ocasión, corrí también escaleras arriba, donde me estaba esperando. Abrí con presteza la puerta de mi habitación y entramos los dos sin poder reprimir un ataque de risa, como si fuéramos dos niños haciendo una travesura. Él se abalanzó sobre mí agitado e impaciente, sin poder reprimir las ganas de besarme, y aventuró su lengua dentro de mi boca tan solo unos segundos, antes de separarse para servir dos vasos de vino.

–Bebe –me susurró–. Así lo pasaremos mejor.

Asentí, acalorada, y me senté en la cama junto a él. Pero mi alegría se tornó en preocupación al recordar que Héctor pretendía atentar una vez más.

–¿En qué piensas? –preguntó, percatándose de mi cambio de humor–. Vamos, cuéntamelo.

–¿Qué es lo que pretendéis hacer? –solté sin más–. Dime la verdad, aquello era para hacer un explosivo.

–Es mejor que no lo sepas. Hazme caso, esta vez no quiero mezclarte en mis asuntos. Ya he aprendido la lección.

Su respuesta demostraba una gran nobleza, pero las palabras del inspector Vives resonaban amenazantes una y otra vez en mi cabeza. Héctor no quería perjudicarme, pero ahora era yo quien debía conocer sus sórdidos planes.

–He cambiado –dije con seguridad–. He aprendido mucho sobre la vida desde que estoy en París. Ya no soy la burguesita de

Barcelona que conociste. En estos últimos meses he vivido entre prostitutas y delincuentes, sin los privilegios de los que había disfrutado durante toda mi vida, y eso me ha hecho tomar conciencia de muchas injusticias, sobre todo aquellas contra las que tú y tus compañeros alzáis vuestras voces y vuestras armas.

Héctor se quedó muy sorprendido con mis palabras; incluso yo misma me había sobrecogido. En el fondo sí había cambiado, aunque seguía sin aceptar el uso de la violencia.

–Pareces otra, desde luego, aunque siempre has mostrado tus ganas de cambiar el mundo. Me alegra saber que estás más cerca del pueblo y de los que sufren.

Héctor volvió a rellenar nuestros vasos, y mientras lo hacía pude percibir orgullo en su rostro por mi cambio de actitud. Bebí con ganas, satisfecha de que me creyera y decidida a dar un paso más.

–Quiero unirme a vosotros, conocer vuestros planes y participar de algún modo.

–¿Lo dices en serio? –Alzó las cejas, impresionado–. Esto no es un juego, ¿sabes? Es peligroso y puede tener consecuencias irreversibles. Cualquier paso en falso nos llevaría a la horca.

–¿Y qué futuro me queda a mí? –Mi voz tembló ligeramente–. Vivo con miedo a ser perseguida y encarcelada, a no poder regresar a Barcelona jamás y a no ver a mi familia. ¿Acaso tengo algo que perder?

Héctor agachó la mirada. Sabía que mis problemas habían sido provocados por sus actos, y en sus ojos se discernía la culpa por lo que me había hecho.

–Puedes perder la vida, y entonces no me lo perdonaría jamás.

–Quiero hacerlo –expresé con fuerza y seguridad–. Sé que no quieres comprometerme, pero ahora soy yo quien decido. Puedo ayudaros.

–¿Cómo? –Apuró su vaso de un solo trago, visiblemente nervioso–. No estás metida en este mundo, Amelia, por mucho que hayas vivido en un burdel.

–Me estás subestimando. –Hice un gesto chulesco, fruto en gran medida del vino, que ya empezaba a hacer su efecto–. Sé lo que son esos polvos: tierra de diatomeas. Necesitas otro producto para que explosione: trinitrina.

—Efectivamente —dijo con lentitud, atónito—. ¿Cómo sabes tú todo eso?

—Lo dijo el policía durante los interrogatorios. ¿Tenéis ya la trinitrina?

—No. —Hizo una mueca de decepción—. Desde que se ha utilizado en muchos atentados como explosivo, se vende en las farmacias con receta médica. Se utiliza para tratar la angina de pecho, como vasodilatador. Desgraciadamente, no hemos conseguido ninguna receta.

—Creo que os puedo ayudar, o al menos intentarlo. Toulouse-Lautrec toma muchísimos medicamentos por la enfermedad que padece, entre ellos la trinitrina. Tiene insuficiencia cardíaca y vive con el miedo a sufrir un infarto agudo.

Héctor, entusiasmado, esbozó una sonrisa de esperanza.

—¿Qué tienes pensado hacer?

—Sé a qué farmacia acude, está en Montmartre. Quizá me la den sin receta al reconocerme como la musa del pintor.

—¡Es una gran idea! —exclamó feliz—. Pero tendré que consultarlo con Teo y con Émile; ellos no son partidarios de incluir en el plan a desconocidos.

—Pero también está Anne, la novia de Henry. ¿Por qué no podría estar yo? ¿Es que no confías en mí?

—Ciegamente, cariño.

Héctor me quitó el vaso de la mano y lo dejó junto al suyo en el suelo; luego me tocó la cara y me dio un beso tierno, mientras se acercaba cada vez más a mí. Tragué saliva y suspiré inquieta. Lo miré de refilón y sentí una sensación de vértigo, como si él estuviera tratando de empujarme a un mundo desconocido y lleno de incertidumbres. Aunque me había hecho la valiente, en el fondo estaba asustada. Además, me sentía una traidora, la persona más ruin del mundo.

—No tengas miedo —dijo para intentar rebajar la tensión—. ¿Estás segura de que quieres hacerlo?

El mismo eco de su voz provocaba en mí sensaciones que ni siquiera sabía que podía experimentar. El aroma de su cuerpo, tan cercano al mío, me despertó de nuevo un deseo, reprimido y a la vez intenso.

–Sí que quiero. –Arrimé mis labios en busca de los suyos–. Pero no puedo evitar pensar que estoy haciendo algo malo, que no debería seguir con esto después de todo lo que has hecho.

Aunque un agudo remordimiento recorría mi conciencia, una misteriosa fuerza me obligaba a quedarme y dar el paso.

Héctor me observaba, algo confuso ante mis temores.

–Creía que habías cambiado. –Puso cara de decepción–. Esto no es nada malo, es el acto más puro y tierno que existe entre dos personas que se aman.

Aquellas preciosas palabras me emocionaron profundamente. Nuestra relación estaba a punto de dar un paso importante, pero no podía dejar de pensar en lo que vendría después: tarde o temprano tendría que delatarlo y entregarlo a las autoridades. Acercó un dedo a mi mejilla y siguió el rastro de una lágrima hasta mis labios, recorriéndola despacio de forma sensual. El simple contacto con su piel me trasladó al paraíso, despertando de nuevo la pasión, y me relajé.

–No pienses, olvídate de todo –continuó–. Ahora solo estamos tú y yo. Déjate llevar.

Pude sentir el calor de su aliento, su ternura. Intenté hacer lo que me pedía y centrarme únicamente en él, que comenzó a besarme, ahora mucho más despacio. Mi pulso empezó a acelerarse al compás de mi deseo y mi respiración se agitó progresivamente.

–Eres la mujer más dulce y sensible que he conocido –musitó cálidamente en mi oído–. Te amo, Amelia.

Me tumbó despacio en la cama y se puso sobre mí mientras contemplaba mi rostro detenidamente. Sentí infinidad de sensaciones justo en ese momento: había transformado mis anhelos, mi amor por Héctor, en algo tangible, y me sentí feliz después de comprobar que sus sentimientos hacia mí eran totalmente sinceros. Dejé de lado la misión, al inspector Vives y los remordimientos que me atormentaban. Traté de centrarme en Héctor, en nosotros dos. Comenzó a desnudarme con delicadeza, sin mostrar la precipitación del principio, consciente de que era mi primera vez y debía hacer de ella un momento especial e inolvidable. Me atreví a jugar con los botones de su camisa, mientras él batallaba con mi corsé, hasta que ambos quedamos por fin desnudos. Me tapé inconscientemente los pechos con las manos, por pudor, y lancé una mirada rápida a su miembro erecto.

Héctor me puso los brazos a los lados, observando con admiración mis pechos, mi cuerpo entero, besando delicadamente cada centímetro de mi piel, haciéndome jadear de placer. Recordé las palabras de tía Elvira: «La emoción debe guardarse bajo llave», pero yo estaba desahogando mi alma con el hombre que amaba, temblando por la emoción y el deseo, esperando con impaciencia que nos fundiéramos en uno. Y por fin Héctor se adentró en mí, desgarrándome por dentro y provocándome un gemido entre el dolor y el placer. Noté que la sangre mojaba las sábanas, un intenso olor a hierro y sudor, mis piernas envueltas fuertemente por las suyas... Después me invadió una calma inmensa y pude disfrutar todavía más de sus besos y mordiscos, de toda la fuerza de su cuerpo sobre el mío, de los latidos acelerados de su corazón. No me había sentido mejor en toda mi vida.

Cuando terminó, se separó de mí y fijó la mirada sobre mi cara radiante y feliz. Así permanecimos durante unos segundos eternos.

–¿Te ha gustado? –me preguntó, acariciándome la barbilla.

Asentí con alegría mientras volvía a besarlo.

–Quiero redimirme, Amelia. Sé que te he hecho mucho daño, así que quiero compensarte. Quiero hacerte feliz.

Volvió la emoción a mi garganta, impidiéndome decir nada. Apoyé la cabeza sobre su pecho y acaricié su torso con cariño. Él puso su cara en mi pelo y lo besó repetidas veces, abrazándome con fuerza como si no quisiera soltarme.

–De momento lo estás consiguiendo –dije, y cerré los ojos, como si no quisiera despertar de ese sueño–. Ha sido uno de los días más felices de mi vida.

Sonrió y me pellizcó la mejilla en un gesto infantil.

–Todo saldrá bien, ya verás. Estoy convencido de que el mundo nos depara algo bueno a ti y a mí.

Quería creer en sus palabras, pero albergaba mis dudas. De nuevo me vino el inspector Vives a la cabeza y se me revolvió el estómago. ¿Cómo iba a ser capaz de traicionar a Héctor después del amor que me había demostrado aquella noche? Amaba a un hombre capaz de atentar contra personas inocentes, y me sentía culpable por ello y por ser ahora yo quien trataba de engañarlo.

–¿Qué te pasa? Pareces angustiada. ¿Te encuentras bien?

Asentí con la cabeza y fingí una sonrisa.

–Ojalá tengas razón, Héctor. Ojalá todo salga bien.

Intenté no atormentarme y disfrutar ese momento, pues no sabía cuándo tendría la oportunidad de repetirlo. Cerré los ojos, tranquila y protegida por sus brazos y el calor de su cuerpo desnudo bajo las sábanas, y me quedé profundamente dormida.

Me desperté sintiendo los rayos del sol en la cara, todavía agarrada a la cintura de Héctor, como si no quisiera dejarlo marchar. Abrí los ojos lentamente, con el bienestar de saberme querida por la persona amada, disfrutando del bendito instante de la inconsciencia del recién despertado que todavía no ha hecho recuento de los problemas que llenan su vida. En aquel momento no pensé en la misión ni en el inspector Vives; mis pensamientos solo contemplaban a Héctor, la persona a la que había entregado mi intimidad, mi cuerpo.

–Buenos días. –Me dio un beso y se levantó–. Vas a llegar tarde a trabajar, y yo también.

–Qué pereza... Ojalá pudiéramos quedarnos todo el día aquí...

–Pero somos pobres. –Sonrió y comenzó a vestirse–. Así que no hay más remedio.

Héctor recogió mi vestido del suelo, pero vi que se agachaba extrañado mientras recogía algunos pedazos de papel esparcidos por la habitación.

–¿Qué es esto? –preguntó.

Comencé a temblar. Era la nota que había recibido del inspector Vives y que había roto para echarla al fuego del comedor la noche anterior. Sin embargo, con la llegada de Héctor me había olvidado de ella, y cuando me había desnudado los trozos de papel se habían desparramado por el suelo.

–No es nada –dije mientras corría hacia los papeles para recogerlos–. Me los guardé ayer en el bolsillo para tirarlos al fuego.

Héctor cogió un pedazo al azar y leyó lo poco que se distinguía.

–¿Vives? –Alzó las cejas–. ¿Quién es ese tal Vives? Creía que no te carteabas con nadie de Barcelona...

Me puse roja e intenté disimular mi preocupación.

–Es una muchacha que conocí en el burdel. Era catalana y nos hicimos muy buenas amigas. De vez en cuando nos carteamos.

Mientras hablaba, me apresuré a reunir todos los papeles hasta estar segura de no dejarme ninguno. Suspiré aliviada de nuevo e intenté descubrir en Héctor cualquier atisbo de sospecha. Parecía que se había creído mi mentira, porque no le dio más importancia.

–Nos vemos pronto.

Me abrazó y se marchó. Separarme de él se me hizo más duro que nunca. Después de haberme entregado en cuerpo y alma, su ausencia se hizo casi insoportable. Pero no podía obsesionarme, ni dejar de ser la mujer independiente que era en París.

Aquel mismo día, después del trabajo, salí como siempre de *Le Papillon* con el frío metido en los huesos, el abrigo calado hasta las orejas y el sombrero helado por la escarcha. A esas horas de la noche, y con las bajas temperaturas parisinas, apenas algunos valientes comerciantes mantenían sus negocios abiertos, esperando que los obreros recién salidos del trabajo compraran la cena.

Realicé el mismo recorrido de siempre, con cierta prisa a fin de entrar en calor y llegar cuanto antes al comedor del hostal para calentarme las manos. De pronto me pareció sentir la presencia de alguien que me seguía a escasos metros. Intenté girarme sigilosamente para ver de quién se trataba, pero mi supuesto perseguidor desaparecía en la sombra de cualquier esquina o callejón cada vez que yo giraba la cabeza. No me atreví a darme la vuelta y buscarlo, pues temía que se tratara de alguien peligroso, de algún acosador o algo parecido. Sin embargo, si alguien quisiera hacerme daño o abusar de mí ya lo hubiera hecho, así que intuí que se trataba de algún espía.

Aceleré el paso todavía más, intentando no pensar en ello, imaginándome que probablemente se trataría de algún hombre que trabajaba para el inspector Vives. Pero aquello no tenía mucho sentido, pues estaba claro que durante la semana mi vida se reducía a trabajar en *Le Papillon* casi todo el día antes de regresar al hostal.

Volví a escuchar los pasos, cada vez más cerca, y sentí que un sudor frío me recorría la espalda. Llegué por fin al hostal y ni siquiera me atreví a quedarme en el comedor, como siempre, para calentarme, sino que subí rápidamente a mi habitación y cerré la puerta con llave. Con la luz todavía apagada, decidí acercarme a la ventana y descorrí ligeramente la cortina para observar la calle y averiguar quién me seguía. Justo en la acera de enfrente, un hombre amparado por la amplia visera de una gorra de pana me observaba quieto y tranquilo mientras fumaba. La oscuridad de la calle me impidió ver el rostro de aquel hombre que, por su constitución, parecía joven y fuerte.

Una vez terminado el cigarrillo, el joven lo tiró al suelo y decidió marcharse de allí con la misma calma con la que había llegado.

30

El domingo siguiente, Héctor me envió una nota citándome en la sastrería de Émile Henry para poner en común, junto a Teo y Anne, mi propuesta de unirme a su plan. Esperaba averiguar, de una vez por todas, cuándo y dónde se llevaría a cabo el atentado y librar de culpas a Héctor. Mi idea era presentar a Henry como único culpable, pese a que no tenía nada en contra de él. Su hijo nacería sin padre por mi culpa.

Cuando llegué frente a la puerta de la sastrería, me la encontré cerrada; era domingo y el establecimiento no abría al público. Héctor apareció de repente por la parte de atrás y me hizo un gesto para que lo acompañara. Entramos sigilosamente por una puerta trasera y nos adentramos en lo que parecía ser el almacén y taller de trabajo de la sastrería. Allí, en una de las largas mesas repletas de ovillos y rollos de telas, estaban sentados Émile Henry, Teo y Anne. Los tres me conocían, pero parecían incómodos ante mi presencia. No obstante, era comprensible: se estaban jugando la vida y cualquiera podía delatarlos a la Policía, lo cual los llevaría a la horca. Y así iba a ser. Aunque lo sentía por Anne, que estaba embarazada de Émile, iba a tener que sacrificar al padre de su hijo por mi propio bien y el de Héctor. Estaba decidida a poner contra las cuerdas al mismísimo inspector Vives y exigiría, antes de transmitirle cualquier información que tuviera, que me asegurara que no colgarían a Héctor, que le perdonarían la vida aunque tuviera que vivir entre rejas lo que le quedara de ella.

–Creo que, por casualidades del destino, ya conocéis a Amelia –dijo Héctor, un tanto nervioso–. Espero que no os moleste su presencia hoy aquí.

–No nos molesta: nos inquieta. –Émile comenzó a caminar de un lado a otro–. No la conocemos de nada.

–Pero yo sí... Es mi novia, y puedo aseguraros que está con nosotros. Ella estuvo conmigo cuando ocurrió lo del Liceo.

–Pero tengo entendido que era una burguesa.

–Sí –afirmó Teo con dureza–. ¿Cómo una chica de clase alta puede apoyar nuestras ideas? No es de sentido común.

Me sentía cada vez más nerviosa al ver que nadie se fiaba de mí y que, si se negaban en redondo a acogerme, tendría que aceptar mi fracaso.

–¡Me parece increíble que digáis algo así! –exclamó Héctor con rabia–. ¡Anne también proviene de una familia burguesa y mírala ahora! ¿Acaso creéis que la gente no tiene derecho a cambiar?

Teo, y sobre todo Émile, se quedaron con la cabeza gacha, reflexionando sobre las palabras de su amigo.

–Tiene razón. –Anne habló por primera vez–. Yo era como ella, pero decidí cambiar mi forma de vida cuando conocí a Émile. No podemos negar a una persona por su origen, es algo que siempre hemos criticado en nuestra ideología. No sería ético ni justo.

Admiré las palabras valientes y llenas de coherencia de Anne, aunque también sentí el remordimiento de la culpa por traicionar a quien me estaba defendiendo.

–Está bien. –Émile se acercó a Héctor y le palmeó la espalda en un gesto de camaradería–. Es lo menos que podemos hacer por ti después del inmenso favor que me has hecho.

Los dos se fundieron en un abrazo mientras Teo seguía reticente ante la decisión y visiblemente molesto al ver que nadie tenía en cuenta su opinión.

–Os estáis precipitando. –Teo me señaló con el dedo–. Esta mujer aparece de golpe y porrazo en *Le Papillon,* casualmente en el lugar en el que se reúne el hombre que atentó contra el Liceo. ¿De verdad no veis nada extraño?

–Fue casualidad –dije yo con atrevimiento–. Yo no sabía que estaba allí. Fue *madame* Saignes, la dueña del café, quien se puso en contacto conmigo para que trabajara en su local después de lo del cartel de Toulouse-Lautrec.

–Y qué casualidad también que poco después de llegar a *Le Papillon,* la Policía hiciera una redada, se llevara detenido a Jean Grave y descubrieran lo del explosivo.

—¡Te recuerdo que yo también acabé en la *Conciergerie!* —exclamé.

—Y a los cuatro días estabais fuera. Ahora saben que tenemos intención de volar algo, pero ni tú ni Vincent habéis sido juzgados por ello.

—Ninguno de los dos confesó —añadió Héctor—. ¿Qué más pruebas necesitas? Amelia no nos ha delatado, estaba dispuesta a cargar con la culpa de tener la tierra de diatomeas.

—Tiene razón, Teo. —Émile se puso de parte de Héctor—. No veas fantasmas donde no los hay. Hemos de confiar en Amelia, tenemos a Vincent como su mayor aval. Él jamás nos pondría en peligro.

Teo se levantó y se dirigió hacia la puerta.

—¡Los ciegos sois vosotros! —gritó airado—. ¡No pienso participar en esto!

—Pero ¿qué narices te ocurre? —Héctor intentó detenerlo y lo agarró del brazo—. No abandones ahora, estamos muy cerca de conseguirlo.

—El tiempo me dará la razón —dijo con frialdad, mientras me miraba fijamente—. Y entonces os arrepentiréis de haberla hecho partícipe de vuestro secreto.

Tragué saliva, y tuve que sentarme porque empezaron a temblarme las piernas. Teo se marchó dando un portazo y Héctor se acercó a mí para tranquilizarme.

—No te preocupes, Amelia. —Se empezó a liar un cigarrillo—. Nosotros confiamos en ti, ¿verdad, chicos?

Los demás asintieron y Anne me sirvió un vaso de agua de una jarra de barro.

—Vamos, tranquilízate y cuéntanos cuál es tu plan. —La muchacha me acarició la mano y me sonrió—. Me alegra que cada vez seamos más las mujeres que nos atrevemos a luchar, sobre todo si venimos de las comodidades de una clase privilegiada.

—Te lo agradezco. —Tomé aire y expliqué lo que estaban deseando oír—. Voy a ir al grano: necesitáis la trinitrina para que explosione con la tierra de diatomeas, y creo que yo la puedo conseguir.

—No sé cómo. —Émile me miró con escepticismo—. Hoy en día no es tan fácil; cada vez hay más vigilancia y restricciones, precisamente para evitar atentados.

—Pero yo soy famosa por ser la musa de Lautrec, un hombre que consume trinitrina debido a su insuficiencia cardíaca. Puedo conseguirla en la farmacia a la que acude Lautrec.

Émile asintió satisfecho.

—¿Y si alguien sospecha de ti? Entonces tendríamos un grave problema.

—Es un riesgo que debemos asumir si queremos conseguirlo –intervino Anne–. Además, Amelia se ha convertido en una mujer popular y dudo mucho que alguien pueda pensar que colabora con nosotros.

—¿Así que estamos todos de acuerdo? –concluyó Héctor–. Mañana mismo puedes ir a por la trinitrina.

—De acuerdo –dije con decisión–. Pero creo que merezco saber en qué consiste el plan.

Los tres se miraron y desviaron la vista. Ninguno se atrevía a hablar, y eso me hizo sentirme desplazada. ¿Qué más podía hacer para que confiaran en mí?

—Todavía no lo tenemos decidido –dijo Émile–. Pero no te preocupes, en cuanto lo sepamos serás la primera en saberlo.

—Si queréis la trinitrina, tendréis que decírmelo –les espeté, enfadada y dolida–. No pienso arriesgarme por algo que desconozco.

Me asombré de mi valentía, pero tenía que poner mis condiciones si no quería fracasar en la misión.

—De aquí a dos semanas –dijo Héctor en voz baja–. Lo del lugar es cierto: aún no sabemos dónde.

—Tu chica tiene carácter –comentó Émile–. Luego hay quien dice que las mujeres son el sexo débil cuando son, indudablemente, más fuertes y valientes que nosotros.

Anne sonrió y me guiñó un ojo. Me relajé al instante, orgullosa de tener un as en la manga con el que chantajear al inspector Vives: sabía que Héctor tendría que pagar por lo que había hecho en Barcelona, pero no quería que muriera por ello.

—Espero que todo salga bien y podamos liberarte de tu condena –añadió Anne–. Émile y yo nos marcharemos lejos de aquí y cuidaremos juntos de nuestro hijo; así tú podrás hacer tu vida con Amelia.

—No es una condena. Haría cualquier cosa por un amigo.

La reunión se dio por terminada, y Héctor y yo decidimos pasar el día juntos y pasear por París como una pareja normal y corriente.

Me llevó a la avenida de la Ópera, que se extendía ampliamente desde la ópera Garnier hasta el palacio de las Tullerías. Había oído decir en más de una ocasión que París era la ciudad en la que los enamorados sellaban por fin su amor, y en aquel momento, junto a Héctor, me pareció estar haciendo precisamente eso: juntos, arrullados por el ruido de los cascos de caballos sobre los adoquines, disfrutábamos el uno del otro, de aquella ciudad mágica, sin que nadie nos juzgara.

–¿Por qué me has traído aquí? –pregunté–. Tiene un aire muy burgués.

Me sorprendió el hecho de que en aquella avenida no hubiera ni un solo árbol a modo de ornamento decorativo; después descubrí que había sido una orden expresa de Napoleón III para evitar que ninguno pudiera ocultar la extravagante y ostentosa fachada de la ópera Garnier, decorada con figuras de ángeles alados y caballos de pan de oro.

–Pensé que te gustaría, es uno de los lugares más bonitos de la orilla derecha del Sena. Quiero llevarte a tomar algo a un café lujoso.

–¿Tú en un café burgués? –Lo miré con escepticismo–. ¿Te has vuelto loco?

–No estoy loco, es solo que te mereces lo mejor. Ser anarquista no significa que no podamos disfrutar de las cosas bellas.

Caminamos por las galerías, que protegían a los peatones de los coches de caballos, entre tiendecitas de ultramarinos, librerías y casas de modas opulentas y ricamente decoradas al estilo neoclásico.

–¿Sabes que destruyeron un barrio entero para construir esta avenida? –me comentó–. Parece mentira que hace tan solo unos años este lugar tan lujoso fuera un conjunto de calles sin alcantarillado, sucias, cubiertas de lodo, húmedas y apestosas, donde multitud de familias obreras y pobres convivían a diario con la basura. Y ya ves –añadió, y rio sarcásticamente–, en vez de mejorar la barriada, la expropiaron y la demolieron para convertirla en el símbolo de la burguesía financiera. Las obras de Haussmann fueron aplaudidas por las clases enriquecidas, pero destruyeron las raíces del barrio.

–¿Y adónde se fueron las personas que vivían en estas calles?

–Se desplazaron a los barrios de la periferia, que estaban igual o peor que los que habían eliminado. Pero, más que de una cuestión urbanística, se trató de un servicio a los regímenes políticos más conservadores. ¿Por qué crees que ampliaron las calles y las conectaron con las principales estaciones ferroviarias? Pues para dificultar las revueltas. Hasta entonces, los rebeldes utilizaban las callejuelas estrechas para colocar barricadas y dificultar el desplazamiento de las fuerzas del orden. Ahora, gracias al ferrocarril, las tropas de las provincias pueden llegar y desplegarse por París en poco tiempo.

Enseguida me encontré con uno de los edificios más espectaculares que jamás había visto y que albergaba uno de los centros comerciales más impresionantes de París: las galerías Lafayette. Aunque las habían inaugurado hacía pocos meses, ya habían desbancado al tradicional Bon Marché, no solo por la espectacularidad de su construcción, sino también por la variedad y originalidad de sus productos.

Insistí en entrar; me hacía especial ilusión contemplar la maravillosa cúpula de la que todo el mundo hablaba, con sus cientos de mosaicos de colores y sus adornos florales. Recorrimos rápidamente las siete plantas del edificio, disfrutando de las preciosas barandillas modernistas y de las lámparas de luz eléctrica, que inundaban de color amarillo el enorme establecimiento. Tuve que hacer de tripas corazón al observar los preciosos vestidos que cubrían los maniquíes, así como los sombreros, guantes y artículos de bisutería que decoraban las vitrinas de la sección de moda femenina. Aunque los precios eran relativamente baratos, preferí ahorrar el poco dinero que ganaba en *Le Papillon* por si tenía que empezar una nueva vida con Héctor tras lo que pudiera pasar, así que abandonamos las galerías Lafayette sin comprar nada. Después, camino a la estación de Saint-Lazare, pasamos por el café de la Paix, que formaba parte del Grand Hôtel de la Paix y que, por encontrarse a escasos metros de la ópera Garnier, albergaba entre sus salones dorados a los artistas más destacados del momento. Miré por la ventana y las columnas griegas que decoraban el comedor me recordaron inevitablemente al café Alhambra de Barcelona, en el que tantas veces había tomado café y chocolate acompañada de gente querida, sobre todo de mi amiga Dolores.

–¿Entramos aquí? –le pregunté a Héctor.

Miró varias veces en el interior y, torciendo el gesto, negó con la cabeza.

–Hay muy poca gente, mejor busquemos otro.

Aunque me pareció una explicación extraña, en aquel momento no le di ninguna importancia. Pensé que Héctor prefería un lugar mucho más concurrido precisamente para no llamar la atención y pasar desapercibidos entre personas vestidas con tanta riqueza y elegancia.

Así pues, seguimos nuestro paseo, disfrutando de la intimidad que nos proporcionaba aquella ciudad tan inmensa y recuperando los días que habíamos perdido por culpa de la distancia. Me sentía tan feliz que apenas reparé en lo que había ocurrido aquella mañana, concretamente en la amenaza de Teo: ¿y si intentaba por todos los medios desenmascararme? Aquel chico no me daba buena espina.

Alcanzamos la estación de Saint-Lazare, la misma a la que había llegado desde Barcelona hacía ya tres meses con el miedo y la incertidumbre de enfrentarme a una nueva vida huyendo de la justicia. En aquel momento creí que no volvería a ver a Héctor, y ahora me encontraba junto a él, sintiéndome de nuevo confiada y segura a su lado.

–¿Qué te parece este? –me comentó–. Entremos, aquí nadie nos prestará atención.

Justo enfrente de la estación se ubicaba el espléndido y bullicioso café Terminus. Decenas de viajeros, burgueses y trabajadores de la Bolsa de París, que se encontraba también en el distrito nueve, paraban en aquel encantador café con vistas a la transitada rue Saint-Lazare.

Entramos y nos sentamos en una mesa con mantel de lino blanco, porcelana china y un jarrón con flores frescas. Las paredes eran de madera, y del techo colgaban majestuosas lámparas de araña. Pedimos unos chocolates negros bien amargos y nos quedamos observando el ir y venir de la concurrencia: hombres con pañuelos de seda en los bolsillos de sus chaquetas que llevaban diamantes en las solapas y portafolios de piel. Un grupo se sentó en la mesa de al lado; pidieron unos licores de Cassis y charlaron sobre la subida en la Bolsa del ferrocarril, mientras flirteaban a distancia con un par de mujeres jóvenes que vestían de Worth. Era un ambiente distinguido y sofisticado, y mentiría si dijera que no me sentía, en cierto modo, a gusto y segura de moverme en el ambiente en el que había crecido y donde había sido educada.

–Te veo disfrutar, Amelia.

–He pasado el tiempo entre un burdel y una prisión, y el café *Le Papillon* no es un lugar muy distinguido que digamos.

–No te estoy juzgando, lo comprendo. –Me sonrió–. Ya te he dicho que no hay nada malo en ello. Disfruta de lo que ves y relájate.

–No puedo relajarme después de lo de Teo. –Removí torpemente el chocolate y me llevé una cucharada a la boca–. ¿Y si fuera capaz de...?

–Confío absolutamente en Émile, pero no conozco lo suficiente a Teo como para asegurarlo. Es un tipo desconfiado, aunque no se puede dudar de su compromiso con el pueblo.

–¿Y si consigue convencer a los demás?

–No lo hará si tú consigues la trinitrina; entonces tendrá que tragarse sus palabras. –Me dio la mano–. Confío plenamente en ti, sé que lo harás bien.

Me sonrojé y suspiré con alegría.

–¿Y cuáles son tus planes de futuro?

Quería sonsacarle lo que le pasaba por la cabeza, romper el caparazón hermético de sus pensamientos. La pregunta pareció incomodar a Héctor, que alzó su mirada al techo, observando con atención la lámpara que colgaba por encima de nuestras cabezas.

–Prefiero pensar en el presente, nunca se sabe lo que puede pasar. –Se encendió un cigarrillo con calma–. Pero no dudes de una cosa: si existe un futuro, lo quiero pasar contigo.

Sonreí como una boba y le acaricié la cara.

–No quiero estar toda mi vida escondiéndome, Héctor. ¿No crees que sería maravilloso marcharnos a algún lugar en el que nadie nos busque?

–Eso es una utopía. –Siguió mirando al techo–. Ese lugar no existe. El pasado siempre viene con nosotros, y no lo podemos olvidar.

–Pero ¡podríamos ser libres! –exclamé en un tono agudo–. Hacer una vida normal, tranquila...

–¿Y qué pasa con los demás? Con toda esa gente que lucha por las siguientes generaciones, que es capaz de ir a la huelga y dejar morir de hambre a sus hijos solo por el bien común. –Me miró con cierta decepción–. No, prefiero vivir perseguido, pero con la conciencia tranquila.

Sus palabras me hirieron el orgullo, pues había dejado entrever que pensaba que a mí me importaban poco o nada los problemas de los demás.

—A mí también me duelen la desigualdad y la pobreza, por eso mañana intentaré traeros la trinitrina. Pero también creo que solo tenemos una vida para ser felices.

Héctor negó con la cabeza y miró a su alrededor detenidamente.

—Se puede ser feliz con una venda en los ojos, como la que tienen todos ellos. Míralos cómo ríen, ajenos al sufrimiento humano. Me dan asco.

Fruncí el ceño y me terminé el chocolate de golpe.

—No sé por qué me has traído aquí, si en el fondo lo detestas.

Héctor esbozó una media sonrisa y apagó el cigarrillo en el cenicero.

—¿Ves esa lámpara de ahí? —La señaló con el dedo—. Émile se sentará en esta misma mesa, se tomará una cerveza y se encenderá un cigarrillo. Luego, con el mismo fuego, prenderá la mecha del explosivo y lo lanzará hacia arriba para matar a todos los burgueses que pueda. El 12 de febrero sería un buen día. Un lunes, para empezar bien la semana.

31

Llegó el día de ir a por la trinitrina. Cuando salí de trabajar, tomé un ómnibus y me dirigí directamente hacia Montmartre, donde se ubicaba la farmacia en la que Lautrec solía comprar sus medicamentos. Estaba un poco nerviosa, pero me vendría bien para interpretar el papel que había ensayado varias veces la noche anterior.

Cuando llegué a Montmartre, los malos y buenos recuerdos me invadieron al instante: la amistad de Mirelle era, sin duda, lo mejor que me había pasado. Sin embargo, el encontronazo con Isidro, el primo de Dolores, me había llevado a esta nueva etapa. Aun así, las luces que iluminaban aquel barrio lleno de burdeles y teatros me hicieron recobrar el ánimo al ver la alegría y la diversión en la gente, que después de trabajar esperaba pasar un rato agradable evadiéndose de los estragos de la rutina.

Antes de entrar en la farmacia, me detuve para deshacer mi recogido y dejarme el pelo suelto y despeinado. Además, saqué de mi pequeño bolso una cajita plateada de carmín y me pinté llamativamente los labios y las mejillas para parecer una verdadera prostituta. Me desabotoné un poco la parte de arriba del vestido y me subí la falda, enganchándomela con un imperdible a la altura de las rodillas. Una vez lista, crucé el portón de la farmacia y me encontré con un dependiente joven y con bigote que llevaba un guardapolvo blanco y manchado. La luz tenue de las lámparas era cálida, y me vino a la nariz un olor suave proveniente de la mezcla de las esencias. Detrás del farmacéutico estaba el mostrador, con sus estanterías repletas de frascos y sus armarios acristalados.

–Necesito trinitrina urgentemente, señor –dije con nerviosismo.

–Deme la receta, si es tan amable, señorita.

Simulé una respiración agitada y puse cara de preocupación.

–No es para mí, es para alguien muy importante. –Bajé el tono de voz–: Vengo de la rue des Moulins, ya sabe...

–No puedo dársela sin receta. Eso es algo muy serio.

–Se trata de Toulouse-Lautrec, señor. Ha sido él quien me ha mandado aquí.

–¿Y por qué no le ha dado la receta? –Frunció la frente–. Él sabe muy bien cómo funcionan las cosas.

Me hice la ofendida y retrocedí varios pasos.

–Henry ha tomado mucho opio, así que como regrese sin ella se va a enterar –dije, en tono agresivo–. Necesita su medicación para echar un casquete, tiene miedo de que le dé un infarto. Ya sabe usted de lo que sufre, es su farmacéutico.

El hombre pareció dudar, y se rascó la barbilla sin saber qué hacer.

–¿Me la va a dar o no? –le apremié de mala gana–. Lautrec paga por horas, no le gustará que me retrase.

–Usted es la chica que aparece en ese cartel, ¿no? La musa de Lautrec.

–Efectivamente. Ya ve que no le miento, que si he venido a estas horas es porque él me lo ha pedido expresamente.

El chico acabó asintiendo.

–Está bien, pero que no se acostumbre. Lo de hoy es una excepción.

Abandonó el mostrador durante un instante y entró en la parte de la botica para preparar la trinitrina. Mientras tanto, yo eché un vistazo a los carteles con anuncios que decoraban las paredes y que hablaban de unas milagrosas pastillas para la tos y el asma y de un ungüento que remediaba la caída del cabello.

Regresó en apenas unos minutos con un frasco opaco y lo envolvió en un papel de periódico.

–Dígale que no es bueno mezclar la medicación con opio –me sugirió–. Puede ser contraproducente.

Le guiñé un ojo, metida en mi papel de mujer vulgar hasta el último segundo, y salí lo más rápido que pude, sonriendo satisfecha por mi triunfo y por lo fácil que había sido. Guardé el frasco en el bolso y me encaminé hacia el hostal mientras un frío helador me subía por las piernas. Volví a bajarme la falda y me limpié los labios con la manga, no fuera a ser que me confundieran con una prostituta de verdad y me metiera en problemas. Ya en mi habitación, decidí escribir al inspector Vives.

> Héctor ya me ha introducido en su equipo de acción. Émile Henry y su novia Anne confían en mí y aceptan que participe junto a ellos en su nuevo plan. Tengo información que le puede interesar. De hecho, sé precisamente el día y el lugar en el que se producirá el atentado. Pero no pienso dársela así como así: quiero negociar. Lo único que pido es que no se lleve a Héctor a la horca, pues será Émile quien lleve a cabo la operación. Prométame que le perdonará la vida. Si no lo hace, no podrá evitar que muera más gente.

Bajé al comedor y le entregué la nota a Pierre para que la llevara lo más rápido posible. Estaba ansiosa por conocer la respuesta de Vives, aunque temía haber pecado de ingenua y atrevida al creerme en disposición de exigir algo. Sin embargo, tenía en mi mano una información que, por mucho que me doliera, podía terminar con uno de los anarquistas más buscados de Francia y, además, evitar la muerte segura de personas inocentes.

Después de cenar me fui a la cama con la sensación de haber hecho algo importante, algo que haría que me ganara el reconocimiento de quienes pretendía destruir.

A la mañana siguiente, las voces preocupadas de Johanna y de Herbert pusieron patas arriba el hostal. Me levanté y me vestí apresuradamente para enterarme cuanto antes de lo ocurrido. Bajé a recepción y me encontré a Herbert tocándose la frente en un evidente gesto de inquietud.

—¿Qué es lo que pasa? —pregunté alarmada.

—No sabemos nada de Pierre desde ayer por la noche. Hemos buscado por todas partes, pero ha desaparecido.

Me puse blanca y tragué saliva. La noche anterior, Pierre había salido para entregar la nota al inspector Vives. ¿Y si le había pasado algo por mi culpa? Pensé que, quizá, el hombre que me había estado siguiendo hacía unos días podía ser el culpable de la desaparición del muchacho. Sentí un escalofrío que me recorrió todo el cuerpo y decidí participar en la búsqueda.

—¿Han mirado por los callejones?

—Johanna ha salido ahora mismo. Hemos esperado a que se hiciera de día para ver mejor.

Salí escopeteada a la calle y me uní al grupo improvisado de vecinos que había reunido la dueña del hostal para buscar a Pierre. No me había puesto el abrigo y enseguida mi cara enrojeció; aquella noche había nevado un poco y, aunque no había llegado a cuajar, el suelo estaba húmedo y resbaladizo. Recé por Pierre; esperaba que estuviera vivo o que al menos, herido o no, hubiera pasado la noche a resguardo del frío. La culpa me oprimía la garganta, ya que había sido yo la causante de que Pierre se viera obligado a salir a aquellas horas de la noche. Mi impaciencia y mis ganas por conocer la resolución del inspector Vives habían empujado a Pierre al peligro de la oscuridad de las calles de París.

–¡Aquí está!

Se escuchó de lejos la voz angustiada de Johanna, y corrí hacia ella con la ansiedad de no saber si le habría pasado algo a Pierre. El cuerpo del chico permanecía inerte en el suelo, con una fina capa de escarcha sobre el rostro y una herida abierta en la cabeza con la sangre ya casi negra y coagulada. Tenía el rostro desencajado, y sus ojos abiertos miraban al infinito sin expresión.

–¡Está muerto! —exclamó Johanna llorando—. ¡Alguien lo ha matado!

Los gritos de Johanna llamaron la atención de la gente y enseguida vinieron a ayudarnos. Llevaron el cadáver del chico al hostal y lo tumbaron sobre la cama de una habitación vacía a la espera de la llegada de la Policía. Sin embargo, al tratarse de un muchacho huérfano y pobre, probablemente no harían nada por dar con el asesino.

En un momento de descuido por parte de Johanna, aventuré mis manos por la chaqueta y los bolsillos del pantalón de Pierre en busca de alguna nota, ya fuera mía o del inspector Vives, pero no encontré nada. Como no sabía si la agresión había tenido lugar antes o después de haber entregado mi nota, desconocía si el inspector Vives habría leído mi última información. Y lo que era aún peor: alguien tenía una nota que me inculpaba a mí como espía. ¿Qué se suponía que debía hacer yo ahora?

Llegó el médico para echar un vistazo al cadáver y dictaminar la causa de la muerte. Tal y como yo pensaba, Pierre no había muerto asesinado, sino de frío. El agresor en ningún momento había querido matarlo, tan solo herirlo, y el niño se habría salvado si no se hubiera quedado en la calle desamparado y sin nada con lo que cubrirse del frío. Se había desmayado por el golpe y, desgraciadamente, nadie se había topado con él para socorrerlo.

Lo miré a la cara y los remordimientos me hicieron llorar de rabia. ¡Qué injusta era la vida! Pierre tan solo hacía de recadero para ganarse un dinero extra, y había perdido su vida por una causa que le concernía poco o nada. La vida que tenía por delante había sido truncada por mi culpa.

Me fui a trabajar con el ánimo por los suelos, absolutamente decaída. El éxito que había sentido la noche anterior al obtener la trinitrina carecía ahora de todo sentido ante la pérdida de un ser inocente.

No obstante, las sorpresas que me depararía aquel día tan negro y pesimista no habían terminado. Por la noche, cuando estaba de nuevo en la habitación y a punto de meterme en la cama para intentar digerir la tragedia vivida, Herbert subió a darme un recado.

–Tiene una visita, señorita Ramos.

–¿A estas horas? –pregunté, confundida–. ¿Quién es?

–Se trata de una mujer. Dice que es *madame* Saignes.

Madame Saignes, la dueña del café *Le Papillon,* la espía que trabajaba para el Estado francés... ¿Qué diablos hacía ella ahí? ¿Se habría enterado de lo de Pierre y venía en persona para comunicarse conmigo?

–Dígale que suba.

Esperé inquieta su llegada, y a los pocos segundos entró una mujer con un precioso vestido de gran calidad y un enorme sombrero de plumas que apenas dejaba ver su cara. Cerró la puerta tras ella y sacó los alfileres que le sujetaban el sombrero al pelo para descubrir enteramente su rostro. Me quedé con la boca abierta, estupefacta y prácticamente sin aliento cuando vi quién era realmente esa tal *madame* Saignes.

–Cuánto tiempo sin vernos, ¿verdad, Amelia?

–¿Eres tú?

Esta vez no iba tan pintada, ni tampoco mostraba el descaro y el atrevimiento de los que hacía gala en el bar de Mauro, en Barcelona.

Madame Morandé había sustituido su escote habitual y su perfume barato por un vestido de seda y cuello alto de encaje. Sus manos enguantadas sostenían unos manguitos de piel para evitar el frío.

–Pensé que no volvería a verte –dijo en español, pero con acento francés–. Pero las viejas amigas siempre acaban reencontrándose, ¿verdad?

No entendía qué hacía ella allí. Se suponía que era tan solo una bailarina de variedades.

–¿Quién eres realmente?

–Supongo que ya te lo dijo el inspector Vives. Trabajo para el Gobierno español, y ahora también para el francés. ¿Por qué piensas que estaba en Barcelona?

–¿Así que eras una espía? –Estaba realmente asombrada–. Entonces..., lo tuyo con Héctor...

–Mi misión era conquistar a Héctor y poder sonsacarle información. Sabíamos que ese grupo pretendía realizar varios atentados, y así lo hicieron: contra Martínez Campos y el Liceo. –Me dedicó una mirada de reproche–. Pero te interpusiste en mi camino. Te enamoraste de él y lo alejaste de mí. Te avisé, te advertí en aquella carta que te envié, pero no me hiciste caso. En el fondo, te entiendo perfectamente: Héctor es un seductor.

–Así que yo soy la culpable de que muriera tanta gente.

–No, muchas otras personas fallaron aparte de mí. No puedo responsabilizarte por ello; yo debería haber hecho mejor mi trabajo.

–¡Podrías habérmelo dicho! –exclamé indignada–. Si lo hubiera sabido, quizá podría haber hecho algo.

Madame Morandé rio y negó con la cabeza.

–Estabas ciega, cariño, te hubieras puesto de su lado; de hecho, pagaste por sacarlo de Montjuic. –Dio unos cuantos pasos por la habitación–. Me pasé meses aprendiendo de una bailarina del Moulin Rouge para interpretar mi papel en Barcelona y tuve que tragarme el orgullo y el honor para ganarme la confianza de hombres impresentables.

–¿Cómo pudiste hacerlo sin que tu conciencia se resintiera?

–Porque sabía que lo que estaba haciendo iba a evitar la muerte de muchos. –Me señaló con el dedo–. Del mismo modo que lo vas a hacer tú. Recibimos tu nota, aunque desgraciadamente no te llegó la nuestra. Parece que te ha salido un enemigo, y alguien le robó nuestra contestación al pobre muchacho. La misión está en peligro, así que te ruego que nos des la información cuanto antes.

–Si has leído la nota, sabrás que no pienso decir nada hasta que me aseguréis la vida de Héctor. No pienso ceder en eso.

Madame Morandé se sentó en mi cama y me hizo un gesto para que hiciera lo mismo.

–¿Quién te crees que eres? –dijo con desprecio–. ¿En qué mundo crees que vives? ¿Sabes lo que te pueden hacer si te niegas?

–Ya me amenazaron con lo de mi padre, pero ahora me necesitan. ¿Preferís matar a Héctor en vez de salvar vidas inocentes?

–Pero ¡qué tonta eres! –resopló; estaba acabando con su paciencia–. Si no es por las buenas, será por las malas. Te llevarán a un calabozo sucio y oscuro y te usarán como objeto sexual hasta destrozarte por dentro. Luego te cortarán en trozos, dedo por dedo, cacho a cacho, hasta que lo confieses todo, incluso lo que desconoces.

Me quedé blanca y me entraron ganas de vomitar al imaginarme lo que me estaba describiendo.

–Héctor no puede salvarse –continuó–. Tiene que pagar por lo que ha hecho. ¿Qué habría ocurrido si tus padres o tus hermanos hubieran estado en el Liceo aquella noche trágica? ¿Y si alguno de ellos hubiera muerto?

Negué con la cabeza y me puse a llorar. *Madame* Morandé me consoló, apoyó mi cabeza en su hombro y luego me acarició la espalda con complicidad.

–Es duro, te entiendo –me dijo con voz melancólica–. Las mujeres no lo tenemos nada fácil, siempre estamos a merced de los hombres. Nos usan y luego nos tiran a la basura. ¿Qué crees que hará Héctor cuando se canse de ti? Lo mismo que hizo conmigo, abandonarme e irse con otra.

Asentí, derrotada, y no me quedó más remedio que decirle la verdad. Si no lo hacía, terminaría desmembrada o en la horca. Ellos tenían la sartén por el mango.

–El 12 de febrero, en el café Terminus. Émile Henry pretende encender la dinamita, pero soy yo quien tiene la trinitrina. Puedo decirle que no la he conseguido.

—Al contrario; lo que queremos es pillar a Henry con las manos en la masa. No vamos a hacer nada hasta ese mismo día, cuando haya cometido el delito.

—Entonces..., ¿vais a esperar a que muera gente para detenerlo? —pregunté escandalizada—. ¡Podríais evitarlo!

—No podemos detener a alguien sin pruebas, pero serán sus últimas víctimas. Gracias a ti, ese hombre no volverá a hacer daño nunca más.

Se me hacía raro pensar que Émile Henry pudiera hacer daño a alguien cuando a mí solo me había demostrado su parte más tierna y sentimental.

—Piensa que la muerte de Héctor es tu liberación. Podrás rehacer tu vida de nuevo.

Ignoré el comentario e intenté no pensar en ello. Imaginarme la soga rodeando el cuello de Héctor me hacía estremecer.

—Ahora que ya os lo he dicho todo —me temblaba la voz—, ¿podré regresar a Barcelona?

—Podrás hacerlo, sí, pero todavía no. Tenemos otra misión para ti.

—¿Qué? —Me puse de pie y le di la espalda—. ¡Eso no estaba en el trato!

Las lágrimas comenzaron a rodar por mis mejillas, y sentí que mis piernas apenas podían aguantar el peso de mi cuerpo.

—Vamos, tranquilízate. Solo serán unos meses más.

—¡Quiero ver a mi familia! —exclamé, alterada—. He hecho esto por ellos, porque me dijisteis que todo volvería a la normalidad y por fin me dejaríais en paz.

—Pues tendrás que esperar, cariño. El Gobierno español te quiere a ti, está satisfecho con tu trabajo.

—¿Así que si lo hubiera hecho mal me habrían dejado tranquila?

—No, si lo hubieras hecho mal te habrían quitado de en medio.

Desde luego, el Gobierno no se andaba con remilgos. Si quería salir viva de aquella aventura, tendría que aceptar las condiciones que me impusieran.

—¿Y qué es lo que tengo que hacer ahora?

—Mañana les entregarás la trinitrina a los anarquistas y recibirás nuevas órdenes. Pero tendrás que abandonar París lo antes posible; está claro que alguien va detrás de ti y no queremos echar a perder la misión. ¿Tienes alguna idea de quién te sigue?

Negué con la cabeza. Aunque no las tenía todas conmigo, podría ser Teo. Él había desconfiado de mí desde el principio, pero no le creía capaz de pegar a un muchacho.

–No te preocupes, tendré cuidado –respondí, poco convencida–. Por cierto, ¿dónde es la nueva misión?

Madame Morandé se puso de pie, volvió a colocarse el sombrero y abrió la puerta para irse.

–Tampa, Florida. –Me guiñó un ojo–. La semana que viene tendrás que ir a Burdeos. Luego cogerás un barco para cruzar el Atlántico.

32

Había quedado con Héctor en que la trinitrina se la entregaría al día siguiente en la sastrería de Émile Henry, cuando saliera de trabajar. Me dirigí hasta allí con el frasco en el bolso, sin dejar de mirar de un lado a otro para asegurarme de que nadie me seguía. Caminé a buen paso, con la respiración agitada por el esfuerzo, sin detenerme ni un segundo para tomar aliento.

La noche estaba más oscura que nunca, pues la niebla apenas dejaba entrever la luna y no se veía ni una sola estrella en el cielo. Había estado lloviendo todo el día, y la lluvia no tardó en caer de nuevo. A medida que me adentraba por los callejones sin adoquinar, mi sombrero comenzó a calarse y mis zapatos a llenarse de barro. Se me empapó el abrigo, un frío penetrante me subía desde los pies hasta el cuello mojado.

De pronto volví a sentir la presencia de alguien detrás de mí, unos pasos lentos pero seguros que de vez en cuando resonaban en las estrechas paredes de la calle. Me giré y vi a un hombre sujetando un paraguas negro; supe enseguida que se trataba de la misma persona que la otra vez, pues llevaba el mismo abrigo. Tomé aire y eché a correr para llegar a la sastrería de Émile lo antes posible. Sin embargo, perdí la orientación a causa del miedo y terminé en unas calles que me eran totalmente desconocidas. Sin dejar de correr, volví a darme la vuelta para comprobar si el hombre aún me seguía y, efectivamente, estaba a punto de alcanzarme. El corazón me iba a cien por hora, más por el miedo que por el esfuerzo físico. ¿Qué pretendía hacerme aquel desconocido? ¿Había sido quien había arremetido contra Pierre?

Seguí corriendo, ya casi sin aliento, y aproveché un giro para esconderme tras un carro lleno de tinajas de metal, probablemente de una lechería. Escuché de fondo el mugido de las vacas y calculé si podría esconderme en el interior del establo. Sin embargo, vi por debajo del carro los pies de mi perseguidor, que se acercaban con sigilo. Me quedé inmóvil para evitar que me viera y observé con el alma en vilo cómo pasaba de largo junto al carro, pensando que yo había seguido hacia delante. Desde donde estaba no le veía la cara, pero no podía abandonar mi posición. Estaba tan aterrorizada que me veía incapaz de escapar, pero no podía permanecer detrás de ese carro durante tanto tiempo, ya que en cualquier momento el hombre podía regresar sobre sus pasos y encontrarme todavía allí, paralizada por el miedo. Por fin, decidí salir de mi escondrijo con todas las precauciones. Desafortunadamente, la cadena metálica de mi bolsito chocó contra una de las tinajas de leche, lo que provocó un tintineo inevitable que resonó por toda la calle. Maldije mi mala suerte y comencé a correr sin mirar atrás, con el único objetivo de salir de aquel entramado de callejuelas que parecían un laberinto. Sin embargo, conseguí el efecto contrario y terminé en un callejón sin salida con las espaldas absolutamente indefensas. Tragué saliva y esperé estremecida la llegada de mi captor sin poder hacer nada por evitarlo. ¿Por qué ningún miembro de los que se suponía que habían planeado esta misión me había acompañado para protegerme? Habían dejado que me jugara la vida por una causa que solo les concernía a ellos, y en ningún momento habían mostrado un mínimo de preocupación por lo que me pudiera pasar. Estaba claro que para ellos yo no era nadie, tan solo un juguete más entre sus manos que podían usar a su antojo; era una mujer vulnerable que tenía todas las de perder, y no valía la pena arriesgar la vida de otro para salvar la mía.

A los pocos segundos, el hombre volvió a aparecer. Esta vez tiró el paraguas y por fin pude ver su rostro: era Teo. Aunque era una posibilidad, jamás me hubiera podido imaginar que aquel desconfiado pudiera llegar al extremo de ir a por mí. Caminó lentamente hacia donde estaba yo, con una sonrisa sarcástica en el rostro que reflejaba su sensación de triunfo por haber descubierto la verdad.

–Así que eres una espía... –dijo, manteniendo todavía las distancias.

–Has matado a un muchacho inocente. Lo dejaste morir de frío.

A Teo se le borró la sonrisa de golpe, pero rápidamente volvió a simular seguridad.

—Su muerte ha servido para desenmascararte. Cuando termine contigo, Vincent y Henry sabrán la verdad. Tendrán que tragarse sus palabras y darme la razón.

—¿Qué es lo que ganas matándome? —El sudor, fruto del miedo, comenzó a recorrer mi espalda—. Podrías llevarme a la sastrería y entregarme a ellos para tu regocijo. Si me matas, no hay trofeo.

—No me fío de Vincent: creo que se ha enamorado de ti como un estúpido. Ha puesto en peligro nuestras acciones por ti.

Al menos aquella revelación me reconfortó. Que Teo pudiera confirmarme los sentimientos de Héctor me hacía creer en él con más fuerza.

—Estaba obligada a hacerlo —me defendí, como última opción—. Si no lo hacía, terminarían conmigo. También me amenazaron con ir a por mi familia.

Teo negó con la cabeza.

—Eres una burguesa y eso ya es motivo suficiente para sospechar. No me fío de vosotros. Me di cuenta desde el primer día, cuando apareciste en *Le Papillon* con esas delicadas y elegantes maneras, con esa forma de hablar tan refinada y educada... Por mucho que te hicieras pasar por una camarera, estaba claro que no venías de una barriada obrera. Y enseguida me preguntaste por Vincent, así que intuí rápidamente que eras una conocida suya de Barcelona. Y era demasiada casualidad que hubieras terminado en el mismo café en el que se movía uno de los anarquistas más buscados en España.

—Quiero a Héctor de verdad —confesé con lágrimas en los ojos—. Ya lo leíste en la carta, no iba a ceder hasta que no me prometieran su libertad.

—Pero veo que te han convencido. —Volvió a dar unos pasos—. Ibas a entregarlo..., ibas a permitir que lo llevaran a la horca. ¿Eso es amor?

Me derrumbé y rompí a llorar con desesperación.

—Tuve que elegir entre él o mi familia... ¡No quiero que le pase nada malo!

Caí de rodillas sin poder dejar de recordar a todos mis seres queridos, sabiendo que iba a morir en cualquier momento y que jamás volvería a verlos. Y en aquel instante entró Héctor en el callejón con cara de sorpresa.

—Pero ¿qué está pasando aquí? —preguntó, confundido—. Amelia, te he estado buscando por todas partes. ¿Qué hacéis los dos juntos?

Héctor frunció el ceño y observó detenidamente a Teo con cara de sospecha. Luego me miró a mí, que estaba en un estado lamentable, y se acercó para consolarme.

—¿Qué te pasa? —Me ayudó a ponerme de pie—. ¿Te ha hecho algo este hijo de puta?

Héctor empujó a Teo y lo estampó contra la pared.

—¿Qué le has hecho? —Le puso una mano en el cuello con violencia—. ¡No te atrevas a ponerle la mano encima!

—Déjame hablar —dijo Teo con dificultad—. Hay una explicación.

Héctor volvió a mirarme, esperando una respuesta, pero me sentía incapaz de hablar. Aunque me aliviaba tenerlo cerca, sabía cuál podía ser mi destino en cuanto le contara la verdad. La culpa me atenazaba la garganta.

Héctor aflojó la mano sobre el cuello de Teo y le dejó explicarse, aunque sin soltarlo del todo.

—Amelia es una espía —soltó, sin pensárselo—. Trabaja para el Gobierno español, por eso terminó en *Le Papillon*. El día del atentado, la Policía estará esperando a Émile.

Héctor comenzó a reír, incapaz de creérselo.

—¿Estás loco? ¿Qué diablos te pasa con ella? Ya te he dicho mil veces que está de nuestra parte. De hecho, hoy mismo nos iba a entregar la trinitrina.

—Quieren que Émile llegue a cometer el atentado para poder encausarlo después con pruebas. No quieren evitarlo, por eso os da la trinitrina.

—¡Eso es una locura! —exclamó mirándome a mí—. Dile que no, Amelia, que tú estás dispuesta a ayudarnos porque crees en nuestra causa.

Me quedé en silencio y me tapé la cara con una mano. No quería que viera el rostro de una traidora, ni tampoco percibir en el suyo la decepción más absoluta.

—Toma. —Teo sacó una nota de su bolsillo—. Intercepté al muchacho que hacía de contacto entre ella y un tal inspector Vives, que es quien lleva lo del atentado del Liceo de Barcelona.

Héctor se puso blanco al oír el apellido Vives, al recordar aquel trozo de papel que había encontrado en mi cuarto. Luego comenzó a leer en voz alta:

Señorita Rovira:

Creo que no está en disposición de exigir nada. Ya le expliqué lo que le podría suceder a su familia en el caso de que no cumpla con su misión, así como el destino que le espera a usted si no nos revela la información que queremos. Necesitamos saber el día y el lugar para poder coger a Émile Henry con las manos en la masa y llevarlo a juicio, así que espero su respuesta lo más rápido posible. La libertad de Héctor Vidal no es negociable. Este hombre tiene que pagar por lo que hizo igual que todos aquellos que matan a seres inocentes. No se lo vuelvo a repetir, señorita, quiero esa información. Si no me la facilita, tendrá que atenerse a las consecuencias.

Inspector Vives

Jamás podría describir la cara de decepción que puso Héctor cuando terminó de leer la nota. Estaba pálido, y sus labios apretados mostraban la ira que intentaba reprimir. Teo le dio una palmada en la espalda, como si quisiera consolarlo, aunque su rostro mostraba la satisfacción y el orgullo de haberme descubierto.

–Estuve siguiéndola –dijo Teo–. Descubrí dónde se alojaba y he pasado muchas horas bajo el frío esperando algo concreto que pudiera confirmar mis sospechas. Vi que un muchacho pobre salía y entraba del hostal a horas intempestivas, y que se dirigía a un hotel de lujo en el que permanecía varios minutos. Aquello me pareció muy extraño, y más cuando un día me encontré a Amelia siguiendo al chico durante una noche muy fría. En aquella ocasión tuve que acompañarla a casa, porque se había perdido. Finalmente, hace un par de días, intercepté al muchacho y descubrí la nota que acabas de leer.

–Esto no me lo esperaba. –El rostro de Héctor reflejaba dolor y tristeza.

–Os lo dije –volvió a repetir Teo–. No debíais confiar en ella, nos iba a traer problemas. Menos mal que la hemos descubierto; ahora podemos terminar con ella y avisar a Émile de lo sucedido.

–Sí –afirmó Héctor con dureza–. Tenemos que terminar con esto lo antes posible.

El hecho de no pensárselo siquiera, de que lo tuviera tan claro, me hirió en lo más hondo del alma. Que Héctor no sintiera ni un mínimo atisbo de compasión hacia mí me hacía pensar que nunca me había querido de verdad. Yo había hecho lo posible por evitar su muerte, por intentar librarlo de los pecados que había cometido, a pesar de que no lo merecía. Y él no había dudado ni un solo instante: quería terminar conmigo.

Teo dio un paso hacia delante para atraparme, pero Héctor hizo algo inesperado: se abalanzó sobre él y comenzó a pegarle.

—¡No vas a tocar a mi chica, cabrón! —exclamó, sin dejar de darle puñetazos.

Estaba absolutamente sorprendida, igual que Teo, que no se podía creer que Héctor hubiera decidido defenderme pese a haberle traicionado.

Observé horrorizada el forcejeo, pues Teo se había rehecho y ahora golpeaba a Héctor en el rostro con potencia y rabia. De hecho, estaba ganando la pelea; había conseguido tirar a Héctor al suelo y se sentaba sobre su estómago para inmovilizarlo mientras le golpeaba en la cabeza, que estaba cubierta de sangre.

—¡Déjalo! —grité asustada sin saber qué hacer—. ¡Lo vas a matar!

No tenía nada con lo que defender a Héctor. Miré a un lado y a otro del callejón en busca de algo que pudiera utilizar como arma, pero tan solo había desperdicios y basura. ¿Qué podía hacer? Los ojos de Héctor perdían brillo y tenía la cara ensangrentada. Temí realmente por su vida, y supe que si quería salvarlo debía ser valiente. Y como si mi ingenio se hubiera agudizado por la desesperación, se me ocurrió utilizar como arma un objeto cotidiano que todas las mujeres llevábamos en la cabeza para sujetar nuestros sombreros: los alfileres. Saqué uno, largo y afilado, y me dirigí hacia Teo tan rápido como pude para clavárselo con todas mis fuerzas en la nuca. Teo se quedó paralizado y se llevó los brazos al pecho, mientras caía como un peso muerto hacia un lado. Su rostro estaba absolutamente inmovilizado e inexpresivo, como si hubiera perdido la consciencia. Héctor aprovechó para recostarse y se acercó a él para comprobar su estado.

—Todavía respira —concluyó tras tomarle el pulso—. No está muerto. Me has salvado la vida.

No sentí ningún remordimiento, pues sabía que había conseguido salvar a Héctor.

–Vámonos de aquí antes de que alguien nos descubra –dije, mirando a ambos lados de la calle.

–No podemos dejarlo vivo –soltó Héctor fríamente–. Si lo hacemos nos delatará y tendremos problemas. Henry se vengará.

–¿Quieres matarlo? –Tragué saliva–. No podemos..., seríamos..., seríamos unos asesinos, Héctor.

–Lo haré yo –dijo Héctor, convencido–. Tú no tienes por qué cargar con la culpa.

Si había sido capaz de lo del Liceo, también podía acabar con alguien que había tratado de matarlo, pensé.

–No mires –me ordenó, poniendo sus manos sobre el cuello de Teo–. No sufrirá, está dormido.

Le di la espalda y cerré los ojos. Al cabo de unos segundos, sentí que Héctor ponía su mano en mi hombro. Todo había terminado.

–¿Qué vas a hacer? –le pregunté, al borde del llanto–. El Gobierno sabe que Vincent Leduc es Héctor Vidal. Te encontrarán, te llevarán a la horca.

Héctor reflexionó. Sus ojos se desviaron hacia el cuerpo de Teo.

–No, si estoy muerto.

Se puso de pie y se sacó la chaqueta; luego se acercó a Teo y se la cambió por la suya.

–Dentro está mi cédula de identidad –continuó–. Todo el mundo creerá que he muerto. Suelen confundirnos por nuestro gran parecido. Además, está magullado y tiene la cara hinchada. Nadie percibirá la diferencia. Y ahora larguémonos de aquí.

Asentí, sorprendida. Héctor era astuto y sabía salir indemne de todas las situaciones. Recé para que así fuera esta vez también. Nos alejamos de la escena del crimen, no sin antes echar un último vistazo al cuerpo inerte y frío de Teo. Héctor me dio la mano y comenzamos a correr hasta que estuvimos a salvo, lejos de cualquier testigo.

–Lo siento –dije, con apenas un susurro–. Te he decepcionado.

Héctor negó con la cabeza y me hizo un gesto con una mano para que me acercara.

–Yo lo siento más –confesó, compungido–. Has tenido que pasar todo esto por mi culpa. Yo te metí en problemas.

Respiré mucho más tranquila al saber que estaba de mi parte y saqué el pañuelo para limpiarle la sangre de la cara.

—Pensé que me odiarías por esto, que ya no querrías saber nunca más de mí. Al fin y al cabo, te he traicionado.

—Habría preferido que me hubieras dicho la verdad desde el principio, pero entiendo tu situación. ¿Te han amenazado con hacer daño a tu familia?

—Sí, y también con llevarme a la horca. Me iban a matar. —Lloré desconsolada—. Todo fue culpa de Isidro... Si él no me hubiera denunciado a la Policía, quizá ahora seguiría libre. Me llevaron a la prisión de Saint-Lazare y, aunque intenté escapar, el inspector Vives dio conmigo y me obligó a cumplir esta misión.

Héctor me acarició la cara e hizo un esfuerzo por abrazarme pese a su estado malherido.

—¿Y qué va a pasar con Émile Henry? —pregunté, preocupada—. ¿Y la trinitrina?

—Ahora irás a la sastrería, como si no hubiera pasado nada, y te inventarás una excusa para justificar tu retraso. Déjales claro que no me has visto. Les das la trinitrina y te vas. Me duele en el alma lo de Émile. —Tragó saliva, visiblemente afectado—. Pero no podemos decirle la verdad, tiene que creer que todo sigue igual. Si no, tendrías problemas.

—¿Vas a sacrificar a tu amigo por mí? —dije con la voz temblorosa—. Sabemos el destino que le espera. Morirá.

—Eres tú o él. No voy a sacrificarte a ti por nada del mundo. He sido yo quien te ha llevado a esto.

Asentí y me llevé las manos a la cabeza, como si aquello me ayudara a aclararme las ideas. Me sentía desbordada por los acontecimientos y tenía que pensar con agilidad.

—¿Y qué le digo al inspector Vives?

—Tendrás que mentirle y decirle que yo había descubierto la verdad al interceptar la nota de aquel muchacho. Y que, durante un forcejeo, me clavaste el alfiler en defensa propia. La Policía francesa no sospechará nada: pensarán que me he peleado con algún borracho.

Héctor se puso de pie con mi ayuda y me abrazó con todas sus fuerzas, lo que me hizo ganar confianza y seguridad.

—Has hecho todo lo posible por liberarme, y eso significa mucho para mí. –Alcanzó mi mano y se la llevó al corazón–. No podría soportar perderte, Amelia. No ahora que nos hemos reencontrado.

—Pero vamos a tener que separarnos de nuevo. La semana que viene cojo un barco en Burdeos con destino a América; el Gobierno me ha pedido una última misión en Tampa antes de darme la libertad. No sé qué pasa allí, pero tengo que ir.

Héctor agachó la cabeza sin atreverse a mirarme a los ojos.

—Seguro que tiene algo que ver con la revolución cubana –se pronunció al fin–. El mundo se empeña en alejarnos por mucho que intentemos lo contrario.

—Podrías venir conmigo y escapar de aquí –expresé con lágrimas en los ojos–. Cuando todo esto termine, podríamos empezar una vida juntos.

Héctor se llevó las manos a la cabeza y suspiró. Después, me cogió de la barbilla y me miró de forma penetrante.

—Algún día será así. –Se le rompió la voz–. Pero hasta entonces cada uno deberá seguir su camino. No quiero hacerte daño de nuevo.

Sus labios morados por el frío se acercaron a los míos y nos unimos en un beso cargado de emoción y sentimiento. El dolor que me provocaba separarme de él una vez más me atenazaba la garganta. Me aferré a su cuello, como si pudiera retenerlo, y él me agarró de la cintura. Finalmente, Héctor se apartó.

—No alarguemos más la agonía. –Le temblaban las manos al acariciarme la cara–. Hasta siempre, Amelia.

33

Al día siguiente, después de acabar mi jornada en *Le Papillon,* el inspector Vives se reunió conmigo en el hostal por primera vez desde que empezó la misión. Mi repulsa hacia aquel hombre era tal que ni siquiera me esforcé en ser educada con él. De hecho, permanecí sentada en la cama sin tener la deferencia de levantarme ni de ofrecerle asiento. Lo odiaba con todas mis fuerzas por haberme amenazado de aquella forma tan ruin con lo del hijo de mi padre, por ponerme en una situación en la que no estaba en disposición de decidir el siguiente paso de mi vida.

–¿Cómo se encuentra? –me preguntó, manteniendo la distancia.

–No creo que eso le importe demasiado. –Hice una mueca de desprecio–. Ha jugado conmigo como ha querido.

–Se equivoca, señorita. Precisamente está usted viva gracias a nosotros. Le recuerdo que por ser cómplice de un terrorista le habría correspondido la cárcel o la horca.

–Alejarme de mi familia o amenazarme con destruirla también es una forma de hacerme morir, inspector. Después de haberme jugado la vida por esta causa, me envía ahora a Tampa.

El inspector sacó un cigarrillo y lo encendió.

–Han encontrado un cadáver esta misma mañana –dijo, cambiando de tema–. Siento mucho decirle que se trata de Vincent Leduc. Ya sabe, Héctor Vidal.

–¿Cómo dice? ¿Está seguro de que se trata de Héctor? ¿Qué le ha ocurrido? –Fingí que no sabía de lo que me estaba hablando, y tuve que disimular mi alegría. Todo había salido como lo habíamos planeado.

–No se haga la sorprendida –dijo, con el rostro impertérrito–. Sé que fue usted: encontraron un alfiler de su sombrero en su nuca y signos de haber sido posteriormente ahogado. He de confesarle que me llevé una sorpresa; no creía que fuera capaz de asesinar al hombre del que estaba tan enamorada.

Se me había olvidado deshacerme de la prueba del delito.

—¿Un alfiler de mi sombrero? —Negué con la cabeza—. Insisto de nuevo: yo no he hecho nada. Ese alfiler no es mío.

Vives sonrió irónicamente y le dio otra calada a su cigarrillo.

—Qué más da lo que diga, hemos hecho creer a los vecinos que fue una reyerta entre borrachuzos que acabó en tragedia. Nadie hará preguntas. Solo el forense y yo sabemos la verdad. Ese Vidal ya no ocasionará más problemas, aunque me hubiera gustado llevarlo a la horca. Se ha adelantado, señorita Rovira.

Me quedé callada, sin saber qué más decir, pero saboreando el triunfo de haberle quitado su trofeo más perseguido. Sin embargo, seguí fingiendo y comencé a llorar. Pero mis lágrimas se debían a nuestra separación, porque sabía que no iba a volver a verlo en mucho tiempo o quizá nunca.

—Lo importante es que se está convirtiendo en una mujer valiente y de gran valor para el Gobierno —continuó—. No sé cómo lo hace, pero consigue salir indemne de todos los frentes. Es inteligente y parece agradar a todo el mundo. Ahora solo nos falta atrapar a Émile Henry.

—Después de que haya matado a seres inocentes —dije, pasando por alto los cumplidos—. Podrían evitarlo.

—Olvídese del 12 de febrero —zanjó, finalmente, el inspector—. Ahora tiene que pensar en Tampa.

—¿Qué voy a hacer allí? —pregunté, esperando con ansiedad una explicación—. ¿Cómo sé que me dejará libre después? He podido comprobar que su palabra no vale nada.

El inspector Vives sonrió ligeramente y tiró el cigarrillo al suelo.

—Supongo que estará al tanto de los problemas que tiene España con Cuba. El aumento del sentimiento patriótico cubano apoyado por los Estados Unidos, la mala organización de España para absorber toda la producción cubana de azúcar y tabaco, los escasos bienes manufacturados que se envían a la isla... En fin, que Cuba quiere convertirse en una nación independiente en lo político y en lo económico. Ya lo intentaron en el 68, y ahora parece que tienen pensado sublevarse de nuevo.

—No es descabellado que lo vuelvan a intentar: el Gobierno español jamás ha escuchado las propuestas de los cubanos, permite que los capitanes generales ejerzan su poder a favor de los terratenientes de las plantaciones esclavistas y aumenta los impuestos y tributos a la colonia, entorpeciendo su economía.

—Veo que ha tenido una buena institutriz —señaló sorprendido, antes de continuar—. Sin embargo, parecen tener mucha más fuerza que en el 68 gracias al líder revolucionario José Martí, que ya fue apresado durante la guerra por traición y desterrado a España. Un intelectual que escribe para las masas en su periódico *Patria* y que denuncia el colonialismo español, las desigualdades sociales y todo lo que huela a absolutismo.

—Pero ¿qué tiene que ver eso con Tampa?

—Allí se encuentra El Príncipe de Gales, una de las tabacaleras cubanas más importantes del mundo, que está financiando parte de la revolución independentista de Martí. Vicente Martínez Ybor, el dueño de la fábrica, ya apoyó la causa en el 68, molesto por las altas tarifas que imponía España a las importaciones de tabaco. —Hizo una pausa y se sirvió un vaso de agua de una jarra que tenía sobre la mesita de noche—. Tampa tiene las mejores condiciones climáticas y territoriales para el tabaco; es un lugar cálido, se encuentra cerca de Cuba para importar la hoja y tiene ferrocarril. Además, la vida es mucho más barata que en otros sitios y los obreros se pueden controlar fácilmente. Casi hay más cubanos que americanos.

—¿Cuál es mi misión? ¿Perseguir al señor Ybor?

—No, Martínez Ybor no nos interesa en absoluto; es un anciano que apenas controla ya su fábrica. Quédese con este nombre: Eduardo Manrara, el gerente y socio de la tabacalera y quien más involucrado está con la revolución. Él es quien realmente financia a Martí y a quien debe sonsacarle información.

—¿Y cómo voy a hacerlo sin levantar sospechas?

—Tiene que conseguir acercarse a la mujer de Manrara y hacerse amiga suya para que le cuente sus intenciones. Sabemos que usted tiene cualidades como maniquí y que en más de una ocasión ha intentado trabajar en París, así que intente hacerse un hueco en la alta sociedad tampense y gánese a las mujeres de aquellos que rodean a Manrara.

—Lo que me pide es prácticamente imposible... ¿Acaso ese tipo de mujeres conocen algo de los negocios de sus maridos? Le digo por experiencia que a la mayoría de las mujeres burguesas solo les interesa acudir a la modista.

—Pues mejor me lo pone, señorita. Si les gustan los vestidos y los sombreros, entonces ya tiene parte del trabajo hecho. Y le digo una cosa: no subestime a las cubanas, pues nos han demostrado en varias ocasiones que son las primeras en luchar por sus ideales y por una Cuba libre, como dicen ellos.

—No sé si está confiando demasiado en mí, inspector. Creo que no tengo la suficiente experiencia en este tipo de trabajos como para llevar a cabo una misión tan importante y arriesgada.

—No estará sola. Una vez que se asiente en la ciudad, un agente de la agencia Pinkerton le dirá en todo momento lo que tiene que hacer.

—¿Agencia Pinkerton? –pregunté extrañada.

—Una agencia de detectives de los Estados Unidos. Es especialista en rastreo de sospechosos y misiones de infiltración. El agente que trabajará con usted es uno de los mejores; no tiene por qué temer nada.

—Así que el Gobierno español paga a una agencia norteamericana de renombre para que espíe a los cubanos... Entonces, ¿qué pinto yo allí?

—No hay tantas mujeres que quieran dedicarse a esto y, seamos claros, tampoco tan atractivas como usted, señorita Rovira. Necesitamos a una chica de apariencia inofensiva, pero a la vez inteligente y sutil. Estoy convencido de que lo conseguirá.

—Y ahora viene la amenaza, ¿no? –pregunté con ironía–. Si no consigo información, terminaré en la horca o algo parecido.

—Efectivamente. Ya sabe a lo que se expone si no se esfuerza. Nuestro objetivo es evitar la revolución independentista, así que necesitamos saber cómo, cuándo y dónde empezará todo. Si lo logra, le prometo su libertad, y esta vez se lo digo en serio.

—Quiero creer en su palabra, aunque sé que tampoco tengo alternativa. Lo haré lo mejor que pueda por el bien de mi familia.

El inspector Vives asintió satisfecho y sacó de su americana un billete y un buen fajo de dólares que me entregó.

—Espero que no se maree en el barco. Zarpa desde Burdeos y llega a La Habana tras una escala en Puerto Rico. El viaje dura casi un mes. En La Habana tendrá que tomar un vapor que la llevará hasta Tampa. Allí se hospedará en uno de los hoteles más lujosos de la ciudad y se hará pasar por una maniquí muy cotizada en París cuyo destino es trabajar en las casas de moda de Nueva York. No hace falta decir que debe mostrarse en contra del imperialismo español, aunque sin mostrarse demasiado insistente.

–Eso no creo que me cueste mucho. –El comentario provocó una mueca de reproche en el inspector Vives–. ¿Vendrá usted también a América?

–No, yo aún tengo trabajo con Henry. –Se puso el sombrero e hizo ademán de irse–. Espero no tener que volverme a topar de nuevo con usted, significaría mucho para ambos. Su triunfo es el mío. Que tenga buen viaje.

El inspector se marchó con la cabeza bien erguida, haciéndose el importante, y deseé con todas mis fuerzas no volver a verlo nunca más y deshacerme por fin de su carga. Me tumbé en la cama: en unos días tendría que viajar a Burdeos y de ahí a La Habana. Iba a ser la primera vez que viajara en un barco durante tantos días, y una sensación de vértigo me revolvió el estómago al imaginarme cruzando el Atlántico y viviendo en una ciudad tan alejada de mi mundo, sola. ¡Qué diferente hubiera sido ese mismo viaje junto a Héctor! Podríamos haber planeado nuestra nueva vida juntos. Y en América. Más de una vez había soñado con cruzar el charco, pero jamás que lo haría en calidad de espía y en unas condiciones tan amargas.

Antes de partir hacia Burdeos, me despedí de mis compañeros del café *Le Papillon* y de Dominique, que, según había descubierto con el tiempo, no era el hombre desconsiderado e injusto que había creído que era. Recordé también a *madame* Morandé, aquella mujer con la que había rivalizado meses atrás por el amor de un hombre y que, sorprendentemente, había resultado ser una espía de las buenas. Aquello me hizo reflexionar. Recordé las palabras del inspector Vives sobre mi belleza, que el espionaje femenino distaba mucho del masculino pues consistía, básicamente, en dominar las artes amatorias, y poco más. Aunque yo no estaba dispuesta a seguir ese camino, pensé que aquel método de conquista era mucho más eficiente y rápido que el de rastrear y hacerse pasar por otro. Así lo había demostrado *madame* Morandé.

Llegó el momento de viajar a Burdeos y despedirme de París, sin saber si regresaría algún día. No pude evitar sentir un nudo en la garganta al abandonar la ciudad en la que había imaginado cumplir mis sueños. Había encontrado lo peor de la sociedad parisina, pero pensé que todas las situaciones sórdidas que había vivido habían logrado fortalecer mi espíritu. Me había convertido en una mujer valiente.

Encontré el enorme transatlántico en el que estaría recluida durante un mes, rodeada de emigrantes que se decidían a probar suerte en Cuba y soñaban con regresar convertidos en ricos. Había muchísima gente cargando maletas y cofres, además de carros y caballos parados frente a la puerta de embarque. Yo llevaba solo una maleta de mano con las pocas pertenencias que me habían quedado en París: un par de mudas y vestidos de invierno que de poco me iban a servir en el clima tropical que me esperaba en la otra orilla del océano. Pero tenía la cartera llena de dinero, y me reconfortaba saber que, una vez que llegara a mi destino, podría gastar todo lo que quisiera en hacerme con una buena colección de vestidos veraniegos e ir a la última moda.

Me dirigí al puesto del gobierno civil del puerto para mostrar mi documentación y, una vez que comprobaron mi identidad, me dejaron subir al barco de la Compagnie Générale Transatlantique. Accedí a toda prisa a la cubierta superior para despedirme de la ciudad. No sé cuánto tiempo pasé de pie, observando a la gente despedirse de sus familiares, imaginándome allí a los míos, pero me vi obligada a entrar cuando apenas fui capaz de mover los pies agarrotados por la brusquedad del viento helado.

Fui a mi camarote y pasé un buen rato sollozando en la cama, hasta que decidí coger fuerzas de nuevo y dejar atrás la pena. Había sido capaz de hacer mi vida yo sola en París, y lo iba a seguir haciendo.

Paseé por la proa, donde había una sala de fumadores y otra de lectura llena de hombres elegantes y con corbata con marcado acento cubano que quizá, según intuí, regresaban a sus plantaciones tras zanjar algún que otro trato en Europa. Llegué hasta el salón de música, donde me senté en uno de los cómodos sillones que había junto a una estufa. Me sirvieron un café caliente y una pasta de mantequilla que me supo a gloria porque no había comido nada, me calenté las manos junto al fuego y observé la cubierta frente a mí, en la que varios niños no tan bien vestidos jugaban al escondite sin que las bajas temperaturas les afectaran. Y fue en ese mismo instante cuando vi pasar a Héctor, sorteando los diminutos cuerpos de los chiquillos que corrían de un lado para otro. Me froté los ojos con fuerza para cerciorarme de que realmente no era una ensoñación. Era él. Estaba allí pese a que me había dicho que prefería seguir su lucha en París sin mí. Había cambiado de opinión y había decidido, finalmente, viajar hacia un nuevo destino conmigo. Me lancé sin decoro a la carrera hacia él, cogiéndome el bajo de la falda con las dos manos y mostrando la mayor de las sonrisas una vez que pude asegurarme de que no había sido una visión equivocada. Su rostro conservaba aún el rastro de la pelea con Teo, pero pude reconocer en su mirada la felicidad de reencontrarse conmigo.

–¡Héctor! –exclamé lanzándome a sus brazos–. ¿Qué haces aquí? ¿Por qué has cambiado de opinión? No querías huir, querías plantarle cara al Estado, seguir luchando por tus ideales...

–Creía ser más listo que nadie –me interrumpió–. Pensé que lo tenía todo controlado, pero no es así. Aunque esté oficialmente muerto para las autoridades, no puedo arriesgarme a que me encuentren. Sé que puedo caer, que puedo morir guillotinado como Auguste Vaillant hace unos días. No soy tan fuerte como pensaba.

Apoyé la cara en su pecho y volví a besarlo. No me atrevía a separarme de él por miedo a que desapareciera de nuevo.

–Creí que podría seguir sin ti. –Me estrechó entre sus brazos–. Pero no. Saber que te ibas tan lejos y que no nos íbamos a volver a ver... Quiero aprovechar esta oportunidad, empezar de cero en otro lugar. Tú cumplirás tu misión y yo la mía. Después, cuando todo haya acabado, quizá en un mundo más libre y más justo, podremos ser felices juntos.

No quise enturbiar aquel momento preguntándole a qué se refería con cumplir su misión. Lo importante era que había recapacitado y que había escogido venirse conmigo. Me besó. Estaba anocheciendo, y el cielo cubierto de estrellas hacía de aquella noche una de las más bonitas que había presenciado nunca.

–¿Cómo has conseguido embarcar? –le pregunté por curiosidad–. El billete es carísimo.

—Le robé el billete y la documentación a un emigrante. —Puso cara de culpabilidad—. Tuve que hacerlo, Amelia. Era la única manera de acompañarte.

No le reproché nada. Cosas peores habíamos hecho, entre ellas matar a Teo.

—¿Dónde está tu camarote?

—Está abajo, en la zona de los más pobres, junto al establo para el ganado y las carboneras. He dejado mi maleta en la litera, que está llena de pulgas. Apenas tenemos espacio para movernos y he oído decir que hay escasez de agua potable, así que los baños están restringidos. Es el primer día, y no te puedes ni imaginar el olor nauseabundo que ya emana de las pocas letrinas que hay para tantas personas. El hacinamiento es terrible.

—¡Dios santo! —exclamé sorprendida—. ¡Es inhumano!

—La comida no creo que sea mucho mejor, la verdad. He visto que estaban sirviendo una sopa que olía a rancio. Va a ser un mes duro, aunque me alegro de que tú estés en mejores condiciones. Sería incapaz de verte sufrir, mi amor.

—Yo estoy bien, no te preocupes, y más ahora que estamos juntos. —Sonreí radiante—. Aquí nadie nos conoce, somos libres.

—¿Y en Tampa? —me preguntó, ahora más serio—. ¿Qué te han mandado hacer allí?

Hice una mueca de disgusto al verme obligada a hablar del tema. Habría sido muy ingenuo por mi parte creer que Héctor se hubiera conformado con tan poca información.

—Evitar la revolución cubana —respondí en voz baja—. Espiar a los dueños de las tabacaleras que financian a José Martí. He pensado que podrías hacerte pasar por mi marido y casarnos en cuanto tuviéramos la oportunidad.

—¿Y qué pasa si te descubren? —Negó con la cabeza—. Creo que es demasiado arriesgado, deberíamos esperar. Además, no podría ser cómplice de tu misión, estaría traicionándome a mí mismo. Yo había pensado que podría trabajar en una tabacalera para ganarme la vida hasta que todo acabe. Entonces sí que seremos libres de verdad.

Suspiré y miré hacia otro lado para no mostrar mi decepción. Aunque Héctor tenía parte de razón, me dolía que no sintiera el mismo entusiasmo que yo por dar un paso más en nuestra relación.

–Quizá debamos esperar –dije, mostrándome fría.
–Todo irá bien, cariño.

Héctor me acarició la cara y me abrazó por la espalda mientras contemplábamos el ligero movimiento de las aguas, como si en aquel barco no existiera nadie más salvo nosotros. Y así terminábamos todos los días durante aquel viaje agotador y lleno de revelaciones, paseando nuestro amor frente al mar con la ilusión de dos enamorados que habían dejado atrás el pasado. Fueron de los días más felices de mi vida, y hubiera preferido que aquel trayecto no terminara jamás; temía que Tampa lo cambiara todo y que no pudiera volver a repetir los gestos de cariño y ternura que había vivido con tanta pasión durante la travesía. Sin embargo, la suerte no quiso acompañarnos hasta el final del viaje y Héctor, junto con muchos otros pasajeros de tercera clase, enfermó de cólera por culpa de la falta de higiene y los alimentos contaminados.

Unos días antes de que lo aislaran con los otros enfermos, ya me había dicho que tenía fuertes dolores de barriga y que había vomitado un par de veces, pero no le dio importancia hasta que apenas pudo levantarse de la cama ni retener cualquier bocado que entrara en su estómago. Días después ya no pude contactar más con él: las autoridades del transatlántico quisieron evitar el contacto con los enfermos para que el virus no se convirtiera en una plaga y terminara por contagiar a todos los pasajeros. Sin embargo, lo peor de todo estaba aún por llegar, y es que, a falta de médicos y medicinas para curarlos, Héctor y los demás fueron evacuados a Puerto Rico, la primera escala en el Caribe, para someterlos a cuarentena. Fui a cubierta, con el corazón encogido, a ver la salida en las camillas de aquellos cuerpos extremadamente delgados y demacrados por la deshidratación. No distinguí a Héctor. Recé por que sobreviviera.

¿Por qué siempre se torcían las cosas cuando creía tenerlo todo a favor? ¿Por qué se me impedía disfrutar de Héctor después de todo lo que habíamos luchado por reencontrarnos? ¿Significaba eso que era mejor seguir sola?

Tercera parte

34

Llegué a La Habana con la angustia de no saber cómo estaría Héctor. No había tenido ninguna noticia suya, ni siquiera me habían informado de su paradero ni de su estado de salud. Era en lo único que podía pensar en aquel momento, y apenas reparé en que por fin había llegado a Cuba y que quedaba muy poco para alcanzar mi destino. Héctor era un hombre fuerte y confiaba en que pudiera vencer la enfermedad. Pero ¿y si no era así? Después de lo bien que habíamos estado durante la travesía, no me imaginaba la vida sin él.

Lo primero que me llamó la atención al entrar en la bahía de La Habana fue la enorme grúa de acero que colocaba los mástiles a los barcos, conocida como *La Machina*. En el muelle se encontraba una multitud de gente saludando a los familiares que regresaban de Europa; muchos de los nuevos emigrantes, la mayoría españoles, ya contaban con parte de su familia allí y lloraban desde la cubierta al reconocer a sus padres, madres y hermanos agitando los brazos con ilusión y alegría.

Antes de bajar del barco, pregunté a los oficiales adónde tenía que dirigirme para tomar el vapor hacia Tampa. Me dieron las instrucciones pertinentes y me dijeron que aquel mismo día saldría uno antes del atardecer. Todavía me quedaban unas horas, así que caminé para hacer tiempo por el paseo de la Alameda de Paula, desde el que se observaba el hermoso paisaje del puerto. En el horizonte se distinguían los techos de teja de antiguas casonas que alternaban con las cubiertas planas de viga y tablazón. Era una vista pintoresca y encantadora. A lo largo de los muelles había un sinfín de puestos que vendían fruta y tabaco, y también pude contemplar allí las dependencias de la aduana y otras entidades del Gobierno o la Marina. Siguiendo mi camino me topé con un precioso teatro con una bóveda circular y una fachada clásica, y me emocioné al recordar las noches mágicas y familiares en el Liceo durante la temporada de ópera.

Hacía un calor sofocante y húmedo que me pegaba el vestido a la piel. Además, estaba agotada tras cargar con la maleta por todo el paseo. Decidí sentarme en una de las terrazas de los cafés que salpicaban el muelle. Estaba guarnecida de sombrillas y toldos de diferentes colores, y a los pocos segundos apareció un camarero negro con un delantal blanco atado a la cintura. Comenzó a hablarme con familiaridad, como si me conociera de toda la vida, gesticulando exageradamente y con un toque de humor. A veces era difícil seguirles el hilo a los cubanos, pero me había acostumbrado a su acento durante el viaje: aspiraban las erres o las sustituían directamente por eles y hacían uso de palabras que no había oído jamás. Cuando hablaban de *baro* se referían al dinero, y a sus hijos los llamaban *chamacos*.

El camarero me preguntó qué quería tomar. Como desconocía los refrescos o bebidas que se consumían en Cuba aparte del café, le dije que me sirviera lo que él quisiera siempre y cuando fuera algo refrescante y sabroso. Me sorprendió a los pocos minutos con un largo vaso lleno de una bebida blanquecina llamada agualoja, que contenía agua, miel, canela, clavo y otras especias que fui incapaz de reconocer. Aunque la encontré un poco fuerte, enseguida me refrescó y me sentí mucho más espabilada. A mi alrededor había mujeres y hombres cubanos que también habían parado para refrescarse: las mujeres bebían zumos y refrescos y los hombres aguardiente de caña diluido en agua o en ron.

Me quedé un rato contemplando la ciudad sin más. Estaba nerviosa, inquieta, por si Héctor no lograba sobrevivir al cólera y por lo que me iba a deparar Tampa. Pese a la preocupación y el calor, recuperé el apetito al oler el plato de comida que el camarero servía a los ocupantes de la mesa de al lado. Desde que me separé de Héctor, apenas había comido. Seguro que he perdido unos kilos, pensé, mirándome el abdomen y los brazos estrechos y finos que apoyaba sobre la mesa. Volví a llamar al camarero y le pedí que me trajera algo de comer. Me ofreció el plato del día: camarones acompañados por una ensalada, y acepté, salivando al oler el ajo frito que provenía de la cocina. Comí rápido y con ganas, y me sentí muy a gusto en aquella pequeña terraza tan acogedora.

Después de comer decidí pasear y llegué hasta los almacenes San José, un edificio gigantesco situado en la avenida del Puerto, donde se almacenaban los productos importados que llegaban de todas partes del mundo, especialmente de España y Estados Unidos. Allí me quedé, resguardada bajo la sombra de un arco mientras observaba el trajín de unos trabajadores que cargaban todo tipo de mercaderías: azúcar en cajas, aguardiente en pipas, toneles de arroz, medias y sacos de café, cera, ladrillos, máquinas de vapor para ingenieros, pacas de algodón, tabaco en rama y tachos... Estuve tan entretenida que las horas volaron, y entonces decidí regresar a la zona desde la que salía el vapor *Olivetti* hacia Tampa. Este avisó de su entrada en la bahía haciendo sonar su sirena ronca. En los muelles y las azoteas, numerosos cubanos agitaban sus pañuelos para despedirse de los familiares que se dirigían a Florida y de los americanos que regresaban a su país. Aunque era de las pocas españolas que viajaban hacia Tampa, me sentí acompañada y acogida por las mujeres cubanas que viajaban con sus hijos para empezar una nueva vida en aquella ciudad norteamericana, donde las esperaban las fábricas de tabaco de Ybor City, en las que estaban empleados sus maridos.

Éramos en total unos doscientos pasajeros que nos agolpábamos en la entrada del vapor mientras los oficiales nos distribuían entre la popa, la proa y los camarotes. El barco comenzó a moverse, y enseguida perdimos de vista La Habana entre la columna de humo negro que lanzaba el vapor. A diferencia del viaje anterior, este era tranquilo y calmado: el barco se deslizaba suavemente sobre la superficie de las aguas y, a medida que el sol iba desapareciendo por el horizonte, soplaba una ligera brisa marina cada vez más placentera y fresca.

Cuando llegó la hora de cenar, alguien hizo sonar un platillo por los pasillos y camarotes para convocar a la mesa a los pasajeros. La comida era totalmente nueva para mí, cien por cien americana: pollo frito, guisantes y pan de maíz. Los americanos parecían disfrutar de su gastronomía, mientras que los cubanos la acompañaban con tragos de aguardiente y ron de sus petacas para que supiera mejor. Una vez terminado mi plato, decidí echar un vistazo a la primera parada de nuestro viaje: Cayo Hueso. Los oficiales, antes de dejar bajar a los obreros cubanos, comenzaron a cachear a hombres y mujeres para comprobar si ocultaban entre sus trajes alcohol o tabaco de contrabando.

Permanecimos casi una hora en la bahía de Key West, bajo un brillante cielo estrellado y mecidos por el suave oleaje. Me adentré de nuevo en mi camarote y me quedé dormida hasta que llegamos a Tampa, todavía de noche.

El puerto de Tampa estaba iluminado por débiles luces eléctricas. De nuevo la gente era recibida por sus familiares con los brazos abiertos y la emoción dibujada en sus rostros. Sentí que, una vez más, nadie me esperaba en mi destino y que estaba completamente sola en aquel lugar tan diferente y extraño.

Como aún no había amanecido cuando tomé el tranvía hasta mi hotel, apenas pude percibir la serpenteante fisonomía de Tampa, en la que se entrecruzaban las calles principales y los hilos de los tranvías eléctricos y de teléfono. Al cabo de unos minutos llegué al enorme hotel de aire señorial y victoriano, en el que varios hombres negros vestidos de gala me recibieron con pomposas reverencias antes de recoger mi maleta y acompañarme al interior del hotel. Tenía unas ganas tremendas de llegar a mi habitación, darme un baño y dormir plácidamente para descansar por fin en una cama cómoda.

Entré en el lujoso vestíbulo, decorado con grandes esculturas, jarrones orientales, relojes franceses y cuadros y tapices preciosos. Subimos en un ascensor hasta la segunda planta y me condujeron a una espaciosa habitación con baño privado y agua corriente. Llené la bañera mientras contemplaba con entusiasmo los espléndidos muebles de caoba que relucían bajo las majestuosas lámparas de luz eléctrica que colgaban del techo. Me adentré en el agua cálida y limpia de la bañera y tomé un baño que se alargó durante casi una hora. Luego me acosté por fin y me quedé dormida entre las sábanas de seda de una de las mejores camas que había probado en mi vida.

Me desperté al día siguiente con energías renovadas, descansada y motivada para emprender mi nueva misión. Sin embargo, ¿cómo iba a conseguir llamar la atención en un lugar repleto de inmigrantes cubanos y españoles? ¿Qué podría hacer para entrar en lo más selecto de la sociedad de Tampa?

Bajé a desayunar a la terraza del hotel, donde había un espléndido invernadero repleto de palmas, violetas y claveles. Mientras esperaba a que me sirvieran, disfruté de las preciosas vistas y del intenso perfume que provenía de las flores. Hacía un día precioso, aunque caluroso, ni siquiera el sombrero evitaba que la frente se llenara de pequeñas gotas de sudor. Los americanos también se sentaban en las mesas del exterior a tomar café y fumar puros habanos mientras leían el periódico y desayunaban unos huevos pasados por agua acompañados por pescado frito servido con limón, cebollas y patatas. Yo comí lo mismo; para beber pedí una naranjada amarga. Luego decidí dar un paseo por los jardines. Por aquellos caminos rodeados de césped y árboles paseaban parejas de americanos y españoles; ellas, bajo sus sombrillas de encaje para evitar quemarse la piel. Escuché a una pareja de españoles hablar sobre la gran actuación de aquella noche en el hotel, a la que acudiría incluso el mismísimo propietario. Había leído en una placa que había en la recepción la historia de Henry B. Plant, un empresario americano que había llegado a Tampa cuando apenas era un pequeño pueblo de no más de cien habitantes. Construyó la línea de ferrocarril que abarcaba todo el sur de Florida y estableció una nueva línea de barcos de vapor que conectaba La Habana con Puerto Tampa. Ya en el vapor hacia la ciudad había oído hablar de él: decían que era uno de los hombres más ricos del sur de Florida y que su esposa, la señora Margaret Josephine Plant, se contaba entre las mujeres más populares de la alta sociedad.

Me dirigí al vestíbulo del hotel y justo al lado de recepción me encontré con un enorme cartel en el que se anunciaba la representación de *Salomé,* escrita por Oscar Wilde y protagonizada por la famosísima actriz Sarah Bernhardt. En el cartel aparecía el programa en francés, que incluía un retrato de Oscar Wilde. Me quedé con la boca abierta observando aquellas simples pinceladas realizadas en acuarela, y no me costó mucho averiguar quién lo había pintado: sin duda se trataba de Toulouse-Lautrec. Aquel hombre continuaba persiguiéndome, pese a la distancia, y a través de su arte siempre me echaba un capote cuando más lo necesitaba. ¿Habría conocido Sarah Bernhardt a Henri? ¿Me reconocería como una de las musas del pintor? Si lograba acercarme a ella e iniciar una conversación, podría llamar la atención de los señores Plant y quizá hacerme un hueco en la ciudad.

Me acerqué al recepcionista, que era cubano, para obtener más información.

–Disculpe, ¿sabe si quedan localidades para la función de esta noche? Quiero comprar una.

–Sí, aunque quedan pocas. Ha tenido mucho éxito en París, pero también ha recibido muchas críticas. De hecho, en Londres ni siquiera les han dejado representarla.

A pesar de haber vivido en París durante los últimos meses, no había tenido ni el tiempo ni el interés suficientes como para preocuparme por otra cosa que no fuera mi supervivencia, así que no había leído nada sobre la polémica obra de Oscar Wilde.

–¿Se encuentra la actriz en el hotel?

–Todavía no, aunque tampoco puedo informarla de eso. –Me sonrió, disculpándose–. Pero sí le puedo decir que es una gran aficionada a los juegos de azar; estoy seguro de que se pasará por el casino del hotel en cuanto finalice la actuación.

Le di las gracias y regresé a mi habitación. Aquella noche tendría que estar radiante para captar la atención de todos, y especialmente de la actriz, pero toda mi ropa estaba arrugada y estropeada por el viaje. Además, todos mis vestidos de noche eran de la temporada de invierno y en Tampa hacía demasiado calor para llevarlos. Sin duda, haría el ridículo vistiendo con esas telas de lana gruesa y *tweed*. Pero ¿cómo iba a conseguir un bonito vestido cuando el acontecimiento era aquella misma noche? Era imposible buscar una modista que me hiciera un vestido en tan poco tiempo, así que tendría que conformarme con el que llevaba puesto, que era de mañana y poco elegante, y esperar que la gente no me lo tuviera en cuenta.

Mientras leía uno de los periódicos locales hispanos de Tampa, que habían dejado especialmente para mí en mi habitación, encontré una noticia relacionada con la actuación de aquella noche. *Salomé* representaba la historia de la hijastra del gobernante Herodes Antipa y había tenido bastante críticas por el supuesto amor homosexual que Oscar Wilde quiso encubrir en el argumento sustituyendo a uno de los personajes masculinos por una mujer. Además, hacía referencia también a su actriz principal, Sarah Bernhardt. El periodista hablaba de los extraños y peculiares gustos de la francesa: decían que solía dormir en un ataúd de palisandro forrado de raso porque le gustaba todo lo relacionado con lo fúnebre. De hecho, la noticia iba acompañada por una fotografía de ella en el interior de su ataúd. Aunque ya tenía casi cincuenta años, la actriz conservaba una belleza exótica y un encanto sutil que hacía que los hombres se volvieran locos por ella; en el periódico aseguraban que había estado con hombres de la talla de Gustave Doré, Victor Hugo o el mismísimo príncipe de Gales. ¿Bertie otra vez?, pensé, divertida. ¿Acaso ese hombre se había acostado con la mitad de las mujeres del mundo?

Tras leer la noticia me quedé un rato pensando en lo que podía hacer y, finalmente, me vino una idea a la cabeza. Bajé de nuevo al vestíbulo y le pregunté al recepcionista que me había atendido antes si disponían de servicio de sastrería.

–Tenemos un sastre para hombres, pero no para mujeres. Las señoras suelen acudir directamente a la modista del centro de Tampa.

–Oh, verá..., es urgente. –Fruncí el ceño, angustiada–. Necesito que alguien me arregle un descosido. Es el vestido que iba a ponerme esta noche, y me gustaría poder lucirlo. ¿No hay posibilidad de que alguna modista acuda a mi habitación? Pagaré bien.

Saqué cinco dólares del monedero y se los di al recepcionista, que abrió los ojos como platos y asintió varias veces con la cabeza.

–Ahora mismo daré recado a la modista de Tampa, a ver si puede venir alguna de sus trabajadoras.

–Necesito que le diga que me traiga una cosa: tinte negro de anilina.

El hombre me miró extrañado, pero no hizo ningún comentario. Regresé a mi habitación; eran las doce de la mañana, así que me quedaban ocho horas para llevar a cabo mi plan. Me impacienté esperando a la modista, que se presentó pasados tres cuartos de hora. Llamó a la puerta de mi habitación con energía y me sorprendí al verla, pues me esperaba una americana entrada en años. Era una joven de unos veinte años tan negra como el carbón. Por suerte era cubana, pensé, pues yo no sabía nada de inglés. La chica se quedó embobada observando la opulenta decoración de la habitación. Probablemente jamás había visto algo semejante.

–Necesito tu ayuda. –Me presenté estrechándole la mano y me reconfortó ver que llevaba consigo un enorme costurero lleno de retales, hilos y agujas–. ¿Cómo te llamas?

–Odalys, señorita. Para servirla.

Odalys era alta y espigada, aunque su rostro estaba lleno de marcas y cicatrices que parecían haber sido ocasionadas por la viruela. Era simpática y alegre, y tenía un acento cantarín y contagioso.

–¿Has traído el tinte?

La chica asintió y se recogió el pelo rizado y áspero en un moño, intuyendo el duro trabajo que le esperaba.

–Esta noche hay un evento importante en el hotel –le expliqué–. Pero no tengo vestidos de noche apropiados para esta estación, así que necesito convertir el que llevo en un bonito vestido de gala.

Mi vestido era demasiado simple y soso y de color blanco roto, y la mayoría de mujeres iría con ropas alegres y vistosas. ¿Cómo iba a competir con ellas?

–¿Y para qué quiere el tinte negro? –preguntó, confusa.

–Para teñirlo –Sonreí con picardía–. Quiero teñirlo de negro.

–Oh, lo siento, señorita. ¿Ha perdido a un ser querido?

Se me formó un nudo en la garganta al recordar a Héctor. Aquel vestido podía ser símbolo de su muerte. Sin embargo, no quería pensar en eso, sino en que la suerte le sonreiría y terminaríamos encontrándonos un día u otro. Debía ser positiva y mantenerme mentalmente fuerte.

–¡Qué va! –respondí, forzando una sonrisa–. No estoy de luto, Odalys, simplemente quiero llamar la atención.

–No entiendo lo que quiere decir, señorita. –Puso cara de estupefacción–. ¡Nadie quiere vestirse de negro así porque sí! Solo lo hacen las mujeres del servicio o las que se encuentran de luto.

–Lo sé; entiendo que pueda parecerte extraño, pero tú me ayudarás a que mi vestido no sea como el de una criada ni como el de una viuda. Le añadiremos ribetes y lazos. Además, en Francia se llevan las mangas de jamón, pero veo que aquí todavía no ha llegado esa moda. ¿No las hacéis en vuestro taller?

–No. Verá, señorita, la señora Gibbs no suele viajar a París porque se marea en el barco, así que sigue la moda a través de las revistas francesas, que suelen llegar con meses de retraso.

–¿Y tiene buena clientela, la señora Gibbs? –pregunté con curiosidad.

–Sí, en Tampa no hay otra modista, así que las señoras de clase alta de la ciudad acuden a nuestro taller. La tienda está decorada a lo francés y la señora Gibbs es muy amable. Debería pasarse por allí un día de estos. ¿Cuánto tiempo va a permanecer en Tampa?

–Poco, he de partir a Nueva York. Pero dime, Odalys, ¿utilizáis figurines humanos para mostrar vuestros diseños?

Odalys negó extrañada.

–La señora Gibbs utiliza maniquíes de cera en sus escaparates, pero no tenemos figurines humanos de esos.

Asentí encantada ante la valiosa información que me estaba dando la chica, pero rápidamente volví a pensar en la hora y en mi vestido.

–¡Madre mía! ¡No sé si nos dará tiempo! –exclamé con nerviosismo–. ¿Sabrás hacer las mangas de jamón? Hay que rellenarlas con plumas justo por debajo de la línea de los hombros para que se vean abultadas.

–Si usted me guía, seguro que podré hacerlo.

Me alegré de la actitud positiva y segura de Odalys, y me contagié de su optimismo.

–Antes de empezar –añadió la chica–, he de avisarle de que este servicio le costará unos veinte dólares. La señora Gibbs no trabaja sin cita previa, y yo tenía mucha tarea en el taller.

Aunque me pareció un tanto abusivo, tenía dinero de sobra, así que no me importaba en absoluto pagar por ello.

–No hay problema –dije yo con una sonrisa en la boca–. Lo importante es que mi vestido sea uno de los mejores de la fiesta.

–No sé si será el mejor, pero el más llamativo seguro. ¿Por qué quiere ir de negro, señorita?

Le guiñé un ojo sin contarle mis propósitos. Si a Sarah Bernhardt le gustaba lo fúnebre y las excentricidades macabras, ¿acaso no le iba a encantar mi vestido negro?

35

Llenamos la bañera de agua caliente, me quité el vestido y lo metí en el agua mientras Odalys echaba el tinte negro. Lo dejamos en remojo durante varios minutos hasta que vimos cómo el color blanco comenzaba a desaparecer bajo el negro. Después lo sacamos a la terraza de la habitación y lo extendimos sobre la mesa para que los rayos de sol actuaran con más rapidez. Hacía tanto calor al mediodía que, pese a su volumen, no tardó mucho en secarse. Odalys comenzó a rellenar las mangas de jamón, así como a ribetear el final de la falda con negro y añadir lazos del mismo color. Estaba ansiosa por que acabara y ver cómo había quedado mi arriesgada creación. Sentía un nudo en el estómago: ansiaba comprobar si mi idea conseguiría el efecto deseado sobre la actriz y los demás asistentes.

Odalys sonrió al terminar y me entregó el vestido con satisfacción por el trabajo bien hecho. Me lo probé rápidamente con su ayuda y me miré en el espejo de la cómoda. Aunque no me veía de cuerpo entero, podía deducir que se trataba de una verdadera obra maestra. A pesar de su juventud, Odalys era una gran modista, y había sido capaz de transformar enteramente un vestido simple y aburrido en un gran traje de gala. Aunque era negro, no parecía en absoluto un vestido de luto: los detalles que le había añadido lo habían convertido en un precioso vestido de noche que no dejaría indiferente a nadie.

–Está preciosa, señorita –dijo Odalys encantada–. ¡No pensé que quedaría tan bien!

–Te invito a cenar. –Toqué la campana que había justo al lado de mi cama para que vinieran a atenderme–. Cenaremos aquí, en la habitación.

–Debería ir a trabajar, *miss* Gibbs me estará esperando.

–¿A estas horas? ¿No es ya muy tarde para seguir cosiendo?

—Son solo las siete, esta semana tenemos mucho trabajo y no termino hasta las diez de la noche —comentó con resignación—. Se lo agradezco igualmente.

—Dile que has tenido que quedarte más rato. Te pagaré más.

Estaba tan a gusto conversando con Odalys que la cena se me hizo especialmente corta. Era una muchacha muy simpática, y me di cuenta de que compartíamos los mismos miedos y anhelos propios de nuestra edad.

—¿Tienes novio? —le pregunté mientras comíamos.

—Sí. —Sonrió tímidamente—. Raúl y yo queremos casarnos, pero no ahora, tal y como están las cosas en Cuba. Nos gustaría regresar algún día.

—¿Cómo están las cosas en Cuba?

—Oh, complicadas. —Bajó la mirada sin saber qué decir—. Ya sabe lo que pasa con España, señorita. Yo no es que sea partidaria de uno u otro, pero... Ay, creo que estoy hablando más de la cuenta.

—No tengas miedo. —Vi que se ponía tensa y me sentí mal por insistir—. Soy española, pero eso no significa que esté a favor de lo que hace mi país con el tuyo.

—La mayoría de los cubanos queremos la independencia, pero sabemos que si luchamos por ello comenzará una guerra con España, y tenemos miedo. Mi novio trabaja para la tabacalera de la familia Martínez Ybor, en Ybor City, y los trabajadores están preparados para lo que venga, así que no podemos hacer planes de futuro.

Al oír ese nombre, abrí los ojos con interés y me entraron ganas de preguntar más.

—¿Y qué opina Vicente Martínez Ybor de todo eso? Supongo que, siendo de origen español, no le gustará ni un pelo.

—¡Qué va, señorita! —Se dio cuenta de que había alzado la voz demasiado y bajó el tono—. Creo que está más con nosotros que con ellos. Permite incluso que haya un lector de política en sus mismos almacenes mientras los trabajadores despalillan y tuercen los cigarros.

—Supongo que leen a Martí —dije yo, queriéndole restar importancia—. De hecho, ha venido muchas veces a Tampa, ¿no?

—José Martí es nuestra esperanza. —Se le iluminó la mirada al hablar de ese hombre—. Cada vez que viene a Tampa a dar uno de sus discursos, el Liceo de Ybor City se llena de gente. Incluso lo reciben el mismísimo Ybor y Eduardo Manrara.

Por fin salía el pez gordo, pensé yo. Eduardo Manrara era el objetivo de mi presencia en Tampa, y yo debía captar la mayor cantidad de información posible.

–¿Quién es Eduardo Manrara?

–Es la mano derecha de Ybor, el encargado de controlar las fábricas del señor Ybor en Nueva York; por eso viaja mucho a esa ciudad. Además, ahora que Vicente está mayor, es él quien lleva las riendas de la empresa. Pero no hablemos más, señorita, si no llegará tarde.

Odalys tenía razón, eran casi las ocho y la función estaba a punto de empezar. Terminé el consomé de verduras y enseguida me preparé para salir. Me hice un recogido sobrio y elegante y me puse unas gotas de perfume con olor a vainilla. Me sentía radiante y bonita, aunque también insegura por cómo interpretaría la gente mi atrevimiento. Odalys me deseó mucha suerte, le pagué y le prometí que me pasaría un día por su taller. Luego bajé en el ascensor ante la mirada indiscreta del hombre que lo accionaba y que abría y cerraba la puerta. Me encaminé lentamente por el vestíbulo en dirección al teatro y empecé a notar que la gente me miraba. Oí varios murmullos de fondo, aunque no pude percibir si eran comentarios positivos o negativos.

El interior del pequeño teatro era de madera de roble, y las butacas estaban revestidas de terciopelo rojo. El magnífico telón dorado permanecía bajado. El ambiente de la sala era distendido y hasta mí llegaba la mezcla de todos los olores de los perfumes de las americanas, que iban perfectamente arregladas para una velada de gala. Como no iba acompañada, las mujeres rápidamente se fijaron en mí mientras caminaba por el pasillo central hasta una de las primeras filas. Un grupo de señoras comenzaron a susurrar por lo bajo sin dejar de mirarme. Aunque me sentí un tanto incómoda por ser el centro de atención, en el fondo estaba encantada de que todo estuviera saliendo como había pensado.

El espectáculo empezó a los pocos minutos y se abrió el telón para dejar paso a la gran actriz Sarah Bernhardt, que vestía una gran falda con estampado japonés. Actuaba de forma natural y sin grandes gestos; en eso radicaba su éxito. Además, era una mujer enérgica y con gran personalidad, justo lo que buscaba Wilde en el papel de Salomé, que representaba la perdición del hombre y combinaba el amor, la pasión y la muerte con lo místico. Me quedé absolutamente hipnotizada con la actuación de Bernhardt: captaba todo el interés del público con sus gestos delicados y simples, y sus ojos transmitían toda la fuerza de una mujer moderna y decidida. La obra terminó con la muerte sublime de Salomé y el público, en pie, la aplaudió sin cesar. Cuando por fin se bajó el telón, todos comenzaron a abandonar el teatro; observé que me lanzaban alguna que otra mirada. La gente se dirigía ahora hacia el casino para terminar la noche, disfrutar de la música y tomar un refrigerio compuesto de sándwiches y dulces.

La enorme sala del casino estaba repleta de hombres que solo acudían a leer el periódico y charlar sobre actualidad y otros que jugaban al ajedrez, los naipes o el dominó. Todo el casino estaba espléndidamente iluminado con bombillas eléctricas. El murmullo de las conversaciones, junto con el repiqueteo de las copas, hacía de ese lugar un rincón bonito y acogedor. Los camareros comenzaron a anunciar el exclusivo sándwich que se había hecho popular aquel mismo año en la casa de juegos del Saratoga Club-House en Nueva York: el Sándwich Club, un emparedado de tres pisos con pan de miga tostado, pollo, panceta, lechuga, tomate y huevo duro. Aunque me hubiera gustado probarlo, las mujeres no tenían por costumbre comer después de la cena, así que tuve que conformarme con una copa de champán.

Varios corrillos de mujeres se distribuían por toda la sala, pero ninguna se atrevía a hablarme. Me miraban de reojo sin dejar de reír y criticar entre dientes mi vestido. Hice ademán de acercarme a una de ellas para entablar conversación, pero el grupito de señoras me dio la espalda sin ni siquiera tener la consideración de guardar las formas. Me sentí rechazada y humillada y me quedé sentada en una especie de diván, arrepentida por haber frivolizado tanto a la hora de transgredir lo establecido. Lo he fastidiado todo, pensé, mientras observaba a la gente que me rodeaba pasándoselo bien a mi costa.

Cuando estaba a punto de abandonar el casino y marcharme hizo su aparición Sarah Bernhardt, que lucía un bonito vestido verde a juego con sus ojos azul cobalto. Llevaba la melena, de color rubio oscuro, suelta y rizada sobre los hombros con una exótica diadema. Aunque había cumplido ya los cincuenta, parecía tener un espíritu joven y sociable que le hacía aparentar muchos años menos.

–¡Señora Bernhardt! –exclamó un hombre de pelo y bigote blanco de avanzada edad–. Bienvenida a nuestro hotel.

Aunque Sarah sabía inglés, Henry B. Plant, el propietario del Tampa Bay Hotel, había preferido hablarle en su lengua materna, que era el francés, para ganarse su favor. Le besó la mano con deferencia, y la que intuí que era su esposa se acercó también para saludarla. En apenas unos segundos, todo el mundo rodeó a la actriz para felicitarla por su actuación. Las mujeres que se habían estado burlando de mí ahora tan solo tenían ojos y palabras de cortesía para la francesa. Todos, tanto las señoras como los hombres, pretendían mantener unas palabras con ella. Yo me quedé en el diván, acompañada únicamente por la presencia de algún que otro camarero que se acercaba a mí por pura compasión con bandejas repletas de tartaletas de manzana y otros dulces. Me levanté para marcharme a la habitación al ver que nadie se apiadaba de mí, pero justo en el momento en que cruzaba la puerta del casino, alguien me tocó la espalda.

–*What a beautiful dress!*

No entendí ni una palabra de lo que me dijo, pero no me importó en absoluto: Sarah Bernhardt había reparado en mí, tal y como yo esperaba. La suerte estaba de mi parte.

–No hablo inglés –respondí en francés.

Sarah me miró de arriba abajo, sorprendida por mi vestido.

–¿Quién es su modisto? –me preguntó, tocando las puntillas y ribetes con descaro.

–Una modista de Tampa. –Sonreí orgullosa–. Pero el diseño es mío.

–Pues la felicito, señorita...

–Me llamo Amelia. –Quise omitir el apellido–. Por cierto, *madame* Bernhardt, ha estado espléndida esta noche.

–Al menos hemos recibido aplausos. –Soltó un suspiro–. En otras ciudades de Europa nos abuchean, incluso nos censuran la obra. En Londres, por ejemplo, no hemos podido representarla. Que una mujer sienta deseos por un hombre parece que no está bien visto.

–América es diferente. Seguro que tendrá éxito en este continente.

–¿Y qué hace una francesa en Tampa? –Inspeccionó mi rostro con detenimiento–. Me suena de algo... ¿La conozco?

–Oh, en realidad soy española, aunque he estado viviendo en París estos últimos meses.

La actriz siguió observándome hasta que por fin cayó en la cuenta.

–¡Es la del cartel de Lautrec! –gritó emocionada, a la vez que me abrazaba–. ¡Henri me ha hablado mucho de usted! ¡Qué casualidad!

–He visto que también ha pintado el cartel de Salomé.

–¡Oh, sí! –exclamó con gracia–. Ha pintado a Oscar Wilde, y también a mí. Henri y yo somos muy buenos amigos desde hace años.

–Se portó muy bien conmigo –dije yo con cierta melancolía–. Gracias a él la gente me conoce, y ahora pretendo lanzar mi carrera de maniquí.

–¿De maniquí? –No pareció sorprenderse–. Pues creo que tiene mucha clase, Amelia. Y este vestido es espectacular, aunque ha sido muy atrevida poniéndoselo. La gente no sabe apreciar la elegancia del negro.

Mientras Sarah me hablaba, las mujeres me observaban con una mezcla de altivez e incredulidad, incapaces de comprender por qué había llamado la atención de la francesa.

–¿Y por qué está aquí?

–En realidad, estoy de paso. Mi intención es ir a Nueva York.

Sarah me cogió de la mano y me llevó hacia las mujeres que estaban en el centro del casino.

–Miren bien a la musa de Toulouse-Lautrec –dijo en voz alta–. Es un vestido único y lo lleva con mucha gracia y elegancia, ¿no creen? Va a ser una gran maniquí.

Las señoras arrugaron la frente sin saber cómo reaccionar, pero enseguida se acercaron a mí con una sonrisa. ¿Cómo podían ser tan hipócritas? Hacía apenas unos minutos me habían mostrado su rechazo con absoluto descaro.

–¡Qué vestido tan bonito! –exclamó la mujer del propietario del hotel–. Es usted muy guapa. ¿No opina lo mismo, señora Dueñas?

Margaret Plant era una mujer mayor, de pelo cano, elegante y tradicional. Aunque se le notaba el acento inglés, hablaba perfectamente el español. Tampa era una ciudad norteamericana, pero por la influencia hispano-cubana una gran parte de la población nativa hablaba español.

—Preciosísima —respondió la tal señora Dueñas—. Aunque he de reconocer que en un principio pensé que iba de luto.

—Pero ¡cómo va a ir de luto! —le respondió de nuevo Margaret—. ¡Hubiera sido una falta de respeto para su difunto! Con tanto lazo, encaje y ribete...

—Hoy en día ya no te puedes fiar, en París hacen unas modas muy extrañas.

La señora Patricia Dueñas era una cubana mulata de mediana edad que vestía un traje naranja bastante llamativo y tenía el pelo extremadamente rizado recogido en un moño alto.

—¿Y cómo es que viste de negro? —Margaret me miró de arriba abajo—. ¡Qué atrevimiento!

—Seguro que es una *new girl*. —La señora Dueñas alcanzó una copa de champán—. ¡Hay que ver qué modernas son las chicas de hoy en día! Si tuviera yo unos años menos...

—Pues qué quieres que te diga, Margaret, a mí eso no me gusta nada... Las chicas esas que aparecen en las revistas fuman, beben y van en bicicleta... ¡Incluso piden el voto de la mujer!

Rieron las dos, visiblemente achispadas por el efecto del champán, sin darme tiempo a intervenir. Sarah me agarró del brazo y me llevó hacia una mesa donde varios hombres jugaban al dominó. La señora Plant y la señora Dueñas nos siguieron como si fueran nuestros perritos, riendo las gracias de la actriz cada vez que abría la boca.

—Una pena que no jueguen a las cartas —dijo Sarah chasqueando la lengua—. En París, suelo ir a las casas de azar a apostar dinero. ¡Es mi perdición! Si no hubiera gastado mi fortuna en el juego, ahora sería la mujer más rica de Francia.

—Mi tía dice que no está bien considerado que una mujer apueste y sea aficionada a los juegos de hombres.

—¿Su tía sabe que es usted maniquí? —Rio a carcajadas—. Desde luego que es una *new girl*... ¿Fuma?

—No, gracias. Lo probé hace tiempo a escondidas de mi padre y no me gustó.

Sarah sacó un cigarrillo de la pitillera de uno de los hombres que estaban jugando al dominó. Este se levantó con cortesía y prendió una cerilla para que se lo encendiera. Ella le guiñó un ojo en señal de agradecimiento y se quedó callada saboreando placenteramente el tabaco mientras observaba la partida de dominó. Los hombres reían y bebían sin dejar de fumar mientras echaban una partida tras otra. El dominó era el juego por excelencia en Tampa y todos, ya fueran cubanos, norteamericanos o españoles, pasaban las horas entretenidos con aquel juego. Sin embargo, a los pocos minutos la política salió a relucir en la conversación.

–¿Y qué es lo que pasa entre Cuba y España? –preguntó la actriz–. En Francia también tenemos problemas con nuestras colonias.

Los hombres comenzaron a explicarle el conflicto, aunque la francesa dejó de escuchar a los pocos minutos, aburrida y arrepentida por haber sacado el tema y dejar de ser el centro de atención. Pero ya no había vuelta atrás: los hombres estaban inmersos en una conversación acalorada y que parecía no terminar nunca. A mí, no obstante, me vino estupendamente bien para obtener información de primera mano.

–Y como España ha aumentado los impuestos de los productos estadounidenses, los Estados Unidos se han tomado su revancha con la ley de William McKinley –comentó el que parecía ser el marido de la señora Dueñas–. Ahora han aumentado también los impuestos sobre el azúcar cubano y nos privan de nuestros clientes estadounidenses, que han dejado de fumar puros procedentes de la isla y ahora utilizan azúcar hawaiano.

El doctor Joaquín Dueñas, como supe después, era un reputado médico cubano que había emigrado a Tampa para prosperar en su carrera profesional. Por su forma de hablar, intuí que estaba a favor de la independencia cubana.

–Todas las fábricas de tabaco se han visto afectadas, ya que las exportaciones de hoja de tabaco y de puros cubanos han caído a la mitad y las de azúcar casi una tercera parte –intervino otro hombre–. Los hacendados han reducido la producción, y miles de cortadores de caña, molineros y trabajadores del tabaco se han quedado sin empleo. Toda esta gente se está uniendo a los insurgentes.

–¡Y con toda la razón! España adoptó el sufragio universal en 1890, pero en Cuba bien que nos privan de ese derecho. ¡Nos consideran incapaces de gobernarnos a nosotros mismos! –El doctor Dueñas hablaba con rabia, sin importarle quién pudiera estar escuchando–. Pero para pagar sí que nos quieren... ¡Los cubanos pagan el doble de impuestos que los españoles peninsulares! Los altos aranceles y cuotas sobre productos estadounidenses y de otros países producen ganancias para Madrid, pero perjudican el comercio de Cuba al obligar a los cubanos a comprar bienes manufacturados de la península, incluso siendo de inferior calidad a los nuestros.

Yo escuchaba atentamente, sin abrir la boca. En un principio, las mujeres no se habían atrevido a pronunciarse, pero la señora Dueñas no pudo evitar intervenir y secundar las palabras de su marido.

–Y no nos han dado nada –añadió la mujer–. No han construido vías, ni carreteras, ni escuelas. Nuestras mejoras se las debemos a los Estados Unidos. Ellos nos han traído sus motores de vapor y sus equipos de procesado. Han acudido ingenieros y técnicos estadounidenses para trabajar en minas y fundiciones y diseñar vías férreas y telégrafos.

–Desde que en Europa se inventó la forma de extraer el azúcar de la remolacha, España ha puesto trabas a las importaciones de azúcar de caña –siguió el doctor–. ¡Y muchos productores de azúcar de caña han tenido que vender sus propiedades a grandes empresas azucareras! Y volvemos a lo mismo: ¿quiénes han sido los únicos que nos han comprado azúcar ante la pérdida de consumo de Europa? –Hizo una pausa–. Los Estados Unidos. Ellos invierten en nuestras plantaciones para hacerlas competitivas con las de caña.

–Luego se preguntan que por qué queremos la independencia... –intervino otro de los hombres–. El problema es que la independencia ahora también implica la reforma agraria y mejoras en los salarios y condiciones de los trabajadores. Así Martí moviliza a los trabajadores cubanos.

–Sí, Martí hace un llamamiento a una Cuba independiente, democrática y comprometida con la igualdad racial y con la justicia social y económica. Por eso Ybor y otros empresarios de Tampa tienen tan bien pagados a sus cigarreros, para que aporten su granito de arena con el Partido Revolucionario Cubano.

Toda aquella información me ayudó a conocer cuál era el caldo de cultivo revolucionario que se estaba gestando en Tampa, y estaba claro que Ybor participaba en la sublevación de Martí de algún modo. Pero tenía que descubrir cómo y cuándo, y eso solo lo podría conseguir si las mujeres que estaban en esa sala me aceptaban como parte de su círculo.

Miré a la señora Dueñas y a la señora Plant: estaban visiblemente achispadas y tenían los ojos brillantes de tanto beber. Era evidente que aquella noche no conseguiría nada, pero al menos ya conocían mi nombre y mi profesión gracias a Sarah Bernhardt. Esta, después de beberse varias copas, se marchó a su habitación sin apenas sostenerse en pie. Su gira por tierras americanas debía continuar, y no la iba a volver a ver jamás. Según ella, yo era toda una *new girl* y podía llegar a ser una gran maniquí. Ahora solo faltaba hacerme un hueco entre aquellas mujeres que no me habían recibido del todo bien. Tenía que conquistar Tampa.

36

Y la sorpresa no tardó mucho en llegar. Tan solo dos días después de esa noche en el casino, una persona del servicio del hotel me entregó en mi habitación una carta en la que la señora Gibbs, la modista de Tampa, me invitaba a acudir aquella misma tarde a su casa de modas. ¿Habría sido Odalys quien le había hablado de mí? ¿O habrían sido la señora Dueñas y la señora Plant quienes me habían dado a conocer? Aquella tarde saldría de dudas.

Le pregunté al recepcionista cómo llegar a la Casa Gibbs –que se encontraba en Franklyn Street, la calle principal de Tampa–, y él me indicó que debía tomar de nuevo el tranvía. Durante el trayecto, me percaté de la cantidad de españoles –la mayoría de ellos asturianos– que había en Tampa: camareros, propietarios de restaurantes, cigarreros.... El hecho de estar a miles de kilómetros de España y a la vez sentirme tan cerca al oír mi propio idioma y el acento de mi país me provocaba una sensación extraña.

Cuando bajé del vehículo me llamaron la atención las calles de arena, que hacían que las faldas de las mujeres se llenaran irremediablemente de polvo. Hacía un calor horroroso, y sentía la espalda empapada en sudor; Tampa estaba tan cerca del mar que la humedad se colaba por cualquier resquicio. Las mujeres, que debíamos llevar tantos kilos de ropa encima, sufríamos las consecuencias de ese clima tan pegajoso y a veces insoportable. ¡Qué ganas tenía de renovar el armario y comprar ropa ligera, más acorde con esa temperatura!

Paseé por Franklyn Street, esperando encontrar decenas de comercios en plena efervescencia a esas horas de la mañana. Sin embargo, los únicos negocios que se veían en la calle eran los puestos de verduras y frutas que los americanos llamaban *groceries* y que invadían las aceras con sus barriles llenos de pepinos en vinagre, patatas y frijoles.

A medida que me acercaba a la casa de modas sí que pude encontrar algunas vitrinas que exponían sombreros, zapatos, muebles, baratijas y dulces. Me alegré al hallar también una botica: desde que había llegado a Tampa sufría intensos dolores de cabeza y de estómago, probablemente provocados por el cambio de agua y el clima. Entré en la botica, revestida de madera y llena de estanterías repletas de tarros de todos los tamaños. Tras el mostrador había un hombre que llevaba unos anteojos y un guardapolvo y que apenas hablaba español. Intenté explicarle lo que quería; finalmente, terminamos por entendernos y el boticario me vendió un jarabe oscuro de reciente creación que, según me explicó, servía para aliviar los síntomas pesados de la jaqueca y el ardor de estómago. El producto recibía el nombre de Coca-Cola. Pagué y salí de nuevo a la calle.

Pasado el First National Bank, un imponente edificio de mármol, me encontré por fin con el local de Miss Gibbs' French Fashion House. Se trataba de una coqueta tienda decorada al estilo francés –papel pintado dorado, sillones Luis XVI– en cuyo aparador había varios maniquíes que lucían vestidos de verano de la temporada pasada. Cogí aire antes de entrar y abrí la puerta, sin esperar el agradable aire fresco que provenía de un ventilador eléctrico colocado sobre el mostrador. Enseguida me recibió una mujer de mediana edad que llevaba un bonito vestido de seda de color crudo. Su pelo rubio era casi del mismo tono que el vestido.

–*Welcome to my house, lady.*

La mujer, de cara pecosa y ojos claros, me estrechó la mano con camaradería y esperó a que yo le revelara mi identidad.

–Soy Amelia Ramos. He recibido una carta de la señora Gibbs.

–¡Oh! Yo soy la señora Gibbs –exclamó con sorpresa al oír mi nombre–. Me han hablado mucho de usted, señorita Ramos. No solo mi modista, Odalys, sino también algunas de mis clientas. ¿Por qué no me acompaña?

Dejamos atrás el vestíbulo para adentrarnos en una sala mucho más grande donde había varios biombos de estilo japonés y un sofá Chester junto a una mesita para tomar el té.

–¿Le apetece una naranjada? –Tomó una jarra con hielos que había sobre la mesa y me sirvió un vaso sin esperar mi respuesta–. El té lo dejamos para los ingleses y los franceses, ¿no cree? Aquí hace demasiado calor.

–Tiene toda la razón, señora Gibbs. Aún me estoy acostumbrando al clima caluroso de Tampa. En España también hace calor, pero nunca lo había percibido así, tan...

–Puede decirlo: tan endiabladamente insoportable. –Rio, tapándose la boca–. Pero le quedan pocos días en Tampa, ¿no es así? Tengo entendido que desea marcharse a Nueva York.

Bebí un trago de naranjada fría que me hizo sentirme mucho mejor. Mi mente se había despejado, y me veía capaz de convencer a *miss* Gibbs de mi profesionalidad como modelo.

–Esa es mi intención, siempre y cuando no haya nada que me retenga aquí. La verdad es que es una ciudad encantadora, y no me importaría quedarme más tiempo.

–Había leído que en París las modistas utilizan a personas para mostrar sus vestidos, pero nunca me había parecido algo relevante. Mis clientas jamás me lo han pedido; siempre se han conformado con los maniquíes de toda la vida.

–Los pequeños cambios marcan una gran diferencia, señora Gibbs, por algo París es la capital de la moda. Y usted tiene la gran suerte de que la suya es la única casa de modas de Tampa. ¿Qué pasaría si alguien le robara la idea? Probablemente, todas sus clientas se irían en busca de lo último.

La señora Gibbs se me quedó mirando sin apenas expresión. Parecía reflexionar seriamente acerca de mis palabras.

–Tiene usted razón. –Sin saber de dónde, sacó un cigarrillo y se lo encendió–. ¿Quiere? El tabaco de Tampa es el mejor del mundo; está cultivado en provincias de La Habana y Pinar del Río. El bueno, claro. Nada que ver con los que venden algunos cubanos por aquí. Ni se le ocurra comprar Chinchales. Jamás.

Negué con la cabeza. Me sorprendía la cantidad de mujeres que fumaban en Tampa, seguramente como consecuencia del gran número de tabacaleras que había en la ciudad. En cualquier lugar, hombres y mujeres fumaban sin parar.

–No soy fumadora, aunque podría hacer un esfuerzo si eso lograra que la gente de esta ciudad tuviera mejor opinión de mí.

–Creo que no la pueden tener mejor, señorita Ramos. La señora Plant y la señora Dueñas vinieron ayer a hacerse un vestido nuevo para una fiesta que tendrá lugar en Ballast Point dentro de un mes. Les enseñé varias muestras sobre los maniquíes, y ellas me dijeron que ojalá tuviera un figurín de verdad para hacerse una idea mejor. Me ha puesto usted en un compromiso que ahora difícilmente puedo eludir.

Me miró con el ceño fruncido. No supe qué decir.

—Pero eso puede cambiar —siguió la señora Gibbs, sonriendo de nuevo—. Quiero que escuche bien lo que le voy a ofrecer: veinte dólares a la semana y domingos libres.

—¿Me está ofreciendo trabajo? —pregunté, sorprendida, reprimiendo el impulso de saltar de alegría.

—Puede que con el tiempo le aumente el sueldo a treinta dólares, pero de momento no puedo pagarle más. —Me tomó las manos con cariño—. Sé que su destino es Nueva York, pero piense que aquí no tendría usted competencia. Sería la única modelo de Tampa, y tendría a todas mis clientas a sus pies. La invitarán a sus fiestas, y todo el mundo querrá conversar con usted. Es una mujer moderna, una *new girl*, y por si fuera poco es la musa de uno de los pintores más famosos de París... Tiene usted todas las de ganar, señorita Ramos.

Un nuevo horizonte se abría en mi vida gracias a la señora Gibbs. Por fin iba a cumplir mi sueño de trabajar como figurín humano, por mucho que ello conllevara otro objetivo mucho más importante pero también menos gratificante para mí: espiar a los posibles traidores que conspiraban con José Martí a favor de la revolución cubana.

—¿Puedo responderle mañana? —pregunté, tratando de disimular mi euforia—. Necesito pensarlo.

No podía mostrar mi desesperación: debía hacerme de rogar si quería parecer una profesional en toda regla.

—Podríamos organizar desfiles y, quién sabe, quizá abrir otra sede de Miss Gibbs' French Fashion House en Nueva York, en caso de que las ventas se incrementasen —insistió ella—. Tampa no para de crecer, y cada vez vienen más hombres y mujeres de renombre desde otras partes de Estados Unidos. Piénsatelo, querida. ¿Me permites que te tutee?

Afortunadamente para mí, era ella quien parecía estar desesperada por contar conmigo en su casa de modas. Había pasado de ser una mujer criticada por llevar un vestido negro lleno de floriruras a ser todo un gancho comercial, un referente para la modista de Tampa y sus clientas. Y todo se lo debía a Sarah Bernhardt. Y, en el fondo, también a Henri.

En aquel preciso momento llegó hasta nosotras una voz familiar que provenía de una habitación contigua, que parecía ser el taller de costura. Odalys entró portando en sus brazos una pila de rollos de tela con todo tipo de estampados que apenas le dejaba ver por dónde caminaba.

–Creo que estas telas pueden ir bien para los vestidos de la fiesta de Ballast Point, señora Gibbs.

Odalys dejó los rollos sobre la mesita, y fue entonces cuando reparó en mi presencia. No pudo evitar sorprenderse y lanzarse a mí para darme dos besos.

–¡Ha venido! –exclamó con la cara sudorosa–. Perdone usted mi aspecto, señorita, pero es que en ese taller hace mucho calor.

–¿No tiene ventilador? –dije mirando el que había también en el salón–. Trabajar sin él debe de ser una tortura.

–El ventilador es para las clientas –intervino la señora Gibbs–. No sabes lo difícil que es probarles la ropa cuando están sudando. La tela se pega y es realmente desagradable. Pero Odalys es cubana. ¿Acaso no están acostumbrados ellos al calor?

Iba a replicar cuando Odalys lo hizo por mí, asumiendo su papel de trabajadora sumisa y obediente.

–Tiene toda la razón, señora Gibbs. Mis abuelos fueron coartados en una plantación de caña de azúcar, y trabajaban de sol a sol a altas temperaturas. Yo creo que es por eso por lo que aguanto tan bien el calor.

–¿Coartados? –pregunté, sin saber a qué se refería.

–Sí, así se llamaba a los esclavos que poseían libertad a medias, hasta que podían pagarla entera a su dueño. Mis abuelos se conocieron en la misma plantación, y ahorraron todo lo que pudieron para ser libres.

–No aburras a la señorita Ramos, Odalys –expresó la señora Gibbs, haciendo un gesto de desprecio con la mano e incitándola a que regresara al taller–. Si ve lo charlatana que eres, quizá no acepte trabajar con nosotras.

–¿Va a trabajar con nosotras? –A Odalys se le iluminaron los ojos–. ¡Qué contenta estoy! ¡Sabía que su vestido iba a triunfar! ¡Es usted tan bonita y elegante...!

–Gracias por confiar en mí, Odalys. Sin ti, nadie se hubiera fijado en mi vestido. –Le acaricié las manos en señal de agradecimiento–.

Pero debo pensarlo. De todos modos –me giré hacia la señora Gibbs–, su casa de modas está a salvo con una modista como Odalys. Le aseguro que no las hay tan buenas como ella. Por eso debería cuidarla y no dejar que se muera de calor en ese taller: trabajará más rápido y mejor si le pone un ventilador.

Probablemente había hablado más de la cuenta, como solía, pero me parecía justo romper una lanza a favor de Odalys. No se merecía trabajar en aquellas condiciones, ni que la señora Gibbs la tratara como a una mujer de segunda.

Me despedí de las dos mujeres con una ligera sonrisa y me dirigí hacia la puerta.

El aire cálido de Tampa volvió a golpearme con fuerza en la cara; me dejó sin aliento y me hizo sudar a los pocos segundos. Caminé de nuevo por Franklyn Street, observando la asimetría de sus fachadas: algunas de madera, otras de ladrillo y mármol... De repente, una pandilla de chiquillos descalzos se abalanzó en tropel hacia mí y me hizo trastabillar. Corrían como salvajes, riendo con la inocencia y la libertad de la infancia, sin preocuparse por el calor y el polvo que levantaban de las aceras. Me caí al suelo de culo, y no pude evitar soltar una carcajada al verme sentada en medio de una de las calles más importantes de Tampa mientras era observada por la gente que paseaba por allí.

–Are you ok, lady?

Un hombre ataviado con un traje blanco marfil y un sombrero veraniego del mismo color apareció frente a mí como surgido de la nada. Era guapísimo: tenía el pelo rubio como el oro y unos ojos azules casi transparentes. Su rostro era pálido, aunque tenía las mejillas sonrosadas a causa del sol. Sus manos fuertes y grandes me agarraron con seguridad y me ayudaron a ponerme de pie.

–Gracias –le dije en español–. Es usted muy amable.

El hombre me miró con intensidad mientras torcía la boca en una sonrisa insinuante. Me sentía incapaz de articular palabra, y me ruboricé sin poder evitarlo. Me sacudí el polvo de la falda y me retoqué el sombrero con coquetería.

–Quién pudiera revivir de nuevo la infancia... ¿No cree, señorita...? –me preguntó el hombre cambiando de idioma. Aunque remarcaba la ese con frecuencia, hablaba bastante bien el castellano.

De hecho, en su forma de hablar se podía distinguir la mezcla de dos acentos: el norteamericano y el cubano.

–Señorita Ramos... Amelia Ramos. Y sí, tiene usted razón: es encantador ver disfrutar a los niños.

–Me llamo Thomas Robinson. –Me besó la mano enguantada sin apartar la mirada de mí–. ¿Es usted española? Porque no tiene aspecto de cubana.

–Tampoco usted lo tiene, pero sí se le ha pegado el acento. –Reí mientras me despejaba de la frente los mechones que se me habían soltado del recogido–. Sí, señor Robinson, soy española.

Thomas volvió a tomarme la mano levemente y me llevó hasta la sombra del tejadillo de un comercio. Allí, a resguardo de la luz que cegaba mis ojos, pude observar mejor su rostro: tenía un fino bigote castaño sobre el labio que le otorgaba una gran personalidad, y su actitud a la hora de dirigirse a mí me daba a entender que se trataba de un hombre firme y decidido.

–¿Y qué hace una española como usted en Tampa, si no es mucho preguntar?

–En principio, solo estoy de paso. Me dirigía a Nueva York, pero quizá me quede en la ciudad más tiempo. La señora Gibbs me ha ofrecido un empleo, y no sé si aceptarlo o no.

–Desconozco quién es esa tal señora Gibbs. –Sacó un puro y lo encendió–. Apenas llevo dos semanas en esta ciudad.

–¿En serio? ¿De dónde ha sacado entonces ese acento?

–He vivido en Cuba durante mucho tiempo. De hecho, vengo de allí. Mi padre tenía una plantación de azúcar, pero después de que España nos dejara de lado a favor del azúcar de remolacha europeo nos hemos visto obligados a abandonarla. Oiga, estaba pensando en tomar un refresco. ¿Le apetece? Yo invito.

No pude decir que no. Hacía tanto calor que temía derretirme en medio de la calle. Además, me apetecía seguir charlando con aquel hombre tan simpático e interesante. ¿Acaso tenía algo mejor que hacer?

Thomas me ofreció el brazo y me llevó hasta un café muy concurrido situado en el centro de la ciudad. La densa nube de humo apenas nos dejaba ver la barra. La sala estaba llena de hombres que jugaban al dominó, y el golpeteo de las fichas sobre el tablero de las mesas nos obligaba a subir el tono de voz para poder conversar.

–Ojalá pudiera llevarla al *bar-room* –me dijo con un gesto de pesar–. Es una lástima que no se permita el acceso a las mujeres. Allí el ambiente es más desvergonzado y auténtico; nos vendría bien a unos emigrantes nuevos como nosotros para conocer algo mejor el carácter de los tampenses.

–En París dejan entrar a todo el mundo en todas partes; es la ciudad más abierta y permisiva que he visto jamás.

Thomas pidió dos espumosas *lager beers,* una variedad de cerveza amarga que nunca antes había probado. Si bien no me gustó demasiado, disimulé para no parecer una remilgada. No entendía por qué la gente se había aficionado tanto a esa bebida: incluso en Tampa tenían pensado abrir una fábrica de cerveza.

–Veo que es usted una mujer viajera. Ha estado en todas partes... –Se le apagó el puro y lo volvió a encender–. Se le nota en las maneras; es abierta y tolerante.

–Tampoco usted se queda corto, señor Robinson. Pero todavía no me ha explicado por qué está en Tampa.

Se oyó un golpetazo en la mesa y un hombre comenzó a reír, victorioso, bebiendo un buen trago de ron para celebrar que había ganado la partida. No muy lejos, otro hombre leía en voz alta un ejemplar del *New York Times* que alguien había traído desde esa ciudad. Traducía a los cubanos del local, a medida que la leía, una noticia sobre José Martí, que se encontraba en Nueva York. No pude escuchar lo que decía, pues Thomas seguía hablándome.

–Estoy estudiando la ciudad porque deseo montar mi propia tabacalera. –Se tocó el bigote, y aquel gesto me pareció tremendamente atractivo–. Mi padre murió hace poco, y ahora soy yo quien dirige la empresa J. Thompson's Industry and Son. Ya ve, apenas tengo treinta y dos años y ya cargo sobre mis hombros el peso de una marca tan importante.

–¿Y no es un tanto arriesgado empezar desde cero? Ya existen muchas fábricas de tabaco en Tampa que tienen experiencia y clientes fieles.

–¿También entiende de negocios, señorita Ramos? –Thomas se acarició la barbilla y me sonrió–. Estoy intentando acercarme a los grandes propietarios de Tampa: Ybor, Seidenberg, Haya... Quizá podamos llegar a un acuerdo y repartirnos los clientes. Intentaré conocer sus posiciones en la fiesta que se celebrará en Ballast Point.

–¿Está usted invitado? –Hice un esfuerzo y di otro sorbo a la cerveza–. Veo que es un acontecimiento importante. Las mujeres están como locas preparando sus vestidos.

–No hay invitaciones; allí puede ir cualquiera. Nunca se mezclan entre ellos, ¿sabe? Ballast Point es un lugar al aire libre donde se suelen celebrar fiestas abiertas a todo el mundo. Los cubanos suelen hacer las suyas, y los americanos igual. También usted podría acudir, si quisiera.

–Todavía queda mucho tiempo para esa fiesta, señor Robinson. He aprendido a no hacer planes de futuro. Intento vivir el día a día, sin pensar en lo que vendrá después.

Thomas rio, y al hacerlo mostró unos dientes perfectamente alineados. Desde que había conocido a Héctor no me había vuelto a fijar en otro hombre, pero Thomas resultaba realmente hipnótico y carismático. Decididamente, era uno de los hombres más guapos que había visto en mi vida. Intuí que no estaba casado: estaba hablando conmigo en un café a la vista de todos, lo que sería considerado una grave falta de respeto hacia su esposa. Si era soltero, como yo creía, algo malo debía de esconder, pensé.

–Tiene usted toda la razón. Pero ¿cabría en sus planes que volviera a invitarla a un refresco si por fin decide quedarse en Tampa?

Sentí que me ponía roja como un tomate. Thomas se estaba insinuando, o eso creía yo. Hacía tiempo que había olvidado lo que era tener un pretendiente. Estaba absolutamente enamorada de Héctor, y me sentía incapaz de tontear con ningún otro. Sin embargo, lo cierto era que Héctor no estaba en aquel momento ni en aquel lugar, y no sabría cuándo ni dónde lo volvería a ver. A ojos de todos, yo era una joven soltera que iniciaba mi camino en Tampa. ¿Podía rechazar la oferta de un empresario tan influyente como Thomas? Quizá él pudiera acercarme a mi objetivo.

–Sí, claro. Siempre y cuando no vuelva a pedirme una *lager beer*, por favor.

Thomas rio otra vez, echando la cabeza hacia atrás y haciendo notar esa nuez tan marcada que lo hacía tan viril. Sacó una tarjeta de su americana y me la entregó.

—Me hospedo en el Victoria Hotel, en Ybor City. Puede venir a visitarme cuando haya tomado una decisión. Y la invitaré a una naranjada, señorita Ramos, si no le parece mal.

Me guiñó un ojo, y una oleada de calor invadió mi cuerpo. Hacía mucho calor en Tampa.

37

Al día siguiente envié una nota aceptando las condiciones de la señora Gibbs. No tardó ni siquiera una hora en contestarme para invitarme a regresar a su tienda aquella misma tarde. Así lo hice, paseando por Franklyn Street de nuevo, con el recuerdo reciente de Thomas y de su bonita sonrisa. De hecho, aunque no quisiera reconocerlo, esperaba tropezarme de manera fortuita con él y así disfrutar de la compañía de una cara amable en una ciudad todavía desconocida para mí. Aunque era muy distinto a Héctor, su presencia masculina me recordaba inevitablemente a él y eso de algún modo me reconfortaba.

Seguí caminando y me crucé con un lechero que llamó mi atención por su vestimenta elegante. Vestía un chaqué negro empolvado para arrastrar un carrito lleno de vasijas de hojalata repletas de leche. ¿Era la vanidad una de las características intrínsecas de los tampenses?

Llegué finalmente a la casa de modas de la señora Gibbs, pero no estaba sola. Reconocí a la señora Dueñas, aunque, a diferencia de la noche en el casino, esta vez se encontraba sobria y alerta. Esbozó una mueca de sorpresa al verme y enseguida se acercó a saludarme.

–¡Amelia! –Su tuteo me hizo sentir rápidamente acogida–. ¡Temía que no aceptaras la propuesta de la señora Gibbs!

El ventilador soplaba con fuerza en mi nuca. Me quité el sombrero para sentirme más cómoda.

–Al final reconsideré su propuesta, creo que me sentará bien vivir en Tampa. Es una ciudad entrañable.

–Mucho mejor que Nueva York, te lo aseguro. Aquí hace calor, sí, pero ¿sabes el frío que hace allí en pleno diciembre? Se congelan las calles, y hay días que no para de nevar. ¡Imagínate cómo se nos quedarían los peinados con tanta humedad! Y los bajos de las faldas permanentemente mojados...

–Lo dice como si en Tampa no lloviera nunca –dijo la señora Gibbs–. En verano suele haber tormentas eléctricas que inundan las calles y llenan las aceras de barro. ¡Nadie se atreve a salir de casa cuando ocurre!

–Usted misma lo ha dicho, señora Gibbs: nadie sale de casa cuando llueve en Tampa, por lo que no nos mojamos.

Me pareció una conversación bastante absurda, así que me limité a asentir, como si me interesara.

–A las que tenemos que trabajar no nos queda otra que aventurarnos en la tormenta. Por mucho paraguas que use, siempre termino empapada. Y no sé qué ocurre en esta ciudad que, cuando más necesitas un coche, más difícil es que aparezca.

–Menos mal que mi Roberto siempre está dispuesto a llevarme y traerme a cualquier lado. –La señora Dueñas se abanicó exageradamente–. No hay nada como tener un coche privado.

La señora Gibbs puso mala cara y cambió de tema. Pese a estar a miles de kilómetros de Barcelona, las cosas no eran tan diferentes en Tampa. Las mujeres de la alta burguesía seguían compitiendo las unas con las otras para ver quién tenía un poder adquisitivo más elevado. La lucha de egos entre la señora Gibbs y la señora Dueñas, sin embargo, no llegaba al nivel del que había hecho gala tía Elvira en algunas ocasiones.

–En fin, estás en tu casa, Amelia –me dijo la señora Gibbs–. A partir de ahora desfilarás por nuestro salón con los mejores vestidos de mi taller.

–¿Aquí dentro? –exclamó la señora Dueñas–. No, no, de eso nada. Aquí no se pueden hacer desfiles. Quiero organizar uno en mi casa, en mi salón. Así estaremos todas en los sillones y mi criada nos podrá preparar unos sándwiches. ¿Qué os parece?

La señora Gibbs frunció el ceño y tuvo que controlarse para no alzar la voz.

–Entonces, ¡tendremos que trasladar todos los vestidos hasta su casa!

–Está Roberto, querida. Él hará los viajes que sean necesarios. Yo creo que todas se mostrarán de acuerdo con mi propuesta. Mañana mismo enviaré las invitaciones.

–Como quiera, señora Dueñas –aceptó finalmente con resignación–. Prepararé los diseños e iremos a su casa.

–Perfecto. En dos semanas. –Me apretó las manos con fuerza–. ¿No te parece emocionante, Amelia? Ya no se podrá decir que en Tampa no seguimos la moda.

La señora Dueñas se marchó agitando su mano enguantada y la señora Gibbs me llevó hasta el taller para enseñarme los diseños que había preparado. Cruzamos el salón en el que estuve el primer día, aunque esta vez no había naranjada en la mesita. Me chocó el contraste entre ambas habitaciones: el taller no estaba forrado en papel estampado y el suelo no era de parqué. Sin embargo, la señora Gibbs me había hecho caso: Odalys estaba trabajando frente a un ventilador eléctrico. Por primera vez mi opinión parecía tener cierto peso, y eso me encantaba. La gente comenzaba a tratarme como una mujer adulta e independiente que podía tomar sus propias decisiones; era todo un placer sentirse valorada y respetada... ¿Se me estaba contagiando la vanidad de Tampa?

–¡Amelia! –Odalys dejó las telas que estaba cosiendo sobre la mesa y me abrazó–. ¡Ahora somos compañeras de trabajo! ¿No te parece genial?

Asentí con alegría mientras la señora Gibbs, que no aprobaba el entusiasmo desmedido de su modista, me enseñaba una revista de moda, *The Peterson's Magazine,* que era la edición americana de *Les Modes Parisiennes.*

Inspeccioné los diseños de la revista que habían elegido y todos me parecieron maravillosos. Afortunadamente, yo tendría la oportunidad de poder llevar todas aquellas preciosidades, que saldrían de las hábiles manos de Odalys.

–¿Todos estos vestidos los va a hacer Odalys? –pregunté, sorprendida–. ¿No tenéis ninguna ayuda más?

–Claro que sí –respondió la señora Gibbs–. Tenemos mujeres que nos ayudan desde casa. Ellas cosen lo más trabajoso, y después nosotras unimos las piezas y lo dejamos perfecto.

Ahora lo entendía todo. Me parecía prácticamente imposible que Odalys pudiera coser la friolera de diez vestidos ella sola.

–¿Y cuántas mujeres irán a la fiesta?

—Veamos. —Miró hacia arriba e hizo un recuento—. La señora Dueñas, la señora Ybor, la señora Plant, la señora Ayala y la señora Álvarez.

—¿Son las mujeres de los propietarios de las grandes tabacaleras de Tampa?

—Efectivamente —respondió ahora Odalys—. Aunque falta la señora de Manrara. Se encuentra en Nueva York y no sé si estará para el día de la fiesta.

Mi gozo en un pozo, pensé. Ese desfile era mi oportunidad para acercarme a la mujer de Manrara. Disimulé mi decepción fingiendo sentirme acalorada. No obstante, sabía que en algún momento terminaría por conocer a Isabel Manrara. Ya no me importaba alargar mi estancia en Tampa. Había cumplido mi sueño.

—Bueno, *ladies* —nos espetó la señora Gibbs de golpe—, ¿empezamos a trabajar?

Los días pasaban rápido en la casa de modas de la señora Gibbs. Ir a trabajar en lo que siempre había querido era para mí motivo de alegría y un aliciente para seguir adelante. Cada mañana, a las ocho, me dirigía a Franklyn Street y me encontraba con la cara risueña de Odalys, que ya estaba en el taller desde las siete y que me recibía con la mejor de sus sonrisas, con la cinta métrica a punto para tomarme medidas y empezar a confeccionar los vestidos diseñados por la señora Gibbs. Basándose en las revistas de modas que venían de París, pero utilizando tejidos frescos como el algodón para adaptarse al clima tampense, enseguida ideó la indumentaria adecuada para cada ocasión: vestidos de mañana, de tarde, para ir de visita, para el teatro o el baile, para una cena de etiqueta o incluso, simplemente, para estar por casa. Luego Odalys, con su excepcional conocimiento del patronaje, cortaba y perforaba las piezas de ropa, las cosía y les añadía los distintos detalles que la señora Gibbs había escogido con tan buen gusto: botones de colores, lazos de seda, puntillas y emballenados para dar volumen a las blusas y las faldas. Había muchísimo por hacer. Además, no solo tenían que lidiar con el afanoso trabajo de vestir a las mujeres más prominentes de la ciudad para el esperado baile, sino también a sus clientes habituales y turistas, que seguían acudiendo a la casa de modas atraídos por la excelencia de sus tejidos; trabajaban con lana, lino y algodón de primerísima calidad, así que las posibilidades eran prácticamente infinitas. La señora Gibbs les ayudaba a escoger la tela, Odalys tomaba las medidas y, al cabo de unos días, después de realizar una o dos pruebas, el cliente ya tenía a punto sus encargos. Sin embargo, los diseños que llegaban de París y Viena venían con varios meses de retraso, pues había todo un océano de por medio que no permitía la rapidez con la que llegaban las revistas francesas a Barcelona. Así pues, la señora Gibbs obtenía los patrones cuando la temporada en Europa ya había finalizado y compraba el género en Nueva York, por lo que muchas veces dejaba la tienda a cargo de Odalys durante sus viajes. La modista también sabía hacer corsés y fajas a mano, así como camisas, pololos, cubrecorsés y enaguas. El mundo de la ropa íntima femenina era muy amplio y difícil de confeccionar, pero Odalys tenía unas manos de oro.

Solo había una cosa que aquella joven no sabía hacer, o al menos aún no había intentado: los sombreros. La señora Gibbs contaba con la ayuda de una *garnisseuse,* una mujer que tenía su propia sombrerería en Miami y que trabajaba por encargo. Se los enviaba por ferrocarril y, aunque tardaban unos días y a veces tenían que realizar algún que otro retoque a causa de los infortunios del viaje, todas las mujeres de Tampa lucían los sombreros más grandes y más repletos de plumas de la provincia. El deseo de exhibirse y la búsqueda de lo exótico había provocado que se llevaran en la cabeza todo tipo de especies hasta ahora desconocidas, como el colibrí o el quetzal, aves de las que yo jamás había oído hablar. Pero el ave más preciada y por la que más pagaban las mujeres ricas de Tampa era la garza blanca: sus plumas grandes y blancas, también llamadas *aigrettes,* eran especialmente deseadas, y precisamente la señora Plant solía llevarlas para demostrar su distinción y riqueza. No todo el mundo podía permitírselas, pues a la señora Gibbs un kilo de plumas de garza blanca le costaba lo mismo que uno de oro.

Me sentía feliz, aunque me faltaba mi otra mitad: Héctor. Seguía sin tener noticias suyas, y me sentía impotente por el hecho de no poder hacer nada por él. Héctor había dejado de existir oficialmente, y yo no podía proclamar a los cuatro vientos su desaparición sin comprometernos. Estaba atada de pies y manos. Lo único que podía hacer era rezar para que estuviera sano y salvo. Pese a eso, mí día a día era bastante tranquilo y apacible. Sin embargo, lo que yo tanto temía que pasara desde que había llegado a la ciudad por fin ocurrió.

Un día, cuando ya llevaba una semana trabajando para la señora Gibbs, el recepcionista de mi hotel me entregó una carta sin remitente.

–¿De quién es? –le pregunté–. ¿Le han dejado algún nombre o dirección?

–No, señorita. Un hombre cubano trajo la carta, pero creo que tan solo era un recadero.

–¿Y no dijo absolutamente nada? –insistí.

El chico volvió a responder con una negativa, así que agradecí su atención y subí con rapidez las escaleras que conducían a mi habitación. Cuando entré, me tumbé en la cama y abrí con desasosiego el sobre, esperando que fueran noticias de Héctor. Empecé a leer las primeras líneas y enseguida me di cuenta de que aquella no era su letra.

> Estimada señorita Ramos:
>
> Supongo que le dijeron antes de que partiera al continente americano que alguien se pondría en contacto con usted. Pues bien, puede llamarme James. Soy un agente de la agencia Pinkerton, y a partir de ahora tendrá que cartearse conmigo. No se esfuerce en interrogar al muchacho de recepción: está con nosotros y no dirá ni una palabra a nadie sobre nuestras identidades. Es una tumba.
>
> Sé que trabaja para la señora Gibbs y estamos convencidos de que llevará a cabo su cometido con éxito. Ha sido capaz de hacerse un lugar en Tampa sin levantar ningún tipo de sospecha; ahora solo tiene que acercarse a Isabel Manrara y conseguir convertirse en su confidente. Tenemos grandes esperanzas en usted y espero que no nos defraude. Ya sabe que hay muchas cosas en juego.
>
> Seguiré poniéndome en contacto con usted a través de recepción siempre y cuando tenga que darle una nueva orden. No nos veremos en persona, solo nos cartearemos. Siga como hasta ahora.
>
> Atentamente,
James.
>
> P. D.: No olvide destruir esta carta.

Tiré la carta con rabia a la cama y suspiré agobiada a la vez que me soltaba el pelo. Había estado tan ocupada en mi nuevo trabajo que ni siquiera había pensado en la verdadera razón por la que estaba allí.

No debía dejarme llevar por la emoción de haberme convertido en maniquí, sino que tenía que mantenerme fría y con los pies en la tierra para seguir con mi cometido. Pese a la distancia y el tiempo que hacía que no los veía, seguía teniendo una familia en Barcelona que cuidar, y si no cumplía los objetivos por los que estaba allí podría causarles problemas. Aquella carta me parecía un insulto a mi inteligencia: aquellas falsas alabanzas a mi capacidad escondían una amenaza en toda regla. Pero no podía cambiar mi pasado, que era lo que me había llevado a esa situación. No quise darle más vueltas a lo que me había escrito ese tal James y encendí una cerilla para prender el papel, dejándolo caer en el cenicero. Miré el reloj que colgaba de la pared; todavía era pronto, y no tenía ganas de encerrarme en esa habitación hasta la hora de cenar. Me apetecía hablar con alguien, pasármelo bien y tomar una copa. Sin embargo, Odalys trabajaba hasta tarde y sus escasas horas de ocio las pasaba con su novio, que también salía tarde de la tabacalera. Además, aunque sabía que ella vivía en el barrio de Ybor City, desconocía dónde estaba su casa.

Me senté en el escritorio que había frente a la cama y observé la tarjeta que me había dejado el señor Robinson. Me mordí el labio sin saber qué hacer. ¿Estaría mal visto que me acercara al Victoria Hotel sin previo aviso? ¿Me recibiría Thomas? Mientras decidía qué hacer, me dirigí al baño. Dejé que la bañera se llenara de agua templada y me recogí el pelo en un moño alto para evitar que se mojara. Me adentré en ella y me quedé allí con los ojos cerrados, disfrutando de la tranquilidad y la intimidad del silencio. Cuando terminé, inconscientemente decidí arreglarme y ponerme guapa. El señor Robinson parecía un hombre interesante, de aquellos con los que se podían mantener conversaciones de todo tipo, durante horas, sin aburrirse. Ambos éramos nuevos en la ciudad, así que me parecía un buen aliado para conocerla más a fondo y pasar un buen rato. Me puse un vestido de noche, aunque no de gala, y me arreglé bien el pelo. Luego bajé a recepción y pedí una calesa.

Aunque sabía que Ybor City, el barrio donde se encontraba el hotel del señor Robinson, estaba en su mayoría poblado por los cubanos que trabajaban en las tabacaleras, jamás me hubiera imaginado ver aquella estampa tan poco anglosajona. Las casitas salteadas de madera y los patios de arena sin enlosar contrastaban con las casas más lujosas, que estaban hechas de ladrillo encarnado. Las mujeres, sentadas en el porche o en las mecedoras, charlaban las unas con las otras y vigilaban a los más pequeños, que jugaban en la tierra desnudos.

De vez en cuando se veía algún comercio, como el Castillo's Store, que vendía carne, helados y bebidas frías. Sin embargo, casi todos eran puestecitos ambulantes que ofrecían hielo o comida cubana a precios muy bajos y donde muchos obreros paraban a la salida del trabajo. Nos cruzamos también con algún que otro carro tirado por bueyes raquíticos, tan asfixiados por el calor como sus dueños, que de vez en cuando se mojaban la cara con un chorretón de agua.

De fondo se oía el canto de los sinsontes, que se aposentaban en las ramas y en los alambres de luz eléctrica y desde allí amenizaban la tarde. ¡Qué paseo más encantador!, pensé, mientras la ligera brisa que soplaba en aquellas horas tardías me acariciaba la cara con suavidad. El sol comenzaba a ponerse, y con él la jornada laboral en Ybor City. Los hombres salían de las fábricas de tabaco y muchos se dirigían a la cantina, un lugar en el que se podía encontrar alcohol a buen precio, prostitutas y juegos de azar. Odalys me había contado que su novio tenía tendencia a acudir a la cantina después de trabajar para tomar unos vasos de ron con sus compañeros. Sin embargo, ella solía esperarlo muchas veces en la puerta de la fábrica para evitar que, como muchos de sus amigos, acabara requiriendo los servicios de las prostitutas.

–Ya hemos llegado, señorita.

El cochero me ayudó a bajar y por fin me encontré ante la fachada imponente del Victoria Hotel. Entré en su recibidor y observé sorprendida el preciso techo, decorado con motivos geométricos, así como los muebles clásicos de madera oscura que tanto destacaban sobre el mármol. Me acerqué a recepción y pregunté por Thomas Robinson. El chico hizo llamar al botones para que fuera a avisarlo, pero a los pocos minutos regresó diciendo que no se encontraba en su habitación. Chasqueé la lengua, desanimada, y me quedé sin saber qué hacer. Me sentí tan estúpida que decidí salir a toda prisa a la entrada en busca de la calesa que me había traído. Sin embargo, ya no estaba allí. ¡Tendría que haberme quedado en la habitación!, me dije a mí misma. Me había arreglado para nada.

–¿Señorita Ramos?

Enseguida percibí su acento americano. Me di la vuelta y lo vi, con un traje gris oscuro y un sombrero de copa bajo el brazo. Llevaba el pelo rubio perfectamente peinado y abrillantado hacia un lado, y su rostro estaba libre de sudor. Sus ojos me miraban a la vez divertidos y sorprendidos de verme allí.

–Buenas tardes, señor Robinson –dije yo, disimulando mi satisfacción al encontrarlo–. Precisamente venía a que me invitara a una naranjada.

–¿Eso significa que se queda?

–Sí. Trabajo para la señora Gibbs en su casa de modas. Soy la nueva modelo de la ciudad. –Su ceño fruncido delató que no sabía de lo que le estaba hablando–. Desfilaré con los vestidos que diseñe la modista para las mujeres de Tampa. Así se hacen una idea de cómo quedará el traje en una persona real una vez realizado.

–Ah, muy interesante. –Me ofreció su brazo y comenzó a andar–. ¿Qué le parece si la invito a un cóctel?

Asentí mientras me agarraba a su brazo. Un aroma fresco a limón y jengibre me llegó a la nariz directamente de su cuello. No podía dejar de sonreír como una boba.

38

Entramos en el *american bar* del Victoria Hotel y nos sentamos en los taburetes altos que había frente al mostrador de zinc. Eran tan altos que las mujeres mostraban la parte baja de sus piernas y su contorno, lo que constituía un foco erótico de atención para la clientela masculina. En conjunto, el ambiente era cosmopolita y distinguido. Thomas le pidió al barman –un hombre gordo de piel rojiza y extremadamente educado y diplomático que conocía la mayoría de los cócteles más famosos del mundo– dos *Manhattan*. Al probar el mío, pude percibir un fuerte sabor a whisky.

–¿El trato no era una naranjada? –pregunté con sorna–. No suelo beber alcohol.

–Solo lleva un poco de whisky, vermú rojo y unas gotas de angostura. –Se encendió un cigarrillo–. Los cócteles están de moda, aunque hay gente que todavía se resiste.

El barman no dejó de sorprenderme. Otra pareja que estaba sentada justo al lado de nosotros se pidió un *Angler's*, cuya fórmula era mucho más complicada: hielo picado, algunas gotas de angostura, una cucharadita de café, otra de bíter de naranja y un chorrito de jarabe de fresa. El hombre mezclaba con rapidez todos aquellos productos en el interior de un vaso que luego agitaba al ritmo de la música que provenía de una pianola. Sus gestos, ágiles y ceremoniosos, atraían las miradas curiosas de la clientela.

Sin duda, Tampa era una ciudad moderna, aunque aún había mujeres como la señora Dueñas que seguían manteniendo un espíritu rancio y tradicional.

–¿Y cómo van sus negocios, señor Robinson?

–Por fin he conocido al señor Ybor. En el Cherokee Club, un club privado solo para socios. Me afilié hace unos días precisamente para poder entablar conversación con él.

—Otro de esos clubes solo para hombres, ¿no? —Hice una mueca de desprecio—. ¡Cómo les gusta sentirse importantes!

—Pues imagínese: alfombras mullidas, muebles de lujo, una sala de lectura... ¡Incluso nos sirven unos lacayos con librea! Todo lo que les gusta a los ricos, sí.

—¿Y a usted no le gusta? Ahora no me haga creer que va a ese lugar por obligación. ¡Seguro que le encanta!

Thomas soltó una carcajada y aspiró profundamente del cigarro.

—No le voy a engañar, ¡lo adoro! —Se llevó el vaso de cóctel hasta sus labios sensuales—. Aunque es un ambiente demasiado sobrio... Y, si le digo la verdad, señorita Ramos, muchos de los hombres que van allí tienen hasta una habitación y dudo mucho que duerman solos. ¿Sabe a lo que me refiero?

—Por supuesto que sí. —Recordé el prostíbulo de Montmartre. La mayoría de los hombres que acudían a ese tipo de sitios tenían una esposa y una familia—. Los placeres de la carne llevan al hombre a cometer los peores actos, incluso a traicionar a las personas que más quiere.

—Bueno, le aseguro que hay muchas mujeres casadas que acuden allí para verse con otros hombres, así que no crea que siempre somos nosotros los que pecamos. ¿Ve a aquel hombre de ahí?

Thomas señaló con disimulo el centro del salón. Había un cubano vestido de forma exótica que no paraba de bailar y cantar. Las muchachas más jóvenes no le quitaban ojo.

—Es un hombre atractivo y curioso. Dicen que su amante es la mujer de un rico de Tampa —continuó—. ¿Y cómo lo sé? Pues porque la he visto entrar a hurtadillas en la habitación privada que tiene en el Cherokee Club.

—Vaya, ¿y su marido no se ha enterado todavía?

—Los hombres no somos como las mujeres; con nosotros los secretos están a salvo.

—No me deja entonces en buen lugar, señor Robinson. ¿Me puede decir, según usted, cómo somos las mujeres?

Thomas apagó lo que le quedaba del cigarro en el cenicero y me miró divertido.

—La mayoría son rencorosas, irascibles y de lengua afilada.

Fruncí el ceño y estuve a punto de reprocharle aquellas palabras desafortunadas. Sin embargo, Thomas endulzó su gesto y bajó tímidamente la mirada.

–Aunque hay otras –añadió un tanto ruborizado– que son la perfecta personificación de la belleza y el saber estar.

Tragué saliva sin saber qué decir, así que me terminé el cóctel de un trago y permanecimos en silencio tras aquella atrevida insinuación.

La mujer que estaba a mi lado sacó una cajita de su bolso que contenía una aguja de Pravaz llena de morfina. A continuación, se arremangó la falda a la vista de todos y se la inyectó en el muslo. No tendría más de veinticinco años; era alta y esbelta, con unos alegres ojos negros, como sus cabellos. Fumaba sin parar unos desagradables cigarrillos negros que desprendían un olor mareante. Estaba claro que la presencia de la mujer era cada vez más frecuente en los espacios públicos que siempre habían sido terreno exclusivo de los hombres. Las mujeres se estaban liberando de la compañía de la carabina de su madre, bebían alcohol e incluso consumían morfina. El café cada vez perdía más adeptos en pro de los cócteles, y yo, que aquella noche me encontraba absolutamente desinhibida y con ganas de pasármelo bien, me pedí otro.

–¿Quiere jugar al billar? –Thomas rompió el silencio–. ¿Ha jugado alguna vez?

–La verdad es que no, pero me encantaría aprender.

Cogí mi vaso y bajamos la escalera. En el centro del salón había varias mesas de billar rodeadas de filas de sillones con sus correspondientes mesitas para tomar algo cómodamente. La decoración era sencilla e informal, y tanto hombres como mujeres parecían disfrutar de aquel juego. Había una jovencita de mi edad sentada estratégicamente en una de las esquinas de la mesa de billar mientras sujetaba el taco con sensualidad y dejaba entrever parte de sus piernas esbeltas. Luego golpeó las bolas con cierta puntería y continuó, esta vez con el culo en pompa, deliberadamente expuesto frente a las caras de absoluto placer de sus acompañantes.

–América siempre está un paso por delante de muchos otros países –comentó Thomas ante mi cara de sorpresa–. Las *new girls* están a la orden del día. No se escandalice, señorita Ramos.

Levanté la ceja, interrogante, sin saber cuál era su verdadera intención. ¿Me estaba llamando antigua e intolerante o solamente me estaba tomando el pelo?

—Es cierto que en España todavía no se estila esta forma de actuar tan libre y abierta, pero yo no me escandalizo. Al contrario, me encanta que las mujeres sean independientes.

—No se engañe. Una cosa es ser independiente, y otra exhibirse con el único objetivo de volver locos a los hombres.

Thomas tenía razón, pensé. No todo estaba justificado en pro de la modernidad.

—Bueno, ¿me va a enseñar a jugar o no? —Cambié de tema, y alcancé un taco que había dispuesto en una estantería de la pared—. Estoy convencida de que le voy a ganar.

Thomas se puso detrás de mí y colocó sus manos sobre las mías para guiarme. Mientras me hablaba, sentía su tibio aliento sobre la nuca y su barbilla rozando mi pelo. Sus manos se deslizaban sobre las mías a lo largo del taco con total suavidad. Inevitablemente, un ligero hormigueo me recorrió todo el cuerpo. ¿Me estaba dejando llevar por una emoción pasajera o realmente empezaba a sentir atracción por él? Intenté sacarme aquel pensamiento que me quemaba por dentro y que me hacía sentir tremendamente culpable, así que me deshice de su abrazo y me dirigí hacia la mesita para seguir bebiendo mi cóctel.

—Creo que no se me dará bien el billar. —Me senté en el sofá mullido de terciopelo mientras él hacía lo propio, confundido por mi repentino cambio de opinión—. Antes me ha dicho que había conocido a Vicente Martínez Ybor. ¿Sus negocios van por buen camino?

—Lo cierto es que es un hombre difícil de convencer. Tiene ya sus años y no parece confiar en un desconocido como yo, algo totalmente comprensible. Aunque, sinceramente, espero que con el tiempo pueda cambiar de opinión. Para la fiesta de Ballast Point tengo un argumento que seguramente le convencerá. —Se acercó a mi oído de manera confidencial—. He conseguido una botella de ron del 78 que no le dejará indiferente.

—¿Así que pretende ganárselo con regalos?

—No me malinterprete, señorita Ramos. El ron tan solo es un detalle para que vea que aprecio su distinción. Pero espero convencerlo con lo que pretendo ofrecerle.

—¿Y no hay ningún hijo con el que pueda hablar? Quizá el primogénito se encarga ahora del negocio y es más receptivo.

—Algunos de sus hijos viven en Cuba y otros en Nueva York. Llevan otras sucursales de la empresa. Y quien parece su mano derecha, Eduardo Manrara, se encuentra actualmente en Nueva York.

—He oído hablar de Eduardo Manrara —dije sin querer darle mucha importancia—. Parece que tiene poder en el entorno de Ybor, que incluso es quien toma las decisiones. Quizá debería convencerlo a él. ¿No sabe cuándo regresará a Tampa?

Thomas negó con la cabeza y se terminó su bebida.

—Me ha entrado hambre. —Se puso de pie y sacó un reloj del bolsillo de la americana—. Ya es hora de cenar. ¿Le apetece? Le invito al restaurante del hotel, se come exquisitamente.

—¿Usted y yo solos? —Me puse roja como un tomate—. La gente va a pensar que...

—¿Que somos pareja? —Rio despreocupado—. Tomar algo sí y cenar no. ¿Qué diferencia hay?

—Una cena es algo más serio —dudé—. No sé, al menos en mi país, sí.

—¡Olvídese ya de su país! —exclamó—. Esto es América, aquí las cosas son diferentes.

Seguí a Thomas escaleras arriba y sin mediar palabra nos dirigimos al restaurante, a pocos pasos de la recepción. Entramos en el comedor decorado al estilo imperio y nos sentamos en una mesa de caoba para dos mientras las hileras de mesitas se llenaban de hombres y mujeres vestidos con sus mejores galas. Los camareros iban embutidos en sus fracs negros galoneados de oro, que bien podrían haber salido de una funeraria. Uno de ellos se acercó a nosotros y nos entregó la carta. Me di cuenta de que en aquel hotel la mayoría de la clientela era de origen cubano, así que no era de extrañar que los platos también incluyeran algunas recetas de la isla, sobre todo en los postres.

Empezamos con un pollo al vino, un plato muy francés, y terminamos con un postre de pudin con ron cubano y una bola de helado de *biscuit glacé*. Una velita en la mesa le aportaba a aquel momento un ambiente romántico y especialmente íntimo. Era la segunda vez que nos veíamos, y ya estaba cenando a solas con él. Mi tía se volvería loca si se enterara. Sin embargo, aquí nadie parecía darle importancia.

—¿En qué piensa? —me preguntó Thomas mordiéndose el labio en un gesto tremendamente atractivo.

—En que no sé nada de usted. Sin embargo, estamos compartiendo una velada.

—Pregunte lo que quiera saber. —Me enseñó las palmas de sus manos—. No escondo nada. Y tutéeme, por favor.

—No sé, tu infancia, tu familia..., lo que te gusta y lo que no te gusta...

—Crecí en Atlanta. Mis abuelos tenían una plantación de azúcar cerca de La Habana que heredó mi padre, así que mis hermanas y yo pasábamos todos los veranos en Cuba, junto con mis padres. Mi madre era una mujer sencilla y encantadora, tal y como le gustaba ser a mi padre. No tenía excentricidades ni grandes caprichos de ricos. Vivíamos bien, sin muchos lujos. Sin embargo, cuando mi padre murió por una enfermedad de pulmón, todo cambió. Mi madre se volvió a casar con otro hombre mucho más rico y se marchó a vivir a Los Ángeles. De vez en cuando nos carteamos, pero ya no tenemos la misma relación que antes. Nuestra familia se ha desmoronado por completo.

—¿Y tus hermanas? ¿No tienes relación con ellas?

Thomas se tocó la barbilla. Parecía realmente afectado por la conversación, y no pude evitar sentirme en cierto modo culpable por haber sacado el tema.

—Mis hermanas se casaron bien y ahora viven en Nueva York. Tampoco tenemos mucho contacto.

—Vaya...

Justo en ese momento, a través de los espejos ovalados que había en la pared, vi la imponente figura de una mujer alta, rubia, que llamaba la atención por su elegancia y distinción. El ajetreo inicial que había sumido al restaurante en un enjambre de voces y risas desapareció. La gente permaneció en silencio mientras observaba a una de las mujeres más importantes de Tampa.

—¿Quién es? —pregunté—. Todo el mundo se la ha quedado mirando.

Thomas giró la cabeza en dirección a la mujer.

—Es Mercedes de las Revillas, la esposa de Ybor.

Tras ella apareció el distinguido Vicente Martínez Ybor, un señor de más de setenta y cinco años con el pelo y el bigote absolutamente blancos y unos anteojos dorados. Los acompañaba otra pareja.

—Aquí suele reunirse lo más distinguido de la sociedad tampense —siguió Thomas—. Mientras disfrutan de una agradable cena, llegan a acuerdos, compran y venden sus productos...

—¿Así que se trata de una cena de negocios?

—Es posible. —Thomas me sonrió sin apartar la vista de los Ybor—. Parece que vienen hacia aquí.

Las dos parejas fueron acompañadas por el *maître* del restaurante hasta la mesa vacía que había justo al lado de la nuestra. El señor Ybor, al percatarse de la presencia de Thomas, se acercó a él y lo saludó.

—Vaya, veo que está usted bien acompañado —dijo con un notable acento cubano—. ¿Quién es esta jovencita tan preciosa?

—Es la señorita Ramos, la nueva figurín de moda de Tampa. —Se dirigió ahora hacia la señora—. ¿No ha oído hablar usted de ella?

La señora Ybor pareció gratamente sorprendida al verme, y enseguida me dio un beso como si me conociera de toda la vida.

—¡Por fin, señorita Ramos! —exclamó encantada. Pese a su edad, se conservaba estupendamente bien—. La señora Dueñas y la señora Plant ya me han puesto al corriente de las novedades. Dentro de poco desfilará usted para nosotras en casa de la señora Dueñas... Que sepa que tiene a todas las clientas de la señora Gibbs absolutamente expectantes y emocionadas por asistir a su primer desfile.

—Me alegra oírlo, señora Ybor. Espero cumplir sus expectativas con creces.

—¡De eso estoy segura! Solo hay que verla... —Me estrechó la mano con delicadeza—. Siento no poder seguir conversando con ustedes, nuestros acompañantes nos esperan. La veo en un par de días, señorita Ramos.

Se sentaron en la mesa de al lado, de la que apenas nos separaba un par de metros de distancia. Thomas se mantuvo unos segundos en silencio mientras observaba de reojo al señor Ybor, y yo no pude dejar de hacer lo mismo, deseosa de poder escuchar lo que decían. Ahora tenía que estar pendiente de todo lo que sucedía alrededor de los Ybor y los Manrara; debía dar parte al agente de Pinkerton de la más mínima información que pudiera comprometerlos con la causa independentista. Aunque Thomas había enmudecido por completo, como si ya no tuviera nada más que decir, no me importó. El silencio me permitía oír frases sueltas de la conversación de la mesa contigua.

Me enteré de que el hombre de la otra pareja se llamaba Enrique, y en alguna ocasión me pareció escuchar su apellido: algo así como Collazo. Además, parecían hablar de barcos, aunque no pude concretar nada más. Quizá tan solo estaban hablando de negocios, pensé, quitándole importancia.

–Estás muy callada –me dijo Thomas–. ¿Te pasa algo?

–En absoluto. –Intenté disimular–. Solo me duele la cabeza, supongo que deben de ser los cócteles.

Thomas rio, pidió la cuenta y pagó. Tenía intenciones de irse, así que ya no podría seguir escuchando la conversación.

–Te acompaño, debes de estar cansada.

Nos despedimos de los señores Ybor y aproveché para fijarme en Enrique Collazo. Tenía una larga y áspera barba gris, y detrás de sus anteojos se adivinaban unos ojos alegres.

Al salir del restaurante, Thomas alquiló una calesa para los dos. Hacía un fresco agradable; por fin aquella noche podría dormir a pierna suelta. Llevaba ya varios días sin dormir bien por culpa del bochorno y, por qué no decirlo, por la incertidumbre acerca del paradero de Héctor. Sentía remordimientos por haber disfrutado de la compañía de otro hombre, por haber traicionado al amor de mi vida.

–¿Lo has pasado bien?

Claro que lo había pasado bien, y no podía dejar de recriminarme por ello. Héctor había desaparecido de mi vida de repente y desconocía si había logrado vencer la enfermedad.

–¿Querrás volver a verme? –Asió las riendas del caballo y el vehículo empezó a moverse.

–Nos veremos en Ballast Point, ¿no?

–Pero todavía queda un mes para eso –dijo, mirándome de reojo–. ¿No me echarás de menos en todo ese tiempo?

Su mirada era realmente irresistible. Sus ojos azul claro parecían un lago en calma, tan expresivos y sinceros que a punto estuvieron de hacerme cambiar de opinión.

–Tengo mucho trabajo, señor Robinson.

–¿No nos tuteábamos, Amelia? –Me volvió a guiñar un ojo.

Asentí mientras algo parecido a un escalofrío recorría mi cuerpo de la cabeza a los pies. A los pocos minutos, por fin llegamos a mi hotel.

–Hasta la fiesta de Ballast Point, Thomas.

Me despedí sin mirarlo a los ojos. Lo único que quería retener en mi memoria en ese momento era el rostro de Héctor y el nombre que tendría que escribir en una nota y enviarla al agente de Pinkerton lo antes posible: Enrique Collazo.

39

Por fin llegó el día tan esperado para mí, el momento en el que tendría que demostrar mi habilidad como modelo delante de las mujeres más importantes de Tampa. Tendría que justificar mi sueldo, que no era nada desdeñable si lo comparábamos con el de los cigarreros y torcedores de las tabacaleras. Ganaba veinte dólares semanales por trabajar apenas cuatro o cinco horas al día probándome vestidos. Según me había contado Odalys, un cigarrero cobraba alrededor de nueve dólares a la semana por hacer el doble de horas que yo, y una mujer la mitad. Eso en la tabacalera de Martínez Ybor, claro, que era pionera en la mejora de las condiciones salariales de sus trabajadores; en las demás ni siquiera se llegaba a los siete dólares. Además, incluso había llegado a sentir vergüenza por la propia Odalys, quien, a pesar de trabajar más de diez horas al día y dejarse la vista día tras día en aquel taller poco ventilado y oscuro, cobraba la mitad que yo por un trabajo mucho más duro y agotador. Pero ¿qué podía hacer yo? La señora Gibbs había apostado por mí y no quería que acabara marchándome a Nueva York por unos cuantos dólares más.

Mi caja fuerte no paraba de crecer: a los veinte dólares que ganaba trabajando se sumaban los cincuenta que obtenía de la agencia Pinkerton. Jamás había tenido tanto dinero. Cuando llegué a Tampa ni siquiera tenía un vestido decente y adecuado al clima de Florida. Sin embargo, en el poco tiempo que llevaba viviendo en la ciudad, había conseguido complementar un bonito ajuar de vestidos de todo tipo: vestidos de día, de colores claros y alegres; vestidos de noche de damasco; plumas, pieles, flores de porcelana para decorar mis peinados... Ahora era una mujer de moda en Tampa. Iba vestida con las últimas tendencias que llegaban del otro lado del océano. La gente me reconocía por la calle y no me quitaba el ojo de encima cuando caminaba por Franklyn Street en dirección a la parada de tranvía para regresar al hotel. Había conseguido que la Miss Gibbs' French Fashion House obtuviera cierto reconocimiento en la ciudad y que muchas mujeres que solían desplazarse a Nueva York o Miami para hacerse la ropa se decantaran por Tampa. Odalys tenía tanto trabajo que la señora Gibbs había tenido que contratar a otra modista a fin de cumplir con todos los encargos para la fiesta de Ballast Point.

Decidí darme un baño para tranquilizarme y bajé a la terraza del Tampa Bay para desayunar al aire libre. El sol brillaba como nunca y el aroma de las flores de los jardines de Hyde Park se entremezclaba con el dulce olor a naranja recién exprimida y mantequilla. Oía de fondo las conversaciones en inglés de los hombres y mujeres que se encontraban en las mesas de alrededor, y me di cuenta de que comenzaba a entender algunas de sus palabras. Esperaba que con el tiempo pudiera expresarme decentemente en aquel idioma.

Vi que un hombre abandonaba su periódico en la mesa antes de irse y decidí cogerlo para hojearlo. Buscaba algún titular en el que apareciera José Martí, y finalmente lo encontré en una noticia en la que se destacaba su inminente salida de Nueva York hacia Filadelfia, Cayo Hueso, Tampa, Jacksonville y otros lugares de Florida en busca de adeptos para el Partido Revolucionario Cubano. ¡Aquella era una magnífica noticia! Si Martí venía a Tampa, probablemente se reuniría con Manrara o con Ybor y de alguna forma yo podría intentar obtener alguna información. Pero ¿cómo? Tendría que esperar a recibir las indicaciones del agente de Pinkerton que, por otro lado, aún no se había pronunciado respecto a lo de Enrique Collazo.

Volví a dejar el periódico en la mesa cuando una persona del servicio del hotel se acercó a mí con un pequeño sobre en una mano.

–¿Amelia Ramos?
–Sí, soy yo –dije extrañada.
El chico me entregó la carta y se marchó sin decir nada.
Abrí el sobre, en el que estaba escrito mi nombre, sabiendo que no se trataba de una carta del agente de Pinkerton; este tan solo se las entregaba al recepcionista que trabajaba para ellos, así que no tenía ni idea de quién podría ser. Me encontré una nota con un escueto «suerte» en el centro y la firma de Thomas Robinson. Una oleada de

calor me invadió. Desde la última noche que nos habíamos visto había intentado no pensar en él, pero era realmente halagador que un hombre como Thomas se interesara por mí sin que yo tuviera que poner tanto de mi parte, como había sucedido con Héctor. Con el paso del tiempo, me había dado cuenta de que había sido yo quien había luchado constantemente por nuestra relación. De hecho, si yo no hubiera terminado en París, probablemente jamás lo habría vuelto a ver. Aun así, seguía enamorada. En las últimas semanas que pasamos juntos, Héctor me había demostrado que me amaba, que empezar una vida en común estaba por encima de todo lo demás. Me había elegido a mí. Hice un esfuerzo por contener las lágrimas.

—Señorita, la está esperando un vehículo en la puerta —me informó el camarero, rompiendo mi ensoñación.

—¿Un vehículo? —pregunté, sorprendida—. Yo no he pedido ninguno.

—Lo envía la señora Dueñas, para llevarla a la casa de modas.

Guardé la nota cuidadosamente en el bolso y me dirigí a la entrada del hotel, donde me esperaba un precioso coche sin capota tapizado en negro. Me recibió el famoso cochero de la señora Dueñas, Roberto, un hombre excepcionalmente educado y atento que, además, tenía una conversación amena y distendida.

Cuando entré en la tienda, no había ni rastro de la señora Gibbs ni de Odalys, así que me dirigí al taller, donde probablemente las encontraría trabajando en los últimos detalles de los vestidos. Efectivamente, la señora Gibbs estaba guardando los vestidos en baúles enormes para que no se arrugaran durante el viaje; iban tapados con papel de seda a fin de evitar que se mancharan. Cada vestido iba acompañado por sus correspondientes tocado, collar y zapatos. Para que todo saliera bien, no podían faltar una serie de accesorios imprescindibles: alfileres blancos y negros, sombrillas, flores artificiales, pañuelos de encaje, medias de verano, camisas y cubrecorsés. Ocupaban la entrada decenas de cajas de cartón que iban a cargarse en el carretón. Para mi sorpresa, además, Odalys llevaba consigo varios manojos de pelo postizo rizado que completarían los peinados, detalladamente pensados para la ocasión.

—¿Has descansado bien, *my dear*? —me preguntó la señora Gibbs al verme, mientras inspeccionaba detenidamente mi rostro, libre de ojeras—. Hoy es tu día.

Odalys sí que tenía unas ojeras marcadas, por lo que deduje que se habría quedado toda la noche en el taller terminando los vestidos. Sin embargo, ella se acercó a mí con una enorme sonrisa; parecía contenta. Se podría decir que aquella era la mujer más entregada a su trabajo que había conocido nunca.

–Saldrá todo perfecto, amiga. –Me abrazó con fuerza–. Ya lo verás.

Sus palabras eran reconfortantes y optimistas. No me quedaba más remedio que pensar en positivo y rezar para que todo fuera un éxito. Ni siquiera tuvimos tiempo de comer algo, así que partimos hacia casa de la señora Dueñas en ayunas y en el confortable carruaje que nos había facilitado. Enseguida nos adentramos en el barrio de West Tampa, en el que saltaba a la vista la influencia de la población cubana; olía a ropa vieja y a tabaco. No había ni rastro de españoles ni americanos en sus aceras entarimadas, sino niños negros y mulatos que corrían descalzos tras el cartero, que iba de casa en casa entregando sobres todavía con el retrato del ya fallecido rey Alfonso XII. Las casas eran humildes, aunque a medida que nos dirigíamos más al norte empezaron a aparecer bonitas casas de estilo colonial con sus patios ajardinados. A los pocos minutos, después de dejar atrás las fábricas de tabaco La Caimanera y El Cerro, Roberto abrió una verja cuyo camino terminaba en una preciosa fachada revestida de mármol: la entrada al hogar de la señora Dueñas. Una bonita fuente presidía el portalón, y allí estaba ella, que había salido al oír los relinchos y el paso acompasado de los caballos.

La señora Dueñas apenas pudo disimular su emoción al vernos, ella iba a ser la anfitriona que recibiría a la primera figurín de Tampa.

–¡Bienvenidas a mi casa! –exclamó con un tono de voz más agudo de lo normal–. Entren, por favor, verán lo que he preparado.

Un criado salió a ayudar a Roberto a descargar las cajas con los vestidos. Mientras tanto, las tres nos adentramos en aquella magnífica casa, que era aún más maravillosa por dentro. El salón estaba decorado con muebles de madera oscura y los sillones, también oscuros, combinaban con los cojines blancos y las cortinas de color beis. Pero lo más sorprendente de todo era el magnífico jardín, un precioso oasis de árboles frutales que daban sombra y cobijo bajo aquel sol tan espléndido, al que se asomaban los grandes ventanales del salón. La señora Dueñas había colocado allí varias sillas de hierro forjado frente a una mesa ataviada con bandejas de plata llenas de sándwiches de todo tipo y jarras de naranjada fresca.

Aún no habían llegado las invitadas. La señora Dueñas me llevó hacia otro saloncito más pequeño para que me preparara y de camino pude ver la consulta del señor Dueñas, el médico más importante y reconocido de Tampa. Estaba llena de títulos y diplomas que colgaban de la pared, y además de una camilla había una vitrina en la que se guardaban todo tipo de jarabes y medicamentos.

–Mi marido no está en casa –dijo la señora Dueñas, cerrando la puerta de la consulta–. Ha tenido una urgencia.

Asentí mientras entraba junto a Odalys y la señora Gibbs en la habitación que haría las veces de vestidor. Sacaron el primer modelo: un precioso vestido de mañana hecho con una colorida tela de kosode. La señora Gibbs llevaba tiempo guardando varios metros para alguna ocasión especial. Le había costado una fortuna, porque se la habían traído directamente de Japón, y había decidido utilizarla para mí. Antes de ponerme el tocado de ese primer modelo, Odalys me hizo un peinado al estilo Pompadour: me levantó el pelo y me añadió unos mechones de pelo postizo en la frente para darle volumen. Finalmente, y para realzar mi sonrosado natural, me aplicó unas gotas de zumo de remolacha en las mejillas. Me miré en un espejo y me vi sencilla, pero imponente. Me entraron los nervios al oír de fondo algunas voces femeninas. El vello de la nuca se humedeció y Odalys me aplicó un poco de talco para borrar cualquier indicio de sudor.

–¿Preparada? –me preguntó la señora Gibbs–. Estás preciosa, Amelia.

Ni siquiera la escuchaba. Estaba a punto de cumplir mi sueño y sentía una gran alegría a la vez que un miedo atroz. Quería que salieran las cosas tal y como tantas y tantas veces había imaginado. Nada tenía que salir mal, así que tomé aire y me dirigí hacia el jardín, donde ya habían tomado asiento todas las invitadas, que se abanicaban afanosamente mientras bebían y comían. También había una niña entre ellas, lo que llamó mi atención. Se hizo el silencio cuando salí; todas me miraban de arriba abajo. Caminé con paso lento, sin mirar al suelo, intentando demostrar seguridad en mí misma. Me mantuve firme, con la cabeza bien alta, y recorrí aquellos metros con la emoción y la intensidad que merecía la ocasión. Había luchado mucho por llegar hasta allí. Ojalá pudiera estar presente mi madre, pensé, conteniendo las lágrimas, y viera en lo que me había convertido y lo que había logrado yo sola.

–¡Qué vestido más bonito! –exclamó una mujer a mi paso–. Y es solo el primero.

Cuando ya me dirigía de nuevo hacia el interior para ponerme el segundo, lancé una mirada hacia las mujeres, que comentaban mi actuación. Según lo que me había dicho la señora Gibbs, tan solo iban a acudir cinco, incluyendo a la señora Dueñas. Sin embargo, yo había contado seis. ¿Quién sería la sexta?

Odalys ya tenía el siguiente vestido en la mano. La señora Gibbs se apresuraba a quitarme las medias con cuidado para ponerme otras de distinto color y bordado. Como llevaba el corsé tan prieto, me era imposible ponérmelas yo sola; además, estaba tan húmeda por el calor que tuvo que pasarme una toalla por el cuerpo. Cambiarse de zapatos también era agotador: decenas de pequeños botones abrochaban los distintos botines que acompañaban los vestidos; aunque usábamos unos punzones alargados, era una tarea tediosa. Ser maniquí no era para nada fácil, requería de mucha paciencia y aplomo. Con el segundo diseño volví a encantar a las mujeres, y repetí el mismo proceso en ocho ocasiones más. Aunque estaba exhausta, el último pase lo viví con más emoción y todas las mujeres se pusieron en pie para aplaudirme. Se me saltaron algunas lágrimas al ver que finalmente todo había salido bien. Había hecho realidad un sueño. Solo me faltaba tener a Héctor a mi lado para ser absolutamente feliz.

–¡Bravo, Amelia! –exclamó la señora Dueñas, que se acercó a mí–. Ven, ven, te voy a presentar a mis queridísimas amigas.

Conocía a la señora Plant y a la señora Ybor, pero nunca había visto a la señora Álvarez ni a la señora Ayala, también esposas de dos empresarios de la industria tabacalera. Era curioso lo bien que se llevaban, al menos eso parecía, pese a que sus fábricas competían las unas con las otras.

–Y solo me queda presentarte a la señora Manrara –continuó la señora Dueñas–. Llegó ayer mismo de Nueva York y no ha querido perderse el desfile.

Aquella inesperada presentación me pilló por sorpresa. Isabel Manrara era una mujer de unos cuarenta años, de pelo castaño y piel morena. Tenía una nariz alargada y unos ojos pequeños, aunque muy expresivos. Vestía a la última moda e incluso llevaba las mangas de jamón, por lo que intuí que el vestido había sido encargado en Nueva York.

–Encantada de conocerla. –Me estrechó la mano–. Su desfile me ha impresionado, y eso que en Nueva York ya he presenciado unos cuantos.

No sonreía. Sin embargo, me había hecho un cumplido. A su lado, una niña que no tendría más de doce años me observaba con unos ojos negros, expresivos y brillantes. Miraba maravillada mi vestido y no pudo evitar tocar con sus dedos, largos y finos, la línea vaporosa de la falda.

–Tania, hija, no toques nada –la recriminó su madre en tono duro–. Te he dicho que debías portarte bien; si no, no volveré a llevarte a un desfile.

Tania no podía dejar de sonreír, absorta en todos los detalles del vestido. Probablemente, pensé, al acordarme de mis diez años, se imaginaba a sí misma desfilando con él.

–Yo también quiero ser maniquí –dijo Tania, ilusionada–. Mi madre dice que soy muy guapa.

Ciertamente lo era; tenía la piel clara y el pelo oscuro, además de unas facciones suaves y bien proporcionadas.

–Es la primera vez que me acompaña a un desfile –añadió la señora Manrara–. Ya empieza a ser toda una mujercita y quiero que se empape del buen gusto de la moda. Pero, evidentemente, primero se ha de centrar en los estudios.

–Claro que sí –dijo la señora Gibbs–. Tiene un buen ejemplo en la señorita Ramos, que es una mujer cultivada y bien educada. Incluso sabe francés.

–¿De verdad? –La señora Manrara dejó entrever un ápice de admiración–. Mi marido y yo estamos pensando en llevar a Tania a una escuela de señoritas en Francia, para que aprenda a ser toda una dama.

–Pero, madre, yo quiero ser como la señorita Ramos –insistió la niña–. Podría enseñarme a desfilar algún día.

Nos sonreímos las dos con complicidad. Aquella conexión podía ser una buena oportunidad de acercarme a los Manrara.

—Cuando quieras —respondí—. Sería un placer para mí.

Isabel Manrara obvió el comentario.

—Y dígame, señorita Ramos —dijo con frialdad—, ¿qué hace una mujer como usted, con tantos recursos, en una ciudad como Tampa? ¿Qué le ha traído aquí?

Me miró fijamente, en busca de cualquier contradicción. Me puse nerviosa: parecía que me juzgara o sospechara algo.

—Estuve en París, pero no hubo suerte —contesté sin más.

—Fue musa de Lautrec, ¿lo sabía? —intervino la señora Gibbs.

—Menudo espécimen ese tal Lautrec —siguió la señora Manrara—. No me gustan nada sus cuadros... No tiene nada de decente. Donde esté un Goya o un Velázquez...

—A los franceses les encanta —respondí yo, un poco ofendida por su tono—. Son otros tiempos, y el impresionismo nos brinda una nueva forma de ver la vida.

—¿La prostitución? —Rio, buscando la complicidad de las demás—. Aquí somos diferentes, esto no es París. Nos gustan las mujeres íntegras y decentes.

Aquello era un ataque en toda regla. Mi pasado en París parecía no haberla impresionado, sino todo lo contrario. Hubo un silencio cargado de tensión. Estaba claro que en Tampa había dos tipos de mujeres: las *new girls,* jóvenes independientes y libres que disfrutaban de la vida sin importarles lo que pensaran los demás de ellas, y mujeres como la señora Dueñas o la señora Manrara, que se empeñaban en mantener un comportamiento de lo más tradicional.

—¿Qué planes tiene aquí? —insistió de nuevo, presionándome.

—Solo estaba de paso. —Tragué saliva—. Mi intención era probar suerte en Nueva York, pero la señora Gibbs me descubrió y...

—Una española en Tampa —dijo con retintín mientras asentía lentamente con la cabeza—. ¡Qué curioso!

—Sí, el destino ha querido que así sea —acerté a decir, simulando una sonrisa.

Isabel Manrara se me quedó mirando, torció el labio en una mueca de decepción y se giró para seguir comiéndose su sándwich. No entendía por qué la había tomado conmigo; quizá simplemente fuera así. La cuestión es que me había amargado la fiesta, a pesar de que las demás mujeres solo me mostraron admiración y se deshicieron en halagos.

—Nos han encantado todos los vestidos, señora Gibbs —dijo la señora Ybor—. Sin duda, seremos las mujeres más hermosas de Ballast Point.

La señora Gibbs se sentía plenamente orgullosa. Mientras, mi querida Odalys permanecía en un segundo plano, sin apenas pronunciar palabra. Sentía tanta pena por ella que tuve la necesidad de hablar a su favor.

—No nos olvidemos de las talentosas manos que han realizado estos magníficos diseños. —Agarré de la mano a mi amiga y la puse delante de todas—. Odalys, la modista de la señora Gibbs.

Hubo unos aplausos poco efusivos, prácticamente obligados. La señora Gibbs me miró con cara de pocos amigos, y en un momento en que nos apartamos del resto, se acercó a mí.

—Nunca se aplaude a la negra que trabaja en el taller —me dijo al oído con un tono de reproche—. A nadie le importa. No seas ridícula, Amelia.

Por su parte, Odalys estaba avergonzada por mi culpa. ¿Acaso no había aprendido nada al lado de mi tía? Realmente había creído que en Tampa las cosas funcionaban de manera diferente, o eso me pareció la noche que salí con Thomas. Quizá fue mi actitud de aquella noche, tan positiva y alegre, lo que me había hecho ver las cosas tal y como me gustaría que fueran realmente.

—¿Por cuánto tiempo se va a quedar en Tampa, señora Manrara? —le preguntó la señora Ybor. Los maridos de ambas eran socios y mantenían una estrecha relación—. ¿Va todo bien en Nueva York?

—Nos quedaremos todo el verano aquí. La fábrica de Nueva York va viento en popa. Aunque ya sabe que Eduardo no suele contarme demasiado.

—Eso es buena señal —respondió con una dulce sonrisa Mercedes Ybor, quien, sin duda, era un encanto de mujer—. Los hombres solo nos hablan de sus negocios cuando hay alguna preocupación. De hecho, el otro día me contaba Vicente que no sabe si aceptar una propuesta de negocio que le ha planteado un tal..., señor Robinson, creo que se llama. Es nuevo en Tampa.

Al oír su nombre, mi corazón se aceleró. Me serví un vaso de naranjada para disimular.

–Por cierto –continuó–, creo que es buen amigo de la señorita Ramos. El otro día estaban cenando juntos, ¿no es así?

Las mujeres me miraron sonrientes, como si esperaran que confirmara algo más que una simple amistad. Yo no pude evitar sonrojarme.

–Sí, el señor Robinson es un hombre de negocios que viene de Cuba. Tenía una plantación de azúcar, pero ahora quiere lanzarse al mundo del tabaco. Es un hombre muy...

–Apuesto, desde luego. –La señora Ybor me guiñó un ojo, cómplice–. Ya le dije a Vicente que me daba muy buena espina. Parece un hombre inteligente, que sabe lo que quiere.

–Así que la señorita Ramos ya tiene pretendiente –dejó caer la señora Manrara–. Si se va a cenar con él, significa que van ustedes en serio.

–Es solo un amigo –dije–. Nada más.

–Entonces es usted muy atrevida. –Frunció los labios mientras me desafiaba con la mirada–. Le recuerdo que esto no es París.

Aquella mujer me estaba sacando de quicio. Sin embargo, tenía que ser paciente y ganarme su confianza. Pero ¿cómo?

40

El éxito del desfile había llegado a oídos de otras mujeres de la ciudad que tenían sus propias modistas en Nueva York o Miami, y la clientela de la señora Gibbs había aumentado de manera considerable. También mi sueldo: treinta dólares semanales era mucho, pero la señora Gibbs no quería arriesgarse a perderme. Lo que ella no sabía era que yo no tenía más remedio que quedarme en Tampa.

Ese domingo, Odalys me había invitado al bautizo de su sobrino junto al río Hillsborough. Quería presentarme a su familia y a su novio. Yo tenía muchas ganas de ir y de vivir una celebración especial en familia, aunque no fuera la mía, para sentirme acogida y parte de una comunidad. Así que aquel domingo me vestí de blanco con un traje sencillo y nada recargado y alquilé un coche para que me llevara hasta el puente de Hillsborough, desde donde se tenía una maravillosa vista del río y en el que ya había algunos niños jugando. Nada más llegar, decenas de cubanos se acercaron a mí y me observaron sin pudor alguno, mirándome de arriba abajo y gritando mi nombre en voz alta para congregar a más gente a mi alrededor. Llevaba una sombrilla para protegerme del sol, y mi piel clara y mi vestido blanco destacaban en medio de aquella marabunta de hombres y mujeres negros que vestían con llamativos colores y estridentes collares y pulseras.

Me sentí un tanto ridícula por haberme vestido de manera tan austera y simple. Había subestimado a aquella gente creyendo que, tratándose de obreros con pocos recursos, vestirían de forma pobre. Menos mal que Odalys enseguida vino hacia mí, acompañada por sus padres, su hermana mayor y su cuñado. Su madre iba muy arreglada, con un vestido y un sombrero muy alegres de color naranja, igual que Odalys, que iba de verde manzana. Su hermana, sin embargo, vestía una ropa mucho más sencilla y menos colorida; era una copia de Odalys aunque mucho más bella, pues carecía de aquellas marcas de viruela que habían marcado el rostro de mi amiga para siempre. En sus brazos sujetaba un precioso y rollizo bebé recién nacido.

–¿Alguna vez estuviste en un bautismo como este? –me preguntó su madre, que tenía unos intensos ojos negros y unos dientes blancos bastante grandes–. ¿Conoces nuestra religión?

–La verdad es que no, señora Hernández.

–Nosotros seguimos la regla de Osha, que mezcla las creencias católicas con la cultura africana yoruba. Rezamos a nuestros ancestros muertos y creemos en un solo Dios, llamado Oloddumare, y en sus orishas, que son divinidades relacionadas con los santos católicos; como el Babalu Aye, por ejemplo, que sería el equivalente a San Lázaro.

–También se llama santería –añadió el padre de Odalys–. Aunque a nosotros no nos gusta ese nombre.

–¡Qué interesante! Les agradezco que me hayan invitado a una celebración tan importante para ustedes.

–Los amigos de nuestra querida Odalys también son los nuestros. –Su madre me agarró de la mano con cariño–. Estás lejos de tu familia. Queremos que te sientas arropada por nuestra comunidad.

Nos dirigimos hacia el río, donde había más familias cuyos hijos iban a recibir el baptismo.

El río estaba tan claro y limpio que se podían ver pececillos nadando plácidamente. La orilla se había llenado de gente con paraguas y sombrillas para resguardarse del intenso sol, rodeando al sacerdote que iba a oficiar el acto. Odalys me iba explicando todos los pasos, y yo no podía dejar de sentir en mí misma la magia y la espiritualidad que desprendía la ceremonia. Por fin la hermana de Odalys se metió en el agua con los pies descalzos y con su hijo en brazos. El sacerdote se metió también y con una especie de cazo comenzó a verter agua sobre la cabecita delicada y oscura del niño, que empezó a llorar estridentemente.

La fiesta se celebró en el bosque, a escasos metros del río. Nos congregamos alrededor de unas mesas plegables en las que se disponía la comida: helados de plátano, melcochas con miel y maíz blanco con azúcar... Todo estaba delicioso. Odalys me presentó a su novio,

Raúl, que me pareció un chico encantador. Era uno de los hombres que se habían arrancado a cantar y bailar en medio del bosque mientras los demás hacían corrillo y bebían ron. Las mujeres se sumaron y comenzaron a cantar habaneras y a bailar. Sin verlo venir, Raúl se acercó a mí y, cogiéndome de la mano, me llevó hacia el centro del corrillo. Al principio estaba cohibida, pero enseguida empecé a disfrutar de aquella sensación de libertad absoluta. Me fascinaba la capacidad de disfrutar que tenía aquella gente.

–¿Te lo estás pasando bien, Amelia? –me preguntó Odalys.

–Por supuesto que sí, ha sido una mañana fantástica.

–Pues la fiesta aún no ha terminado; ahora nos vamos a casa a celebrarlo en familia. Tenemos más comida allí. Por favor, nos encantaría que nos acompañaras.

Nos subimos todos al carro tirado por dos mulas que había traído su familia y nos dirigimos hacia uno de los barrios más pobres de Tampa: Scruble, que en castellano significaba *basura*. Allí vivían las familias más humildes, cuyos hombres trabajaban de carretoneros y barberos y las mujeres de lavanderas o de prostitutas. Odalys había tenido suerte y su madre le había enseñado a coser desde bien pequeña. Tenía un don para la costura y por eso trabajaba para la señora Gibbs. Sin embargo, muchas otras mujeres no tenían más remedio que acudir a la cantina para ganarse la vida con la prostitución.

Nos adentramos en la calle donde vivían Odalys y su familia, desde la que se percibía una hilera de enaguas blancas alineadas y puestas a secar en los patios de las casas. Nos cruzamos con un grupo de hombres y mujeres que formaban una estridente banda de tambores y trompetas. Marchaban a lo largo de la calle con unas pancartas gigantes que rezaban: Prohibido beber alcohol.

–¿Quiénes son? –pregunté, sorprendida.

–Son los del Ejército de Salvación –me explicó Odalys–. Los domingos conciencian a la gente de que el día del Señor no se puede beber alcohol. Según ellos, todo aquel que beba alcohol hoy se irá derechito al infierno.

Bajamos del carro frente a una casita de madera desvencijada y un patio de arena sin enlosar. Al entrar, me llamó la atención la diminuta cocina de fuego abierto que todavía guardaba el aroma del ajiaco, un plato delicioso y contundente hecho con carne de cerdo, tasajo, pedazos de plátano y yuca, regado con un caldo cargado de zumo de limón y ají picante. Todavía hoy recuerdo su sabor como si fuera ayer.

Después de comer, salimos al patio y nos sentamos en las mecedoras o en los peldaños de la entrada a la casa mientras disfrutábamos de la chicha, una bebida a base de agua, azúcar y maíz tostado que había hecho la madre de Odalys. Corría un aire fresco y ligero y me sentía realmente feliz.

Comenzamos a conversar sobre temas banales, interrumpidos por las toses escandalosas de su padre, que parecía enfermo de los pulmones y que también trabajaba para la tabacalera de Ybor.

–Padre, tiene que ver usted a un médico –dijo Odalys–. Está empeorando.

–No puedo, hija. No he podido pagar el seguro médico.

–¿Cómo que no? –preguntó, sorprendida–. ¿Qué ha pasado?

–Ybor nos saca cada mes el diez por ciento de nuestro salario para..., ya sabes... –Su padre me miró a los ojos y se quedó callado–. Será mejor que dejemos el tema.

–Para la causa independentista cubana –me espetó Raúl–. Algo de lo que deberíamos estar orgullosos y no deberíamos esconder.

–La señorita Ramos es española y puede que le sienta mal que hablemos tan abiertamente de un tema tan delicado.

Aunque ya sabía que los cigarreros aportaban parte de su salario a la causa, quería saber para qué y adónde se destinaba ese dinero.

–Oh, no se preocupe por mí, señor Hernández. Siempre he sido partidaria de la libertad de los pueblos, y más cuando mi país se ha portado tan mal con los suyos.

Mi respuesta satisfizo a todos, y Raúl no tuvo reparos en seguir hablando.

–Necesitamos reunir unos cincuenta mil dólares para Martí antes de que acabe el año. Aparte de lo que pondrán el propio Ybor, Manrara y los demás. Hay muchos emigrados cubanos en Nueva York que están aportando a la causa.

–Eso es mucho dinero.

–Armas, señorita. Una revolución cuesta dinero.

–Pero ¿cómo van a poder meter tanto armamento en Cuba? Ahora la isla está muy vigilada, es prácticamente imposible.

—Eso ya no lo sé. —Raúl escupió hacia un lado y apuró su vaso de chicha—. Ni yo ni nadie. El cómo es un secreto. Piense que Cuba, Cayo Hueso y Nueva York están llenos de espías, por lo que tan solo el propio Martí y algunos más conocen el plan.

—Lo que está claro es que la revolución empezará el año que viene —siguió el padre de Odalys—. Una lástima que me coja ya viejo, si no me iría a luchar por mi patria. Menos mal que hay jóvenes valientes como Raúl con ganas de batallar por la independencia cubana.

Odalys bajó la mirada, y una nube de tristeza le ensombreció el rostro.

—¿Así que regresaríais a Cuba? —pregunté yo.

—Por supuesto que sí —contestó Raúl con orgullo—. Quiero que mis hijos crezcan en una Cuba libre.

Por la cara de Odalys sabía que ella no quería abandonar Tampa y menos que su novio se alistara a la revolución, con todo lo que ello suponía.

—Odalys tiene aquí su trabajo y está feliz con lo que hace —dije, metiéndome una vez más donde no se me llamaba.

Odalys comenzó a llorar y Raúl me dirigió una mirada severa.

—Como buena cubana que es, ella sabe que la revolución está por encima de todo. Sería egoísta por su parte pensar únicamente en su profesión y no en el futuro de todo un país.

Pobre Odalys, pensé al verla contener la rabia y las palabras, asintiendo quedamente a la rotunda afirmación de su novio. Sus palabras y su forma de actuar me recordaban inevitablemente a Héctor. ¿Acaso no se daban cuenta de que los egoístas eran ellos, por apostar únicamente por su ideología y relegar el amor a un segundo plano?

De repente, un hombre apareció por la calle corriendo y gritando mientras sostenía en una mano una bandera cubana.

—¡Martí ha llegado! —exclamaba sin dejar de ondear la bandera—. ¡Va a hacer un discurso en el Liceo Cubano! ¡Martí ya está aquí!

En la casa de Odalys todos se apresuraron hacia el carro de mulas.

—¡Vamos, Amelia! —me animó Odalys, que ahora esbozaba una sonrisa cargada de ilusión—. Verás qué emocionante.

Sin duda, aquel hombre movía montañas. El delegado del Partido Revolucionario Cubano en Nueva York, José Martí, había llegado a Tampa antes de tiempo, incluso se había adelantado a las informaciones de la agencia Pinkerton, que hasta entonces no se había pronunciado y ni siquiera había contestado a mi primera carta. No obstante, ahora tendría la oportunidad de verlo en persona. Tenía claro que no sacaría ninguna información relevante de sus palabras, más allá de lo que ya sabía, pero quería observar con mis propios ojos qué era lo que hacía que chicos como Raúl fueran capaces de entregar su vida por la causa.

El Liceo se encontraba en Palm Avenue. Decenas de hombres y mujeres se congregaban allí entre vivas a la revolución y banderas cubanas. Nos adentramos en el interior como pudimos, abriéndonos paso a empujones y codazos, y por fin apareció José Martí, entre vítores y aplausos. Era un hombre de estatura normal, delgado, con pelo oscuro, bigote poblado y perilla. Tenía una frente amplia y despejada, y llevaba el cabello peinado hacia atrás con brillantina. Comenzó a hablar con un tono exaltado, provocador, que fue rebajando poco a poco. Cuando terminó su discurso, con unas palabras que incitaban a los presentes a pasar a la lucha armada, la mayoría de los hombres tenían los ojos rojos y en cierta medida llorosos. Cuba era un país que había sido explotado por los míos sin tener en cuenta los deseos de independencia de su gente. ¿Quién era España para limitarles ese anhelo por el que durante tantos años habían luchado? ¿Acaso teníamos el derecho de apoderarnos de un territorio que, en el fondo, jamás nos había pertenecido?

—¿Nos entiendes ahora, Amelia? —me dijo Odalys sin parar de aplaudir.

—Pero tú no quieres regresar a Cuba, por eso lloraste antes en el porche, ¿no es así?

—Me dará mucha pena irme, pero te aseguro que sería capaz de dejarlo todo por regresar a mi tierra. Nos vinimos a Tampa para tener un futuro mejor, pero jamás pensamos en abandonar nuestro país. Volveremos cuando Cuba sea solo nuestra, y espero que sea pronto.

—Vaya, no creía que fueras tan fuerte. Estaba muy equivocada.

—Mis abuelos lucharon por su libertad, y mis padres tuvieron que abandonar su tierra por nosotros. Ahora nos toca a sus nietos e hijos derramar nuestra sangre por ellos. La revolución está por encima de todo, amiga.

41

Tras el discurso de Martí, me fui por fin al hotel a descansar. Había sido un día muy intenso y mi cuerpo me pedía un buen baño y una cama cómoda en la que recobrar fuerzas. Pasé por delante de recepción, pero no estaba el chico que trabajaba también para la agencia Pinkerton, pues solía hacer el turno de mañana. Otro día más sin cartas, pensé. Mejor así, lo único que me apetecía era estar tranquila.

Subí a mi habitación y salí al balcón para ver el precioso atardecer de Tampa. Me encontraba tan llena por todo lo que había comido que no pensaba bajar a cenar. Me quedaría allí, contemplando la luna y reflexionando. Lo que había vivido con la familia de Odalys me había hecho darme cuenta de lo equivocada que era mi idea sobre ella. Las personas que habían tenido una vida difícil y habían sufrido algún tipo de represión tenían la capacidad de luchar hasta dejarse la piel por sus ideales. Raúl y Odalys lo hacían por su nación; Héctor, por los derechos de miles de obreros que vivían en circunstancias miserables. ¿Quién era yo para cuestionarlos cuando por mis venas no corrían ni el sufrimiento ni la pasión de su lucha? Yo solo había luchado por mi libertad, la que me había arrebatado mi familia, y eso en cierta medida me convertía en una persona egoísta. Además, iba a traicionarlos a todos para que a los Rovira no les pasara nada... ¿Podría ser peor persona? Traté de convencerme a mí misma de por qué y para quién estaba haciendo todo eso. Mis razones eran igual de válidas que las de los demás, me dije una y otra vez, aunque mi objetivo conllevara la frustración de miles de familias como la de Odalys.

Desde el balcón podía ver los jardines del Tampa Bay Hotel y las mesitas del restaurante donde yo solía desayunar cada día. Había pocas personas paseando, quizá porque ya era la hora de cenar. Sin embargo, algo llamó mi atención. De repente, dos hombres se sentaron en una de esas mesas; bebían algo del mismo color que la horchata. Aquel hecho no tendría nada de especial si no fuera porque uno de esos hombres era José Martí. Pero ¿qué diablos hacía en mi hotel, y por qué nadie me había advertido de que se iba a hospedar allí? La agencia Pinkerton no parecía estar muy al tanto de los movimientos de Martí... ¿Qué se suponía que debía hacer yo ahora?

Entré en el baño y me aseé rápidamente con una toalla húmeda, me cambié y me puse un vestido de noche. Una vez lista, bajé al restaurante. Como la mayoría de los clientes del Tampa Bay Hotel eran americanos, nadie se percató de la figura de Martí. Seguía en la terraza junto al otro hombre; mantenían una animada charla mientras disfrutaba de las hermosas vistas del jardín. Todas las mesas de fuera estaban ocupadas, de modo que me senté en el interior y enseguida se me acercó un camarero para tomarme nota. Vi que a la mesa de Martí empezaban a llegar varios platos de comida, así que yo debía hacer tiempo si quería seguirlo para saber en qué habitación se hospedaba. Pedí langosta y una sopa de verduras, algo ligero, y me quedé esperando a que terminaran su cena. Pedí un café para despejarme, pues me sentía incapaz de mantener los ojos abiertos, pero Martí parecía no tener ganas de marcharse; de hecho, se había pedido una copa y seguía charlando sin importarle la hora. Finalmente, cuando eran casi las diez de la noche, se levantó junto con su acompañante y pasaron frente a mí en dirección a la recepción. Me levanté como un relámpago tras ellos; decidí tomar las escaleras para no levantar sospechas mientras ellos subían en el ascensor. Vi que este no paraba en la primera planta, por lo que deduje que se hospedaba en la segunda, precisamente en la misma que yo. Me di toda la prisa que pude y esperé tras una esquina la aparición de Martí. Cuando el ascensor llegó a la segunda planta, salí de mi escondite. Tenía a Martí y a su compañero enfrente, así que me dirigí con paso seguro hacia ellos y les di las buenas noches mientras seguía de largo, intentando escuchar su conversación.

–Nos vemos a las siete de la mañana en recepción –dijo Martí, despidiéndose de su amigo–. Buenas noches, coronel.

–Que descanse. Hasta mañana.

Así que se trataba de un coronel. Iba vestido de civil y tenía un rostro de gesto rígido y severo. Martí entró en la habitación 24 mientras su compañero, lejos de dirigirse a la suya, daba media vuelta y cogía el ascensor de nuevo hacia la recepción. Aproveché para seguirle la pista, fingiendo que acababa de salir de mi habitación, y bajé con él. El hombre olía ligeramente a ron y tenía los ojos visiblemente brillantes y húmedos. Se dirigió al casino del hotel, seguramente para seguir bebiendo y echar alguna partida al dominó. Caminaba torpemente, ebrio, así que apenas se percató de que lo seguía a escasos metros. Efectivamente, ya en la sala, el coronel se sentó en una de las mesas junto a otros dos hombres. ¿Cómo entablar conversación con un hombre desconocido sin ir acompañada?

Cuando ya estaba a punto de tirar la toalla, me tropecé en el vestíbulo con un grupo de actrices que habían actuado en el teatro del hotel aquella misma noche. En ese momento recordé que hacía días que estaban anunciando un vodevil que estaba revolucionando América y que había sido un éxito en la misma Nueva York. Se trataba de cinco mujeres disfrazadas de hombre que poco a poco iban deshaciéndose de sus ropas hasta quedarse en ropa interior, mientras bailaban el cancán. Las mujeres de Tampa lo habían criticado duramente; de hecho, en el desfile que hice en casa de la señora Dueñas fue uno de los temas de los que se habló. Muchos hombres se habían abstenido de ir, influidos por sus mujeres, aunque muchos otros habían puesto como excusa el casino para echar una ojeada al espectáculo.

Las actrices se subieron a una caravana tirada por cuatro caballos que había parada frente a la entrada, mientras un par de hombres se afanaban por cargar los baúles donde llevaban el vestuario y el atrezo. En total, había seis baúles en el vestíbulo todavía por cargar. Miré a un lado y a otro. No había nadie. Los hombres estaban en la caravana sujetando un baúl pesado, así que tenía tiempo suficiente para abrir uno. Actué de forma rápida y segura: abrí uno al azar y me encontré con varios sombreros, bigotes falsos y anteojos de hierro. Cogí todo lo que pude y me lo metí debajo de la falda justo a tiempo, pues al cabo de pocos segundos los dos hombres regresaban para cargar el siguiente baúl. Tenía la espalda empapada de sudor y me temblaban las manos mientras fingía esperar a alguien.

Cuando los hombres volvieron a dirigirse a la caravana, abrí otro baúl y una inmensa alegría me invadió al encontrarme varios trajes de hombre, camisas y zapatos. Cogí un atuendo completo y corrí hacia las escaleras, donde me encontré con una pareja que me miró sorprendida. Intenté mostrar tranquilidad y aflojé el paso; saludé a la pareja con un ligero movimiento de cabeza. En cuanto los perdí de vista, volví a correr y alcancé mi habitación jadeante y con el corazón acelerado. Me senté en la cama un instante y tomé conciencia de lo que había hecho: acababa de robar a unas pobres actrices la ropa de hombre que utilizaban para su espectáculo. ¿Qué pretendía hacer ahora con eso? Extendí la ropa sobre la cama: tenía todo lo necesario para vestirme de hombre. Comencé a reír nerviosa al imaginarme con aquel atuendo tan masculino, y negué repetidas veces con la cabeza mientras desestimaba la idea. ¿Realmente podría hacerme pasar por un hombre?

Me desvestí y procedí a ponerme cada una de las piezas hasta terminar con el bigote, los anteojos y el sombrero. Me miré en el espejo y forcé la garganta para engrosar mi voz, tratando de que sonara como la de un hombre. Me dio un ataque de risa. No resultaba nada convincente con aquel trozo de pelo postizo sobre el labio, de manera que decidí ir sin él. Contra todo pronóstico, parecía un hombre. La ropa era ancha, así que mis pechos ni siquiera se percibían bajo la camisa. Me recogí el pelo bajo el sombrero y añadí alfileres para que no se escapara ninguno. Los zapatos me iban grandes. Aun así, las ropas de hombre eran mucho más cómodas que las de las mujeres. Sin el corsé, notaba mi cuerpo libre y sin ataduras: sin duda, podría acostumbrarme rápidamente a vestir como ellos. Puse una voz grave y ensayé varias veces hasta parecer creíble.

Estaba preparada, o eso creía, para que diera comienzo mi actuación, así que abrí la puerta de mi habitación y me asomé para comprobar que no hubiera nadie en el pasillo. Salí con todas las precauciones y bajé a recepción saludando a las personas con las que me cruzaba. Mi disfraz estaba teniendo el efecto deseado. No llamaba la atención, y eso era lo que pretendía.

Entré en el casino intentando mostrarme relajada y miré a mi alrededor. Había hombres sentados en los sillones, fumando y tomando copas, y otros jugaban al dominó. Como no podía ser de otra manera, el coronel seguía inmerso en una partida; bebía lo que parecía ser ron. Me acerqué a su mesa y me quedé a su lado observando. Al cabo de un rato, la partida terminó con la victoria del coronel. Los dos hombres que lo acompañaban se levantaron y se fueron hacia la zona de los sillones. El coronel se levantó también a por otro vaso de ron, y fue entonces cuando me acerqué a él para presentarme.

–Buenas noches, soy el señor Miguel Díaz. –Intenté que mi voz sonara recia y masculina, y le pedí una copa al camarero–. He visto que sabe jugar muy bien al dominó. Le reto a una partida –le propuse al coronel–. ¿Qué le parece?

–Mayía Rodríguez. –El hombre me estrechó la mano y sacó un puro habano–. Es usted muy joven para ganar a un hombre con tanta experiencia como yo. Llevo años jugando al dominó.

–Será todo un placer aprender de usted.

El coronel pareció pensárselo, me miró detenidamente, cogió su vaso y se dirigió a la mesa sin decir nada más. Me senté frente a él mientras se encendía su puro y me lanzaba el humo a la cara.

–¿Está usted de paso en Tampa? –pregunté, engolando la voz–. ¿De negocios?

–Oh, efectivamente. Mañana mismo me voy. ¿Y usted, señor Díaz?

Todavía estaba lo bastante sobrio como para que yo pudiera sacarle alguna información relevante. No tenía ni idea de cómo hacerlo sin parecer una entrometida y sin levantar sospechas. Luego recordé la conversación que había tenido el señor Ybor con aquel tal Enrique Collazo sobre barcos. Quizá tuviera alguna relación.

–Negocios también –improvisé–. Tengo varios vapores en propiedad y me gustaría venderlos o alquilarlos. Los dueños de las tabacaleras suelen viajar a menudo de Tampa a Cayo Hueso y viceversa.

El coronel se me quedó mirando fijamente mientras asentía, pero no dijo nada. Probablemente, la información que le acababa de dar ni siquiera le importaba. Suspiré un tanto angustiada, pensando en cómo ganarme la confianza de aquel desconocido sin delatarme.

Justo cuando estábamos a punto de iniciar la partida, otro hombre se acercó a nosotros.

–¿Puedo jugar con ustedes?

Casi me desmayo de la impresión. Era Thomas. Pero ¿qué narices hacía en el casino del Tampa Bay si él se hospedaba en el Victoria? Un sudor frío me recorrió el cuerpo mientras mis manos apenas eran capaces de sujetar las fichas. Temía que me reconociera y que todo mi plan se fuera el traste. Maldije la idea que había tenido y la osadía de llevar a cabo un plan tan arriesgado y con tantas probabilidades de fracaso. Había sido una inconsciente al creer que el plan funcionaría. Pero ya no podía hacer nada; tendría que asumir las consecuencias y los riesgos y seguir adelante.

–Claro que sí –respondió el coronel–. Cuantos más seamos, más divertido será. Es demasiado fácil entre dos jugadores.

Thomas se sentó y me estrechó la mano, presentándose. Yo hice lo mismo y sentí que mi mano estaba húmeda por el sudor y los nervios. El coronel ya se había terminado su vaso de ron, así que Thomas fue a por otro.

–¿No le gusta el ron, señor Díaz? –me preguntó, sorprendido por lo poco que bebía–. Puedo pedirle algo más flojo.

El coronel se rio en tono de burla, así que cogí el vaso y me lo bebí de un trago. Me entraron muchas ganas de vomitar; no entendía cómo los hombres podían disfrutar de aquel sabor tan fuerte y desagradable.

–Ahora sí puede pedirme otro –le dije a Thomas con orgullo.

Thomas me había puesto en evidencia delante del coronel, aunque no podía culparlo. Me trajo otra copa y no tuve más remedio que bebérmela. Comenzamos la partida y, poco a poco, mis sentidos fueron perdiendo capacidad por culpa del alcohol. ¿Cómo iba a ser capaz de permanecer atenta a las palabras del coronel?

Thomas sacó una cajetilla de puros y nos ofreció a los dos. Me sentí obligada a aceptarlo si no quería volver a ser el hazmerreír de la mesa, así que lo encendí como pude, pues jamás me había fumado uno, y aspiré ligeramente para evitar que me entrara demasiado humo. Sin embargo, en cuanto el humo llegó a mis pulmones, comencé a toser intensamente. De repente, sentí que mi pelo se aflojaba por debajo del sombrero: no había puesto bien los alfileres y podía desprenderse algún mechón. Me llevé la mano a la nuca para evitar que se me cayera la melena en cascada delante de todos y me levanté deprisa para regresar a mi habitación y sujetarla de nuevo.

La situación me estaba sobrepasando, y la cabeza no paraba de darme vueltas por los dos vasos de ron que me había bebido. Subí lo más rápido que pude, tropezándome varias veces con los escalones.

Era la primera vez que me emborrachaba, y no me parecía para nada divertido. Entré en mi habitación y me dejé caer en la cama, mientras sentía que el techo no paraba de moverse. Me entraron náuseas y terminé vomitando en el lavabo. Me mojé la cara para recobrar fuerzas y me sentí mucho mejor: aun así, notaba que podía caer en redondo al suelo en cualquier momento. Volví a sujetarme el pelo, esta vez con más alfileres, y regresé al casino intentando fingir mejor cara. A medida que me acercaba a la mesa, pude observar a Thomas sin que él se percatara. Pese a estar complicándome el plan, adoraba su presencia. Estaba tan elegante y atractivo como de costumbre; llevaba una preciosa pajarita que bailaba al son de su prominente nuez. Sentí un profundo calor entre los muslos. El alcohol me había desinhibido por completo y la verdad se revelaba ahora cruel y cargada de reproches. Amaba a Héctor, pero no podía evitar sentir cierto deseo por un hombre que había despertado mis instintos más salvajes.

–Señor Díaz, ¿se encuentra bien? –me preguntó Thomas, esta vez mucho más preocupado–. No tiene buena cara.

–Creo que no me ha sentado bien el marisco de la cena –respondí mientras me sentaba en la mesa–. Pero ya estoy bien, podemos retomar la partida.

–No sé si nuestro acompañante podrá seguir.

El coronel estaba rojo como un tomate y tenía una sonrisa boba en la boca. No pude contar cuántos vasos de ron se había bebido, pero estaba completamente borracho. En cualquier caso, tampoco creo que hubiera podido sacarle información delante de Thomas.

–Creo que voy a tomar el aire –dijo el coronel, levantándose de la silla con torpeza–. Hace mucho calor.

–Tiene razón –me adelanté yo–. Le acompaño.

–A mí también me irá bien tomar un poco el aire –añadió Thomas.

Una vez más, Thomas se entrometía entre nosotros. Salimos los tres a pasear por los jardines del hotel; la luna llena iluminaba todo el paseo. No había nadie más, ya era tarde y la gente dormía en sus habitaciones. Acompañados por una agradable brisa, llegamos hasta el pequeño lago que se encontraba cerca del hotel. El coronel apenas se aguantaba en pie, así que Thomas y yo decidimos tumbarlo en la orilla y nos sentamos a su lado, en el césped, con la mirada puesta en el cielo estrellado.

—No esperaba terminar así la noche –confesó Thomas–. Venía para disfrutar de la compañía de una bella dama y mire cómo he acabado, con dos borrachos desconocidos.

Me ruboricé al instante al imaginar que la dama de la que hablaba era yo.

—¿Su dama le ha dado plantón?

Thomas se encogió de hombros y se encendió otro puro.

—No estaba en su habitación, puede que tenga más pretendientes. –Tiró una piedra al agua y levantó los hombros con resignación–. No es mía, así que no puedo reprocharle nada.

—A veces es difícil elegir. No todo es blanco o negro. Los matices son los que nos complican la existencia.

—Yo siempre apuesto por el caballo ganador. –Las venas de su cuello se tensaron–. No me gusta perder.

—¿Le gusta de verdad? –pregunté con apenas un hilo de voz–. La chica, digo.

Thomas le dio una profunda calada al puro y lo lanzó al agua. Me sorprendió mi necesidad de oír su respuesta. ¿Acaso lo que dijera Thomas podría cambiar las cosas? ¿Y Héctor?

—El alcohol nos está afectando demasiado. –Se levantó repentinamente y se quitó los zapatos–. Estoy sudando.

¿Qué diablos estaba haciendo? Thomas comenzó a quitarse la camisa y los pantalones hasta quedarse en ropa interior. Mis mejillas se acaloraron, y agradecí que fuera de noche para que él no pudiera percibir mi azoramiento. La luna iluminaba su espalda musculada y fuerte, pero giré la cara para evitar ver sus partes más íntimas. Thomas se lanzó al agua sin contemplaciones. Yo sentía tanto calor que me hubiera adentrado también en aquel lago junto a él, sin importarme cómo terminaría la noche. Estaba tan excitada que me removí incómoda, incapaz de apartar la vista de su cuerpo.

—Señor Díaz, ¿cuántos barcos tiene? –me preguntó de repente el coronel sin apenas voz–. Si me hiciera un buen precio, podría alquilarle tres.

Las palabras del coronel me pillaron desprevenida. Estaba tan embelesada con Thomas que me había olvidado de él. Sus ojos eran incapaces de sostenerme la mirada. Seguía borracho, pero tenía ganas de hablar.

—¿Para qué los quiere?

—Para la revolución cubana. —Comenzó a reír sin sentido—. ¿Los tiene o no?

—Claro que los tengo, pero necesitaría saber para cuándo.

El hombre apenas se aguantaba despierto y yo temía que se durmiera, así que le palmeé la cara para que me respondiera.

—¿Para cuándo los quiere? —insistí.

—Eso habría que hablarlo con el señor Borden. —Arrastraba las palabras como si hablar le supusiera una tarea descomunal—. Él nos lo tiene que decir.

El coronel se quedó dormido al instante, así que me levanté y, sin decirle nada a Thomas, me marché a mi habitación. Tenía un dato más, y también tenía el corazón dividido.

42

Me pasé el resto de la noche en vela, sin poder pegar ojo: temía dormirme y que se me pasara la hora en la que Martí bajaría a recepción. Quería seguirlo, saber adónde iba e intentar obtener más información. Los dos vasos de ron que había bebido horas atrás me habían pasado factura, y todavía me encontraba mareada y algo atontada cuando amaneció. Me miré en el espejo; las ojeras me daban un aspecto cansado y horrible. Aún eran las siete menos cuarto, así que tenía unos minutos para arreglarme y estar atenta a los ruidos provenientes del pasillo. Entreabrí la puerta y me asomé. A los pocos segundos, José Martí abandonaba su habitación. Salí escopeteada de la mía y me dirigí con pasos rápidos hacia él, que estaba a punto de cerrar la puerta con llave. Simulé tropezarme y caí al suelo premeditadamente. Martí se dio la vuelta y se agachó para atenderme.

–¿Se encuentra bien, señorita?

Me ayudó a levantarme y me dedicó una sonrisa amable. Yo se la devolví, y me coloqué la falda.

–Sí, gracias.

Martí se despidió con un ligero movimiento de sombrero y se marchó por el pasillo en dirección a las escaleras. El plan había funcionado a la perfección: la distracción había provocado que Martí se olvidara de cerrar la puerta. Miré a un lado y a otro para cerciorarme de que no venía nadie y me adentré en la habitación 24, sintiendo la adrenalina recorrer mi cuerpo. La cama estaba revuelta y la maleta aún por deshacer. Comencé a mirar en el interior, esperando encontrar algo entre sus ropas, pero no hallé nada. En el escritorio había varios papeles de carta en blanco y una pluma abandonada en su tintero. Rebusqué entre los papeles hasta que encontré una carta procedente de Cuba de un tal Fernando López Queralta.

> Estimado apóstol:
> Le informo de que el señor Griffing, capitán del vapor *Lagonda,* es una persona de toda confianza para llevar a cabo nuestros propósitos. Le aseguro y le reitero mi aval sobre este hombre, a quien sería bueno darle la información y explicaciones pertinentes sobre el plan a realizar.
>
> A la espera de su contestación, reciba un cordial saludo.
> Fernando López Queralta

Así que tenían ya un vapor listo para iniciar la revolución. Volví a meter la carta en el sobre y terminé de revisar el escritorio. En aquel preciso momento, oí unos pasos frente a la puerta de la habitación y una llave metiéndose en la cerradura. Mi corazón comenzó a palpitar acelerado mientras sentía que me faltaba el aire. Si alguien me veía allí dentro, sería mi fin... ¿Por qué Martí regresaba tan pronto a la habitación? ¿Acaso se había olvidado algo? ¿O se había dado cuenta de que no había cerrado con llave? Corrí tras las tupidas y largas cortinas que tapaban los amplios ventanales que daban al balcón y me cercioré de que mis pies no asomaran por debajo. Finalmente la puerta se abrió y se oyeron unos pasos. Me asomé por un resquicio de las cortinas y me percaté de que aquel hombre no era Martí. Llevaba un sombrero que le tapaba parcialmente la cara, aunque tan solo pude verlo de espaldas. Ese desconocido parecía seguir los mismos pasos que yo, pues terminó también en el escritorio y leyó la carta de Queralta. ¿Se trataba del agente de Pinkerton? ¿Aquel que ni siquiera se había dignado a responder mi carta? Me entraron ganas de salir y descubrirlo, echarle en cara la poca atención que había tenido conmigo y su escasa profesionalidad. Sin embargo, el tal James, como se hacía llamar, me había dejado claro que en ningún momento podríamos vernos las caras, así que intenté ser prudente y esperé a que se marchara por donde había venido. Efectivamente, el agente tardó pocos minutos en abandonar la habitación, lo que provocó que mi cuerpo se relajara y yo soltara un gran suspiro de alivio. Me acerqué hasta la puerta y la entreabrí para poder asomarme al pasillo. No había nadie; salí corriendo y bajé a desayunar como si tal cosa. De momento, todo estaba saliendo según lo planeado y parecía que espiar no se me daba mal. Llegué al vestíbulo y el chico de recepción, mi aliado, me hizo un gesto con la mano para que me acercara. ¿Habría llegado ya la esperada carta?

–¿Se puede saber dónde estaba usted ayer, señorita Ramos?

Por primera vez el muchacho parecía nervioso e incapaz de mantenerse neutro. Sin embargo, fue cauteloso y habló en un tono prácticamente imperceptible.

–Estuve fuera, en un bautizo. ¿Qué ha pasado?

–Ayer por la mañana me entregaron una carta para usted, pero no se encontraba en el hotel. Estuve todo el día esperándola, pero no apareció.

–¿Era algo importante? –pregunté, preocupada–. Hace tiempo que escribí y no recibí respuesta. Pensé que...

–Puede llegar en cualquier momento, señorita Ramos –me interrumpió con delicadeza–. Y usted debe estar disponible y localizada en cualquier momento. Si tiene la intención de desaparecer durante todo el día, debería comunicarlo.

–Lo siento –respondí, con sentimiento de culpa–. No volverá a ocurrir.

El chico me entregó la carta y me dirigió una mirada amable. Luego sonrió, como si ya hubiera dado por finalizada la reprimenda, y volvió a su tono servicial de costumbre.

–Que pase un buen día, señorita.

Salí al jardín a desayunar, con un intenso dolor de cabeza que no había dejado de empeorar desde que me había levantado. Pedí una tortilla de champiñones y jamón y un café bien cargado con azúcar. Aunque no tenía mucha hambre, me esperaba un día duro en la casa de modas de la señora Gibbs, así que debía reponer fuerzas. Quedaba apenas una semana para la fiesta en Ballast Point, y hoy irían todas las mujeres que habían acudido al desfile en casa de la señora Dueñas para hacer los últimos arreglos y decidir qué tipo de abalorios y sombreros elegirían para acompañar sus diseños. De nuevo tenía que desfilar, pero esta vez como modelo de complementos.

Cuando me trajeron el desayuno, saqué la carta y comencé a leerla.

Querida señorita Ramos:
Le pongo en conocimiento de que hoy mismo el señor José Martí pisará nuestras tierras. Tiene previsto realizar un discurso en el Liceo Cubano por la tarde y luego se hospedará en su hotel, junto al coronel José Mayía

Rodríguez, un militar cubano que participó en la guerra del 68. Usted no se preocupe de Martí, no tiene que realizar ninguna acción al respecto. Sin embargo, esta misma tarde se realiza en casa de la señora Dueñas una reunión entre las mujeres de los dueños de las tabacaleras más importantes de Tampa, entre ellas la señora Manrara. Parece ser que han creado un grupo de apoyo a la causa independentista cubana llamado Estrella Solitaria en el que solo pueden participar mujeres. Probablemente no será nada importante, pero sus conversaciones sí: de ellas puede extraer información valiosa. Su misión es acudir a casa de Dueñas con alguna excusa e intentar que la inviten al club.

En cuanto al señor Enrique Collazo, sabemos que se trata de un comandante residente en Tampa que hace pocos días partió a Cayo Hueso tras cobrar un cheque de 400 dólares, probablemente emitido por el Partido Revolucionario Cubano. Nos tememos que ha sido destinado allí para que se encargue de la organización militar de la futura revolución. En relación a los barcos que usted oyó en la conversación, la Marina española ya ha sido advertida y está vigilando las costas día y noche, controlando cualquier posible expedición.

Siga como hasta ahora, tenemos mucha fe en usted.

James

P. D.: Tengo noticias sobre su familia. Su hermana ha dado a luz a un bebé sano llamado Víctor y su hermano mayor se ha casado con la heredera de una próspera fábrica de químicos.

Las últimas palabras me llenaron de absoluta felicidad, aunque también de nostalgia. No sabía cómo conseguía James saberlo todo sobre mi familia, incluso algo tan poco notorio como el nacimiento de mi sobrino, pero aquellas noticias hacían que mi corazón refulgiera de nuevo de ilusión y esperanza. Me entraron ganas de llorar; estaba segura de que Carolina me habría hecho madrina de su hijo si las cosas no hubieran terminado de esta forma. ¿Y mi hermano Eduardo? Por fin había conseguido lo que quería y se había casado con una mujer rica y seguramente de buen ver. Estaba contenta por ellos, por ver que el transcurso de sus vidas continuaba con normalidad, pese a tener a una hermana desaparecida y vivir con el peso de la acusación y la vergüenza planeando sobre su apellido. ¿Qué sería de mi madre y de mi padre?

Me terminé el café y volví a leer la carta. La había fastidiado de verdad. Había hecho todo lo contrario a lo que me habían pedido: no había acudido a casa de la señora Dueñas y encima me había complicado la existencia tratando de sonsacar información a Mayía Rodríguez y a Martí. No obstante, había conseguido nuevos nombres, y estaba segura de que, pese a mi descuido, la agencia lo valoraría positivamente. Así que cuando terminé de desayunar me apresuré a mi habitación y me puse a escribir a James, explicándole todo lo que me había sucedido y lo que había descubierto el día anterior.

Luego le entregué la carta al muchacho de recepción y tomé el tranvía camino al trabajo. Me sentía fuerte y con ganas de seguir luchando por lo que estaba haciendo: estaba convencida de que terminaría saliendo con éxito de aquella etapa tan difícil. Estaba madurando a pasos agigantados, y había aprendido de mi inexperiencia y de mi actitud a veces caprichosa del pasado. Ya no quedaba nada de la Amelia de hacía un año, aquella cuyo deseo era abandonar a sus seres queridos para triunfar en un París podrido por la depravación y la injusticia, dejarlo todo por el amor de un hombre que anteponía sus ideas revolucionarias a nuestra relación...

–¡Buenos días!

La señora Dueñas me saludó desde su carruaje, conducido por Roberto, quien también me saludó sacándose la gorra. Les devolví el saludo con la mano antes de que el tranvía parara en Franklyn Street. Ya en la calle, vi que el coche de la señora Dueñas había llegado a la casa de modas, pero me permití demorarme unos minutos para entrar en una pastelería francesa y comprar unos *macaroons* de diferentes sabores y colores. Tenía que ganarme a todas las mujeres que participaban en aquel club fuera como fuera, así que pensé que no vendrían mal unos cuantos dulces para empezar la mañana con ganas y alegría.

Cuando entré en la casa de modas, ya se encontraban allí las seis mujeres: las señoras Dueñas, Álvarez, Ayala, Plant, Ybor y Manrara. La señora Gibbs y Odalys estaban poniendo los ventiladores en marcha y haciendo espacio en la sala de pruebas, donde las mujeres esperaban sentadas en el amplio sofá tomando ya unos panales. Aquella bebida era sin duda la preferida entre las señoras y estaba compuesta por clara de huevo y azúcar. Aunque yo prefería la naranjada, empezaba a acostumbrarme y cada vez me gustaba más.

Todas las mujeres me recibieron con una gran sonrisa a excepción de la señora Manrara. ¿Qué diablos le pasaba conmigo? Se mostraba recelosa y desconfiada ante mi presencia, aunque yo no le hubiera dado motivos para ello.

–He traído unos dulces para acompañar los panales. –Los distribuí por la mesa y todas comenzaron a coger, salvo Isabel Manrara–. Pensé que les apetecerían.

–Nosotras somos más de dulces cubanos –expresó ella con mala intención–. ¿Verdad, chicas? Los buñuelos de yuca y malanga o el dulce de coco.

Las demás asintieron y dejaron de comer al instante. La influencia que ejercía aquella mujer sobre las otras era increíble; si no me ganaba a Manrara, difícilmente podrían aceptarme las demás.

–Lo he hecho con la mejor de las intenciones –dije, con mi orgullo herido–. La próxima vez les traeré cascos de guayaba. Los probé ayer en el bautizo del sobrino de Odalys y me parecieron exquisitos.

La respuesta pareció agradar a todas menos a Manrara, que giró la cara en un evidente signo de desprecio.

–¿Así que estuvo en un bautizo yoruba? –preguntó la señora Álvarez, muy interesada–. No hay nada mejor que pasar un domingo en el río Hillsborough.

–La verdad es que hizo un día precioso y todos se portaron muy bien conmigo.

–Los cubanos siempre nos portamos bien con los españoles –añadió Isabel Manrara–. No se puede decir lo mismo de sus compatriotas, que siempre han intentado reprimirnos en todos los aspectos de la vida.

Hubo un silencio incómodo; la tensión se apoderó de la sala mientras de fondo se oía el movimiento de los ventiladores. Odalys me miró como si se compadeciera de mí, pero sabía que no podía defenderme; ella no estaba allí para intervenir en las conversaciones de las clientas, sino para coser.

–No podemos generalizar –dijo la señora Gibbs, en un intento de suavizar la situación–. No todos son iguales; de hecho, aquí tenemos un ejemplo: Amelia es una joven muy respetuosa con las culturas cubana y americana. Hay que tener fe en la juventud, que cada vez es más tolerante.

–Oh, sí, por supuesto –contestó Isabel–. Pero mi padre siempre me decía que jamás me fiara de las apariencias ni de las primeras impresiones.

Fruncí el ceño, y estaba a punto de reprocharle su actitud cuando la señora Gibbs se adelantó.

—Solo es una joven maniquí, señora Manrara —comentó, quitándome importancia—. Nada más que eso. Vamos, empecemos ya con el desfile.

La señora Gibbs me llevó al taller para colocarme el primer sombrero, que estaba repleto de cintas, flores y plumas; tenía hasta un pájaro disecado de especie indefinida. Odalys me recogió bien el pelo y me fijó el sombrero en él con largos y afilados alfileres que hacían que se me acentuara todavía más el dolor de cabeza.

—¿Qué le pasa a esa mujer conmigo? —le pregunté enfadada a la señora Gibbs—. No le he hecho nada. Al contrario, creo que mi actitud ha sido impecable.

—No lo sé, Amelia, pero Isabel Manrara tiene mucho peso entre las mujeres de clase alta de Tampa, y si se empeña en destruirte, te aseguro que lo hará. Ellas la seguirán, siempre lo hacen.

—¿Y qué puedo hacer para caerle en gracia?

—Nada —respondió Odalys—. Con suerte se olvidará de ti y podrás seguir con tu trabajo. Dicen que las criadas no le duran más de dos meses. Parece ser que desconfía de ellas, y cree que le roban.

—¡Madre mía! —exclamé con incredulidad—. ¡Esa mujer está loca!

—¡Shh! —me recriminó la señora Gibbs—. Haz el favor de no hablar así. Te aseguro que a mí tampoco me agrada esta situación; no me gustaría para nada tener que prescindir de ti ni cambiarte por otra.

Lancé un pequeño grito contenido al no esperarme aquella confesión. Odalys me agarró del brazo y me miró con rostro serio y los ojos vidriosos.

—¿Acaso ella también decide en su propia casa, señora Gibbs?

La señora Gibbs me puso un colgante modernista de metal dorado y unos guantes a juego con el sombrero.

—Lo siento, pero mis clientas están por encima de cualquier moda o decisión propia.

—¡No son sus clientas, es la señora Manrara! —dije más alto de lo que hubiera deseado—. Las demás están encantadas con mi trabajo. De hecho, su clientela ha aumentado gracias a mi presencia. Y eso no me lo puede negar.

—Pero si Manrara deja de venir, las demás también terminarán por hacerlo. —Me acarició la cara y me miró fijamente a los ojos—. No pensemos más en ello, ¿de acuerdo? De momento, todo seguirá como hasta ahora.

Tragué saliva. Si no conseguía la aprobación de Isabel Manrara, ya podía despedirme de Tampa y quizá de mi familia para siempre... ¿Qué me esperaba entonces? ¿Terminaría condenada por los delitos que se me atribuían? Disimulé mi inquietud con una sonrisa y salí a desfilar con la cabeza bien alta, para que Manrara no creyera que había ganado la partida. No le iba a dar el gusto de verme vencida; lucharía hasta donde me alcanzaran las fuerzas por mantener lo que me había ganado con mi esfuerzo.

—Me iré a Cuba después de la fiesta de Ballast Point. —Oí comentar a la señora Dueñas—. Mi marido tiene trabajo aquí, así que me acompañará Roberto.

—No creo que sospechen de una mujer y su cochero —siguió la señora Ayala—. Yo llevé cinco en el último viaje.

—Cinco son pocas..., necesitan muchísimas más.

—Deberían ser más cautelosas con lo que dicen —las interrumpió la señora Manrara sin quitarme el ojo de encima—. No saben quién puede estar pendiente de nuestras conversaciones.

Una vez más, las palabras de Isabel se convertían en dardos envenenados contra mí; me acusaba de entrometida o de algo peor: de espía. ¿Se habría enterado de cuál era mi verdadero objetivo en Tampa? ¿Sabía quién era yo, o simplemente se trataba de una mujer desconfiada y precavida?

—Tiene razón, señora Manrara —afirmó la señora Dueñas.

—Hay espías por toda la ciudad —añadió la señora Ybor—. Incluso en Cayo Hueso y en Nueva York. Mi Vicente fue perseguido durante la guerra del 68 por apoyar a los independentistas, y por eso tuvimos que marcharnos a Cayo Hueso y empezar de nuevo.

—Los españoles siempre juegan sucio. —Isabel tomó otro sorbo de panal—. Temen la guerra, porque saben que pueden perder. No se esperaban que la guerra fuera a durar diez años. Esta vez somos más fuertes y estamos mejor organizados.

—Sin duda alguna, señora Manrara. Espero que mi Vicente pueda llegar a ver lo que todos anhelamos: una Cuba libre e independiente.

Seguí desfilando, sin apartar de mi cabeza las palabras de la señora Dueñas. ¿A qué se refería con que cinco eran muy pocas? ¿De qué estaban hablando? Estaba claro que no se trataba de ropa. Tendría que seguir investigando si quería llegar al fondo del asunto, pero ¿cómo iba a lograrlo teniendo en contra a la mujer más influyente de Tampa?

43

Por fin había llegado la esperada fiesta en Ballast Point, donde acudirían lo más selecto de Tampa y las mujeres más elegantes de la alta sociedad, que lucirían los vestidos de la señora Gibbs. Tenía unas ganas inmensas de acudir y ver los resultados del duro trabajo que nos había mantenido a Odalys y a mí tremendamente ocupadas durante las últimas semanas. Una pena que Odalys no pudiera acudir: no estaría bien visto que una modista de su raza apareciera en el baile. Sin embargo, yo tenía plena libertad para disfrutar de la velada. Me acompañaría la señora Gibbs; así podríamos hacer gala, orgullosas, del trabajo que se había realizado en su casa de modas y, con suerte, captar a alguna clienta más.

Me puse un precioso y espectacular vestido de un vistoso color naranja que me había hecho Odalys, inspirado en los vestidos que había visto lucir durante el bautizo que presencié en Hillsborough. Me apetecía poner el toque distintivo en una fiesta en la que no se permitía la entrada a otras personas que no fueran de raza blanca como reconocimiento al gran trabajo que había realizado mi amiga. Paradójicamente, sí se aceptaba la presencia de mulatos, siempre y cuando fuera alguien con cierto renombre en la sociedad tampense, como era el caso de la señora Dueñas.

La señora Gibbs y yo tomamos el tranvía en Franklyn Street; Ballast Point se encontraba a unos siete kilómetros de Tampa. A medida que nos acercábamos, podía sentir cómo los nervios me apresaban el estómago, no tanto por el hecho de vivir mi primer acto de sociedad allí, sino porque iba a ver de nuevo a Thomas. Aunque él no me había descubierto aquella noche en la que espiaba a Mayía Rodríguez, yo había visto su cuerpo desnudo, con el que tantas veces había fantaseado y que mi cabeza me había obligado a olvidar. Un remordimiento constante me hacía sentir que estaba traicionando vilmente a Héctor, aunque ni siquiera sabía si seguía con vida. ¿Cómo era capaz de sentir atracción por otro hombre en tales circunstancias? ¿Acaso mi corazón daba por hecho que Héctor no regresaría jamás y comenzaba a aceptar su pérdida?

Al llegar a la zona de Ballast Point, vimos ya decenas de carruajes abiertos y a los hombres y mujeres perfectamente ataviados con los característicos accesorios de gala: los hombres con sus sombreros de copa de seda negros, escarpines de charol y guantes claros; las mujeres, cómo no, con enormes sombreros de gran plumaje, cargadas de joyas y perfectamente conjuntadas.

Cuando bajamos del tranvía, el sol ya estaba a punto de ponerse y el cielo comenzó a llenarse de un sinfín de nubes grises y cargadas que nunca antes había visto en Tampa. Pensé que sería realmente una pena que la fiesta terminara cancelándose por culpa de la lluvia después de tanto tiempo esperándola. Sin embargo, la gente parecía no pensar en eso; solo quería disfrutar al máximo del festejo.

Todavía nos quedaba un trecho por recorrer hasta llegar al centro de Ballast Point cuando me encontré con Thomas. Casi se me corta el aliento al verlo tan elegante. Sujetaba su bastón de marfil bajo el brazo, y llevaba en la solapa de la americana un pequeño clavel rojo que le daba un tono de color al blanco y negro que predominaban en la mayoría de los hombres. ¡Qué delicia ver que su sonrisa se dirigía a mí! Su actitud hablaba por sí sola: saltaba a la vista que Thomas estaba encantado de verme y que lo que veía le atraía del mismo modo que él a mí.

–Estás preciosa, Amelia. –Me besó la mano y saludó también a la señora Gibbs–. Por fin conozco a la modista más famosa de Tampa.

La señora Gibbs se ruborizó y dejó que yo captara toda la atención de Thomas, adelantándose unos pasos mientras caminábamos por el agradable y pintoresco paseo flanqueado de naranjos y flores de azahar que desprendían un perfume embriagador.

–Fui a verte el domingo pasado a tu hotel –continuó mirando hacia delante–. Pero no estabas. Quería invitarte a cenar.

–Estuve con Odalys. Me invitó al bautizo de su sobrino y se nos hizo tarde. Lo siento, Thomas. Me hubiera encantado aceptar la invitación.

–¡No te imaginas cómo terminé la noche! –exclamó divertido–. Conocí a dos hombres muy interesantes que aliviaron en cierta medida tu ausencia.

–Así que no me echaste de menos. –Lo miré de reojo y él carraspeó nervioso.

Se detuvo durante unos segundos y me miró melancólico.

–Pensé en ti cada segundo. De hecho, me parecía ver tu mirada en cualquiera. –Reanudó la marcha–. Te pido que hoy seas mi acompañante. Seguro que a la señora Gibbs no le importará; estará ocupada explicando los diseños de los vestidos.

Sabía que me lo iba a pedir, y no pude evitar esbozar una mueca de felicidad. Me sentía tan a gusto que hubiera preferido que aquel paseo hacia la fiesta no terminara nunca.

–De acuerdo, pero espero que no me aburras intentando hacer negocios con los Ybor –le respondí–. ¿Has traído la botella de ron?

–Sí, le he traído un Obispo, aunque creo que debería ofrecérsela mejor a Eduardo Manrara, que es quien lleva ahora los asuntos de la fábrica. Imagino que acudirá a la fiesta.

–Ya te digo yo que sí. –Torcí el gesto al pensar en Isabel Manrara–. Su mujer llevará uno de los mejores vestidos de la señora Gibbs.

–Intuyo por tu tono que no te cae en gracia, así que siento mucho que por mí te veas obligada hoy a tratar con ella más de lo que te gustaría. Aún estás a tiempo de rechazar mi compañía.

–No te preocupes. No sé qué le pasa conmigo, pero siempre tiene algún reproche que hacerme. Es una mujer muy difícil de contentar.

–Me cuesta pensar que tú puedas desagradar a alguien.

Por fin llegamos a una magnífica glorieta de madera pintada de amarillo y rojo con techo de madera. En el centro y entre columnas se encontraba el piano, que comenzaba a sonar a lo lejos mientras algunas parejas se atrevían a bailar el vals. Alrededor de la pista de baile se disponían varias mesas en las que las mujeres disfrutaban de un cóctel y los hombres de una copa de la inigualable ginebra La Campana. Enseguida me percaté de que las clientas de la señora Gibbs hacían corrillo en una de las mesas, mientras halagaban sus respectivos vestidos y lo bien que habían quedado. Realmente, aquellos eran los mejores diseños de la fiesta, y la señora Gibbs estaba muy requerida. A su alrededor se juntaron varias mujeres interesadas en pedir cita.

Los Manrara se encontraban junto a los Ybor; comían unos aperitivos que servían unos camareros negros. Isabel se metió una tosta de cangrejo en la boca, a la vez que fruncía el ceño al verme. Por su parte, Mercedes Ybor me recibió con todos los honores, sin dejar de alabar mi vestido y lo guapa que iba. ¡Qué encantadores eran los Ybor en comparación con los Manrara! Eduardo Manrara, probablemente advertido por su mujer, mostró aún menos entusiasmo que su mujer al ver que iba acompañada de Thomas. El señor Manrara era un hombre de unos cincuenta años, de mediana estatura y de complexión ancha; estaba medio calvo, tenía una nariz alargada y un bigote puntiagudo. Después de presentarnos, Thomas comenzó a hablar con los dos hombres mientras yo, irremediablemente, me quedaba a merced de las críticas de Isabel.

–Así que se ha atrevido a llevar un vestido con pinceladas cubanas. No creo que le pegue mucho.

–¡Pues a mí me parece maravilloso! –exclamó Mercedes mirándome de arriba abajo–. Creo que le sienta muy bien.

Mercedes Ybor era la única que parecía tener personalidad propia y que no se dejaba llevar por las opiniones de Isabel. Era una de las mujeres más respetables de Tampa, y estaba por encima de los Manrara.

–Muchas gracias, sabía que usted lo apreciaría –dije con sarcasmo, y miré a Isabel directamente a los ojos–. Creo que es usted la más guapa de la fiesta, señora Ybor.

La señora Manrara abrió la boca ofendida, pero no me importó en absoluto: me había quedado muy a gusto. Ya lo tenía todo perdido con aquella mujer insoportable, así que prefería optar por Mercedes, quien probablemente también gozaría de una situación privilegiada en el club Estrella Solitaria y en el entorno de Martí.

–¡Es usted muy amable! –exclamó Mercedes–. Me va a sacar los colores.

Estuvimos hablando durante un rato mientras los camareros no dejaban de traer diferentes aperitivos. Entre cóctel y cóctel, me hinché a langostinos e ignoré por completo la presencia de Isabel. Comenzaba a no importarme lo que pudiera pensar de mí. Visto que no podía hacer nada por mejorar mi relación con ella, intenté no pensar más en mi objetivo ni en la agencia Pinkerton y disfrutar de la fiesta junto a las demás. Miré a Thomas, que no paraba de reír. Parecía haber hecho buenas migas con Eduardo Manrara, que escuchaba con atención sus palabras, sin dejar de asentir y de mirarlo. ¿Estaría llegando a acuerdos con él?

Thomas por fin se acercó a mí y me trajo una flor que había arrancado del parterre que rodeaba la tarima. Me la entregó con un guiño muy sensual y los dos nos alejamos del grupo.

–Disculpa que no te haya hecho el caso que mereces, pero parece que a Manrara le gusta mi propuesta, y también a Ybor. Si todo llega a buen puerto, puedo convertirme en accionista de El Príncipe de Gales. De momento, me ha invitado a visitar la fábrica la semana que viene.

–Vaya, ¡cómo me alegro! –Olí la flor y me la guardé en el bolsito para tenerla de recuerdo–. Parece que el señor Manrara no es tan complicado como su mujer.

–O quizá es que no ha podido desestimar mi oferta. De todos modos, aunque Ybor se haya despegado un tanto de sus negocios te aseguro que sigue teniendo el mayor peso a la hora de decidir.

–Y una vez que consigas ser accionista de la tabacalera, ¿qué piensas hacer? Ya no tendrás más excusas para permanecer en Tampa.

–La verdad es que no. No tengo ninguna obligación de quedarme, pero tampoco quiero irme. No si la maniquí más bella del mundo permanece en este lugar.

¡Qué insinuación tan directa!, pensé mientras me sonrojaba y agachaba la cabeza, aceptando de alguna manera aquel juego de seducción. ¿Qué se suponía que debía responder yo?

–Seguro que hay más maniquíes en Nueva York, y probablemente más bellas. ¿Te puedo hacer una pregunta un tanto comprometida?

Thomas asintió y sacó una pequeña pelusilla que se había enredado en mi pelo.

–¿Te has enamorado alguna vez? A tu edad ya podrías estar casado.

Thomas pareció molestarse con la pregunta. Había tocado un tema complicado para él, o eso dejaba ver su repentino cambio de actitud.

—No he encontrado a la persona adecuada. —Se encendió un puro y cambió de tema—. ¿Me concedes este baile?

La zona de baile estaba llena de parejas que se movían al son del baile de moda: el vals. Thomas me tomó de la cintura y me agarró con fuerza la mano mientras me miraba fijamente a los ojos. Tiró el puro, sin importarle que estuviera recién empezado, y sentí cómo su pecho rozaba el mío de manera premeditada. No hablamos, solo bailábamos la bonita melodía del piano. Ojalá hubiera podido saber qué era lo que le pasaba por la cabeza, conocer realmente hacia dónde iban sus sentimientos y si sus propósitos eran realmente verdaderos. Si Thomas sentía algo por mí, entonces sería muy difícil seguir esperando a Héctor. Además, ¿y si no regresaba nunca?

Cuando terminó el baile, Eduardo Manrara y Vicente Ybor se acercaron a nosotros.

—Hemos tenido una idea, señor Robinson —dijo el señor Ybor—. La semana que viene hacemos una comida en el jardín de mi casa para los cigarreros de la fábrica. Normalmente suelo hacer dos convites al año para ellos: uno en verano y otro en Navidad.

—Eso le honra, señor Ybor —respondí yo—. No hay muchos empresarios que lo hagan.

—Hay que tratar bien a los trabajadores. Me gustaría invitarlos a ustedes también. Podemos visitar la fábrica y luego, si gustan, se quedan a comer con nosotros.

—Así, señor Robinson, se podrá hacer una idea de cómo es la planta de El Príncipe de Gales y de la buena producción que obtiene —añadió Manrara—. Sería un placer que usted, señorita Ramos, nos acompañara. Mi hija Tania no habla más que de su desfile, ¿sabe? Está obsesionada con ser maniquí y con que usted le enseñe esos trucos que tan bien le sientan, pero mi mujer ya le ha dicho que está muy ocupada. Una pena.

Estaba claro que la señora Manrara no quería verme ni en pintura, pero que la niña mostrara tanto interés por mi trabajo jugaba a mi favor.

—Podría hacer un hueco. —Mostré mi mejor sonrisa—. Seguro que pasaríamos un rato muy agradable.

—Es usted muy amable.

Estaba segura de que la señora Manrara no sabía nada de la proposición que me acababa de hacer su marido, porque si no hubiera hecho cualquier cosa con tal de impedirlo. Sin embargo, ya no había vuelta atrás: yo acompañaría a Thomas y acudiría a la casa de Ybor para acercarme un poquito más a su mujer.

Tras estrecharle la mano a Thomas y hacerme a mí una educada reverencia, los dos hombres regresaron junto a sus mujeres. Volvimos a quedarnos solos y decidimos dar una vuelta por los hermosos jardines de Ballast Point. La forma que tenía Ybor de actuar con sus trabajadores me había hecho reflexionar sobre la visión que tenían empresarios como él, que preferían mejorar las condiciones de sus obreros, tan diferente a la de otros, como mi propio padre, que trataban de ahorrar céntimo a céntimo a costa de sus trabajadores. Precisamente por eso, por la encomiable tarea que ejercía Ybor en su fábrica, me sentía todavía peor por estar confabulando en su contra y en la de todos aquellos que luchaban por su libertad. Si conseguía vencer esa etapa en Tampa y regresar a Barcelona, ¿podría vivir con ese peso en mi conciencia?

–¿En qué estás pensando, Amelia? –me preguntó Thomas.

A medida que nos alejábamos de la fiesta, la música se oía cada vez más lejana y suave. Olía a humedad, y levanté la vista hacia el cielo. Aunque ya era de noche, pude distinguir unas nubes negras sobre nuestras cabezas.

–Estaba pensando en Ybor. ¿Qué propietario de una fábrica invita a sus trabajadores a comer en su propia casa?

–Sus cigarreros cobran muy bien, no tienen ninguna queja. Si das buenas condiciones a tus obreros, no se revolucionarán y serán mucho más productivos. En realidad, es lógico; el problema es que muchos no quieren aceptarlo ni bajarse los pantalones por puro orgullo. Afortunadamente, el mundo está cambiando, y llegará el día en que trabajadores y patrones podrán alcanzar un acuerdo y verse como iguales.

Aquel discurso me recordó irremediablemente a Héctor. Aquellas ganas de luchar por la democracia y la libertad del pueblo tenían voz y rostro.

–Has sonado muy utópico, Thomas –acabé diciendo, con un nudo en la garganta–. Pero imagino que en las plantaciones de azúcar de tu padre habría esclavos.

Soné demasiado dura y fría, como si el recuerdo inesperado de Héctor me hubiera hecho sacar las uñas ante una nueva amenaza.

–Claro que había esclavos –respondió distante–. Pero yo no soy mi padre. ¿A qué viene ese tono, Amelia?

En ese instante comenzó a llover. Enormes gotas empezaron a caer sobre nosotros, empapándonos la ropa y el pelo. Thomas me ofreció su mano y salimos corriendo. Se desató una tormenta, con rayos y truenos; la música dejó de sonar y la gente que se encontraba en el escenario comenzó a abandonarlo en dirección a sus carruajes. Pese a que la tarima estaba techada con madera, la intensa tormenta se colaba dentro, mojando a quienes aún disfrutaban de la fiesta. Por suerte, Thomas y yo nos encontrábamos a medio camino entre la glorieta y los coches. La tierra se convirtió en barro en apenas unos segundos y mis zapatos se hundían en el piso, manchándome el bajo del vestido y las piernas. Me remangué la falda como pude mientras Thomas tiraba de mí. Los rayos iluminaban constantemente el cielo, y el ruido ensordecedor de los truenos me hacía estremecer de miedo. Jamás había visto una tormenta eléctrica como aquella. Sentí pavor por acabar siendo arrastrada por ese viento intenso que hacía tambalearse a los árboles. El pelo mojado me cubría la cara, cegándome por completo. Sentía que Thomas guiaba mis pasos y yo me dejaba llevar, hasta que por fin llegamos al coche que había alquilado. Se apresuró a poner la capota para resguardarnos de la lluvia mientras el caballo movía la cabeza de un lado a otro para deshacerse del agua que se acumulaba en su pelaje. Después encendió la luz de gas que había en el interior de las farolas para ver el camino y me ayudó a subir. Dejé escapar un largo suspiro de alivio al sentirme a salvo de la tormenta, mientras el agua caía inmisericorde sobre la capota.

–¿Estás bien? –me preguntó Thomas. Las gotas de agua le resbalaban por el contorno de la cara hasta morir en sus labios–. Estás empapada.

Se sacó un pañuelo que guardaba en el pantalón y me lo entregó para que me secara la cara. Empecé a notar frío y comencé a temblar. Thomas se dio cuenta y se acercó más a mí, hasta rodearme con uno de sus brazos. Con la mano que tenía libre asió las riendas y el carro comenzó a moverse.

–Estoy bien, solo tengo un poco de frío.

—Ya sabes cómo son las tormentas eléctricas en Tampa. —Rio con despreocupación—. Ahora un buen baño caliente y como nueva.

Asentí, forzando una sonrisa mientras lo observaba de reojo. Tenía una mirada limpia y sincera y se portaba muy bien conmigo. No tenía nada que reprocharle, tan solo el hecho de que estuviera influenciando tanto en unos sentimientos que creía dueños de otra persona.

—Perdóname por lo de antes —dije, en tono de disculpa—. No debería haber hablado de ciertos temas. No debería juzgarte.

—No tienes que pedirme disculpas. —Me abrazó más fuerte—. Tienes derecho a opinar y a decir lo que quieras. Mi padre era un esclavista, y eso no lo puedo esconder.

—Pero tú eres... tan bueno, Thomas. —Las palabras me salieron directamente del corazón—. Tan perfecto..., que me da miedo lo que pueda pasar.

¿Qué estaba haciendo? Estaba expresando lo que sentía hacia él sin medir las consecuencias. ¿Buscaba una confesión por su parte? ¿Algo que me hiciera dar rienda suelta a mis sentimientos?

—¿De qué tienes miedo? —Detuvo el coche a un lado del camino para poder mirarme a los ojos—. ¿Qué piensas?

La lluvia caía con fuerza y los escalofríos se habían apoderado de mi cuerpo; no sabía diferenciar cuáles se debían al frío y cuáles a la incertidumbre y el nerviosismo del momento.

—Tengo miedo a la desilusión y al desengaño. —Mis lágrimas comenzaron a brotar a borbotones—. A volver a sufrir.

Thomas me agarró de la barbilla y acercó su cara a la mía.

—Sé que alguien te hizo daño en el pasado. —Su voz sonó dura y severa—. Pero te aseguro que mi amor hacia ti es real. Quiero verte todos los días de mi vida. Por eso no quiero marcharme de Tampa.

Mi corazón comenzó a latir a un ritmo frenético. Aquella declaración de amor había sido la más bonita de mi vida. Sentía que decía la verdad, no tenía la menor duda.

—Quiero seguir conociéndote hasta que llegue el momento de dar un paso más. —Me acarició la mejilla—. No quiero asustarte, de veras, solo quiero que confíes en mí.

Asentí, con los ojos brillantes y todavía mojados por las lágrimas. Thomas puso sus labios sobre los míos y me besó suavemente durante unos segundos que me parecieron mágicos. Hubiera deseado seguir abrazada a él toda la noche y besarnos sin límites ni condiciones. Pero cualquiera podía vernos en tales circunstancias, y lo que menos nos interesaba a ambos era provocar las habladurías de Tampa. Esta vez quería hacer las cosas bien, no quería cometer los mismos errores del pasado.

Llegamos al Tampa Bay Hotel cuando la tormenta comenzaba a desvanecerse para dejar paso a una lluvia ligera y tranquila. Esta vez fui yo quien tomó la iniciativa y le di un último beso antes de despedirme. Entré corriendo al vestíbulo y me di la vuelta para decirle adiós con la mano. Allí seguía, mirándome tiernamente; me guiñó un ojo, como era su costumbre. Y fue a partir de ese preciso instante cuando supe que la balanza se había inclinado a favor de Thomas.

44

Aquella misma mañana, antes de partir hacia Ybor City y pasar el día con los Ybor y los Manrara, recibí una nueva carta del agente de Pinkerton.

> Querida señorita Ramos:
> Hemos estado investigando sobre ese tal Borden que mencionó Mayía Rodríguez y se trata de Nathaniel Borden, propietario de muelles y almacenes en Fernandina, un pequeño puerto de la costa oriental de la Florida. También es agente consular de Uruguay y de España en esa misma localidad, así que probablemente sea él quien se encargue de fletar y embarcar los futuros barcos de la revolución. Tenemos a un espía siguiéndole los pasos, aunque parece que los implicados mantienen un absoluto silencio y es imposible lograr información. La clave es saber cuándo fletarán los barcos y hacia dónde se dirigirán. Salen muchísimos barcos de Fernandina y no podemos controlarlos y vigilarlos a todos. Es importantísimo que haga un esfuerzo por acercarse a Manrara y conseguir adentrarse en el Estrella Solitaria.
> Si no cumple con su misión, me temo que tendrá que regresar a España y enfrentarse a la justicia; así que le ruego, señorita Amelia, que ponga todo de su parte para lograrlo.
>
> Atentamente,
> James

¿Me mandarían a España a cumplir condena? ¿Cómo se atrevía a amenazarme cuando estaba consiguiendo más información que él? Si no hubiera sido por mí, no se habrían enterado de ningún detalle de la operación. Estaba realmente enfadada, y me hubiera encantado contestarle diciendo todo lo que pensaba sobre él y su incompetente agencia Pinkerton. Pero ¿acaso tenía otra alternativa que la de tragar y hacer lo que me pedían? Debía aceptar que me encontraba en una situación de desventaja absoluta y que no me quedaba otra que seguir como hasta ahora e intentar ganarme a la señora Manrara. Pero ¡lo que me pedían era imposible! ¿Cómo iba a lograr caerle simpática a aquella mujer? Ese día era el convite para los cigarreros en casa de los Ybor y tendría una nueva oportunidad de estar con ella. ¿Sería capaz de aprovecharla?

Bajé a la entrada del hotel, donde me esperaba Thomas en la calesa, fumando un cigarrillo. Me ayudó a subir, no sin antes besarme la mano, y los dos iniciamos el camino hacia Ybor City. No nos habíamos visto en toda la semana: Thomas se había tenido que ir a Jacksonville urgentemente para arreglar unos asuntos y yo me había quedado en Tampa recordando una y mil veces el romántico momento que habíamos vivido durante la tormenta eléctrica en Ballast Point. Tenía el recuerdo de sus besos y de su boca constantemente en mi cabeza, y anhelaba volver a sentirlos con la misma ternura que esa primera vez.

–Te he echado de menos, preciosa –me dijo, sin dejar de sonreír–. ¿Y tú?

–Yo también, tenía muchas ganas de verte. ¿Qué tal ha ido por Jacksonville?

–Bien, he vendido la casa de invierno que tenía mi padre. Ni mis hermanas ni yo íbamos, y era una pena tenerla tan descuidada y sucia. Al menos así alguien la aprovechará.

–Envidio tu capacidad de mirar hacia delante sin que nada te frene. Ojalá yo pudiera hacer lo mismo. A mí, sin embargo, los recuerdos me impiden muchas veces encarar el futuro con valentía.

–Cada uno tiene su forma de ver la vida. –Thomas me agarró la mano y me acarició–. La melancolía y la nostalgia son positivas siempre y cuando no sean autodestructivas.

La fábrica de El Príncipe de Gales era un edificio imponente de tres pisos de madera y pequeñas ventanas desde el que se percibía el aroma de las hojas de tabaco secas. Justo al lado había otra fábrica para hacer cajetillas y una imprenta para sacar la marca de El Príncipe de Gales en plata y oro. Justo en la puerta nos esperaban los matrimonios Ybor y Manrara. Isabel Manrara, como siempre, tenía cara de pocos amigos y torció el labio al verme. Me entró un nerviosismo cercano a la angustia al recordar la advertencia de James: sentía la presión del tiempo ganándome la partida... El tictac del reloj me advertía de que si no conseguía mi objetivo en los próximos días, tendría que dejar Tampa y, lo que era peor, abandonar a Thomas para siempre.

—¡Bienvenidos a mi fábrica! —exclamó Vicente Ybor—. Entremos.

Accedimos al interior de la fábrica mientras los hombres encabezaban la comitiva y nos dejaban a nosotras, como siempre, en un segundo plano. Intenté escuchar lo que Eduardo Manrara le explicaba a Thomas sobre la fábrica para evadirme un poco de los pensamientos negativos que me acechaban.

—Decidimos poner muchas ventanas para que los cigarreros pudieran diferenciar el color de las hojas. Sin embargo, cuando llueve los mandamos a casa para que sigan el trabajo allí, porque tienen lámparas de queroseno y les es mucho más fácil distinguirlas sin forzar la vista.

¡Qué diferente era aquella fábrica a la de mi padre! En esta todo se hacía manualmente pues, a diferencia del sector textil, donde la tecnología era prácticamente imprescindible, en las tabacaleras se valoraba el trabajo delicado y único que ejercía el cigarrero con cada puro. En eso residía el valor de la fábrica de Ybor.

—Tenemos tres tamaños —siguió Manrara—. Los más caros son los que están hechos de madera de cedro importada de Sudamérica, y los más baratos son trozos de tabaco de baja calidad. Las hojas las traemos de La Habana y de Sumatra. Cuando llegamos a Tampa las plantamos en esta tierra, pero no tenían el mismo sabor, así que seguimos importando.

Recorrimos la fábrica de arriba abajo: en todas partes había cubanos sentados en el suelo escogiendo la hoja y torciendo cigarrillos. Las mujeres y los niños solían trabajar unidos como escogedores. Los niños no tendrían más de doce o catorce años, que era la edad en la que empezaban como aprendices. No me escandalizó ver trabajar a los niños, quizá porque, a diferencia de la fábrica de mi padre, donde se pasaban de diez a doce horas trabajando de pie, descalzos y sufriendo el riesgo de posibles accidentes, en esta parecían estar tranquilos y seguros junto a sus madres. Los hombres, sin embargo, se encontraban en otra sala llamada galera, sentados sobre mesas de madera con varios instrumentos a su alcance: una guillotina y un cepo para medir la longitud y el diámetro de los puros. Estos expertos torcedores los enrollaban y remataban uno a uno con estilo y perfección, untando sus dedos en una resina natural que juntaba las hojas. Me impresionó la complicada tarea que conllevaba aquel proceso, y cómo decenas de cigarreros trabajaban concentrados, sin apenas alzar la vista.

Ybor ofreció un puro recién hecho a Thomas, que procedió a encenderlo.

–Su aroma está lleno de matices y tiene una gran personalidad. –Exhaló una gran bocanada de humo denso–. Se nota la madera, el heno y la hierba seca.

–Y notará también unas notas de nuez moscada y pimienta –añadió Manrara, encendiéndose otro–. Tampa es el paraíso americano para mis puros.

Justo en ese momento un hombre apareció en el centro de la galera, se sentó en una silla y comenzó a leer un periódico en voz alta. Era ya mayor, tenía el pelo blanco y parecía hacer un esfuerzo por leer las letras. Sin embargo, conservaba una voz recia y fuerte que hacía que las noticias llegaran a todos los rincones de la sala.

–¿Qué hace ese hombre ahí? –pregunté yo extrañada.

–Es el lector de nuestra fábrica –contestó Mercedes Ybor–. La mayoría de tabacaleras tienen uno. Es esencial para motivar la fuerza obrera; de hecho, nuestros cigarreros no conciben el trabajo sin la figura del lector. Ellos leen historias, noticias, novelas, y mantienen informado al tabaquero de los eventos diarios y políticos.

El lector, tras leer alguna noticia de *El Porvenir,* siguió con un discurso revolucionario a favor de José Martí y empezó a utilizar un lenguaje insultante contra la nación española. Su tribuna era prácticamente un púlpito revolucionario, y los capataces, e incluso el propio dueño de la fábrica, hacían la vista gorda. Es más, incluso lo ensalzaban y apoyaban.

–Imagino que debe de sorprenderle –comentó Isabel Manrara–, pues en España no estarán acostumbrados a que la clase obrera esté informada y se cultive.

–Lo dice como si yo fuera partidaria de mantener al pueblo en la ignorancia. Siempre he creído que todos tenemos el mismo derecho a la educación.

–Pero a una educación libre, señorita Ramos –siguió, en tono de reproche–. No lo que el Gobierno quiere que se aprenda.

–Si tanto cree en la educación de las personas, ¿por qué trabajan en su fábrica niños que deberían estar en la escuela?

Mis palabras sonaron más duras de lo que hubiera deseado. Si lo que pretendía era ganarme la enemistad de Isabel, lo estaba consiguiendo con creces. ¿Cómo podía caer en su juego de provocaciones?

–Es usted una maleducada –dijo, mirándome por encima del hombro–. Ya le dije a Eduardo que no sé para qué demonios la había invitado.

–Es usted quien no para de juzgarme –le recriminé–. ¿Qué es lo que le he hecho para que se porte así conmigo? ¿Por qué desconfía?

–Oh, vamos, ¿una maniquí que ha estado en París al alcance de los mejores modistos del mundo y que termina en Tampa? –Rio por lo bajo y se acercó a mi oído–. Dígame la verdad, ¿qué ha venido a hacer aquí?

Tragué saliva. Isabel Manrara era una mujer realmente inteligente y audaz, capaz de darse cuenta de lo que nadie había sabido ver sobre mi vida. Si se analizaba con frialdad, Isabel tenía toda la razón: mi estancia en Tampa no tenía ni pies ni cabeza.

–Pero ¿qué os pasa, chicas? –preguntó Mercedes intentando mediar–. ¿Vais a discutir en un día tan especial como el de hoy? Por el amor de Dios, Isabel, deja de ver conspiraciones y espías donde no los hay. Tienes que relajarte, querida.

Isabel me lanzó una mirada amenazante y siguió adelante junto a los hombres. Thomas se percató de que ocurría algo y retrocedió unos pasos para ponerse a mi altura.

–¿Qué ha pasado?

No podía decirle la verdad, pues no quería que también él sospechara de mis intenciones secretas. Odiaba tener que mentirle cuando la sinceridad era una de las bases para que una relación funcionara. Héctor me había mentido y yo había sufrido mucho a raíz de eso. ¿Cómo podía hacerle exactamente lo mismo a Thomas?

–No nos llevamos bien, eso es todo. Le he dicho que los niños de la fábrica deberían estar en la escuela, y no trabajando. Se lo ha tomado a mal.

–¿En serio le has dicho eso? –Titubeó un poco–. Bueno, tendrás que pedirle disculpas entonces.

Me paré en seco y miré enfadada a Thomas. ¿Estaba insinuando que había sido culpa mía?

—No tengo que pedirle disculpas a nadie —refunfuñé—. Está constantemente señalándome con el dedo y acusándome de cosas que no son. Es ella quien debería disculparse conmigo.

—Amelia, escucha —me habló en voz baja—, no puedes echarle en cara que tenga a niños trabajando en la fábrica. Desgraciadamente, en todo el mundo los niños trabajan a edad temprana y en condiciones peores que los de aquí. Estos están bien cuidados.

—Así que te pones de su parte, ¿no? Isabel Manrara es una víbora —solté con rabia—. ¡Y no pienso achantarme ante ella!

Comencé a andar, pero Thomas me agarró del brazo con disimulo.

—Tienes que llevarte bien con ella. —Parecía preocupado de verdad—. Si no, tendrás problemas en la casa de modas. ¿Acaso no te lo advirtió la señora Gibbs?

En el fondo tenía razón. Quizá me había equivocado, pero el último comentario de Isabel había sido la gota que colmaba el vaso y mi paciencia. Tendría que haberme mordido la lengua; no había podido contenerme.

—Ya no sé qué hacer. —Relajé el tono de voz—. Creo que mi relación con Isabel se acaba de romper para siempre.

—Hazme caso, pídele perdón, que vea que no eres una mujer rencorosa.

Quise seguir su consejo, pero no encontré ni el momento ni el lugar. Isabel Manrara parecía alejarse de mí a cada paso que yo daba; menos mal que Mercedes Ybor seguía ofreciéndome conversación y compañía e ignoraba las palabras de su amiga.

Abandonamos por fin las instalaciones y nos subimos a los carruajes para dirigirnos a la casa de los Ybor, que se encontraba cerca de la fábrica. Se alzaba en el corazón de un bosque de naranjos donde también había un pequeño y encantador lago, donde tenían una barquita de madera. En el jardín se habían puesto varias mesas de madera bajo los naranjos y las criadas comenzaban a sacar platos, fuentes y jarras llenos de comida y bebida para los trabajadores. Aquella tarde Ybor les había dado fiesta, así que vendrían al mediodía a comer todos juntos para afianzar la unión y hermandad de los cigarreros de El Príncipe de Gales.

La casa de Ybor era espectacular: tenía tres plantas y cinco habitaciones de invitados, todas perfectamente decoradas al estilo colonial. La madera predominaba por encima de todo, los muebles eran de excelente calidad e impresionantes cuadros decoraban las paredes. Sin duda alguna, los Ybor tenían muchísimo dinero y podrían permitirse financiar parte de la revolución de Martí, o eso era lo que la agencia Pinkerton creía.

Salimos al jardín, donde una criada nos sirvió limonada con hielo. Hacía un sol radiante y nos sentamos bajo la sombra de los naranjos para estar más cómodos. Isabel Manrara había desaparecido una vez más y se había sentado junto al lago, en una tumbona. Thomas y los hombres jugaban al dominó mientras hacían tiempo hasta la llegada de los obreros; se oían las carcajadas de los tres mientras Mercedes y yo hablábamos de moda.

Al cabo de un rato comenzaron a llegar los primeros obreros, y cuando quisimos darnos cuenta el jardín de Ybor se había llenado de decenas de hombres, mujeres y niños con sus propios vasos y platos en la mano. Las mujeres comenzaron a extender unas telas sobre la hierba y los niños corrieron hacia el lago para meterse en el agua. Todos parecían contentos y alegres en la casa de sus patrones, incluso familiarizados con el terreno, como si ya hubieran estado varias veces antes. El señor Ybor alzó la voz todo lo que pudo y les dio la bienvenida con un bonito discurso que alentaba y alababa el buen trabajo de sus cigarreros. Para finalizar, alzó una copa de champán y dio por iniciado el pícnic. Los trabajadores se abalanzaron hacia las mesas y comenzaron a llenarse los platos de tasajo, que era carne salada, boniatos, plátanos, yucas, arroz, ajiaco, huevos de todo tipo y frutas tropicales como el mamón. Había, además, jarras heladas de zumos de frutas y zambumbia, que era agua y melaza.

—¿No tienes hambre? —me preguntó Thomas, que llevaba también un plato con un poco de todo—. Me encanta la comida cubana. Mi madre se empeñaba en que nuestra criada cocinara recetas francesas y yo me negaba a comerlas.

—Así que tus gustos son igual de humildes que tú —le dije, un poco más animada—. Yo estoy acostumbrada a la comida española, aunque en mi casa también se cocinaba a lo francés.

—¿No tienes pensado regresar a España?

La pregunta me cayó como un jarro de agua fría. Regresar con mi familia era lo que más deseaba en el mundo y, si salía bien parada de todo aquello, sería lo primero que haría: viajar a Barcelona. Pero ¿qué pasaría entonces con Thomas? ¿Lo dejaría todo por acompañarme?

—Vaya pregunta más estúpida —continuó Thomas sin darme tiempo a contestar—. Claro que quieres regresar. Y si tienes alguna duda de si te acompañaría..., te aseguro que sí, Amelia. Contigo me iría al fin del mundo.

Mi corazón palpitaba de nuevo acelerado. El amor que comenzaba a sentir por Thomas me paralizaba de terror. El miedo al fracaso, al desamor y a la desilusión me acompañaba desde hacía mucho tiempo, pese a no tener ahora motivos para ello.

—Eres una bendición para mí —respondí otra vez con un nudo en la garganta—. No sabes cuánto necesitaba sentir que alguien vela por mí por encima de todo lo demás.

—Quien no lo haya hecho anteriormente, no merece tu recuerdo ni tu cariño.

Thomas me pasó los brazos por la cintura y nos escondimos tras un árbol. Allí nadie podía vernos, estábamos a salvo de las miradas indiscretas. Me acercó hacia él con cierta brusquedad; su cuerpo rozaba el mío y mis manos habían caído hasta la parte baja de su espalda. Thomas volvió a besarme, esta vez con más pasión que ternura, y los dos nos envolvimos en un abrazo fuerte y embriagador que casi me hizo perder la cabeza. Me sentía feliz y segura entre los brazos de aquel hombre puro y sincero que había conseguido enamorarme.

Los trabajadores terminaron de comer, y muchos comenzaron a jugar al dominó mientras las mujeres remendaban alguna que otra camisa. Los niños jugaban a sus anchas, sin preocuparse por lo que les depararía la futura revolución que financiaban sus padres con parte de su sueldo. ¿Lograrían la libertad ansiada o permanecerían bajo el yugo español?

Ybor se acercó de nuevo al lugar donde había pronunciado el discurso, acompañado por el lector que había visto antes en la galera leyendo el periódico.

—Ramón nos ha acompañado durante mucho tiempo —dijo Vicente, y señaló al hombre—. Ha amenizado vuestro trabajo leyendo libros y periódicos y se ha dejado la vista por ustedes. Ahora tiene que descansar y recuperarse. Por eso vamos a hacer una colecta para facilitarle la vida a este hombre. Seré el primero en llenar el cazo.

Un hombre sacó un cazo y comenzó a pasar por entre los trabajadores para que hicieran sus donaciones. Una vez que el cazo se hubo llenado, todos aplaudieron al lector para despedirlo. Me pareció de una solidaridad inmensa el hecho de que personas a las que no les sobraba precisamente el dinero fueran capaces de darlo todo por un compañero.

–Y ahora toca presentar al nuevo lector –continuó Ybor–. Es joven, pero goza de gran experiencia y sabiduría. No le juzguen antes de conocerlo, pues es español. Pero está apuntado en las listas de Collazo y está dispuesto a luchar por la revolución y nuestra independencia. ¡Os presento a Manuel Hernández!

El joven salió entre aplausos y vítores mientras Ybor le estrechaba la mano con camaradería. No me podía creer lo que veían mis ojos: Manuel Hernández era él. Héctor.

45

Casi me desmayo de la impresión. Tuve que mirar varias veces hacia Ybor para cerciorarme de que la persona que tenía justo al lado era el mismísimo Héctor. Efectivamente, era él, sin duda, aunque estaba más delgado. ¿Cómo había llegado hasta Tampa, y cómo había conseguido convertirse en lector de una de las tabacaleras más destacadas de América? Y lo que era más importante, ¿por qué no había venido a buscarme?

–¿Te encuentras bien, Amelia? –Thomas me dio la mano–. Parece que hayas visto un fantasma.

–Estoy bien. –Me costó reaccionar y sentí que me faltaba el aire–. Voy al baño, ahora vengo.

Sorteé a la multitud de personas que celebraban la llegada del nuevo lector y bebían de unas petacas de ron que habían aparecido en las mesas como por arte de magia. Sentía un peso en el pecho que apenas me dejaba respirar. Necesité unos minutos para asimilar aquel cambio de rumbo en mis sentimientos: comprobar que Héctor estaba vivo me llenaba de alegría y me hacía constatar que no estaba enamorada de Thomas. Su presencia significaba que, por fin, podríamos realizar los planes que teníamos antes de llegar a Tampa.

Al fin llegué al interior de la casa y alcancé el baño. Cerré la puerta tras de mí y me dejé caer al suelo de rodillas mientras lanzaba un grito desesperado y las lágrimas me empapaban la cara. Tenía ganas de hablar con Héctor, quería preguntarle qué había pasado durante todo el tiempo que habíamos pasado separados, pero me atormentaba el hecho de contarle mi breve idilio con Thomas. Lo había traicionado.

Me mojé la cara bajo el grifo para no dejar señal alguna de los lloros. Lo que menos me convenía era levantar aún más sospechas en el entorno de los Manrara. Haría de tripas corazón, tomaría aire y saldría de allí con la cabeza bien alta. Tendría que tener una conversación con Thomas y poner fin a aquella relación, aunque mis sentimientos por él fueran verdaderos.

Salí del baño y me encontré con los ojos llorosos de Héctor, que me miraba entre ansioso y alegre.

–¡Dios mío! –exclamó emocionado–. ¡Cuánto te he echado de menos!

En un instante recordé todo lo que habíamos pasado juntos y comencé a temblar.

–Héctor... –Era incapaz de articular palabra–. Por fin..., por fin juntos...

Héctor me agarró del brazo y me volvió a meter en el baño para que nadie nos viera. Cerró la puerta y me abrazó con fuerza sin decir nada. Después comenzó a sollozar silenciosamente sobre mi hombro.

–¡Lo he pasado tan mal sin ti! –Me apretó todavía más–. Te quiero muchísimo, Amelia.

Me sentí aliviada al comprobar que seguía queriéndome y que, pese al tiempo que habíamos estado separados, el calor de nuestros cuerpos unidos nos recordaba una vez más que nos amábamos.

–Creí que..., que habrías muerto, que no nos veríamos nunca más –dije, con la voz entrecortada–. ¿Qué has hecho todo este tiempo?

–Cuando me dejaron en San Juan me llevaron a un hospital, donde permanecí tres semanas al cuidado de unas monjas. Tuve mucha fiebre y estuve a punto de morir, pero tu recuerdo me hizo permanecer fuerte y vivo. Fui de los pocos que superaron la enfermedad y, cuando estuve recuperado del todo, me marché a La Habana.

En el fondo, sabía que lo iba a lograr, que iba a conseguir reencontrarse conmigo. Nuestro destino era estar juntos después de todo lo que habíamos pasado en Barcelona y París.

–Desde La Habana tomé un vapor hasta Cayo Hueso. Me enteré de que Enrique Collazo estaba reclutando gente y logré contactar con él. Le expliqué mi verdadera identidad y todo lo que había hecho en España, y eso le hizo confiar en mí.

–¿Le contaste lo que hiciste en Barcelona? –pregunté, nerviosa–. ¿No crees que fue muy arriesgado por tu parte? Podría haberte delatado.

–Estaba seguro de que no lo haría. Tenía que demostrarle que era de fiar y que apoyaba la causa.

–¿Quieres luchar por la independencia de Cuba? ¿Jugarte la vida por un país que no es el tuyo?

–Parece que no me conozcas, Amelia –dijo Héctor con cierta decepción–. No me importan la nacionalidad ni el país, sino ayudar al que más lo necesita. Yo me posiciono siempre al lado del más débil y a favor de la libertad del pueblo.

–Eso queda muy bonito, pero ¿en qué posición me deja a mí? –Bajé la voz por miedo a que alguien nos pudiera oír desde fuera–. Sabes bien por qué estoy aquí y para quién trabajo.

–Aunque estemos en dos bandos enfrentados no pienso delatarte. No quiero que me cuentes nada: cumple con tu deber y yo cumpliré con el mío. Cuando la revolución triunfe, podrás venirte conmigo a Cuba. España ya no podrá controlarte. Allí seremos libres de verdad.

–Entonces me pides que renuncie a mi familia. –Negué con la cabeza–. Si hago esto es precisamente por ellos, ¿no lo entiendes?

Me miró con pena y me acarició la barbilla. El roce de sus dedos hizo que se me pusiera la piel de gallina.

–Creo que todo se solucionará. –Dejó escapar un suspiro–. Debemos esperar. Cuando todo esto acabe...

–¿Y cuándo acabará? –lo interrumpí, compungida–. Siempre hay algo, Héctor. Cualquier cosa te motiva más que estar simplemente a mi lado.

–En Cuba, en un país libre, podré dedicar mi vida a cuidarte, a ti y a nuestros hijos. –Su voz sonaba rota por la emoción–. Formaremos una familia y viviremos tranquilos.

–Pero ¿es que no te das cuenta de nada? –exclamé, sin poder reprimir alzar la voz–. ¿No ves que si estalla la revolución yo desapareceré de tu vida? Estoy aquí para evitar precisamente que triunfe la revolución cubana. Puede que acabe pasando el resto de mi vida en una prisión o que muera en la horca.

–No digas eso. –Me agarró de las manos tiernamente–. Si España pierde su colonia, se olvidarán de ti; no pueden culparte de la independencia cubana. Miles de hombres piensan luchar por ella. Esta vez va a ser imposible truncar la ilusión de un pueblo.

Aunque me hubiera gustado creerlo, sabía perfectamente que si caía España, mi familia y yo caeríamos con ella. Me lo habían repetido decenas de veces, y no dudaba de que cumplirían su amenaza.

—A veces pienso que te embarcaste conmigo solo para salvar el pellejo —le recriminé.

—Eso no es cierto. —Agachó la mirada—. Debes confiar en mí. Quiero estar a tu lado.

—Eso mismo me dijiste pocos días antes de volar el Liceo por los aires —le reproché—. ¿Por qué debería creerte ahora?

—Esta conversación ya la hemos tenido antes. —Se quedó en silencio unos segundos—. No vale la pena remover el pasado. Ahora estamos juntos de nuevo, no tenemos por qué escondernos: aquí nadie va a juzgarnos. Disfrutemos del presente y olvidémonos, cuando estemos juntos, del Gobierno y de la revolución.

Su propuesta me puso nerviosa. Había deseado durante mucho tiempo que llegara el día en el que Héctor y yo pudiéramos querernos sin que nadie nos señalara con el dedo. Sin embargo, ni él iba a renunciar a sus ideas ni yo a mi familia. Estábamos condenados a fracasar de nuevo. Además, ¿cómo podía aceptarlo sin más sabiendo que lo había traicionado con otro hombre? ¿Cómo iba a ser capaz de mirar a Thomas a los ojos después de lo que le había hecho?

—He de contarte algo. —Tenía la intención de explicarle que había conocido a otro hombre—. Desde que llegué a Tampa he empezado una nueva vida. Ahora soy maniquí y he conocido a gente nueva que...

—¡Eres maniquí! —exclamó con alegría—. ¡Cómo me alegro! ¡Por fin lo has conseguido!

Héctor me abrazó y me dio un beso lleno de pasión, al que no opuse resistencia. El sabor de su boca me hizo recordar la noche en la que me hizo suya por primera vez, y mi cuerpo comenzó a temblar al imaginarnos juntos de nuevo, abrazados y desnudos, dándonos amor y placer sin pensar en nada más que en nosotros.

Pero justo en ese momento, alguien abrió la puerta del baño y nos encontró besándonos. Era Isabel Manrara.

—Pero ¿qué está ocurriendo aquí? —preguntó, sorprendida.

Los dos nos apartamos rápidamente, aunque ya era demasiado tarde. No teníamos excusa, y lo que ella había visto no se podía negar. Me quedé sin saber qué decir, con las manos temblorosas por detrás de la espalda como si quisiera ocultar mi secreto.

—Díselo, Amelia. —Héctor me miró a los ojos con esperanza e ilusión—. No debes tener miedo.

Tuve ganas de vomitar. Luché por controlarme y miré a Héctor interrogante.

—¿Decirle, qué? —Negué con la cabeza para que no siguiera hablando—. Por favor, márchate.

—Somos novios, señora Manrara —confesó de golpe—. Su marido y el señor Ybor han confiado en mí para mi nuevo trabajo como lector y no pienso mentirles. Vinimos juntos en el transatlántico que nos llevaba a una vida mejor en América, pero desgraciadamente yo tuve que abandonar el barco en Puerto Rico por culpa del cólera. Amelia continuó su camino hacia Tampa, y por fin nos hemos reencontrado en un día tan especial como el de hoy.

No pude contradecirle. Isabel Manrara nos había visto besándonos. ¿Cómo iba a decirle que no era mi novio? Quedaría como una indecente y probablemente la señora Gibbs terminaría por prescindir de mi trabajo. Y si eso ocurría, entonces no cumpliría mi objetivo en Tampa. No me quedaba otra que confirmar las palabras de Héctor y esperar a ver cómo evolucionaban las cosas. ¿Y qué pasaría entonces con Thomas?

Isabel Manrara me miró con severidad, pero no dijo nada. Nos dio la espalda y se alejó del baño. Héctor volvió a abrazarme. Lo empujé de mi lado.

—¿Por qué lo has hecho? —le pregunté enfadada—. Para salvarte a ti, ¿no? ¿Qué hago yo ahora?

—¿Qué haces de qué? —Me miró extrañado—. ¿Es que no es así? ¿No somos novios?

—Ahora sí, ya te has encargado de decirlo. En un par de días, todo Tampa se habrá enterado de la nueva pareja: el lector de los Ybor y la maniquí de la señora Gibbs.

—¿No es eso lo que querías? —Me agarró de la cintura y me miró a los ojos—. ¿Ya no me quieres?

Me quedé unos segundos en silencio, sin atreverme a contestar. Claro que lo quería, pero sus formas y las mías eran muy distintas, y eso hacía que todo se complicara aún más.

–No puedes aparecer de golpe en mi vida, sin saber lo que está sucediendo aquí y lo que me juego, y pretender que todo sea fácil y bonito. Tengo que espiar a Isabel Manrara, y después de lo que acaba de ver creo que ya no querrá saber nada más de mí.

–Te he dicho que no quiero saber nada de lo que haces aquí. No me des detalles, te lo ruego.

Me aparté de su lado, contrariada al comprobar que nuestra relación no iba a ser mejor que en Barcelona, ni tampoco más fácil. Además, estaba Thomas, de quien tendría que hablarle algún día. Mi ausencia en la fiesta se estaba alargando demasiado y él debía de estar buscándome. ¿Qué iba a decirle? Estaba muy asustada por lo que ocurriría a partir de ahora, sobre todo por lo que pudiera decir la señora Manrara. La mejor opción sería huir de Tampa sin que nadie se enterara, pero había espías y miembros de la agencia Pinkerton por todos lados y probablemente no tardarían en encontrarme. No, me dije a mí misma, tenía que ser valiente y afrontar las posibles consecuencias que la llegada de Héctor iba a traerme.

Una vez en el salón me encontré a la pequeña Tania. Se me lanzó a los brazos con entusiasmo, demostrándome toda su admiración y cariño, pese a que tan solo habíamos cruzado un par de palabras.

–¡Señorita Ramos! –exclamó encantada–. ¡Por fin la encuentro!

Aquel no era el mejor momento para ganarme a una niña de doce años. Mi cara evidenciaba el desconcierto y la sorpresa que acababa de vivir, aunque Tania era demasiado pequeña para darse cuenta. Fingí una sonrisa y dejé que me cogiera de la mano.

–Cuando sea mayor, quiero ser maniquí como usted –siguió–. ¿Quiere verme desfilar?

Asentí con poco ánimo, intentando no reflejar mi desconsuelo. La niña comenzó a andar pomposamente por el salón, recogiéndose con las manos una falda que todavía le llegaba a la altura de las rodillas.

–Debes alzar un poco más la cabeza –le aconsejé–. Con más seguridad y menos vergüenza.

Tania seguía caminando de un lado a otro sin parar, feliz de sentirse protagonista por unos instantes. En el umbral de la puerta apareció Isabel Manrara. Yo me puse de nuevo en alerta, esperando su reprimenda después de lo que había visto, pero no fue así.

–Tania, cielo –le dijo a la niña–, no molestes más a la señorita Ramos, ya seguiréis otro día. Ve a jugar al jardín con los demás niños. –Su tono calmado y suave me hizo ver que algo en ella había cambiado.

La niña se precipitó al jardín e Isabel me conminó a que la acompañara a la fiesta.

–Será mejor que no nos ausentemos más –dijo, rozándome el brazo al pasar por su lado–. Tenemos una charla pendiente. –Su tono auguraba algo bueno.

Cuando salimos de la casa, Héctor había desaparecido. Lo busqué con la mirada, pero no logré encontrarlo entre tanta gente. Sin embargo, Thomas corrió hacia mí con impaciencia.

–¿Dónde estabas? –me preguntó nervioso–. ¡Has tardado una eternidad!

Me entraron ganas de llorar al verlo tan preocupado. ¿Cómo decirle que nuestra relación había terminado y que durante todo ese tiempo había estado comprometida con otra persona?

–Se ha encontrado con su novio –se adelantó Isabel Manrara–. Manuel Hernández, el nuevo lector de El Príncipe de Gales. ¿No le parece toda una casualidad?

El rostro de Thomas se transformó en una mueca de tristeza e incredulidad.

–Sí, toda una casualidad. –Tragó saliva. Pude percibir en sus ojos la decepción y la humillación por mi traición–. No sabía que tenía novio, señorita Ramos.

Me quedé callada sin saber qué decir, totalmente azorada por la culpabilidad. No obstante, Isabel Manrara siguió relatando los hechos, disfrutando de ser la portadora de nuevas noticias.

–Manuel tuvo que desembarcar en Puerto Rico debido a una enfermedad. Y por fin se han reencontrado. ¡Cuánto amor he visto en sus ojos!

Thomas se acarició el pelo en un gesto de incomodidad y mantuvo su actitud educada, como el buen caballero que era.

–Me alegro mucho por usted, señorita Ramos –dijo al fin–. Espero que sea muy feliz a su lado.

Pronunció estas palabras, que sonaron sinceras, sin mirarme a los ojos. A mí, un nudo en la garganta me impedía abrir la boca. Me sentía tan tremendamente mal y culpable que lo único que me apetecía en ese momento era abandonarme en mi hotel y pasarme la noche llorando por lo que había hecho.

Thomas se despidió con un gesto del sombrero y se marchó con pasos cortos e inseguros, como si en el fondo no quisiera desaparecer de mi vista. Me hubiera encantado poder decirle que lo que sentía por él era totalmente sincero, y que si Héctor no hubiera aparecido de nuevo, probablemente habría sido la mujer más feliz del mundo a su lado. Sin embargo, allí estaba Héctor, observándome desde la distancia y sonriéndome con la complicidad del primer día.

46

Llevaba una semana sin apenas salir del hotel salvo para acudir a la casa de modas de la señora Gibbs. Sabía que tenía que hacer un esfuerzo por seguir adelante con mi trabajo para la agencia Pinkerton, pero me sentía totalmente confundida desde que había reaparecido Héctor. Tras reflexionar sobre lo que él me había dicho y sobre el hecho de que hubiera aparecido en Tampa abanderando la revolución cubana, sin tener en cuenta mi situación, no había querido volver a verlo. Las cartas que me había enviado se acumulaban sobre mi escritorio, pero me sentía incapaz de contestarlas. En ellas me repetía una y otra vez que me amaba y que quería retomar la relación que habíamos soñado desde el principio. Pero aquellas palabras carecían de valor. Veíamos la vida desde dos prismas demasiado diferentes como para construir una vida en común. Amarnos no era suficiente. Además, echaba de menos a Thomas; me atormentaba el hecho de haberlo abandonado sin más, sin haber tenido siquiera el valor de explicárselo.

Una mañana, inesperadamente, alguien llamó a la puerta de mi habitación. Era el botones, que me entregó una nota de la señora Manrara:

> Querida señorita Ramos:
> Me he tomado unos días para reflexionar sobre lo que ocurrió en la fiesta de los señores Ybor. Creo que la he estado juzgando erróneamente durante todo este tiempo, creyendo que usted había llegado a Tampa tan solo por cuestiones políticas y no profesionales.
> Manuel Hernández ha demostrado ser un buen apoyo a la causa revolucionaria; por eso le pido disculpas, señorita Ramos. Espero que, a partir de ahora, podamos iniciar una relación cordial y amistosa. Para ello, me gustaría que tomara el té con nosotros, esta misma tarde, y así poder cumplir

el gran deseo de mi hija de desfilar una vez más para usted. Le estaría muy agradecida.

Atentamente,
I. Manrara

No me lo podía creer. Gracias a Héctor, Isabel Manrara comenzaba a confiar en mí. Que me invitara a su casa, aquel fortín en el que solo entraban los personajes más importantes de la ciudad, era toda una declaración de intenciones; deseaba llevarse bien conmigo. Seguramente también había influido el interés de Tania. Aquella niña había sido una bendición. Sin embargo, si bien la nota era motivo de alegría, después de lo de Héctor pocas cosas despertaban mi entusiasmo.

Aun así, aquella misma tarde me dirigí a casa de los señores Manrara, en Ybor City.

Nada más bajar del tranvía me topé con su impresionante mansión. Aunque no era tan inmensa como la de los Ybor, sin duda era igual de bonita y lujosa.

Cuando el mayordomo me abrió la puerta, me impresionó el imponente vestíbulo que presidía una escalera de caracol de mármol. El hombre, llamado Reynaldo, me llevó hasta el salón en el que se encontraban ya Isabel y Tania, sentadas en un sofá de piel negro.

—Me alegro mucho de que haya decidido acompañarnos —dijo la señora Manrara.

Era la primera vez que me sonreía, y aquel acto tan humano y simple me hizo ilusionarme como una boba. Después de lo que había luchado por caerle en gracia, parecía que por fin lo había conseguido.

—Tania no paraba de recordarme que tenía pendiente una cita con usted. —Rio mientras me servía una naranjada bien fría—. Quiere enseñarle su colección de vestidos.

La niña estaba eufórica y subió rápidamente a su habitación para cambiarse.

—Eduardo no deja de hablarme de las virtudes de su novio, señorita Ramos —añadió—. Manuel Hernández tiene mucha fuerza, y los trabajadores lo han acogido como a uno más. Estamos todos muy contentos.

Debía hacer un esfuerzo para no olvidar que Héctor tenía una nueva identidad.

–Manuel siempre ha tenido mucho temperamento y transmite muy bien las ideas.

–No solo quería que viniera aquí por Tania. –Hizo una mueca de culpabilidad–. Creo que le debo una disculpa en persona, por haber sospechado de usted y haberla tratado con desprecio en algunas ocasiones.

–No se preocupe. –Asentí con humildad–. La entiendo. Estamos viviendo un momento complicado, y ya no puede uno fiarse de nadie.

–Exacto. –Dejó escapar un suspiro–. A veces Eduardo no se da cuenta de las cosas... Las mujeres tenemos la intuición mucho más desarrollada que los hombres y nos fijamos en los detalles, ya me entiende. Siempre le digo que tiene que andar con cuidado y no confiar en el primero que le regale los oídos.

–Tiene usted toda la razón, señora Manrara.

Tania bajó con el primer vestido y comenzó a desfilar con movimientos gráciles. Le di unos cuantos consejos y le enseñé a utilizar aquella mirada todavía inocente e infantil.

–Ya le he dicho que primero tiene que estudiar para poder ir a Francia –dijo la señora Manrara, haciendo una mueca de desesperación–. No sabe lo que me está costando encontrar a una profesora de francés.

–La señorita Ramos sabe francés –intervino Tania–. Podría enseñarme ella.

Aquella era la oportunidad perfecta para conseguir los propósitos de la agencia. Me precipité a hablar, pero Isabel me cortó.

–Oh, cariño, la señorita Ramos es una mujer muy ocupada –lamentó–. Trabaja para la señora Gibbs.

–Con la señora Gibbs solo trabajo por las mañanas, así que las tardes las tengo libres. Y, la verdad, señora Manrara, me aburro bastante. Manuel está todo el día en la fábrica y...

–¿De verdad que no le importa? –Dio un pequeño salto de alegría–. El problema es que necesitaría una institutriz que le enseñara también cultura y piano. ¡Y eso sí que es imposible aquí en Tampa!

–También sé tocar el piano.

Tania estaba rebosante de alegría.

–¿Y estaría dispuesta a trasladarse aquí, señorita Ramos? –preguntó Isabel, con las palmas unidas–. Porque si queremos enviar a la niña el año que viene a Francia, necesita muchas horas de estudio. Le pagaremos bien.

–Estoy viviendo en un hotel; no me vendría mal un poco de compañía. Por las noches, una echa de menos hablar con alguien conocido.

–¡No sabe la alegría que me da! –Me estrechó las manos.

Asentí. Estaba deseando escribir a la agencia Pinkerton y darle la buena noticia.

–¿Cuándo podría empezar?

–Cuando usted quiera.

Me despedí de los Manrara con fuerzas renovadas. Me dije a mí misma que, pese a mis verdaderos objetivos en aquella casa, pondría todo de mi parte para educar a la niña lo mejor posible y aportarle todo lo que estuviera en mi mano.

Salí de la casa en dirección a la parada del tranvía para volver al hotel, pero me topé por el camino con la persona que menos me apetecía encontrarme. Héctor estaba comprando hielo a un vendedor ambulante y vino hacia mí en cuanto me vio.

–Hace demasiado calor –me dijo, y me enseñó el cubo de hielo–. ¿Qué haces por Ybor City?

–He estado en casa de los Manrara. Voy a ser la institutriz de su hija.

Él asintió sin saber qué decir. Yo me quedé callada también, y un silencio incómodo se apoderó de la situación.

–Oye. –Desvió la mirada, inseguro–. No sé por qué no contestas a mis cartas. ¿Qué es lo que ha cambiado desde que nos separamos en el barco?

Quería decirle que me sentía de nuevo traicionada y que sus actos demostraban lo contrario a sus palabras, pero no lo hice.

–Hace tiempo que los dos cambiamos, Héctor. Pero quizá hasta ahora no nos hemos dado cuenta de que ya no somos los mismos.

–¡Yo te sigo queriendo! –exclamó con rabia–. ¡Eres tú la que no quiere saber nada de mí!

–¿Qué habría pasado si Enrique Collazo te hubiera destinado a Cayo Hueso o a otra tabacalera fuera de Tampa? ¿Habrías venido a buscarme?

–¡Pues claro que sí! ¿Por qué no me crees? Lo importante es que estoy aquí, ¿no?

Parecía dolido de verdad, pero yo no confiaba plenamente en él.

–Escucha. –Bajó el tono de voz y me agarró de la mano–. No podemos hablar así en medio de la calle. Los dos nos jugamos mucho. ¿Por qué no vienes a casa y hablamos tranquilamente?

–De acuerdo –dije después de un silencio. Temía tanto que termináramos a gritos y sin dirigirnos nunca más la palabra como que la llama del amor volviera a encenderse–. Pero solo un momento.

Héctor sonrió triunfante y comenzamos a caminar en silencio hasta su casa, que estaba a pocos minutos de la fábrica de Ybor. Héctor saludó a su vecina, una cubana que se encontraba en el porche de su casa dando de mamar a un recién nacido, y entramos en la pequeña choza de madera en la que tan solo había una habitación con una cama.

–¿No cocinas? –le pregunté al ver que no había donde guisar.

–La mujer que has visto fuera me hace la comida a cambio de unos céntimos. No tengo tiempo para cocinar.

–Vaya, sí que tienes faena como lector...

–Pues sí. –Se quedó unos segundos en silencio–. Yo no sé nada, Amelia. Solo soy un lector que instruye a los cigarreros, y nada más.

–Pero es que no logro entender cómo puedes elegir la revolución cubana antes que a mí. –Lo miré profundamente a los ojos, pero fui incapaz de percibir nada–. Pienso que incluso serías capaz de traicionarme de nuevo.

Héctor me dio la espalda y se sentó en el borde de la cama.

–No sé por qué dices esas cosas... ¿Por qué quieres ponerme a prueba en todo momento?

–Porque quiero saber si tu amor hacia mí es verdadero o no.

Di unos pasos por la habitación, en la que solo había un aguamanil y un jarro con agua junto a un cepillo de dientes, una navaja y unas tenacillas para el bigote. Tenía también un frasco de aceite de macasar para el pelo.

–Jamás permitiría que te hicieran daño –dijo con la voz quebrada–. No me alejes de ti, te lo suplico. No quiero separarme nunca más de tu lado. Ten fe, todo se solucionará. Estoy convencido de que encontraremos la forma de seguir unidos.

Sus palabras me hicieron rebajar el tono de reproche. Al fin y al cabo, había decidido abandonar París y venirse conmigo, aun sin saber lo que le esperaba al otro lado del Atlántico.

—Júramelo, por favor. —Comencé a llorar y me tapé los ojos avergonzada—. Júrame que no volverás a traicionarme.

Héctor se acercó a mí y me apartó las manos de los ojos para ponerlas alrededor de su cintura. Luego hizo que apoyara mi cabeza sobre su pecho y comenzó a besarme el pelo mientras me acariciaba la nuca y la espalda.

—Te lo juro, mi amor —contestó lentamente—. No te preocupes.

Lancé un suspiro de alivio al oír el susurro de su voz que calmaba mis sospechas. Sus pectorales asomaban por la camisa prácticamente desabrochada por el calor, y sentí su olor a tabaco y jabón. Me apegué más a él, que comenzó a apretarme aún más fuerte contra su cuerpo. Sus manos me recorrían de arriba abajo los hombros y la espalda, hasta que se aposentaron en mis caderas.

—¿Estás mejor? —me preguntó, mirándome a los ojos.

Asentí y Héctor me besó. Su boca estaba húmeda y caliente. Volví a sentir al hombre que me había enamorado hacía más de un año. ¿Qué tenía para hacerme cambiar de opinión tan rápido? ¿Por qué unas simples palabras y un beso tenían tanto poder sobre mí?

Me llevó hasta su cama sin dejar de besarme y me tumbó sobre ella con delicadeza mientras se ponía encima de mí. La delicadeza con la que habíamos empezado dejó paso a la pasión y a las ganas de unirnos. A diferencia de la primera vez, en la que tan insegura y nerviosa me sentía, ahora notaba que se abrían ante mí una serie de nuevas emociones y sentimientos desconocidos. No quería reprimirme, así que jugué de la misma forma que él y lo besé sin reparos ni calma. Él comenzó a sacarme la ropa con prisa mientras yo le ayudaba a desabrochar el corsé. Los dos estábamos jadeantes y ansiosos por ver nuestros cuerpos desnudos y hacer el amor como si no hubiera nadie más en el mundo. Por fin, Héctor se adentró en mí y el placer volvió a encender la llama.

Al cabo de un par de días, regresé a casa de los señores Manrara para instalarme definitivamente y por fin pude charlar con Eduardo Manrara, que se encontraba en el salón con Isabel cuando llegué. En sus anteojos se reflejaba la luz que entraba por los ventanales del jardín.

—Es un placer tenerla con nosotros, señorita Ramos.

Me saludó con una pequeña reverencia que me removió el estómago. No podía dejar de sentirme culpable; el propósito de todo aquello era poder seguir sus pasos, así que debía mantenerme fría y no dejar que las emociones me desviaran de mis objetivos.

—Espero que Tania, con sus enseñanzas, pueda ser una alumna aventajada en Francia, donde perfeccionará su educación religiosa y doméstica. A ver si así la convertimos en una mujer mucho más atractiva e interesante y podemos conseguir un matrimonio ventajoso para ella.

Me limité a sonreír. ¡Cómo me recordaban aquellas palabras a las que había oído en mi propia casa! El anhelado matrimonio que siempre buscaban los padres para sus hijas tenía que ser el más provechoso posible, independientemente de cuáles fueran los sentimientos de sus hijas. Sin embargo, el hijo mayor de los Manrara disfrutaba de una educación plena en un liceo de Chicago para convertirse en bachiller. ¡Qué injusta era la sociedad!

—Por cierto, es una pena que nuestro amigo en común se haya marchado a Nueva York —siguió Eduardo—. Espero que regrese pronto para zanjar nuestros asuntos.

—¿Thomas Robinson se ha ido a Nueva York? —pregunté con el corazón en un puño—. ¿Y eso?

El señor Manrara me miró extrañado y chupó de su puro.

—Creí que lo sabría. Me temo que se ha ido por asuntos familiares: una hermana suya está enferma. Una lástima.

Aquella noticia me hizo tambalear. No sabía si sería verdad lo de su hermana. Creía que volvería a verlo y que podría darle alguna explicación que nos acercara de nuevo, aunque fuera como amigos. Por mucho que su ausencia pudiera beneficiar mi relación con Héctor, me sentí vacía de pronto.

—No nos hemos visto en los últimos días, estoy segura de que me escribirá pronto.

—Bueno, querida, permíteme que te tutee —interrumpió Isabel—, ¿te enseño tu habitación?

Subimos por la escalinata de mármol que tanto me había impresionado la primera vez, y que después de enterarme de lo de Thomas ya no me parecía tan impresionante. La primera habitación que me enseñó fue el baño; era una estancia moderna y lujosa parecida a la del Tampa Bay Hotel, con un retrete de porcelana y una bañera de latón.

–Tengo una buena receta para que el pelo quede estupendamente limpio y brillante –siguió con entusiasmo–. Huevo, bicarbonato y vinagre. Cada quince días, para no estropear el cabello.

–Suelo lavármelo más a menudo.

–Oh, eso no es nada bueno, Amelia. Te aseguro que si sigues haciéndolo te quedarás calva en pocos años. El cabello se debilita.

No quería llevarle la contraria, así que me limité a asentir. Hacía ya tiempo que yo asociaba las palabras *higiene* y *salud,* aunque mucha gente seguía pensando que un exceso de agua y limpieza podía acarrear enfermedades o la pérdida de cabello.

–Y esta es tu habitación –dijo, a la vez que abría la siguiente puerta.

Estaba decorada al estilo inglés, con muebles cómodos y prácticos. Encontré mi uniforme colgado en una percha. El atuendo de una institutriz, tal y como había visto en mi propia casa, debía ser modelo de pulcritud y sencillez, o eso decía la tía Elvira. La señora Manrara parecía ser de la misma opinión, así que me encontré con un vestido de un gris discreto con cuello blanco, un broche y algunos bordados. Además, según las normas, una institutriz debía lucir peinados simples y poco elaborados; lo más habitual era llevar un moño recogido en la nuca, adornado a lo sumo con alguna peineta.

–Si no fueras quien eres y no supiera que tienes novio, te aseguro que te haría ir lo más fea posible –me dijo Isabel–. No es la primera vez que una institutriz resulta peligrosa para los miembros masculinos de la casa.

Recordé que tía Elvira decía lo mismo, que las institutrices solían ser muchachas jóvenes y bellas a las que se les debía imponer un aspecto sobrio y afeado para eliminar posibles tentaciones de los hombres de la casa. Sin embargo, mi padre buscó por su cuenta la tentación fuera, por mucho que ella hubiera hecho todo lo posible por evitarla dentro.

–Por supuesto, tú puedes peinarte como quieras –continuó la señora Manrara–. Eres maniquí, sería absurdo aplicarte las mismas normas que a una institutriz. Por cierto, ¿te gusta el tocador?

Este era de gran tamaño, y al acercarme percibí varios enseres de higiene y arreglo personal perfectamente colocados: crema y polvos de arroz para el rostro, colorete, una bandeja para las joyas, un conjunto de vaso y cuenco para el enjuague bucal y un cepillo.

–¿Todo esto es para mí? –pregunté, sorprendida.

–Claro que sí. Espero que te guste.

Más que como a una institutriz, Isabel me estaba tratando como a una invitada especial a quien quisiera hacer sentir lo más cómoda y a gusto posible en su casa. A la institutriz que nos había educado a mi hermana y a mí la tía Elvira la obligaba a vivir tan austeramente que ni siquiera le permitía ponerse joyas los domingos para ir a misa.

Justo al lado de mi habitación se encontraba el dormitorio de Tania, que estaba decorado con papel liso amarillo y cortinas de muselina blanca. Era una habitación clara, alegre y para nada recargada, con los muebles justos. En la habitación contigua se encontraban la sala de juegos y un espacio parecido a un pequeño gimnasio con argollas, trapecio y cuerdas para que los niños pudieran hacer ejercicio y jugar.

–Esto, por supuesto, era para nuestro hijo Eduardo –añadió Isabel–. Tania lo tiene expresamente prohibido.

Cómo no, otra prohibición más para el sexo femenino, que a diferencia de los hombres no podía practicar todos los deportes. En Barcelona, el deporte por excelencia para las mujeres era el tenis y, en más de una ocasión, cuando era niña, había visto a mi madre practicarlo junto a sus amigas.

–Pues bien, eso es todo –concluyó Isabel–. Bienvenida a tu casa, Amelia.

La última frase me formó un nudo en el estómago. Tenía que traicionar a aquella familia que me estaba abriendo las puertas de su casa, y no iba a ser nada fácil.

47

Habían pasado ya cuatro meses desde el reencuentro con Héctor. Octubre había refrescado el ambiente y en Tampa se disfrutaba de una temperatura agradable. El tiempo había pasado volando, y Tania y yo nos habíamos hecho muy buenas amigas. De hecho, la dura rutina diaria a la que la niña era sometida me hizo compadecerme de ella y recordar mis días de infancia junto a mi institutriz francesa. Por la tarde estudiábamos intensamente durante cuatro horas: una hora de francés, otra de pintura (al óleo, acuarela y carboncillo), una tercera hora de piano y, por último, la asignatura de religión, que su madre se empeñaba en impartir con la ayuda de la Biblia. Además, muchas noches, tras la cena, ante la insistencia de la madre, solíamos dar clases de canto y costura. El día, por lo tanto, se hacía duro; en muchas ocasiones agotador. Combinar el trabajo de maniquí con el de institutriz era más difícil y cansado de lo que me había esperado: muchas veces lo único que deseaba era que llegara la noche para poder acostarme e intentar reponer fuerzas para el día siguiente.

Tania parecía aceptar su rutina de estudio. Era una niña complaciente. Habíamos congeniado a la perfección y casi todos los días dábamos un paseo por los bonitos jardines de la casa para disfrutar de unos momentos de esparcimiento. Además, los Manrara me habían acogido con exquisita amabilidad, algo de lo que podía estar orgullosa y contenta si lo comparaba con la triste y desgraciada experiencia de la mayoría de las institutrices. Estas, pese a entregarse en cuerpo y alma a su tarea, eran poco valoradas e incomprendidas, tanto por la familia que la acogía como por el servicio de la casa. Sin embargo, yo compartía con los Manrara las cenas y meriendas en el porche, lo que me permitía estar informada de todo aquello que tenía que ver con la familia. Pese a estar pendiente de lo que se decía en aquella casa, aún no había encontrado nada interesante que hacer llegar a la agencia Pinkerton: o realmente no había novedades sobre Martí o eran más cautelosos y desconfiados de lo que creía. Aunque me había ganado la confianza de Isabel, la revolución no era para nada un tema baladí y ella se guardaba mucho de hablar sobre ello. Además, yo todavía no había sido invitada a la reunión dominical del club Estrella Solitaria.

En cuanto a Héctor, solíamos pasear por Franklyn Street sin temor a las habladurías. Él se había convertido en un hombre respetado por ser uno de los mejores lectores que habían pasado por El Príncipe de Gales. Los cigarreros lo tenían en gran estima y a mí también, por estar tan cerca de los Manrara y gozar de su protección y simpatía. Mi fama en Tampa había crecido aún más desde que era institutriz y, como consecuencia, mi trabajo en la casa de modas de la señora Gibbs había aumentado. Todas las mujeres querían hacer desfiles privados y algunas tardes tenía que dejar de lado las clases de Tania para poder ejercer de maniquí, contratiempo que la señora Manrara aceptaba.

James no se había vuelto a poner en contacto conmigo desde que le había informado de que iba a ser la institutriz de Tania. Una vez por semana solía acudir al Tampa Bay Hotel para comprobar si había llegado alguna notificación de la agencia Pinkerton para mí, pero mi aliado en el hotel seguía sin darme noticia alguna. ¿Qué estaba ocurriendo? ¿Acaso Martí había paralizado la revolución?

Sin embargo, toda esta calma se rompió un día de octubre, con la llegada de una noticia inesperada. Los señores Manrara, Tania y yo cenábamos como de costumbre bajo un silencio sepulcral, al que yo no acababa de acostumbrarme. Me había dado cuenta de que Isabel y Eduardo no eran muy dados a las conversaciones mundanas y solo abrían la boca cuando tenían que decir algo importante o simplemente pedir a la criada que trajera el siguiente plato. Las cenas eran rápidas y ligeras y no nos demorábamos en la mesa más allá de lo estrictamente necesario y correcto. No era así la merienda, cuando Isabel y yo solíamos charlar sobre temas banales. La presencia masculina en la mesa provocaba que la señora Manrara se reprimiera y terminara por seguir la conducta seria y formal de su marido.

Eduardo Manrara era un hombre callado y poco expresivo. Yo llevaba cuatro meses viviendo bajo su techo y todavía no lo había visto perder la compostura; jamás abandonaba su talante recto y frío. Tania le tenía más respeto que miedo y no solía acercarse mucho a él para no molestarlo; decía que su padre era un hombre muy ocupado y que no tenía tiempo para perder con ella y sus tonterías. No sabía si esas mismas palabras se las había dicho su propio padre o simplemente lo había deducido por el poco interés que mostraba por ella.

Por todo ello, me sorprendió que aquella noche Eduardo Manrara rompiera el silencio.

–He recibido una carta de Enrique –dijo cuando estaba terminando la sopa–. Vendrá con su mujer la semana que viene a Tampa y se quedará a cenar.

No hizo falta que dijera el apellido, intuía que se trataba de Collazo y aquello me puso en alerta.

–¿De verdad? –contestó Isabel–. Hace tiempo que no viene a Tampa.

–Tenemos que hablar sobre la mina. Ya sabes, negocios.

¿Una mina? ¿Qué tenía que ver la revolución con una mina? Me quedé totalmente desconcertada con aquella información, sin encontrar ningún nexo con Martí.

–Ah, se me olvidaba –añadió Eduardo–. También vendrá Thomas Robinson. Cenaremos todos juntos: Enrique, Thomas y yo tenemos mucho de que hablar.

Mi corazón se paró durante unos segundos. ¿Había oído bien? ¿Thomas volvía a Tampa? ¿Y qué relación podía tener Thomas con Enrique Collazo? ¿Acaso él también iba a participar en el plan de Martí?

–¡Cómo me alegro de que el señor Robinson regrese! –exclamó Isabel–. ¿Significa eso que su hermana está mejor?

–Eso creo –respondió Eduardo animado–. Parece que se instalará en Tampa durante una larga temporada y, si las cosas van bien, nos asociaremos con él.

–Buenas noticias, entonces –siguió Isabel, que ordenó el paso del segundo plato–. Amelia, espero que nos acompañes en la cena.

Tragué saliva y comencé a sudar al imaginarme frente a Thomas, después de cuatro meses sin verlo y tras haber retomado mi relación con Héctor. Durante todo ese tiempo no había dejado de pensar en él, pero había asumido que probablemente no lo iba a volver a ver y que, por lo tanto, había desaparecido de mi vida.

–Por supuesto –dije, intentando parecer segura–. Será un placer.

La semana pasó rápido, y la noche esperada llegó junto con una gran tormenta que pareció ser una premonición de lo que iba a ocurrir en pocas horas. Apenas pude dormir pensando en cómo reaccionaría Thomas al verme, y recé para que no tuviera relación alguna con Martí, porque entonces tendría que informar al agente de Pinkerton sobre su participación en la revolución. Y no estaba segura de que fuese capaz de hacerlo.

Alguien llamó a la puerta de la casa mientras yo me encontraba con Tania en la sala de juegos. Mi corazón comenzó a latir acelerado y me puse en alerta para intentar oír de quién se trataba. No reconocí la voz de Thomas entre las que se oían en el comedor. Respiré aliviada y dejé a Tania estudiando mientras bajaba a saludar. En el comedor se encontraban los señores Manrara charlando amigablemente con Enrique Collazo y su mujer, Eugenia, que era mucho más joven que Collazo y parecía afable.

–Le presento a la novia de Manuel Hernández –dijo Eduardo Manrara–. Es la institutriz de mi hija y trabaja como maniquí en la casa de modas de Tampa.

–¡Vaya! –exclamó impresionado–. ¡Qué buen gusto tiene Manuel! ¿Sabe que me habló mucho de usted en Cayo Hueso?

–Le agradezco su interés por Manuel; si no hubiera sido por usted, ahora no estaríamos juntos.

Enrique sacó del interior de su americana un libro titulado *Desde Yara hasta el Zanjón* y me lo entregó.

–Es un libro que escribí sobre la Guerra Grande. –Hablaba con un tono de orgullo–. Explico las hazañas de los héroes y patriotas que lucharon por la emancipación de Cuba del yugo colonial español.

–¿Es para que se lo enseñe a Tania? –pregunté, azorada.

–Es para dejar algo útil a nuestros sucesores, para aprender de los errores que nuestra inexperiencia nos hizo cometer.

–No volveremos a cometer esos errores, Enrique –añadió Manrara, e hizo una mueca cómplice–. Esta vez las cosas se han hecho bien.

Sabía que se referían a la futura revolución, y en sus ojos se podía distinguir la ilusión y la esperanza de que por fin triunfarían. La mujer de Collazo, sin embargo, no parecía muy interesada en el tema y hablaba con Isabel sobre la bonita decoración del salón. Yo, por mi parte, no podía dejar de mirar el reloj, sin atender a ninguna de las conversaciones. A los pocos segundos, el reloj marcó las ocho y, a continuación, un fuerte ruido nos avisó de que un trueno había caído bien cerca de la casa. El reflejo de los numerosos relámpagos en las ventanas nos permitía ver cómo el agua inundaba el patio. De pronto, alguien llamó a la puerta, y esa vez sí que tenía claro que era Thomas. Entró totalmente empapado, con un paraguas que las ráfagas de viento habían dejado inservible. Tenía el pelo mojado y la ropa se le pegaba al cuerpo. Isabel Manrara le llevó rápidamente una toalla y ropa seca. Yo me mantenía en un segundo plano, así que nuestras miradas no se encontraron. Eduardo lo acompañó a una habitación para que se pusiera la ropa que le había prestado e Isabel llamó a la criada para que encendiera el fuego de la chimenea. Yo comencé a temblar, más por la presencia de Thomas que por las bajas temperaturas de la casa. Me acerqué al fuego para calentarme las manos. Enseguida noté una presencia que se acercaba a mi espalda, me di la vuelta y me encontré a Thomas de frente. Sus ojos azules parecían querer evitar mi rostro, como si no quisieran mirarme a la cara por miedo a delatar demasiado.

–Hola, señor Robinson –dije con la voz quebrada–. ¿Cómo se encuentra su hermana?

–Mucho mejor, gracias. –Miró hacia el fuego y se encendió un cigarro–. ¿Y usted?

Estaba raro con aquella ropa; era mucho más alto que Eduardo y más fuerte, por lo que los pantalones le quedaban cortos y la camisa un tanto apretada. Aun así, pese a llevar el pelo despeinado y el bigote mojado, estaba arrebatador, como de costumbre, o al menos eso me pareció. Cuatro meses no habían bastado para olvidarlo, aunque sí se habían difuminado en mi memoria algunos rasgos de su rostro que siempre me habían resultado tan atractivos: el mentón prominente de la mandíbula y aquella nariz recta tan masculina.

–Estoy bien, muy contenta con mi trabajo de institutriz.

Thomas asintió y no volvió a dirigirme la palabra. Me estaba castigando por todo el daño que le había hecho y me trataba de manera fría y distante, como si apenas fuéramos unos meros conocidos. No podía culparlo por ello, tenía todo el derecho de sentirse dolido por mi engaño.

–La cena ya está lista –anunció la señora Manrara–. ¿Qué os parece si nos sentamos?

Isabel nos señaló dónde debíamos sentarnos cada uno y, como no podía ser de otra manera, a Thomas y a mí nos tocó juntos. La criada sirvió el primer plato, que era un típico congrí cubano en su punto y bien presentado. No dejaba de ser un guiso de frijoles negros, pero como ya había dejado claro Isabel en otras ocasiones, los Manrara eran devotos de la cocina cubana y la preferían a la gastronomía francesa, que tan en boga estaba entre la clase alta.

–Así que su hermana ya está mucho mejor –dijo Eduardo, a la vez que servía un vino de Burdeos–. Ya sabía yo que le iría bien el balneario de Coney Island.

–La verdad es que sí –respondió Thomas–. Respirar aire limpio y los baños de agua salada le han sentado fenomenal. Ya sabemos dónde regresar cuando le vuelva alguno de sus brotes.

–Si no me equivoco, señor Robinson, usted ha atendido los negocios de su cuñado mientras este se encontraba al lado de su hermana. Según me contó, su cuñado es dueño de una línea de ferrocarril que cruza la Florida, ¿no es así?

–Efectivamente –respondió Thomas, y bebió de su copa.

–Señor Robinson, usted quiere formar parte de El Príncipe de Gales, y nosotros necesitaríamos que la línea de ferrocarril que tiene su cuñado nos prestara un determinado servicio.

En ese momento apareció la sirvienta con el segundo plato, un hermoso cerdo asado al estilo cubano acompañado con plátanos fritos. Además, la mujer de Enrique comenzó a hablarme, lo que provocó que perdiera el hilo de la conversación que estaban manteniendo los hombres.

–Así que es usted maniquí aquí en Tampa; es una pena que en Cayo Hueso no haya ninguna. –Eugenia se limpió los labios con una servilleta–. ¡Me encantaría verla desfilar!

Isabel pareció reflexionar y dio un pequeño respingo en la silla.

–¡Tengo una idea! –exclamó impetuosa–. Dentro de unos días la señora Dueñas y yo tenemos que marcharnos a La Habana para resolver unos asuntillos, así que tenemos que ir a Cayo Hueso para tomar el vapor. Amelia, ¿qué te parece si nos acompañas, te quedas con Eugenia y desfilas para las mujeres de Cayo Hueso?

—Oh, ¡es una idea estupenda! —Eugenia aplaudió—. ¡Lo pasaríamos genial!

¿De qué *asuntillos* hablaba la señora Manrara? Intuía que cuando iban a Cuba en aquellos viajes relámpago era por algo relacionado con la revolución, aunque no lo supiera con seguridad. Estaba convencida de que el club Estrella Solitaria se encontraba detrás de todo aquello, y tenía que averiguar qué era lo que ocurría.

—¿Y qué pasa con Tania? —pregunté sin parecer ansiosa—. ¿Con quién se quedará?

—Tania se quedará con los criados y con su padre. No pasará nada por unos días. ¿Qué me dices?

—Pues si usted está de acuerdo, señora, yo iré encantada.

En aquel momento noté que Thomas me miraba de reojo, como si hubiera estado pendiente de nuestra conversación, pero rápidamente volvió a hablar con Eduardo.

—Tendrá que darme los detalles del asunto —dijo con seriedad—. Porque no puedo comprometer a mi cuñado sin saber el objetivo.

—Después de cenar pasaremos a mi despacho para concretar un poco más. Estoy seguro de que Enrique sabrá hasta dónde explicarle sin poner en peligro nuestro plan. Además, ya tengo el listado de los voluntarios de la fábrica que quieren *colaborar*. Tengo ya apuntados a cincuenta.

—¿Cincuenta? —intervino Enrique—. Eso está muy bien, y seguro que se irá incrementando.

¿Una lista de voluntarios? Héctor no me había hablado de eso, pero intuía que él podría ser uno de ellos.

—¿Usted se siente identificado con la causa cubana, señor Robinson? —preguntó de repente Collazo—. Porque usted es estadounidense.

—He vivido en Cuba desde que tenía cuatro años, así que puedo considerarme más cubano que norteamericano. Mi padre tenía una plantación de azúcar, y por la subida de precios y la escasa exportación, culpa de España, tuve que vender las tierras. De modo que sí, creo en la revolución de Martí.

Collazo y Manrara esbozaron una sonrisa de oreja a oreja mientras el anfitrión levantaba la copa para brindar. Todos estaban exultantes salvo yo. En el tiempo que había estado con Thomas, él jamás había comentado su ideología política ni si estaba a favor o en contra de la independencia cubana. Ahora que lo había confesado delante de mí, ¿qué se suponía que debía hacer yo? ¿Tenía que decirle a James todo lo que había oído esa noche y delatarlo?

Ya no se volvió a hablar de negocios en lo que quedó de cena, y por fin los postres llegaron a la mesa. El centro de mesa lo componían unas bandejas con guayabas en almíbar y buñuelos de yuca y una botella de champán francés. Thomas me sirvió un poco en la copa y nuestras manos se rozaron sin querer, lo que hizo que los dos nos sonrojáramos.

–Su novio está siendo todo un éxito, señorita Ramos –dijo Enrique Collazo–. Es un hombre muy inteligente.

Thomas dejó escapar un suspiro mientras se tocaba el cuello en un gesto de incomodidad.

–Tiene una cultura envidiable para ser tan joven –continuó Enrique Collazo–, y son admirables las ganas que tiene de luchar por la libertad del pueblo cubano, pese a no ser el suyo.

–Manuel siempre ha sido muy solidario y empático con el sufrimiento ajeno.

–Sobre todo con el suyo –añadió Thomas, en tono sarcástico–. Estoy seguro de que jamás la ha decepcionado.

Afortunadamente, solo yo capté el sarcasmo. Thomas estaba rabioso y no había podido contenerse al oír hablar maravillas de Héctor. Él sabía que había sufrido por un amor anterior y probablemente había deducido que se trataba de ese tal Manuel Hernández. No me dio tiempo a contestarle, pues Eduardo Manrara dio por terminada la cena en ese momento y se levantó, seguido de Thomas y de Enrique Collazo. Antes de que el señor Manrara cerrara la puerta de su despacho, pude ver que Enrique Collazo sacaba de su americana varios papeles que dejaba encima de la mesa.

Aunque la sala de estar, donde nos quedamos las mujeres, se encontraba contigua al despacho, apenas se podían percibir algunas voces, empañadas por el tono de voz alto de Isabel y Eugenia. No tenía modo alguno de saber lo que sucedía ahí dentro. Me sentía decepcionada conmigo misma al no ser capaz de averiguar nada y no poder dar más información a la agencia Pinkerton. Sin embargo, James no me había informado de la llegada de Collazo a Tampa, por lo que tampoco había recibido consignas sobre qué hacer.

–¿Os apetece jugar a las cartas? –propuso Isabel–. Todavía está lloviendo, así que me temo que no podréis marcharos de casa hasta tarde.

Efectivamente, la tormenta cada vez iba a más. Los truenos no dejaban de resonar por toda la casa, y la luz de las bombillas subía y bajaba de intensidad con cada rayo.

Las tres nos acomodamos alrededor de la mesita con tapete mientras Isabel repartía las cartas. Yo me senté estratégicamente de cara al despacho para poder observar, aunque fuera en parte, la puerta. No obstante, a pesar de hacer un esfuerzo descomunal por intentar descifrar el diálogo que se oía tras la pared, me fue imposible sacar nada en claro.

Cuando llevábamos ya unas cuantas partidas, los hombres por fin salieron del despacho. Mis ojos observaron sus rostros, como si así pudiera sonsacarles alguna información valiosa. Se dirigieron a la sala de estar, junto a nosotras, y enseguida comenzaron a servirse varios vasos de ron y a encenderse puros y cigarrillos. Pero lo que me llamó la atención fue que, por primera vez desde que estaba en aquella casa, Eduardo Manrara se había dejado la puerta del despacho sin cerrar con llave. Pero ¿cómo podría ausentarme sin levantar sospechas y adentrarme en el despacho de Manrara sin que nadie se diera cuenta? De pronto, como si alguien hubiera escuchado mis súplicas, se fue la luz. La oscuridad lo invadió todo.

48

Eugenia e Isabel soltaron un grito de miedo al ver que la casa estaba a oscuras. Realmente no se veía nada, ni siquiera un reflejo que pudiera guiarnos.

–Tranquilos, no os mováis –dijo Eduardo con voz calma–. Voy a ver el generador. Probablemente le ha caído un rayo encima.

Se oyeron pisadas y golpetazos en los muebles hasta que los pasos de Eduardo se alejaron por el pasillo. Yo me mantuve callada mientras Isabel y Eugenia conversaban sobre el tiempo y la mala fortuna de lo que había pasado. Los hombres permanecían en silencio. Decidí inventarme una excusa para levantarme.

–Si me disculpan, he de ir al baño.
–¿No puedes esperar? –soltó Isabel–. ¡Podrías tropezarte!
–Tendré cuidado –respondí, nerviosa–. Es una urgencia.

Mis pasos, sin embargo, se dirigieron al despacho de Manrara.

Entré allí con el corazón desbocado, temiendo que volviera Eduardo y al pasar cerrara la puerta; o, lo que era peor, que la luz regresara y me encontraran allí cotilleando los papeles que había sobre la mesa. ¿Qué excusa podría poner? Me acerqué lentamente a la mesa y comencé a tocar todo lo que había sobre el mueble, que estaba lleno de papeles; también había lápices y tinteros. De hecho, tiré uno sin querer y la mesa se empapó de tinta. No tenía nada con que limpiarlo y apenas podía ver la mancha. Cuando estaba a punto de irme, palpando con las manos encontré un mechero. Lo encendí sin ser consciente de que aquella luz podría llamar la atención; estaba demasiado concentrada y emocionada por lo que podía descubrir. Los papeles que había llevado consigo Enrique Collazo consistían en un inventario de las armas que se iban a comprar para la revolución, las cuales se cargarían en los vapores que saldrían de Fernandina para empezar la revuelta. Entonces deduje, recordando la petición que le habían hecho a Thomas durante la cena, que de algún modo tendrían que llegar aquellas armas a Fernandina sin levantar sospechas. ¿Thomas iba a colaborar con la revolución permitiéndoles el paso por las líneas férreas de su cuñado? Intenté encontrar también la lista de voluntarios que había mencionado Eduardo durante la cena, para comprobar si Héctor era uno de ellos, pero no tuve tiempo. De repente, un cuerpo se abalanzó sobre mí y me tapó la boca para que no gritara mientras me llevaba debajo de la mesa del despacho.

–No grites, te lo ruego. No te muevas ni hagas ningún ruido.

Mi respiración se agitó todavía más al descubrir la voz de Thomas. ¿Qué hacía allí, y de qué quería protegerme?

Justo en aquel momento, como si Thomas lo hubiera sabido de antemano, la luz hizo su aparición y toda la casa volvió a iluminarse, a excepción del despacho. La luz del pasillo se reflejaba en la mesa, y temí que Eduardo pudiera encontrarnos a los dos y sospechara entonces sobre mis intenciones. Pero pasó algo mucho peor: cuando regresó, el señor Manrara se percató de que se había dejado la puerta abierta y en su camino hacia la sala de estar cerró el despacho con llave. Nos habíamos quedado encerrados.

–Oh, Dios... –empecé a susurrar sin saber qué hacer–. La he fastidiado.

Thomas aún me rodeaba con sus brazos, y su aliento seguía pegado a mi nuca. Ahora tendría que contarle quién era en realidad y por qué estaba en Tampa.

–Te lo puedo explicar –seguí, sin saber muy bien cómo justificarme–. No me delates, por favor.

–Si no llega a ser por mí, ¡nuestros planes se hubieran ido al garete! –exclamó Thomas enfadado–. ¿No te podías haber quedado quieta?

–¿De qué planes hablas? –pregunté, sin entender nada–. ¿Qué es lo que pasa?

Thomas comenzó a tocarse la frente con preocupación mientras chasqueaba la lengua.

–Sabía que algún día me descubrirías... –dijo, y dejó escapar un suspiro–. No quería que te enteraras de esta forma.

Su reacción me hizo ponerme todavía más nerviosa. No entendía a qué se refería, pero sabía que escondía alguna sorpresa.

—Soy James, el agente de Pinkerton —reveló por fin, como si se hubiera sacado un peso de encima.

Aquella información me cayó como un jarro de agua fría. No me podía creer que la persona que me había conquistado fuera la misma que me daba las órdenes a través de la agencia Pinkerton. ¿Me había estado engañando todo este tiempo?

—Así que me has mentido —dije con rabia—. ¿El encuentro que tuvimos en Franklyn Street fue a propósito?

—Sí. —Thomas parecía avergonzado—. Lo hice para conocerte y saber cómo eras. Pero te aseguro que todo lo demás fue real. No me imaginaba que me fuera a enamorar de ti.

Me quedé callada y agaché la mirada. Era la segunda vez que me confesaba que se había enamorado de mí.

—Entonces, el día que me vestí de hombre para espiar a Mayía Rodríguez...

—Sabía perfectamente que eras tú, Amelia. ¡Y no sabes lo que tuve que contenerme para no reírme! Aun así, he de reconocer que fue una actuación estelar.

¡Qué vergüenza!, pensé azorada, sobre todo al recordar su torso desnudo metiéndose en el lago del Tampa Bay Hotel. ¿Lo había hecho para provocarme?

—Pero ¿quién eres realmente? ¿Thomas o James?

—Ninguno de los dos. No me preguntes sobre mi verdadera identidad, no puedo decir nada. Puedes seguir llamándome Thomas, como hasta ahora.

—¿También me mentiste sobre tu vida?

Thomas se revolvió el pelo, como si no quisiera continuar revelando la verdad.

—Nada es cierto —dijo, en un tono de culpabilidad—. Hablo castellano porque he estado muchos años destinado en Cuba como espía, no porque mi padre tuviera una plantación de azúcar. Estos cuatro meses he estado en Nueva York siguiendo a Martí.

—No me lo puedo creer... —Un sudor frío me recorrió la espalda—. ¡Cómo he podido ser tan idiota!

Thomas me agarró con fuerza del brazo y me miró directamente a los ojos.

—¡Tú también me engañaste a mí! En ningún momento me contaste cuál era la verdadera razón por la que habías llegado a Tampa. Y lo de tu novio... ¡Me dejaste en evidencia!

En el fondo tenía razón. Los dos nos habíamos mentido mutuamente, aunque nuestros sentimientos fueran verdaderos.

—Pensé que nunca volvería a ver a Manuel y quise rehacer mi vida –le confesé–. Y cuando apareció... En fin, ahora estamos bien.

—No tienes que darme explicaciones —me cortó—. Ahora solo tenemos una relación profesional. Y como tal, he de recriminarte lo que has hecho hoy. Te dije que solo hicieras lo que se te pidiera. Has arriesgado demasiado, y ahora no sé cómo vamos a salir de este lío.

—¡Llevabas cuatro meses sin decirme nada! —Intenté defenderme—. No sabía si hacerlo o no hacerlo..., y más después de saber que tú estabas metido en esto. No sabía si delatarte o no.

—Un espía tiene que dejar de lado las emociones y delatar incluso, si hiciera falta, a sus amigos y conocidos. Por supuesto que deberías haber dado mi nombre; de hecho, esperaba eso de ti. Quería ponerte a prueba.

—Entonces, ¿cuál es tu estrategia?

—Que confíen en mí y crean que soy imprescindible para la revolución.

—Pero ¿y si se dan cuenta de todo? —comenté con angustia—. ¿Y si descubren que lo de la línea de ferrocarril es mentira?

—Cuando me descubran ya será demasiado tarde. Estamos muy cerca de saberlo todo.

Seguíamos bajo la mesa del despacho de Manrara mientras fuera arreciaba la tormenta. Hacía frío y no podía dejar de temblar. Sin embargo, esta vez Thomas no me abrazó. Definitivamente, me había olvidado, ya no veía en su mirada el mismo interés que hacía cuatro meses. Sin embargo, a mí, verlo de nuevo me había hecho recordar mis sentimientos por él antes de que apareciera Héctor. A su lado me había sentido segura y deseada.

—¿No te da pena acabar con la ilusión de miles de personas?

—No me lo he planteado. Es mi trabajo y he de cumplir con lo que se me pida, independientemente de lo que piense.

Asentí y me puse de pie. Tenía los músculos entumecidos. Había que pensar en cómo salir de allí. Recorrí la habitación y me dirigí hacia la ventana, guiándome con la ayuda del mechero. Miré a Thomas, que estaba justo detrás de mí, y negué con la cabeza.

–No nos queda otra opción que salir por la ventana –me intentó convencer–. Es una planta baja, hay que saltar poco más de un metro.

–¿Y qué hacemos luego? ¿Llamamos a la puerta como si nada? ¡No nos creerán! Además, la ventana se quedará abierta y las cortinas descorridas. Y la tinta que he derramado... ¿Cómo voy a limpiarla? Mañana, cuando regrese al despacho, no le costará atar cabos.

–Entonces mañana te tocará a ti solucionar esto –dijo Thomas, y abrió la ventana lo más cuidadosamente posible–. Tienes que conseguir la llave y adelantarte a Eduardo.

–¿Yo? –exclamé sorprendida–. Pero ¿cómo voy a quitarle la llave a ese hombre?

Thomas se encogió de hombros y me dejó paso para que fuera la primera en bajar.

–Tú te has metido en esto, y ahora tendrás que salir solita.

No me gustó el tono que estaba utilizando. Parecía que no le importara nada lo que pudiera sucederme cuando, en el fondo, estaba en juego también la agencia Pinkerton.

–Tú llevas más tiempo que yo en esto –le recriminé–. Deberías ayudarme.

–¿Te parece poco lo que estoy haciendo por ti? –Me señaló con el dedo–. Estoy arriesgando mi trabajo para que no tengas problemas.

–Solo lo estás haciendo por ti. No quieras hacerme ver lo contrario.

Thomas me miró desconcertado.

–¿Sabes qué habría pasado si alguien de la agencia se hubiera enterado de lo nuestro? –Se quedó callado durante unos segundos–. ¿Y sabes que no me hubiera importado perderlo todo? Hubiera perdido mi trabajo y me hubiera marchado lejos de aquí solo por ti.

Aquella declaración me puso los pelos de punta. Parecía sincero y percibí su aflicción. Si aquello era cierto, Thomas hubiera hecho por mí, en tan solo un par de meses de relación, lo que Héctor jamás había intentado en un año y medio. Me quedé callada, sin saber qué contestar, me había desarmado por completo y tuve que reprimir un repentino deseo de abrazarlo.

–Vamos, salta –insistió Thomas con la cabeza gacha–. Yo voy detrás.

No estaba muy alto, así que alcancé sin dificultad el suelo. Luego lo hizo Thomas, y los dos nos quedamos a merced de la lluvia y el viento. Corrimos hasta el porche de la entrada principal de la casa sin saber cómo actuar después. Al menos, pensé yo, habíamos logrado salir del despacho.

–Haz ver que te duele el tobillo –me dijo mientras llamaba a la puerta.

Asentí, con toda mi confianza en él, y esperamos a que Eduardo abriera la puerta. Era ya demasiado tarde para que el mayordomo estuviera despierto, así que el señor Manrara esbozó una cara de sorpresa y a la vez de alivio al vernos allí.

–Pero ¿dónde estabais? –preguntó con inquietud–. ¡Os hemos estado buscando por toda la casa!

Isabel y los Collazo corrieron a recibirnos. Yo me hice la coja mientras me tocaba el tobillo insistentemente.

–¿Qué te ocurre? –exclamó preocupada Isabel–. ¿Te has hecho daño?

Entre todos me llevaron al salón y me tumbaron en el sofá mientras me tapaban con una manta para que no cogiera frío. El fuego crepitaba en la chimenea, aunque con menos intensidad, y sentí cierto bienestar al notar el calor sobre mi piel mojada.

–Me he confundido de puerta –respondí, fingiendo dolor–. Y he salido al jardín.

–Pero ¿a quién se le ocurre ir al baño a oscuras? –preguntó Isabel extrañada–. Ya te dije que esperaras...

–Lo siento, era una emergencia –dije yo, simulando dolor–. No podía aguantar.

–¿Y qué hacía usted fuera, señor Robinson?

–Escuché el quejido de una mujer... ¿No lo oyeron ustedes? –Thomas resultaba muy convincente–. Temí que hubiera pasado algo, y cuando salí, me encontré con la señorita Ramos en el suelo.

–Sí –contesté con seguridad–. Me he tropezado con las escaleras. ¡Qué vergüenza!

–¡Madre mía! –exclamó Isabel–. ¡Maldita luz eléctrica!

–Esto no hubiera pasado si tuviéramos velas, como antaño –añadió Eugenia–. La modernidad no siempre trae cosas buenas.

–Llama al doctor Dueñas, Eduardo –ordenó la señora Manrara–. Puede que Amelia se haya roto algo.

—¡No! —solté un grito desmesurado—. No creo que haga falta, de verdad. No molesten al médico por una tontería. Ya me siento mejor.

—¿Estás segura? —insistió de nuevo—. No quiero que vaya a peor.

Thomas se acercó a mí y puso sus manos sobre mi tobillo. Palpó cuidadosamente de arriba abajo con sus manos todavía húmedas.

—¿Te duele? —me preguntó sin mirarme, aparentemente concentrado.

Negué con la cabeza y tragué saliva al notar el roce de su piel sobre la mía. Sus dedos largos y cuidados resbalaban por mi tobillo con suavidad y se me puso la piel de gallina.

—Creo que no tiene nada —dijo al fin Thomas—. Ha sido solo el golpe. Está perfectamente.

—¡Menos mal! —Eduardo dejó escapar un soplido—. ¡Hay que ver cómo ha terminado la noche!

—Creo que deberíamos irnos ya al hotel —dijo Enrique Collazo mirando por la ventana—. Está amainando.

—Sí —confirmó Thomas—. Podríamos ir juntos. Yo también me hospedo en el Victoria, al menos hasta que encuentre una casa en la que vivir.

Me levanté del sofá y me despedí de Thomas con todo mi pesar. Me guiñó un ojo y me susurró algo al oído cuando nadie estaba pendiente de nosotros.

—Confío en ti —me dijo—. Ah, y me alegro de verte.

A duras penas pude controlar la sonrisa. Estaba contenta por el reencuentro y por saber la verdad. Ahora estaba al corriente de quién no era, aunque desconocía su identidad y su vida real. Sin embargo, sabía a lo que me exponía y me sentía mucho más segura y confiada ahora que Thomas estaba cerca. Además, aunque me hubiera dicho lo contrario, estaba convencida de que me iba a cuidar y a proteger siempre que estuviera en su mano. Me lo había demostrado aquella noche, al arriesgar su trabajo con la agencia Pinkerton para ayudarme, a pesar de haber sido yo tan poco cautelosa.

—Gracias por socorrerme —le contesté con picardía—. Cuando me he caído, ya sabes.

Thomas me besó la mano con complicidad. Isabel le devolvió la ropa todavía mojada y Eugenia se acercó a mí.

—Cuídese ese pie, por favor: recuerde que tiene que desfilar en apenas unos días en Cayo Hueso —me dijo—. Enviaré invitaciones a lo mejorcito de la ciudad. Será todo un éxito, ya lo verá.

Asentí, ilusionada por visitar una ciudad nueva y hacerme conocer fuera de Tampa. Además, se abría ante mí una nueva oportunidad de obtener más información sobre los Manrara y lo que tramaban en La Habana.

—Por cierto —añadió Eugenia—, ¿no tenía usted tanta prisa por ir al baño?

Tenía toda la razón. Se me había olvidado por completo, y aquel pequeño detalle podía arruinar toda mi coartada.

—La verdad es que con el susto se me ha pasado —dije con voz dulce y con toda la inocencia que pude—. Ha sido horrible.

Eugenia pareció satisfecha con la respuesta y no le dio más importancia. No pude evitar sentir pena al ver a Thomas cruzar la puerta. Comencé a subir las escaleras en dirección a mi habitación para descansar por fin, pero ralenticé mi paso al oír conversar a los señores Manrara.

—Mañana no estaré en casa en casi todo el día —dijo Eduardo—. Me iré directamente a la fábrica después de desayunar.

Recordé que tenía que cerrar la ventana del despacho y limpiar la tinta para no levantar sospechas, así que debía robarle la llave antes de que se marchara a trabajar. ¿Cómo iba a hacerlo si la tenía siempre a buen recaudo en el bolsillo de su americana? Me adentré en mi habitación y comencé a desvestirme. Mientras me quitaba las joyas, me di cuenta de que me faltaba un pendiente. Un escalofrío me recorrió el cuerpo, si alguien encontraba mi pendiente en aquel despacho, estaba perdida.

49

Aquella noche apenas pude dormir pensando en el maldito pendiente. Isabel Manrara sabría perfectamente que era mío, y entonces se daría cuenta de que Thomas y yo habíamos mentido y nuestra misión fracasaría. ¿Qué diablos podía hacer? Además, no dejaba de dar vueltas a la revelación de Thomas. ¡Tenía tantas cosas que preguntarle! ¿Sabía quién era yo realmente y lo que había sucedido en Barcelona?

Todavía era de noche, aunque faltaban pocas horas para que empezaran a brillar los primeros rayos de sol. Me levanté, me puse mi batín de seda y me dirigí lo más sigilosamente que pude al dormitorio de los señores Manrara. Estaba atacada de los nervios. Creía que en cualquier momento se me saldría el corazón del pecho. Tenía que arriesgarme, entrar y coger la llave del despacho del bolsillo de la americana. Abrí la puerta del dormitorio intentando hacer el menor ruido posible. Aunque entraba el reflejo de la luna por la ventana, apenas se veía nada. El señor Manrara roncaba con fuerza e Isabel, que llevaba un antifaz, dormía apaciblemente en postura fetal. No parecían darse cuenta de nada. Vi la americana colgada en el galán de noche, que a oscuras parecía más un fantasma, y comencé a buscar por los bolsillos interiores. Desgraciadamente, allí no había nada. ¿Dónde habría metido la llave? Sentía cómo la ansiedad comenzaba a adueñarse de mi cuerpo y, apurada, decidí rebuscar también en el tocador de la señora. Sin embargo, lo único que encontré fueron las joyas de Isabel. Ni rastro de la llave. En aquel preciso instante, me di cuenta de que mi misión había fracasado y que mi estancia en Tampa se podía dar por finalizada. Me iban a descubrir. Salí resignada de la habitación, con los ojos anegados en lágrimas, pero la prisa por marcharme hizo que terminara tropezándome con el bajo del batín y cayera al suelo. Se oyó un golpe seco que despertó a los señores

Manrara. Me puse de pie enseguida, antes de que fueran conscientes de lo ocurrido, y salí corriendo sin cerrar la puerta.

–Eduardo, me ha parecido ver a alguien en la habitación –oí decir a la señora mientras llegaba a mi dormitorio–. ¿No será un ladrón? Mira, la puerta está abierta.

–Nos la dejaríamos abierta anoche –respondió el señor Manrara con la voz pastosa, aún dormido–. Estarías soñando.

–Que no, Eduardo, que no –insistió, asustada–. Que te digo que he visto a alguien.

–Sería un fantasma –bromeó Eduardo Manrara–. Sigue durmiendo, Isabel.

No se volvió a oír nada más, salvo mis sollozos ahogados bajo la almohada. Estaba tan asustada que incluso se me pasó por la cabeza irme en ese mismo momento y así no pasar la vergüenza de confesar mi traición a aquella familia que tan bien me estaba tratando. Pero no podía tirar la toalla; al menos debía intentar pensar en una excusa que fuera lo suficientemente buena como para que me creyeran.

Permanecí en vela hasta que amaneció. Mientras me arreglaba, escuchaba de fondo el trajín matutino del servicio que comenzaba a ventilar las habitaciones y a ahuecar los almohadones del dormitorio de los señores, que siempre eran los primeros en levantarse. A Isabel Manrara le encantaba descorrer las cortinas del salón a primera hora y aspirar el aroma húmedo y embriagador del jardín. Por el pasillo ya corría un ligero olor a tabaco: lo primero que hacía el señor Manrara al levantarse era encenderse un cigarrillo y acomodarse en el comedor a leer *El Porvenir* y *The New York Times,* que llegaba con un día de retraso. De hecho, cuando bajé la mesa del comedor ya estaba puesta: el mantel de encaje, blanco y puro, contrastaba con los colores llamativos de la vajilla y los vasos de zumo de uva sin madurar. El señor Manrara bebía un café con leche y sobre la mesa había también una humeante jarra de chocolate, que a Tania le encantaba tomarse con unos bizcochos. La señora Manrara solía desayunar fruta, así que siempre había una enorme fuente de melón, papaya, mango y mamey.

–¡Qué noche la de ayer! –exclamó Isabel, a la vez que se ponía la servilleta sobre el regazo–. Espero que el señor Robinson y los señores Collazo llegaran bien al hotel con la tormenta tan fuerte que cayó.

—Puedo mandar recado al Victoria Hotel –contestó Eduardo–. Luego haré una nota.

Mi corazón se aceleró, angustiado: hacer una nota significaba ir al despacho. Eduardo estaba a un paso de descubrirnos, y yo debía impedirlo como fuera.

—No se moleste, señor Manrara –dije yo con una media sonrisa–. Puedo pasarme por allí ahora y comprobar que estén bien.

—¿Y no llegarás tarde al trabajo? –preguntó Isabel, preocupada–. Puedo decirle al cochero que te lleve. Irás más rápido que con el tranvía.

Asentí agradecida mientras intentaba desayunar, aunque tenía el estómago cerrado. Me serví una tortilla fina y una taza de café solo para despejarme un poco y terminé con un poco de fruta. Había conseguido dilatar la agonía, pero no acabar con el problema.

Me levanté y, cuando ya me disponía a salir, Eduardo Manrara introdujo su mano en la americana en busca de su llave.

—Isabel, ¿sabes dónde he dejado la llave del despacho? –refunfuñó–. He olvidado coger unos papeles importantes.

La señora Manrara se encogió de hombros con indiferencia y ni siquiera contestó. Su marido se dirigió al despacho y regresó a los pocos segundos con el ceño fruncido. Me puse pálida, y un inmenso dolor de estómago se apoderó de mí.

—¿La has encontrado? –preguntó la señora.

—Me la había dejado puesta.

¡Qué estúpida!, pensé. Pero ¿cómo iba a pensar que estaría allí?

—Pero no te puedes ni imaginar cómo está todo: la ventana estaba abierta y el viento ha tirado los papeles por el suelo, incluso el tintero, que lo ha manchado todo.

—Luego les digo a las criadas que lo limpien –dijo ella, restándole importancia.

—Quizá han sido las criadas: mira lo que he encontrado. –Le entregó el pendiente–. Alguien ha estado merodeando por allí.

La señora Manrara inspeccionó el pendiente y enseguida desvió su mirada hacia mí.

—¿No es tuyo, querida?

Me puse roja y me llevé las manos a la frente, avergonzada.

—Sí –confesé, con la voz débil.

Eduardo Manrara apretó los labios y me lanzó una mirada de reproche.

—¿Qué ha estado haciendo en mi despacho?

—Verá..., esta mañana, yo...

—¿No sabe que tengo prohibido que cualquiera entre en mi despacho? —me interrumpió—. Incluso las criadas pueden entrar solo bajo estricta vigilancia. ¿Qué hacía allí por la mañana?

Comencé a llorar ante el ataque del señor Manrara. Jamás lo había visto tan enfadado y fuera de sí; incluso Tania estaba asustada por su reacción.

—Déjala que se explique, Eduardo —le reprendió Isabel.

—Ayer le escuché hablar de una lista de voluntarios. —Era incapaz de mirarlo a la cara—. Manuel nunca me cuenta nada y... quería saber si él es uno de ellos. Vi que se había dejado la llave puesta y...

—Eso está muy mal, Amelia. —La señora Manrara me señaló con el dedo—. No puedes entrar en el despacho sin pedir permiso.

—Lo siento muchísimo. —Tenía miedo de que Eduardo tomara la decisión de echarme de su casa—. Quería saber qué me deparaba el futuro. No volverá a pasar, se lo prometo.

—Su miedo no justifica lo que ha hecho, señorita Ramos. —El señor Manrara seguía enfadado, aunque su tono se había rebajado—. Ha entrado en un lugar privado y ha rebuscado entre mis cosas.

—Solo miré por encima de la mesa, se me cayó la tinta y... —lamenté en tono de culpa—. Me di cuenta de que estaba haciendo algo malo y me fui.

—Nos lo deberías haber dicho antes de que lo descubriéramos —comentó Isabel—. O haberle preguntado directamente a Eduardo por la lista.

—Nadie puede saber los nombres que aparecen en esa lista —respondió el señor Manrara con autoridad—. Y Manuel Hernández, como buen trabajador y aliado de la causa, ha cumplido con su deber al no decirle nada.

—¡Oh, vamos, es su novio! —exclamó Isabel—. Ella sufre por él, también merece una explicación.

—Si queremos que salga bien esta vez, todos debemos sacrificarnos. —Nos señaló con el dedo—. Y las mujeres también. Así que, señorita Ramos, espero que no vuelva a cometer un error como el de esta mañana, porque no le daré una segunda oportunidad. Serénese y piense que lo que está haciendo su novio es por el bien de todos nosotros y de los cubanos.

Asentí, con cara de arrepentimiento, aunque estaba a punto de estallar de alegría por haber salido impune de aquel embrollo.

—No volverá a ocurrir —repetí.

Después de una última reprimenda por parte de Isabel Manrara y de que su marido se hubiera marchado a la fábrica, llamé al cochero y me preparé para partir. Aunque ahora estaba mucho más relajada y tranquila, a medida que me acercaba al Victoria Hotel mi estómago se iba convirtiendo en un amasijo de nervios ante la perspectiva de reencontrarme con Thomas. Aun así, tenía ganas de contarle lo airosa que había salido del embrollo de la noche anterior.

Bajé del coche y fui a recepción para preguntar por el señor Robinson. El hombre señaló el restaurante y me dijo que se encontraba desayunando. Al entrar en la sala repleta no pude evitar recordar la noche que cenamos juntos, y una nostalgia agradable me hizo esbozar una mueca estúpida, como de enamorada. Intenté ponerme seria al ver a Thomas a lo lejos, ante una taza de café en la que mojaba una tostada untada con mantequilla. Me acerqué a él lentamente, mientras lo observaba con detenimiento.

—Hola, Thomas. ¿Has dormido bien?

Se sorprendió al verme y enseguida se levantó para saludarme. Me senté frente a él y me serví un café.

—¿Quieres comer algo? —Me ofreció una tostada—. ¿O ya has desayunado?

—Ya he desayunado, gracias. Tan solo he venido para saber si los señores Collazo y tú habíais llegado sanos y salvos anoche.

—Ya ves que sí. Los señores Collazo han partido temprano a Cayo Hueso. —Dio un sorbo a su café y me miró—. ¿Has hecho lo que tenías que hacer?

—¿Lo dudas? —Sonreí con picardía—. Por supuesto que sí, ya está todo solucionado.

Thomas asintió con cierto orgullo y se encendió un puro mientras se recostaba en el respaldo de la silla.

—No sé cómo lo habrás hecho, Amelia, pero eres muy buena. A este paso me vas a quitar el puesto.

—Gracias. —Me ruboricé y cambié de tema—: Por cierto, tengo una pregunta que hacerte... ¿Desde España te dieron información sobre mi vida antes de que llegara a Tampa?

Thomas negó varias veces con la cabeza.

—No. Yo solo soy un agente, no me importa el pasado de mis compañeros. Tampoco nadie conoce el mío. Así que puedes estar tranquila. Lo que te dije de tu familia lo supe porque así me lo hicieron saber quienes están al mando del caso.

Aunque aparentemente no transmití emoción alguna, en el interior de mi cuerpo se desató un torbellino de alegría y tranquilidad.

—Pero supongo que debes de saber que yo no soy una profesional —confesé—. No he sido preparada para ejercer esta labor.

—Me dijeron que nunca habías trabajado en esto y me extrañó que una mujer como tú, que tiene tantas otras formas de ganarse la vida, aceptara una misión tan arriesgada.

—Jamás acepté esta misión, Thomas.

Tragué saliva y agaché la cabeza. Aunque no debía contarle nada de mi vida, sentía que le debía cierta sinceridad. Le habían engañado y le habían hecho creer que yo me había presentado como voluntaria a esta misión.

—¿A qué te refieres? —Frunció el ceño—. ¿Te han obligado a hacer esto?

Asentí, mientras Thomas abría la boca sorprendido.

—Hice algo mal, y ahora estoy pagando por ello —acabé diciendo, con voz frágil—. He de cumplir con lo que se me pide si quiero obtener la libertad.

—¿Te están haciendo chantaje? —Volvió a encender el puro y puso los codos sobre la mesa—. No pueden obligarte, eso es inhumano.

Thomas había traspasado por fin la barrera que había creado desde que había vuelto, y eso me reconfortó.

—No me queda otra. Hay muy pocas mujeres que estén dispuestas a ejercer este papel, así que en mí tenían a la víctima perfecta: provengo de buena familia, tengo cultura y...

—Y eres preciosa —me interrumpió, y desvió la mirada al cenicero—. Con tu clase, te sería fácil acercarte a las mujeres más importantes de Tampa. Y así ha sido.

Thomas tomó mis manos entre las suyas, e inevitablemente me asomaron algunas lágrimas a los ojos al recordar todo lo que había sufrido.

–Mira, no sé qué es lo que hiciste –continuó en tono compasivo–, pero no te mereces esto. No es justo que hayas tenido que abandonar tu vida por algo así.

–Mi vida ya la abandoné antes de llegar a Tampa, y la única culpable fui yo por creer en alguien que luego me traicionó.

Estaba hablando más de la cuenta, aunque en ningún momento me sentí amenazada por ello. Me sentía a gusto con Thomas, igual que antes de que llegara Héctor. En pocos minutos habíamos retomado la confianza de hacía cuatro meses, como si todo ese tiempo no hubiera pasado.

–Si ese ha sido tu pecado, entonces todos somos pecadores. Pero lo importante es aprender de los errores y no volver a caer en ellos.

¿Significaba eso que estaba volviendo a cometer el mismo error que antes por haber vuelto con Héctor? Recapacité y me dije a mí misma que esta vez había hecho bien las cosas: me había centrado en la misión, por eso apenas veía a Héctor. No quería darle vueltas a lo mismo una y otra vez: las cosas caerían por su propio peso o seguirían como hasta ahora, sin que yo forzara la situación.

–Será mejor que dejemos este tema. –Me deshice de sus manos y me recompuse–. La semana que viene me voy a Cayo Hueso, y la señora Manrara y la señora Dueñas a La Habana.

–Cierto. –Thomas parecía incómodo al ver que me había distanciado de nuevo–. Espero que puedas sacar algo en claro de las actividades del Estrella Solitaria en Cuba. Seguro que lo consigues. Tengo confianza en ti.

–Gracias. –Me puse de pie y me lo quedé mirando, como si quisiera demorar la despedida–. Por cierto, ¿cómo vamos a comunicarnos ahora?

–Ya no hace falta que vuelvas al Tampa Bay Hotel. A partir de ahora lo haremos cara a cara. No es necesario que nos escondamos.

Así que a partir de ahora tendría que ver a Thomas más a menudo. Y aquello, irremediablemente, me hizo sentir mucho mejor.

50

En la casa de los Manrara las maletas ocupaban parte del recibidor mientras el mayordomo se afanaba en cargarlas en el coche. Isabel y yo estábamos preparadas para iniciar el viaje a Cayo Hueso, y Tania y Eduardo habían salido al porche, junto a los criados, a despedirse de nosotras, como si fuéramos a estar mucho tiempo fuera de casa. Le dije adiós a Tania con un poco de pena, pues me había acostumbrado a pasar las tardes con ella; en cierto modo, me recordaba a mi hermana Carolina, con quien tantas cosas había compartido. ¡Cómo anhelaba los momentos en familia y sentir el cariño de los míos y el amor incondicional de mi madre!

Habíamos quedado en el puerto con la señora Dueñas, la señora Gibbs y Odalys para tomar el vapor que nos llevaría hasta el Cayo, y mi estado de ánimo era una mezcla de expectación y nerviosismo. Además, tenía ganas de alejarme de Tampa, pasar un tiempo sin la influencia de los dos hombres que estaban gobernando mi vida. Me había despedido de ellos un día antes de partir: Thomas me había dado ánimos, estaba convencido de que descubriría algo interesante para la agencia durante el viaje; Héctor, sin embargo, se mostró distante y poco hablador, quizá porque imaginaba que se trataba de otro asunto del que no podía contarle nada. Aunque los iba a echar de menos, me sentaría bien estar unos días alejada de ellos.

Llegamos por fin al puerto, donde ya se encontraban la señora Gibbs y Odalys junto a varios baúles cargados de ropa. Como no habíamos tenido mucho tiempo para confeccionar nuevos vestidos, habíamos tenido que llevar los que ya habíamos utilizado en un desfile anterior, en casa de la señora Ayala, para presentar la nueva temporada de otoño-invierno. Además, teníamos pensado recorrer las casas de moda de Cayo Hueso en busca de complementos y sombreros durante aquellos tres días antes del desfile.

Al poco apareció la señora Dueñas con dos maletas más y todas nos subimos al vapor, esperando entrar en nuestro camarote de primera clase. Tal y como había sucedido la vez que viajé en ese vapor, los familiares se despedían entre lágrimas de los viajeros, que probablemente se marchaban a Cuba. Había pasado medio año desde que pisé esa tierra, en la que desembarqué acongojada y llena de incertidumbre. Sin embargo, en Tampa no me había ido tan mal; había conseguido convertirme en una mujer independiente y profesional.

Odalys y yo compartíamos camarote, y aproveché la ocasión para retomar las conversaciones y confidencias que solíamos tener antes de que yo empezara mi trabajo de institutriz.

—¿Cómo está Raúl? —le pregunté mientras descansábamos sobre la cama.

—Bien, como siempre. Ya sabes, entusiasmado con el Partido Revolucionario Cubano y a la espera de la nueva visita de Martí, aunque me temo que no va a venir más. Parece que trabaja muy duro en Nueva York.

—Estará trabajando para la revolución.

—Así es, ¡pero qué te voy a contar a ti! Tu novio Manuel debe de saber más que Raúl, que para eso es el lector de El Príncipe de Gales. Supongo que te habrá contado lo de Camagüey.

Miré extrañada a Odalys sin saber de qué hablaba, aunque imaginaba que podía tener relación con la lista de voluntarios. Asentí, esperando a que continuara con la explicación.

—A la mayoría de los cigarreros de Ybor los destinarán al sur de Camagüey cuando empiece la revolución. Son unos trescientos y serán comandados por Mayía Rodríguez, Collazo y el propio Martí. ¿No te parece increíble? Nuestros hombres lucharán al lado de los grandes cabecillas.

No supe cómo tomarme la noticia. Héctor ya me había dejado claro que él anteponía la política y su lucha a nuestra relación, pero no podía dejar de sentirme traicionada.

—No tengas miedo, Amelia —siguió Odalys, que notó mi gesto de aflicción—. Estoy segura de que no les pasará nada. Terminaremos las dos casadas y formando una familia en Cuba.

No estaba segura de ello. A diferencia de Odalys y Raúl, que estaban completamente unidos y compartían ideario y objetivos comunes, Héctor y yo parecíamos sobrevivir como pareja por los recuerdos y el amor que nos habían unido antaño.

Sonreí a Odalys, agradecida por su optimismo, y permanecí callada, sumida en un estado de sopor durante el resto del viaje.

Bajamos por fin del vapor y desde el muelle contemplamos las fábricas de tabaco, de las que en ese momento salían los obreros. Muchos de ellos se acercaban al muelle para presenciar la espectacular puesta de sol con un puro en la mano y uno de esos cucuruchos de papel con croquetas o pescadito frito que se vendían en los puestos ambulantes de comida, en los que ondeaba al son del viento la bandera cubana. La señora Manrara y la señora Dueñas se hospedarían junto a nosotras en casa de los Collazo para descansar y tomarían el vapor hacia Cuba al día siguiente. El personal del barco nos ayudó a cargar las maletas y, tras sortear a los malabaristas con fuego, tragadores de espadas, músicos y vendedores de todo tipo que se acumulaban en el puerto, alcanzamos por fin las calesas.

Se podría decir que Cayo Hueso era un pedacito de tierra en medio del mar. Había sido refugio de piratas y ahora también de revolucionarios, espíritu que se percibía en gran parte de la población, que alegraba sus calles y restaurantes con su actitud bohemia y relajada. La ciudad estaba inundada de plataneros manzano, y un olor dulce, que provenía de la papaya que crecía en los patios de las casas, embriagaba las calles. Enseguida me di cuenta de que Cayo Hueso era una ciudad pequeña y que incluso a pie no tardaríamos más de dos horas en recorrerla. ¡Qué lástima ir con tantas maletas! Hubiera sido encantador pasear por la transitada calle Duval, donde había varias hileras de casas cubiertas de buganvilla. El paseo en coche me pareció delicioso, pero se me hizo excesivamente corto hasta la casa de los Collazo. Esta era humilde, no tan espectacular como la de los Manrara o los Ybor, pero era una casa coqueta y estaba decorada al estilo colonial del siglo XVII. En el salón había varios asientos de mimbre, cuero y madera, además de un precioso sofá negro.

Los Collazo nos ofrecieron asiento y limonada, y también varios abanicos con los que aliviar un poco el calor.

—¿Así que mañana partís a La Habana? —preguntó Eugenia Collazo—. ¿Necesitáis que os acompañe alguien del servicio?

—Oh, no hace falta, gracias —respondió la señora Dueñas—. Nos hospedaremos en casa de mi hermana y ella nos ayudará en todo.

Me di cuenta de que Patricia Dueñas estaba pálida y ojerosa y no estaba muy habladora, a pesar de que le encantaba dirigir las conversaciones.

—¿Se encuentra bien, señora Dueñas? —le pregunté.

—Me siento un poco mareada —confesó, quitándole importancia—. Supongo que habrá sido el viaje. Y, dígame, ¿quién acudirá al desfile de la señorita Ramos?

—Muchísima gente —respondió Eugenia—. Además, mañana llegarán unos invitados muy especiales de Costa Rica que no quieren perdérselo. Pasarán tres días con nosotros hasta que se celebre el desfile.

—¡Vaya! —exclamó Isabel Manrara—. ¿Y se puede saber de quiénes se trata?

Eugenia Collazo se quedó unos segundos callada para mantener la expectación y hacerse la interesante.

—El Titán de Bronce y su mujer —sonrió emocionada—. ¿No les parece genial?

No sabía quién era ese hombre, pero por su expresión podía deducir que se trataba de alguien importante. Ante mi cara de ignorancia, Isabel se precipitó a darme información.

—Se refiere a don Antonio Maceo, general cubano y uno de los líderes independentistas más destacados —explicó—. Lo apodan el Titán de Bronce por su excepcional vigor físico. ¡Mide más de seis pies!

—Y es todo un valiente —continuó la señora Collazo—. Luchó como el que más durante la guerra de los Diez Años.

—Vaya, me siento halagada de que haya venido expresamente a Cayo Hueso solo para verme desfilar —dije con toda la intención—. Puedo sentirme orgullosa.

—Oh, no solo ha venido por usted. Tiene que hablar con Enrique de ciertas cosas, pero le aseguro que su mujer está deseando conocerla.

Así que ese tal Antonio Maceo también estaba implicado en la revolución de Martí. Tendría que doblar mi esfuerzo, no solo debía investigar el porqué del viaje a La Habana, sino también lo que trataban el señor Collazo y el Titán de Bronce.

Estuvimos charlando hasta que se sirvió la cena. Me encontraba tan cansada que lo único que me apetecía era tumbarme en la cama y dormir. La señora Dueñas no había mejorado de sus mareos y se marchó a su habitación sin apenas probar bocado, lo que nos dejó a todos preocupados. A mitad de la noche comenzamos a oír unos quejidos de dolor que procedían de su cuarto. Isabel Manrara, Enrique Collazo y yo corrimos a socorrerla y nos encontramos con una mujer agonizante, con un agudo dolor de estómago y sudorosa. Nos asustamos muchísimo y Enrique se apresuró a enviar una nota al médico, que acudió enseguida. Su veredicto resultó inquietante, aunque no supusiera ningún peligro de muerte: la señora Dueñas sufría de fiebre amarilla, la cual era transmitida por un mosquito propio de zonas marítimas cálidas, como Tampa o Cayo Hueso. No podía dejar de vomitar, y padecía de escalofríos y dolores de cabeza intensos provocados por la fiebre.

–La señora Dueñas no podrá acompañarme a Cuba –dijo Isabel con preocupación–. Así que tendremos que cancelar el viaje.

–¡No puedes! –exclamó Patricia intentando evitar las náuseas–. Está ya todo planeado, tienes que ir. Además, mi hermana te espera.

–¡No puedo ir sola! Y la señora Collazo no puede venir conmigo; mañana llegan los Maceo y no puede descuidar su papel de anfitriona.

–Llévate a Amelia.

Di un respingo al oír mi nombre. No esperaba que la señora Dueñas tuviera tanta confianza en mí. Además, estaba lo del desfile. ¿Tendríamos que retrasarlo? Aun así, deseaba que Isabel terminara por aceptar su propuesta.

–¿Estás segura? –preguntó, dudosa–. Entonces se enteraría de todo.

–¡Es la novia de Manuel Hernández! –dijo, entre quejidos de dolor–. Y la institutriz de tu hija. No nos delatará.

Hablaban como si yo no estuviera presente, y parecía que mi mayor aval era, sorprendentemente, mi relación con Héctor. Si finalmente terminaba en La Habana con Manrara, podría decir que el destino estaba de mi parte y que Dios, si existía, tenía mucho interés en que la independencia de Cuba no triunfara.

—Está bien —aceptó la señora Manrara—. Amelia, ¿querrás acompañarme dos o tres días a La Habana?

—¿Y qué pasa con el desfile? —pregunté, confusa.

—Lo podemos hacer a la vuelta. —Hizo un gesto despreocupado con la mano—. Ya te he dicho que será un viaje rápido. La señora Gibbs y la modista pueden disfrutar de la ciudad.

Los vestidos ya los teníamos preparados, tan solo quedaban algunos detalles que Odalys podía encargarse de comprar en Cayo Hueso. No me necesitaban, así que decidí aceptar.

—Sí, la acompañaré —respondí, animada—. Siempre he querido visitar Cuba.

—Más que de visita, vamos de negocios. Pero creo que van a organizar una fiesta de disfraces a la que acudirá lo mejorcito de la isla, así que no te aburrirás.

Estaba entusiasmada con todo lo que estaba escuchando, y me fui a mi cuarto emocionada por lo que me depararía el viaje a La Habana. Aquella noche apenas pude dormir, por los nervios y por los continuos lamentos y quejas de la señora Dueñas, que se había quedado a merced de la compañía de una criada.

Al día siguiente, Isabel y yo desayunamos frugalmente y el cochero de los Collazo nos acompañó al muelle. Cargábamos con cuatro maletas, cosa que me pareció excesiva e innecesaria para los escasos días que íbamos a permanecer allí. Me pareció extraño que Isabel, aparte de las suyas, también llevara las de la señora Dueñas, cuando ella no había podido venir. Quizá, pensé, llevaba algún regalo para su hermana.

Tomamos el vapor y partimos a La Habana entre charlas animadas, disfrutando del precioso día que se vislumbraba en aguas del Atlántico desde la proa.

—Amelia, creo que debería darte explicaciones de lo que hace el club Estrella Solitaria en Cuba.

Por fin había llegado el momento tan esperado. Creía imposible que algún día Isabel Manrara, aquella mujer que tantas dificultades y problemas me había creado al inicio de mi andadura en Tampa, pudiera darme la llave de sus secretos mejor guardados.

—Supongo que sabrás que en 1886 fue abolida finalmente la esclavitud en Cuba —empezó en tono didáctico—. La isla fue de los últimos países en hacerlo, pues los grandes hacendados y dueños de plantaciones se negaban. La cuestión es que todavía quedan, aunque parezca mentira, lugares en los que los negros cubanos continúan trabajando en condiciones de semiesclavitud por apenas un plato de comida y techo. ¿Conoces a Salvador Cisneros Betancourt?

Negué con la cabeza. Estaba absolutamente concentrada en su explicación para no perderme ningún detalle. Imaginaba que lo que tenía que decirme sería la base de la gran pirámide que se había construido en torno a Martí y la independencia cubana.

—Se trata del marqués de Santa Lucía, uno de los hombres más ricos de Camagüey, propietario de grandes plantaciones azucareras. Ha estado mucho tiempo exiliado en Nueva York por su participación en la guerra de los Diez Años, pero ahora se encuentra en La Habana, ayudando en la organización de la revolución junto a sus hijas. Estas se quedaron en La Habana cuando su padre se marchó, y uno de sus yernos se encarga de sus tierras.

—¿Está perseguido por los españoles?

—Sí. El marqués, aunque no le gusta que se refieran a él de ese modo, fue presidente de Cuba en 1873 y liberó a todos los esclavos de sus plantaciones.

—¿Y qué relación tiene este hombre con el Estrella Solitaria? —pregunté, ansiosa por saber más—. Vuestros maridos tienen tabacaleras, no plantaciones.

—La hermana de la señora Dueñas es muy amiga de una de las hijas de Betancourt. Ambas son firmes antiesclavistas y sueñan con una Cuba libre. La cuestión es que Betancourt se dedica a comprar la libertad de todos aquellos hombres y mujeres, a veces incluso niños, que todavía se encuentran esclavizados en algunas plantaciones. A muchos los emplea como asalariados en sus propias tierras.

No podía criticar una obra tan noble. Aquel hombre ayudaba a centenares de personas que anhelaban un trabajo digno.

—¿Y cuál es la tarea del grupo?

—Betancourt también se encarga de dar cobijo a todos aquellos cubanos anarquistas y secesionistas perseguidos por las autoridades españolas hasta que nosotras nos hacemos cargo de ellos. Los contratamos como parte del servicio de nuestras casas para luego ubicarlos en las tabacaleras de Tampa y Cayo Hueso.

–¿Y por qué no los contratan ustedes directamente?

–La cuestión es que España nos pone las cosas difíciles. Saben que desde las tabacaleras de Tampa se financia la revolución y se lucha por ella, así que no nos dejan sacar a esas personas del país si es para emplearlas en nuestras fábricas.

Por eso las mujeres más importantes de Tampa acudían a La Habana con la intención de contratar a sus criados y luego convertirlos en torcedores y futuros soldados de la revolución. Porque, aunque aquello no me lo hubiera dicho, yo estaba convencida de que el objetivo de aquel viaje no era otro que el de conseguir nuevos reclutas para conformar el ejército libertador de Martí.

–Me parece muy inteligente por su parte. Tenga por seguro que no pienso decir nada a nadie. Puede confiar en mí, seré una tumba.

Isabel asintió satisfecha y miró al horizonte.

–¿Sabes que mañana se cumplen veintiséis años del Grito de Yara? Fue ese día cuando empezó todo, cuando Carlos Manuel de Céspedes dio a conocer las ideas y los objetivos del movimiento revolucionario independentista basado en la igualdad de todos los hombres, blancos o negros, cubanos o españoles...

–¿Va a haber celebración en La Habana?

–La fiesta de disfraces de la que te hablé ayer se hará precisamente en la hacienda de la hija de Betancourt, a las afueras de La Habana. Allí también estarán su padre y otra gente importante. Celebraremos dicha fecha tan señalada igual que se hará en Tampa y Cayo Hueso. Evidentemente, no se podrá hacer de forma pública para no levantar las sospechas de las autoridades españolas.

–¿Y de dónde voy a sacar yo un disfraz para mañana?

–Oh, no te preocupes, puedes usar el de la señora Dueñas. –Rio en voz baja–. Sí, sé que está un poco más rellenita que tú, pero podemos hacer un apaño. Creo que va de sultana.

Qué divertido, pensé. Jamás me había disfrazado de algo así, aunque en España la moda romántica del exotismo estaba también muy en boga y mucha gente se disfrazaba de nazarí o soldado moro.

Seguimos disfrutando de una charla animada hasta que algo me llamó la atención: un hombre que leía *La Vanguardia*. Intuí que se trataba de un catalán que iba a probar fortuna en Cuba. Sin embargo, no fue eso lo que provocó que mi corazón se parara en seco, sino la portada del periódico, que, por lo que pude leer, era de septiembre. Mi cara ocupaba la mitad de la portada y mi nombre, en mayúsculas, enmarcaba la noticia de mi desaparición. Solté un grito de sorpresa, y supuse que habría sido mi familia la que se había lanzado a la desesperada en mi búsqueda.

–Parece que hayas visto un fantasma –me dijo la señora Manrara–. ¿Te encuentras bien?

Temí que se diera la vuelta y se encontrara con mi cara, que se enterara de mi verdadera identidad y mis mentiras, así que le pedí que me fuera a buscar un vaso de agua para ganar un poco de tiempo. En cuanto Isabel se marchó, fui corriendo hacia aquel hombre que seguía leyendo mientras fumaba un cigarrillo.

–¿Cuánto pide por el periódico? –le pregunté desesperada, tapándome la cara parcialmente con el sombrero para que no me reconociera.

–¿Para qué quiere un periódico de septiembre? –me preguntó extrañado, con un marcado acento catalán–. Las noticias son viejas.

–Llevo tiempo fuera de España y me gustaría echarle un vistazo, por curiosidad –dije con naturalidad–. La nostalgia de llevar años fuera de casa...

El hombre me lo entregó sin más, sin pedir nada a cambio y, aunque intentó darme conversación, me deshice de su compañía con excusas y me marché al otro lado del barco para poder leer el periódico con tranquilidad.

> Se busca a Amelia Rovira Figueres, hija del dueño de la fábrica Filatures Rovira y Eulalia Figueres, desaparecida hace prácticamente un año tras la terrible tragedia del atentado del Liceo en Barcelona. Fue vista por última vez en París, concretamente en Montmartre. Se dotará de recompensa económica a cualquiera que pueda dar una pista sobre su paradero.

Un nudo en la garganta se desató para dejar paso a un grito desesperado de emoción. Mis padres me buscaban, sin importarles lo que pensaran de ellos. ¿Podía haber mayor gesto de amor? Tenía que escribir a mi madre y hacerle saber que me encontraba bien, que seguía viva. Aunque no pudiera darle detalles sobre mi paradero, debía poner fin de algún modo al sufrimiento que estaría padeciendo por mi ausencia. Vi a Isabel buscándome con la mirada, con el vaso de agua en la mano. Tenía que deshacerme rápidamente del periódico y, tras darle un beso a la portada, que para mí era prueba de fidelidad y amor, lo lancé al mar.

51

Bajamos del vapor y alquilamos un coche que nos llevó hasta el exclusivo barrio del Templete, en el que vivía la hermana de la señora Dueñas y donde se ubicaban los edificios más representativos del poder colonial y las residencias de la clase alta y de los grandes comerciantes. La mayoría de los hombres y mujeres que transitaban por esas calles eran negros, pues se trataba de criados, caleseros y aguadores que suministraban agua a domicilio.

El sol era abrasador, aunque los vientos alisios de la isla lo hacían soportable. Los mosquitos campaban a sus anchas por culpa de los manglares y hacían que la fiebre amarilla se cebara en La Habana más que en otros puntos de la isla. El aguardiente de caña, que se vendía en la mayoría de comercios, era el remedio universal para curar todos los males producidos por la enfermedad.

Pese a encontrarse cerca de la bahía, nos llevó mucho tiempo llegar al barrio del Templete, debido a la cantidad de calesas particulares que dificultaban el tránsito. A diferencia de Tampa, La Habana tenía calles adoquinadas, lo que permitía caminar con seguridad cuando se producían las ya famosas lluvias torrenciales que asolaban la Gran Antilla. Se podía decir, pues, que era una ciudad desarrollada, al mismo nivel de progreso que España, aunque a veces se pensara lo contrario: había buen teatro, buenos cafés, restaurantes, circos lujosos y elegantes, además de espectáculos y bailes. En fin, todas las distracciones que se podían exigir a un pueblo adelantado.

No podía dejar de pensar en lo que había visto en el periódico. Mi familia me echaba de menos y quería saber de mí. Durante todo ese tiempo había creído que mi presencia iba a suponerles un problema y una amenaza para su reputación y que no iban a ser capaces de aceptarlo. Ahora tenía más ganas que nunca de luchar por lo que se me había encomendado y terminar cuanto antes con la misión para poder volver junto a los míos.

Nos adentramos por fin en la casa de Mari Carmen del Valle, la hermana pequeña de la señora Dueñas, a quien tuvimos que explicar lo que le había ocurrido a su hermana y el porqué de mi presencia. Enseguida nos llevó a las habitaciones para que nos acomodáramos, y su criada preparó varias vasijas de agua caliente para que nos aseáramos. Lo primero que hice después de deshacer mi maleta fue usar el papel de carta y la tinta que encontré en la mesa de mi habitación. Rápidamente, y sin perder tiempo, comencé a escribir la carta que haría llegar, en cuanto tuviera ocasión, a Barcelona. Mientras la escribía, mis lágrimas no paraban de resbalar por mis mejillas. Dirigirme a mi madre, después de tanto tiempo, me hacía sentir conectada a ella de algún modo.

> Querida madre:
> Hoy he decidido escribirle. Llevo tanto tiempo sin hablarle que ni siquiera me salen las palabras con la facilidad de antaño. Mi ausencia me duele en el alma, pero es necesaria para seguir viviendo. No la he elegido yo, o quizá sí, al principio, pero jamás pensé que la distancia pudiera hacerse eterna. No sé cuándo podré abrazarla de nuevo, pero le ruego que mantenga ese recuerdo en su memoria y no decaiga. Quiero que sepa que estoy bien, fuerte, dispuesta a vencer para reencontrarnos algún día. Esté tranquila e intente ser feliz junto al resto de la familia.
> Siento muchísimo los problemas y disgustos que haya podido ocasionarles.
> Un abrazo y un beso a todos.
> Os quiere,
> Amelia

Me lavé la cara en la jofaina para borrar cualquier huella de llanto en mi rostro y, una vez lista, me dirigí a la habitación de Isabel por si necesitaba que le echara una mano con la maleta. Sin embargo, la señora Manrara no me dejó entrar en su habitación; parecía que ocultara algo. Aquello me hizo sospechar que Isabel Manrara llevaba consigo algo más que una simple maleta llena de ropa.

Cuando estuvimos listas, el cuñado de la señora Dueñas, su hermana Mari Carmen, Isabel y yo subimos a la calesa, en dirección a la plantación de los Betancourt. Íbamos a pasar la noche allí. Al día siguiente tendría lugar la fiesta de disfraces. Jamás había estado en una plantación de azúcar, y me quedé impresionada cuando comenzamos a adentrarnos poco a poco en el sendero que atravesaba los centenares de hectáreas de caña de azúcar, que crecía por doquier. Un sol implacable nos acompañó durante todo el recorrido. Sentía el pelo y la frente chorreando, así que me quité el sombrero para refrescarme y me abalancé sedienta a por la limonada con la que nos recibió la criada de los Betancourt. La casa de los propietarios era una mansión espectacular de varias plantas, llena de ventanas con persianas francesas. La gran columnata del porche era digna de un templo griego.

El señor Betancourt nos recibió con un saludo un tanto frío y distante y nos explicó que su hija no iba a poder estar con nosotros hasta la noche de los disfraces; por lo visto, se encontraba fuera del país. Aunque parecía un hombre muy simpático, no pudo evitar mirarme con cierta desconfianza al ver que había sustituido a la señora Dueñas. Me tomó la mano renqueante para besarla: era un hombre ya anciano, de unos setenta años, con el pelo y la barba, todavía abundante y rizada, absolutamente blancos.

—Así que es usted la prometida de un lector de Tampa que luchará en la revolución –dijo serio–. Entonces, es usted bienvenida. ¿Qué les parece si damos un paseo por la plantación?

Todos parecieron aceptar de buen grado la propuesta, pero yo tenía tanto calor que lo único que quería era descansar en la sombra y seguir bebiendo algo fresco. Afortunadamente, Salvador Betancourt nos llevó bajo las palmeras y cocoteros que abundaban a lo largo del camino, donde corría una débil ráfaga de aire templado. Los trabajadores nos saludaban en la distancia, sacándose el sombrero de paja en señal de respeto y agitándolo en el aire con vehemencia. Las camisas de los hombres estaban empapadas de sudor, y muchos directamente trabajaban con el torso desnudo; las mujeres, sin embargo, lo hacían vestidas con faldas largas y túnicas enrolladas en la cabeza para protegerse del sol.

En cuanto pasamos de largo, los hombres se pusieron de nuevo a trabajar y los machetes volvieron a sonar rítmicamente, mientras las mujeres recogían las cañas que cortaban y las colocaban en los cestos que cargaban los burros.

—¡Qué trabajo más duro! –exclamé, asombrada–. Tantas horas bajo el sol...

—Pues imagínese antes de que se aboliera la esclavitud, cuando además de su trabajo durante más de doce horas al día tenían que soportar las torturas y exigencias de sus dueños –comentó Betancourt–. Recuerdo las injusticias que se impartían en estas mismas tierras cuando era niño. Por suerte, todo eso ha pasado, al menos en mi plantación.

Pasamos por delante de unos barracones de madera desvencijada y podrida que parecían abandonados, junto a un pozo cerrado.

—¿Qué es esto? –pregunté.

—Aquí vivían los esclavos. Cada familia tenía derecho a un pequeño conuco de catorce metros cuadrados en el que sembraban verduras y criaban puercos y aves. La alimentación de los esclavos era tan escasa que tenían que cultivar sus propios productos si querían sobrevivir. El amo solo les proporcionaba lo estipulado por ley, a veces incluso menos: seis plátanos o batatas, doscientos gramos de carne o bacalao y un puñado de arroz.

—¡Madre mía!

—Las tierras las solían trabajar las parturientas o las mujeres que tenían tantos hijos que cuidar que no podían trabajar en los campos. Los hombres preferían quitarse horas de sueño para divertirse con alcohol, música y baile.

Cerca de los conucos había otro barracón de mampostería con pequeños camastros, también abandonado.

—Este es un lugar que me avergüenza –siguió Salvador, en tono trágico–. Aquí se criaba a los esclavos recién nacidos, niños que fueron fruto de violaciones de los capataces o de los mismos esclavos. Estos niños pasaban a ser propiedad del dueño y futuros trabajadores de la plantación.

Desde la ventana se observaban en el suelo muñecos fabricados con cañas de azúcar, y sentí un escalofrío al imaginarme a los niños en aquella especie de cárcel que los anulaba como seres humanos y les privaba de su libertad.

—¿Quiere decir que a muchas mujeres se las obligaba a quedarse embarazadas?

—Sí, así es. De hecho, había un calabozo con grilletes para aquellas que se negaban a parir a sus bastardos.

—¡Qué horror! Menos mal que todo eso ya ha terminado.

—Ha terminado porque luchamos para que así fuera. España abolió la esclavitud peninsular en 1837, no así en sus territorios de ultramar, pues no les interesaba para sus exportaciones de azúcar. Si los esclavos se liberaban, entonces los propietarios de las plantaciones se verían obligados a aumentar el precio del producto para pagar los salarios de sus trabajadores.

—Y, entonces, el azúcar sería más caro para la península —añadí.

—Exacto. El mismísimo rey de España estuvo en contra.

—El propio rey de España y, presumo, los dueños de las plantaciones. Salvo usted, parece ser. —Miré a mi alrededor—. ¿Cómo es posible que haya ido en contra de sus propios intereses? Creció rodeado de esclavos y riqueza.

—Sí, pero pasé parte de mi niñez estudiando en Filadelfia. Allí me gradué como ingeniero civil, me nutrí de democracia y derecho y viví todo el proceso abolicionista americano. Cuando mi padre falleció, intenté cambiar todo esto y di la libertad a todos los esclavos.

—Es usted un hombre de gran valor, señor Betancourt.

Durante el largo paseo continuamos hablando sobre la esclavitud y todo lo que conllevaba. José Martí era un hombre que había luchado por el abolicionismo y por la libertad del mundo. ¿Cómo podía yo negarle su revolución y boicotearla en favor de los que se oponían a ello? Estaba trabajando para quienes no querían cambiar la sociedad, y eso estaba muy lejos de mis propios ideales. Pero tenía que elegir entre mi forma de pensar y mi familia y eso, a diferencia de Héctor, yo lo tenía muy claro: lo segundo prevalecía sobre cualquier otra cosa.

Aquella misma tarde llegó un grupo de personas a la finca. Salimos al porche para atenderlas: mujeres, hombres y niños extremadamente delgados bajaron de un gran coche sin ninguna pertenencia, más allá de lo que llevaban puesto. Aquella gente, por lo que intuí, eran esclavos liberados por Betancourt que pasaban a formar parte de su plantación. ¿Cómo podía aquel hombre pagar el salario de tantas y tantas personas? Sin duda, para él, a diferencia de mi padre, las personas estaban por encima de sus beneficios económicos, y eso era admirable. Acomodaron a todos en el salón, alrededor de la mesa. La señora Manrara, que tan frívola me había parecido en alguna ocasión, conversaba con los esclavos con total naturalidad, les servía agua y se mostraba cariñosa con los pequeños. Aquella casa, que había sido años atrás cómplice de la esclavitud y el maltrato y que mantenía la decoración y el lujo de aquellos tiempos, acogía en ese momento a varios negros sentados en sus propias sillas. La criada comenzó a traer varios platos de comida y Betancourt nos animó a sentarnos junto a ellos y compartir la cena. ¡Qué curioso me pareció todo aquello! Dejar de lado la rigidez de las formas, los títulos y la clase y unirnos a aquellos que no tenían nada pero ante quienes se abrían un nuevo destino y un futuro mejor. Tras terminar con las viandas, el que parecía ser el mayor de los hombres comenzó a relatar una historia triste y conmovedora que provocó que todas termináramos llorando.

–A mi abuelo lo trajeron de África en un pequeño barco negrero. Iban amontonados sobre plataformas de madera en las bodegas, sujetos con grilletes, sin poder ponerse de pie ni darse la vuelta. Les daban una escasa ración diaria de gachas de maíz, y la mayoría moría de desnutrición, escorbuto, viruela o disentería.

Siguió el relato con la voz temblorosa, sobre todo al recordar a su madre, que había nacido en la plantación de azúcar en la que fue vendido su abuelo. También murió allí, a latigazos, por resistirse a ser violada por el amo.

–Mi padre luchó por liberarla y por ello fue ahorcado. Su cuerpo permaneció colgado durante días como ejemplo de lo que podía pasar si alguien osaba rebelarse. Yo pasaba cada mañana por delante de su cadáver, viendo cómo los gusanos y los pájaros picoteaban su piel y comían su carne. Nadie se atrevió a bajarlo de allí y darle sepultura digna; un día simplemente desapareció. Yo tenía solo siete años.

El hombre agarró a su mujer de la cadera y le dio un beso en la mejilla, mojada por las lágrimas. ¡Qué amor más puro e incondicional!, pensé. No hay amor más sincero que el que se mantiene en los momentos más difíciles y complicados.

–Por suerte, mis hijos vivieron una época más tranquila –continuó–. Empezaron a trabajar a los diez años, pero nunca sufrieron maltrato físico. El hijo del dueño comenzó a encargarse de la plantación y era mucho más bueno, jamás hizo daño alguno a ningún esclavo.

–Pero la esclavitud se abolió hace muchísimos años en Cuba –dije–. ¿Todavía os retenían en contra de vuestra voluntad?

–Cuando llevas tanto tiempo en un lugar, sin saber lo que te puede deparar el exterior ni cómo funciona el mundo, terminas por quedarte. Nosotros ya éramos libres y el amo nos pagaba un salario tan bajo que apenas podíamos vestirnos. Sin embargo, en la plantación habíamos conformado nuestra casa, nuestro huerto y nuestros amigos. ¿Cómo atreverse a abandonar algo cuando no sabes si lo que te espera fuera puede ser peor?

–Hasta que oímos hablar del señor Betancourt –añadió la mujer–. Muchos se marcharon anteriormente con él, y se decía que se vivía muy bien en sus plantaciones.

–Y así es –dijo Betancourt–. No trabajaréis más de diez horas, dispondréis de un conuco individual para cada familia y recibiréis un sueldo digno, para poder comprar lo que necesitéis.

La familia estaba feliz y contenta. Se podía encontrar en su mirada un ápice de esperanza e ilusión por empezar una nueva vida en libertad.

–Muchísimas gracias, señor. –El hombre juntó sus manos en señal de agradecimiento–. Le aseguro que seré el primero en luchar por la revolución. Martí y usted mismo lucharon por la abolición y la emancipación de nuestra nación, y ahora yo les debo mi vida por ello.

Así que todos estos hombres que llegaban a las plantaciones de Betancourt iban a ser futuros soldados del ejército libertador. Aunque ya lo imaginaba, ahora tenía pruebas y testigos. El viaje a Cuba estaba siendo muy fructífero; estaba deseando ver a Thomas para contárselo todo. Seguro que se sentiría orgulloso de mí. El hecho de que pensara más en él que en Héctor me hizo reflexionar; después de varios días sin verlo, no lo había echado tan en falta. ¿Significaba eso que mis sentimientos habían cambiado?

Al día siguiente, el almuerzo se llenó de charlas animadas sobre la celebración del Grito de Yara. Todos estaban entusiasmados compartiendo recuerdos y anécdotas de la guerra de los Diez Años. Aunque las mujeres lo habían vivido cuando apenas eran niñas, el señor Betancourt había sido protagonista indiscutible del hecho, pues había llegado a ser incluso presidente del Gobierno.

–Esta noche podremos disfrutar de tan bonito recuerdo –comentó Salvador Betancourt soplando su taza de café–. Estará lleno de generales y capitanes que vivieron la guerra. Una lástima que no puedan venir los más grandes por culpa del exilio.

–Seguro que también lo celebran en Nueva York –añadió Isabel Manrara–. De todas formas, pronto volverá a repetirse, y entonces celebraremos un nuevo triunfo.

La criada apareció de repente con una carta en la mano que entregó al señor Betancourt, quien la leyó después de quitarse las gafas y acercársela a los ojos.

–Mi hija llegará por la tarde. Le manda un especial saludo a usted, Mari Carmen; dice que tiene muchas ganas de verla.

–¡Y yo también a ella! –exclamó, entusiasmada–. Oh, señorita Ramos, ya verá qué mujer más encantadora y simpática –me dijo la hermana de la señora Dueñas–. Somos amigas desde que éramos pequeñas, igual que nuestros padres. Una lástima que mi hermana no haya podido venir en esta ocasión.

–La verdad es que sí –respondí–. De hecho, tendré que ponerme su disfraz de sultana. ¿De qué irá usted, señora Del Valle?

–De india americana. ¡No sabe lo que me costó que mi modista me hiciera ese disfraz! Tuvimos que hacer decenas de pruebas hasta que consideré que iba a estar a la altura. Creo que cambiaré de casa de modas y volveré a rehacer mi armario. Le daré toda mi ropa a mi criada.

–¡Qué afortunada! –exclamó Isabel Manrara–. A mí no me gusta hacer eso, que luego la confunden con una de los nuestros cuando va al mercado.

–Pues aquí la costumbre es darles la ropa que a uno ya no le sirve a los negros.

De nuevo volvían a su discurso frívolo, típico de la alta sociedad. ¿Cómo era posible que un día antes estuvieran compartiendo mesa con negros esclavos, considerados lo más bajo de la sociedad, y ahora hablaran con esa suficiencia y altivez?

–¿Sabéis que Amelia es maniquí? –comentó Isabel–. De hecho, cuando regresemos a Cayo Hueso nos espera un desfile en casa de los Collazo.

–¡No me diga! –exclamó Mari Carmen–. Pues aquí nos encantaría tener alguna. Podríamos preparar un desfile también en La Habana y usted podría participar, señorita Ramos.

El trabajo se me acumulaba, sin duda. Pero ¡me sentí tan especial y querida por todo el mundo! ¡En París me hubiera costado tanto llegar a ser alguien...! Y aquí, sin embargo, la gente estaba predispuesta a acogerme como maniquí. Había sido tan fácil que sería una lástima tener que regresar a España una vez terminara la misión y empezar de nuevo con tan difícil tarea.

Llegó la tarde, y me encontraba recostada en la cama, intentando descansar un rato antes de prepararme para la fiesta, cuando oí el timbre de la puerta. Intuí que se trataba de la hija de Betancourt, y más cuando escuché la voz emocionada de Mari Carmen del Valle. Me levanté de la cama y me asomé desde la segunda planta a través de las escaleras. Comencé a bajar varios peldaños con decisión, pero tuve que pararme repentinamente. La hija de Betancourt estaba abrazando a Mari Carmen mientras sus maridos también se saludaban con abrazos. Aquel hombre me era tremendamente familiar, y casi caigo redonda al suelo cuando descubrí de quién se trataba. Miré una segunda vez a la hija de Betancourt para asegurarme al cien por cien. Tragué saliva y comencé a sudar. Aquella chica era Ángela, la amiga que había hecho en Sitges el verano anterior.

52

Me encerré en mi habitación y me quedé pegada a la puerta para poder oír las conversaciones de abajo. Recordé el verano pasado junto a Ángela, cuando habíamos sido prácticamente inseparables y yo le había hablado de mi amor hacia Héctor y del sueño de mi vida, que era ser figurín humano. Si me descubría, todo se iría al traste. Probablemente ella y su marido seguirían veraneando en Sitges, así que estaría enterada de mi desaparición y de la culpabilidad de Héctor en el atentado del Liceo. ¿Qué podía hacer? Intentaría actuar con naturalidad, me quedaría en mi habitación hasta el momento de acudir a la fiesta disfrazada de sultana. Habría tantas personas que quizá ni siquiera se percatara de mi presencia. Además, como el disfraz llevaba un velo que me cubría el rostro, Ángela no podría reconocerme. ¡Cómo me arrepentía de haber ido a La Habana! Aunque, pensándolo con más detenimiento, ¿por qué debería tener miedo a que me reconociera? ¿Acaso llevaba la palabra espía escrita en la frente? Cabía la posibilidad de que simplemente pensara que me había alejado de los míos para empezar una nueva vida trabajando de lo que realmente había querido siempre, así que intenté pensar en positivo y no preocuparme por lo que pudiera pasar. Intentaría evitar a Ángela, y hablaría lo justo para que no lograra descubrir mi verdadera identidad.

Me puse el disfraz, una saya roja y un chal de paño negro que me cubría todo el cuerpo. Me hacía mucho más oronda y robusta de lo que realmente era, y cuando me coloqué el velo blanco que me tapaba parte del rostro estaba absolutamente irreconocible. Los ojos los llevaba destapados, pero los pinté con lápiz negro para enmarcar el párpado y las pestañas y lograr un aspecto mucho más oriental y exótico.

Desde mi habitación escuchaba la llegada constante de los invitados, y esperé a ser de las últimas en entrar para pasar inadvertida.

El salón era una bella estancia de grandes dimensiones revestida en madera, con pomposas lámparas colgadas del techo y retratos enormes de la familia Betancourt. Estaba a rebosar de hombres y mujeres disfrazados, sobre todo con vestidos de corte de siglos pasados: las mujeres con vestidos de tul bordados en plata y oro sobre fondos blancos y azules, los hombres con turbantes egipcios, trajes de brigadieres, coroneles y exploradores, ataviados como si verdaderamente se encontrasen en medio de la selva o del desierto.

Intenté localizar a Ángela y a la señora Manrara, pero me fue imposible: caminar por la sala se hacía difícil por la enorme cantidad de gente que había. Además, estaba todo el mundo tan bien disfrazado que costaba reconocer a alguien. Paseé mientras escuchaba de fondo la música clásica que interpretaban el pianista y el violinista desde un lado de la sala. Sabía que la señora Manrara iba disfrazada de arlequín y la hermana de la señora Dueñas de india americana, así que tan solo debía tenerlas controladas para evitar acercarme a ellas. De repente alguien me tocó el hombro y, al darme la vuelta, me encontré con el señor Betancourt, que iba disfrazado de presidente de la República de Cuba, tal y como lo fue entre 1873 y 1875. A su lado se encontraba la señora Manrara y mi querida Ángela, cogida del brazo de la hermana de la señora Dueñas. Comencé a ponerme roja, aunque no se pudo ver gracias al velo que me tapaba la cara. Ángela estaba preciosa, vestida de dama de María Antonieta, con el pelo lleno de tirabuzones negros que le caían por los hombros. Me sonrió sin saber quién era yo hasta que Mari Carmen del Valle procedió a la presentación.

–Señorita Ramos, ¡por fin la encuentro! –exclamó–. Tenía ganas de que conociera a Ángela.

Ángela se acercó a mí y me dio la mano. Su sonrisa sincera me hizo recordar las tardes a orillas del mar Mediterráneo, cuando las dos nos hacíamos compañía y evitábamos las tediosas horas junto a nuestros respectivos familiares. Pere, su marido, un hombre ya mayor, no iba disfrazado. Apareció precisamente un segundo después, con dos copas de champán en las manos. Le entregó una a su mujer y otra a Mari Carmen del Valle.

–La señorita Ramos es la institutriz de mi hija –dijo Isabel Manrara–. Y trabaja como figurín de moda.

Por suerte, nadie había mencionado mi nombre de pila. Sin embargo, Isabel siguió dando información sobre mí y poniéndome en un compromiso.

—Y es española, como usted —dijo mirando a Pere—. Aunque ha estado un tiempo viviendo en París y fue la musa de Toulouse-Lautrec.

—¡Vaya! —Pere me besó la mano—. ¿Y de qué parte de España es usted?

No recordaba haber dicho hasta entonces de dónde era, así que aproveché para mentir.

—De Valencia —dije, forzando un tanto la voz para que pareciera más grave—. ¿Y usted?

—Yo soy catalán, aunque llevo tantos años aquí que puedo decir que me siento absolutamente cubano. Por eso celebramos esta fiesta que recuerda lo mucho que luchamos y lucharemos por la emancipación de nuestra tierra.

—Estoy segura de que la revolución triunfará. —Forcé una sonrisa—. Mi novio luchará en el ejército libertador.

—¡Cómo me alegro! —exclamó Pere con entusiasmo—. ¿Así que se ha enamorado de un cubano?

—No, no —respondí—. Manuel es español también, pero un revolucionario que lucha por las causas justas. Los dos estamos muy contentos de vivir en Tampa y poder ayudar a esta tierra tan bella.

Mis palabras habían hecho que al señor Betancourt se le iluminaran los ojos, orgulloso y emocionado. En ese mismo momento comenzó a sonar una danza criolla, que parecía ser la música popular del momento. Sonaban el piano, la trompeta y el clarinete, y el ritmo lento y sensual tenía influjos africanos y españoles. Los hombres y las mujeres comenzaron a despejar la sala de baile para que las parejas iniciaran el baile romántico que años atrás se consideraba inmoral e indecente. Las danzas grupales daban paso a los bailes en pareja, donde el contacto físico y la manera de mover el cuerpo generaban altas dosis de sensualidad.

—¿Sabe que parte de la alta sociedad cubana odia este tipo de baile? —me comentó Ángela—. Comenzaron a bailarlo los negros de Matanzas. A nosotros, sin embargo, nos encanta.

—Es un baile precioso. —Ángela se había puesto a mi lado y mi respiración se agitó más de la cuenta—. En Barcelona somos más del vals.

Ángela me miró extrañada, y enseguida me di cuenta del error que había cometido.

—Pero ¿no había dicho que era de Valencia?

¡Qué fallo más estúpido!, pensé, enfadada conmigo misma. Cada vez que me invadían los nervios acababa comprometiéndome a mí misma hablando más de la cuenta.

—Oh, es que la familia de mi madre vive en Barcelona y hemos pasado algún verano allí.

—Ah. —Ángela no parecía del todo convencida—. Así que es usted modelo de moda. ¿Sabe que tuve una amiga que también quería dedicarse a eso? De hecho, su máximo sueño era irse a París para probar suerte. Qué casualidad que usted también haya estado allí.

—Sí, la verdad es que sí. Estuve en París un tiempo, pero la vida allí era muy diferente a lo que yo esperaba.

—¿Y cómo terminó en Tampa?

Sentía las preguntas de Ángela como un interrogatorio, como si verdaderamente estuviera jugando a ser detective, como si sospechara de mí. O quizá no; puede que yo estuviera tan asustada que lo único que veía en sus palabras era un abanico de acusaciones.

—Quería trabajar en Nueva York, pero el destino me hizo quedarme en Tampa, y mi novio se empleó como lector en la tabacalera del señor Ybor.

—¡Me alegro de que haya conseguido su propósito! —Ángela pareció invadida por la nostalgia—. ¿Qué va a hacer cuando termine la revolución y Cuba sea libre?

—Pues no lo sé. —Agaché la cabeza—. Depende de cómo acabe todo y de si Manuel sigue sano y vivo tras la guerra.

Se me formó un nudo en la garganta. Hasta entonces jamás me había pasado por la cabeza que Héctor pudiera morir en la batalla, y aquello era una posibilidad más. Me entraron ganas de llorar y tuve que hacer un esfuerzo descomunal para reprimir las lágrimas.

—No piense en lo peor, siempre puede regresar con su familia.

Ángela puso su mano sobre la mía y me miró intensamente a los ojos. Me sentí intimidada y atrapada en la complicidad de aquella mujer que tanto bien me había hecho. ¡Qué ganas tenía de abrazarla, de decirle a gritos quién era y recordar juntas aquellos días en la playa! Sin embargo, tuve que apartarme para no delatar mi emoción. Me retiré hacia la mesa, donde se encontraba el camarero, y pedí una copa de champán. Tragué un sorbo rápido que me serenó al instante. Respiré hondo y recobré la fuerza que había perdido. A mi alrededor todo el mundo estaba feliz y contento, celebrando una fecha tan importante para ellos; no había nada más bonito que sentirse unidos por un objetivo común, y ellos, como la mayoría de cubanos, luchaban por el mismo fin.

Me terminé la copa y pedí otra. El camarero me miró extrañado, pero se abstuvo de hacer comentario alguno. De repente, unos gritos comenzaron a oírse en la sala.

–¡Que atrapen al espía!

Mis ojos se agrandaron con expresividad y un sudor frío me heló el cuerpo. El centro de la sala se despejó al instante para dejar paso a un hombre vestido de capitán que se acercaba hacia mí con un telegrama en la mano.

–¡Tenemos un espía en la casa del señor Betancourt! –siguió gritando.

Su dedo amenazador me señalaba mientras con paso seguro se acercaba hacia mí. Miré a un lado y a otro, pero no había nadie. Estaba claro que aquel hombre se estaba refiriendo a mí y comenzó a faltarme el aire. Me quedé paralizada mientras esperaba lo irreparable: me habían descubierto y ahora sí terminaría en una prisión o algo peor. Estuve a punto de echarme a llorar y caer al suelo de rodillas, pero me mantuve entera y valiente, a la espera de mi final.

Cuando creía estar a punto de ser alcanzada, el hombre sorteó la mesa y se lanzó sobre el camarero, que comenzó a forcejear e intentó zafarse del capitán. Varios hombres corrieron para ayudarle y finalmente consiguieron reducir y poner de pie al camarero.

–¡No lo conseguiréis! –comenzó a gritar–. ¡Cuba es y será siempre española!

No me podía creer lo que había sucedido en tan pocos segundos. Todavía sentía los latidos acelerados de mi corazón, y mis manos no dejaban de temblar. Realmente había llegado a creer que me habían descubierto, que mi vida terminaba en ese mismo instante. Pero había tenido suerte y le había tocado a aquel pobre camarero que, como yo, ejercía su papel; quizá él lo hiciera por convicciones políticas. Sin embargo, no podía dejar de pensar que los dos nos merecíamos el mismo destino: el de los traidores.

Se llevaron al camarero de la sala y la gente se quedó muda, sin saber si retomar la fiesta o no. La música había dejado de sonar, y se empezaron a formar corrillos de personas que comentaban lo ocurrido. El señor Betancourt y los demás se acercaron a mí, preocupados.

—¿Se encuentra bien, señorita Ramos? —me preguntó Betancourt—. ¡Está temblando!

—Ha sido el susto. Estoy bien, gracias.

—Quítate el velo para que te dé el aire —dijo la señora Manrara—. Estás sudando.

Isabel comenzó a deshacerme el nudo sin darme más opción y el velo cayó al suelo, dejando mi cara al descubierto. Me puse de pie y, tapándome el rostro con las manos, salí corriendo de la sala. No sabía si Ángela me había visto, pero no podía correr ese riesgo. Subí las escaleras y me encerré en mi habitación. ¿Qué pensarían de mí después de haberme ido así de la fiesta? ¿Sospecharían algo? Comencé a respirar intensamente, presa de la angustia, y me mojé la cara en la jofaina. Me miré en el espejo: mis mejillas se habían teñido de negro por los ojos pintados y mojados. Parecía un fantasma tétrico encadenado al pasado. Me dejé caer en la cama y me sentí completamente superada por la situación y estresada por llevar tantos meses mintiendo y fingiendo ser quien no era.

Al cabo de unos minutos, alguien llamó a la puerta.

—¿Estás bien? —Era la voz de Ángela.

—Estoy bien, de verdad —respondí con vehemencia—. Solo me he alterado y necesito descansar.

Hubo un silencio largo, y pensé que había logrado disuadirla de su intención. Pero no era así.

—Déjame entrar, Amelia.

Había dicho Amelia. Había dicho mi nombre. Me había descubierto, así que abrí la puerta y la dejé entrar. Se me quedó mirando con nostalgia y se abalanzó sobre mí. Nos fundimos en un abrazo tierno y sincero.

—Sabía que eras tú —dijo con la voz entrecortada—. Puedes disfrazarte, pero tienes un ángel, cielo. Desprendes esa energía y ese candor que me hicieron quererte tanto el verano del año pasado.

Mis ojos se llenaron de lágrimas y Ángela me limpió la cara con su pañuelo. No sabía qué decir ni qué hacer, me encontraba totalmente confundida e incapaz de dar explicaciones.

—Sé todo lo que pasó en Barcelona, he estado este verano en Sitges. Tus padres te buscan desesperadamente.

—¿Cómo están? —Desvié la mirada hacia el cielo—. Hace un año que no los veo.

—No te voy a engañar, Amelia. Tu madre está mal, ni siquiera se levanta de la cama. Tu padre y tu tía también te echan muchísimo de menos. Y tienes un sobrino precioso.

Al oír hablar de ellos, empecé a sollozar de nuevo y a temblar. Saber que Ángela los había visto recientemente me consolaba en cierto modo, aunque lo de mi madre me hundía por completo. Había vuelto a recaer por mi culpa.

—¿Por qué estás aquí? —Bajó el tono de voz—. ¿Y qué hace Héctor contigo? Porque es él, ¿verdad? La gente cree que está muerto.

Asentí y recordé lo que había sucedido antes de marcharnos a Tampa.

—Es él, sí. Queríamos empezar una vida juntos y, como ya te he dicho antes, nuestro destino era Nueva York —mentí—. Pero finalmente encontré trabajo como maniquí en Tampa.

—No me estás diciendo la verdad. —Ángela parecía molesta—. Estuve hablando con tus padres y me lo contaron todo. Alguien te descubrió en París, te llevó a la Policía y te metieron en la cárcel de mujeres. Y allí perdieron tu rastro. Tu hermano Eduardo viajó a París y estuvo indagando sobre tu paradero, pero nadie le supo decir nada y eso le hizo sospechar que la Policía estaba detrás de tu desaparición. Tu hermano insistió y le acabaron diciendo que estabas trabajando para el Estado y que no podías hablar con nadie. Aun así, tu familia puso un anuncio en *La Vanguardia,* para que pudieras ponerte en contacto con ellos si lo veías.

Bajé la cabeza y miré a otro lado. Me sentí feliz de saber que mi familia había hecho todo lo posible por buscarme, pero también estaba asustada por lo que pudiera pensar Ángela. Todos los indicios apuntaban a que yo estaba allí por razones políticas, y ella era lo suficientemente inteligente como para pensarlo. No sabía cómo iba a reaccionar, pero lo que estaba claro era que mi futuro pendía de un hilo.

—No sé qué decirte, Ángela.

—No tienes que decir nada. Sé que lo estás haciendo por coacción, he visto tu cara de terror hace un momento cuando creías que te habían descubierto. Sé que eres una buena persona. –Me agarró con fuerza las manos–. Pero sabes que yo lucho por una Cuba independiente y no puedo permitir que los tuyos acaben con nuestro sueño.

Me puse en alerta al oír esas palabras. ¿Qué pretendía hacer conmigo? ¿Iba a ser capaz de delatarme?

–No te asustes, no voy a decir nada si haces lo que te digo –continuó en tono tranquilizador–. Tienes que marcharte lejos de Tampa. Vete con Héctor, desapareced.

–¡No puedo irme! –exclamé, preocupada–. Me tienen controlada, no puedo escapar.

–Vete a Canadá. Seguro que tienes dinero y que puedes sobornar a cualquiera. Márchate lo antes posible. Si no lo haces, no me quedará otro remedio que delatarte, Amelia. Te tengo muchísimo aprecio y no quiero que pienses lo contrario, pero la revolución está por encima de todo. ¿Lo entiendes?

Asentí lentamente. Las palabras de Ángela no solo habían penetrado en mis oídos, sino también en lo más hondo de mi corazón.

53

Me despedí de Ángela con un regusto amargo. Su fidelidad era admirable; ni siquiera le había mencionado a su marido mi auténtica identidad. Sin embargo, ahora tenía que cambiar el rumbo de mi destino y abandonar la misión sin que la agencia Pinkerton se enterara. Tendría que irme a Canadá y rehacer mi vida sola o con Héctor. ¿Sería capaz él de dejarlo todo por acompañarme? ¿Sería yo más importante para él que la lucha por la independencia cubana? Saldría de dudas en cuanto llegara a Tampa y le planteara la propuesta. Pero no solo estaba Héctor en mis pensamientos... ¿Qué iba a pasar con Thomas? No podía contarle mis propósitos, porque su trabajo consistía precisamente en impedir la emancipación cubana. No podía confesarle la verdad, decirle que tenía que irme a otro país por miedo a que me delataran. Estaba claro que tan solo podía contar con el apoyo de Héctor y de nadie más, de modo que quizá tendría que empezar otra vez una nueva vida en solitario.

Abandonamos la hacienda de Betancourt para regresar a la casa de Mari Carmen del Valle. Allí pasamos un día más disfrutando de los encantos de la ciudad y visitando el Teatro Tacón, que era uno de los más lujosos del mundo. Intenté no pensar en lo que me venía encima, en todos los cambios que tendría que afrontar en apenas un mes, y tampoco en lo que me había contado Ángela sobre mi familia. Desde que abandoné Barcelona no había dejado de hacerme una pregunta que ahora, ante el nuevo reto, se hacía todavía más perentoria: ¿cuándo iba a poder ver a mis padres de nuevo?

Las sorpresas no habían terminado. Había descubierto lo que hacía Estrella Solitaria en Cuba y me había reencontrado con Ángela, que resultó ser la hija de Betancourt, pero aún me faltaba algo por descubrir. Sospechaba que la señora Manrara escondía algo más que ropa en la maleta de la señora Dueñas, secretos demasiado comprometidos como para que yo, una simple institutriz y modelo, pudiera conocerlos.

Después de cenar, Mari Carmen del Valle, Isabel Manrara y yo salimos al porche de la casa a tomar el fresco y echar unas partidas de dominó. Me levanté con la excusa de ir al baño. Estaban conversando placenteramente sobre asuntos banales, así que sabía que no se extrañarían si me demoraba. Subí con sigilo las escaleras y me adentré rápidamente en la habitación de Manrara, esperando encontrar allí la maleta de la señora Dueñas. Sin embargo, había desaparecido. Busqué en los armarios, pero no estaba en ninguna parte. ¿Qué habían hecho con ella? Aquello era extrañísimo. Salí al pasillo y el olor a tabaco me guio hasta una habitación cerca del baño, donde alguien estaba fumando; probablemente el señor Del Valle, que había preferido subir a descansar a quedarse con nosotras en el porche. La puerta estaba entornada y una tenue luz, esta vez procedente de una vela, iluminaba débilmente la sala. No pude ver nada a primera vista, y tampoco me atreví a asomarme más de la cuenta. La espalda del señor Del Valle me tapaba la visión y no pude ver qué era lo que hacía ahí a esas horas de la noche, abriendo armarios en los que guardaba algo que no fui capaz de vislumbrar. De repente, el hombre se giró hacia la puerta, así que corrí y me metí en el baño. Esperé varios minutos antes de salir, y después me dirigí a la puerta de antes, que ahora estaba cerrada. Dudé si abrirla o no, pero escuché ruido en el dormitorio de nuestros anfitriones y pensé que el señor Del Valle ya había abandonado su tarea y se había retirado a su habitación. Así que me decidí a abrirla. Mi curiosidad y valentía le habían ganado la partida al miedo; comenzaba a acostumbrarme al riesgo. Me adentré en la sala a oscuras y maldije porque en aquella casa no había luz eléctrica. Tan solo entraba la luz del pasillo, que se colaba por el resquicio de la puerta. Pero fue suficiente: esa débil luz me permitió confirmar que la maleta de la señora Dueñas se encontraba allí, vacía. Palpé con las manos, a ciegas, los armarios y las alacenas que amueblaban la habitación y abrí uno al azar. No había ninguna duda: aquello eran armas. Rifles y revólveres abundaban en todos los armarios, de todos los tamaños, junto a cartuchos y balas. Aquella habitación parecía el polvorín de un ejército. Lo que estaba claro, y rápidamente comprendí, era que el verdadero trabajo del Estrella Solitaria consistía en introducir armamento de contrabando en Cuba para la futura revolución. Ese era el único modo de armar al ejército libertador sin que lo pudiera controlar el Gobierno español. ¿Quién podría sospechar de unas mujeres de la alta sociedad de Tampa? ¿Quién podría sospechar de sus intenciones y atreverse a registrar su equipaje? Aquellas mujeres eran valientes y luchadoras y, aunque nos encontrábamos en bandos contrarios, merecían el mayor de mis respetos. Aun así, tendría que dar parte a la agencia Pinkerton.

Al día siguiente, nos despedimos de los señores del Valle y regresamos a Cayo Hueso.

Cuando llegamos a la casa de los Collazo, la señora Dueñas había mejorado notablemente: la fiebre casi había desaparecido, aunque todavía guardaba reposo en cama. De hecho, lo primero que hizo al saber que habíamos regresado fue llamar a la señora Manrara a su habitación, probablemente para conocer si aquellas armas que escondía en su maleta habían llegado finalmente a su destino.

Odalys y la señora Gibbs me enseñaron todos los complementos que habían encontrado en las casas de moda de Cayo Hueso; los habían transformado con un toque mucho más personal y llamativo. Tenía muchas ganas de hacer el desfile, y conté las horas que faltaban para el gran día. Pero hasta entonces debía ocuparme también de otro asunto, la presencia del Titán de Bronce, como apodaban a Antonio Maceo.

Tuve la ocasión de conocerlo la misma noche en la que regresé a Cayo Hueso, durante la cena. Aquel hombre mulato de pelo negro y rizado tenía una barba y un bigote enormemente poblados, como estaba de moda entre los hombres. También conocí a su esposa María Magdalena, una mujer grande, también de pelo rizado y piel oscura. Sin embargo, tenía un rostro bonito y unos rasgos propios de la mezcla de razas.

Durante la conversación que mantuvieron los hombres descubrí que Antonio Maceo había sufrido hacía apenas un año un atentado en un teatro de variedades y que su compañera era una mujer absolutamente comprensiva y consecuente con las ideas revolucionarias de su marido. Magdalena lo había apoyado incondicionalmente, e incluso había ejercido de enfermera durante la guerra. Juntos habían compartido las persecuciones y el destierro en varios lugares del Caribe: Jamaica, Honduras, Panamá y, finalmente, Costa Rica, donde ella había fundado el club Hermanas de Magdalena Maceo para que las mujeres participaran en la revolución cuidando a los heridos de guerra.

Me pareció extraño que una mujer como ella, que conocía de cerca la crueldad de la guerra, pudiera estar interesada por la moda. Y efectivamente comprobé, en apenas unos segundos, que Magdalena tenía poco o ningún interés en mi desfile.

–¿Alguna vez ha presenciado un desfile, señora Maceo? –le pregunté.

–La verdad es que no. Respeto su profesión, señorita Ramos, pero mi tiempo lo dedico a cosas más importantes.

No esperaba aquella respuesta. Según la mujer de Collazo, Magdalena Maceo estaba encantada de verme desfilar. Mis mejillas se sonrojaron ante lo que yo consideré una ofensa.

–No soy mujer de modas; piense que en Costa Rica trabajamos en una colonia agrícola y los vestidos de seda allí no son muy apropiados.

–Cierto. ¿Cómo va la colonia Nicoya? –preguntó Enrique Collazo.

–Bien –siguió Antonio Maceo–. Cada vez vienen más patriotas cubanos a trabajar, no solo en la tierra sino también en la revolución.

Así que en aquella finca acogían a los revolucionarios cubanos que se encontraban en situaciones políticas comprometidas en su país. ¿Por qué me habían hecho creer que aquella mujer estaba deseando ver mi desfile? ¿Los Maceo solo habían ido a Cayo Hueso para hablar con los Collazo? Y si hubiera sido así, ¿es que no podían haberse carteado en vez de viajar?

–Le aseguro que le encantará el desfile, aunque no siga la moda –añadió la señora Gibbs con convencimiento–. Seguro que no la defraudará.

–Eso espero –dijo. Advertí que su mirada parecía esconder algo más que lo que entrañaba su breve respuesta.

La noche transcurrió tranquila y la conversación fue apacible. Yo me había acomodado en el sillón, junto a las mujeres. Mientras nosotras conversábamos, los dos hombres permanecían de pie apoyados sobre la alacena de la sala de estar. Hablaban en voz baja, y apenas pude sacar nada en claro de su conversación. Sin embargo, algo en

Enrique Collazo me llamó especialmente la atención. Se le veía bastante nervioso, y su mirada no dejaba de dirigirse hacia una mesita auxiliar que estaba en el fondo del salón y que hasta ese momento me había pasado desapercibida: la mesita del telégrafo. Aquel aparato que había revolucionado las telecomunicaciones solía utilizarse en oficinas públicas, y no en casas particulares. No obstante, al ser Cayo Hueso el centro de operaciones de la revolución de Martí, la casa de Collazo se había dotado de uno de ellos para poder obtener de forma segura y privada la información que llegaba de Nueva York. Así pues, por los gestos de impaciencia de Enrique intuí que estaba esperando alguna nueva orden por parte de los líderes independentistas. Me dije que tenía que conseguir de algún modo aquel telegrama antes de abandonar la isla.

Cuando llevábamos un rato sentadas, me levanté para estirar las piernas y dar una vuelta por la sala. Me acerqué a las estanterías, que acumulaban decenas de libros antiguos y figuritas extrañas de origen indígena, hasta que me encontré frente al telégrafo. Aquella preciosa pieza de madera descansaba sin dar noticia alguna junto a un fajo de papeles y un plumero. ¿Qué podría hacer para obtener la información de ese telegrama tan esperado? No podía quedarme las veinticuatro horas del día pegada a ese aparato esperando una respuesta, tendría que idear algo. Y rápidamente me vino a la cabeza. Estaba segura de que el señor Collazo transcribiría el mensaje recibido en alguno de los papeles que estaban junto al telégrafo y, lógicamente, utilizaría la pluma y la tinta. El papel que se usaba para escribir con pluma tenía que ser de un grosor considerable y de muy buena calidad para que la tinta no traspasara la superficie. Toqué el papel que había sobre la mesita y, efectivamente, era el adecuado, así que pensé que si lo cambiaba por otro más fino y de peor calidad traspasaría la tinta al siguiente papel y entonces podría hacerme con el mensaje sin que nadie se diera cuenta.

Me fui a la cama, sin dejar de pensar en ello una y otra vez, y me levanté al día siguiente con la ilusión de realizar el desfile que se había programado por la tarde, a la hora del té. Como todavía faltaban unas horas y yo tenía que conseguir como fuera el papel que necesitaba, le pregunté a Odalys, que había estado los últimos días recorriendo la ciudad, si había visto alguna tienda donde se vendiera papel de carta.

Me indicó la calle, que estaba a pocos metros de la casa, y fui a comprarlo. No tardé más de un cuarto de hora en regresar, y nadie me echó de menos. Aproveché que todos los invitados se encontraban en el patio, distraídos tomando un refresco, y me adentré en la sala de estar para dejar el papel en el lugar que correspondía. Era prácticamente imposible que alguien pudiera percibir la diferencia entre uno y otro con un simple vistazo, así que me quedé tranquila y a la espera de la llegada del telegrama, con la esperanza de que no lo hubieran recibido durante la noche o esa misma mañana temprano.

La tarde llegó con la emoción de volver a desfilar, pero esta vez ante personas desconocidas. Los invitados, todos ellos cubanos, comenzaron a llegar antes de las cinco y, como en el interior de la casa no había espacio para todos, el desfile se preparó en el patio.

Me desvestí para enfundarme el primer vestido. Cuando tuve puesta toda la ropa interior, las medias, que estaban anudadas con cinta elástica en las rodillas, el corsé, los bombachos, la camisa y la enagua, empecé con el vestido más bonito que había diseñado la señora Gibbs: un vestido de día, de color lavanda y corpiño con dos bandas de encaje amarillo a los lados. Añadí unos guantes blancos, brazaletes de oro y un parasol de encaje del mismo color. Y un sombrero de paja decorado con flores de lavanda y más encaje. Odalys, además, había hecho un precioso ramo de flores amarillas y rojas para que lo llevara en el desfile. Todo el conjunto quedaba precioso, y las mujeres parecían encantadas.

Para el segundo vestido tuve que añadir a mi ropa interior una enagua más, mucho más tupida y estrecha que la otra, para evitar que se viera el interior si la falda volaba por el viento. Y es que el segundo vestido había sido elaborado para practicar deporte. Se podía usar para jugar al tenis, hacer senderismo o practicar remo. La falda era mucho más corta, así no se arrastraba por el suelo y era más manejable; la tela era ligera, aunque debía estar bien almidonada, y no había ni rastro de cintas, ribetes o encajes. Era simple, cómodo y de color blanco. ¡De modo que me sentía muy a gusto con él puesto! Tenía libertad de movimientos y me sentía ágil, como si flotara. La señora Gibbs había acertado una vez más y estaba convencida de que, por su utilidad, aquella sería la prenda estrella del desfile. ¿A qué mujer le gustaba practicar deporte cargando con varios kilos encima?

Y por último, después de mostrar varios vestidos de recepción y baile, me puse un vestido sastre para viajar. Aquellas mujeres, que iban de un lado a otro del continente en barco, carruaje y tren, merecían una prenda especial para evitar los problemas que conllevaba el transporte. Así pues, de color más oscuro, para que no se viera el polvo de la carretera, aquel conjunto de dos piezas era de uso sencillo y fácil de llevar, sin adornos costosos que se pudieran estropear después de un largo viaje, salvo los zapatos. Con un vestido sastre se debía llevar un calzado elegante, fino y coqueto, ya que se enseñaba constantemente cada vez que se bajaba y subía del carruaje. Así que, con la ayuda de Odalys, me calcé unas botitas de piel suave y blanda que mostraría levantando sutilmente la falda al final del desfile.

Como siempre, fue un éxito. Recibí todo tipo de felicitaciones y piropos, y me senté en una silla para relajarme mientras me servía una taza de café con azúcar. Odalys y la señora Gibbs se sentaron a mi lado y recibieron las debidas alabanzas por sus preciosas creaciones.

–¡Una lástima que su tienda se encuentre en Tampa! –exclamó una señora, ya entrada en años–. Pero me llevaré su tarjeta por si alguna vez paso por allí.

No pude evitar fijarme en Magdalena Maceo. Como era de suponer, mostró muy poco interés por el desfile y enseguida cambió de tema y captó toda la atención del corrillo.

–Señora Hidalgo, ¿cómo se encuentra su esposo? Sé que Martí lo tiene en gran estima.

Sin duda, aquellas mujeres eran de lo más *chic* de la sociedad de Cayo Hueso, esposas de empresarios y directores de tabacaleras que habían amasado grandes fortunas. De hecho, la señora Hidalgo era la mujer del Gato, uno de los hombres más ricos de Cayo Hueso.

–Ya lo creo –respondió, esbozando una media sonrisa–. Ha aportado a la revolución más de cuarenta y cinco mil pesos. Creo que ha sido muy generoso.

–¡Por supuesto! –contestó Magdalena–. Pero el día esperado está a punto de llegar, y necesitamos más fondos.

–Sabe que mi marido es capaz de arruinarnos a todos por el Apóstol.

Llamar Apóstol a José Martí decía mucho de la devoción de aquella gente por su líder.

—Debería haber más hombres como el suyo. —La señora Maceo miró a todas las mujeres de su alrededor, intimidándolas con la vista—. Todas las que estamos aquí somos fieles partidarias de la emancipación cubana y no podemos dejar de lado a nuestro líder cuando más lo necesita.

Las señoras se miraron las unas a las otras.

—Martí ha confiado siempre en sus mujeres para llevar a cabo las labores de propaganda y recolecta que necesita para la financiación de su causa —intervino la señora Collazo—. Además, es en Cayo Hueso donde se han erigido más asociaciones de mujeres en favor de la revolución. Sé que todas están con el Partido Revolucionario Cubano, apoyando a sus esposos, pero ahora necesitamos que den todo de ustedes.

—Necesitamos que la asignación que os dan vuestros maridos para renovar vuestro armario la invirtáis en la independencia cubana —siguió Magdalena—. Por eso os hemos reunido aquí hoy.

Mi cara fue un poema. No me podía creer que me hubieran usado como excusa para congregar a las mujeres más importantes de Cayo Hueso y pedirles dinero. Me sentí utilizada y decepcionada por la señora Collazo, al pensar que realmente había querido verme desfilar. ¡Qué tonta había sido!

Miré a Odalys y a la señora Gibbs en busca de su complicidad, pero ambas parecían estar encantadas. Odalys era partidaria de Martí, por lo que no le importaba en absoluto lo que estaba sucediendo. ¿Y la señora Gibbs? Ella había alimentado su ego y su cartera de clientes, así que la única que realmente se sentía utilizada era yo.

Las mujeres comenzaron a extender cheques al portador con cifras más que razonables. Magdalena Maceo y la señora Collazo habían conseguido su propósito. Aquella tarde recaudaron más de dos mil dólares.

Aunque las demás estaban disfrutando de unas horas placenteras y tranquilas en el patio de la señora Collazo, yo estaba visiblemente molesta. Así que, sabiendo que nadie se percataría de mi ausencia, me levanté como si quisiera ir al baño y me dirigí hacia la sala de estar. Los únicos hombres que estaban en la casa, el señor Maceo y el señor Collazo, habían salido hacia el centro de Cayo Hueso para reunirse en un café revolucionario, así que sabía que podía moverme con total libertad. Recé para que el telegrama hubiera llegado, pues al día siguiente tenía que volver a Tampa. Cuando me acerqué a la mesita del telégrafo, me encontré el papel con unas palabras escritas, aunque difuminadas. El plan había salido perfecto: la tinta se había traspasado al segundo papel. Me lo guardé en el bolsillo. Ni siquiera pude leerlo, pues enseguida noté la presencia de la señora Manrara detrás de mí.

–¿Qué haces aquí? ¿Te pasa algo?

Di un respingo. Sin embargo, por el tono de Isabel descarté que me hubiera visto coger el papel.

–Tenía ganas de estar sola. Me he dado cuenta de que el ofrecimiento del desfile de la señora Collazo tan solo ha sido una excusa.

–Los intereses de la revolución están por encima de todo.

–¡Siempre están por encima de todo! –exclamé con indignación.

La señora Manrara arrugó la frente y me miró con desconfianza.

–¿Por qué hablas así? Precisamente tu novio luchará y arriesgará su vida por Cuba.

Me rompí. Mis lágrimas comenzaron a brotar amargamente y me tapé el rostro con las manos. Llevaba tiempo aguantando, intentando parecer una persona fuerte y valiente, pero aquella frase me hizo darme cuenta de lo que podía suceder en mi futuro. Tenía pánico a quedarme sola, sin Héctor y sin mi familia, y que todo el esfuerzo que había hecho se desvaneciera por culpa de una delación. Estaba muy asustada e Isabel se dio cuenta, aunque no supiese cuál era la verdadera razón.

–Lo siento –me dijo, y me dio un abrazo–. He hablado más de la cuenta. Entiendo que tengas miedo y que estés afectada por la situación.

Sus palabras y abrazos me reconfortaron. Aquella mujer, como todas las que había conocido desde que llegué a América, era una persona de gran corazón.

–Gracias, señora Manrara.

Isabel me dijo que fuera al baño para lavarme la cara y recomponerme antes de volver con las demás. Le hice caso, pues aquella era la oportunidad de leer el mensaje que me quemaba en el bolsillo y que con tanta impaciencia ansiaba descifrar.

«Vapor *Lagonda*. Costa Rica. 200 hombres de Maceo. 25 de diciembre.»

Así que el 25 de diciembre iba a zarpar el *Lagonda* en dirección a Costa Rica para transportar a los doscientos hombres que aportaría Antonio Maceo y que, probablemente, saldrían de su colonia agrícola.

54

Por fin llegamos a Tampa. ¡La había echado muchísimo de menos! Incluso al bajar del vapor me pareció percibir un olor diferente, como si esa ciudad estuviera marcada por un aroma especial. Comenzaba a sentir que aquel lugar era mi casa, justo ahora, cuando debía abandonarlo. ¡Qué injusta era mi vida! Cuando empezaba a acostumbrarme a una nueva ciudad, debía marcharme para no regresar nunca más.

Cuando llegamos a casa era la hora de cenar, así que ya era tarde para ir a ver a Héctor. Aunque Isabel había insistido en dejarme la calesa, había preferido evitarlo. No sabía cómo decirle que tendría que huir, que nuestra relación, probablemente, iba a terminar mucho antes de lo que habíamos imaginado. En la puerta nos esperaban Eduardo Manrara y Tania; lo primero que hizo la niña al verme fue lanzarse a mis brazos; sujetaba con sus manitas diminutas y delicadas un ramo de flores que ella misma había confeccionado. Me lo entregó, ilusionada, y sentí un nudo en la garganta al pensar que tendría que dejarla. En más de una ocasión, Tania me había confesado lo sola que se había sentido antes de mi llegada a la casa, pues su hermano se había marchado a estudiar a Chicago y su *nanny* era demasiado estricta como para dedicarle unas palabras de cariño. No quería ni imaginar siquiera el momento en el que tuviera que separarme de ella.

Aquella noche, tras la cena, Isabel Manrara me hizo una propuesta. Nos encontrábamos en la salita de estar, yo devoraba una novela que había cogido de la biblioteca para intentar evadirme de mis pensamientos.

—Amelia, he de proponerte algo —me dijo con voz melosa—. En unos días partiremos a Nueva York y pasaremos las Navidades allí, en el piso que tenemos en la ciudad. ¿Querrás acompañarnos?

Aquello lo cambiaba todo: desde Nueva York podría cruzar la frontera hasta Canadá, aunque todavía no tenía ni idea de cómo lo iba a hacer. Sin embargo, era la oportunidad perfecta para huir.

–Oh, claro que sí.

Además, estaba convencida de que existía otro motivo, relacionado con la revolución y Martí.

–Genial, así podrás cuidar de Tania. Tenemos que hacer muchas visitas y estaremos bastante ocupados. Pero es una lástima que no puedas pasar una fecha tan señalada con tu novio, así que entendería que prefieras quedarte.

–Me gusta cumplir con mi deber. Además, tengo muchísimas ganas de conocer esa ciudad, siempre he querido visitarla.

–Es verdad, no me acordaba de que tu destino inicial era Nueva York. Pero siento decirte que no tendrás mucho tiempo para acudir a desfiles, pues deberás ocuparte de Tania prácticamente las veinticuatro horas del día.

–¿Tiene el señor Manrara que atender muchos negocios?

–Digamos que sí. No creo que tenga que esconderte ya nada, Amelia. No sé si sabes que José Martí se encuentra en Nueva York, y tenemos que zanjar algunos detalles de la revolución.

Isabel Manrara tenía tanta confianza en mí que ni siquiera me ocultó lo que probablemente su marido no querría que supiera. Sin duda, Eduardo era mucho más reservado y cauto que su mujer, aunque al principio pareciera todo lo contrario.

–Además –añadió–, nos acompañará el señor Robinson, así que no te sentirás tan sola.

¿Thomas también iría? Claro, pensé luego: él les había prometido que pondría al servicio de la revolución la línea de ferrocarril que cruzaba Florida y que era propiedad de su supuesto cuñado. ¿Cómo haría para no ser descubierto?

Aquella información me hizo respirar tranquila. Con Thomas me sentía protegida, sabía que podía confiar en él. Lo bien que se había portado conmigo desde que llegué a Tampa me hacía creer que no iba a ser capaz de traicionarme pasara lo que pasara. Había logrado que mis pensamientos, que habían sido esclavos de Héctor durante mucho tiempo, se fueran diluyendo a medida que lo iba conociendo. Aun así, debía ser cautelosa y abandonar Nueva York sin que nadie se enterara.

–¿Y se hospedará con nosotros?

–¡Por supuesto que sí! –exclamó con naturalidad–. Tenemos habitaciones de sobra en nuestra casa neoyorquina, y el señor Robinson es un hombre encantador. ¡Verás qué Navidades tan bonitas vamos a pasar!

Me agarró la mano y la apretó con fuerza.

–¡Qué bendición nos cayó del cielo contigo, Amelia! –continuó con alegría–. Desde que estás al lado de mi hija, Tania es mucho más feliz. No podré agradecerte nunca todo lo que has hecho por nosotros.

Sentí que se me enrojecían los ojos. En el fondo, también les tenía cariño a los señores Manrara; se habían portado muy bien conmigo y me habían acogido como a un miembro más de la familia. Sin duda, los iba a echar a todos de menos.

Cuando fui a acostarme, seguí pensando en el inminente viaje a Nueva York y también en Héctor. Me dolía en el alma admitir que no había pensado en él tanto como esperaba y que mis ganas por ser libre y recuperar a mi familia sobrepasaban a las de formar una vida en común. Tampa nos había distanciado, hasta el punto de que apenas tenía sentido continuar. Al día siguiente, por la tarde, fui a pie hasta su casa para hablar con él. Al verme frente a su puerta, sentí que me fallaban las piernas y tomé aire para enfrentarme a la conversación que más temía. Estaba a punto de descubrir si Héctor decidiría venirse conmigo a Canadá y empezar una vida juntos o, por el contrario, preferiría seguir en solitario con su lucha.

Héctor abrió la puerta. Llevaba el torso desnudo y por encima tan solo los tirantes, que le aguantaban el pantalón.

–Ya estás de vuelta –dijo fríamente.

–Ha sido un viaje fugaz. –Me encogí de hombros–. Ya me tienes aquí.

Me cogió de la mano y me besó, pero sin la pasión de otras veces. Me llevó a la cama y se tumbó a mi lado, con los brazos estirados sobre la almohada, mientras su mirada se distraía en recorrer la forma de mis senos.

–Estás guapa. –Sonrió débilmente–. Cuba te ha sentado bien.

–No me dijiste lo de Camagüey –dije de forma directa.

–¿Eso es lo único que se te ocurre después de tantos días sin vernos?

—Creía que ya no me ibas a ocultar nada, que teníamos la suficiente confianza como para contarnos las cosas.

—Te dije que no hablaríamos de cosas políticas.

Héctor se puso tenso, y enseguida me di cuenta de que aquello había empezado con mal pie. Yo había utilizado un tono beligerante y él respondía con la misma actitud.

—¡Eso es diferente! —exclamé—. Se trata de nuestro futuro. Si te vas a luchar a Camagüey...

—Te preocupas demasiado —dijo, restándole importancia—. Cuando llegue, llegará. No le tienes que dar más vueltas.

Su actitud ante lo que pudiera pasar me sacaba de quicio. ¿Cómo no podía pensar en el futuro?

—Tengo algo que decirte. —Mi voz sonó fría y grave.

Héctor se recostó en la cama y puso su brazo en mi costado. Cerré los ojos y suspiré, intentando relajarme.

—Me han descubierto —dije con la voz entrecortada—. En La Habana, la hija del que fue presidente de Cuba, el señor Betancourt.

—¿De verdad? —exclamó con preocupación—. ¿Y qué ha pasado?

—Nada todavía. Ángela me amenazó con contarlo todo si no abandonaba Tampa y la agencia Pinkerton inmediatamente.

—¿Y qué vas a hacer ahora?

Me molestó que Héctor utilizara el singular en su pregunta.

—Irme a Canadá. ¿Acaso tengo alguna otra alternativa? Pase lo que pase con la revolución, mi vida y mi libertad están en riesgo.

Héctor no sabía qué decir. Había desviado la vista hacia la pared y se acariciaba el pronunciado mentón. Se le veía incómodo y distante.

—¿No vas a decir nada? —pregunté.

—No sé qué decirte. —Me dedicó una mirada huidiza—. Me pones en un compromiso.

No podía creer lo que me estaba diciendo.

—Así que te pongo en un compromiso... —Noté que mi voz se rompía—. Ya veo que prefieres que me vaya sola.

Héctor se acercó a mí con la intención de estrecharme, pero me levanté para esquivar su abrazo.

—Escucha, no puedo irme contigo. —Por fin dijo lo que realmente pensaba—. Tengo una deuda con Collazo y he de luchar por Cuba.

–Yo también tengo una deuda con el Estado español, pero mi vida y mi felicidad están por encima de todo. Creo que nunca me has querido, Héctor. –Rompí a llorar y caí al suelo.

Él se quedó en la cama; me observaba sin atreverse a tocarme, pero en su mirada podía discernir que mis palabras lo habían ofendido.

–Eso no es cierto. Claro que te he querido.

Había utilizado el pasado. Quizá me había querido en Barcelona y en París, pero no en Tampa. Ahora me daba cuenta de la realidad de mis sentimientos: tan solo me había aferrado a los recuerdos y a la pasión que nos había acompañado al principio de nuestra relación.

–Hemos cambiado los dos, ¿no es así? –dije, y lo miré a los ojos.

Héctor asintió a la vez que me tendía la mano. Me hizo sentarme sobre sus piernas y me secó las lágrimas con la mano. La despedida estaba cerca, nos separaríamos irremediablemente y para siempre.

–Eres la mujer que querías ser. –Me estrechó la mano con fuerza–. Ese es tu mayor logro. No sé si he tenido algo que ver en eso, pero si te he ayudado a que así sea, puedo morirme tranquilo.

–Tú me has hecho más fuerte, sin duda.

Héctor agachó la cabeza y por primera vez percibí en su actitud un sentimiento de culpabilidad, de haber hecho algo mal.

–Perdóname si te he hecho daño. –Tragó saliva–. Sé que me he portado mal contigo en muchas ocasiones y que no he tenido en cuenta tus sentimientos. Reconozco que soy un egoísta y que, a veces, mis ideas políticas me ciegan.

Había hecho falta mucho tiempo para que reconociera el dolor que me había causado con sus actos.

–Te he alejado de tu familia –continuó, con la voz y las manos temblorosas–. Y has hecho cosas por mí que no he valorado lo suficiente.

De pronto se deshizo en lágrimas, y tuve que hacer un esfuerzo descomunal para no venirme abajo otra vez.

–¡Eres tan buena! –Me acarició el pelo con suavidad–. Ojalá no fuera así, ojalá pudiera dejarlo todo y conformarme únicamente con tu amor...

–Pero no puedes –asentí, convencida–. Te he exigido más de lo que puedes darme, y ahora me doy cuenta de ello. No todos somos iguales, aunque yo creí que podría hacerte cambiar.

–Te juro que lo he intentado. –Se puso de rodillas y apoyó su cabeza en mi regazo–. Quería de verdad poder tener una vida tranquila contigo, formar una familia... En fin, hacer lo que hacen las personas normales.

–Tú no eres una persona normal. –Sonreí tímidamente, y le acaricié la cabeza–. Has nacido para luchar.

Fue en ese momento cuando me di cuenta de que Héctor, en el fondo, lo había intentado. Había hecho todo lo posible por ser el hombre que yo esperaba y deseaba que fuera. Pero había fracasado.

–No puedo cambiar. –Se aferró con más fuerza a mis piernas–. Y lo supe el día que decidí ir al Liceo. Estuve varios días pensando en abandonar la misión y marcharme contigo a París como habíamos planeado, pero no pude. Preferí dejarte y ponerte en peligro. Lo siento, Amelia.

No estaba enfadada, más bien sentía una paz inmensa en mi corazón. Héctor se estaba sincerando conmigo después de tanto tiempo y me reconfortaba conocer su verdad, lo que realmente pensaba y sentía.

–Tranquilo. Te perdono. –Dejé escapar un suspiro de alivio–. Todo eso ya ha pasado. Ahora cada uno debe luchar por su futuro, aunque creo que eso es lo que hemos hecho siempre.

–No voy a tener la conciencia tranquila hasta que no sepa que estás a salvo y vuelvas a reencontrarte con tu familia.

–Estoy segura de que te enterarás, y espero que volvamos a vernos.

Héctor me dio un beso en los labios y noté el sabor salado de sus lágrimas. Permanecimos unidos durante varios segundos, incapaces de separarnos. Sabíamos que aquella iba a ser nuestra despedida, probablemente la definitiva.

–No quiero que te vayas pensando que nunca he sentido nada por ti. Al contrario, eres la única mujer que me ha hecho replantearme quién soy y qué quiero en la vida –me confesó.

–Pero no he conseguido que te quedes conmigo. Quizá otra pueda lograrlo alguna vez.

–No lo creo. –Me pellizcó cariñosamente la mejilla–. De lo que estoy seguro es de que hay un hombre perfecto para ti esperándote en algún lugar, capaz de darte lo que te mereces.

Rápidamente pensé en Thomas. Si no tuviera que abandonarlo todo, él podría haberme hecho feliz.

Nos pusimos de pie y nos abrazamos. No podíamos demorar más la despedida, pues solo nos estábamos haciendo daño.

–Gracias, de verdad –respondí, y lancé un suspiro–. Cuídate, Héctor. Y, por favor, ten cuidado en la guerra.

Me acompañó hacia la puerta y traté de memorizar su rostro. Me entristecí al pensar que, pese a la cantidad de fotografías que me había hecho en el estudio de Esplugas, jamás nos habíamos hecho una los dos juntos.

–Suerte –me dijo con un nudo en la garganta–. Sé feliz.

La puerta se cerró y, a pesar del inmenso vacío que sentí, pensé que por fin era libre, en cierta medida, para tomar mis propias decisiones. Aun así, no pude reprimir el llanto; en el fondo, sabía que nunca más lo volvería a ver.

Las despedidas no acabaron con Héctor. El día antes de mi partida a Nueva York tuve que decir adiós a la señora Gibbs y a mi amiga Odalys. Ellas creían que tan solo íbamos a estar separadas durante dos meses, así que intenté contenerme para no mostrarme excesivamente emotiva. Recorrí por última vez la casa de modas en la que había podido desarrollar mi talento y que me había permitido trabajar como maniquí.

–No sé qué vamos a hacer sin ti estos meses –me dijo la señora Gibbs en tono de reproche–. ¡Menuda cara tiene esa Manrara! Le quita tiempo a mi empleada y encima se la lleva fuera de la ciudad en plenas Navidades, que es cuando las mujeres quieren estrenar vestidos nuevos. ¡Y yo a callar para que no se ofenda!

No pude reprimir una sonrisa al ver el enfado de la señora Gibbs, que bajo ningún concepto se atrevería a contradecir a la señora Manrara, y sentí pena al pensar que no volvería a trabajar bajo sus órdenes.

–Busque a otra muchacha –le dije–. Hay muchas jovencitas preciosas en esta ciudad que podrían sustituirme durante mi ausencia.

–¡Si es que no encontraré a nadie como tú!

Casi se me escapan las lágrimas, y más cuando vi acercarse a mí a Odalys con un montón de telas en los brazos. Me dio un beso fugaz, como si tuviera prisa por seguir trabajando, y me deseó un buen viaje.

–¡Espera! –La agarré del brazo–. Quiero decirte una cosa.

Se me quedó mirando extrañada. Echaría muchísimo de menos aquel rostro simpático y amable que me sonreía todas las mañanas antes de empezar la jornada. Jamás había conocido a una mujer tan trabajadora y responsable como ella, que afrontaba su dura labor con resignación y alegría pese a que le consumía prácticamente la vida.

–Quiero agradecerte toda la ayuda que me diste cuando llegué a Tampa –seguí con la voz entrecortada–. Y tu amistad, que no la voy a olvidar nunca.

–¿A qué viene eso? Parece una despedida para siempre.

–Por si acaso –dije yo, quitándole importancia–. Quiero que lo sepas, eso es todo.

–Ay, amiga. –Me guiñó un ojo antes de darme la espalda–. La amistad, si es de verdad, nunca muere, pese a la distancia.

Me quedé con aquellas palabras tan esperanzadoras. Salí de la casa de modas y comencé a llorar mientras me dirigía al puerto para despedirme de Tampa. Me quedé unos minutos mirando las tranquilas aguas del mar mecidas por el aire caliente. Recordé con nostalgia todo lo que me había dado aquel lugar y lo mucho que había aprendido de su gente antes de decirle adiós.

55

Salimos de Tampa en un vagón Pullman que habían alquilado los señores Manrara para todos nosotros. Era de noche, y había varios divanes de dos asientos transformados en literas para poder dormir y descansar durante el largo viaje a Nueva York. El tren, pintado de verde oscuro, tan característico de la Pullman Company, comenzó a moverse con rapidez bajo los fuertes chirridos de las ruedas y las espesas nubes de humo de la chimenea. El señor Manrara corrió la cortina que nos aislaba de los demás pasajeros del vagón y nos quedamos los señores Manrara, Tania, Thomas y yo, junto a un criado negro, que nos sirvió una cena exquisita.

–¿No habías estado nunca en un vagón como este, Amelia? –me preguntó Thomas.

Estaba sentado frente a mí; los Manrara se encontraban en los asientos de los laterales y la pequeña Tania, que ya se había quedado dormida, estaba a mi lado.

–No, nunca –dije, y apoyé la cabeza en la ventanilla–. Mi familia y yo no solíamos hacer viajes muy largos.

Thomas llevaba un traje gris claro y una corbata perfectamente anudada al cuello de la camisa que le daba un aspecto muy elegante.

–Pasaremos la Navidad juntos –siguió, y se peinó el bigote con los dedos–. Espero que no te canses de mí.

Sonreí como una boba. Tener a Thomas tan cerca hacía más llevadero dejar atrás Tampa. Aún sentía dolor al recordar a Héctor; sabía que tendría que vencer la nostalgia que me producían tantos recuerdos y que me impedía conciliar el sueño por las noches.

–Creo que nos veremos poco. –Bajé el tono de voz–. Tienes mucho trabajo que hacer con Martí.

Thomas miró hacia su lado izquierdo para comprobar que los señores Manrara no nos oían. De hecho, parecían dormitar bajo el suave traqueteo del ferrocarril. Thomas apagó la luz del candil que todavía teníamos prendido en nuestra mesa para no molestar a los demás y nos quedamos a oscuras, salvo por la débil luz de la luna que se colaba a través de la ventanilla.

–Manrara ya me ha dejado claro que en ningún momento podremos ver a Martí. –Por su tono parecía decepcionado–. Está escondido, y los agentes de Pinkerton de Nueva York no saben dónde. Imagino que los Manrara sí; enterarte será tu cometido. Tienes que descubrir su paradero. Yo me encargaré de averiguar qué día se fletarán los vapores desde Fernandina. Eduardo y yo hemos quedado la semana que viene con el comerciante Nathaniel Borden para aclarar mi participación con los ferrocarriles.

–¿Y de qué sirve saber dónde se encuentra Martí?

–Tenemos que seguir sus pasos, todavía necesitamos conocer muchos más detalles de la revolución. La información que obtuviste en La Habana es impecable, en la agencia están muy contentos con tu trabajo.

–No puedo decir que yo sienta lo mismo –dije con desgana–. Te recuerdo que hago esto por obligación.

Thomas asintió lentamente. Parecía sentirse culpable.

–Perdona, tienes razón. –Hubo un silencio largo–. Por cierto, imagino que debes de estar apenada por no pasar unas fechas tan señaladas con tu novio.

Tragué saliva y tardé varios segundos en contestar, intentando no venirme abajo.

–Manuel y yo ya no estamos juntos. –Mi voz tembló, y tuve que toser–. Pero te ruego discreción, los señores Manrara no lo saben y me gustaría comunicárselo cuando regresemos a Tampa.

Hubiera dado lo que fuera por poder verle la cara a Thomas en ese momento, pero apenas pude vislumbrar que se llevaba una mano al mentón. ¿Qué le estaría pasando por la cabeza?

–Lo siento mucho. –Echó el asiento hacia atrás con intención de dormir–. Será mejor que te deje descansar, todavía nos quedan unas cuantas horas para llegar.

El vagón se quedó en silencio, aunque de lejos se oían algunos murmullos procedentes de los trabajadores. Decidí tumbarme, pero tardé en dormirme; pensaba en todo lo que tendría que dejar atrás y en lo que me esperaba, y a la vez sentía un placer inesperado por tener a Thomas durmiendo a pocos centímetros de mí. No pude evitar entristecerme al recordar que tendría que marcharme sin decirle adiós a aquel hombre que me hacía sentir segura y protegida cuando estaba a mi lado.

—¡Despierta!

Sentí que me zarandeaban suavemente. Abrí los ojos y me encontré con el rostro de Thomas, que me observaba sonriente mientras me aferraba la mano con fuerza.

—Vamos, ya hemos llegado. —Me ayudó a levantarme—. Tienes mala cara, ¿no has dormido bien?

Tardé algunos segundos en recordar dónde me encontraba y qué hacía allí. Los Manrara y la pequeña Tania estaban ya con los abrigos puestos, listos para bajar al andén.

—Me costó conciliar el sueño. —Me restregué los ojos para despejarme—. ¿Ya estamos en Nueva York?

Thomas asintió y me señaló la ventana. La Grand Central Station de Nueva York era una de las estaciones más grandes del mundo. El criado que nos había atendido durante el viaje depositó nuestro equipaje en un carro. Sorteando a los centenares de personas que se agolpaban en los andenes, salimos por fin a la calle Cuarenta y dos, que estaba repleta de carruajes y caballerizas para los pasajeros. ¡Qué vistas más fantásticas! Jamás había estado en un lugar como aquel. Me impresionaron los enormes edificios y el ajetreo de sus calles, llenas de hombres y mujeres de todas las nacionalidades y razas.

La isla de Manhattan, a orillas del río Hudson, era un conglomerado de barrios muy diferentes entre sí. Nosotros nos dirigimos en un coche hacia Gramercy Park, donde se encontraban los lujosos apartamentos Stuyvesant.

—Espero que el servicio haya dejado la casa preparada —dijo Isabel Manrara—. Vienen todas las Navidades, y la verdad es que nunca he tenido queja. Lo único que deseo es que no haya ningún pintor viviendo en la planta de arriba.

—Ya te dije que deberíamos cambiar de apartamento —intervino Eduardo—. No me parece bien que alquilen las habitaciones de arriba a los artistas. Son escandalosos y poco educados. No sé por qué aceptan que vivan entre gente como nosotros.

—Pues porque Richard Morris Hunt, el arquitecto de Stuyvesant Town, estuvo en la Escuela de Bellas Artes de París y es también artista. Además, mientras paguen los mil dólares que cuesta al año... Pero tienes razón, cariño, deberíamos trasladarnos a los nuevos apartamentos Dakota del Upper West Side.

Gramercy Park era un barrio exclusivo. Solo la alta sociedad de Nueva York tenía acceso a un precioso parque arbolado y lleno de plantas y árboles de todas las variedades. La serenidad de sus calles parecía de otro mundo en comparación con el resto de la ciudad.

—¿Sabéis a quién nos encontramos paseando un día por el parque? —nos preguntó Isabel con emoción—. ¡No lo podéis ni imaginar!

—A Thomas Edison —se anticipó Eduardo, provocando que Isabel arrugara el ceño—. Tiene la llave de oro que abre la puerta del parque. Es un hombre muy poderoso.

—Claro que es poderoso, de hecho tenemos aquí uno de sus primeros fonógrafos que salieron a la venta; casi todos los neoyorquinos de clase alta tienen uno.

El edificio en el que se encontraba el apartamento de los Manrara tenía cinco plantas y constaba de dieciséis apartamentos y cuatro estudios para artistas. Subimos en el ascensor hasta la cuarta planta y entramos en el precioso salón de estilo gótico cuyos ventanales se abrían a un balcón de hierro forjado. La luz entraba en el interior e inevitablemente me vino a la cabeza mi casa de Barcelona. Aquella vitrina frente a la calle me recordó mi vida junto a mi familia, y estuve a punto de ponerme muy triste si no hubiera sido por la repentina aparición de la criada, que salió como de la nada con una bandeja en la que llevaba una jarra de agua y varios vasos.

La casa estaba limpia y preparada, como se esperaba, y enseguida me mostraron mi habitación, que compartía con Tania. En la de al lado se hospedaría Thomas, así que íbamos a dormir pared con pared.

—Creo que no ronco —me dijo Thomas, y me guiñó un ojo—. ¿Me has oído esta noche durante el viaje?

—La verdad es que no. —Sonreí—. Aunque los ronquidos del señor Manrara no me lo han puesto fácil.

Thomas rio y entró en su habitación. Yo hice lo propio; me temblaban las manos. ¿Qué me pasaba con aquel hombre que con tan solo un guiño ya me ponía nerviosa? Estaba claro que Thomas podía enamorarme de nuevo. No obstante, el tren del amor ya había pasado para mí, y ahora tendría que evitar caer en la tentación de volver a subirme. No merecería la pena, mis días junto a Thomas estaban contados.

–Por cierto. –Volvió a salir inesperadamente–. Mañana es tu cumpleaños. ¿Cuántos cumples?

Se me había olvidado por completo. Había estado tan ocupada regodeándome en mi pena que no había tenido tiempo de pensar en ello. Sería el segundo cumpleaños que viviría alejada de mi familia, y prefería no celebrarlo.

–¿Cómo lo sabes? ¿Has estado cotilleando en mi cédula de identidad?

–Efectivamente. –Juntó las manos en señal de perdón–. Lo hice hace tiempo, cuando..., ya sabes, cuando estuvimos juntos. Quería saber qué día era tu cumpleaños para hacerte un regalo.

Me hizo sentir culpable al recordar lo sucedido tras la llegada de Héctor. ¡Qué mal me había portado con Thomas!

–Nunca te he pedido perdón por lo que hice. Debería haberte contado la verdad.

Thomas negó repetidas veces con la cabeza.

–Ya no te guardo rencor. –Me sonrió de nuevo–. Creo que tú también has sufrido mucho y te mereces ser feliz. Ojalá esto acabe pronto y puedas recuperar tu libertad.

–Gracias –dije emocionada–. Y, por cierto, cumplo veinte años. Mi cédula de identidad fue manipulada para que figurara que era mayor de edad. Todavía soy una niña.

–De eso nada. Eres toda una mujer, y lo has demostrado con creces. –Me miró directo a los ojos–. Por cierto, se lo he dicho a los señores Manrara y hemos pensado en ir a uno de los restaurantes más antiguos de Nueva York, el Delmonico's.

–¿De verdad? –Me emocionó que quisieran celebrarlo–. No me lo esperaba.

–¿Por qué no? Te haces querer, Amelia.

Thomas rio, y a continuación entró en su habitación y cerró la puerta. Yo hice lo mismo, esbocé una sonrisa infantil y me encontré a Tania tumbada en una de las camas mientras jugaba con la última muñeca de porcelana que le había regalado su padre.

–Pareces feliz cada vez que estás con el señor Robinson –me dijo abiertamente–. Creo que le gustas.

–¿Y por qué lo crees? –Me puse en alerta–. Solo me trata como un caballero debe tratar a una dama.

–Esta noche, en el vagón, mientras dormías, el señor Robinson te ha estado colocando bien la manta para que no cogieras frío.

Un escalofrío de emoción me pellizcó el estómago. ¡Mi dulce y encantador Thomas! ¿Realmente seguía enamorado de mí?

–Es un hombre muy atento, pero eso no quiere decir nada.

–Te has sonrojado cuando te lo he contado –continuó la niña con una sonrisa–. Además, no soy la única que lo piensa. He oído a mi madre decir que el señor Robinson y tú fuisteis novios.

Me acerqué a ella y me senté a su lado.

–Cuando seas mayor te darás cuenta de que no todo es blanco o negro, ni tan fácil de explicar. –Le di un beso en la mejilla–. Y ahora, venga, vamos a deshacer el equipaje.

–¿Y qué pasa con Manuel? –siguió, llena de curiosidad.

–Manuel y yo hemos tenido nuestras desavenencias –dije–. Y aquí termina la conversación, señorita Manrara.

No parecía satisfecha con mi respuesta, pero no volvió a hacer más preguntas sobre ese tema. Aquella conversación me hizo pensar que Thomas y yo, en el fondo, parecíamos estar hechos el uno para el otro. O eso se empeñaba en ver la gente. Era una lástima, pero iba a tener que abandonarlo pronto. En cuanto los Manrara empezaran a ausentarse de la casa, aprovecharía para hacer las maletas y tomar un tren hacia Canadá. Si tenía suerte, lograría pasar la frontera. La sola idea de hacerlo sin compañía me aterraba.

Al día siguiente fuimos a celebrar mi cumpleaños. El Delmonico's se encontraba en Madison Square; era un restaurante de tres plantas con comedores privados. Estaba decorado con pilares de Pompeya, y en sus paredes de papel pintado colgaban preciosos cuadros de pintura impresionista. Pedimos el plato favorito de Abraham Lincoln, que se había hecho especialmente famoso: filete de ternera con puré de patatas con queso. Además, de postre nos recomendaron el Baked Alaska, creado por Delmonico's en honor al territorio adquirido por

Estados Unidos en 1867, y que consistía en una especie de pudin con helado cubierto de merengue horneado.

—Está buenísimo. —Isabel Manrara tomó la última cucharada—. Aunque no es comparable a nuestros postres cubanos.

—Les agradezco muchísimo que me hayan invitado —dije con buen humor—. Es un lugar estupendo.

—Los cuadros son espectaculares —añadió Thomas—. ¿No les parece?

—Hablando de cuadros —intervino Eduardo—, tenemos a un artista reconocido en el edificio.

—¡No me digas! —exclamó Isabel—. ¿Quién es?

—Herman Norrman. Un pintor sueco amigo íntimo de Martí. Es el único que consiguió hacerle un retrato, en 1891. De hecho, coincidí con él en la oficina que tenía Martí en Font Street mientras lo retrataba. Ayer mismo me lo encontré en la escalera. Lo recordaba como un hombre mal vestido y tosco, pero ahora parece que la vida le va bien.

—¿Hablaste con él?

—¡Por supuesto! Me contó que había hecho fortuna en París estos últimos años y que ha vuelto para vender su obra en Nueva York. Cuenta con el apoyo de Martí.

Thomas me miró con disimulo, y al instante supe que tenía la intención de pedirme que me encargara del pintor. Pero no iba a ser posible. Por mucho que me pesara dejar a Thomas en la estacada.

Una vez que salimos del restaurante, fuimos a dar una vuelta por Mádison Square. Querían enseñarme las impresionantes vistas y los grandes almacenes Macy's, que tan populares se habían hecho. Fue un día inolvidable y, a pesar de encontrarme lejos de los míos, me sentí querida por los Manrara y por Thomas. Pero las sorpresas no terminaron allí. La que más ilusión me hizo fue la que me esperaba al regresar al apartamento. Después de cenar, cuando ya nos dirigíamos a nuestros cuartos para descansar, Thomas me esperaba en la puerta de mi habitación con una cajita en la mano.

—Esto es para ti. —Me entregó la caja—. Espero que te guste.

La abrí todo lo despacio que pude. En el interior había unos bonitos pendientes de plata.

—No puedo aceptarlos —dije, azorada—. No tienes por qué...

—Acéptalos, por favor. —Thomas me agarró de las manos—. Me encantaría que los tuvieras. Es solo un regalo.

Tragué saliva y sentí la necesidad imperiosa de sincerarme con él.

—No me lo pongas más difícil, por favor.

—¿Qué es lo que pasa? —susurró—. No quiero que te sientas presionada. En ningún momento he tenido intención de incomodarte.

—No es eso, de verdad. —Cabeceé varias veces—. Es solo que... voy a tener que irme lejos y no quiero...

—No quieres comprometerte. —Thomas pareció un tanto ofendido—. Te olvidas de lo que te dije una vez: yo me iría contigo a donde hiciera falta.

¡Pero no a Canadá en mitad de la operación de espionaje!, grité por dentro. Tuve que morderme la lengua para no confesar la verdad. Su mirada triste y melancólica me estaba torturando.

—Esto acabará pronto —siguió en voz baja, hablando muy cerca de mí, casi rozándome el oído—. Queda muy poco para terminar con los planes de Martí, luego podremos hacer lo que queramos. Te juro que estoy dispuesto a dejarlo todo por ti.

Aquella declaración tan sincera y bonita me hizo replantearme la huida. Thomas me amaba de verdad y estaba dispuesto a empezar una vida nueva conmigo después de la misión. Si me marchaba, perdería la oportunidad de ser feliz con él. Si le ayudaba, podíamos salir triunfantes.

—¿Crees que lo lograremos pronto? —pregunté, impaciente.

—Es cuestión de días, Amelia. —Volvió a estrechar mis manos entre las suyas—. Solo hay que aguantar un poco más, y entonces podremos estar juntos.

—Lo haré —respondí, decidida—. Esperaré por ti.

Thomas sonrió y entró en su habitación. Me quedé en el frío pasillo, apoyada sobre la puerta de mi habitación durante varios segundos, hasta que entré y me metí en la cama. Sabía que al otro lado estaba él, arropado bajo las gruesas mantas. Puse mi mano sobre la pared, como si pudiera atravesarla, e imaginé que nuestros cuerpos se unían para siempre sin que nadie pudiera hacernos daño. Tenía que aguantar, aunque eso conllevara el riesgo de que Ángela me delatara. Si no lo hacía, perdería a Thomas para siempre.

56

Hacía mucho frío en Nueva York, y yo no estaba acostumbrada a las bajas temperaturas después de haber vivido ocho meses en Tampa. La chimenea del apartamento estaba todo el día encendida y los ratos que pasábamos en compañía en el salón eran bajo el amparo del calor del fuego. El piso de los Manrara era acogedor y cálido: los cristales de las ventanas se empañaban por el vapor de la chimenea y las alfombras persas que cubrían el parqué lo hacían aún más agradable. Me hubiera gustado poder pasar las Navidades allí y compartir con ellos unos días tan especiales.

Llevábamos ya una semana en Nueva York y aún no había encontrado al pintor sueco. El tiempo apremiaba y temía que en cualquier momento llegara un telegrama o una carta de Ángela para el señor Manrara. Afortunadamente, en ese apartamento no había teléfono, de modo que le sería mucho más difícil contactar con ellos para delatarme. Aun así, estaba jugando con fuego, me estaba arriesgando demasiado por ayudar a Thomas. Sentía que cada día que pasaba a su lado me unía más a él. Todo se estaba complicando cada vez más.

Aquella mañana desayunamos todos juntos. Como de costumbre, era un desayuno típicamente neoyorquino: huevos pasados por agua, pescados, costillas de cerdo, guisantes y magdalenas. La cocinera y la criada eran de Nueva York y no sabían preparar platos cubanos.

–No estás comiendo nada, Amelia –me dijo la señora Manrara–. ¿Es que no te encuentras bien?

Me dolía muchísimo la cabeza y me sentía extremadamente cansada, a pesar de haber dormido muchas horas. No sabía lo que me pasaba.

–Estoy bien, solo me siento un poco hinchada.

–Eso es el cambio de aguas. Yo también me siento un poco mal del estómago.

—Sin duda, el agua de Tampa no es comparable a la neoyorquina.

Aquello pareció convencer a la señora Manrara. Bebí un poco de zumo de naranja y escuché la conversación que mantenían Thomas y Eduardo.

—Esta noche cenamos con el señor Borden —dijo Eduardo, a la vez que mezclaba los huevos con las chuletas—. Hemos quedado en un restaurante de Brooklyn. A ver si zanjamos ya el tema de los trenes. ¿Ha hablado con su cuñado? Quizá debería venir también a la cena.

Thomas se limpió los labios con la servilleta y por un instante pareció dudar.

—Mi cuñado prefiere permanecer en el anonimato. Yo hablo por él.

—El señor Martí sospecha de mucha gente, señor Robinson. Está escondido porque sabe que hay muchos espías en Nueva York en su búsqueda.

—Lo entiendo perfectamente. —Thomas recuperó su aplomo habitual—. Pero le aseguro que yo no soy uno de esos espías, y que mi intención es únicamente formar parte de El Príncipe de Gales. Por eso estoy aquí.

—Lo sé, lo sé. Yo no desconfío de usted, faltaría más. —Se encendió un puro después de rebañar el plato—. Espero que el señor Borden dé el visto bueno.

—Le aseguro que tendrá las armas en Fernandina el día que me lo pidan.

Sufrí por Thomas. Me daba miedo que alguien pudiera sospechar de él y que tuviera problemas. Sentía que yo también tenía la obligación y la necesidad de protegerlo, como había hecho él conmigo.

—Esta noche tendrás que quedarte a solas con Tania —me dijo Isabel—. Las criadas se marchan a las nueve. Espero que no necesites de sus servicios.

—No se preocupe, nos quedaremos leyendo en la salita hasta la hora de dormir.

—Podéis pasear por Gramercy Park si os apetece. —Me entregó la famosa llave de oro—. No puedes marcharte de Nueva York sin visitar esta preciosidad. Además, hoy hace un día muy bonito y soleado.

Asentí sin demasiado entusiasmo, me encontraba tan mal que lo único que me apetecía era quedarme en la cama todo el día. Pero

Tania era solo una niña y estaba harta de estar encerrada en el apartamento, así que a media mañana me vi en la obligación de salir para visitar el famoso parque. Los árboles habían perdido las hojas, y me costaba apreciar el encanto del que tanto me habían hablado.

Abrimos la puerta de la verja y Tania comenzó a correr por el paseo cubierto de escarcha. El olor a tierra mojada me hizo sentir mejor, pese a lo mal que me encontraba. Había varios bancos de hierro a lo largo del paseo solitario y enseguida perdí de vista a Tania, que se había alejado de la zona sin pedirme permiso. Arrugué la frente y comencé a recorrer el parque en busca de la niña. No había nadie; el viento agitaba las ramas peladas de los árboles y se oía de fondo el traqueteo de algún carro que paraba frente a los apartamentos y el canto de los pájaros que aún no habían emigrado a las zonas más cálidas. Al cabo de unos minutos, por fin la vi aparecer junto a un desconocido. Era un hombre joven, de unos treinta años, de pelo y bigote castaño y tez muy pálida.

–La niña se había perdido –dijo, con un acento extraño.

–¡No vuelvas a irte sin mi consentimiento! –le recriminé a Tania, enfadada. Ella agachó la cabeza, culpable.

–No se preocupe –siguió el desconocido–. Es un parque cerrado, aquí no podría haberle ocurrido nada.

Asentí, más calmada, esperando a que se presentara.

–Soy Herman Norrman. –Me dio la mano–. Nunca la había visto por aquí, aunque he de decir que solo llevo unos meses en este barrio.

Me quedé pasmada al oír su nombre.

–¿Es usted el pintor? –le pregunté, entusiasmada.

–Así es. –Se irguió, orgulloso–. Me alegra que haya oído hablar de mí.

–Yo soy Amelia Ramos, la institutriz de los Manrara. Somos sus vecinos de abajo.

–Conozco bien a los Manrara –añadió–. Tenemos amigos en común. –Miró a la niña y sonrió. Después, sacó un caramelo de tofe de un bolsillo y se lo dio.

–Muchas gracias, señor Norrman –dijo Tania–. A mí también me gusta mucho la pintura, ¿sabe? Sobre todo, el impresionismo. La señorita Ramos me ha contado muchas cosas de cuando estuvo en París.

–¿Ha estado en París? –Me miró pensativo–. A decir verdad, su cara me suena de algo.

–Estuve el año pasado. Toulouse-Lautrec me pintó en el cartel promocional del Moulin Rouge.

–¡Es verdad! –gritó chasqueando los dedos–. Recuerdo que la gente habló mucho de usted, aunque parece ser que no aprovechó su fama. Desapareció de París, o eso me contó Henri.

–Sí, me marché a América para probar suerte como maniquí y ahora... ya ve, estoy contenta de trabajar para los Manrara.

–También ha sido maniquí en Tampa –comentó la niña–. Allí la aprecian mucho.

–No lo dudo. –Rio.

El pintor parecía disfrutar de la conversación, pero yo debía sonsacarle información. ¿Cómo podía averiguar dónde se ocultaba Martí sin delatarme? Era una tarea prácticamente imposible, y lo más probable era que tuviera que marcharme de la ciudad sin conseguirlo.

–He oído decir a los Manrara que pintó un cuadro de Martí –dije a la desesperada–. En Tampa le tienen devoción.

–Puede cambiar el futuro de los cubanos. –Se puso serio–. Si le dejan.

Alcé las cejas y me hice la tonta.

–¿El Gobierno español?

–El Gobierno español y la agencia Pinkerton. –Herman se ajustó la bufanda alrededor del cuello y continuó hablando–: Detesto a las personas que arruinan la libertad de los demás por dinero.

–Tiene toda la razón –expresé sin vacilar, con la sospecha de que quizá supiera algo sobre mí y estuviera acusándome–. Pero he oído decir a los Manrara que no conseguirán descubrirlo, que está muy bien escondido.

–Tiene a mucha gente que lo apoya. –Sonrió, satisfecho–. Y Eduardo Manrara es uno de ellos.

Asentimos y nos quedamos en silencio. Lo miré de reojo, intentando descifrar en él recelo o desconfianza hacia mí, pero no había nada de eso. Quizá, a estas alturas de la misión, era yo quien comenzaba a dudar de todo el mundo. Que hubiera mencionado a la Pinkerton me había alertado, pero imaginaba que el entorno de Martí sabía de sobra que la agencia cooperaba con el Gobierno español. Tenía que intentar relajarme.

—En fin, he de seguir trabajando —soltó él de repente—. Ha sido una charla agradable. Espero que nos volvamos a ver.

Tania y yo nos despedimos y nos quedamos solas en el parque. Tania volvió a desaparecer de mi vista, ahora sí con mi permiso, mientras yo sufría el frío neoyorquino. El aire era gélido y metí las manos enguantadas en los bolsillos mientras volvía a sentarme en el banco.

—Hace mucho frío, ¿verdad?

Thomas apareció de repente a mi lado. Llevaba un abrigo largo y unos guantes negros de cuero con los que sujetaba un cigarro entre los dedos.

—La verdad es que sí.

Se sentó junto a mí, y los dos nos quedamos en silencio observando las desnudas ramas de los árboles bailando al compás del viento. Era una mañana fresca, con el cielo azul cobalto y el sol brillante, de esas que dan el empujón necesario para recuperar el ánimo que quitan los días grises y deprimentes. Y además estaba Thomas a mi lado.

—¿Quién era el hombre que salía del parque?

—El famoso pintor sueco —respondí, a la vez que me frotaba las manos—. Creo que es prácticamente imposible descubrir dónde se esconde Martí. Sospecho que ni él ni los Manrara saben su paradero.

—Puede ser. —Se juntó más a mí para darme calor—. No pasa nada, lo más importante ahora mismo es saber el día exacto del levantamiento. Y espero conocerlo esta noche.

—¿No tienes miedo? Te han pedido que traigas a tu supuesto cuñado contigo. Alguien desconfía de ti.

—La agencia manipuló documentos para demostrar la existencia de ese cuñado y su empresa relacionada con la línea ferroviaria de Florida. ¿Cómo podrían sospechar?

—No lo sé, pero tengo un mal presentimiento. ¿Qué pasaría si te descubrieran?

Thomas se encogió de hombros. Mostraba una sangre fría realmente envidiable, a la par que una audacia poco calculada.

—Nunca he fallado, y no creo que lo haga. Ellos son los que me necesitan a mí, y no al revés. Aunque mi excusa sea tener acciones de El Príncipe de Gales, la revolución depende en gran parte de lo que yo pueda ofrecerles. No creo que estén en disposición de rechazarme por una tonta desconfianza.

–¿Y si por su cuenta han intentado localizar a este cuñado tuyo y han descubierto que no existe y que todo es mentira? –planteé, preocupada.

–Creo que somos más listos que ellos. De todos modos, yo me limito a cumplir órdenes, solo sigo los pasos de la agencia.

Me quedé dubitativa, no terminaba de convencerme.

–¿Y si me descubren a mí? –dije con la boca pequeña–. Es una probabilidad.

–¿Quién va a sospechar de ti? Todos los que te rodean te aprecian muchísimo. Creo que eso es imposible.

Me quedé pensando si contarle lo de Ángela o no. Estaba arriesgando demasiado.

En ese momento, un escalofrío me recorrió el cuerpo y noté que me ponía pálida. Seguía encontrándome mal y me daba miedo que un resfriado pudiera dejarme postrada en la cama durante días.

–¿Qué te pasa? –Thomas estuvo a punto de ponerme la mano en la frente, pero se frenó–. ¿Me das permiso?

Asentí mientras notaba su delicada mano sobre mi piel.

–Tienes fiebre –dijo, preocupado–. Ahora mismo le diré al señor Manrara que llame a un médico.

–¡No! –grité–. Por favor, estoy segura de que se me pasará.

–¿Qué problema hay? ¡No puedes quedarte así!

Negué con la cabeza. Si los señores Manrara se enteraban de que estaba enferma, entonces tendría que quedarme en cama y no podría ayudar a Thomas con la misión. Todo se retrasaría todavía más.

–Estoy bien, de verdad. No quiero que por mi culpa se cancele la cena de esta noche. –Intenté parecer convincente–. Tenemos que acabar con esto, no vamos a poner en riesgo todo por un simple resfriado.

Thomas reflexionó y terminó asintiendo.

–Está bien, tú ganas. –Me miró con ternura–. Pero no me importa cancelar la cena si es por tu salud. Lo primero eres tú.

¡Jamás nadie me había dicho algo así! Héctor nunca me había puesto la primera en su lista de prioridades y eso era para mí una novedad. Me sentía deliciosamente querida e importante para él, y me encantaba.

–Gracias. –Sonreí a pesar de la fiebre.

–Deberíamos regresar a casa. Hace demasiado frío.

Aquella noche, cuando Thomas y los señores Manrara abandonaron el apartamento, Tania y yo nos sentamos a la mesa. Prácticamente no toqué la cena, pues la angustia me había quitado el hambre. Sentía un peso sobre las sienes que me estaba torturando lo que llevaba de día, y lo único que deseaba era descansar en la cama y cerrar los ojos hasta el día siguiente. Sin embargo, aún era demasiado pronto para mandar a Tania a dormir, así que nos sentamos en el mullido sofá del saloncito contiguo al salón, donde había una chimenea encendida. La cocinera y la criada se fueron a las nueve en punto y nos quedamos solas bajo la lámpara, leyendo una novela. Ni siquiera podía seguir la línea; el dolor de cabeza me impedía mantener los ojos abiertos. Me toqué la frente de nuevo, estaba ardiendo. La fiebre no dejaría de subir hasta que no tomara algún medicamento. Pensé en aprovechar que no había nadie en casa para buscar el jarabe de amapola que siempre llevaba Isabel Manrara para la fiebre, pero justo en el instante en que me puse de pie, me desplomé.

–¡Dios mío! –gritó Tania asustada–. ¿Qué te pasa?

Aunque no podía moverme, no había perdido la consciencia del todo, así que pude percibir lo que ocurrió en esos momentos a mi alrededor. Sentí que Tania me zarandeaba y que corría, alejándose de mí. Pasaron unos segundos de silencio hasta que se volvió a oír la voz de la niña hablando con otra persona.

–Se ha caído al suelo, señor Norrman. Creo que está enferma.

Tania había ido en busca de ayuda y no se le había ocurrido otra cosa que llamar al vecino de arriba, que era el pintor sueco.

–¿Señorita Ramos? –Me tocó la frente–. ¡Está ardiendo!

Noté unos brazos que me sujetaban y después oí el relincho de unos caballos galopando a toda prisa. Me desmayé, y se hizo el silencio.

57

Me desperté tiritando de frío bajo un montón de mantas de diferentes colores y sobre una cama cómoda, aunque desconocida. Giré lentamente la cabeza hacia un lado y vi una chimenea con un buen fuego y una silla vacía, sobre la que descansaban un ovillo de lana y unas agujas. La habitación estaba a oscuras, a excepción de la luz de un quinqué a medio gas. ¿Dónde estaba?

Me tomé unos segundos para recordar lo que había ocurrido y rápidamente me vino a la cabeza el desmayo que había sufrido por la fiebre en el apartamento de los Manrara. Recordé también que había sido el pintor sueco quien me había llevado hasta allí... ¿Qué habría sido de Tania?

Comencé a respirar con ansiedad y me incorporé para observar mejor mi entorno. Al intentar ponerme de pie, sentí unos intensos pinchazos en las sienes; me encontraba débil y apenas tenía fuerzas para dar un paso. Sin embargo, hice un esfuerzo para alcanzar el alféizar acolchado de la ventana y observé la calle, por si podía reconocer algo que me hiciera saber dónde me encontraba. Pero no fue así. Seguí caminando por la habitación sin atreverme a salir, por miedo a lo que me pudiera encontrar fuera, y me dirigí hacia una estantería en la que reposaba la fotografía de un hombre de pelo blanco y barba rizada y espesa, con nariz aguileña y rostro serio. ¿Quién sería? Al lado había numerosos frascos de cristal que contenían líquidos de diferentes tonalidades marrones que parecían ser jarabes o medicamentos. Fue entonces cuando entendí que me encontraba en la consulta de un médico o en casa de alguna especie de científico. Decidí abrir la puerta. Salí lentamente y me encontré con un pasillo solitario y quejumbroso por la madera del suelo. Intenté ir de puntillas para no llamar la atención y me asomé a la larga escalera que comunicaba con la planta principal y el salón. Aquella casa parecía pertenecer a alguien bien posicionado; mi curiosidad aumentó al ver otro retrato, esta vez familiar, en una de las paredes: el mismo hombre estaba junto a una mujer y una bonita joven vestida a la moda. No había visto a aquellas personas en mi vida, así que no tenía la más mínima idea de por qué había acabado en la casa de aquellos desconocidos. Me propuse bajar las escaleras. Con mucho cuidado, me aferré a la barandilla. Inevitablemente, recordé la misma escena que había vivido hacía prácticamente un año en París, cuando me desmayé en la estación de Saint-Lazare. Sentí la misma sensación de desamparo que en la rue des Moulins, cuando me desperté sin saber cómo había llegado a ese lugar. Lo primero que pensé al abrir los ojos por aquel entonces fue en Héctor; esta vez, en Thomas.

Llegué a la planta principal y caminé por los pasillos silenciosos y oscuros. Cuando ya pensaba que no había nadie en aquella casa, observé una luz débil que provenía de una pequeña sala de estar. Me acerqué con todas las precauciones, casi pegada a la pared, hasta que vi que la puerta estaba abierta. Me quedé a escasos centímetros de la habitación para escuchar las dos voces masculinas que resonaban con eco en el pasillo.

–¡Qué ganas tengo de pisar la calle! –exclamó una de ellas.

–Ya queda poco, no desesperes –dijo la voz más madura–. No te quejarás de cómo te hemos cuidado en esta casa...

Intuí que la segunda persona era el dueño de la casa y el hombre que había visto en las fotografías.

–No tengo ninguna queja, Ramón. Su familia es encantadora, es una lástima que su mujer y su hija se hayan tenido que ir a cuidar de su tía enferma.

–Pues sí, te aseguro que les hubiera encantado pasar más tiempo contigo. Pero bueno, nos hacemos compañía mutuamente, ¿verdad, José? Aunque no sepamos cómo tratar al servicio... –Rio–. Lena es una buena chica. Ya ves, incluso ha hecho de enfermera con la muchacha.

–Por cierto, ¿cómo se encuentra la institutriz de los Manrara?

Aquel hombre llamado José estaba hablando de mí y su voz me era en cierta medida familiar, como si la hubiera escuchado antes. Además, parecía conocer a los Manrara.

—Creo que no tardará mucho en despertarse. Las medicinas le han rebajado la fiebre.

—Es usted uno de los mejores médicos que conozco, tanto en lo que respecta al cuerpo como a la mente. Siempre me ha aliviado mis angustias, y no podría encontrarme en mejores manos en momentos tan importantes como este. Me fortalece el alma, y hace que no pierda el ánimo por la lucha de Cuba.

Tuve que ponerme la mano en la boca para no gritar ante la sorpresa. Era José Martí y se escondía en la casa de su médico personal, el mismo que me había atendido a mí. Pero ¿por qué había acabado yo allí?

—Tienes garra, Martí —comentó el médico—. No creo que sea un mérito mío. Aunque he de reconocer que si ese pintor amigo tuyo, el señor Norrman, no hubiera traído a la chica...

—Llegó con más de cuarenta grados de fiebre. ¿Es que la señora Manrara no se percató del estado de esa criatura? —se preguntó, incrédulo.

—Ya lo dijo ayer Isabel, que la muchacha no les había contado nada y que, claro, como tenían la reunión con el señor Borden...

—Cierto. Aun así, me parece un tanto arriesgado haber traído a esa joven aquí —dijo Martí en tono de reproche—. Los pintores son todos, en el fondo, unos inconscientes. Pero la culpa es mía, no debería haberle dicho dónde me escondía. Me hace compañía muchas tardes, sí, y pinta unos cuadros exquisitos, pero no sé...

—El hombre se puso nervioso, no le des más vueltas. Dice que la chiquilla le pidió ayuda casi llorando, y cuando vio a esa señorita en el suelo... Es comprensible que lo primero en lo que pensara fuera en traerla aquí para que la curara.

—Podría haber llamado y haber ido usted allí. De todos modos, ¡ni que solo hubiera un médico en toda Nueva York!

—Bueno, no te preocupes. —Se oyeron unos pasos y el sonido de unas copas de cristal—. Los Manrara son de confianza y ella solo es una joven. No va a decir nada. Es más, ni siquiera sabrá que está aquí. Mañana mismo vendrán a buscarla y se la llevarán como si no hubiera pasado nada. Luego ya me acercaré yo a casa de los Manrara para vigilarle esa bronquitis. Necesita cama y reposo absoluto.

Hubo un silencio que duró varios segundos. Sentí un aire helador por todo el cuerpo y me entraron ganas de toser. Reprimí el estornudo con todas mis fuerzas y aproveché la vuelta de la conversación para carraspear débilmente, sin que se oyera.

—No me preocupa esa tal Amelia, me preocupa el señor Robinson. Thomas. Sabía que sospecharían de él. Me puse blanca al pensar lo que pudiera ocurrirle si Martí decidía investigarlo. Tendría que avisarle en cuanto llegara al apartamento.

—Según Eduardo, es de total confianza. Es solo un hombre de negocios.

—Precisamente por eso, Ramón. ¿Por qué ha querido meterse en algo así cuando solo se mueve por dinero y no por política?

—Tú lo has dicho: se mueve por dinero, y quiere formar parte de El Príncipe de Gales. ¿No dices que justificó su coartada con documentos?

—Los documentos los puede falsificar cualquiera —resopló—. Nadie ha visto a su cuñado, un hombre que debería ser conocido en esta ciudad si dice manejar la línea de Florida.

—Creo que debemos confiar en Eduardo. Total, no nos queda otra: dependemos de ese hombre para que las armas lleguen a Fernandina el 25 de diciembre.

—Quizá tenga razón. —Martí parecía convencido—. Es que no quiero que haya un chivatazo. Estamos demasiado cerca de la central de la Pinkerton; están en Washington.

Solté un suspiro de alivio al escuchar que el revolucionario recapacitaba y hacía caso al consejo del doctor.

—Ten fe, Apóstol. —Se escucharon unos pasos—. Creo que me voy a acostar. Estoy muy cansado.

Comencé a correr de nuevo en dirección a mi habitación, pero tuve que pararme en mitad de las escaleras para toser. Un sudor frío me recorrió la espalda al pensar que me iban a encontrar allí.

—¿Quién anda por ahí? —preguntó el doctor desde el pasillo.

Vi cómo Martí regresaba de nuevo a la salita para que yo no lo viera. Yo seguía de rodillas en uno de los escalones, incapaz de moverme, superada por la tos y la debilidad. Finalmente, el médico me ayudó a ponerme de pie.

—No se alarme, señorita Ramos. —Me sujetó por debajo de las axilas y me ayudó a caminar—. Soy el doctor Miranda. Tiene usted bronquitis, aunque ya no tiene fiebre. Ha estado dos días aquí, a buen recaudo.

—¿Dónde están los señores Manrara? —Fingí no haber oído nada de lo que habían hablado—. ¿Y la pequeña Tania?

—Su pupila se encuentra perfectamente bien, tan solo fue un susto. Los señores Manrara vendrán mañana para recogerla.

Llegamos por fin a la habitación y me ayudó a meterme en la cama. Luego cogió un frasco y me dio una cucharada de un líquido amargo y espeso.

—¿Cuándo me pondré bien? —pregunté, preocupada ante la idea de verme inmovilizada en una cama durante días—. ¿He de guardar mucho reposo?

—Mínimo una semana. Tendrá que quedarse en cama si quiere recuperarse. La bronquitis es una enfermedad muy mala si no se cura bien. Aun así, he de reconocer que es usted una mujer muy fuerte, ha combatido la fiebre en muy poco tiempo.

¿Cómo podría abandonar Nueva York si debía guardar cama durante una semana? ¿Se adelantaría Ángela a mi recuperación?

—Ahora mismo le diré a Lena que le prepare una sopa caliente —continuó el doctor con amabilidad—. No se ha movido de su lado.

—No tengo hambre. No es necesario que moleste a su criada.

El doctor Miranda me miró complaciente; sus formas sencillas y serenas me tranquilizaron. Entendí por qué Martí aliviaba su preocupación con él; su voz era un bálsamo para los nervios.

—Tiene que comer; si no no podrá ni subirse al coche.

Asentí, agotada, a la vez que apoyaba la cabeza sobre la almohada. Se me caían los párpados, como si pidieran a gritos que cerrara los ojos para descansar. El doctor Miranda abandonó la habitación tras añadir un poco más de leña a la chimenea. Al poco rato llegó Lena con una deliciosa sopa de pollo caliente y me la dio con delicadeza. Sí, aunque no quisiera reconocerlo, estaba enferma de verdad. El calor del fuego y el caldo me hicieron sentir un bienestar indefinible; no pude seguir luchando contra el cansancio y me rendí definitivamente al sueño.

Desperté al día siguiente con la luz blanca y tenue que entraba por la ventana. Era temprano. Lena se había quedado dormida en la silla, con el cuello colgando y la cabeza vencida hacia un lado. Sentí pena por ella; llevaba ya tres noches dormitando en aquella silla incómoda y vigilando a una joven desconocida como si se tratara de su propia familia. Aunque quizá le pagaran por ello, me parecía un acto generoso, cuando menos.

Me levanté sin hacer ruido para no despertarla y me asomé a la ventana tras descorrer un poco las pesadas cortinas. Para mi sorpresa, estaba nevando. Los copos irregulares caían sobre la acera formando un grosor más que razonable de nieve y los niños más madrugadores se lanzaban bolas. Sonreí inocentemente al recordar mi infancia, aunque a mí jamás se me había permitido jugar tan libremente como a aquellos niños. Aun así, me emocionó recordar mi niñez en el palacete del paseo de Gracia, donde en alguna ocasión había visto caer, a través de la vidriera, una pasajera y anecdótica nevada.

No sé cuánto tiempo permanecí sentada frente a la ventana contemplando aquella escena tan bucólica. Pese a encontrarme tan cerca de mi supuesto enemigo, en esa casa me sentía protegida, a gusto. Sin embargo, tenía ganas de ver a Thomas para que me contara cómo había ido la cena con el señor Borden y poder contarle yo mi descubrimiento. Tras desayunar, vi parar frente a la ventana el carruaje de los Manrara y me impacienté. Y así abandoné la casa del doctor Miranda, guardando aquel secreto que nadie sospechaba que yo supiera.

El traqueteo del coche provocó que todos mis huesos se resintieran y deseé llegar a casa lo más rápido posible. Al entrar en el apartamento, Tania y Thomas me estaban esperando en el salón: la niña se lanzó a mis brazos, aliviada, y Thomas parecía contener la emoción de verme recuperada.

–Siento lo que me pasó, Tania –dije, sintiéndome culpable–. ¡Tuviste que pasarlo realmente mal!

–No te preocupes, lo importante es que estás bien. –Sonrió con dulzura–. ¡Menos mal que el señor Norrman disponía de su carruaje para llevarte al doctor!

–La verdad es que sí –asintió Isabel Manrara–. Estamos muy contentos de tenerte otra vez en casa.

La señora Manrara había improvisado en el sillón una especie de cama con varios cojines bien dispuestos y una manta.

–Ahora acomódate aquí. –Me señaló el sillón–. Quizá necesites socializar un poco con alguien después de tantos días sola; por eso he pensado que puedes acompañarnos en las conversaciones mientras te recuperas.

—¡Gracias! —exclamé contenta—. La verdad es que así se me pasarán las horas más rápido.

—Ahora nos tenemos que ir, querida. —Cogió a Tania de la mano—. Hemos quedado con unos amigos, nos llevamos a la niña para que puedas descansar. Thomas se quedará contigo para entretenerte.

—Una pena que no funcione el fonógrafo para que pueda escuchar música —añadió Eduardo—. Ayer mismo lo intenté yo; parece ser que se ha estropeado.

—No creo que la música sea lo que más le convenga a la señorita Ramos —comentó Thomas—. No se preocupen, les aseguro que conmigo no se aburrirá.

—No lo dudo, señor Robinson. —Isabel sonrió—. Amelia, recuerda que tienes al servicio a tu disposición para lo que necesites. Nos vemos más tarde.

Por fin nos dejaron solos. Las criadas estaban en la cocina. Thomas se sentó a mi lado para hacerme compañía. Puso sus manos sobre las mías y las besó con los ojos cerrados.

Me sonrojé al notar sus labios sobre mi piel.

—No sabes lo que he sufrido por ti. —Sus palabras eran sinceras—. No he podido dejar de pensar en ti estos tres días que has estado fuera.

—No hay mal que por bien no venga —dije—. José Martí está en la casa del doctor Miranda, que es donde he estado estos tres días. Me llevó el pintor sueco. Nadie sabe de mi descubrimiento.

—¡Oh, Amelia! —Me abrazó en un arrebato de emoción—. ¡Eres la mejor!

Acomodé mi cabeza en su hombro.

—Martí no confiaba en ti, pero el doctor Miranda sí, y parece que lo ha convencido. Creo que no tienes de qué preocuparte.

—Te lo dije. —Me acarició la mejilla dulcemente—. La cena con el señor Borden no pudo ir mejor. López Queralta es quien tiene las armas, y las enviará a través de un vagón contratado que llegará a Fernandina el 25 de diciembre. No tienen previsto salir hasta principios de enero.

—Entonces, ya lo tenemos todo, ¿no? —pregunté, eufórica—. ¿Qué nos retiene aquí?

–No podemos irnos así como así, sospecharían de nosotros. Tenemos que esperar a que la revolución fracase.

Pensé en lo de Ángela y fui consciente de que tenía que decírselo.

–He de contarte algo. –Mis manos comenzaron a moverse nerviosas–. Te he ocultado una cosa muy grave.

Thomas alzó la ceja, expectante, y se pegó todavía más a mí.

–Dímelo, no tengas miedo. –Su rostro no parecía alterado–. Sea lo que sea, puedes confiar en mí.

–He de irme lo antes posible a Canadá. –Tomé aire–. Antes de marcharme a París pasé un verano en Sitges, cerca de Barcelona, donde me hice amiga de una cubana llamada Ángela –continué–. Resulta que es la hija del señor Betancourt. En La Habana me reconoció. La cuestión es que no dijo nada en ese momento para protegerme, pero me advirtió de que si no abandonaba a los señores Manrara lo contaría todo.

Thomas se quedó en silencio y se puso una mano en el mentón, como si reflexionara. Temí que se enfadara y me reprochara el error, que incluso fuera él quien tomara la decisión de abandonarme en manos del Gobierno español. Después de lo que había vivido con Héctor, ya nada me parecía imposible. La traición me había acompañado en los últimos tiempos.

–Entonces, tenemos que irnos.

Mi rostro se contrajo debido a la sorpresa. ¿Thomas iba a dejarlo todo por mí?

–¿Lo dices en serio? –pregunté con lágrimas en los ojos–. ¿Quieres venirte conmigo, aunque la misión fracase?

Asintió y me acarició los labios con sus dedos.

–¿Por qué te sorprende tanto? Te dije que haría cualquier cosa por ti. No transmitiré las últimas noticias a la agencia y desapareceremos. Que se apañen ellos.

–Pero ha sido culpa mía, no tienes por qué abandonarlo todo por...

–¿Por la mujer que quiero? –Asomó una sonrisa a su rostro–. Tú me importas más que este trabajo. La agencia Pinkerton ha sido una gran aliada contra mi soledad hasta que te conocí. Ahora ya no me hace falta ocupar mis horas ni arriesgar mi vida por algo que poco me interesa. Te tengo a ti, creo.

Me eché a llorar como si fuera una niña pequeña. Sentía que el amor de Thomas no podía ser más verdadero y que, para mi sorpresa, el mío tampoco. Gracias al cariño incondicional de aquel hombre que no había dejado de quererme en todo este tiempo, Héctor quedaba muy lejos.

–Te quiero, Thomas –expresé con seguridad–. Quiero que estés a mi lado siempre.

Él se acercó a mí impulsivamente y me besó. Nuestros labios se fundieron en un beso largo y anhelado por ambos, un acto de absoluta pasión que hizo que por un instante me olvidara de todo.

–Pero ¿cómo vamos a irnos si apenas puedo caminar? –pregunté, asustada–. ¿Y si la agencia nos encuentra? ¿Qué pasaría entonces?

–No te preocupes por eso, ¿de acuerdo? –Me sujetó la mano con fuerza–. Yo me ocuparé.

58

Apenas pude dormir esa noche ante la idea de abandonar Nueva York con Thomas. Saber que él estaba dispuesto a dejarlo todo por mí era un regalo para mi corazón herido. Estaba ansiosa por empezar una nueva vida con la persona que tanto amor me había demostrado, aunque también un tanto apenada por dejar atrás a la familia Manrara y a la pequeña Tania. Sin embargo, no tenía elección. Por fin, dos días después, Thomas me explicó el plan que había estado gestando, y lo hizo a través de una nota que me dio disimuladamente una noche antes de dirigirnos a nuestras habitaciones.

> He contactado con un hombre que está especializado en crear cédulas de identidad falsas de cualquier nacionalidad. Mañana mismo pasaremos a ser ciudadanos canadienses y podremos tomar el primer tren hacia la frontera y después hacia Ottawa.
> Mañana por la noche, a las dos de la madrugada, cuando todo el mundo esté durmiendo, saldremos del apartamento y emprenderemos nuestro viaje. No hagas ninguna maleta y muéstrate tranquila para que nadie sospeche de nuestra huida. Estoy seguro de que seremos muy felices juntos. Te quiero.
>
> Thomas

Comencé a temblar de la emoción, y también por la incertidumbre de cómo se desarrollaría el viaje. Sabía que Ottawa era la capital de Canadá, pero no me podía imaginar cómo serían sus calles, su gente y la vida que nos esperaba a los dos. Nada me importaba tanto como el hecho de pasar el resto de mis días al lado del hombre que quería. Si todo iba bien, gracias a nuestra nueva identidad, la agencia o el Gobierno no nos encontrarían nunca y podríamos ser libres al fin.

El día del viaje estaba tan ansiosa que las horas se me hicieron más lentas de lo habitual, aunque aproveché esa circunstancia para disfrutar de mis últimos momentos con Tania. Estuve en varias ocasiones a punto de delatarme, al imaginarme que no volvería a verla nunca más, pero afortunadamente el sentido común hacía que me tragara la tristeza y me comportara con más frialdad de la que hubiera deseado. Me despedí de ella a mi manera, dándole un beso y un abrazo antes de acostarla, y me rendí ante la oscuridad de la habitación para poder llorar amargamente una nueva pérdida en mi vida. Aunque todavía estaba un poco débil, el reposo y la medicina del doctor Miranda me habían fortalecido. Quizá eran las ganas por salir adelante lo que me había hecho sacar lo mejor de mí y curarme lo antes posible.

Me acosté con la ropa puesta y el abrigo a mano para no entretenerme a la hora de salir y me quedé pendiente del reloj a cada minuto de la hora establecida. Pero, mucho antes de que fueran las dos de la madrugada, cuando ni siquiera eran las doce, ocurrió algo inesperado. Comencé a oír por los pasillos los pasos fuertes y seguros de lo que parecían dos hombres. La madera crujía mientras alguien abría una puerta golpeándola sin ningún tipo de miramiento; no tardé mucho en percibir que se trataba de la habitación de al lado, donde dormía Thomas. ¿Qué estaba sucediendo?

Me levanté, temblorosa, al mismo tiempo que Tania se despertaba. Intenté calmarla y le indiqué que no saliera de la habitación hasta que yo se lo dijera. La niña obedeció y me dirigí hacia la puerta. La abrí con cuidado para observar qué ocurría. Por un instante temí que se tratara de algún ladrón que pretendía robar los bienes de los Manrara, pero no tardé en desestimar la idea al encontrarme a la propia Isabel esperando pacientemente en el pasillo, frente a la puerta de Thomas.

–¿Qué ocurre? –Salí intentando descifrar el rostro de la señora Manrara.

–Ahora lo sabrás, Amelia –dijo en tono beligerante–. Aunque creo que ya lo sabes todo.

Aquellas palabras me pusieron en alerta. ¿A qué se refería con lo de que ya lo sabía todo? Me extrañó su actitud, pero no quise insistir. Algo iba mal, y Thomas y yo estábamos en peligro. Efectivamente, a los pocos segundos salieron Eduardo Manrara y otro hombre que no supe identificar cogiendo a Thomas de las muñecas para llevarlo hasta el salón. Cuando Eduardo pasó a mi lado, me lanzó una mirada desgarradora. ¿Cómo habían logrado descubrirnos?

—Haga el favor de acompañarnos, señorita Ramos —dijo Eduardo Manrara con la voz grave—. Creo que tenemos que hablar.

Tragué saliva y seguí a la comitiva hacia el salón. Aunque sus maneras eran rudas, aquel hombre desconocido permitió a Thomas sentarse en el sillón con dignidad. Se quedó de pie frente a él, interrogándole con la mirada, y se encendió un cigarrillo.

—Cuando me dijeron que tenía que seguirle los pasos, he de reconocer que no entendía el porqué. —Paseó lentamente de un lado a otro—. Toda su coartada era realmente impecable: un hombre elegante y rico que solo pretendía hacer fortuna a expensas de la revolución y que tenía la clave para hacerla triunfar. La verdad es que era muy tentador, señor Robinson, o como se llame.

Thomas escuchaba con la cabeza bien alta. Sin duda, era un hombre valiente y no podía sentirme más orgullosa de él. Yo, por el contrario, apenas era capaz de mirar a los señores Manrara a la cara; me sentía culpable por haberlos traicionado y no sabía cómo hacerles entender que me había visto obligada a ello.

—Y he de decir que no pude encontrar nada que lo incriminara —continuó el hombre—. La agencia Pinkerton hizo un trabajo excelente, pero Martí ha lidiado muchas veces con hombres como usted, ¿sabe? Hombres que aparentan ser lo que no son y que prometen cosas inimaginables tan solo para acercarse a nuestro líder.

—Jamás pude imaginarme tal cosa de usted, señor Robinson —dijo Eduardo decepcionado—. Le confié a mis amigos, mi casa, mi familia... Y resulta que es un traidor que trabaja como espía. ¿No siente remordimientos?

No esperaba que Thomas respondiera, pero sí lo hizo.

—No voy a negar la acusación. He de aceptar la derrota. Aun así, me gustaría saber cómo ha logrado saber la verdad, señor Sánchez. Sé muy bien quién es usted y lo buen amigo que es de Martí.

El señor Sánchez sonrió ligeramente y aspiró con fuerza el cigarrillo.

—El señor Borden tampoco creyó en su papel, señor Robinson. Jamás hemos visto a su cuñado, ¿no le parece un tanto extraño que no dé señales de vida?

—Eso no explica nada. Además, pongamos por caso que mi cuñado es un hombre tan importante que no quiere mostrarse físicamente en un caso como este.

—Se lo dije, se lo dije —repitió, cabeceando, Eduardo—. Era extraño que no llevara con usted a su cuñado. Y se lo comenté a Isabel, pero ella es tan...

—¿Soy qué? —exclamó, ofendida—. ¿Cómo iba a pensar que nuestro invitado pudiera hacernos algo así?

—No se enfaden, señores. —El señor Sánchez intentó calmarlos—. La cuestión es que finalmente hicieron lo correcto. Si les soy sincero, creí que no iba a funcionar, pero ha resultado todo un éxito. Todo se lo debemos a Edison, ¿verdad?

Rio como si hubiera sido especialmente ingenioso. Sin embargo, yo no entendí qué relación podía tener el señor Edison con el descubrimiento del caso.

—Por fin le dimos buena utilidad a ese cacharro —expresó Eduardo—. El fonógrafo funciona a las mil maravillas.

No me podía creer lo que escuchaban mis oídos: ¿nos habían estado grabando? Recordé las palabras del señor Manrara en referencia al fonógrafo estropeado el día que regresé de la casa del doctor Miranda. Fue precisamente aquel día, cuando Thomas y yo nos quedamos solos en el salón, cuando confesamos todos y cada uno de nuestros secretos.

—Muy astuto. —Thomas se puso las manos en la cabeza—. ¿Y qué pretende hacer ahora conmigo?

Noté por su voz que su orgullo estaba herido. No era un hombre acostumbrado al fracaso, pero esta vez había jugado con fuego y se había quemado. José Martí contaba con gente muy experimentada y de gran nivel, acostumbrados a ser perseguidos y espiados. Los dos habíamos confiado demasiado en los señores Manrara.

—Mejor dirá que qué pretendo hacer con los dos. —Me señaló a mí.

—Ella no tiene nada que ver —mintió Thomas—. Solo es una institutriz.

—Oh, sí, una institutriz que conoce dónde se hospeda el señor Martí y que parece tener mucha prisa por abandonar Nueva York para que la hija de Betancourt no confiese su verdadera identidad.

Bajé la mirada, avergonzada. Aunque había estado en muchas ocasiones a punto de ser descubierta, jamás pensé que llegaría ese momento. Me sentía acorralada, sin saber qué consecuencias me acarrearía mi indiscreción.

—La culpa es mía, he sido yo quien la he manipulado.

Thomas me pidió con la mirada que no me delatara. Prefería quedar él como un rufián, antes que exponerme a mí.

—Tanto Martí como yo creemos en la igualdad entre el hombre y la mujer, así que no me venda las debilidades del sexo femenino como el causante de la participación de esta muchacha en el espionaje.

—Creo que la señorita Ramos no sabía lo que hacía –añadió de repente Isabel–. Estoy convencida de que siempre ha estado enamorada de este hombre, pese a ser la novia de Manuel Hernández. Siempre he tenido el convencimiento de que eran amantes.

—¡Eso no es cierto! –grité, fuera de mí–. Nunca estuve con otro hombre mientras duró mi relación con Manuel.

—Entonces te metiste tú solita en esto. Nos engañaste a todos. –Sus ojos se humedecieron–. ¡La institutriz de mi hija era una espía! ¡Si es que lo sabía, Eduardo! ¡Me lo decía mi intuición!

—No te atormentes, Isabel –contestó su marido–. ¿Quién iba a pensar algo así de la novia de un revolucionario como Manuel?

—¿Qué van a hacer con nosotros? –preguntó Thomas un tanto nervioso–. Insisto en que dejen marchar a la chica; ella no tiene ningún interés en este asunto, lo ha hecho por pura supervivencia.

—Eso lo decidirá el señor Martí –dijo el señor Sánchez–. De momento permanecerán encerrados. –Miró a los señores Manrara–. ¿Les importaría que se quedaran aquí un par de días? Les enviaré a un hombre armado para que vigile día y noche.

—Lo que usted quiera –contestó Eduardo–. Pueden quedarse en la que era la habitación del señor Robinson. Se puede cerrar con llave por fuera.

El señor Sánchez asintió y volvió a agarrar a Thomas del brazo con violencia, a pesar de que este en ningún momento intentó forcejear. Entró en la habitación, en la que solo había una cama, una mesita de noche y un armario, y comenzó a inspeccionarla con cuidado para sacar cualquier objeto que pudiera servir como arma. Después de mirar incluso entre las sábanas, finalmente nos dejaron allí encerrados, sin darnos ninguna explicación más. Lo primero que hice fue correr hacia él y abrazarlo con los ojos anegados en lágrimas.

—¡Qué poco nos ha faltado! –exclamé–. ¿Qué va a pasar ahora con nosotros?

Posó sus labios por todo mi rostro, intentando calmarme.

–No sé lo que puede pasar... Nos hemos metido en una guerra, y en las guerras puede ocurrir cualquier cosa.

–¿Y si nos matan? –Me pegué a su pecho–. Al menos moriremos juntos.

–No digas eso. –Me besó la cabeza mientras me estrechaba con fuerza entre sus brazos–. No voy a permitir que nadie te haga daño.

Lloré amargamente hasta que me quedé dormida por el agotamiento. Noté cómo Thomas me metía dentro de su cama y se tumbaba a mi lado mientras me abrazaba y me susurraba palabras llenas de cariño y amor. Pasara lo que pasara, aquel momento fue uno de los más felices de toda mi vida, pues por fin Thomas y yo podíamos dar rienda suelta a nuestros sentimientos.

Me desperté cuando apenas llevaba un rato dormida, al oír varios golpes en la pared que compartíamos con la que había sido mi habitación y en la que dormía Tania. No había tenido tiempo de pensar en la niña. Me imaginé que, probablemente, habría escuchado todo lo ocurrido y que sabría que Thomas y yo estábamos allí encerrados. Contesté esperanzada a los golpes y desperté a Thomas, que también se había quedado dormido.

–Despierta. –Lo zarandeé suavemente–. Sé quién nos puede ayudar.

–¿En qué estás pensando? –me preguntó–. No podemos hacer ruido, debe de haber alguien en la puerta.

–Podemos pasar a la habitación de Tania a través de la ventana. Hay una cornisa bastante amplia, y creo que es seguro.

–Pero tendría que abrirnos su ventana. ¿Crees que lo hará?

–Soy la hermana que nunca ha tenido. Los niños no entienden de política, pero sí de cariño y amor. Sabe que la quiero.

Thomas asintió y abrió la ventana lo más sigilosamente posible, con la intención de subir.

–No, yo primero –dije–. No quiero que se asuste si te ve a ti.

–¿Tan feo soy? –bromeó para quitar hierro al asunto–. Ten cuidado, por favor.

Le di un beso y me recogí las faldas, haciendo un nudo en la cintura para no tropezarme con la tela. Subí con cuidado hasta alcanzar la cornisa y comencé a caminar sujeta a los tochos de la fachada, sin mirar abajo. Nunca había sido muy amiga de las alturas, y sabía que cualquier traspié podía ser fatal. Caminé despacio; la ventana de Tania estaba a poco más de un metro de distancia, pero la cornisa estaba llena de hielo por la nevada que había caído en los últimos días y era fácil resbalar. Afortunadamente, tenía buen sentido del equilibrio y enseguida alcancé la ventana, que tapaban las pesadas cortinas. Di un golpecito al cristal y recé para que Tania no se asustara y avisara a alguien. Sin embargo, era una niña tan lista y valiente que hizo todo lo que esperaba de ella: a los pocos segundos descorrió las cortinas y abrió la ventana de par en par. Entré.

–Escúchame, Tania, y no grites. –Mi corazón iba a mil–. Siento todo lo que ha pasado, pero no somos malas personas.

–¿Solo te acercaste a mí por interés? –preguntó con la voz entrecortada–. ¿No me quieres?

–Claro que te quiero. –La emoción apenas me dejaba hablar–. Para mí también has sido como una hermana, pero he tenido que hacer esto por obligación.

Los labios de Tania temblaron por la emoción. Me dio la mano y la apretó agradecida.

–¿Y por qué os tienen encerrados? –preguntó, tras reponerse–. ¿Qué os van a hacer?

–No lo sé, cariño. –Le acaricié las mejillas–. Pero no creo que sea nada bueno. Por eso necesito que nos ayudes a escapar. ¿Lo harás?

Tania asintió y me abrazó una vez más. Thomas apareció de repente en la ventana; me sentí aliviada al verlo sano y salvo.

–Necesito que nos dejes la puerta de casa abierta –continué, ya más relajada–. Las llaves están en el recibidor. Pero debes tener cuidado con el señor que está en el pasillo. No puede sospechar nada, así que dile que vas al baño o a por un vaso de agua, ¿de acuerdo?

–De acuerdo. Pero ¿cómo vais a iros sin que se dé cuenta el hombre de la puerta? ¿Y qué pasará conmigo si se enteran de que os he ayudado a escapar?

–Tienes que decir que te hemos obligado. Y por nosotros no te preocupes. Estaremos bien.

Thomas me guiñó un ojo y me cogió de la mano para darme fuerzas mientras Tania salía de la habitación a oscuras. Por el resquicio de la puerta se intuía la tenue luz de una lámpara de gas.

Permanecimos quietos y silenciosos a la espera de su vuelta. A los pocos minutos regresó con cara de triunfo mientras cerraba la puerta tras ella.

—Ya está la puerta abierta, pero el hombre sigue sentado en el pasillo sin parar de fumar. Parece que no tiene sueño, y he visto que lleva una pistola en la cintura.

Intrigada, miré a Thomas para ver si se le ocurría algo.

—No se esperará nuestra salida —dijo convencido—. Lo pillaré desprevenido mientras tú te diriges hacia la puerta. Espérame en la salida a Gramercy Park, con suerte encontraremos algún carruaje libre.

Asentí y me despedí de Tania. Tuve que hacer un esfuerzo descomunal para no romper en sollozos. Tania lo comprendió e hizo lo mismo. Nos miramos, sabiendo lo mucho que nos queríamos, y nos dijimos adiós en silencio.

Thomas abrió la puerta y salió corriendo hacia el hombre armado. Yo me precipité detrás de él y me dirigí hacia la puerta sin pensar. Sin embargo, antes de abandonar el piso decidí echar un vistazo al pasillo para ver si Thomas había logrado contener al hombre. Los dos estaban luchando, el uno encima del otro: el hombre intentaba alcanzar su arma, que se había caído al suelo, pero Thomas se lo impedía.

—¡Thomas! —grité desesperada—. ¡Thomas!

—¡Márchate! —me respondió—. ¡Vete antes de que sea demasiado tarde! ¡Corre!

Dudé si hacerlo o no, pero fui incapaz de abandonarlo a su suerte. Regresé al pasillo e intenté coger el arma que estaba en el suelo mientras ellos seguían forcejeando. Me tiré al suelo con rapidez y por fin la sostuve entre mis manos mientras apuntaba a la cabeza de nuestro carcelero.

—¡Suéltelo! —le grité—. ¡Déjenos marchar o le disparo!

En ese mismo momento, los señores Manrara salieron de su dormitorio alarmados por el jaleo y se quedaron impresionados al verme frente a ellos sujetando firmemente y sin vacilación la pistola.

—¡Que se vayan! —exclamó Eduardo, dirigiéndose al hombre—. No quiero muertos en mi casa ni poner en peligro a mi hija.

Isabel Manrara comenzó a llorar asustada, y aquello hizo que me tambaleara de nuevo. Me sentía tan culpable por el daño que les estaba causando... Por fin, el hombre que había estado peleando con Thomas decidió soltarlo y aceptó la derrota levantando las manos en un gesto de rendición. Thomas vino hacia mí y cogió la pistola, librándome de aquella carga angustiante. Cuando por fin alcanzamos las escaleras, bajamos corriendo sin mirar atrás hasta que llegamos a la verja de Gramercy Park. Mi corazón latía desbocado y apenas noté el intenso frío que hacía a aquellas horas de la madrugada; probablemente estaríamos a varios grados bajo cero. Cuando me serené un poco, empecé a toser escandalosamente. Pensé que no podría seguir: me faltaba el aire y el frío se adentraba en mis pulmones enfermos. Thomas me rodeó con uno de sus brazos y me puso su chaqueta sobre la espalda para darme un poco de calor mientras caminábamos en busca de un carruaje libre. Apareció uno de la nada, como si alguien lo hubiera puesto allí expresamente para nosotros, como si alguna divinidad quisiera echarnos una mano para que pudiéramos escapar sanos y salvos.

–¿Adónde quieren ir a estas horas de la noche? –nos preguntó el cochero sin dejar de mirarnos a uno y a otro, extrañado por nuestras caras desencajadas e intranquilas.

–A la Grand Central –respondió Thomas–. Vaya lo más rápido posible, por favor, tenemos que tomar un tren.

El cochero lanzó un latigazo desmedido a los caballos para que corrieran, con lo que perdimos rápidamente de vista Gramercy Park y el apartamento de los Manrara.

Suspiré al ver que el peligro había pasado y observé a Thomas, que se limpiaba la sangre que le emanaba de una ceja. No pude evitar abrazarlo al sentirlo a salvo, y lo besé con el entusiasmo de empezar un futuro nuevo con él.

–Nos vamos a Canadá. –Sonrió y me agarró de la barbilla–. Para ser libres.

Reposé mi cabeza en su hombro y cerré los ojos.

–Empezamos una nueva vida juntos. –Suspiré con alegría–. Libres de verdad.

EPÍLOGO

—Ya hemos llegado, señores Green –dijo el cochero–. Espero que tengan un buen viaje.

Bajamos del coche y nos dirigimos hacia el embarcadero. Después de un año en Canadá, por fin íbamos a cruzar el Atlántico. Un joven cargó con nuestro equipaje y nos adentramos en el transatlántico con destino a Europa. Desde la cubierta principal, Alfred y yo observábamos la bonita tierra que nos había acogido después de huir de Nueva York. Mientras esperábamos a zarpar, Alfred leía las noticias del periódico.

–España parece estar perdiendo en la batalla de Las Villas.

–Estoy convencida de que Cuba será independiente –dije, emocionada–. No sé cuánto tiempo durará la guerra, pero la ganará.

–Una pena que José Martí no lo pueda ver. –Chasqueó la lengua–. Con todo lo que luchó por la revolución...

–Murió con todos los honores, en plena batalla.

A pesar de haber espiado para que la revolución fracasara, tanto Alfred como yo nos alegrábamos por los cubanos de Tampa, que tanto habían luchado por la libertad de su pueblo. Pese a que el plan de la Fernandina no se llevó a cabo en enero, pues fue delatado a las autoridades españolas por uno de los hombres de Martí, pocos meses después la revolución volvió a levantarse, esta vez con éxito.

En mi recuerdo quedaban la dulzura de Odalys, la generosidad de los Manrara y el cariño de Tania, además del amor de Héctor. Aunque no había vuelto a saber nada de él, y de hecho desconocía si seguía vivo, guardaba en el fondo de mi alma un bonito recuerdo.

Suspiré al recordar todo lo que había vivido desde que abandoné Barcelona, hacía dos años, y me miré el anillo de casada que lucía en mi dedo anular desde hacía ya varios meses. La falsa identidad de

Thomas había dejado paso a Alfred Green, un hombre que había crecido en un orfanato de Washington y que había empezado en la agencia Pinkerton cuando apenas era un crío como chico de los recados. Su astucia e inteligencia lo habían convertido en un referente de la agencia y en uno de sus mejores espías. Aunque a veces parecía echar de menos su trabajo, la vida tranquila y relajada de la que disfrutábamos en nuestra coqueta casita de Ottawa parecía compensarle.

Alfred cerró el periódico y me rodeó la cintura mientras me besaba en la mejilla.

–¿Estás preparada para verlos? –me preguntó cariñosamente.

–Llevo dos años deseándolo. –Se me saltaron las lágrimas–. Es lo que más quiero en esta vida.

El barco comenzó a moverse, y los dos nos quedamos mirando el horizonte sabiendo que nos esperaba una nueva etapa. Por fin regresaba a Barcelona.